東洋古典譯註叢書 12

# 譯註 古文眞寶 前集

成 百 曉 譯註

傳統文化研究會

**譯註者 略歷**

忠南 禮山 出生
家庭에서 父親 月山公으로부터 漢文 修學
月谷 黃璟淵, 瑞巖 金熙鎭 先生 師事
民族文化推進會 國譯硏修院 修了
高麗大學校 敎育大學院 漢文敎育科 修了
한국고전번역원 부설 고전번역교육원 名譽漢學敎授(現)
傳統文化硏究會 副會長(現) 해동경사연구소 소장(現)
古典國譯賞 受賞

論文 및 譯書

〈艮齋의 性理說小考〉〈燕岩의 學問思想硏究〉
四書集註 《詩經集傳》 《書經集傳》 《周易傳義》
《古文眞寶》 《牛溪集》 등 數十種 國譯
《宣祖實錄》 《宋子大全》 《茶山集》 《退溪集》 등 共譯

# 刊行辭

우리의 古典國譯事業은 민족문화진흥의 기초사업으로 1960년대부터 政府 支援으로 古文獻 現代化 작업을 추진하여 많은 成果를 거두었다. 당시 이 사업 추진의 先行課題로 東洋古典이라 일컬어지는 중국의 基本古典을 먼저 飜譯하여야 한다는 學界의 주장이 있어 왔음에도 불구하고 우리 고전이 아니라는 일부의 偏狹한 視角과 財政 事情 등으로 인하여 배제되어 왔다.

전통적으로 중국의 기본고전은 우리 歷史와 함께 숨을 쉬어 각종 교육기관의 教科書로 활용됨은 물론이고 지식인들의 必讀書가 되어 왔으며, 우리 文化의 基底에 자리잡고 거의 모든 방면의 體系와 根幹을 형성하여 왔다. 그래서 학문연구의 기본서 역할을 해 왔을 뿐만 아니라 오늘날에도 우리의 國學徒 및 東洋學 研究者들에게 같은 역할을 하고 있음은 주지의 사실이다.

그럼에도 불구하고 中國古典은 우리 것이 아니라 하여 專門機關의 飜譯對象에 포함하지 않음으로써 대부분 拔萃譯을 하거나 教養水準으로 出版해 왔다.

오늘날 東洋三國 중에서 우리의 東洋學 연구가 가장 부진한 이유는 東洋基本古典에 대한 폭넓은 이해의 부족과 漢文古典 讀解力의 저하에 기인함을 우리는 솔직히 인정하여야 한다. 따라서 이들 중국고전에 대한 신뢰할 만한 國譯이 이루어지는 것이 한국학 연구를 촉진시키는 시급한 先行課題라 할 수 있다.

따라서 韓國學 및 東洋學의 연구와 古典現代化의 基盤構築을 위해서는 전문기관으로 하여금 중국고전을 단기간에 각 분야의 專門 研究者와 漢學者가 상호협동하여 연구번역하여 飜譯의 傳統性과 效率性, 研究의 專門性을 높힐 수 있도록 政策的 配慮가 있어야 한다.

이에 本會에서는 元老 및 中堅 漢學者와 斯界의 專攻者로 하여금 協同研究飜譯하여 공부하는 사람들이 믿고 引用하거나 깊이 있는 註釋 등을 활용할 수 있게 하고, 知識人들의 教養을 증진시켜 줄 수 있는 東洋古典의 國譯 간행을 지속적으로 추진해 오던 중, 다행히 이 사업에 대하여 각계 지도층의 폭넓은 이해와 지원에 힘입어 2001년도부터

國庫補助를 받아 東洋古典譯註叢書를 간행함으로써 우리 先學의 見解를 반영하는 등 국역사업의 內實을 기하게 되었음을 이 자리를 빌어 衷心으로 감사드리며, 아울러 國譯에 參與하신 관계자 여러분의 勞苦에 깊은 謝意를 표한다.

끝으로 우리의 이러한 작업은 오랜 역사 위에 축적된 先賢들의 業績과 現代學問을 이어주는 튼튼한 架橋와 礎石이 되어 진정한 韓國學과 東洋學을 이룰 것이며, 21세기를 우리 文化의 世紀로 열어 가는 밑거름이 될 것을 다짐한다.

2001. 12. 12

社團法人 傳統文化硏究會 會長 李 啓 晃

# 《古文眞寶》前集 譯註本을 내면서

本書의 원고를 집필 완료한 지 1년 반이 지나서야 이제 출판을 보게 되었다. 中國의 名詩集이라 할 수 있는 本書는 언제 누가 編했는지 정확히 밝혀진 적이 없다. 黃堅이 편했다고 표시된 本이 있지만 근거 제시가 없으며, 本人은 後集 끝부분의 주석을 토대로 南宋 말기 陳櫟이 엮었음을 확인할 수 있어 本書의 編者를 밝혔을 뿐이다.

이《古文眞寶》가 언제 우리나라에 도입되었는지 역시 확실치 않으나 고려 말기 埜隱 田祿生先生이 合浦에 있으면서 처음 간행하였고 조선초기 沃川郡守 李護가 重刊하였으며 몇 가지 異本이 있다는 기록이 보인다.《埜隱遺稿》권4를 보면 姜淮仲이 쓴《善本大字諸儒箋解古文眞寶》의 誌와 金宗直이 지은《詳說 古文眞寶大全》의 跋文이 있어 이러한 내용을 알 수 있다. 姜淮仲이 발문을 쓴 본은 埜隱이 발간한 초간본에 이어 옥천군수 李護가 중간한 것으로, 여기에 보면 초간본에는 주석이 없었고 일부 삭제하거나 보충한 부분이 있어 이 중간본과 내용이 약간 다름을 알 수 있다. 그리고 金宗直이 발문을 쓴 본은 景泰 연간에 明나라의 翰林侍讀官인 倪謙이 使臣으로 오면서 가지고 온 것으로 詩와 文이 예전에 비하여 갑절이나 많고 주석도 자세히 붙어 있음을 밝히고 있다. 이《詳說 古文眞寶大全》이 바로 本書의 대본이다.

《古文眞寶》는 中國에서 만들어졌으나 中國에서는 성행하지 않고 우리나라와 日本에서 크게 유행되었다. 현재 우리나라에 통행되고 있는 이 詳說 大全本은 日本의 通行本에 비하여 내용도 일부 다르고 분량도 거의 갑절이나 많다. 이러한 점으로 미루어 볼 때, 日本의 통행본은 田祿生이 발간한 初刊本, 또는 李護가 重刊한 板本이거나 아니면 제3의 판본인 것으로 추측된다.

그동안《古文眞寶》後集이 발간된 이후 독자들로부터 前集이 언제 번역되어 나오느냐는 질문을 많이 받았다. 사실 본인은 詩 번역에 자신이 없어 前集을 번역하지 않을 셈이었다. 詩는 첫째 原義 파악이 어렵다. 제한된 글자 안에 깊은 뜻이 포함되어 있을 뿐만 아니라, 高低와 字數를 맞추다 보니 평소 일반적으로 쓰이는 글자를 사용하지 않고 다른 글자로 바꾸어 쓰기도 하며 불필요한 글자가 虛字로 들어가기도 한다. 뿐만 아니라 詩는 직설적으로 뜻을 나타내기보다는 비유법을 쓰거나 완곡한 표현을 사용함을 장점으로 여긴다. 여기에다 수많은 故事가 사용된다. 詩를 잘하시는 분들도 唐詩를 대하면 다른 해석을 하는 것을 종종 보아 왔다. 그리고 또 우리말로 표현하기가 쉽지 않다. 간결한 문장으로 다소나마 詩의 맛을 드러내야 하기 때문이다.

하지만 讀者들의 열의에 어쩔 수 없이 집필하기로 결심하고 會員들과 몇 번 講讀을 거친 뒤에 번역에 착수하여 2년이 지난 작년 여름에 원고가 대강 마무리되었다. 그런데 2001년 傳統文化硏究會의 東洋古典譯註事業이 시작되면서 이 책이 첫 번째 발간 서적으로 책정되었다. 그동안 本人은 原義를 理解하는 데에 주력하여 주석도 되도록 줄이는 방향으로 집필하였으나 전통문화연구회에서는 東洋古典譯註事業의 번역 방침을 따라 우리나라의 관련 文獻을 총망라하여 보완할 것을 요구하였다. 문견이 부족한 본인은 우리나라 文集에 《古文眞寶》를 언급한 부분을 거의 본 적이 없었다. 하지만 1년이 넘도록 韓國文集叢刊을 거의 다 뒤진 끝에 본서의 잘못된 주석과 이와 관련된 자료들을 나름대로 모을 수 있었다. 특히 艮齋 李德弘의 《艮齋集》 續集에는 質疑 항목으로 本書의 誤註를 지적하고 올바른 뜻을 제시하였으며 이외에도 單語를 풀이한 것이 상당수 수록되었는 바, 勿巖 金隆의 《勿巖集》 講錄에도 비슷한 내용이 수록되어 눈길을 끌었다. 金隆과 李德弘은 동시대의 인물로 똑같이 退溪의 문하에서 수학하였으니, 《艮齋集》의 質疑와 《勿巖集》의 講錄은 退溪門人들이 의심나는 부분을 상호 질문한 것으로 보인다. 글자 하나 틀리지 않는 내용이 상당수 있기 때문이다. 다만 《艮齋集》에는 四書와 三經 등 종목이 상당히 많은 반면, 《勿巖集》에는 종목이 많지 않으므로 本書는 《艮齋集》을 위주로 하였음을 밝혀둔다.

그리고 梅窓 鄭士信의 《梅窓集》에도 《古文眞寶》 註釋의 잘못을 지적한 註釋正誤가 실려 있는데, 이 序文에 다음과 같이 밝히고 있다.

"내 일찍이 초학자들과 前集 五言詩를 읽다가 '淸嘯聞月夕', '商歌非吾事' 등의 대목에 이르러 주석이 매우 잘못되었음을 알고는 부득이 붓을 잡아 잘못을 바로잡았으며 기타 위아래에 잘못된 부분도 함께 기록하였다. 이는 바로 위의 誤註를 인하여 파급한 것일뿐이요, 내가 글을 지어 책을 만들려는 뜻이 있어서가 아니다. 다만 문자상에는 한 글자라도 뜻이 분명하지 못하여 의리가 크게 잘못되는 경우가 있으며, 한 句나 한 말의 뜻이 분명하지 못하여 全篇의 의미가 혹 잘못되기도 하니, 문자상의 주석은 본문과 관계가 없다 하여 소홀히 할 수 있겠는가. 同志의 선비들은 이 글을 쓴 사람이 부족하다 하여 그 말까지 버리지 말기를 바란다."

이 외에 泰村 高尙顔의 《泰村集》 叢話에도 本書를 언급한 부분이 있음을 밝혀 둔다.

위에 소개한 내용들은 비록 몇 장에 불과한 短篇들이지만 우리 先祖들의 귀중한 자료

임은 두말할 나위가 없겠다. 우리 先祖들은 經學에 치중한 나머지 經傳을 풀이한 내용은 많이 있으나 《古文眞寶》와 같은 文章 위주의 選集類에 손을 댄 것은 참으로 드물다. 그런 만큼 우리 祖上들이 남긴 기록을 뽑아 本書에 收錄한 것은 더욱 意義있는 작업이라고 자부한다. 다만 위에서도 밝힌 바와 같이 《古文眞寶》가 몇 가지 異本이 있고 이에 따른 註釋도 각기 달랐던 만큼 이 분들이 보고 誤註를 지적한 내용이 현재 일부만 남아 있고 다 보이지 아니하여 아쉬운 마음 금할 길이 없다.

이 밖에도 우리 先祖들의 作品 중에 本書에 收錄된 내용과 흡사하거나 또는 詩題를 따라 짓고 次韻한 詩들을 거의 모두 발췌하여 대표적이라 할 수 있는 것들을 뽑아 소개하였으며, 作者의 人物, 作品의 내용 설명 등 많은 부분을 보완하였다. 이러한 작업은 본인 혼자서 할 수 있는 것이 아니었다. 朴勝珠, 李鳳順, 金鎭玉 연구원들의 노고가 참으로 컸다.

中國이나 日本의 旣存 註釋書가 아닌 우리 祖上들의 얼을 담았다는 데에 큰 자부심을 갖는다. 물론 여러 사람의 손을 거친 관계로 문장의 통일성이 결여되고 誤脫字도 없지 않을 것이다. 선후배 諸賢들의 叱正을 기다려 더욱 보완할 것을 약속한다.

詩는 사람의 心性을 涵養하고 情緖를 醇化하는 특징을 갖고 있다. 宇宙萬物의 生成原理와 大自然의 浪漫을 유감없이 읊어낸 東洋最高의 이 名詩들은 吟詠할수록 우리 人間의 胸襟을 활짝 열어 놓으며, 淸風明月의 自然을 사랑하는 멋과 여유를 갖게 한다. 생존경쟁에 휘말려 메말라 가기만 하는 우리들의 가슴에 한 줄기 시원한 소낙비가 되어 줄 것을 기대해 마지않는다. 끝까지 助言을 주고 각종 文集을 찾아준 田好根박사에게 감사드리며 文集叢刊의 제목을 일일이 뽑아준 辛泳周군의 노고를 함께 致賀하는 바이다.

檀紀 4334년 歲在辛巳 復月 初吉에 成百曉는 漢城 觀一軒에서 쓰다.

# 《古文眞寶》解題

宋載卲(成均館大學校 漢文學科 敎授)

## 1. 書誌的 考察

### (1) 中國版

《고문진보》가 언제 누구의 손에 의해서 처음 편집되었는지는 알려지지 않고 있다. 우리가 접할 수 있는 최초의 기록은, "至正丙午孟夏 盱江後學 鄭本士文序"로 끝맺고 있는 〈古文眞寶序〉라는 글이다. 이 글에 의하면, 三山의 林以正이란 분이 거리에서 이 책을 구하여 보고 "좋지 못한 것은 바로잡고 번거로운 것은 끊어내고 간략한 것은 자상히 하여 재편집했다."고 한다. 이는 임이정의 死後에 그 제자인 余 아무개가 鄭本에게 서문을 청하여 간행한 것이다. 鄭本이 이 서문을 쓴 해가 至正 丙午년이니 곧 元나라 順帝 26년, 1366년이다. 그러므로 최초의 《고문진보》는 그 이전 원나라 때의 어느 시기에 만들어진 듯하다. 이를 坊本이라 한다. 임이정과 정본에 대해서는 생애가 잘 알려져 있지 않다.

또 黃堅이 편찬했다는 《古文眞寶》가 있는데 이 또한 언제 간행되었는지 알 수 없다. 다만 이 책의 중간본인 〈重刊 古文眞寶跋〉에 "弘治 15년 孟冬 上澣日에 靑藜齋는 雲中有斐堂에서 쓰다[弘治十五年 孟冬上澣日靑藜齋雲中有斐堂書]"라 씌어 있는 것에서 1502년에 중간된 사실만 알 수 있을 뿐이다. 편자인 황견과 중간본을 간행하고 발문을 쓴 청려재에 대해서도 알려진 바가 없다.

### (2) 朝鮮版

우리나라에서 《고문진보》가 간행된 전후 사정은 金宗直의 〈詳說 古文眞寶大全跋〉에 자세히 기록되어 있다. 이 글에서 김종직은, 先秦·兩漢 이후에 聲律과 對偶에 치중하여 문장이 병들었기 때문에 梁나라 蕭統 이래 文選集이 많았으나 모두 볼 만한 것이 없다고 말하고,

오직 《眞寶》 한 책은 그렇지 않아서 그 채집한 것이 眞西山 正宗의 遺法을 얻었다. 왕왕 近體의 글이 섞여 있으나 몇 편에 지나지 않아서 그 세운 뜻을 조금도 손상시키지 않았다. 전후 세 번 사람의 손을 거쳐 우리나라에 들어왔는데 埜隱 田先生이 처음으로 合浦에서 간행했고 그 후 管城에서 이어 간행했다. 《埜隱逸稿 卷4》

라 적고 있는데 이 기록에 의하여 우리는 《고문진보》가 고려 말 田祿生(1318-1375)에 의하여 처음으로 간행되었음을 알 수 있다. 이 사실은 姜淮仲이 쓴 〈善本大字諸儒箋解古文眞寶誌〉에서도 확인할 수 있다. 다시 김종직의 기록을 살펴보자.

景泰 초에 翰林侍讀 倪先生이 지금 책을 우리나라에 가져다 주었는데 詩와 文이 옛날 책에 비하여 여러 갑절이나 되었으니 이를 《大全》이라 부른 것이다. 漢·晉·唐·宋의 奇閑하고 儁越한 작품들이 여기에 모였다. 네 글자 여섯 글자로 對句를 맞추고 聲律을 늘어놓은 작품은 비록 비단과 같이 수놓아 아로새기고 북소리처럼 豪壯하더라도 수록하지 않았다. 또 濂溪·關·洛의 性命之說을 첨가하여 후대에 문장을 배우는 자들로 하여금 뿌리가 있음을 알게 했으니 아, 이것이 참다운 보배[眞寶]가 된 소이이다

우리는 여기서 중요한 사실 몇 가지를 알게 되었다. 우선 조선 全 시기에 걸쳐 거의 唯一本처럼 읽혀졌던 《詳說 古文眞寶大全》은 景泰 초에 중국 사신 倪謙이 明나라에서 가져온 것이란 점이다. 그리고 이 책은 "옛날 책에 비하여 여러 갑절이되는" 내용을 담고 있었다. 그러므로 이 책은 林以正이 편찬한 책이나 黃堅이 편찬한 책보다 더 많은 양을 수록하고 있었다. "여러 갑절이나 된다"는 것은 다소 과장된 말로 정확하지 않지만 그 전 책보다 훨씬 풍부해진 것은 사실인 듯하다. 그리고 이 책은 田祿生이 合浦에서 간행한 책과도 다르다는 사실이 밝혀졌다. 또 눈길을 끄는 것은, "濂溪·關·洛의 性命之說을 첨가했다."는 사실이다. 즉 周敦頤·張載·程顥·程頤의 性理說을 새로 첨가했다는 것이다. 이것은 《상설 고문진보대전》의 편자를 밝히는 중요한 단서가 된다. 《상설 고문진보대전》의 후집 권10에는 舊本에 없는 周濂溪의 〈太極圖說〉이 수록되어 있는데 그 끝에 다음과 같은 후기가 붙어 있다.

……이제 고문을 뽑으면서 〈太極圖說〉과 〈西銘〉 두 편으로써 끝을 마침이 어찌 뜻이 없겠는가? 대개 문장과 도리는 실로 두 가지가 아니어서, 배우고자 하는 자가 韓

愈·柳宗元·歐陽修·蘇軾의 詞章의 글로 말미암아 더 나아가서 周敦頤·程顥·程頤·張載·朱熹의 理學의 글로써 이를 순수하게 하고자 하기 위함이다. 도리로써 그 淵源을 깊게 하고 詞章으로써 그 氣骨을 건장하게 한다면 이에 문장에 병폐가 없을 것이다. 이것이 내가 이 책을 차례로 엮은 깊은 뜻이다. …… 新安 陳櫟은 삼가 쓰다

이 後記로 보아 《상설 고문진보대전》은 陳櫟이 편찬한 것이 확실하다. 이는 舊本에다 "濂溪·關·洛의 性命之說을 첨가했다."는 김종직의 발문과도 일치한다. 陳櫟은 宋末 元初의 학자로 자는 壽翁, 호는 定宇이며 만년에는 '東皐老人'으로 불려졌다. 그는 宋나라가 망하자 은거생활을 했으며 朱子의 학설을 신봉한 점으로 보아 그가 편찬한 《상설 고문진보대전》에 性理書를 첨가한 것은 당연한 일이라 생각된다.

김종직의 발문에 따르면 倪謙이 가져 온 이 《상설 고문진보대전》은 金屬活字로 간행된 듯하다. 이것은 "鑄造한 글자가 인쇄하자마자 무너져서" 세상에 널리 반포되지 못했다는 기록으로 보아 짐작할 수 있다. 그래서 李恕長과 吳伯昌의 주선으로 당시 牧使 柳良과 判官 崔榮이 木板으로 이를 간행했는데 김종직이 1472년(성종3) 이 목판본의 발문을 쓴 것이다. 이것이 오늘 우리가 보는 《상설 고문진보대전》의 초간본이 아닌가 한다.

## 2. 編次와 內容

이 책은 前集과 後集으로 나뉘어 있다. 전집에는 詩를, 후집에는 文을 수록하고 있는데, 시는 近體詩가 아닌 古詩 위주로 선별했고, 문은 六朝時代에 유행했던 騈文이 아닌 이른바 古文 위주로 선별하여 수록했다. 이러한 편찬의도는 黃堅本에 붙인 靑藜齋의 발문에 잘 드러나 있다.

아! 三代 이전의 글은 더 이상 보탤 것이 없도다. 이 책에 실린 글들도 古文의 예로 부를 수 있는 것은, 옛날과 떨어진 것이 멀지 않아서 古人의 법식이 아직도 남아 있기 때문이다. 시대가 내려올수록 문장이 변해서 드디어 고인을 천 길 높은 곳에 세워 두고는 고인을 따라갈 수 없는 것처럼 여기지만 과연 古人과 今人이 같을 수 없단 말인가. 古文을 회복하는 데에 뜻을 둔 사람은 어찌 이 책에서 그것을 구하지 않는가

이 책의 글을 읽고 배움으로써 先秦·兩漢의 건강하고 질박한 文體를 恢復하자는 것이다. 그러나 고문의 문체만 회복하자는 것이 이 책의 의도는 아니다. 鄭本의 서문이 이를 말해 주고 있다.

> 《고문진보》를 엮음에 있어서 첫머리에 學問을 권장하는 글이 있고, 끝에 〈出師表〉와 〈陳情表〉가 있으니 어찌 부지런히 학문에 힘쓰게 하고 忠孝로써 이끌게 함이 아니겠는가. 이것이 이 책을 엮은 사람의 깊은 뜻이다

부지런히 학문에 힘써서 나라에 충성하고 부모에 효도하는 인간을 만들기 위하여 《고문진보》를 만들었다는 것이다. 《상설 고문진보대전》도 이전의 책들보다 훨씬 많은 양의 글들을 싣고 있지만 그 근본 취지는 坊本이나 황견본과 대동소이하다.

《상설 고문진보대전》에는 전집에 詩 243首, 후집에 文 130편이 수록되어 있다. 이 130편의 문에는 韓愈의 글이 30편, 蘇軾의 글이 16편, 柳宗元의 글이 10편, 歐陽修의 글이 9편, 蘇洵의 글이 8편 실려 있어서 역시 唐·宋 古文家의 문장이 반 이상을 차지하고 있다.

이 번역본의 대본이 된 전집의 체제를 살펴보기로 한다. 전집의 시는 詩體별로 분류해 놓고 있다.

| | |
|---|---|
| 1권 : 勸學文·五言古風短篇 | 7권 : 長短句 |
| 2권 : 五言古風短篇 | 8권 : 歌類 |
| 3권 : 五言古風長篇 | 9권 : 歌類 |
| 4권 : 七言古風短篇 | 10권 : 行類 |
| 5권 : 七言古風短篇 | 11권 : 行類 |
| 6권 : 七言古風長篇 | 12권 : 吟類·引類·曲類·辭類 |

이상과 같은 체제로 前集에는 65명의 시 243수를 수록하고 있다. 作家別로는 李白이 44首로 가장 많고 그 다음 杜甫가 42수, 蘇軾이 18수, 韓愈가 14수, 白居易가 8수의 순이다. 詩 역시 唐·宋의 작품이 반 이상을 차지하고 陶淵明의 시가 16수 수록되어 있으며 樂府, 古詩 등 無名氏의 시도 7수 수록되어 있다. 제1권에 실린 8수의 勸學文은 半文半詩의 성격을 띠는 글인데 이 책의 첫머리에 수록함으로써 배우는 자의 자세를 바로 잡기 위한 것으로 보인다.

前集에 수록된 시는 거의 대부분이 古體詩이다. 近體詩라고 할 만한 시가 없는 것은 아니지만 古風의 범주에 들 만한 작품들이다. 周知하는 바와 같이 근체시는 南朝의 沈約에서 비롯되어 唐初의 沈佺期·宋之問에 이르러 정형화된 詩體로, 字數와 句數, 平仄과 對句에서 엄격한 규율을 요구하는 형식이다. 급기야는 지나친 형식에 얽매여 思想과 情緖의 자유로운 표현을 구속하는 병폐를 낳기도 했다. 이것은 散文에서의 騈文의 폐단과 흡사한 현상이다. 그래서 이 책에서는 후집에서 변문이 아닌 고문을 선별한 것과 같은 맥락에서 시에서도 近體詩가 아닌 古體詩를 뽑아 수록한 것이다.

대부분의 시에는 詩題 다음에 일종의 小序에 해당하는 해제가 붙어 있고, 인명·지명이나 어려운 구절에는 자세한 註가 달려 있어서 시의 이해를 돕고 있다. 체제상으로 혼란스러운 것은 作者의 표기가 일정하지 않다는 것이다. 王維·崔顥의 경우와 같이 이름을 표기한 곳도 있고, 韓退之·歐陽永叔의 경우와 같이 字로 표기된 곳도 있으며 朱晦庵의 경우와 같이 號로 표기된 곳도 있다. 동일 인물의 표기도 蘇東坡·蘇子瞻·東坡 등으로 일정하지 않다. 이것은 白居易·白樂天, 李白·李太白의 경우에도 마찬가지이다.

## 3. 古文과 古文運動

이 책에 수록된 詩와 文은 古文이다. 넓은 의미로 해석하면 옛사람들의 글을 모두 고문이라 할 수 있지만, 중국문학사의 맥락에서 보면 고문은 騈文에 상대되는 개념으로 사용되었다. 《고문진보》에 수록된 글들도 이렇게 변문과 상대되는 개념으로서의 고문을 기준으로 하여 선별되었기 때문에 고문의 성격과 고문 부흥운동의 전말에 대하여 검토할 필요가 있다.

漢나라 이전의 질박하고 자유로운 문장이 魏를 거쳐 六朝時代에 이르면 차츰 騈文으로 변하기 시작한다. 주로 散文 創作에 사용된 이 騈儷體는 聲律과 對偶를 중시하는 형식위주의 문체이다. 따라서 화려한 수식과 기교가 동원되고 문장구조도 고문의 單句로부터 複文으로 변해 갔다. 산문뿐만 아니라 시에 있어서도 이 시기에는 四聲에 기초한 聲律을 중시하여 沈約, 謝眺 등이 주도한 이른바 '永明體'라 일컬어지는 新體詩가 등장하는데 종래의 古詩보다 매우 엄격한 형식을 요구하는 시이다.

六朝時代에 이와 같이 형식을 위주로 하는 문체가 성행한 것은 그 시대의 사회상과 관련이 있다. 육조시대에는 빈번한 王朝 交替와 戰亂으로 인하여 극도로 혼란한 시기였다. 따라서 隱逸主義, 享樂主義, 個人主義가 만연했으며 문학도 唯美主義, 藝術至上主義

의 경향을 띠게 되었다. 그 결과 문학의 예술성이 강화되는 측면이 있기는 했으나, 지나치게 華美하고 柔弱한 작품을 생산한 것이 당시 문단의 실정이었으며 급기야는 이러한 풍조가 문학의 병폐로 인식되기에 이르렀다. 그리하여 先秦 兩漢의 질박하고 건강한 문체를 회복하자는 논의가 서서히 일어나기 시작했다. 이미 梁나라 簡文帝가 浮華한 문장의 병폐를 지적한 바 있고 隋나라 文帝는 公私文書에 華艶한 문체를 쓰지 말라는 칙령을 내리기도 했다. 이후 唐初의 王勃 같은 이도 변려문의 폐단을 지적했다. 그러나 왕발의 〈滕王閣序〉 자체가 변려문의 성격을 벗어나지 못한 사실에서 보듯이 아직도 고문으로의 복귀는 논의 단계에 머물러 있었다.

좀더 본격적인 운동은 陳子昂에 이르러 시작되었다. 그는 질박하고 건실한 漢·魏의 문학으로 돌아갈 것을 주장하고 晉·宋 이후의 浮美한 문학을 배척했다. 이후 李華·元結 등이 '宗經明道' 의 기치를 내세우고 騈文과 다른 散體로 글을 써서 古文運動의 선구가 되었다. 그런데 이들이 宗經明道를 표방한 데에서 알 수 있듯이 고문운동은 단순히 문체만 개혁하려는 것이 아니었다. 형식과 기교 위주의 문학으로부터 참다운 내용을 담는 문학으로 복귀하자는 것이 이들의 주장이었다. 참다운 내용을 담기 위해서는 까다로운 형식의 굴레를 벗어 던지는 일이 선행되었던 것이다. 이렇게 참다운 내용을 담는 글의 典範을 이들은 先秦 兩漢의 고문에서 찾았다.

일종의 復古主義라 할 수 있는 이 古文運動은 韓愈와 柳宗元에 와서 그 절정에 달하였다. 韓愈는 철저히 내용 위주의 이론을 전개했다. 그는 '내가 고문에 뜻을 두는 것은 그 文辭가 좋기 때문만이 아니라 그 道를 좋아하기 때문이다.'(〈答李秀才書〉)라 하여 文보다 道를 우위에 놓았다. 그가 말하는 도는 儒家의 도이다. 그는 堯·舜으로부터 孔子를 거쳐 이어온 道가 孟子가 죽은 후에 끊어졌다고 보고 자신이 그 끊어진 도를 다시 잇겠다고 했다. 그는 儒學을 부흥시키기 위해서 고문운동을 펼친 것이다. 그는 고문을 학습하는 방법과 요령을 묻는 李翊에게 답한 편지에서 자신의 학습과정을 설명하며 이렇게 말했다.

> 처음에는 三代와 兩漢의 글이 아니면 감히 보지도 않았고, 성인의 뜻이 아니면 감히 마음에 두지 않았다

이렇게 한유는 '文以載道'를 표방하여 文의 載道的 기능을 강조함으로써 유가의 문학을 확립시켰다. 이어 柳宗元도 한유의 고문운동을 적극 지지하여 이를 계승, 발전시켰다. 한유와 유종원의 고문운동은 한유의 제자인 李翺, 黃甫湜, 李漢 등에 의해서 계승되

었으나, 晩唐 이후 五代를 거쳐 宋初에 이르는 시기에는 騈文이 다시 번성했다. 그러다가 송나라의 歐陽修가 다시 고문운동을 일으켰다. 蘇洵, 蘇軾, 蘇轍 삼부자와 王安石, 曾鞏 등이 이 운동에 가세했고, 소식의 제자인 黃庭堅, 陳師道 등이 한유의 사상을 철저히 계승하여 古文 唱導에 앞장섰다. 《고문진보》에는 이들 당·송 고문가들의 글이 반 이상 수록되어 있는데 이것은 《고문진보》의 성격이 어떠하다는 것을 잘 말해 주고 있다.

## 4. 우리나라 학자들의 《고문진보》 수용

우리나라 특히 조선시대의 선비들은 四書·三經 다음으로 《고문진보》를 많이 읽었다. "내가 태어나서 이를 갈 무렵에 《고문진보》 전집을 읽었으며 겸하여 《唐音》을 보고 시 짓는 법을 배웠다."(《滄浪集》)라는 등의 글을 수 없이 볼 수 있는데 이는 어렸을 때부터 《고문진보》를 골똘히 읽었다는 사실을 말해 준다. 그리고 《고문진보》에 실린 시에 次韻한 작품이 수를 헤아릴 수 없이 많은 것도 이 책을 얼마나 많이 읽었는가를 증명하고 있다. 退溪의 제자인 李德弘은 〈古文前集質疑〉와 〈古文後集質疑〉라는 글을 남기기도 했다. 이 글은 《고문진보》 전집의 시 71수와 후집의 문 67편에 대하여 미심쩍은 부분이나 해석이 엇갈리는 부분, 그리고 어려운 구절에 대한 자신의 견해를 밝힌 글인데 양이 방대하여 《고문진보》에 대한 평소 그의 관심의 정도를 알 수 있다. 예를 들어 杜甫詩 〈哀江頭〉의 '人生有情淚沾臆 江水江花豈終極'에 대하여,

> '感時花濺淚 恨別鳥驚心'(杜甫의 시 〈春望〉의 일절)의 부류와 같은 것이다. 다 인정의 지극한 슬픔에 기인한 것인데, 無心한 사물을 빌어 극단적으로 말한 것이다. 《艮齋集 續集 卷4》

라 풀이하고 있다. 金隆의 《勿巖集》에도 《古文眞寶前集講錄》에 이와 비슷한 내용이 수록되어 있다. 金時習은 《고문진보》 책을 구하고 나서 〈得古文眞寶〉라는 시를 지어 그 기쁨을 나타내고 있다.

> 세상에서 옥구슬을 부질없이 다투지만
> 써 버리면 끝내는 하나도 남지 않아

이 보배를 뱃속에 간직할 수 있다면
가슴 가득 옥소리가 쟁그랑 울리겠지

世間珠璧謾相爭　　用盡終無一个贏
此寶若能藏空洞　　滿腔渾是玉瑽琤　　《梅月堂集 卷9》

이렇게 볼 때 《고문진보》는 조선시대 선비들의 필독의 서적이었다. 이 책을 보고 중국의 名文에 접하게 되고, 이 책을 읽음으로써 문장과 시를 짓는 기초를 다졌던 것이다. 《宣祖實錄》의 다음과 같은 기록도 이를 뒷받침해 준다.

上이 이르기를 '소시 때 문장을 익힌 적이 있는가? 그대의 文詞를 보건대 매우 좋으니 배운 적이 있는가?' 하니 李珥가 아뢰기를 '신은 소시 적부터 문사를 배운 적은 없습니다. 소시에는 禪學을 자못 좋아하여 여러 經을 두루 보았으나 착실한 곳이 없음을 깨닫고 儒學으로 돌아와 우리 유학의 글에서 그 착실한 이치를 찾았습니다. 그러나 역시 문장을 위하여 읽은 것이 아니었으며, 지금 문장을 짓는데 대략 文理가 이루어진 것 역시 별도로 공부를 한 일은 없고 다만 일찍이 韓文·《古文眞寶》와 《詩經》·《書經》의 大文을 읽었을 뿐입니다.'라 하였다

李珥도 일찍이 《고문진보》를 읽었으며 그것이 문장을 짓는데 도움이 되었다는 말이다. 《朝鮮王朝實錄》에는 임금이 신하들이나 都會所에 《고문진보》를 하사했다는 기록이 자주 보이는데 이 역시 이 책의 중요성을 말해 주는 것이다. 또 柳希春이 쓴 《眉巖日記》의 다음과 같은 대목도 눈길을 끈다.

아침을 먹은 후 비를 무릅쓰고 玉堂에 나아가 箚子를 올렸는데 正字 金應男이 지은 글이 심히 절실하고 곧았다. 應敎 鄭琢과 校理 趙廷機가 다투어 글자의 의심스러운 부분을 물었는데 조정기가 《고문진보》를 질의해서 내가 모두 답했다. 〈弔古戰場文〉의 경우에는 내가 그 틀린 글자를 辨析해 주었고 '期門' '組練' '殺之何咎' 등의 뜻을 지시해 주었다. 또한 〈歸去來辭〉의 '扶老' '景翳翳以將入' '帝鄕不可期'와 〈赤壁賦〉의 '盈虛者如彼' 등의 구절을 내가 모두 거침없이 변석하니 좌중이 悅服했다

이 기록으로 우리는 당시 학자들의 《고문진보》에 대한 관심이 어떠했는가를 충분히

짐작할 수 있다. 玉堂의 관리들이 《고문진보》의 의심스러운 구절에 대하여 서로 토론할 정도로 이 책은 널리 읽혀졌고 또 그만큼 중요한 책으로 인식되었다. 그러나 조선시대의 학자들이 모두 《고문진보》를 중시한 것은 아니었다. 退溪는 前集에 실려 있는 〈眞宗皇帝勸學文〉을 못마땅하게 여겨서 제자들에게 이 글을 읽지 말라고 말했는데 이는,

집을 부유하게 하려 좋은 밭 살 필요 없으니
책 속에 저절로 千鍾의 곡식 있다네

거처를 편안히 하려 높은 집 지을 필요 없으니
책 속에 저절로 황금의 집이 있다오

富家不用買良田 書中自有千鍾粟
安居不用架高堂 書中自有黃金屋

로 시작되는 권학문의 내용이 부귀와 공명으로 학자들을 유인한다고 생각했기 때문이다. 순수한 마음으로 글을 읽어야지, 어떤 대가를 전제해서는 안 된다는 것인데, 鄭士信도 같은 취지의 글을 남긴 바 있다. 柳希春은 《고문진보》에 玉石이 섞여 있는 것이 한스럽다고 말하고 그 예로 白居易의 〈長恨歌〉를 들고 있다. 唐明皇이 며느리를 빼앗은 불륜의 사실을 백거이가 美化시켰다는 것이 그 이유이다.

許筠은 《史畧》과 함께 《고문진보》 자체를 부정적으로 보았다.

曾先之의 《史畧》 1권을 成文戴公(成俔의 諡號)이 얻고는 매우 좋아했다. 그때 蕃仲(成俔의 아들인 成世昌의 字) 상공이 이미 登第했기에 文戴公이 蕃仲으로 하여금 한번 誦讀케 하고는 '이만하면 主文하기에 족하다.'라 말했다. 國初에 여러 사람들이 모두 《고문진보》 전후집을 읽고서 문장을 지었다. 그래서 지금까지도 선비들이 처음 학문을 할 때 반드시 이 책을 중요하게 여겼다. 그러나 내가 보건대 《사략》은 全史를 통독한 자가 요점을 잡아서 본 다음 잊지 않고 기록한 것이며, 《고문진보》는 한 사람이 우연히 뽑은 것이어서 그 버리고 취한 기준을 알 수 없으니 읽지 않더라도 될 것이다. 蒙學의 文理를 밝히는데는 《論語》, 《孟子》, 《通鑑》이 좋은데 하필 얕은 데에 기준을 둘 필요가 있겠는가. 《惺所覆瓿藁 권24》

허균이 《고문진보》를 읽지 않아도 좋다고 말한 것은, 이 책이 한 사람이 우연히 뽑은 것이어서 그 선별기준이 모호하다는 이유 때문이다. 그는 같은 글에서 "權汝章(權韠의 字), 李子敏(李安訥의 字)은 모두 《고문진보》를 읽지 않았는데도 그 詩가 저절로 좋다."고 하여 《고문진보》에 대하여 강한 거부감을 나타내고 있다. 허균이 이 책을 부정적으로 본 것은 그의 개인적인 취향이나 문학적 성향과 관련되어 있기 때문에 별도의 연구가 필요한 사항이다. 따라서 여기서 섣불리 논의할 수 없는 일이다.

《고문진보》는 몇몇 사람들의 부정적 평가에도 불구하고 많은 사람들에 의하여 계속 읽혔고 지금도 넓은 독자층을 확보하고 있다. 우리는 이 책을 읽음으로써 중국 고대 名文의 眞髓에 접할 수 있다. 또한 이 책을 통하여 학문을 성숙시킨 선인들의 사상을 이해하기 위해서도 《고문진보》를 읽을 필요가 있다고 하겠다.

## 참고문헌

崔仁旭 譯, 《古文眞寶》, 乙酉文化社
韓武熙 譯, 《古文眞寶》, 惠園出版社
成百曉 譯, 《古文眞寶 後集》, 傳統文化研究會
田祿生, 《埜隱逸稿》
金時習, 《梅月堂集》
柳希春, 《眉巖日記》
李德弘, 《艮齋集》
許筠, 《惺所覆瓿藁》
《中國大百科全書》, 〈中國文學〉

# 凡 例

1. 本書는 東洋古典譯註叢書의 한 책이다.
2. 본서의 國譯臺本은《詳說 古文眞寶大全》前集(學民文化社 影印本)이다.
3. 본서를 譯註함에는 作者의 文集과 韓國 및 日本의 각종 문헌을 참고하였고, 參考書目은 凡例 뒤에 수록하였다.
4. 번역은 原義에 충실하게 하여 原典講讀에 도움이 되도록 하였고 난해한 부분은 意譯하였다.
5. 讀者의 理解를 돕기 위하여 原文에 懸吐하였다.
6. 原註는 懸吐하고 번역하되 단순한 단어 풀이 등은 일부 제외하였다.
7. 譯註는 中國 歷代 註釋家들과 우리나라 先學들의 註說을 반영하였다.
8. 주석을 표시함에 원주는 별도의 표시를 하지 않고, 역주는 '역주]'로 표시하였다.
9. 臺本에는 作者가 名, 字 등으로 혼용되어 있으나 名으로 통일하고 字號 등을 병기하였다.
10. 原文에서 假借字나 僻字는 音을 달았고, 誤字는 譯註로 처리하였다.
11. 작품 대부분에 '賞析'을 붙여 내용 이해와 감상에 필요한 사항 및 우리나라 先學들의 비평과 次韻한 詩 등을 소개하였다. 단 勸學文은 전체를 포괄하여 설명하였다.
12. 作者諸家略傳은 대본의 〈諸賢姓氏事略〉을 보완하여 卷末에 부록하였다.
13. 《古文眞寶》 연구자를 위하여 참고문헌을 卷末에 실었다.
14. 본서에 사용된 주요 부호와 약호는 다음과 같다.

" " : 각종 引用

' ' : 再引用, 强調

《 》: 書名이나 出典

〈 〉: 篇章節名, 作品名 또는 補充譯

역주] : 譯者의 註

( ) : 漢字의 音, 간단한 註釋

〔 〕: 原文 倂記, 音이 다른 漢字

* : 제목에 대한 譯註

*), *1) : 原註에서의 譯註

# 參考書目

## 韓 國

詳說古文眞寶大全諺解

＊ 以下 書目은 韓國文集叢刊 (民族文化推進會刊) 本임.

稼亭集(李穀)
澗松集(趙任道)
艮翁集(李獻慶)
艮齋集(李德弘)
艮齋集(崔演)
葛庵集(李玄逸)
格齋集(孫肇瑞)
孤山遺稿(尹善道)
孤山集(李惟樟)
菊澗集(尹鉉)
圭菴集(宋麟壽)
謹齋集(安軸)
錦溪集(黃俊良)
及菴詩集(閔思平)
畸庵集(鄭弘溟)
杞園集(魚有鳳)
蘭雪軒集(許楚姬)
南坡集(洪宇遠)
老稼齋集(金昌業)
魯西遺稿(尹宣擧)
農圃集(鄭文孚)
大觀齋亂稿(沈義)
陶菴集(李縡)
東國李相國集(李奎報)
東溟集(金世濂)
東岳集(李安訥)
東州集(李敏求)
頭陀草(李夏坤)
遯窩遺稿(任守幹)
梅月堂集(金時習)
梅窓集(鄭士信)
明谷集(崔錫鼎)
牧隱稿(李穡)
木齋集(洪汝河)
武陵雜稿(周世鵬)
默齋集(洪彦弼)
文谷集(金壽恒)
勿巖集(金隆)
眉巖集(柳希春)
密菴集(李栽)
朴先生遺稿(朴彭年)
保晩齋集(徐命膺)
本庵集(金鍾厚)
四佳集(徐居正)
私淑齋集(姜希孟)
思齋集(金正國)
三淵集(金昌翕)
三灘集(李承召)
象村稿(申欽)
西溪集(朴世堂)
瑞石集(金萬基)
恕菴集(申靖夏)
西厓集(柳成龍)
西浦集(金萬重)
石洲集(權韠)
石川詩集(林億齡)
雪峯遺稿(姜柏年)
成謹甫集(成三問)
蘇齋集(盧守愼)
松堂集(趙浚)
松巖集(權好文)
宋子大全(宋時烈)
松亭集(河受一)
水色集(許 穪 )
睡隱集(姜沆)
水村集(任埅)
習齋集(權擘)
息庵遺稿(金錫冑)
樂全堂集(申翊聖)
樂靜集(趙錫胤)
藥山漫稿(吳光運)
陽村集(權近)
漁村集(沈彦光)
玉溪集(盧禛)
龍門集(趙昱)
龍洲遺稿(趙絅)
憂亭集(金克成)
月沙集(李廷龜)

月軒集(丁壽崗)
游齋集(李玄錫)
游軒集(丁熿)
頤庵遺稿(宋寅)
二憂堂集(趙泰采)
益齋亂稿(李齊賢)
一松集(沈喜壽)
一庵集(辛夢參)
林白湖集(林悌)
立巖集(閔齊仁)
竹陰集(趙希逸)
遲川集(崔鳴吉)
芝湖集(李選)
青溪集(梁大樸)
淸陰集(金尙憲)
青泉集(申維翰)
秋江集(南孝溫)
春亭集(卞季良)
醉吃集(柳潚)
炭翁集(權諰)
台溪集(河溍)
泰齋集(柳方善)
泰村集(高尙顔)
退溪集(李滉)
河西全集(金麟厚)
鶴泉集(成汝學)
海左集(丁範祖)
虛白堂集(成俔)
虛庵遺集(鄭希良)
亨齋詩集(李稷)
壺谷集(南龍翼)
洪崖遺稿(洪侃)
花潭集(徐敬德)
希樂堂稿(金安老)
希菴集(蔡彭胤)

中 國

歐陽永叔集(歐陽修)
陶靖節集(陶淵明)
杜少陵集(杜甫)
孟東野詩集(孟郊)
白香山集(白居易)
山谷詩注(黃庭堅)
蘇東坡集(蘇軾)
王右丞集(王維)
王臨川集(王安石)
韋蘇州集(韋應物)
李太白集(李白)
岑嘉州詩集(岑參)
長江集(賈島)
昌谷集(李賀)
韓昌黎集(韓愈)
唐詩三百首
宋詞三百首

日 本

漢籍國字解全書 古文眞寶 前集
新釋漢文大系 古文眞寶 前集

# 目　次



## 古文眞寶 前集 제1권

### 勸學文



### 五言古風 短篇

## 古文眞寶 前集 제2권

### 五言古風 短篇

## 古文眞寶 前集 제3권

### 五言古風 長篇

## 古文眞寶 前集 제4권

### 七言古風 短篇

## 古文眞寶 前集 제5권

### 七言古風 短篇



## 古文眞寶 前集 제6권

### 七言古風 長篇

## 古文眞寶 前集 제7권

### 長短句

## 古文眞寶 前集 제8권

### 歌類



## 古文眞寶 前集 제9권

### 歌類

## 古文眞寶 前集 제10권

### 行類



## 古文眞寶 前集 제11권

### 行類

## 古文眞寶 前集 제12권

### 吟類



### 引類



### 曲類



### 辭

古文眞寶 前集 제1권

# 勸學文*

* 본서의 처음에 勸學文을 실은 것은 학문을 가장 우선으로 하였기 때문이니, 《荀子》에도 〈勸學篇〉을 제일 앞에 두었다. 이하의 勸學文은 내용이 대체로 비슷하여 열심히 공부하면 훌륭한 사람이 되어 출세하고 그렇지 못하면 용렬한 사람이 되어 남에게 천시를 받고 곤궁함을 강조하였다. 열심히 공부한 사람을 등용하는 것은 帝王의 도리에 당연한 것이다. 그러나 富貴와 功名으로 학자들을 유인하는 듯한 권학문의 내용은 후세에 비판을 면치 못하였다. 다음에 鄭士信〈1558(명종 13)—1619(광해군 11)〉의 《梅窓集》 4권에 실려 있는 내용을 소개하겠다.

鑑源子가 말하기를 "내가 우연히 《學海》라는 책을 보니, 여기에 이르기를 '勸學文에는 「책 속에 저절로 黃金의 집이 있다.〔書中自有黃金屋〕」 하였고 王荊公의 권학문에는 또 「금을 팔아 책을 사서 읽으라. 책을 읽고서 금을 사기는 쉽다.〔賣金買書讀 讀書買金易〕」 하였는데, 이 말이 한번 사람의 가슴속에 들어가면 뜻을 얻기 전에 미리 부귀를 탐하는 마음을 갖게 되고 이미 뜻을 얻은 뒤에는 마음껏 가렴주구를 하여, 오직 황금을 많이 소유하는 것을 영광으로 여기고 더러운 행실을 부끄러워하지 아니하여 이것을 편안하게 여길 것이니, 비록 淸白한 의논이 있더라도 귀담아 듣지 않을 것이다. 그러하니 國家의 法을 우습게 보아 백성들에게 폐해를 입히고 나라를 좀먹는 것이 괴이할 것이 없다.' 하였다. 이 단락의 의논은 후세 학자들의 심술의 병통을 잘 비판한 것이라 하겠다. 또 韓文公의 〈符讀書城南〉 시에도 오직 부귀와 과시하는 일을 말하여 勸勉하고 유도하였으니, 이는 어린이들에게는 높은 것을 말해 줄 수 없으므로 우선 目前의 부귀를 누려 사람들이 알기 쉽고 부러워하는 일을 가지고 인도한 듯하다. 그러나 韓公은 몸소 道를 전수해 주는 책임을 맡고 있으면서도 이와 같이 아들을 가르쳤으니, 이 또한 분변하여 후학들이 학문을 함에 있어 지름길을 찾는 잘못을 바로잡지 않을 수 없다." 하였다. 鑑源子의 이 말은 배우는 자들이 의리를 바로잡고 도를 밝히는 뜻에 큰 관계가 있으므로 이 글을 함께 붙이는 바이다.

## 眞宗皇帝勸學 眞宗皇帝의 권학문

眞宗皇帝(趙恒)

名恒이니 宋太宗之子라 言人能勤學則榮貴하여 後自有良田好宅僕從妻妾之奉也

이름은 恒이니 宋나라 太宗의 아들이다. 사람이 학문을 부지런히 힘쓰면 영화롭고 귀해져서 뒤에 자연 비옥한 토지와 아름다운 집과 마부와 하인, 妻妾의 봉양이 있음을 말한 것이다.

富家不用買良田이니 집을 富하게 하려 좋은 밭 살 필요 없으니
書中自有千鍾粟[1]이라 책속에 절로 千鍾의 곡식 있다오.
安居不用架高堂이니 거처를 편안히 하려 높은 집 지을 필요 없으니
書中自有黃金屋[2]이라 책속에 절로 黃金의 집 있다오.
出門莫恨無人隨하라 문을 나섬에 따르는 사람 없음 한하지 마오
書中車馬多如簇이라 책속에 車馬가 대나무 발처럼 즐비하다오.
娶妻莫恨無良媒하라 아내를 데려옴에 좋은 중매 없음 한하지 마오
書中有女顔如玉이라 책속에 얼굴이 옥처럼 아름다운 여인 있다오.
男兒欲遂平生志인댄 男兒가 평생의 뜻 이루고자 한다면
六經[3]勤向窓前讀하라 六經을 부지런히 창 앞 향해 읽으라.

1) 譯註] 千鍾粟 : 鍾은 量의 이름으로 6斛 4斗를 鍾이라 한다. 千鍾은 6천 4백 곡으로 많은 곡식을 가리킨다.

2) 書中自有黃金屋 : 黃金屋은 漢武故事니 漸臺高三十丈이요 飾以黃金鏤屋上하니라
黃金屋은 漢나라 武帝의 故事이니 漸臺의 높이가 30丈이었고 황금으로 지붕 위를 새겨 장식하였다.

3) 역주] 六經 : 《易經》·《詩經》·《書經》·《禮記》·《周禮》·《春秋》의 여섯 가지 경전을 이른다.

## 仁宗皇帝勸學 仁宗皇帝의 권학문

仁宗皇帝(趙禎)

名禎이니 宋眞宗之子라 謂人而不學이면 雖草木禽獸糞壤이라도 不如也라

이름은 禎이니 宋나라 眞宗의 아들이다. 사람이 배우지 않으면 비록 초목과 금수와 흙덩이만도 못함을 말한 것이다.

| | |
|---|---|
| 朕觀無學人은 | 내 보니 배움 없는 사람 |
| 無物堪比倫[1]이라 | 견줄 만한 물건 없다오. |
| 若比於草木이면 | 만약 풀과 나무에 견준다면 |
| 草有靈芝木有椿[2]이요 | 풀에는 靈芝 있고 나무에는 椿나무 있으며 |
| 若比於禽獸면 | 만약 새와 짐승에 견준다면 |
| 禽有鸞鳳獸有麟[3]이요 | 새에는 鳳凰 있고 짐승에는 麒麟 있네. |
| 若比於糞土면 | 만약 거름과 흙에 비한다면 |
| 糞滋五穀[4] 土養民하니 | 거름은 五穀 자양하고 흙은 사람 길러주니 |
| 世間無限物이 | 세상의 무한한 물건이 |
| 無比無學人이라 | 배움이 없는 사람에 견줄 만한 것 없어라. |

1) 역주〕 比倫 : 比類와 같은 말로 서로 비교함을 이른다.

2) 草有靈芝木有椿 : 靈芝는 瑞草니 瑞命記曰 王者慈仁則生이라하니라 椿은 木名이니 莊子에 上古有大椿者하니 以八千歲爲春하고 八千歲爲秋라 ○ 草中尙有芝之瑞하고 木中尙有椿之耐라

靈芝는 상서로운 풀이니 《瑞命記》에 이르기를 "王者가 인자하면 자라난다." 하였다. 椿은 나무 이름으로, 《莊子》에 "上古時代에 큰 椿나무가 있었으니 8천년을 봄으로 삼고 8천년을 가을로 삼는다." 하였다.

○ 풀 가운데에도 오히려 靈芝의 상서가 있고 나무 가운데에도 오히려 椿나무의 장구함이 있는 것이다.

3) 禽有鸞鳳獸有麟 : 鸞鳳은 神鳥로 羽蟲之長이라 鳳은 鷄頷蛇頸燕顋龜背魚尾요 高六尺이요 羽備五色하니 見則天下太平하고 飛則群鳥隨之라 鸞亦鳳類라 麟은 仁獸로 毛蟲之長이니 麕身牛尾馬蹄一角이요 角端有肉하며 不踐生物하고 不履生草하니 王者至仁하면 麒麟乃出이라

鸞鳳은 신령스러운 새로 羽蟲의 으뜸이다. 鳳은 닭의 턱에 뱀의 목이고 제비의 볼에 거북의 등이며 물고기의 꼬리에 키가 6척이고 깃털은 五色을 구비하였으니, 이 새가 나타나면 천하가 태평하고 이 새가 날면 여러 새들이 따른다. 난새 또한 봉황의 종류이다. 기린은 어진 짐승으로 毛蟲의 으뜸이니, 노루의 몸에 소의 꼬리이고 말의 발굽이며 뿔이 하나이고 뿔 끝에 살이 달려 있으며 生物을 밟지 않고 살아있는 풀을 밟지 않으니, 王者가 지극히 인자하면 기린이 이에 나온다.

4) 역주〕 五穀 : 벼〔稻〕, 기장〔黍〕, 피〔稷〕, 콩〔菽〕, 보리〔麥〕의 다섯 가지 곡식을 이른다.

## 司馬溫公勸學歌　　司馬溫公의 권학가

司馬光

父主擇師하고 師主教導하니 二者兼盡이면 勉而學之는 子之責也라

아버지는 스승을 고르고 스승은 教導하니, 두 가지가 모두 극진하면 힘써 배우는 것은 자식의 책임이다.

| | |
|---|---|
| 養子不教父之過요 | 아들 기르면서 가르치지 않음은 부모의 잘못이요 |
| 訓導不嚴師之惰라 | 訓導 엄하게 하지 않음은 스승의 게으름이네. |
| 父教師嚴兩無外어늘 | 부모가 가르치고 스승이 엄해 벗어남 없는데 |
| 學問無成子之罪라 | 學問이 이루어짐 없음 자식의 죄라오. |
| 煖衣飽食居人倫[1]하여 | 따뜻이 입고 배불리 먹으면서 人倫에 거하여 |
| 視我笑談如土塊[2]라 | 나의 웃고 말함 보기를 흙덩이처럼 여기누나. |
| 攀高不及下品流하니 | 높은 데 오르려 하나 미치지 못하여 下品으로 흐르니 |
| 稍遇賢才無與對라 | 조금만 賢才 만나면 더불어 상대할 수 없네. |
| 勉後生力求誨하고 | 後生들에게 권하노니 힘써 가르침 구하고 |
| 投明師莫自昧하라 | 현명한 스승에게 의지하여 스스로 蒙昧하지 말라. |
| 一朝雲路[3]果然登이면 | 하루아침 青雲의 길에 과연 오른다면 |
| 姓名亞等呼先輩라 | 姓名이 先賢들 다음 되어 선배라 불러주네. |
| 室中若未結親姻이면 | 방안에 만약 혼인 맺지 않았으면 |
| 自有佳人求匹配이라 | 절로 佳人 있어 배필 구하리라. |
| 勉旃汝等各早修하고 | 부디 힘쓰라 너희들은 각기 일찍 배움 닦고 |
| 莫待老來徒自悔[4]하라 | 노년 되어 한갓 스스로 후회하지 말라. |

1) 煖衣飽食居人倫 : 孟子滕文公에 人之有道에 飽食煖衣하여 逸居而無教면 則近於禽獸일새 聖人有憂之하여 使契(설)爲司徒하여 教以人倫하시니 父子有親이며 君臣有義며 夫婦有別이며 長幼有序며 朋友有信이라하니라

《孟子》〈滕文公〉에 "사람이 道가 있는데 배불리 먹고 따뜻히 입고서 편안히 살기만 하고 가르침이 없으면 禽獸에 가까워지므로 聖人이 이것을 걱정하여 契을 司徒로 삼아 人倫을 가르치게 하시니, 부자간에는 친함이 있으며 군신간에는 의리가 있으며 부부간에는 분별이 있으며 장유간에는 차례가 있으며 붕우간에는 신의가 있는 것이다." 하였다.

2) 역주] 視我笑談如土塊 : 賢者의 좋은 말을 들어도 무슨 뜻인지 알지 못하여 귀담아 듣지 않음을 말한 것이다.

3) 역주] 雲路 : 靑雲의 길로 청운은 출세하여 높은 지위에 오름을 가리킨다.

4) 勉旃汝等各早修 莫待老來徒自悔 : 勸勉汝等은 各宜及早修學이요 毋等老來하라 悔之無及이니라

너희들은 각기 일찍 학문을 닦을 것이요 늙기를 기다리지 말라. 후회해도 미칠 수 없다.

## 柳屯田勸學文　　柳屯田의 권학문

柳 永

養子必教하고 教則必勤이니 學則庶人爲公卿이요 否則冑子爲庶人이니라

아들을 기르면 반드시 가르쳐야 하고 가르치면 반드시 부지런히 배우게 해야 하니, 배우면 庶人이 公卿이 되고 가르치지 않으면 冑子가 庶人이 된다.

父母養其子而不教면　부모가 자식 기르기만 하고 가르치지 않는다면
是不愛其子也요　이는 그 자식 사랑하지 않는 것이요
雖教而不嚴이면　비록 가르치더라도 엄하게 하지 않는다면
是亦不愛其子也요　이는 또한 그 자식 사랑하지 않는 것이요
父母教而不學이면　부모가 가르치는데도 배우지 않는다면
是子不愛其身也요　이는 자식이 그 몸 사랑하지 않는 것이요
雖學而不勤이면　비록 배우더라도 부지런히 하지 않는다면
是亦不愛其身也라　이는 또한 그 몸 사랑하지 않는 것이네.
是故養子必教하고　그러므로 자식 기르면 반드시 가르쳐야 하고
教則必嚴하며　가르치면 반드시 엄하고
嚴則必勤하고　엄하면 반드시 부지런하고
勤則必成이니　부지런하면 반드시 성공하니
學則庶人之子爲公卿이요　배우면 庶人의 자식 公卿이 되고
不學則公卿之子爲庶人[1]이니라　배우지 않으면 공경의 자식 서인이 된다네.

1) 學則庶人之子爲公卿 不學則公卿之子爲庶人 : 人知勤學이면 則賤者可使之貴요 苟不知學이면 則貴者反爲賤矣니라

사람이 부지런히 배울 줄 알면 천한 자가 귀해질 수 있고 만일 배울 줄 모르면 귀한 자가 도리어 천해진다.

## 王荊公勸學文　王荊公의 권학문

王安石

名安石이요 字介甫니 宋朝人이라 好學하여 官至丞相하니라

이름은 安石이요 자는 介甫이니 宋나라 때 사람이다. 학문을 좋아하여 벼슬이 丞相에 이르렀다.

| | |
|---|---|
| 讀書不破費하고 | 책을 읽는 데에는 비용 들지 않고 |
| 讀書萬倍利라 | 책을 읽으면 이익 만 배나 되네. |
| 書顯官人才하고 | 책은 벼슬하는 사람의 재주 드러내고 |
| 書添君子智라 | 책은 君子의 지혜 더해주네. |
| 有卽起書樓하고 | 財力이 있으면 書樓 일으키고 |
| 無卽致書櫃니라 | 재력이 없으면 책궤짝 마련하라. |
| 窓前看古書하고 | 창 앞에서 옛책 보고 |
| 燈下尋書義하라 | 등잔 밑에서 글뜻 찾으라. |
| 貧者因書富하고 | 가난한 자 책으로 인하여 부유해지고 |
| 富者因書貴하며 | 부유한 자 책으로 인하여 귀해지며 |
| 愚者得書賢하고 | 어리석은 자 책을 얻어 어질어지고 |
| 賢者因書利하니 | 어진 자 책으로 인하여 이로워지니 |
| 只見讀書榮하고 | 단지 책을 읽어 영화로움 보았고 |
| 不見讀書墜라 | 책을 읽어 실추함 보지 못하였네. |
| 賣金買書讀하라 | 금 팔아 책 사서 읽으라 |
| 讀書買金易라 | 책 읽어 금 사기는 쉬운 법이네. |
| 好書卒難逢이요 | 좋은 책 마침내 만나기 어렵고 |
| 好書眞難致라 | 좋은 책 참으로 얻기 어렵다네. |
| 奉勸讀書人하노니 | 책읽는 사람에게 받들어 권하노니 |
| 好書在心記하라 | 좋은 책 마음속에 두어 기억하라. |

## 白樂天勸學文　白樂天의 권학문

白居易

樂音洛이라 姓白이요 名居易니 唐人이라

樂은 음이 낙이다. 성은 白이요 이름은 居易이니 唐나라 사람이다.

有田不耕倉廩虛하고　밭 있어도 갈지 않으면 창고 비고
有書不教子孫愚라　책 있어도 읽지 않으면 자손 어리석어지네.
倉廩虛兮歲月乏하고　창고 비면 생활 궁핍해지고
子孫愚兮禮義疎라　자손 어리석어지면 禮義 소홀해지네.
若惟不耕與不教는　만약 밭갈지도 않고 가르치지도 않는다면
是乃父兄之過歟인저　이는 바로 父兄의 잘못이라오.

## 朱文公勸學文　朱文公의 권학문

朱　熹

謂人之爲學이 當勉勵進修니 不可因循苟且라

사람이 學問을 함은 마땅히 부지런히 힘써 진보하고 닦아야 하니, 그럭저럭 세월만 보내고 구차히 해서는 안됨을 말한 것이다.

勿謂今日不學而有來日하고　오늘에 배우지 않고서 내일이 있다고 이르지 말고
勿謂今年不學而有來年하라　금년에 배우지 않고서 내년이 있다고 말하지 말라.
日月逝矣라　세월은 흘러간다
歲不我延이니　세월은 나를 위해 기다려 주지 않으니
嗚呼老矣라　아! 늙었구나
是誰之愆고　이 누구의 잘못인가.

## 符讀書城南　符가 城南에 독서하러 가다

韓愈(退之)

符는 韓公子의 小字니 後更名하니라 長慶中及第하여 爲集賢校理하니라 ◯ 韓昌黎先生有子하니 名符라 讀書於郡城之南이어늘 作此篇勉之하니 蓋欲學者知學則爲君子하고 不學則爲小人耳라

符는 韓公의 아들의 어렸을 적 이름이니, 뒤에 이름을 바꿨다. 長慶 연간에 급제하

여 集賢殿 校理가 되었다.

○ 韓昌黎先生의 아들은 이름이 符이다. 고을 城의 남쪽에서 독서하였는데 이 편을 지어 권면하니, 배우는 자로 하여금 배우면 君子가 되고 배우지 않으면 小人이 됨을 알게 하고자 한 것이다.

| | |
|---|---|
| 木之就規矩는 | 나무가 規矩에 나아감 |
| 在梓匠輪輿[1]하고 | 梓匠과 輪輿에게 달려 있고 |
| 人之能爲人은 | 사람이 훌륭한 사람 됨 |
| 由腹有詩書니 | 뱃속에 詩書가 있기 때문이네. |
| 詩書勤乃有요 | 詩書는 부지런하면 갖게 되고 |
| 不勤腹空虛라 | 부지런하지 않으면 뱃속이 텅 빈다오. |
| 欲知學之力인댄 | 學問의 힘 알고자 할진댄 |
| 賢愚同一初[2]라 | 어진이와 어리석은 이 처음엔 똑같았는데 |
| 由其不能學하여 | 배우지 못함으로 말미암아 |
| 所入遂異閭라 | 들어가는 곳 마침내 門이 달라지네. |
| 兩家各生子하여 | 두 집에서 각기 자식 낳아 |
| 提孩巧相如[3]하고 | 안아주고 웃을 때엔 재주 서로 비슷하고 |
| 少長聚嬉戲에 | 조금 자라 모여 장난할 때엔 |
| 不殊同隊魚[4]라 | 같은 隊伍의 물고기와 다르지 않다네. |
| 年至十二三에 | 나이 열두세 살에 이르면 |
| 頭角稍相踈하고 | 頭角이 차츰 서로 달라지고 |
| 二十漸乖張하여 | 스무 살 되면 점점 벌어져 |
| 淸溝映汚渠하고 | 맑은 물이 더러운 도랑에 비치는 듯하며 |
| 三十骨骼成하여 | 서른 살에는 골격 이루어져 |
| 乃一龍一豬[5]라 | 마침내 하나는 용 하나는 돼지 된다네. |
| 飛黃[6]騰踏去하니 | 飛黃馬 타고 가니 |
| 不能顧蟾蜍[7]라 | 두꺼비처럼 노둔한 말 돌아보지 않누나 |
| 一爲馬前卒하여 | 하나는 말 앞의 마부 되어 |
| 鞭背生蟲蛆하고 | 등에 채찍 맞아 구더기 생기고 |
| 一爲公與相하여 | 하나는 公과 정승 되어 |

| | |
|---|---|
| 潭潭府中居라 | 깊고 너른 府中에 거한다오. |
| 問之何因爾오 | 묻노니 무슨 연유인가 |
| 學與不學歟인저 | 배우고 배우지 않은 차이라네. |
| 金璧雖重寶나 | 금과 구슬 비록 중한 보배이지만 |
| 費用難貯儲요 | 써버리면 저축하기 어려우며 |
| 學問藏之身하여 | 學問은 몸에 간직하여 |
| 身在則有餘라 | 몸이 남아 있으면 유여하네. |
| 君子與小人이 | 君子와 小人 |
| 不繫父母且(저)[8]라 | 父母에게 달려 있지 않으니 |
| 不見公與相이 | 公과 정승 |
| 起身自犁鋤며 | 보습과 호미로부터 出身한 것 보지 못하였는가. |
| 不見三公後 | 三公의 後孫 |
| 寒饑出無驢[9]아 | 춥고 굶주려 나갈 때 나귀도 없는 것 보지 못하였는가. |
| 文章豈不貴리오 | 文章이 어찌 귀중하지 않겠는가 |
| 經訓乃菑畬라 | 經書의 가르침 곧 田畓과 같은 것이라네. |
| 潢潦無根源하니 | 고인 장마물 근원 없어 |
| 朝滿夕已除라 | 아침에 찼다가도 저녁에는 이미 없어지네. |
| 人不通古今이면 | 사람이 古今의 일 통달하지 못하면 |
| 馬牛而襟裾[10]라 | 마소에다 옷 입혀놓은 격이니 |
| 行身陷不義하니 | 행동함에 不義에 빠지는데 |
| 況望多名譽아 | 하물며 명예가 많기 바라는가. |
| 時秋積雨霽하고 | 때는 가을이라 장마비 개이고 |
| 新涼入郊墟라 | 새로이 시원한 기운 郊外에 들어오니 |
| 燈火稍可親이요 | 등잔불 점점 가까이 하고 |
| 簡編可卷舒니 | 책 거뒀다 폈다 할 만하네. |
| 豈不旦夕念가 | 어찌 아침저녁으로 생각하지 않겠는가 |
| 爲爾惜居諸[11]라 | 너 위해 세월 아까워하노라. |
| 恩義有相奪[12]이니 | 은혜와 義 서로 빼앗음 있으니 |
| 作詩勸躊躇하노라 | 詩 지어 주저하는 너 권면하노라. |

1) 木之就規矩 在梓匠輪輿：規는 爲圓之器요 矩는 爲方之器라 ○ 凡木之成이 就於規圓矩方也라 梓人匠人은 木工也요 輪人輿人은 車工也니 俱攻木之工也니 事見周禮하니라

規는 둥근 것을 만드는 기구이고 矩는 네모난 것을 만드는 기구이다.

○ 모든 나무의 이루어짐은 規의 둥금과 矩의 네모남에 있다. 梓人과 匠人은 木工이고 輪人과 輿人은 車工이니, 모두 나무를 다루는 목수로 《周禮》에 내용이 보인다.

2) 賢愚同一初：賢智愚昧 同此有生之初하니 初者는 本然之性也라

어질고 지혜로운 자와 우매한 자가 태어난 초기에는 똑같으니, 初는 本然의 性을 이른다.

3) 역주] 巧相如：'巧'를 귀엽고 예쁜 모습으로 보기도 하고 말재주나 재롱으로 보기도 하며 '매우'로 해석하기도 한다.

4) 역주] 同隊魚：두 아이가 서로 가깝고 친하여 잠시도 떨어지지 않는 것이 마치 줄을 지어 서로 따르는 물고기와 같음을 비유한 것이다. 曹植의 〈種葛篇〉에 "與君初婚時 結髮恩意心……昔爲同池魚 今爲商與參"이라는 표현이 있는 바, 同池魚는 부부간의 친밀함을 비유한 것이나 여기서는 同池魚란 말을 변형하고 의미를 유추한 것으로 보인다.

5) 乃一龍一豬：於是에 其一學者는 如神龍之有變化하고 一不學者는 則如猪畜之無變化也라

이에 배운 한 사람은 神龍이 변화함이 있는 것과 같고 배우지 않은 한 사람은 돼지가 변화함이 없는 것과 같다.

6) 역주] 飛黃：駿馬의 이름이다.

7) 不能顧蟾蜍：蟾蜍는 駑馬也니 譬如人學與不學하여 學者는 騰達而去하여 不能顧其駑馬也라 舊註에 以爲水滴者誤라

蟾蜍는 노둔한 말이니, 비유하면 사람이 배우고 배우지 않은 것과 같아서 배운 자는 영달하여 떠나가서 노둔한 말을 돌아보지 않는다. 舊註에 물방울이라고 한 것은 잘못이다.

8) 君子與小人 不繫父母且(저)：不關係於父母生我之時요 在人學與不學耳라

부모가 나를 낳아주신 때와는 상관이 없고 사람이 배우느냐 배우지 않느냐에 달려 있을 뿐이다.

9) 不見三公後 寒饑出無驢：三公은 大臣也라 周以太師太傅太保로 爲三公하니 宇文周宋元因之하고 後漢至唐은 以太尉司徒司空爲三公하니라 豈不見三公之後子孫가

三公은 대신이다. 周나라는 태사·태부·태보를 三公이라 하였는데 宇文氏의 周나라와 宋나라와 元나라는 그대로 따랐고 後漢으로부터 唐나라까지는 태위·사도·사공을 三公이라 하였다. 不見三公後는 '어찌 三公의 후손들을 보지 못하였는가.'의

뜻이다.

10) 馬牛而襟裾 : 如馬牛獸畜之無所知而被服世人之襟裾也라 ○ 襟은 袍之前袂요 衣後曰裾라

마소와 짐승과 가축이 아는 바가 없으면서 사람의 옷을 입고 있는 것과 같은 것이다. ○ 襟은 도포의 앞 소매이고 옷의 뒷자락은 裾라 한다.

11) 역주] 居諸 : 日居月諸의 줄임말로 日月, 곧 세월을 가리킨다.

12) 恩義有相奪 : 閨門之情은 以恩掩義하고 師友之嚴은 以義掩恩하니 私恩失義면 無久遠之理하고 有相奪之期니라

閨門의 情은 은혜로써 義를 가리고 師友의 엄함은 義로써 은혜를 가리니, 사사로운 은혜 때문에 의를 잃으면 장구한 이치는 없고 서로 빼앗는 기약만 있는 것이다.

【賞析】 이 시는 《韓昌黎集》 6권에 실려 있는 바, 韓愈가 唐나라 元和 11년(816) 가을 아들 符가 城南으로 독서하러 갈 때 지은 것이다. 韓公의 墓誌와 登科記에는 아들의 이름이 昶으로 되어 있는 바, 符는 昶의 어렸을 적 이름이다. 이 시 가운데 '新凉入郊墟 燈火稍可親'의 두 句는 시원한 가을철이 독서하기 좋은 계절임을 강조하는 내용으로 특히 유명하다.

## 五言古風 短篇*

* 중국시는 크게 近體詩와 古體詩로 나누어진다. 고체시는 古詩 또는 古風이라고도 하는데, 《詩經》·《楚辭》를 제외한 옛 가요와 兩漢, 魏晉南北朝, 隋의 모든 樂府歌詩體와 五言古詩와 七言古詩를 가리키는 것으로 일정한 격식을 따지지 않는 반면, 근체시인 絶句와 律詩는 五言과 七言으로 나누어 平仄 등의 격식을 엄격히 따지는 것이 특징이다. 그러나 여기서는 근체시인 오언절구도 포함되어 있는 것으로 보아 분류가 엄밀하지 않은 듯하다.

### 淸夜吟 맑은 밤에 읊다

邵雍(康節)

言道之全體와 中和之妙用과 自得之樂을 少有人知此味也라

道의 전체와 中和의 妙用과 自得하는 즐거움을 사람들 중에 이 재미를 아는 이가 적음을 말한 것이다.

| | |
|---|---|
| 月到天心處요 | 달은 하늘 中心處에 이르렀고 |
| 風來水面時라 | 바람은 水面에 불어오는 때라오. |
| 一般淸意味를 | 이와 같은 깨끗한 의미 |
| 料得少人知라 | 아는 이 적음 헤아리노라. |

【賞析】 이 시는《伊川擊壤集》4권과《性理大全》70권에 실려 있다. 제목 밑의 주에 "이 시는 사물을 빌어 聖人은 本體가 淸明하여 人慾이 깨끗이 사라졌음을 표현한 것이다. '月到天心'은 구름이 완전히 걷힌 것이고 '風來水面'은 물결이 일지 않는 것이니, 이는 바로 人慾이 깨끗이 사라져 天理가 유행하는 때이다." 하였다.

明月이 환하게 떠 하늘의 중앙에 이르고, 한 줄기 맑은 바람이 불어와 水面을 쓸고 지나간다. 이 때에는 하늘과 수면이 온통 碧色으로 물들어 물과 달이 서로 비추니, 참으로 맑고 깨끗한 풍경이다. 이것은 사람의 마음이 깨끗하여 한 점의 가리움도 없어 道體의 天理가 유행함을 비유한 것이다. 그러나 달과 바람은 나와는 상관없이 스스로 존재하는 물건일 뿐이다. 人慾이 깨끗이 사라져 天理가 유행하여야 비로소 달과 바람의 淸淡한 意味가 내 마음과 일치할 수 있다. 그러므로 마지막 句에 나 말고는 이 妙味를 아는 사람이 적다고 말한 것이다.

許穡의《水色集》6권에도 같은 제목의 시가 실려 있다.

"동산의 나무에는 매미소리 그치고 뜨락의 풀섶에 귀뚜라미 소리 시끄러워라. 어둑한 물안개는 흰비단 펼쳐놓은 듯하고 가을달은 황금물결에 떠있구나. 홀로 침상에 의지하여 앉아서 다시 초나라 가락 뽑아 노래하네. 평생 은둔하려는 뜻만 품은 채 백수로 산언덕만 완상하네.〔園樹蟬聲息 庭莎蛬響多 暝烟橫素練 秋月泛金波 獨據胡床坐 還抽楚調歌 平生長往志 白首賞山阿〕"

河溍〈1597(선조 30)－1658(효종 9)〉의《台溪集》3권에도 같은 제목의 시가 보인다.

"달이 빈 집에 밝으니 나무그림자 높은데 길게 한 곡 노래하여 거문고 가락에 맞추네. 幽人의 생각 아는 이 없지만 시 읊음에 흥이 절로 나네.〔月白虛堂樹影高 長歌一曲和琴操 幽人意思無人會 仍自吟詩興自挑〕"

## 四時　　사시

陶潛(淵明)

春水夏雲秋月冬松은 足以盡四景之奇象이라

봄 물과 여름 구름과 가을 달과 겨울 소나무는 四時의 기이한 형상을 다한 것이다.

| | |
|---|---|
| 春水滿四澤이요 | 봄 물은 사방 못에 가득하고 |
| 夏雲多奇峯이라 | 여름 구름은 기이한 봉우리 많구나. |
| 秋月揚明輝하고 | 가을 달은 밝은 빛 드날리고 |
| 冬嶺秀孤松이라 | 겨울 산마루에는 외로운 소나무 빼어났네. |

【賞析】《陶靖節集》 3권에 실려 있다. 이 시는 顧愷之의 神情詩에도 보이는 바, 顧愷之가 陶淵明의 詩를 가지고 덧붙여 만든 것이라 한다. 許顗의 《彦周詩話》에 "四時는 顧長康(顧愷之)의 시인데, 《彭澤集》에 잘못 편입되었다."고 하여 이 시가 고개지의 작이라고 하였다.

沈義〈1475(성종 6)-? 〉의 《大觀齋亂稿》 3권에는 이 시에 화답하여 四時의 景物을 특징적으로 묘사한 시가 실려 있다.

"봄 섬돌은 분바른 얼굴을 드러낸 듯하고 여름 동산은 푸른 장막을 에워싼 듯하네. 가을엔 누런 구름 들판을 펼쳐 놓은 듯하고 겨울엔 백옥의 산을 쳐든 듯하네. 〔春階露粉面 夏園圍翠幄 秋設黃雲堈 冬擎白玉岳〕"

權諰〈1604(선조 37)-1672(현종 13)〉의 《炭翁集》 2권에도 四時에 화답한 시가 실려 있다.

"봄날에는 건곤이 합하고 여름날에는 초목이 향기롭네. 시내에 비친 가을 달빛 고요하고 눈 내리려는 겨울 아침 따뜻하기만 하여라.〔春日乾坤合 夏日草木薰 秋月川光靜 冬朝雪意溫〕"

## 江雪 눈 내리는 강

柳宗元(子厚)

山無飛鳥하고 路無行人하니 此雪景也라 孤舟獨釣에 見得是江天雪이라

산에는 나는 새가 없고 길에는 다니는 사람이 없으니, 이는 눈이 내리는 경치이다. 외로운 배에 홀로 낚시질하니, 보이는 것은 강하늘에 내리는 눈뿐이다.

| | |
|---|---|
| 千山鳥飛絶이요 | 온 산에는 나는 새 없고 |
| 萬逕人蹤滅이라 | 모든 길에는 人跡 끊겼어라. |
| 孤舟蓑笠翁이 | 외로운 배에 도롱이와 삿갓 쓴 늙은이 |
| 獨釣寒江雪[1]이라 | 홀로 눈내리는 차가운 강에서 낚시질하네. |

1) 역주〕 獨釣寒江雪 : 일부에서는 '홀로 차가운 강의 눈을 낚는다'로 해석하기도 하나

이는 문자 그대로 語不成說이라 하겠다. 詩語는 高低와 韻을 맞추기 때문에 일반 文章의 語順과는 크게 다름을 알아야 한다. 李白의 〈峨眉山月歌〉 첫째 句의 '峨眉山月半輪秋'는 바로 아미산에 걸려 있는 가을달을 읊은 것으로 만일 어순대로 해석한다면 말이 되지 않는다.

【賞析】 이 시는 《柳河東集》 43권에 실려 있다. 柳宗元은 永州司馬로 좌천된 뒤 크게 失意하였는데, 이 시는 이때에 지은 것으로 산수간에 은거하는 漁翁을 빌어 자신의 淸高하고 외로운 심정을 가탁하였다. 20字에 불과한 小詩로 묘사가 간결하고 意境이 淸新하여 유종원 시의 대표작으로 꼽힌다.

權好文〈1532(중종 27)－1587(선조 20)〉의 《松巖集》 2권에 〈獨釣寒江雪〉 시가 실려 있고 洪宇遠〈1605(선조 38)－1687(숙종 13)〉의 《南坡集》 1권에도 같은 제목의 시가 실려 있는데, 여기서는 홍우원의 시를 소개한다.

"희고 아득한 천지 사이에 들과 산은 온통 은빛과 옥빛으로 가득하네. 외로운 배에 홀로 낚시질하는 창강의 늙은이 비바람속에 삿갓과 도롱이로 추위를 견디네. 〔皓皓茫茫天地間 爛銀堆野玉攢巒 孤舟獨釣滄江叟 雨笠風蓑一任寒〕"

## 訪道者不遇　道人을 방문하였으나 만나지 못하다

賈島(僧 無本)

童子言師入山採藥하니 白雲深處에 無蹤尋覓이라

童子가 말하기를 "스승이 약초를 캐러 산에 들어갔는데, 白雲이 깊은 곳에 종적을 찾을 수 없다."고 한 것이다.

| | |
|---|---|
| 松下問童子하니 | 소나무 아래에서 童子에게 물으니 |
| 言師採藥去라 | 스승은 藥草 캐러 갔다고 말하네. |
| 只在此山中이나 | 다만 이 산 가운데에 있으련만 |
| 雲深不知處[1]라 | 구름 깊어 계신 곳 모른다네. |

1) 역주〕 只在此山中 雲深不知處 : 끝까지를 모두 童子의 말로 보기도 한다.

【賞析】 이 시는 《長江集》 10권과 《唐詩訓解》에 실려 있는 바, 《당시훈해》에는 제목이 〈訪隱者不遇〉로 되어 있다. 《唐書》 〈韓愈列傳〉에 "賈島는 자가 浪仙이니, 范陽 사람이다. 처음에 佛子가 되어 이름을 無本이라 하고 東都에서 노닐었다. 그때에 洛陽令이 佛法을 금지하므로 가도가 시를 지어 스스로 상심해 하니, 한유가 가련하

게 여겨 중노릇을 그만두게 하고 進士에 천거하였다. 가도가 고심하여 시를 읊조릴 때에는 公卿과 貴人을 만나도 깨닫지 못하였다. 어느 날 京兆尹(한유)과 마주쳤는데 나귀에 걸터앉은 채 피하지 않았다가 꾸지람을 듣고 한참 만에야 풀려났다." 하였다. 이 시는 童子와의 대화를 통하여 道人의 모습은 전혀 드러내지 않고 道人이 은둔한 산의 情景을 묘사함으로써 隱者의 유유자적하는 고상한 풍격을 절묘하게 표현하고 있다. 《詩話廣記》 7권에 "賈島는 승려가 된 적이 있으므로 枯寂한 맛이 詩句에 드러나 있다."고 하였는데, 佛道의 唯心의 세계와 가도의 시에의 몰입이 한데 융화되어 이 시에서 道人의 모습으로 표현된 것은 아닐지 모르겠다.

丁壽崗〈1454(단종 2)－1572(중종 22)〉의 《月軒集》 1권에 같은 제목의 시가 실려 있는데, 賈島의 시와 情과 景이 매우 흡사하므로 아래에 소개한다.

"닫힌 바위문만 부질없이 보이고 사람은 어디로 갔는지 알지 못하겠네. 안개낀 산 걷다가 길 잃으니 돌아갈 길 어디로 향해야 하나.〔空見巖扃閉 不知人所去 烟林隨步迷 歸路向何處〕"

## 蠶婦　누에 치는 부인

無名氏

出城歸家라가 有感下淚하니 見不蠶者皆衣羅綺하여 不知養蠶之辛苦也라

城을 나와 집으로 돌아오다가 느낌이 있어 눈물을 흘리니, 누에치지 않는 자들은 모두 비단옷을 입어 누에치는 자들의 辛苦를 알지 못함을 나타낸 것이다.

| | |
|---|---|
| **昨日到城郭하여** | 어제 城 안에 갔다가 |
| **歸來淚滿巾이라** | 돌아올 적에 눈물이 수건에 가득하였네. |
| **遍身綺羅者는** | 온 몸에 비단옷 두른 자는 |
| **不是養蠶人이라** | 누에치는 사람들 아니라오. |

【賞析】 작자 미상의 시로 민간가요의 風格을 느끼게 한다. 온 몸에 비단을 두른 도회지 사람과 눈물로 수건이 온통 젖은 養蠶하는 아낙네를 대비시켰는데, 간결하면서도 평이한 구조 속에 양잠하는 아낙네의 辛苦가 진하게 배어 나온다.

李穡〈1328(충숙왕 15)－1396(태조 5)〉의 《牧隱藁》 22권에도 蠶婦를 읊은 시가 보이므로 아래에 소개한다.

"성안의 누에치는 아낙네 많으니 뽕잎이 어찌 그리도 탐스러운가. 비록 뽕잎이 적다고 말하지만 누에가 굶주리는 것 보지 못하였네. 누에가 처음 나올 적에는 뽕

잎이 충분하였는데 누에가 커짐에 뽕잎이 부족하네. 땀 흘리며 조석으로 분주하지만 자기 몸에 걸칠 옷 위함 아니라오.〔城中蠶婦多 桑葉何其肥 雖云桑葉少 不見蠶苦饑 蠶生桑葉足 蠶大桑葉稀 流汗走朝夕 非緣身上衣〕"

## 憫農　농사짓는 사람을 딱하게 여기다

李 紳

農家當暑耘耨면 流汗浹於田泥하나니 人知食其粟이나 安知耕稼之苦哉아 憫憂念其勞也라

農家에서 무더운 여름철에 김을 매면 흐르는 땀이 밭고랑의 진흙을 적신다. 사람들은 곡식을 먹을 줄만 아니, 어찌 밭 갈고 심는 괴로움을 알겠는가. 딱하게 여기고 근심하여 그 수고로움을 생각한 것이다.

| | |
|---|---|
| 鋤禾日當午하니 | 벼를 김매는데 해가 中天에 당하니 |
| 汗滴禾下土라 | 땀 방울 벼포기 아래 흙에 떨어지네. |
| 誰知盤中飧이 | 그 누가 소반 가운데의 밥이 |
| 粒粒皆辛苦오 | 알알이 모두 농부의 辛苦임 알겠는가. |

【賞析】《唐文粹》 16권에 실린 〈憫農〉 2수 중의 제2수로, 농부의 辛苦를 읊은 내용이다. 唐나라 懿宗 때에 聶夷中이 이 시를 모방하여 지은 〈田家〉 시가 《全唐詩》에 실려 있으므로 아래에 소개한다.

"아비는 언덕배기 밭을 갈고 자식은 산 속의 황무지를 일구누나. 유월이라 벼가 채 익지도 않았건만 관가에선 벌써 창고를 수리한다오. 밭을 매다가 정오를 당하니 땀방울이 벼 아래의 땅에 떨어지네. 뉘라서 그릇에 담긴 음식이 알알이 모두 농부의 신고임을 알리오.〔父耕原上田 子斸山中荒 六月禾未秀 官家已修倉 鋤田當日午 汗滴禾下土 誰念盤中餐 粒粒皆辛苦〕"

卞季良〈1369(공민왕 18)－1430(세종 12)〉이 지은 〈苦熱行〉이라는 시에 "평민들 더위에 시달림 무엇이 괴이한가. 남쪽 이랑의 김매는 노인 보지 못하였는가. 일년 내내 힘들여 마침내 남들을 먹이니 선왕이 이 때문에 농부의 공 생각한 것이라오.〔平人執熱亦何怪 不見南畝鋤禾翁 終年勞力竟食人 先王所以思農功〕"라고 하여 폭염에 김매는 농부의 괴로움을 읊었다. 《春亭集 2권》

또 金正國〈1485(성종 16)－1541(중종 36)〉의 《思齋集》 2권에도 〈憫農〉이라는 제목으로 백성들을 착취하는 관리를 비판한 시가 보인다.

"굶주린 범보다도 사납고 독사보다도 독하니 누가 良醫를 불러 너의 병 치료해

줄까. 근래에 세금 독촉하는 데 서투른 이 볼 수 없으니 도처마다 오직 白着歌만 들리네.〔猛於餓虎毒於蛇 誰喚良醫去爾痾 邇來不見催科拙 到處唯聞白着歌〕" 〈白着歌는 관리들의 가렴주구를 원망하는 노래로, 本集에 다음과 같은 註가 붙어있다. "唐나라 元載가 세금을 많이 거두니, 당시 사람들이 白着歌를 지었다. 그 내용에 '명분없이 세금을 많이 거두어 가는 곳마다 공공연하네.〔無名重斂 所着公然〕'라고 하였으니, 꺼림이 없음을 말한 것이다."〉

## 讀李斯傳 李斯傳을 읽고 짓다

李 鄴[1)]

斯는 楚人이니 入秦相始皇하여 罷侯置守하고 焚詩書, 峻刑法하니 天下怨毒이라 始皇死에 不發喪하고 矯詔殺太子扶蘇하고 立胡亥러니 天下大亂에 斯夷三族하니라 ○ 謂李斯壅蔽以欺其君하여 自取刑禍하니 能欺天下아

李斯는 楚나라 사람이니 秦나라에 들어가 始皇을 도와서 諸侯를 파하고 守令을 두며 詩書를 불태우고 형법을 준엄하게 하니, 천하가 원망하고 해독으로 여겼다. 始皇이 죽자, 喪을 발표하지 않고 詔勅을 위조하여 太子인 扶蘇를 죽이고 胡亥를 세웠는데, 천하가 크게 혼란해지자 李斯는 三族이 滅族당하였다.

○ 李斯가 군주의 눈과 귀를 가리고 막아 군주를 속여서 스스로 형벌과 화를 취하였으니, 천하를 속일 수 있느냐고 말한 것이다.

| | |
|---|---|
| 欺暗常不然커든 | 어두움 속이는 것도 오히려 옳지 않거든 |
| 欺明當自戮이라 | 밝음 속이니 마땅히 스스로 죽어야 하네. |
| 難將一人手하여 | 한 사람의 손 가지고 |
| 掩得天下目[2)]이라 | 천하 사람들의 눈 가리기 어렵다오. |

1) 역주〕 李鄴 : 曹鄴의 誤記로 이 시는 《全唐詩》와 《唐文粹》에 보인다. 조업은 字가 業之로 唐나라의 시인이다.

2) 難將一人手 掩得天下目 : 暗은 謂人所不知而己獨知之者요 明은 謂人所皆知之者라
暗은 남들은 알지 못하고 자기 홀로 아는 것을 이르고 明은 남들이 모두 아는 것을 이른다.

【賞析】 이 시는 《唐文粹》 18권에 실려 있는데 작자가 曹鄴으로 되어 있는 바, 조업은 唐나라 宣宗 때의 사람이다. 《史記》 87권에 李斯의 傳이 실려 있는데, 이사는 진시황을 섬기면서 권모술수를 일삼다가 결국 자신을 죽음으로 몰아넣었다. 이 시는 사

람은 마땅히 正道를 따라야 함을 일깨우는 내용이다.

## 王昭君* 왕소군

李白(太白)

* 王昭君은 前漢 元帝의 後宮으로 이름은 嬙(장)이며 昭君은 그의 字이다. 원제는 후궁이 매우 많아 다 볼 수가 없으므로 畵工인 毛延壽로 하여금 후궁들의 얼굴을 그리게 하여 초상화를 보고 후궁들을 선발하였다. 후궁들은 다투어 모연수에게 뇌물을 주고 자신을 아름답게 그리도록 하였으나 王嬙은 자신의 빼어난 용모를 믿고 뇌물을 주지 않았다. 마침 匈奴의 呼韓邪 單于(호한야선우)가 항복하여 入朝하자, 漢나라에서는 그에게 미녀를 보내어 아내로 삼게 하였는데, 왕장이 여기에 선발되어 선우에게 시집가게 되었다. 그녀가 떠날 때에 원제가 보니 천하절색이므로 마침내 모연수가 후궁들의 뇌물을 받고서 미인들을 제대로 그리지 않은 사실을 밝혀내고 그를 처형하였다. 晉나라 때에는 司馬昭의 昭字를 諱하여 그녀를 明妃라고 칭하였다.

| | |
|---|---|
| 昭君拂玉鞍하여 | 昭君이 옥안장 털고서 |
| 上馬啼紅頰이라 | 말에 오르며 붉은 뺨에 눈물 흘리네. |
| 今日漢宮人이 | 오늘은 漢나라 宮中의 사람인데 |
| 明朝胡地妾이라 | 내일 아침이면 오랑캐 땅의 妾 된다오. |

【賞析】 이 시는 《李太白集》 4권에 실려 있는 〈王昭君〉 시 2수 중의 제2수이다. 왕소군의 일은 후세에 자주 시의 소재가 되었으므로 樂府 중에 〈王昭君〉·〈昭君怨〉·〈明妃曲〉이라는 제목의 작품이 많다. 〈왕소군〉 시의 첫째 수를 아래에 소개한다.

"漢나라 長安의 달이여 그림자로 明妃를 보내네. 한번 玉門關 길 오르면 천애 멀리 가서 돌아오지 못하리. 한나라 달은 다시 동해에서 떠오르건만 명비는 서쪽으로 시집가면 돌아올 날이 없다네. 燕支山은 항상 추워 눈꽃이 펼쳐지는데 미녀는 초췌하여 오랑캐 모래에 묻혔네. 살아서는 황금이 부족하여 초상화 잘못 그리고 죽어서는 靑塚을 남겨 사람들을 탄식하게 하네.〔漢家秦地月 流影送明妃 一上玉關道 天涯去不歸 漢月還從東海出 明妃西嫁無來日 燕支長寒雪作花 蛾眉憔悴沒胡沙 生乏黃金枉圖畫 死留靑塚使人嗟〕"

安軸〈1287(충렬왕 13)－1348(충목왕 4)〉의 《謹齋集》 1권과 鄭希良〈1469(예종 1)－?〉의 《虛庵遺集》 3권에도 이와 같은 제목의 시가 보이며, 崔演(중종 때의 문신)의 《艮齋集》 10권에는 王昭君圖에 쓴 시가 보인다.

## 劍客 검객

賈 島

借物比喩하니 幾年問學成材하여 一旦得君이면 當爲朝廷하여 斥去姦邪라

물건을 빌어 비유한 것이니, 몇 년동안 학문하여 재목을 이루어 하루아침에 군주의 신임을 얻으면 마땅히 조정을 위하여 간사한 자들을 물리쳐 제거하여야 한다.

| | |
|---|---|
| 十年磨一劍하여 | 십년 동안 한 칼 갈아 |
| 霜刃未曾試라 | 서릿발 같은 칼날 일찍이 써보지 못했네. |
| 今日把贈君하니 | 오늘날 이것 가져다 그대에게 주노니 |
| 誰有不平事오 | 어느 누가 공평하지 못한 일 하겠는가. |

【賞析】 이 시는 《長江集》 1권과 《唐詩歸》 30권에 실려 있는 바, 원래 제목은 〈述劍〉이다. 劍客은 賈島 자신을 비유한 것이고 劍은 자신의 재능을 비유한 것으로, 검객의 말을 빌어 자신의 재능을 발휘하여 세상을 구제하고자 하는 포부를 읊은 내용이다.

## 七步詩 칠보시

曹植(子建)

魏文帝令弟曹植으로 七步成詩하고 如不成이면 行大法하니라

魏나라 文帝가 아우 曹植으로 하여금 입곱 걸음을 걸을 동안 詩를 완성하게 하고 만일 시를 짓지 못하면 큰 벌〔死刑〕을 시행하겠다고 하였다.

| | |
|---|---|
| 煮豆燃豆萁[1]하니 | 콩 삶는데 콩대 태우니 |
| 豆在釜中泣[2]이라 | 콩이 솥 가운데에서 울고 있네. |
| 本是根同生[3]으로 | 본래 한 뿌리에서 났는데 |
| 相煎何太急고 | 서로 볶기를 어이 그리 급하게 하는가. |

1) 煮豆燃豆萁 : 萁는 豆莖也니 豆者는 子建自喩요 豆萁는 喩文帝也라

萁는 콩의 줄기이니 콩은 子建이 자신을 비유한 것이요 콩줄기는 文帝를 비유한 것이다.

2) 豆在釜中泣 : 豆在釜中에 聲如涕泣之狀이라

콩이 가마솥에 있으면서 끓는 소리가 우는 모양과 같은 것이다.

3) 本是根同生：文帝與子建同父하니 猶萁與豆同根而生也라

文帝와 子建은 아버지가 같으니, 콩깍지와 콩이 한 뿌리에서 나온 것과 같다.

【賞析】 이 시는 曹操의 아들 陳思王 曹植이 형인 魏 文帝의 명으로 일곱 걸음을 걷는 동안에 지었기 때문에 이렇게 제목한 것이다. 人口에 膾炙되는 시로, 민간에서 애송되어 구전하는 과정에서 字句에 변화가 생겨 수록된 책에 따라 조금씩 다르다. 《世說新語》에는 "煮豆持作羹 漉豉以爲汁 萁在釜下燃 豆在釜中泣 本自同根生 相煎何太急"의 여섯 구로 되어 있고, 첫 구가 '萁向釜下燃'으로 시작되는 것도 있다. 鍾嶸은 《詩品》에서 "子建(曹植의 字)의 시는 그 근원이 《詩經》 國風에서 나왔다. 骨氣가 奇高하고 辭采가 華茂하며, 情은 雅趣와 원망을 겸하였고 體는 형식과 내용〔文質〕을 겸비하여 찬연히 고인을 능가하고 우뚝하여 무리중에 뛰어나다. 아! 문장에 있어 陳思王은 비유하자면 마치 人類에 周公과 孔子가 있고, 동물에 용과 봉황이 있고, 음악에 거문고와 생황이 있고, 부녀자의 手工에 黼黻(보불)이 있는 것과 같다." 하여 曹植의 이 작품을 극찬한 바 있다.

## 競病韻　　競字韻과 病字韻

曹景宗

魏兵圍會稽러니 景宗解圍하고 振旅還한대 帝於光華殿宴할새 令沈約賦韻聯句하니 時用韻已盡이요 惟餘競病二字라 景宗援筆立成하니 武帝嗟嘆하니라

魏나라 군대가 會稽를 포위하였는데 曹景宗이 포위를 풀고 군대를 거두어 凱旋하니, 武帝가 光華殿에서 잔치할 적에 沈約으로 하여금 韻을 뽑아 聯句를 짓게 하였다. 이 때에 운자를 이미 다 쓰고 오직 競字와 病字 두 자만 남았는데, 조경종이 붓을 잡고 즉시 詩를 지으니 武帝가 감탄하였다.

| | |
|---|---|
| 去時兒女悲러니 | 떠날 때에는 아녀자들 슬퍼하더니 |
| 歸來笳鼓競이라 | 돌아올 때에는 피리와 북소리 요란하네. |
| 借問行路人하노니 | 한번 길가는 사람에게 묻노니 |
| 何如霍去病[1)]고 | 옛날의 곽거병과 어떠한가. |

1) 역주〕 霍去病：漢나라 武帝 때의 名將으로 驃騎將軍이 되어 衛靑과 함께 匈奴를 쳐서 많은 戰功을 세웠다.

【賞析】 전쟁터로 떠날 때에는 처자들이 슬퍼하였지만 일단 戰功을 세우고는 위풍당당

하게 凱旋하는 모습을 묘사하였는 바, 强韻인 競字와 病字를 사용하였다. 이로 말미암아 '競病韻'은 어려운 韻의 典故로 사용되고 있다.

金克成〈1474(성종 5)-1540(중종 35)〉의 《憂亭集》 1권에도 이 운자를 사용하여 장수의 得意한 모습을 묘사한 〈續競病韻〉 시가 있다.

"靑海에 소요가 없으니 戰馬가 한가롭고 노래하며 피리불고 북치니 누가 능히 다툴까. 공명을 이루겠다는 웅장한 뜻 늦음을 한하지 마오 장군의 넙적다리 살은 원래 질병이 없으니.〔靑海無塵戰馬閒 謳吟笳鼓誰能競 壯志功名勿恨遲 將軍髀肉元無病〕"

## 貪泉 탐천

吳隱之

在廣州하니 相傳飮此水者貪이라 隱之爲太守하여 飮水賦詩러니 淸操愈厲한대 改名廉泉하니라

貪泉은 廣州에 있으니 서로 전하기를 "이 물을 마신 자는 탐욕스러워진다." 하였다. 吳隱之가 廣州의 太守가 되어 물을 마시며 이 詩를 읊었는데 청렴한 지조가 더욱 굳으니, 뒤에 이름을 廉泉이라 고쳤다.

| | |
|---|---|
| 古人云此水호되 | 옛사람들 말하기를 이 물 |
| 一歃懷千金이라 | 한 번 마시면 千金을 생각한다 하네. |
| 試使夷齊飮이면 | 한번 伯夷 叔齊로 하여금 마시게 한다면 |
| 終當不易心[1]이라 | 끝내 마음 변치 않으리라. |

1) 試使夷齊飮 終當不易心 : 今廉泉上立亭曰不易心이라하니 取隱之詩中語也라 有碑하니라

지금 廉泉의 위에 亭子를 세우고 不易心이라 이름하였으니, 吳隱之의 詩에 있는 말을 취한 것이다. 碑가 있다.

【賞析】 작자의 세속에 물들지 않은 깨끗한 지조가 잘 표현되어 있다.

丁熿〈1512(중종 7)-1560(명종 15)〉의 《游軒集》 1권에도 같은 제목의 시가 보인다.

## 商山路有感* 商山의 길에서 감회를 쓰다

白居易

* 商山은 중국 陝西省 商縣 동쪽에 있는 산으로 秦나라 말기 이곳에 은둔한 東園公, 綺里季, 甪里先生, 夏黃公의 四皓가 유명하다.

| | |
|---|---|
| 萬里路長在터니 | 萬里의 길에 항상 있더니 |
| 六年今始歸라 | 六年이 지난 지금에야 비로소 돌아오네. |
| 所經多舊館이나 | 지나는 곳에는 옛 여관 많았는데 |
| 太半主人非라 | 태반은 옛 주인 아니로세. |

【賞析】 이 시는《白香山集》18권에 실려 있다. 自序에 "지난해 여름 내가 忠州刺史로 制書를 받고 대궐로 돌아왔다. 당시 刑部의 二十一侍郎(李建, 字 杓直)과 戶部의 崔二十員外(崔韶, 字 虞平)도 澧과 果 두 고을을 맡고 있다가 부름을 받고 돌아와 차례로 入闕하였는데, 그때 모두 이 길을 경유하였다. 올해 내가 中書舍人으로 있다가 杭州刺史로 좌천되어 다시 이 길을 경유하여 나가는데, 두 군은 이미 떠나갔고 나만 홀로 남쪽으로 가니, 탄식에 이어서 감흥이 일어나 서글프게 읊조렸다. 후에 내가 杓直·虞平과 노닐 때가 있어서 이 짧은 시를 본다면 어찌 서글프지 않겠는가. 만약 옛정을 잊지 않았다면 이어 화답해주기 바란다. 長慶 2년(822) 7월 30일 內鄕縣 南亭에 쓰노라." 하였으니, 이 시가 쓰여진 배경을 엿볼 수 있다.

## 金谷園* 금곡원

無名氏

* 金谷園은 河南省 洛陽縣 金谷에 있었던 庄園으로 晉나라의 富豪인 石崇이 이곳에 호화로운 별장을 지어 놓고 綠珠 등 수많은 기녀들과 주연을 베풀었다.

| | |
|---|---|
| 當時歌舞地에 | 당시 노래하고 춤추던 곳에 |
| 不說草離離러니 | 풀이 우북히 자라리라 생각하지 않았는데 |
| 今日歌舞盡하여 | 오늘날에는 노래와 춤 다 없어져 |
| 滿園秋露垂라 | 온 동산에 가을 이슬만 맺혀 있네. |

【賞析】 이 시는 인간세상의 허무함을 나타낸 내용이다. 금곡원은 晉나라의 富豪인 石崇의 별장 이름으로 그는 이곳에서 매일 잔치를 벌이며 호사스런 생활을 영위하였

으나 이제는 잡초만 우거져 보는 이로 하여금 今昔之感을 느끼게 할 뿐이다.

丁範祖〈1723(경종 3)－1801(순조 1)〉의 《海左集》 1권에 〈金谷園花發懷古〉 시가 있으므로 아래에 소개한다.

"황폐한 石氏의 집에는 봄꽃이 옛동산에 만발하였다오. 꽃이 피면 비단 펼쳐놓았는가 의심하고 꽃잎이 나부끼면 누대의 혼이 떨어진 듯하였네. 예전의 못과 누대는 모두 없어지고 동풍에 풀과 나무만 남았구나. 응당 춤추던 자리 분명한데 다시 노래하고 술마시는 이 없구나. 가랑비에 붉은 노을 맑고 석양에 황조만 시끄럽네. 영화도 쇠퇴함 있으니 세상의 변화 논할 수 없구나.〔蕪沒石氏宅 春花遍舊園 開疑張錦色 飄似墮樓魂 往事池臺盡 東風草樹存 應經明舞席 無復照歌樽 細雨紅霞澹 斜陽黃鳥喧 繁華有消歇 變化不堪論〕"

## 春桂問答 二　　봄 계수나무와의 문답

王　維

王維設爲問答之辭하여 問桂曰 春光明媚하고 桃李芳華어늘 桂何爲而不花오 桂答之曰 桃李雖姸華於春光明媚나 不如桂獨秀於風霜搖落之時라하니 托物喩人也라

王維가 문답하는 말을 假設하여 계수나무에게 묻기를 "봄빛이 밝고 아름다우며 복숭아꽃과 오얏꽃이 곱거늘 계수나무는 어찌하여 꽃이 피지 않는가?" 하니, 계수나무가 대답하기를 "복숭아꽃과 오얏꽃이 비록 봄빛이 밝고 아름다운 때에 곱게 피나 계수나무가 바람 불고 서리가 내려 초목이 시들어 떨어지는 때에 홀로 빼어남만은 못하다." 하였으니, 물건을 가탁하여 사람에게 비유한 것이다.

| | |
|---|---|
| 問春桂호되 | 봄 계수나무에게 묻되 |
| 桃李正芳華라 | 복숭아꽃 오얏꽃 아름답게 피어 있네. |
| 年光隨處滿커늘 | 햇빛이 이르는 곳마다 가득한데 |
| 何事獨無花오 | 무슨 일로 홀로 꽃이 없는가. |
| 春桂答호되 | 봄 계수나무 대답하되 |
| 春華詎能久오 | 봄꽃이 어찌 능히 오래가랴. |
| 風霜搖落時에 | 바람과 서리에 잎 떨어질 때에 |
| 獨秀君知不(否)아 | 나 홀로 빼어남 그대는 아는가. |

【賞析】 孔子는 일찍이 "해가 저물어 날씨가 추워진 뒤에야 소나무와 측백나무가 뒤늦

게 시듦을 안다.〔歲寒然後 知松柏之後凋也〕" 하여 君子의 꿋꿋한 志操를 비유하였는 바, 이 詩 역시 계수나무와의 문답을 통해 이러한 내용을 읊은 시라 하겠다.

## 遊子吟 나그네의 노래

孟 郊

| | |
|---|---|
| 慈母手中線이 | 자애로운 어머니 손 안의 바느질한 실올은 |
| 遊子身上衣라 | 떠돌아다니는 나그네의 몸에 걸칠 옷이라오. |
| 臨行密密縫은 | 떠나갈 때에 임하여 촘촘히 꿰매신 것은 |
| 意恐遲遲歸라 | 마음속에 더디 돌아올까 염려해서이네. |
| 難將寸草心하여 | 한 치 되는 풀의 마음 가져다가 |
| 報得三春暉[1)]라 | 三春의 따뜻한 햇볕 보답하기 어려워라. |

1) 역주] 難將寸草心 報得三春暉 : 寸草는 짧은 풀로 寸草의 마음은 자식이 어머니를 사모하는 작은 정성을 비유한 것이며, 三春의 햇볕은 어머니의 지극한 사랑을 비유한 것이다.

【賞析】 이 시는 《孟東野詩集》 1권과 《唐詩歸》 31권에 실려 있다. 自註에 "溧陽에서 어머니를 맞이하면서 지은 것이다.〔迎母溧上作〕"라고 하였는 바, 孟郊는 50세가 넘어서야 비로소 율양현의 尉라는 낮은 벼슬을 하였다. 소박하면서도 위대한 모성애가 잘 묘사되어 읽는 이들로 하여금 孝心을 자아내게 한다. 작자야말로 어머니의 지극한 사랑을 잊지 않은 효자라 할 것이다.

成俔〈1439(세종 21)－1504(연산군 10)〉의 《虛白堂集》 風雅錄 1권에도 어머니의 사랑을 읊은 〈遊子吟〉 시가 보인다.

"나그네 고향 떠나 천애 멀리 행역간 지 오래노라. 바람이 높으니 서리와 눈 차가운데 옷은 떨어져 양 팔꿈치 드러났네. 문에 기대어 기다리는 어머니 생각에 서글퍼서 부질없이 머리만 긁적이니. 옷 가운데 바늘과 실로 꿰매신 것은 모두 자애로운 어머니 손에서 나왔다네.〔遊子去古里 天涯行役久 風高霜雪寒 衣破露雙肘 仰念倚閭人 惆悵空搔首 衣中針線縫 皆出慈母手〕"

姜柏年〈1603(선조 36)－1681(숙종 7)〉의 《雪峰遺稿》 3권에도 같은 제목의 시가 실려 있다.

## 子夜吳歌 자야오가

李 白

乃樂府曲名이니 皆言相思之情也라 子夜는 夜中也라 吳는 今豫章以東至浙西皆吳地라

子夜吳歌는 바로 樂府의 曲調 이름이니, 모두 서로 그리워하는 情을 말한 것이다. 子夜는 한밤중이다. 吳는 지금의 豫章 동쪽 지방으로 浙江 서쪽에 이르기까지 모두 吳지방이다.

| | |
|---|---|
| 長安一片月에 | 長安에는 한 조각 달 밝은데 |
| 萬戶擣衣聲이라 | 수많은 집에서는 다듬이 소리 들려오네. |
| 秋風吹不盡하니 | 가을바람 끊임없이 불어오니 |
| 總是玉關情[1]이라 | 모두가 玉門關의 임 그리는 情이라오. |
| 何日平胡虜하여 | 어느 날에나 오랑캐들 평정하고 |
| 良人罷遠征[2]고 | 良人은 먼 부역에서 돌아오실는지. |

1) 總是玉關情 : 後漢班超 居西域三十年에 以老思歸하여 願生入玉門關하니 關在今沙州之西, 蒲昌海之東하니 關外는 皆係西域諸國也라

後漢의 班超가 西域에 거처한 지 30년만에 나이가 늙어 돌아올 것을 생각하여 살아서 玉門關으로 들어오기를 원하였으니, 옥문관은 지금 沙州의 서쪽, 蒲昌海의 동쪽에 있었는 바, 관문 밖은 모두 西域의 여러 나라에 속한다.

2) 역주] 良人罷遠征 : 良人은 남편으로 남편이 부역을 끝내고 돌아오기를 바란 것이다.

【賞析】 이 시는 《樂府詩集》에는 〈子夜四時歌〉라는 제목으로, 《李太白集》 6권에는 〈子夜吳歌〉라는 제목으로 4수가 실려 있는데, 이 시는 그중 셋째 수인 秋歌이다. 〈子夜歌〉는 六朝 때에 長江 유역인 吳지방에서 불리워지던 民歌 중의 하나이다. 전설에 晉代에 子夜라고 불리는 여자가 있었는데, 이 노래를 잘 불렀으므로 '자야'를 노래 이름으로 삼았다 한다. 그 후에 이러한 종류의 노래가 유행하였는데, 〈大子夜歌〉·〈子夜警歌〉·〈子夜變歌〉의 變曲이 있고, 四季를 노래한 것은 〈子夜四時歌〉라고 부른다. 明나라 王夫之는 《唐詩評選》에서 "앞의 네 구는 천지 사이에서 생성된 좋은 구인데, 李太白에게 拾得되었다.〔前四句是天壤間生成好句 被太白拾得〕" 하였다. 참고로 春·夏·冬歌를 싣는다.

"장안의 羅敷라는 여인 綠水 가에서 뽕을 따네. 흰 손은 푸른 가지 위에 있고 단장한 얼굴은 밝은 햇살 아래 곱기도 하여라. 누에가 주리므로 첩이 가려 하니 태수도 만류하지 마오.〔秦地羅敷女 採桑綠水邊 素手靑條上 紅粧白日鮮 蠶飢妾欲去 五馬莫留連〕〈春歌〉

鏡湖 삼백리에 연꽃이 봉우리를 터뜨렸네. 오월에 西施가 연을 따니 사람들 구경하느라 若耶를 메웠네. 배를 돌린 지 한 달이 못 되어 越王家로 시집갔다오.〔鏡湖三百里 菡萏發荷花 五月西施採 人看隘若耶 回舟不待月 歸去越王家〕〈夏歌〉

내일 아침 驛使가 출발하니 밤새도록 征袍에 솜을 두네. 맨손으로 바늘 뽑기도 손이 시린데 어떻게 가위를 잡고 옷을 지을까. 재봉해 먼길에 부치니 어느 날에나 臨洮에 닿으려나.〔明朝驛使發 一夜絮征袍 素手抽針冷 那堪把剪刀 裁縫寄遠道 幾日到臨洮〕〈冬歌〉"

金世濂〈1593(선조 26)－1646(인조 24)〉의 《東溟集》 1권에도 〈子夜吳歌〉 2首가 실려 있으므로 아래에 소개한다.

"낭군이 중문에서 오니 총각에 흰 버선을 신었네. 나와 보는 것 더딤을 이상하게 여기지 마소. 부엌 앞에서 대충 머리카락 매만지고 있어서라오.〔郞自中門來 總角白纏襪 莫怪出看遲 廚前略拭髮〕

촛불을 밝혀 부엌으로 들어가 밤중에 낭군의 밥을 짓네. 물을 길음에 우물이 얼어 미끄럽고 땔나무 꺾으니 팔뚝에 힘이 빠지네.〔明燭入廚下 夜中作郞食 汲水井氷滑 折薪臂無力〕"

## 友人會宿　　친구와 함께 하룻밤을 묵으며

李　白

良朋邂逅하여 飮酒消愁하고 月下高談하여 不能寤寐라

좋은 벗과 우연히 만나서 술을 마시며 시름을 잊고 달 아래에서 高談峻論을 하여 잠들지 못한 것이다.

| | |
|---|---|
| 滌蕩千古愁하고 | 千古의 시름 깨끗이 씻어버리고 |
| 留連百壺飮[1]이라 | 백 병의 술 연달아 마시노라. |
| 良宵宜且談이니 | 좋은 밤이라 우선 談笑하기 좋으니 |
| 皓月未能寢이라 | 밝은 달에 잠들지 못하누나. |
| 醉來臥空山하니 | 취하여 와서 빈 산에 누우니 |
| 天地卽衾枕[2]이라 | 하늘과 땅이 곧 이불과 베개라오. |

1) 역주〕滌蕩千古愁 留連百壺飮 : 이 내용은 倒置型으로 보아 백 병의 술을 연달아 마시면서 천고의 시름을 씻는 것으로 보는 것이 온당할 듯하다.

2) 天地卽衾枕 : 卽劉伶幕天席地之意니 非襟懷曠達者면 不能此也라

곧 劉伶의 '하늘을 천막으로 삼고 땅을 자리로 삼는다.'는 뜻이니, 흉금의 회포가 광활하고 통달한 자가 아니면 이렇게 표현할 수 없다.

**【賞析】** 이 시는 《李太白集》 23권에 실려 있다. 벗이 방문해 오자 함께 술을 마시며 취중에 지은 것으로, 특히 끝의 두 구는 劉伶의 〈酒德頌〉에 나오는 '幕天席地'라는 구에 근본한 것으로 이백의 曠達한 기상을 엿볼 수 있다.

## 雲谷雜詠　　雲谷의 잡영

朱熹(晦菴)

雲谷은 在考亭之西三十里하니 乃朱子讀書之處라

운곡은 考亭의 서쪽 30리 지점에 있으니, 바로 朱子가 독서하던 곳이다.

| | |
|---|---|
| **野人載酒來**하여 | 들사람이 술 싣고 와서 |
| **農談日西夕**이라 | 농사 이야기에 해가 西山에 기울었네. |
| **此意良已勤**하니 | 이 뜻 진실로 너무도 고마우니 |
| **感歎情何極**고 | 감탄하는 情 어찌 다하겠는가. |
| **歸居莫頻來**하라 | 돌아가고 자주 오지 마오 |
| **林深山路黑**이라 | 숲이 깊어 산길 어두우니. |

**【賞析】** 이 시는 《朱子大全》 6권에 실려 있는 〈雲谷雜詩〉 12수 중의 하나로, 每首마다 제목이 각각 다른 바, 이 시는 손님을 사절하는 내용이다. 雲谷은 朱子가 독서하던 곳으로 이곳에서 학문에 열중하고 있을 때에 지은 것이다. 숲이 깊어 산길이 어두우니 자주 오지 말라고 우회적으로 객을 謝絶하는 내용으로서 앞의 시에 보이는 이백의 曠達한 태도와는 사뭇 대조적이다.

## 傷田家　　농가를 슬퍼하다

聶夷中

孫光憲이 謂此詩有三百篇之旨라

손광헌이 이르기를 "이 詩는 《詩經》 3백 편의 뜻이 있다." 하였다.

| | |
|---|---|
| **二月賣新絲**요 | 이월에 새 고치실 팔고 |

| | |
|---|---|
| 五月糶新穀[1)2)]이라 | 오월에 새 곡식 판다오. |
| 醫得眼前瘡이나 | 당장 눈앞의 상처는 치료하나 |
| 剜却心頭肉[3)]이라 | 심장의 살 도려내는 것 같구나. |
| 我願君王心이 | 나의 소원은 君王의 마음 |
| 化作光明燭하여 | 변하여 광명한 촛불 되어서 |
| 不照綺羅筵하고 | 비단 자리에 비추지 말고 |
| 偏照逃亡屋이라 | 流浪하는 백성들의 집에 비췄으면 하네. |

1) 二月賣新絲 五月糶新穀：二月借貸하여 以納官而約以絲還償之하니 是二月而已賣新絲矣라 五月借貸하여 以納官而約以穀還償之하니 是五月而已糶新穀矣라
　2월에 돈을 꾸어서 관청에 바치고 여름에 누에를 쳐서 生絲로 갚을 것을 약속하니, 이는 2월에 이미 새로 나올 생사를 팔아먹은 것이다. 5월에 돈을 꾸어서 관청에 바치고 곡식으로 갚을 것을 약속하니, 이는 5월에 이미 새로 나올 곡식을 팔아먹은 것이다.

2) 역주] 五月糶新穀：李德弘〈1541(중종 36)－1596(선조 29)〉의 《艮齋集》 續集 4권에 "糶(조)와 糴(적)은 모두 쌀과 돈을 서로 바꾸는 것을 말하니, 자기의 쌀을 내어 남에게 주고 남의 돈과 물건을 취하는 것을 糶라 하고, 자기의 물건을 내어 남에게 주어서 남의 미곡을 취하는 것을 糴이라 한다. 그러므로 常平倉法에 풍년에는 곡식을 사들이니〔糴〕 민간의 곡식이 흔하면 관청에서 사들여 쌓아두는 것을 말하고, 흉년에는 미곡을 방출하니〔糶〕 민간의 곡식이 귀하면 관청에서 곡식을 팔아 백성들에게 주는 것을 말한다. 이 시에서는 농부들이 곡식을 수확하기도 전에 미리 남에게서 돈이나 물건을 가져오면서 곡식을 수확하면 갚기로 약속하였다. 그러므로 '오월에 새 곡식을 판다.〔五月糶新穀〕' 고 말한 것이다." 하였다. 金隆〈1525(중종 20)－1594(선조 27)〉의 《勿巖集》 4권에도 糶糴에 대한 주가 보이는 바 앞의 해설과 거의 같으나, 다만 "糶糴은 빚을 내는 것을 말하는 것이 아니다. 지금 사람들은 매양 빚을 내는 것으로 이 두 글자의 뜻을 이해하니, 제대로 알지 못하는 것이다. 五月糶新穀은 또한 자기의 곡식을 미리 내어 남의 물건과 바꿈을 말한 것이다."라고 하여 다소 차이가 있다.

3) 剜却心頭肉：絲成穀熟之日에 賤價而倍還하여 皆爲他人所有하니 是剜却心頭肉矣라
　生絲가 나오고 곡식이 여무는 날에는 헐값에 팔아 곱절로 갚아서 모두 타인의 소유가 되니, 이는 심장의 살을 도려내는 듯한 것이다.

【賞析】 이 시는 《唐文粹》 16권에 실려 있다. 唐나라의 혼란한 사회 속에서 고통 받는

농민들의 辛苦를 읊은 것으로, 위정자가 백성들의 실정을 밝게 살펴주기를 바라는 작자의 간절한 심정을 토로하고 있다. 《唐才子傳》 9권에 의하면 聶夷中은 전란이 끊이지 않던 晩唐의 혼란기에 進士가 되었고, 田野에서 입신하여 온갖 신고를 겪었기 때문에 세상을 근심하는 시를 많이 지었다 한다. 《全唐詩話》에는 섭이중의 시를 평하여 "詩語는 비근하지만 詩意는 심원하여 《시경》의 뜻과 합치된다.〔語近意遠 合三百篇之旨〕"고 하였는데, 이는 그가 농민의 실상을 체득하였기 때문에 가능했을 것이다.

丁壽崗〈1454(단종 2)－1527(중종 22)〉의 《月軒集》 4권에도 이와 같은 제목으로 농민들의 고통을 읊은 시가 있다.

"빚을 갚느라 한 치의 실오라기도 없고 세금을 바치느라 한 말의 곡식도 없네. 소금과 부추도 오히려 넉넉치 못한데 더구나 고량진미 먹기를 바라겠는가. 잔치가 끝난 동쪽 집에는 세 길의 촛불만이 부질없이 타고 있네. 하늘은 어찌하여 재물을 아끼지 않으면서 유독 한미한 집에만 아끼는가.〔債還無寸絲 稅入無斗穀 鹽虀猶不贍 況望食粱肉 宴罷東家樓 虛燒三丈燭 天何不靳財 獨靳寒微屋〕"

李稷〈1362(공민왕 11)－1431(세종 13)〉의 《亨齋詩集》 2권에도 같은 제목의 시가 보인다.

## 時興　시흥

楊　賁

感時寄興하여 言貴顯之人이 昔日未貴顯之時라

時勢에 감동되어 흥을 붙여서 귀해진 사람들이 옛날 귀해지기 전의 일을 말한 것이다.

| | |
|---|---|
| 貴人昔未貴엔 | 귀한 분들 옛날 귀해지기 전에는 |
| 咸願顧寒微러니 | 모두 寒微한 자 돌보기 원하더니 |
| 及自登樞要[1)]엔 | 要職에 오른 뒤로는 |
| 何曾問布衣[2)]오 | 언제 일찍이 布衣들의 생활 물어보았는가. |
| 平明登紫閣하고 | 平明엔 붉은 대궐에 오르고 |
| 日晏下彤闈라 | 해 저물면 붉은 宮門 내려오네. |
| 擾擾路傍子는 | 시끄러운 길가의 사람들이여 |
| 無勞歌是非[3)]하라 | 수고롭게 옳고 그름 노래하지 마오. |

1) 及自登樞要：樞는 戶樞也니 開閉由戶라 故居當路者를 爲樞要之職이라
　樞는 문의 지도리이니 문을 여닫는 것이 지도리에 달려 있으므로 要職을 담당한 자를 樞要職이라 한다.
2) 역주] 布衣：삼베옷을 입은 사람으로 곧 平民을 가리킨다.
3) 역주] 擾擾路傍子 無勞歌是非：세속 사람들이 모두 그러하니, 벼슬아치들의 옳고 그름을 따져보아야 소용이 없음을 개탄한 말이다.

【賞析】 이 시는 《唐文粹》 18권에 실려 있다. 楊賁에 대해서는 《文章正宗》의 注에 "唐나라 德宗 때 사람이다."라고만 하였을 뿐, 생애와 전기는 자세히 알 수 없다. 이 시는 제목과 내용에서 알 수 있듯이 당시 경박한 士風을 보고서, 출세하고 나면 한미했던 지난 시절을 돌아보지 않는 인간의 常情을 풍자하고 있다.

## 離別　　이별

陸龜蒙(魯望)

丈夫非無淚나　　大丈夫가 눈물이 없는 것 아니지만
不灑離別間이라　　이별할 때에는 흘리지 않는다오.
仗劍對樽酒하니　　長劍 짚고 술잔 대하니
恥爲游子顏이라　　나그네의 슬픈 얼굴 지음 부끄럽네.
蝮蛇[1]一螫手면　　毒蛇가 한 번 손 물면
壯士疾解腕[2]이라　　壯士는 빨리 팔뚝 잘라내는 법.
所思在功名하니　　생각이 功名에 있으니
離別何足歎고　　이별을 어찌 한탄할까.

1) 역주] 蝮蛇：《博物志》에 "복사는 가을에 독이 한창 오른다. 초목을 물어 독기를 뿜으면 초목이 바로 죽는다." 하였다.
2) 蝮蛇一螫手 壯士疾解腕：人遇毒蛇之螫(석)에 能忍痛割去螫處면 則不害於身이라 ○ 剛毅決裂之性이 如毒蛇傷手하면 急須斷其手腕하니 恐毒人其身也라
　사람이 독사에게 물렸을 때에 아픔을 참고 물린 곳을 도려내면 몸에 해롭지 않은 것이다.
　○ 강하고 굳세고 결단하는 성품이 독사가 손을 물면 급히 팔뚝을 절단하는 것과 같으니, 독이 몸에 퍼질까 두려워해서이다.

【賞析】 이 시는 《唐文粹》 15권과 《事文類聚》 別集 25권에 실려 있다. 이별에 임해 슬퍼하여 눈물을 흘리는 것이 人之常情이지만, 丈夫라면 그 뜻을 高明한 데에 두어 소소한 이별 앞에서는 의기가 꿋꿋해야 함을 강조하였다.

## 古詩　　고시

無名氏

以合歡被로 譬喩故人相與之情이 如以膠投漆之固하여 不能釋然也라. ○ 本十句니 一端綺下에 有相去萬餘里, 故人心尙爾二句라

合歡被로 故人이 서로 더불던 情이 아교를 옻칠에 넣은 것처럼 견고하여 풀어질 수 없음을 비유한 것이다.

○ 본래 10句이니 '一端綺' 아래에 "서로 만여 리나 떨어져 있으나 故人의 마음은 아직도 예전 그대로이네.〔相去萬餘里 故人心尙爾〕"라는 두 句가 있다.

客從遠方來하여　　객이 먼 곳으로부터 와서
遺我一端綺라　　나에게 한 끝의 비단 선물하네.
文綵雙鴛鴦을　　두 원앙새의 무늬가 있는 것
裁爲合歡被[1]라　　재단하여 合歡 이불 만들었다오.
著以長相思하고　　솜을 두어 길이 생각함 표하고
緣以結不解라　　선을 둘러 맺히고 풀리지 않기 바라네.
以膠投漆中[2]하니　　아교를 옻칠 속에 넣은 듯하니
誰能別離此오　　누가 이것 떼어놓을 수 있겠는가.

1) 역주〕 合歡被 : 바로 지금의 겹이불이다.

2) 以膠投漆中 : 膠漆은 如雷陳膠漆[*]之義니 取其堅固也라

교칠은 雷陳膠漆의 뜻과 같으니 그 견고함을 취한 것이다.

*) 역주〕 雷陳膠漆 : 膠漆은 아교와 옻칠로 두 가지 모두 물건을 붙일 때 사용하는 것이므로 두 사람의 交分이 친밀함을 비유하는 바, 後漢 때 雷義와 陳重 두 사람의 友誼가 매우 돈독하여 생긴 말이다.

【賞析】 《文選》에 실린 〈古詩十九首〉 중 제18수이다. 古詩는 본래 六朝 때 사람들이 漢·魏의 詩歌를 일컫는 말이었다. 〈고시십구수〉는 시대 상황과 예술성이 비슷하여 蕭統이 엮은 《文選》에 이러한 것들을 하나로 묶었으며, 후대에 五言詩의 전형이

되어 후인들의 많은 擬作이 생기게 되었다. 그 내용은 대체로 쫓겨난 신하, 버림받은 아내, 붕우간의 단절, 타향을 떠도는 나그네 등의 감회를 읊은 것들이다. 東漢 말기는 정치적 암흑기로 사회가 혼란하여 타향을 떠돌며 관직을 구하는 士人들이 많았는데, 대부분 빈곤하고 불우하였으므로 이러한 시로 자신들의 감정을 드러낸 것이었다. 이 시는 충신이 간신에게 참소를 받아 쫓겨난 감회를 읊은 것으로 보이는데, 본서에는 이 시 외에 제1수, 제10수, 제15수가 함께 실려 있다.

## 歸園田居* 전원으로 돌아와 살며

陶 潛

言小人多而君子少라

소인이 많고 군자가 적음을 말하였다.

* 원래의 제목은 〈歸田園居〉이다. 〈歸田園居〉는 전원으로 돌아와 산다는 뜻으로 전원의 풍경과 생활상을 읊은 것이 특징이다. 이 시는 모두 6수인데 본서에 네 수가 실려 있는 바, 1권과 3권에 각각 한 수씩, 2권에 두 수가 실려 있고 제목도 여기에는 〈歸園田居〉로 2권의 두 번째에는 〈歸田園〉으로 되어 있어 혼란스럽다. 독자들의 이해를 돕기 위하여 《陶靖節集》에 실려 있는 편차대로 앞의 두 구씩을 소개하겠다. 제1수는 '少無適俗韻 性本愛丘山', 제2수는 '野外罕人事 深巷寡輪鞅', 제3수는 '種豆南山下 草盛豆苗稀', 제4수는 '久去山澤遊 浪莽林野娛', 제5수는 '悵恨獨策還 崎嶇歷榛門', 제6수는 '種苗在東皐 苗生滿阡陌'으로 되어 있다.

種豆南山下하니　　南山 아래에 콩 심으니
草盛豆苗稀라　　풀은 성하고 콩싹은 드물구나.
侵晨理荒穢하고　　새벽에 잡초 우거진 밭 매고
帶月荷鋤歸라　　달빛 띠고는 호미 메고 돌아오네.
道狹草木長하니　　길은 좁은데 초목 자라니
夕露沾我衣라　　저녁 이슬 내 옷 적시누나.
衣沾不足惜이니　　옷이 젖음 아까울 것 없으니
但使願無違라　　다만 바라는 농사나 뜻대로 되었으면.

【賞析】 이 시는 《陶靖節集》 2권에 실려 있는 〈歸田園居〉 시 6수 중 제3수이다. 이 외에도 본서에는 2권의 五言古風短篇에 제2수와 제6수가, 3권의 五言長篇에 제1수

가 실려 있다. 이 시는 전체가 5수인지 6수인지에 대하여 논란이 있다. 문제가 되는 부분은 제6수인 種苗詩인데, 도연명의 작이 아니고 江淹의 작이라는 설이 있다. 이에 대하여 《古詩賞析》에는 "韓子蒼이 말하기를 '田園 6수의 마지막 篇은 行役을 서술한 것으로 앞의 다섯 수와는 다르다. 그런데 俗本에는 마침내 江淹의 〈種苗在東皐〉를 마지막 편으로 삼았으며, 蘇東坡 역시 그대로 따랐다. 陳述의 古本에는 다만 다섯 수가 실려 있는데, 나는 모두 잘못이라고 생각한다. 마땅히 張相國의 本과 같이 雜詠 6수라고 제목을 붙이는 것이 옳다고 본다.' 라고 하였다. 그러나 내(《古詩賞析》의 편자인 張玉穀)가 보건대 陳述의 古本을 따라 5수가 되어야 한다고 생각한다." 하였다.

譚元春은 이 시를 평하기를 "高堂에 깊이 거처하는 사람들이 걸핏하면 도연명을 모방하려 하지만 도연명의 이러한 경지와 이러한 말은 논밭에서 늙은 자가 아니면 알지 못한다." 하였다. 그런데 이 시의 제목 밑의 주에 "소인이 많고 군자가 적음을 비유한 것이다."라고 한 것은 詩意를 지나치게 천착하여 본의에서 벗어난 듯하다. 도연명이 전원으로 돌아와 농사지으며 살아가는 모습을 담담하게 표현한 시로 보는 것이 타당할 것이다.

申欽〈1566(명종 21)－1628(인조 6)〉의 《象村稿》 56권에 〈歸園田居〉 시 6首와 金壽恒〈1629(인조 7)－1689(숙종 15)〉의 《文谷集》 7권에 〈歸園田居〉에 차운한 시 6首가 실려 있다.

## 問來使　　심부름 온 자에게 묻다

陶　潛

使는 將命者니 此非淵明詩라

使는 명령을 받드는 자이니, 이것은 陶淵明의 詩가 아니다.

| | |
|---|---|
| 爾從山中來하니 | 그대 산중으로부터 왔으니 |
| 早晩發天目[1]이라 | 아침이나 저녁에 天目山에서 출발하였으리라. |
| 我屋南山下에 | 南山 아래에 있는 우리 집에는 |
| 今生幾叢菊고 | 지금 몇 떨기의 국화 자라는가. |
| 薔薇葉已抽요 | 장미는 잎이 이미 빼어났고 |
| 秋蘭氣當馥이라 | 가을 난초는 향기 마땅히 짙으리라. |
| 歸去來山中하면 | 내가 산중으로 돌아가면 |

山中酒應熟[2]이라　　산중에는 술이 응당 익었으리.

1) 역주] 天目 : 杭州의 臨安縣에 있는 山으로 道家의 第三十四天洞이라 하는데, 도연명과는 아무런 연관이 없다.
2) 爾從山中來……山中酒應熟 : 陶淵明이 心在歸隱하여 因來使하여 而問南山之菊과 山中之酒라
　陶淵明이 마음속으로 돌아가 은둔하려 하였으므로 찾아온 使者에게 南山의 국화와 山中의 술을 물은 것이다.

【賞析】 이 시는 《陶靖節集》 2권에 실려 있는 바, 도연명이 彭澤令으로 있을 때 고향에서 온 심부름꾼에게 山中의 풍경을 묻고 마침내 돌아가 은거하고 싶은 마음을 읊은 것이다. 그러나 제목 밑의 주에 "此非淵明詩"라고 한 것에서 알 수 있듯이 이 시는 도연명이 직접 지은 것이 아니고 晩唐 때 어느 시인이 李白의 〈感秋〉 詩를 보고 擬作한 것이란 설이 유력하다.

## 王右軍* 왕우군

李 白

* 王右軍은 東晉의 명필가인 王羲之로 일찍이 右軍將軍을 지냈기 때문에 이렇게 칭한 것이다.

右軍本淸眞하니　　右軍은 본래 맑고 眞率하니
瀟洒在風塵이라　　깨끗한 흉금으로 풍진 세상에 있네.
山陰遇羽客하니　　山陰에서 道士 만나니
愛此好鵝賓[1]이라　　이 거위 좋아하는 손님 사랑하였네.
掃素[2]寫道經하니　　흰 비단 쓸고 道經 쓰니
筆精妙入神이라　　筆法이 정하여 신묘한 경지에 들어갔네.
書罷籠鵝去[3]하니　　글씨 다 쓰자 채롱에 거위 넣어 가니
何曾別主人[4]고　　어찌 일찍이 주인과 작별할까.

1) 역주] 愛此好鵝賓 : 臺本에는 '要'字로 되어 있으나 本集을 따라 '愛'字로 바로잡았다.
2) 掃素 : 古以帛書故로 稱素하니 今用紙라도 亦通稱素라
　옛날에는 비단에 글을 썼으므로 '素'라고 칭하였는데, 지금은 종이를 사용하나

또한 '素'라고 칭한다.

3) 書罷籠鵝去 : 山陰有道士하여 好養鵝러니 羲之往觀하고 求而市之한대 道士云 爲我寫道經하면 擧群相贈하리라 羲之寫畢에 籠鵝而歸하니라

山陰에 道士가 있어 거위 기르는 것을 좋아하였는데 王羲之가 가서 보고는 팔 것을 청하자, 도사가 이르기를 "나를 위해서 道經을 써 주면 온 무리를 다 주겠다." 하였다. 왕희지는 도경을 다 써 준 다음 거위를 새장에 넣어 가지고 돌아갔다.

4) 역주] 何曾別主人 : 金隆의 《勿巖集》 4권에 "주인은 羽客을 가리킨다." 하였다.

【賞析】 이 시는 《李太白集》 22권에 실려 있다. 東晉의 명필가인 王羲之에 대하여 있는 사실 그대로를 읊었으나 이 속에서 왕희지의 淸白·眞率·瀟灑한 風貌를 엿볼 수 있는 것이 특징이다.

丁範祖의 《海左集》 15권에 왕희지가 글씨를 써 주고 사례로 거위를 받은 일을 소재로 한 〈王右軍山陰籠鵝〉 시가 실려 있다.

"뛰어난 필법은 만고에 모범을 남겼고 蘭亭의 봄놀이는 훌륭한 문장이 전하네. 거위와 바꾼 것은 진귀한 새 보려고 한 것이 아니요 골격을 단련하는 《黃庭經》의 신선술 배우려고 해서라오.〔萬古墨池留典則 春遊曲水有文章 換鵝非爲珍禽玩 要學黃庭鍊骨方〕"

## 對酒憶賀監* 2수 술잔을 대하여 賀監을 생각하다

李 白

唐賀知章은 字季眞이니 開元中에 遷禮侍兼集賢大學士러니 天寶中에 乞爲道士하여 以宅爲千秋觀한대 與之居하니라

唐나라 賀知章은 자가 季眞이니 開元年間에 예부시랑 겸 집현태학사로 승진하였으며, 天寶年間에 道士가 되어 집을 千秋觀으로 삼을 것을 청하자 그에게 주어 살게 하였다.

* 賀監 : 賀知章을 가리키는 바, 秘書監을 지냈으므로 이렇게 칭한 것이다.

| | |
|---|---|
| 四明有狂客하니 | 四明山에 狂客 있으니 |
| 風流賀季眞[1)]이라 | 풍류객인 賀季眞이라오. |
| 長安一相見하고 | 長安에서 한 번 서로 만나보고는 |
| 呼我謫仙人[2)]이라 | 나를 謫仙人이라 불렀다네. |
| 昔好盃中物터니 | 옛날엔 잔 속의 물건 좋아하더니 |

| | |
|---|---|
| 今爲松下塵이라 | 지금은 소나무 아래 塵土 되었어라. |
| 金龜[3]換酒處[4]에 | 금거북 풀어 술 사주던 곳에 |
| 却憶淚沾巾[5]이라 | 옛날 생각하니 눈물이 수건 적시누나. |

1) 역주〕 四明有狂客 風流賀季眞 : 四明은 浙江省에 있는 山의 이름이고 季眞은 賀知章의 字인데, 하지장이 '四明狂客'이라고 自號하였으므로 이렇게 말한 것이다.

2) 長安一相見 呼我謫仙人 : 知章이 在紫極宮하여 一見呼白爲謫仙하니 謫은 降也라
賀知章이 자극궁에 있으면서 한 번 李白을 보고는 謫仙이라 불렀으니, 謫은 人間으로 내려온 것이다.

3) 역주〕 金龜 : 《事物紀元》에 따르면 三代 이전에는 관리들이 가죽으로 만든 算袋라는 것을 찼는데 魏나라 때에 거북 모양으로 고쳤다. 唐 高祖가 몸에 차는 물고기를 주었는데, 三品 이상은 금으로 장식했고 五品 이상은 은으로 장식하였으므로 魚袋라고 이름하였다. 則天武后 때에 거북 모양으로 바꾸었다가 얼마 후 물고기 모양으로 바꾸었다고 한다. 그렇다면 금구는 천자가 관리에게 차도록 하사한 장신구인데, 賀知章이 함부로 술을 바꾸어 마신 것을 보면 이백이 하지장을 狂客, 風流라고 칭한 것이 지나친 말은 아닐 듯하다.

4) 金龜換酒處 : 知章이 見李白하고 因解金龜換酒하여 盡歡而罷하니라
賀知章이 李白을 보고는 인하여 금거북을 풀어 술을 사서 실컷 즐기고 헤어졌다.

5) 역주〕 却憶淚沾巾 : 賀知章이 일찍 죽었으므로 말한 것이다.

## 又 또

| | |
|---|---|
| 狂客歸四明하니 | 狂客이 四明山으로 돌아가니 |
| 山陰道士迎이라 | 山陰의 道士가 그를 맞이하였다오. |
| 敕賜鏡湖水[1]하니 | 勅命으로 鏡湖의 물 하사하니 |
| 爲君臺沼榮[2]이라 | 그대 때문에 누대와 못 영화로웠네. |
| 人亡餘故宅하여 | 사람은 죽어 없어지고 옛집만 남아 |
| 空有荷花生이라 | 부질없이 연꽃만 피었구나. |
| 念此杳如夢하니 | 이것을 생각하면 아득하기 꿈만 같으니 |
| 凄然傷我情이라 | 처량하게 나의 마음 상심하게 하네. |

1) 敕賜鏡湖水 : 鏡湖는 在山陰이라 ○ 按賀知章이 自號四明狂客하고 因請爲道士하여

還鄕里한대 詔賜鏡湖剡川一曲하니라

鏡湖는 山陰에 있다.

○ 살펴보건대 賀知章이 스스로 四明狂客이라 호하고 인하여 도사가 되어서 향리로 돌아갈 것을 청하자, 鏡湖 剡川 한 굽이를 하사하도록 명하였다.

2) 역주] 爲君臺沼榮 : 李德弘의 《艮齋集》 續集 4권에 "皇帝로부터 鑑湖를 하사받고 또 臺觀을 지어 살았으니, 어찌 영화롭지 않겠는가. 湖도 沼의 뜻이다." 하였다.

【賞析】 이 시는 《李太白集》 23권에 실려 있는 바, 이 시의 幷序에 "太子賓客 賀知章이 長安의 紫極宮에서 나를 한번 보고는 謫仙人이라 부르고, 金龜를 풀어 술을 사서 즐겁게 마셨다. 서글픈 마음에 그리움이 일어 이 시를 짓는다." 하였다. 하지장은 四明狂客이라 自號한 것에서 알 수 있듯이 曠達하고 소탈한 인물이었다. 이백이 처음 장안에 왔을 때에 이백의 시를 보고 기량을 인정해 주었으며, 술을 좋아하고 담소를 즐겨 이백의 호방한 성품과 잘 통하였던 인물이다. 그런 그가 죽자, 이백이 예전에 그와 함께 즐거웠던 추억을 떠올리며 쓸쓸한 현재의 심경을 읊은 것이다.

조선 孫肇瑞의 《格齋集》 2권에도 하지장을 그리워하는 내용의 〈重憶賀監〉 시가 보인다.

"江東으로 비록 가고 싶지만 누구와 함께 술 마실까. 원숭이와 학 우는 맑은 바람부는 밤에 무료하게 달만 이고 돌아오네.〔江東雖欲往 誰與共銜盃 猿鶴淸風夜 無聊戴月廻〕"

## 送張舍人之江東　　강동으로 가는 張舍人을 전송하다

李 白

舍人은 官名이요 江東은 今建康太平寧國徽池等處라

사인은 관명이요 강동은 지금의 建康·太平·寧國·徽池 등지이다.

張翰江東去[1]하니　　張翰이 江東으로 떠나가니
正値秋風時라　　바로 가을바람 일 때였다오.
天淸一雁遠하고　　하늘은 맑은데 기러기 한 마리 멀리 날아가고
海闊孤帆遲라　　바다는 넓은데 외로운 배 느리게 떠가네.
白日行欲暮하고　　밝은 해는 장차 저물려 하고
滄波杳難期라　　푸른 물결은 아득하여 기약하기 어려워라.
吳洲如見月이어든　　吳洲에서 만일 달 보거든

千里幸相思하라　　　　　　千里에 부디 이몸 생각하오.

1) 역주] 張翰江東去：張翰은 晉나라 사람인데 齊王 冏(경)의 종사관으로 있다가 가을 바람이 불어오자 고향인 江東지방의 별미인 농어회와 蓴菜나물을 그리워하여 벼슬을 버리고 고향으로 돌아갔다.《晉書 張翰傳》

【賞析】 이 시는《李太白集》16권에 실려 있는데, 張舍人이 누구인지는 분명치 않다. 다만 張氏姓을 가진 인물이므로 張翰을 지칭한 것이라고 보는 견해가 일반적이다. 그러나 鄭士信의《梅窓集》에는 "本集 舊本의 注에 '張翰을 전송한 것이다.' 하였으니, 이는 잘못이다. 張翰은 晉나라 사람으로 李白과 같은 시대 인물이 아니며, 舍人이란 벼슬 역시 당나라 때에 있었고 晉나라 때에는 없었다. 이는 張氏姓에 舍人의 벼슬을 하던 어떤 사람이 마침 江東으로 돌아가므로 그를 장한에 빗대어 시를 지어 전송한 것이다." 하였다. 이 시의 3·4구인 '天淸一雁遠 海闊孤帆遲'는 名句로 꼽힌다.

다음은《孤山遺稿》5권에 실려 있는 내용인데, 孤山 尹善道〈1587(선조 20)－1671(현종 12)〉가 江東으로 돌아가는 張翰을 위하여 擬作하여 지은 序가 있으므로 이를 소개한다.

"士君子가 이 세상을 살아감에 出仕하고 은둔할 뿐이니, 출사하고 은둔하는 道는 때에 맞게 할 뿐이다. 그러나 是非, 毁譽, 昇沈, 得喪으로 그 마음을 동요하지 않아서 위로는 하늘을 원망하지 않고 아래로는 사람을 탓하지 않아 분수에 편안한 것이 바로 哲人의 道이다. 그리하여 농사를 지으면서 自樂한 자는 伊尹이고, 낚시질에 의탁한 자는 呂尙이고, 赤松子를 따라 方外에서 노닌 자는 張良이고, 재물을 싣고 海島로 들어가 자신을 더럽힌 자는 范蠡이다. 이 네 사람이 의탁한 대상은 비록 각기 달랐으나 세상이 좋아지면 나가서 도를 행하고 세상이 나빠지면 떠나가서 자신의 하고자 하는 바를 따른 점에 있어서는 똑같다. 나의 벗 張翰은 江東 사람인데 從事官으로 있다가 어느날 가을바람이 불어오자 고향인 강동 지방의 별미인 농어회와 순채나물을 그리워하여 탄식하기를 '인생은 뜻에 맞음을 귀하게 여길 뿐이다. 부귀가 무슨 소용인가.' 하고는 마침내 벼슬을 버리고 고향으로 돌아갔다. 아! 출사할 만한 때인지 은둔할 만한 때인지는 내가 알 수 있는 바가 아니다. 세상사로 자신의 지조를 바꾸지 않고 명성을 이루려고 하지 아니하여 은둔하여도 곤궁함을 걱정하지 않고 인정을 받지 못해도 근심하지 않아 微物에 興을 붙여 욕심없이 自得함에 있어서는 그대의 하는 바가 네 사람에게 부끄러움이 없다고 할 만하다.…… 나는 마침내 술을 마시고 그대를 위하여 다음과 같은 시를 짓는다.

차가운 바람 산을 뒤흔드니 관리도 놀란 듯. 五湖의 물안개와 물결 그대의 前途

라네. 순채로 국을 만드니 누가 손가락을 대겠으며 고미로 밥을 지으니 누가 그대의 숟가락과 다투겠는가. 松江의 농어는 썩은 쥐고기가 아니니 저 굶주린 솔개 어느 곳에서 오겠는가.〔凉飇振嶽 簪紱若驚 五湖烟浪 之子前程 以蓴爲羹 誰染其指 以菰爲飯 誰爭子匙 松江鱸兮非腐鼠 彼飢鳶兮何處〕”

## 戱贈鄭溧陽 장난삼아 鄭溧陽에게 주다

李 白

溧陽은 金陵縣名이라 ○ 鄭姓爲溧陽令한대 太白이 高尙其志하여 自得酒中之趣하고 笑傲流俗하여 自以淵明比方也라

율양은 금릉의 현 이름이다.

○ 鄭姓이 溧陽縣令이 되자, 李太白이 그 뜻을 고상하게 하여 스스로 술 가운데의 취미를 얻고 流俗을 비웃고 하찮게 여겨 자신을 陶淵明에 비교한 것이다.

| | |
|---|---|
| 陶令日日醉하여 | 陶令은 날마다 취하여 |
| 不知五柳春[1]이라 | 다섯 버드나무에 봄 온 줄 몰랐네. |
| 素琴本無絃[2]하고 | 素琴은 본래 줄이 없고 |
| 漉酒用葛巾[3]이라 | 술 거를 때에는 葛巾 사용하였다오. |
| 淸風北窓下에 | 시원한 바람 불어오는 북쪽 창문 아래에 |
| 自謂羲皇人[4]이라 | 스스로 羲皇의 사람이라 말하였네. |
| 何時到栗里[5]하여 | 언제나 栗里에 이르러 |
| 一見平生親[6]고 | 평소의 친한 벗 한 번 만나볼는지. |

1) 역주] 陶令日日醉 不知五柳春 : 陶令은 晉나라의 處士인 陶淵明이 彭澤令을 지냈다 하여 이렇게 칭한 것이며, 陶淵明은 일찍이 문앞에 다섯 그루의 버드나무를 심어놓고 스스로 五柳先生이라 호하였다.

2) 素琴本無絃 : 陶淵明이 蓄素琴一張하니 徽[*]絃不具하고 每撫而和之曰 但得琴中趣니 何勞絃上聲고하니라

陶淵明이 평소 거문고 하나를 마련해 두니, 휘와 현을 갖추지 않고 언제나 어루만지며 말하기를 “다만 거문고 가운데의 취미를 얻을 뿐이니, 어찌 수고롭게 줄을 튕겨 소리를 내겠는가.” 하였다.

*) 역주] 徽 : 거문고의 줄을 고르는 자리를 나타내기 위하여 거문고의 앞쪽에 둥근 모양으로 박은 크고 작은 열세 개의 자개 조각을 이른다.

3) 漉酒用葛巾：王弘이 使郡將候之러니 値陶潛酒熟하여 乃取頭上葛巾漉酒하고 還復戴之하니라

王弘이 고을의 장수로 하여금 가서 문안하게 하였더니, 陶潛은 술이 익자 마침내 머리에 썼던 葛巾을 취하여 술을 거르고 다시 갈건을 머리에 썼다.

4) 自謂羲皇人：陶潛이 夏月虛閑에 高臥北窓之下하고 淸風颯至에 自謂羲皇上人이라

陶潛이 여름철 한가로울 때에 북쪽 창 아래에 높이 눕고는 시원한 바람이 불어오자 스스로 羲皇上人이라 칭하였다.

5) 역주] 何時到栗里：栗里는 潯陽에 있는 지명으로 陶淵明이 살던 곳인데, 여기서는 鄭溧陽이 사는 곳을 가리킨 것이다. 李德弘의 《艮齋集》 續集 4권에 "本註는 잘못된 듯하다. 이 詩가 만약 李白이 자신을 陶淵明에게 견준 것이라면 末句는 '溧陽이 언제나 栗里에 이르러 한 번 나를 만나 평생의 친구가 될까' 라는 의미이니, 이는 장난삼아 말한 것에 불과하며, 만약 정율양을 도연명에게 견준 것이라면 末句는 '내가 언제나 율리에 이르러 한 번 그대를 만나 평생의 친구가 될까' 라는 의미이니, 後者의 말이 타당할 듯하다." 하였다. 金隆의 《勿巖集》에도 본주의 잘못을 지적하였다.

6) 何時到栗里 一見平生親：太白이 謂幾時得到鄭公所居之栗里하여 一見平生契舊之親고하니라

李太白이 언제나 鄭公이 사는 율리에 가서 한 번 평소에 사귄 옛날 친구를 만나 볼까 한 것이다.

【賞析】 이 시는 《李太白集》 10권에 실려 있다. 鄭溧陽은 溧陽令인 鄭晏이라는 사람으로, 이백의 벗이다. 제목 밑의 주에 '이백이 자신을 도연명에게 비유하였다'고 한 것은 잘못인 듯하다. 鄭溧陽을 도연명에 비유하고, 이어서 이백이 평생의 벗인 정율양을 방문하겠다는 뜻을 나타냈다고 보는 것이 타당할 듯하다.

鄭士信의 《梅窓集》에도 이 사실을 언급하고 "당시 술을 좋아하는 鄭氏가 溧陽令이 되었으므로 李白이 그를 栗里에 있던 陶令에 비유하여 장난삼아 지어준 것이다. 그러므로 마지막 구에 '언제나 栗里에 이르러 평소의 친한 벗을 한번 만나볼까'라고 말한 것이다." 하였다.

## 嘲王歷陽不肯飮酒　　술마시기를 좋아하지 않는 王歷陽을 조롱하다

李 白

| | |
|---|---|
| 地白風色寒하니 | 땅은 희고 바람 기운 차가운데 |
| 雪花大如手라 | 눈꽃 크기 손바닥만 하네. |

| | |
|---|---|
| 笑殺(쇄)陶淵明이 | 陶淵明이 |
| 不飮盃中酒[1)]라 | 잔의 술 마시지 않는 것 참 우습구려. |
| 浪撫一張琴하고 | 부질없이 거문고 하나 어루만지고 |
| 虛栽五株柳라 | 헛되이 버드나무 다섯 그루 심어 놓았네. |
| 空負頭上巾하니 | 부질없이 머리 위의 頭巾 저버리니 |
| 吾於爾何有[2)3)]오 | 내 그대에게 어쩌겠나. |

1) 역주] 笑殺(쇄)陶淵明 不飮盃中酒 : 殺(쇄)는 煞로도 쓰는 바 '매우'라는 뜻이다. 이는 陶淵明을 王歷陽에게 비유한 것이다.

2) 吾於爾何有 : 語에 何有於我哉리오하니라 太白이 謂旣不飮酒면 則虛負張琴五柳與葛巾耳라

《論語》에 "무엇이 나에게 있는가" 하였다. 李太白이 이르기를 "이미 술을 마시지 못하면 거문고 한 개와 버드나무 다섯 그루와 갈건을 헛되이 저버리는 것이다." 하였다.

3) 역주] 吾於爾何有 : 金隆의 《勿巖集》 4권에 "술을 마시지 않고 부질없이 머리 위의 頭巾을 저버리니 내 그대에게 어쩌겠냐고 말한 것이니, 어찌할 수 없음을 이른다." 하였다. 옛날 陶淵明은 삼베 두건을 쓰고 다니다가 술을 빚은 항아리를 만나면 두건으로 술을 걸러 마셨다고 하므로 '머리 위의 두건을 저버렸다'고 말한 것이다.

【賞析】 이 시는 《李太白集》 23권에 실려 있다. 王歷陽이 누구인지는 분명히 알 수 없다. 다만 《唐書》 〈地理志〉에 "和州 歷陽郡에 歷陽縣이 있다."고 하였으니, 왕역양은 歷陽縣令으로 王氏姓을 가진 이백의 친구인 듯하다. 시에 나오는 浪, 虛, 空 세 글자는 모두 왕역양이 술을 마시려 하지 않음을 조롱해서 한 말이다.

趙任道〈1585(선조 18)－1664(현종 5)〉의 《澗松集》 2권에 '舟中에서 道夫와 술을 권하며 서로 해학을 하였는데, 道夫가 술을 마시려고 하지 않으므로 희롱하여 지었다'는 한 絶句가 보인다.

"忘憂亭 위에 사람은 이미 떠났고 망우정 아래에 물만 부질없이 흘러가네. 세상을 피해 신선을 배웠지만 오히려 이와 같으니 그대 지금 취하지 않고 무엇을 구하려 하는가.〔忘憂亭上人已去 忘憂亭下水空流 逃世學仙猶若是 君今不醉欲何求〕"

## 紫騮馬 자류마

李 白

| | |
|---|---|
| 紫騮行且嘶하고 | 紫騮馬 가면서 울부짖으니 |
| 雙翻碧玉蹄라 | 碧玉 같은 두 발굽 번득이네. |
| 臨流不肯渡하니 | 물가에 임하여 건너려 하지 않으니 |
| 似惜錦障泥[1]라 | 아마도 비단 안장 아끼려는 듯. |
| 白雪關山遠하고 | 흰 눈 덮인 關山 아득히 멀고 |
| 黃雲海戍迷라 | 누른 구름 낀 바다 鎭營 아득하네. |
| 揮鞭萬里去하니 | 채찍 휘둘러 만리길 달려가니 |
| 安得念香閨오 | 어찌 향기로운 閨房 생각하겠는가. |

1) 臨流不肯渡 似惜錦障泥：障泥는 馬韉也라 晉王濟乘馬할새 不肯渡水한대 曰馬必惜連乾*)錦障泥라하고 去之乃渡하다 杜預曰 濟有馬癖이라

障泥는 말 안장이다. 晉나라 王濟가 말을 탈 적에 말이 물을 건너려 하지 않자, 말하기를 "말이 반드시 連乾의 비단 안장을 아껴서일 것이다." 하고는 안장을 제거하고 마침내 물을 건넜다. 杜預가 말하기를 "왕제는 말을 좋아하는 性癖이 있었다." 하였다.

*) 역주〕連乾：말 장식품의 하나이다.

【賞析】 이 시는 《李太白集》 6권에 실려 있다. 자류마는 옛 樂府의 歌曲名으로 자줏빛을 띤 검은 갈기의 名馬의 이름이다. 이 시의 앞의 네 구는 晉나라 王濟의 名馬를 읊었고, 뒤의 네 구는 자류마를 타고 수자리 나간 征夫의 심정을 읊었다.

尹鉉〈1514(중종 9)－1578(선조 11)〉의 《菊澗集》에 紫騮馬에 차운한 시가 있으므로 소개한다.

"젊은 시절 일찍이 멀리 노닐었는데 말을 타면 반드시 자류마를 탔었지. 진종일 채찍을 휘두르며 먼 길에 끈을 놓지 않았다오. 가벼운 먼지 아득한 사막에 날리고 고상한 자취 中州에 흩어졌네. 향기로운 규방의 생각 하지 않고 萬里侯가 되고만 싶었지.〔少年曾遠遊 乘馬必乘騮 竟日方揮策 長途未解鞦 輕塵飛絶漠 逸迹散中州 不作香閨念 甘爲萬里侯〕"

## 待酒不至 술을 기다려도 오지 않다

李 白

太白이 沽酒以待賓이러니 久而酒不至故로 賦此詩하여 以寄興耳라

李太白이 술을 사서 손님을 대접하려 하였는데, 오래되어도 술이 이르지 않으므로 이 시를 지어서 흥을 붙인 것이다.

| | |
|---|---|
| 玉壺繫靑絲러니 | 옥병에 파란 끈 매달았는데 |
| 沽酒來何遲오 | 술 사러 가서 어이 늦게 오는가. |
| 山花向我笑하니 | 산꽃이 나를 향해 웃으니 |
| 正好銜盃時라 | 바로 술 마시기 좋은 때라오. |
| 晩酌東山下하니 | 저녁에 東山 아래에서 술 마시니 |
| 流鶯復在玆라 | 날아다니는 꾀꼬리 다시 여기에 있구려. |
| 春風與醉客이 | 봄바람과 취한 손님 |
| 今日乃相宜[1]라 | 오늘 참으로 서로 어울리네. |

1) 晩酌東山下……今日乃相宜 : 得酒之遲하여 晩酌於東山之下하니 猶及春風流鶯轉和之時也라

술이 늦게 와서 東山의 아래에서 저녁에 술을 따라 마시니, 오히려 봄바람이 불고 꾀꼬리가 아름답게 우는 때에 미친 것이다.

**【賞析】** 이 시는 《李太白集》 23권에 실려 있다. 앞의 네 구는 시의 제목처럼 술을 시켜놓고 기다리는 심정을 읊었고, 뒤의 네 구는 술을 마셔 흥이 오르고 만족한 모습을 읊었다.

南龍翼〈1628(인조 6)－1692(숙종 18)〉의 《壺谷集》 5권에도 술을 기다리는데 술이 나오지 않아 무료하던 차에 읊은 내용의 시가 있다.

"술을 기다리니 날이 장차 저물고 시를 읊으니 가을이 이미 다하였네. 훌륭한 벗 참으로 해후하니 좋은 경치 감상할 만하네. 우선 차가운 꽃과 짝하여 자고 인하여 아름다운 달과 함께 보노라. 덧없는 인생 백년 중에 이런 기쁜 만남은 어렵다오. 〔待酒日將盡 吟詩秋已殘 良朋眞邂逅 勝景可盤桓 且伴寒花宿 仍携好月看 浮生百年內 歡會此爲難〕"

林億齡〈1496(연산군 2)－1568(선조 1)〉의 《石川詩集》 3권에도 같은 제목의 시가 있다.

## 遊龍門奉先寺　　龍門의 奉先寺에 놀다

杜甫(子美)

龍門은 在西京河南縣하니 名闕塞山이요 一名伊闕이라

용문은 西京의 河南縣에 있으니, 일명 闕塞山(궐색산)이요 일명 伊闕이다.

| | |
|---|---|
| 已從招提[1)]遊러니 | 이미 招提 따라 놀았는데 |
| 更宿招提境이라 | 다시 招提의 境內에서 유숙하누나. |
| 陰壑生靈籟[2)]하고 | 음침한 골짜기에서는 신령스러운 바람소리 나오고 |
| 月林散淸影이라 | 달 비추는 숲에는 맑은 그림자 흩어지네. |
| 天闕[3)]象緯[4)]逼하고 | 하늘 높이 대궐에는 象緯가 가깝고 |
| 雲臥衣裳冷이라 | 구름 속에 누웠으니 의상이 차가워라. |
| 欲覺(교)聞晨鐘하니 | 잠을 깨어 새벽 종소리 들으니 |
| 令人發深省이라 | 사람으로 하여금 깊은 반성 발하게 하네. |

1) 역주] 招提 : 梵語로 寺刹을 가리킨다. 李德弘의 《艮齋集》 續集 4권에 "절에 머무는 것을 초제라고 하니, 불교용어로는 '招門提奢', 중국어로는 '四萬僧物'이라고 하는데, 후인들이 잘못 옮겨 쓴 것이다. 절을 초제라 한 것은 門, 奢 두 글자를 생략한 것이다. 杜詩의 註에도 이와 같이 기록되어 있는데 무슨 뜻인지 상세하지 않은 바, 깊이 따질 필요가 없다." 하였다. 金隆의 《勿巖集》에도 이와 같은 내용이 보인다.

2) 역주] 靈籟 : 《莊子》에 자연의 소리를 天籟, 地籟, 人籟로 구분한 것에서 유래한 말이다. '虎籟'로 되어 있는 판본도 있다.

3) 역주] 天闕 : 주석가들마다 의견이 분분하다. '闕'字는 舊本대로 '闚'字가 되어야 하는데 이는 闚天(天象을 살피다)으로 臥雲과 함께 도치된 표현이고 그래야 對句도 잘 호응한다는 설이 있고, 龍門의 지형이 두 산봉우리가 마주보고 우뚝 서 있어 마치 門闕과 같으므로 천궐이라고 표현하였다는 해석도 있다.

4) 象緯 : 象은 星之垂象於天者요 緯는 五星也니 不言經星者는 省(생)之라

象은 별이 하늘에 상을 드리운 것이요 緯는 五星이니 經星을 말하지 않은 것은 생략한 것이다.

【賞析】 이 시는 《杜少陵集》 1권에 실려 있다. 용문산의 봉선사에서 노닐었던 일을 읊은 것으로 開元 23년(735) 두보가 洛陽에 있을 때에 지은 작품이다. 3~6구는 봉선사의 밤 풍경을 묘사하였고 7·8구는 산사에서 느끼는 감회를 읊었다. 깊은 골짜기에서 불어오는 맑은 바람, 숲에 청명하게 비추는 달빛, 손에 잡힐 듯한 별, 구름

도 쉬어 가는 높은 산사에서 새벽 공기를 가르며 은은히 들려오는 종소리, 이러한 때에 누군들 자신을 한 번 깊이 돌아보지 않겠는가.

《益齋亂稿》 4권에 李齊賢〈1287(충렬왕 13)－1367(공민왕 16)〉이 寶蓋山의 地藏寺에서 두보의 〈遊龍門奉先寺〉 韻을 사용하여 지은 시가 있으며, 이외에 趙錫胤〈1605(선조 38)－1654(효종 5)〉의 《樂靜集》 5권과 李獻慶〈1719(숙종 45)－1791(정조 15)〉의 《艮翁集》 8권에도 이 시에 차운한 시가 실려 있다.

## 戲簡鄭廣文兼呈蘇司業　희롱하여 鄭廣文에게 편지를 올리고 아울러 蘇司業에게 올리다

杜 甫

廣文은 名虔이니 玄宗이 愛其才하여 置廣文館하여 以爲博士하니라 司業은 國子學官으로 名源明이니 能詩하여 肅宗朝에 知制誥하니라

廣文은 이름이 虔이니 玄宗이 그 재주를 아껴서 廣文館을 설치하여 박사로 삼았다. 司業은 國子監의 학관으로 이름은 源明이니, 詩를 잘하여 肅宗 때에 지제고가 되었다.

| | |
|---|---|
| 廣文到官舍하여 | 廣文이 官舍에 이르러 |
| 繫馬堂階下라 | 대청 섬돌 아래에 말 매어놓네. |
| 醉卽騎馬歸하니 | 취하면 즉시 말 타고 돌아가니 |
| 頗遭官長罵라 | 官長의 질타 크게 당했다오. |
| 才名三十年에 | 才名 날린 지 삼십년에 |
| 坐客寒無氈[1)]이라 | 坐客들 추워도 방석 없네. |
| 近有蘇司業하여 | 근자에는 蘇司業이 |
| 時時與酒錢[2)]이라 | 때때로 술과 돈 준다오. |

1) 才名三十年 坐客寒無氈：吳隱之爲度支尙書하여 以竹蓬爲屛風하여 坐無氈席三十年하니 引此하여 言虔之貧約이라

吳隱之가 탁지상서가 되어서 대나무와 쑥으로 병풍을 만들어 자리에 방석을 깔지 않고 30년을 지냈는데, 이것을 인용하여 鄭虔의 가난함을 말한 것이다.

2) 近有蘇司業 時時與酒錢：虔이 始爲廣文館博士러니 性嗜酒하여 不治事라가 數爲官長所誚호되 怡然不以爲意하고 至貧窶하니 惟蘇源明이 重其才하여 乃時時給餉之하니라

鄭虔이 처음에 광문관 박사가 되었는데 성품이 술을 좋아하여 사무를 제대로 처리하지 않다가 여러번 上官에게 꾸짖음을 당하였으나 태연하여 개의치 않았고 지극히 가난하니, 蘇源明이 그의 재주를 소중하게 여겨 때때로 돈을 대주었다.

【賞析】 이 시는 《杜少陵集》 3권에 실려 있는 바, 廣文館 博士 鄭虔에게 준 시로 天寶 14년(755) 장안에 있을 때에 쓴 것이다. 정건은 당시의 유명한 학자로 詩·書·畵에 모두 뛰어나 현종이 三絶이라고 칭찬하였으나 天寶 초년에 사사로이 國史를 編修한다는 참소를 받고 10년간 멀리 귀양갔다가 장안으로 돌아와 광문관 박사가 되었다. 그는 성품이 초탈하고 호방하였으며 두보와 30여년의 나이차가 있었지만 친밀하게 지냈으니, 이는 정건의 일생이 불우하고 두보 역시 그러하였으므로 서로 知己라 여긴 까닭이었다. 이에 鄭虔에게 편지를 보내어 위로하고 아울러 가난한 정건을 도와 주는 國子司業 蘇源明에게도 경의를 표한 것이다.

高尙顔〈1553(명종 8)－1623(인조 1)〉의 《泰村集》 1권에 商山城 아래에서 이 시에 차운하여 지은 시가 실려 있다.

"부임하였으나 관사가 없어 西城 아래에 집을 세내었네. 며칠 머물다 돌아올 때마다 남들의 비웃음 아랑곳하지 않네. 가난하게 한 해를 보내니 거북등에 어찌 털이 나겠는가. 바야흐로 窮鬼를 보내고자 하나 倉官이 봉록을 아낀다오.〔到官無公舍 賃屋西城下 信宿每歸來 任他人笑罵 爲貧送一年 龜背那成氈 方欲送窮鬼 倉官靳俸錢〕"

## 寄全椒山中道士　　全椒 山中의 도사에게 부치다

韋應物

全椒는 滁州縣이니 韋時爲州刺史하니라

전초는 제주현이니 韋應物이 이때 제주자사가 되었다.

| | |
|---|---|
| 今朝郡齋冷하니 | 오늘 아침 郡廳이 차가우니 |
| 忽念山中客이라 | 갑자기 산중의 손님 생각나네. |
| 澗底束荊薪하고 | 시내 밑에서 가시나무 섶 묶고 |
| 歸來煮白石[1]이라 | 돌아와 白石 삶으리라. |
| 遙持一盃酒하여 | 멀리 한 잔 술 가져다가 |
| 遠慰風雨夕이라 | 아득히 비바람 부는 저녁 위로하려 하나 |
| 落葉滿空山하니 | 낙엽이 빈 산에 가득하니 |

**何處尋行迹**[2]고　　　　어느 곳에서 행적 찾을건가.

1) 澗底束荊薪 歸來煮白石：荊者는 木也요 薪者는 柴也니 白石을 煮之如芋하여 可食也라 思道士束澗薪하여 來煮白石之藥이라

荊은 나무이고 薪은 땔나무이니, 白石을 삶으면 토란과 같아져서 먹을 수 있다. 道士가 시내의 섶을 묶어 가지고 와서 백석의 약을 삶던 것을 생각한 것이다.

2) 落葉滿空山 何處尋行迹：詩謂坐郡齋而思憶道士山中之樂하니 何時持酒하여 慰此牢落이리오 但見落葉遍山而道士不見爾라

詩에 이르기를 "郡廳에 앉아서 道士가 산중에서 즐거워하던 것을 생각하니, 언제나 술을 가져와 이 쓸쓸함을 위로하겠는가." 하였으니, 다만 온 산에 낙엽 지는 것만 보고 도사는 보지 못한 것이다.

【賞析】 이 시는 《唐詩正音》 1권과 《韋蘇州集》 3권에 실려 있다. 당시 滁州刺史로 있던 위응물이 날씨가 쌀쌀해지자 全椒의 산중에서 수도하고 있는 벗을 걱정하여 지은 시이다. 이 시는 陶淵明의 풍격을 지닌 名篇으로, 沈德潛은 이 시를 가리켜 '化工의 붓〔化工筆〕'이라고 극찬하였다. 田園의 風物을 주로 읊은 도연명의 시풍은 王維, 柳宗元, 韋應物, 孟浩然으로 계승되는데 唐詩에 있어서 李杜의 양대 산맥과는 별도로 하나의 流派를 형성하였다. 소동파도 이 시를 몹시 애송하였다 한다. 施補華의 《峴傭說詩》에 "동파가 작심하고 이 시를 배우려 하였으나 끝내 흡사하지 못하였다. 이는 동파는 힘을 들였으나 韋公은 힘을 들이지 않았고 동파는 의도가 있었으나 위공은 의도가 없었기 때문이니, 미묘한 경지이다." 라고 하여, 아래에 보이는 동파의 화답시보다 훨씬 높이 평가하였다. 이는 바로 自然과 人爲의 차이에서 기인한 것으로 情感과 形象의 배합이 매우 자연스러운 바, '화공필'이라는 칭찬도 이러한 이유에서일 것이다.

李安訥〈1571(선조 4)－1637(인조 15)〉의 《東岳集》 16권에는 監役 李竣汝가 原州의 별장에서 방문해 준 것에 사례하여 이 시의 운을 사용하여 지은 시가 실려 있다.

"月峰의 병든 거사요 花山의 늙은 축객이라오. 아스라히 지나가는 한 조각 구름 우뚝히 깎아지른 천 개의 벼랑. 여름에는 쌀을 보내왔고 중추에는 술을 실어보냈지. 南川의 물 동쪽 바위에 이 행적 썼으면 하네.〔月峰病居士 花山老逐客 蒼茫一逕雲 犖角千涯石 送米當夏月 載酒趁秋夕 南川水東巖 願書此行迹〕"

柳潚〈1564(명종 19)－?〉의 《醉吃集》 4권에도 이 시에 차운한 시가 보인다.

## 和韋蘇州詩寄鄧道士　韋蘇州의 시에 화운하여 鄧道士에게 부치다

蘇軾(東坡)

坡自序云 羅浮山에 有野人하니 相傳葛稚川之隷也라 鄧道士守安이 嘗於庵前에 見其足跡長二尺許하니 以酒一壺로 依蘇州韻하여 作寄之라

東坡의 自序에 이르기를 "羅浮山에 야인이 있으니 서로 전해 오기를 葛稚川의 하인이라 한다. 道士 鄧守安이 일찍이 암자 앞에서 두 자가 넘는 그의 발자국을 보았다 한다. 술 한 병으로 蘇州의 韻을 따라 시를 지어 부쳤다." 하였다.

| | |
|---|---|
| 一盃羅浮春[1]을 | 한 잔의 羅浮春 |
| 遠餉採薇客[2]이라 | 멀리 고사리 캐는 나그네에게 보내노라. |
| 遙知獨酌罷하고 | 멀리서 생각하니 홀로 술잔 들고는 |
| 醉臥松下石이라 | 취하여 소나무 아래 돌에 누워 있겠지. |
| 幽人不可見이요 | 그윽한 사람은 볼 수 없고 |
| 淸嘯聞月夕이라 | 맑은 휘파람 소리만 달밤에 들리리라. |
| 聊戲庵中人하노니 | 애오라지 암자 속의 사람에게 희롱하노니 |
| 空飛本無迹[3]이라 | 공중을 날아다녀 본래 자취 없다오. |

1) 一盃羅浮春 : 羅浮春은 先生所造酒名也라 以惠州見羅浮山而得名이라
羅浮春은 東坡先生이 빚은 술 이름이다. 혜주에서 나부산이 보이기 때문에 이름한 것이다.

2) 採薇客 : 伯夷叔齊採薇於首陽山하니라
伯夷와 叔齊가 수양산에서 고사리를 뜯어 먹었다.

3) 역주] 聊戲庵中人 空飛本無迹 : 잠깐 암자 안의 사람에게 묻노니, 예전에 암자 앞에서 仙人의 발자국을 보았다고 하나, 선인은 본래 신묘하여 공중을 날아다니는 자이니, 어찌 발자국을 남길 수 있겠는가라고 반문한 것이다. 金隆의 《勿巖集》 4권에는 "庵中人은 鄧道士와 같은 사람일 것이다." 하였다.

【賞析】 이 시는 紹聖 2년(1095) 정월 2일에 蘇東坡가 우연히 全椒의 山中道士에게 부친 韋應物의 시를 읽고 次韻하여 鄧守安에게 부친 것으로 《蘇東坡集》 7책 5권에 실려 있다.

宋麟壽〈1487(성종 18)－1547(명종 2)〉의 《圭菴集》 1권에 東坡의 이 시에 차운하여 속세를 떠나 은둔하여 수도하는 道人을 읊은 내용의 시가 보인다.

"蓬萊島에 들어와서 한번 瑤臺의 객을 보았지. 샘물 길어다 감로차 끓이며 시를

쓰고 암석을 비질하네. 천지를 수레로 여기고 백년을 조석으로 여기노라. 억만인을 내려다 보니 머리를 돌림에 이미 묵은 자취이네.〔自入蓬萊島 一見瑤臺客 汲泉煮甘露 題詩掃巖石 天地爲蓋軫 百歲爲朝夕 下視億萬人 回首已陳跡〕"

趙昱〈1498(연산군 4)－1557(명종 12)〉의 《龍門集》 1권에도 '연일 비가 내려 산중의 날씨가 매우 쌀쌀하던 차에 마침 家奴가 술을 내왔기에 두 서너 스님과 대작하며 기쁜 마음에 지었다'는 시가 있는데, 또한 소식의 이 시의 운을 사용하였다. 이외에도 周世鵬〈1495(연산군 1)－1554(명종 9)〉의 《武陵雜稿》 別集 1권에 이 시에 차운한 시가 보인다.

## 足柳公權聯句　柳公權의 聯句를 채우다

蘇 軾

公權은 字誠懸이니 唐文宗時翰林이라 書詔學士하여 與上聯句하고 命題于殿壁하니 字徑五寸이라 上嘆曰 鍾王無以加也라하니라 東坡以文宗前二句와 公權後二句의 君臣四句之中에 皆有美而無箴戒라 故足爲八句하니 其忠君愛民之意深矣로다

柳公權은 자가 誠懸이니, 唐나라 文宗 때 한림을 지냈다. 학사들에게 명하여 上과 聯句를 짓고는 대궐의 벽에 쓰도록 명령하니, 글자의 지름이 다섯 치였다. 문종은 감탄하기를 "鍾繇(종요)와 王羲之도 이를 능가할 수 없다." 하였다. 문종이 지은 앞의 두 구와 유공권이 지은 뒤의 두 구의 君臣의 네 구 중에는 찬미하는 내용만 있고 경계하는 내용이 없으므로 東坡가 채워서 여덟 구를 만들었으니, 군주에게 충성하고 백성을 사랑하는 뜻이 깊다.

| | |
|---|---|
| **人皆苦炎熱**호되 | 사람은 모두 무더위 괴로워하지만 |
| **我愛夏日長**이라 | 나는 여름해가 긴 것 좋아하네. |
| **薰風自南來**하니 | 薰風이 남쪽으로부터 불어오니 |
| **殿閣生微凉**[1]이라 | 殿閣엔 시원한 기운 일어나네. |
| **一爲居所移**[2]하여 | 한 번 이런 곳으로 거처 옮기면 |
| **苦樂永相忘**이라 | 괴로움과 즐거움 길이 서로 잊고 마네. |
| **願言均此施**하여 | 원컨대 이런 베풂 고르게 하여 |
| **淸陰分四方**[3]이라 | 시원한 그늘 사방에 나누어 주었으면. |

1) 人皆苦炎熱……殿閣生微凉：此四句는 公權與唐文宗聯句니 言日長風凉之盛하여 有美無箴이라

이 네 구는 柳公權과 唐나라 文宗의 聯句이니, 해가 길고 바람이 시원한 성대함만 말하여 찬미하는 내용만 있고 경계하는 내용이 없다.

2) 一爲居所移：本孟子居移氣語하니 言居尊位者 享天下之樂而不念民生之苦라

孟子의 '거처가 사람의 기운을 변화시킨다'는 말에 근본하였으니, 높은 지위에 거하는 자는 천하의 즐거움을 누려서 민생의 괴로움을 생각하지 않음을 말한 것이다.

3) 一爲居所移……淸陰分四方：此四句는 乃子瞻足成其篇이라 獨拳拳於淸陰分四方之事하니 有望於上人之恩施者深矣라

이 네 구는 바로 子瞻이 이 편을 채워 만든 것이다. 홀로 시원한 그늘을 사방에 나누어 주는 일에 연연하였으니, 윗사람이 은혜를 베풀어 주기를 바람이 깊다.

【賞析】 이 시는《蘇東坡集》10책 1권에 실려 있다. 앞의 두 구인 '人皆苦炎熱 我愛夏日長'은 文宗이 지은 것이고, 그 뒤의 두 구인 '薰風自南來 殿閣生微凉'는 柳公權이 지은 것이다. 그런데 소식은 유공권이 화답한 내용이 문종을 찬미하는 데에만 그친 것을 못마땅하게 여겨, 그 뒤에 네 구를 이어서 지음으로써 시원한 그늘을 백성들에게도 고루 베풀어 주기를 기원하였다.

## 子瞻謫海南　　子瞻(東坡)이 海南으로 귀양가다

黃庭堅(山谷)

謫은 貶官遠居也요 海南은 瓊崖儋萬四州也니 崖今爲吉陽軍이요 儋今南寧軍이요 萬今萬安軍이라 紹聖甲戌에 東坡謫授寧遠軍節度副使하여 惠州安置하니 坡居羅浮에 有詩云 報道先生春睡美하니 道人休打五更鍾이라한대 執政怒之하여 再貶儋州也하니라 時宰는 章惇子厚也라

謫은 좌천하여 멀리 있는 것이요 해남은 瓊州·崖州·儋州·萬州의 네 고을이니, 애주는 지금의 吉陽軍이요 담주는 지금의 南寧軍이요 만주는 지금의 萬安軍이다. 紹聖 갑술년에 東坡가 영원군 절도부사로 좌천되어 惠州에 안치되니, 동파는 羅浮山에 있으면서 詩를 짓기를 "선생에게 알리기를 봄잠이 아름답다 하니 도인은 오경에 종을 치지 말라.〔報道先生春睡美 道人休打五更鍾〕" 하였다. 이에 執政大臣이 노하여 다시 담주로 좌천되었으니, 당시의 재상은 章惇 子厚였다.

| | |
|---|---|
| 子瞻謫海南하니 | 子瞻이 海南으로 귀양가니 |
| 時宰[1]欲殺之라 | 당시의 재상이 그를 죽이려 하였네. |
| 飽喫惠州飯[2]하고 | 惠州의 밥 배불리 먹고 |
| 細和淵明詩라 | 陶淵明의 詩 가늘게 화답했네. |

| | |
|---|---|
| 彭澤[3]千載人이요 | 彭澤은 천년에 한 번 날 인물이요 |
| 東坡百世士라 | 東坡는 백세에 길이 전할 선비라오. |
| 出處雖不同이나 | 出處는 비록 똑같지 않으나 |
| 氣味乃相似라 | 氣味는 마침내 서로 같구려. |

1) 역주] 時宰 : 당시의 재상이란 뜻으로 王珪, 蔡確 등을 이른다.

2) 역주] 飽喫惠州飯 : 惠州는 지명으로 東坡가 3년 동안 혜주에 있었기 때문에 말한 것이다.

3) 역주] 彭澤 : 지명으로 일찍이 彭澤令을 지낸 陶淵明을 가리킨 것이다.

【賞析】《山谷詩注》 17권에 실려 있다. 본집에는 제목이 〈跋子瞻和陶詩〉로 되어 있는데, 그 주에 "동파가 도연명시에 화답하여 지은 것이 총 109편이다. 古人의 시에 화답한 것은 동파로부터 시작되었다."고 하였다. 스승인 소식이 도연명의 시에 화답하여 지은 시의 말미에 이 시를 붙임으로써 도연명과 소식을 아울러 존숭하는 마음을 표현하였다.

## 少年子 소년자

李 白

譏當時少年豪俠子弟 挾彈馳馬하여 醉臥於瓊樓하니 曾有夷齊守節之志否아

당시에 호협한 소년 자제들이 탄환을 끼우고 말을 달려 술에 취해 아름다운 누대에 누워 있으니, 일찍이 伯夷·叔齊가 절개를 지킨 뜻이 있느냐고 비판한 것이다.

| | |
|---|---|
| 青春少年子가 | 청춘의 소년들이 |
| 挾彈章臺[1]左라 | 탄환 끼고 章華臺 왼쪽에서 노네. |
| 鞍馬四邊開[2]하니 | 말 타고 나오자 四方에서 피하니 |
| 突如流星過라 | 빨리 달림이 流星이 지나는 듯하네. |
| 金丸落飛鳥하고 | 금 탄환으로 나는 새 떨어뜨리고 |
| 夜入瓊樓臥라 | 밤이면 옥 누대에 들어가 잠 자누나. |
| 夷齊是何人으로 | 伯夷 叔齊는 이 어떤 사람으로 |
| 獨守西山餓오 | 홀로 西山에서 절개 지키며 굶주렸는가. |

1) 역주] 章臺 : 章華臺로 춘추시대 楚나라 靈王이 華容縣 부근에 세운 臺인데, 여기서

는 아름다운 누대를 범칭한 것으로 보인다.

2) 역주] 鞍馬四邊開 : 金隆의 《勿巖集》 4권에 "開는 배열한다는 뜻이니, 많음을 말한 것이다." 하였다.

【賞析】 少年子는 옛 樂府의 歌曲名이다. 이 시는 《李太白集》 6권에 실려 있는 바, 소년의 貴盛豪富를 풍자한 작품이다. 끝의 7·8구를 당시의 소년들을 풍자한 것으로 보아 저들은 도저히 伯夷·叔齊의 淸節을 이해하지 못할 것이라고 보는 해석이 있는가 하면, 伯夷·叔齊처럼 부질없이 죽을 필요가 무엇인가 역시 젊은이들은 즐기며 사는 것이 좋다고 보는 해석도 있음을 밝혀 둔다. 이백의 작품 중에 이와 유사한 내용의 少年行 2수가 있다.

## 金陵新亭　　金陵의 새 정자에서

李 白

金陵은 漢改秣陵하고 吳改建業하고 東晉改建康하고 隋改昇州하고 宋復改建康하고 元文宗改集慶하고 今爲應天府하니 吳東晉宋齊梁陳南唐建都之地라 元建江南諸道行御史臺於此라 故俗猶稱南臺云이라

金陵은 漢나라는 秣陵이라 개칭하고 吳나라는 建業이라 개칭하고 東晉은 建康이라 개칭하고 隋나라는 昇州라 개칭하고 元나라 문종은 集慶이라 개칭하고 지금은 應天府가 되었으니, 오나라와 東晉·宋·齊·梁·陳·南唐이 도읍했던 곳이다. 元나라는 江南諸道의 行御史臺를 이곳에 세웠다. 그러므로 세속에서 南臺라고 칭한다.

| | |
|---|---|
| 金陵風景好하니 | 金陵은 풍경이 좋으니 |
| 豪士集新亭[1]이라 | 호걸스러운 선비들 새 정자에 모였네. |
| 擧目山河異하니 | 눈을 들어 바라보니 山河가 옛날과 달라 |
| 偏傷周顗[2]情이라 | 유독 周顗의 마음 서글프게 하였네. |
| 四坐楚囚[3]悲하고 | 四方의 坐客들 楚나라 죄수처럼 슬퍼하고 |
| 不憂社稷傾이라 | 社稷이 기울 걱정하지 않았다오. |
| 王公何慷慨[4]오 | 王公은 어이 그리 강개한가. |
| 千載仰雄名이라 | 천년 뒤에 그의 훌륭한 이름 우러르네. |

1) 역주] 新亭 : 새로 지은 정자란 뜻으로 金陵府의 남쪽 15리 지점에 있었는데, 中興亭이라고도 한다.

2) 周顗 : 周顗는 字伯仁이니 山東人이라 東晉永昌初에 僕射하니라

주의는 자가 백인이니 산동 사람이다. 東晉의 永昌 초년에 僕射(복야)가 되었다.

3) 역주] 楚囚 : 春秋時代 晉나라 감옥에 갇혀있던 楚나라의 鍾儀를 이르는데, 후세에는 모든 죄수를 지칭하는 말로 쓰인다.

4) 王公何慷慨 : 王公은 名導요 字茂弘이니 琅耶人이라 相元帝中興하니 (始興)*) 諡文獻公이라 按王導傳에 過江人士每至暇日이면 相邀하여 出新亭飮宴이러니 周顗中坐而嘆曰 風景은 不殊나 擧目에 有山河之異라하니 皆相視流涕하다 惟導愀然變色曰 當共戮力王室하여 克復神州니 何至作楚囚相對而泣耶아한대 衆收淚謝之하니라

王公은 이름이 導요 자가 茂弘이니 낭야 사람이다. 元帝를 도와 중흥하게 하니 시호가 문헌공이다. 《王導傳》을 살펴보면 揚子江을 넘어온 人士들이 언제나 한가로운 날에는 서로 맞이하여 新亭에 나와 잔치하며 술을 마셨는데, 주의가 그 가운데 앉아 한탄하기를 "풍경은 다르지 않으나 눈을 들어 바라보면 山河의 다름이 있다." 하니, 좌중에 있던 사람들이 모두 서로 바라보고 눈물을 흘렸다. 이때 오직 왕도가 서글피 얼굴빛을 바꾸며 말하기를 "마땅히 함께 왕실에 힘을 다하여 神州를 수복하여야 할 것이니, 어찌 楚나라 죄수가 마주 대하고 우는 짓을 한단 말인가." 하였다. 이에 여러 사람들은 눈물을 거두고 사례하였다.

*) 역주] 始興 : 문맥이 통하지 않는 바, 誤字인 듯하다.

【賞析】 金陵은 南京의 옛 이름인 바, 南朝의 수도로 오랫동안 번성했던 곳이나 陳나라가 멸망한 후로 황폐해지고 말았다. 이 시의 전반부는 《晉書》〈王導傳〉의 기록을 그대로 서술하였고 마지막 두 구는 작자의 感慨를 함축하여 표현하였는데, 이는 이백 시의 특징이기도 하다.

**古文眞寶 前集 제2권**

# 五言古風 短篇

## 長歌行　장가행

沈約(休文)

此篇은 托物比興하여 謂露中之葵 遇春而發生이라가 至秋而凋落하니 喩人之少壯에 若不勉力功名하고 徒傷悲於遲暮之時면 則亦無及矣라

이 편은 사물에 가탁하여 比興해서 이슬 가운데의 해바라기가 봄을 만나 자라다가 가을이 되어 잎이 떨어짐을 말하였으니, 사람이 젊었을 때에 만약 功名에 힘쓰지 않고 한갓 늙고난 뒤에 서글퍼하면 또한 미칠 수 없음을 비유한 것이다.

青青園中葵는　　푸르고 푸른 동산 가운데의 해바라기는
朝露待日晞라　　아침 이슬 햇빛을 기다려 마르네.
陽春布德澤하니　　따뜻한 봄이 은택 펴니
萬物生光輝[1]라　　만물이 빛을 내누나.
常恐秋節至하여　　항상 가을철 이르러
焜黃華葉衰[2]라　　붉고 누래져 꽃과 잎 쇠할까 두려워라.
百川東到海하니　　온갖 냇물 동쪽으로 바다에 이르니
何時復西歸[3]오　　언제나 다시 서쪽으로 돌아오나.
少壯不努力이면　　젊고 건장할 때에 노력하지 않으면
老大徒傷悲라　　늘그막에 한갓 서글퍼할 뿐이라오.

1) 陽春布德澤 萬物生光輝：萬類得陽春而發生하니 喩人少壯이라
萬物이 陽春을 만나 자라나니, 사람의 젊었을 때를 비유한 것이다.
2) 常恐秋節至 焜黃華葉衰：至秋而華葉焜黃하니 喩人之老景也라

가을이 되면 꽃과 잎이 누렇게 시드니, 사람의 늙었을 때를 비유한 것이다.

3) 百川東到海 何時復西歸：百川水東流至海하면 無復返流하니 喩人旣老而不復少壯이라
온갖 냇물이 동쪽으로 흘러가 바다에 이르면 다시 되돌아오지 못하니, 사람이 이미 늙고나면 다시는 젊어질 수 없음을 비유한 것이다.

【賞析】 이 시는 《文選》 27권에 실려 있는데, 〈古辭〉라고만 되어 있을 뿐 작자는 명기하지 않았다. 《樂府詩集》의 〈長歌行〉 11수 중에 이 시가 실려 있고 沈約이 지은 같은 제목의 시 두 수도 함께 실려 있는데, 내용이 이 시와 다른 것으로 보아 본서에서 작자를 심약이라 한 것은 잘못인 듯하다.

林悌〈1549(명종 4)－1587(선조 20)〉의 《林白湖集》 3권과 申維翰〈1681(숙종 7)－?〉의 《靑泉集》 1권에도 같은 제목의 시가 실려 있다.

## 雜詩　잡시

陶潛(淵明)

陶淵明作此하여 以詠其幽居之趣하니 心遠地偏하여 眞樂을 自得於心하니 不待形之言也라

陶淵明이 이 詩를 지어서 그윽히 사는 취미를 읊었으니, 마음이 멀고 땅이 궁벽하여 참다운 즐거움을 스스로 마음속에 얻으니 굳이 말로 형용할 필요가 없는 것이다.

結廬在人境이나　　사람 사는 境內에 집 지었으나
而無車馬喧이라　　수레와 말의 시끄러움 없네.
問君何能爾오　　그대에게 묻노니 어찌 그럴 수 있는가
心遠地自偏이라　　마음이 세속과 머니 땅이 절로 궁벽하다오.
採菊東籬下하고　　동쪽 울타리 아래에서 국화 따다가
悠然見南山[1]이라　　한가로이 南山을 보노라.
山氣日夕佳요　　산 기운은 아침저녁으로 아름답고
飛鳥相與還이라　　나는 새는 서로 더불어 돌아오네.
此間有眞意하니　　이 사이에 참다운 뜻이 있으니
欲辨(辯)已忘言이라　　말하고자 하나 이미 할 말 잊었네.

1) 採菊東籬下 悠然見南山：東坡曰 採菊之次에 偶然見山하니 初不用意而景與意會라
東坡가 말하기를 "국화를 따는 즈음에 우연히 南山을 바라본 것이니, 애당초 뜻을 두지 않았는데 경치가 우연히 뜻에 맞은 것이다." 하였다.

## 雜詩　　잡시

陶　潛

| | |
|---|---|
| 秋菊有佳色하니 | 가을 국화 아름다운 빛이 있으니 |
| 裛露掇其英이라 | 이슬 머금은 꽃 따노라. |
| 汎此忘憂物[1]하여 | 이것을 시름 잊게 하는 물건에 띄워 |
| 遠我遺世情이라 | 나의 세상 버린 情 멀리하네. |
| 一觴雖獨進이나 | 한 잔 술 비록 홀로 들지만 |
| 盃盡壺自傾이라 | 잔이 다하면 술병 스스로 기울인다오. |
| 日入群動息하니 | 해 지자 모든 움직임 쉬니 |
| 歸鳥趨林鳴이라 | 돌아오는 새들 숲속으로 울며 날아오네. |
| 嘯傲東軒下하니 | 東軒 아래에서 휘파람불며 노니 |
| 聊復得此生[2]이라 | 애오라지 이 삶을 얻었노라. |

1) 역주] 忘憂物 : 시름을 잊게 하는 물건이란 뜻으로 곧 술을 가리킨다.

2) 嘯傲東軒下 聊復得此生 : 以無事自適으로 爲得此生이면 則見役於物者 非失此生耶아 일없이 스스로 즐거워하는 것을 이 삶을 얻은 것이라고 여긴다면 물건에 사역당하는 자는 이 삶을 잃은 것이 아니겠는가.

【賞析】 위의 〈雜詩〉 두 수는 《文選》 30권에는 본서와 같은 제목으로 실려 있지만 《陶靖節集》 3권에는 〈飮酒〉라는 제목으로 실려 있는 바, 〈飮酒〉 시 20수 중 제5수와 제7수이다. 이 때문에 이 시는 일반적으로 〈飮酒〉 시로 본다. 도연명은 自序에서 “내가 한가로이 거처하여 즐거운 일이 없는데 밤도 벌써 길어졌다. 우연히 좋은 술이 있어 밤마다 마셨다.……취하고 나서 몇 구절을 지어 스스로 즐긴다.” 하였으니, 가을밤 술을 마신 뒤에 지은 것임을 알 수 있다. 이 시는 도연명의 수 많은 명편 중에서도 걸작으로 꼽히며, 특히 ‘採菊東籬下 悠然見南山’의 두 구는 人口에 膾炙되는 名句이다.

任守幹〈1665(현종 6)－1721(경종 1)〉의 《遯窩遺稿》에 이 시에 화답한 시 12首가 실려 있다.

## 擬古　　古詩를 모방하여 짓다

陶　潛

| | |
|---|---|
| 日暮天無雲하니 | 날 저무는데 하늘에는 구름 한 점 없고 |

春風扇微和라　　봄바람은 온화한 바람 부채질하누나.
佳人美清夜하여　　아름다운 사람 맑은 밤 사랑하여
達曙酣且歌라　　새벽에 이르도록 술마시며 노래하네.
歌竟長歎息하니　　노래가 끝나자 길게 탄식하니
持此感人多라　　이 모양 사람을 크게 감동시키누나.
皎皎雲間月이요　　밝고 밝은 구름 사이의 달이요
灼灼葉中華[1]라　　곱고 고운 잎속의 꽃이라오.
豈無一時好리오마는　　어찌 한때의 좋음이 없으리오마는
不久當如何[2]오　　오래가지 못하니 마땅히 어찌할까.

1) 皎皎雲間月 灼灼葉中華 : 少年은 如花開月明하여 一時之美盛이라
　少年은 꽃이 피고 달이 밝아 한때에 아름답고 성함과 같은 것이다.
2) 不久當如何 : 年老하여 如花凋月蝕이면 則不能久也라
　나이가 늙어 꽃이 시들고 달이 이지러지는 것과 같으면 오래가지 못한다.

【賞析】 이 시는 《陶靖節集》 4권에 실려 있다. 兩漢 사이에 지어진 作者不明의 시를 古詩라 하고 이것을 모방한 시가 擬古詩이다. 그러나 이 시에서는 모방의 흔적을 찾아볼 수 없다. 도연명의 〈擬古〉 시는 모두 9수인데, 대략 南朝 劉宋 초기에 지어진 것으로 보인다. 이 시는 그중 제7수로 託喩의 방법을 써서 아름다운 경치는 오래가지 못하고 좋은 시절은 다시 오기 어렵다는 작자의 서글픈 감회를 그려내었다. 晉·宋의 정치적 혼란기에 처한 작자의 심경이 반영된 작품이라 하겠다. 본서에는 이 시 외에 제5수가 함께 실려 있다.

權近〈1352(공민왕 1)－1409(태종 9)〉의 《陽村集》 2권에 〈擬古和陶〉 시가 보인다. "내 타고난 성품이 게으르고 재주없어 항상 세속의 시끄러움 싫어했지. 작은 집에 내왕이 끊기니 나의 치우친 마음에 들어맞네. 이따금 높은 언덕에 올라 바라보니 한가로운 구름 먼산에서 일어나네. 산중의 은사 길이 떠나갔으니 언제나 돌아올까. 그리운 생각에 거문고를 어루만지며 탄식하니 아득한 이 마음 끝내 누구에게 말할까.〔我生性懶拙 常厭塵俗喧 衡門絶來往 適我心氣偏 時乘高丘望 閑雲生遠山 山中有隱士 長往何時還 相思撫琴歎 悠悠竟誰言〕"

任守幹의 《遯窩遺稿》 1권에도 도연명의 〈의고〉시에 차운한 시 9首가 실려 있다.

## 鼓吹曲　고취곡

謝朓(玄暉)

此篇은 形容金陵帝都之盛이라 鼓吹는 軍中之樂이니 爾雅에 徒歌를 謂之吹라하니라

이 편은 帝王의 도읍인 金陵의 성대함을 형용한 것이다. 鼓吹는 軍中의 음악이니, 《爾雅》에 "<악기의 반주 없이> 단지 노래만 부르는 것을 吹라 한다." 하였다.

| | |
|---|---|
| 江南佳麗地요 | 江南은 아름답고 화려한 땅이요 |
| 金陵帝王州라 | 金陵은 帝王의 도읍이라오. |
| 逶迤帶綠水하고 | 구불구불 푸른 물 띠처럼 둘렀고 |
| 迢遞起朱樓라 | 아득히 붉은 누대 솟았구나. |
| 飛甍夾馳道요 | 나는 듯한 기왓골은 馳道를 끼고 있고 |
| 垂楊廕御溝[1]라 | 늘어진 버들은 御溝를 덮고 있네. |
| 凝笳翼高蓋하고 | 수많은 피리소리 높은 일산 떠받치는 듯하고 |
| 疊鼓送華輈라 | 여러 개의 북소리 아름다운 수레채 전송하네. |
| 獻納雲臺表[2]면 | 훌륭한 모습 그려 雲臺의 위에 바치면 |
| 功名良可收라 | 功名을 참으로 거둘 수 있으리라. |

1) 역주] 御溝 : 원래 長安의 궁중에 있는 溝渠인데 여기서는 빌어다 쓴 것으로 보인다.

2) 獻納雲臺表 : 後漢明帝永平三年에 圖二十八將於南宮雲臺할새 以鄧禹爲首하니라

後漢 明帝 永平 3년(60)에 28명의 장수를 南宮의 雲臺에 그렸는데, 鄧禹를 첫 번째로 하였다.

【賞析】 이 시는 《文選》 28권에 실려 있는 바, 帝王의 화려한 수도에 諸侯들이 入朝하는 모습을 읊은 것이다. 고취곡은 軍樂을 의미하며 피리와 퉁소를 사용하여 연주하므로 短簫饒歌라고도 한다. 《문선》 李善의 注에 "隋王의 명을 받들어 옛날의 入朝하는 음악을 지은 것이다." 하였다.

成俔<1439(세종 21)－1504(연산군 10)>의 《虛白堂集》 風雅錄 1권에도 <鼓吹曲>이 실려 있다.

"강남이라 봄빛이 이르니 꽃과 버드나무 교외에 가득하네. 벼슬아치들 어지러이 사방으로 나오니 수놓은 띠에 붉은 비단 옷자락이라오. 생황 불고 타고 치며 五雲車 옹위하고 있네. 나라를 경영하는 좋은 계책을 돌아가 紫宸宮에 아뢰네. 군왕은 그대를 옥으로 여길 것이니 대의를 응당 힘쓸지어다.〔江南春色早 花柳滿郊墟 冠蓋紛四出 繡帶紅羅裾 吹笙擊鼉鼓 環擁五雲車 經營嘉謨訓 歸奏紫宸居 君

王應玉汝 大義當勉諸]”

## 和徐都曹 徐都曹에게 화답하다

謝 朓

鋪張宛洛春日遊觀之勝槪라 ○ 和는 聲相應也니 作者爲唱이요 答者爲和라 魏晉至唐은 和意而已러니 至晩唐하여 李益, 盧綸이 始和韻하니라 徐都曹는 中都曹也니 八座[1]之一이라

봄날에 宛땅과 洛陽을 유람하는 아름다운 경개를 서술한 것이다.

○ 和는 소리가 서로 응하는 것이니, 먼저 하는 자를 唱이라 하고 답하는 자를 和라 한다. 魏晉時代로부터 唐나라까지는 뜻에 화답할 뿐이었는데, 晩唐에 이르러서 李益과 盧綸이 처음으로 韻에 화답하였다. 徐都曹는 中都曹이니, 八座의 하나이다.

| | |
|---|---|
| 宛洛佳遨遊하니 | 宛땅과 洛陽 놀기 좋은 곳이니 |
| 春色滿皇州[2]라 | 봄빛이 皇州에 가득하네. |
| 結軫靑郊路하고 | 푸른 교외의 길에 수레채 묶고 |
| 回瞰蒼江流라 | 멀리 蒼江의 흐름 돌아보누나. |
| 日華川上動하고 | 햇빛은 냇물 위에 움직이고 |
| 風光草際浮라 | 風光은 풀끝 위에 떠 있어라. |
| 桃李成蹊徑하고 | 복숭아꽃과 오얏꽃 자연 길 이루게 하고 |
| 桑楡廕道周라 | 뽕나무와 느릅나무 길모퉁이에 그늘져 있네. |
| 東都已俶載하니 | 東都에 이미 농사 일 시작하니 |
| 言歸望綠疇라 | 돌아가 푸른 밭두둑 바라보리라. |

1) 역주] 八座 : 漢代에는 六曹의 尙書와 一令·一僕을, 魏代에는 五曹·一令·二僕射를 가리키며, 隋唐 이후에는 左·右僕射 및 六尙書를 이른다.

2) 역주] 宛洛佳遨遊 春色滿皇州 : 宛땅은 洛陽 부근의 南陽이며 皇州는 황제의 도성이다.

【賞析】 이 시는 《文選》 30권에 실려 있으며, 《謝玄暉集》에는 제목이 〈和徐都曹勉昧旦出新亭渚〉로 되어 있다. 徐都曹는 南朝 때 梁나라의 문학가이며 中都曹를 지낸 徐勉으로 이 시는 그가 새벽에 신정의 물가를 출발하며 지은 〈昧旦出新亭渚〉 시에 화답한 것이다. 謝玄暉는 自然景物의 묘사에 뛰어났는데, 특히 이 시의 ‘日華川上動 風光草際浮’ 두 구는 景物의 순간적인 動態를 淸新하고 섬세하게 잘 묘사하였다.

## 遊東園　　東園에 놀다

謝 朓

形容東園之佳致라

東園의 아름다운 운치를 형용한 것이다.

| | |
|---|---|
| 戚戚苦無悰하니 | 시름으로 즐거움 없어 괴로우니 |
| 携手共行樂이라 | 손잡고 그대와 행락하리라. |
| 尋雲陟累榭하고 | 구름 찾아 여러 층의 누대에 오르고 |
| 隨山望菌閣[1]이라 | 산길 따라 향기로운 누각 바라보네. |
| 遠樹曖芊芊하고 | 먼 나무는 아득히 무성하고 |
| 生烟紛漠漠이라 | 피어나는 안개는 어지러이 막막하여라. |
| 魚戲新荷動이요 | 물고기 노니 새 연잎 움직이고 |
| 鳥散餘花落이라 | 새 흩어지니 남은 꽃 떨어지네. |
| 不對芳春酒하고 | 꽃다운 봄 술 대하지 않고 |
| 還望青山郭[2]이라 | 도리어 靑山의 성곽 바라보노라. |

1) 역주] 菌閣 : 李德弘의 《艮齋集》 續集 4권에는 '箘閣'으로 표기하고 "대자리이다." 하였다. 金隆의 《勿巖集》에도 이와 같은 내용이 보인다.

2) 역주] 不對芳春酒 還望青山郭 : 아름다운 경관에 매료되어 굳이 봄 술을 마시지 않고 한가로이 靑山의 성곽을 바라봄을 말한 것이다.

【賞析】《文選》 22권에는 제목이 〈遊東田〉으로 되어 있는데, 《南史》 〈齊本紀〉에 "惠文太子가 樓館을 鍾山 아래에 짓고 東田이라 했다." 하였다. 李善의 注에는 "謝朓가 종산 동쪽에 별장이 있었는데 그곳에서 노닐다가 돌아와서 지은 것이다." 하였다. 이 시는 늦봄과 초여름 東園의 風光을 묘사하였는데, 景物의 묘사가 생동감이 있고 詩語의 선택이 淸新하다. 사조와 도연명에 이르러 玄言詩에서 벗어난 山水田園詩가 등장하였는데, 이 시가 그 대표적인 예라 할 수 있다.

魚有鳳〈1672(현종 13)－1744(영조 20)〉의 《杞園集》 1권에도 달밤에 東園에서 노닐며 지은 시가 있다.

## 怨歌行　원가행

班婕妤

漢宮班婕妤寵眷既衰에 託興於紈扇하니 謂其得寵之時엔 如扇出入於君之懷抱衣袖間이라가 一旦愛衰면 則如秋至風凉하여 廢棄於篋笥中하여 恩愛絶矣라

漢나라 宮女인 班婕妤가 총애가 이미 쇠하자 자신을 비단부채에 가탁한 것이니, 총애를 받을 때에는 부채가 군주의 품속과 옷소매 사이를 출입하는 것과 같다가 하루아침에 사랑이 쇠하고 나면 가을이 되어 시원한 바람이 불어 부채를 상자 속에 버리는 것과 같아서 은혜와 사랑이 끊어짐을 말한 것이다.

新裂齊紈素하니　　齊땅에서 난 흰 깁 새로 잘라 만드니
皎潔如霜雪이라　　희고 깨끗함 서리와 눈 같구나.
裁爲合歡扇[1)]하니　　재단하여 合歡扇 만드니
團圓似明月이라　　둥근 모양 밝은 달과 같네.
出入君懷袖하여　　임의 품속과 소매에 출입하여
動搖微風發이라　　흔듦에 작은 바람 일어난다오.
常恐秋節至하여　　항상 두려운 것은 가을철 이르러
凉颸奪炎熱이면　　시원한 바람이 더위 빼앗아가면
棄捐篋笥中하여　　상자속에 버려져
恩情中道絶이라　　은혜로운 情 중도에 끊어질까 하노라.

1) 合歡扇：二面相夾을 謂之合歡扇이라
양면을 서로 붙인 것을 合歡扇이라 이른다.

【賞析】 이 시는 《文選》·《玉臺新咏》·《樂府詩集》 등에 실려 있는데, 모두 반첩여의 작이라 하였다. 그러나 《漢書》 本傳에는 첩여가 怨詩를 지었다는 기록이 없고, 《문선》 李善의 注에는 《歌錄》을 인용하여 〈원가행〉은 옛날부터 전해오던 歌辭라고 하였다. 그러므로 後人들은 이에 의거하여 반첩여의 작이 아니라고 하였다. 그러나 陸機·鍾嶸·蕭統·徐陵 등 六朝 때 사람들이 모두 반첩여의 작이라고 하였고, 시의 내용이 《한서》 본전에 실린 반첩여의 일생과 일치하므로 그의 작품으로 보는 것이 타당할 듯하다. 반첩여는 저명한 史家인 班固의 대고모로서 漢 成帝의 은총을 입어 첩여라는 女官에 봉해졌으나 후에 趙飛燕에게 총애를 빼앗겨 長信宮에 외로이 거처하였다. 이 시는 총애를 받다가 끝내 버려진 자신의 불행한 운명을 부채를 빌어 읊은 것이다.

姜沆〈1567(명종 22)－1618(광해군 10)〉의 《睡隱集》 1권에 같은 제목의 시가 실려 있고 尹宣擧〈1610(광해군 2)－1669(현종 10)〉의 《魯西遺稿》 續集 1권에도 睡隱 姜沆을 改葬할 때에 이 시를 차운하여 지은 輓詩가 보인다.

## 擬怨歌行　　怨歌行을 모방하여 짓다

江淹(文通)

| | |
|---|---|
| 紈扇如圓月하니 | 흰 깁의 부채 둥근 달과 같으니 |
| 出自機中素라 | 베틀 가운데의 흰 비단에서 나왔다오. |
| 畫作秦王女하여 | 秦나라 임금의 딸 그려 |
| 乘鸞向煙霧[1)]라 | 난새 타고 烟霧 속으로 향한다오. |
| 采色世所重이니 | 채색은 세상에서 소중히 여기는 것이니 |
| 雖新不代故라 | 비록 새것이라도 옛것 대체하지 못하네. |
| 竊愁涼風至하여 | 적이 근심하는 것은 시원한 바람 불어 |
| 吹我玉階樹면 | 우리 옥섬돌의 나무에 불어오면 |
| 君子恩未畢하여 | 군자의 은혜 끝마치지 못해서 |
| 零落在中路라 | 零落하여 中道에 버려질까 하노라. |

1) 畫作秦王女 乘鸞向煙霧：蕭史善吹笙하니 秦穆公女弄玉이 好之어늘 以妻焉하고 爲作鳳臺한대 夫婦止其上이러니 一旦에 乘鸞鳳而去하니라
蕭史가 젓대를 잘 부니, 秦나라 穆公의 딸인 弄玉이 그를 좋아하였다. 이에 그녀를 그에게 시집보내고 鳳凰臺를 지어 주자 夫婦가 그 위에서 살았는데, 하루 아침에 봉황을 타고 날아갔다.

【賞析】 이 시는 《文選》 31권에 실려 있는 〈雜體詩〉 30수 중 제3수로 〈반첩여〉라는 제목으로 실려 있다. 〈원가행〉처럼 버림받은 여인의 심정을 읊은 것인데, 于光華의 《重訂文選集評》에는 孫月峰의 말을 인용하여 이 시를 평하기를 “반첩여의 시에 비해 조금 색깔을 입힌 점은 있으나 詩語를 절묘하게 구사하여 古意를 잃지 않았다.” 하였다.

## 古詩 고시

無名氏

不知作者姓氏하니 或曰枚乘이라 喩臣之不得事君이 如牛女之不得相會라

作者의 姓氏를 알 수 없는데 혹자는 枚乘이라 한다. 신하가 군주를 섬기지 못함은 牽牛와 織女가 서로 만나지 못하는 것과 같음을 비유한 것이다.

| | |
|---|---|
| 迢迢牽牛星이요 | 아득히 牽牛星이 보이고 |
| 皎皎河漢女라 | 분명한 은하수 옆에 織女星이라오. |
| 纖纖擢素手[1]하여 | 가늘고 가는 흰 손 들어 |
| 札札弄機杼라 | 찰칵찰칵 베틀의 북 놀리네. |
| 終日不成章[2]하고 | 종일토록 文章 이루지 못하고 |
| 涕泣零如雨라 | 눈물 비오듯이 흘린다오. |
| 河漢淸且淺하니 | 은하수는 맑고도 얕으니 |
| 相去復幾許오 | 거리가 또 얼마나 되는가. |
| 盈盈[3]一水間에 | 맑은 한 강물 사이에 두고 |
| 脈脈不得語라 | 서로 바라보기만 하고 말하지 못하누나. |

1) 역주] 纖纖擢素手 : 李德弘의 《艮齋集》 續集 4권에 "句 중간에 '擢'字를 놓은 것이 가장 절묘하다. 만약 '擢素纖手'라고 한다면 시의 맛이 떨어져 시의 격을 살릴 수 없다." 하였다.

2) 終日不成章 : 章은 文章也니 詩에 跂彼織女 終日七襄이라 雖則七襄이나 不成報章이라하니라

章은 文章이니, 《詩經》 〈小雅 大東〉에 "발을 벌리고 있는 저 織女星! 하루에 자리를 일곱 번 바꾸네. 비록 자리를 일곱 번 바꾸나 보답할 文章을 이루지 못하네." 라고 하였다.

3) 역주] 盈盈 : 李德弘은 "물이 맑고 깨끗하며 출렁거림을 형용한 것이다." 하였다. 金隆의 《勿巖集》에도 이와 같은 내용이 보인다.

**【賞析】** 이 시는 《文選》 29권에 실려 있는 〈古詩十九首〉 중 제10수로, 제삼자의 시각에서 견우와 직녀의 이별의 고통을 객관적으로 묘사하였다. 제1구와 제2구는 견우 직녀를 말하였고 3~6구는 직녀의 견우에 대한 그리움을 묘사하였으며, 끝의 네 구에 이르러서는 시인의 感慨를 표현하였다. 전체 10구 중 6구에 疊語를 사용하였는데도 전혀 지루한 느낌이 없다.

## 古詩 고시

無名氏

喩人自少至老히 不知休息也라

사람이 젊어서부터 늙을 때까지 쉴 줄 모름을 읊은 것이다.

| | |
|---|---|
| 生年不滿百이나 | 사는 年數 백 년도 못되는데 |
| 常懷千歲憂라 | 항상 천 년의 시름 품고 있네. |
| 晝短苦夜長하니 | 낮 짧고 밤 긴 것 괴로우니 |
| 何不秉燭遊오 | 어찌 촛불 잡고 놀지 않는가. |
| 爲樂當及時니 | 즐김은 제 때에 미쳐야 하니 |
| 何能待來玆[1)]오 | 어찌 내년을 기다리겠는가. |
| 愚者愛惜費하여 | 어리석은 자는 비용 아껴 |
| 俱爲塵世嗤라 | 모두 세인들의 비웃음 받는다오. |
| 仙人王子喬[2)]는 | 신선 王子喬는 |
| 難可以等期라 | 그와 같이 장수함 기약하기 어렵다네. |

1) 何能待來玆 : 待或作徒者非라 爾雅에 蓐을 謂之玆라하니 卽今龍鬚草니 可以爲席이라 一歲一生하니 來玆는 猶言來歲也라
  '待'字를 혹 '徒'字로 쓰기도 하는데 이는 잘못이다.《爾雅》에 "蓐을 玆라 한다." 하였는데, 이는 곧 지금의 龍鬚草이니 자리를 만들 수 있다. 일 년에 한 번 자라니 '來玆'는 '來歲'라는 말과 같다.

2) 仙人王子喬 : 王子喬는 後漢人이라 爲葉縣令이러니 後爲神仙하니라
  王子喬는 後漢 사람이다. 섭현의 현령이 되었었는데 뒤에 신선이 되었다.

【賞析】 이 시는《文選》29권에 실려 있는〈古詩十九首〉중 제15수로, 인생은 덧없으니 때를 놓치지 말고 즐겨야 한다는 내용을 읊은 것이다.

## 綠筠軒 녹균헌

蘇軾(子瞻)

於潛僧有軒하니 名綠筠이라 坡老爲賦此詩하니라

오잠 승려의 집이 綠筠軒이니, 東坡老人이 그를 위하여 이 詩를 지었다.

| | |
|---|---|
| 可使食無肉이언정 | 밥먹을 때에 고기 없을지언정 |
| 不可居無竹[1)]이라 | 사는 곳에 대나무 없을 수 없네. |
| 無肉令人瘦요 | 고기가 없으면 사람 수척하게 하고 |
| 無竹令人俗이라 | 대나무가 없으면 사람 속되게 한다오. |
| 人瘦尙可肥나 | 사람의 수척함은 살찌게 할 수 있으나 |
| 士俗不可醫라 | 선비의 속됨은 고칠 수 없네. |
| 傍人笑此言하니 | 옆사람은 이 말 비웃기를 |
| 似高還似癡라 | 고상한 듯하나 도리어 어리석은 듯하다 하네. |
| 若對此君仍大嚼[2)]이면 | 만약 此君 대하고서 고기 실컷 먹을 수 있다면 |
| 世間那有揚州鶴[3)]고 | 세간에 어찌 揚州鶴이 있겠는가. |

1) 可使食無肉 不可居無竹 : 王子猷 嘗寄居空宅中할새 便令種竹하고 曰 何可一日無此君耶아하니라

王子猷(王徽之)가 일찍이 빈집에 붙여 살 적에 곧 대나무를 심게 하고 말하기를 "어찌 단 하루라도 차군이 없을 수 있겠는가." 하였다.

2) 역주〕 大嚼 : 李德弘의 《艮齋集》 續集 4권에 "古語에 '푸주간에 들러 고기를 실컷 먹는다.〔過屠門而大嚼〕' 하였으니, 大嚼은 고기를 실컷 먹음을 말한다. 만약 대나무를 대하고 또 고기를 실컷 먹는다면 이는 揚州鶴의 사치와 다름이 없으니, 어찌 둘 다 얻을 수가 있겠는가. 차라리 고기를 먹지 않을지언정 대나무를 대하기를 바란다는 뜻이다." 하였다.

3) 揚州鶴 : 昔有客相從하여 各言所志할새 或願爲揚州刺史하고 或願多貲財하고 或願騎鶴上昇이러니 其一人曰 腰纏十萬貫하고 騎鶴上揚州라하니 蓋欲兼三人之所欲也라

옛날에 손님들이 서로 從遊하면서 각각 자신의 소원을 말하였는데, 혹자는 揚州刺史가 되기를 원하고 혹자는 재물이 많기를 원하고 혹자는 鶴을 타고 하늘을 날기를 원하였다. 그러자 그 중에 한 사람이 말하기를 "허리에 십만관의 황금을 차고 학을 타고서 揚州로 올라가고 싶다." 하니, 이는 세 사람의 소원을 겸하고자 한 것이다.

【賞析】 이 시는 《東坡詩集》 13권에 실려 있으며 원래 제목은 〈於潛僧綠筠軒〉이다. 於潛은 浙江省 杭州府에 있던 縣의 이름이며, 녹균헌은 '푸른 대나무가 있는 小室'이란 뜻으로 승려가 거처하던 書室의 이름이다. 세상에 揚州鶴이 있을 수 없듯이 대나무를 사랑하는 고상한 삶을 살면서 고기를 배불리 먹는 富까지 동시에 누릴 수는 없음을 읊은 내용이다.

閔思平〈1295(충렬왕 21)－135(공민왕 8)〉의 《及菴詩集》 3권에는 〈綠筠亭〉이라는 제목의 시가 있다.

## 月下獨酌　　달 아래서 홀로 술을 따라 마시다

李白(太白)

終篇은 形容獨酌에 曲盡其妙하니라

마지막 편은 홀로 술을 따라 마시는 것을 형용하였는데, 그 묘함을 곡진히 다하였다.

| | |
|---|---|
| 花下一壺酒를 | 꽃 아래에서 한 병 술 |
| 獨酌無相親이라 | 홀로 마시며 서로 친한 이 없다오. |
| 擧盃邀明月하니 | 잔을 들어 밝은 달 맞이하니 |
| 對影成三人[1]이라 | 그림자를 대하여 세 사람 이루네. |
| 月旣不解飮하고 | 달은 이미 술 마실 줄 모르고 |
| 影徒隨我身이라 | 그림자만 한갓 내 몸 따르누나. |
| 暫伴月將影[2]하니 | 잠시 달과 그림자 짝하니 |
| 行樂須及春이라 | 行樂은 모름지기 봄철에 해야 하네. |
| 我歌月徘徊하고 | 내가 노래하면 달은 배회하고 |
| 我舞影凌亂이라 | 내가 춤추면 그림자는 어지럽게 흔들리네. |
| 醒時同交歡이나 | 깨었을 때에는 함께 사귀고 즐기나 |
| 醉後各分散이라 | 취한 뒤에는 각기 나뉘어 흩어진다오. |
| 永結無情遊하여 | 無情한 놀이 길이 맺어 |
| 相期邈雲漢이라 | 멀리 은하수 두고 서로 기약하노라. |

1) 역주] 三人 : 홀로 잔을 기울이는 자신과 하늘의 밝은 달, 그리고 달빛에 비친 자신의 그림자를 합하여 말한 것이다.

2) 역주] 暫伴月將影 : '將'은 '與'와 같은 바, 달과 그림자를 벗할 수 있는 시간이 짧음을 표현하였다.

【賞析】 이 시는 《李太白集》 23권에 실려 있는 4수 중 제1수이다. 시인은 천재적인 풍부한 상상력을 통하여 '獨(獨酌)'에서 '不獨(成三人)'으로, '不獨(暫伴月將影)'에서 '獨(各分散)'으로, 다시 '獨'에서 '不獨(永結無情遊)'으로 변화하는 복잡한 감

정을 독백의 형식으로 그려내었다. 표면적으로 보면 시인은 진정으로 그 즐거움을 자득한 듯 하지만 이면에는 무한한 슬픔이 내재되어 있다. 다음 편의 〈春日醉起言志〉에서도 '獨'과 '不獨' 사이에서 고뇌하는 시인의 절대적인 고독을 엿볼 수 있다.

趙浚〈1346(충목왕 2)－1405(태종 5)〉의 《松堂集》에도 달 아래서 홀로 술을 마시는 내용을 읊은 시가 보인다.

## 春日醉起言志　봄날에 취하여 일어나 뜻을 말하다

李 白

處世若大夢하니　세상 살아감 큰 꿈속과 같으니
胡爲勞其生고　어찌하여 삶을 수고롭게 하는가.
所以終日醉하여　이 때문에 종일토록 취하여
頹然臥前楹이라　쓰러져 앞기둥 아래 누웠노라.
覺來眄庭前하니　잠을 깨어 뜰앞 바라보니
一鳥花間鳴이라　새 한 마리 꽃사이에서 울고 있네.
借問如何時오　한번 묻노니 어느 때인고
春風語流鶯이라　봄바람에 날아다니는 꾀꼬리 울고 있네.
感之欲歎息하고　감동되어 탄식하고자 하고
對酒還自傾이라　술을 대하여 다시 스스로 잔 기울이네.
浩歌待明月하니　큰소리로 노래하며 밝은 달 기다리니
曲盡已忘情이라　曲이 다하자 이미 모든 情 잊었노라.

**【賞析】** 이 시는 《李太白集》 23권에 실려 있는데, 봄날 술에 취한 후 평소에 품은 자신의 뜻을 읊은 것이다. 처음 네 구는 술에 취한 까닭을 말하였고 '覺來眄庭前' 이하의 네 구는 어느덧 봄이 되었음을 말하였으며, 끝의 네 구는 시인의 感慨를 표현하였다.

## 蘇武*　소무

李 白

* 蘇武는 漢나라 武帝 때의 충신으로, 일찍이 장군이 되어 匈奴에 사신으로 갔는데,

양국 관계가 악화되어 그만 억류되었다. 그리하여 온갖 협박과 회유를 받았으나 끝내 항복하지 않고 충절을 지키다가 19년만에 귀환하였다.

| | |
|---|---|
| 蘇武在匈奴하여 | 蘇武는 匈奴에 억류되어 있으면서 |
| 十年持漢節이라 | 십년 동안 漢나라 깃발 잡고 있었네. |
| 白雁上林[1]飛하여 | 흰 기러기 上林苑에 날아가면서 |
| 空傳一書札[2]이라 | 空中에서 한 書札 전하였다오. |
| 牧羊邊地苦[3]하니 | 羊 치느라 변방 땅에서 괴로우니 |
| 落日歸心絶이라 | 지는 해에 故國으로 돌아갈 마음 끊겼네. |
| 渴飮月窟水하고 | 목마르면 月窟의 물 마시고 |
| 飢餐天上雪[4]이라 | 굶주리면 天上의 눈 먹었다오. |
| 東還沙塞遠하고 | 동쪽으로 돌아가려니 沙漠의 변방 아득하고 |
| 北愴河梁別이라 | 북쪽으로 河水 다리의 작별 서글퍼라. |
| 泣把李陵衣하고 | 울며 李陵의 옷 잡고 |
| 相看淚成血[5]이라 | 서로 보니 눈물이 피 이루었네. |

1) 역주] 上林 : 《漢書》에 의하면 上林苑은 武帝 建元 3년(B.C. 138)에 열었는데, 주위가 3백 리이고 離宮이 70개소로 모두 千乘萬騎를 수용할 수 있으며, 원 안에 온갖 짐승을 길러 천자가 가을, 겨울에 사냥하였다고 한다.

2) 白雁上林飛 空傳一書札 : 匈奴詭言武死러니 後漢使復至한대 常惠教使者하여 爲單于言호되 天子射上林中하여 得雁하니 足有繫帛書하여 言武在某澤中이라하다 使者如惠語하여 以誚單于한대 單于驚謝曰 武等實在라하니라

匈奴는 蘇武가 죽었다고 거짓말을 하였는데, 뒤에 漢나라 使者가 다시 오자 常惠는 사자를 시켜 單于(선우)에게 "天子가 上林苑에서 활을 쏘아 기러기를 잡았는데 기러기의 발에 帛書가 매여 있었는 바, 소무가 아무 늪 속에 있다고 쓰여 있었다." 고 말하게 하였다. 사자가 상혜의 말대로 선우를 꾸짖자, 선우는 놀라서 사죄하기를 "소무 등이 참으로 살아 있다." 하였다.

3) 역주] 牧羊邊地苦 : 흉노가 소무를 北海 가의 사람이 없는 곳에 보내어 수양을 치게 하고는 이 양이 새끼를 낳으면 漢나라로 돌려보내 주겠다고 하였다.

4) 飢餐天上雪 : 匈奴幽武하여 置大窖中하고 絶不飮食이러니 會天雨雪한대 武臥齧雪하여 與旃毛並咽之하니라

匈奴는 蘇武를 유치하여 큰 움속에 두고는 전혀 음식을 주지 않았는데, 마침 하

늘에서 눈이 내리자 소무는 누워서 눈을 씹어서 털방석의 털과 함께 삼켰다.

5) 泣把李陵衣 相看淚成血：李陵別蘇武詩에 有携手上河梁及不覺淚沾裳之句하니라

李陵이 蘇武와 작별한 詩에 "손을 잡고 河梁에 올랐다." 하였으며, 또 "눈물이 치마를 적심을 깨닫지 못하네."라는 시구가 있다.

【賞析】 이 시는 《李太白集》 22권에 실려 있다. 蘇武는 匈奴에 사신으로 갔다가 억류되어 19년만에 돌아온 漢나라의 장군으로, 고난으로 점철된 그의 일생을 시로 잘 묘사하였다. 天子가 上林苑에서 기러기를 쏘아 소무의 帛書를 얻었다는 것은 常惠가 漢나라 사신에게 일러주어, 오랑캐 사신에게 거짓으로 전하게 한 말로 원래 사실이 아니다. '渴飮月窟水' 이하 네 구는 對偶를 썼는데 매우 절묘하다.

金時習〈1435(세종 17)－1493(성종 24)〉의 《梅月堂集》 文集 19권에 소무를 찬미한 내용의 〈蘇武贊〉이 실려 있으므로 아래에 소개한다.

"소무는 오랑캐에 사신갈 적에 손에 한나라의 깃발을 잡았다오. 虞常이 衛律을 죽이려 하여 우상 때문에 위율에게 죽게 되었네. 소무는 자결하려 하였고 죽을 뻔하다가 다시 살아났네. 위율이 또다시 칼을 겨누었으나 정신과 안색이 태연하였네. 흉노는 그가 굴복하지 않으리라는 것을 알고 큰 움속에 가두었네. 음식이 떨어져 굶주리니 눈을 씹어 털방석의 털과 함께 삼켰다오. 바닷가에서 숫양을 치니 귀환할 희망 더욱 끊겼네. 굶주리면 들쥐의 구멍을 파고 풀과 열매를 먹었으며, 앉고 눕고 기거할 때에 항상 한나라 깃발 잡았네. 깃발의 털이 다 해졌으나 한나라를 향한 정성 간절하여, 李陵의 꾀는 말 끝내 듣지 않았다오. 常惠가 오랑캐 사신을 속여 서찰을 전하였다고 거짓말하게 하였네. 한나라로 살아 돌아오니 근심하는 마음 이에 끊어졌네. 아, 소무여 그 충성 태양도 뚫을 만하네.〔蘇武使虜 手把旄節 常殺衛律 連副坐律 武自刎頸 幾死復息 律又擬劍 神色自若 知其不伏 幽于大窖 飢絶飮食 和旃嚙雪 海上牧羝 歸望益絶 飢堀野鼠 啗去草實 坐臥起居 常杖漢節 節旄盡落 向漢誠切 李陵誘言 終不聽聞 惠語虜使 誣傳書札 生還漢地 愁腸斯割 猗嗟蘇子 忠誠貫日〕"

이 외에도 鄭文孚〈1565(명종 20)－1624(인조 2)〉의 《農圃集》 1권에는 소무를 대신하여 이릉을 부른다는 내용의 〈代蘇武招李陵〉 시가 실려 있고 姜希孟〈1424(세종 6)－1483(성종 14)〉의 《私淑齋集》 4권에도 소무가 양을 쳤다는 내용의 〈蘇武牧羊〉 시가 있다.

## 雜詩 잡시

陶 潛

| | |
|---|---|
| 人生無根蔕하여 | 인생은 뿌리도 없고 꼭지도 없어 |
| 飄如陌上塵이라 | 길 위의 먼지처럼 나부낀다오. |
| 分散逐風轉하니 | 나누어 흩어져 바람따라 굴러다니니 |
| 此已非常身[1]이라 | 이 몸은 이미 일정한 몸 아니라네. |
| 落地爲兄弟하니 | 땅에 떨어져 태어나면 兄弟가 되니 |
| 何必骨肉親고 | 하필 骨肉의 친척 따질 것 있겠는가. |
| 得歡當作樂이니 | 즐거움을 만나면 즐거워하여야 하니 |
| 斗酒聚比隣이라 | 한 말 술로 가까운 이웃들 모은다오. |
| 盛年不重來요 | 젊은 시절은 거듭 오지 않고 |
| 一日難再晨이니 | 하루에 새벽이 두 번 있기 어려워라. |
| 及時當勉勵하라 | 제때에 미쳐 마땅히 힘써야 하니 |
| 歲月不待人이니라 | 세월은 사람 기다려주지 않네. |

1) 分散逐風轉 此已非常身 : 謂人生寄迹於天地間에 如郵亭傳舍하여 靡有常也라
人生이 天地 사이에 자취를 붙이고 있는 것은 郵亭의 客舍와 같아서 일정함이 없음을 말한 것이다.

【賞析】 이 시는 《陶靖節集》 4권에 실려 있는 〈雜詩〉 12수 중 제1수이다. 50세 때에 지은 것으로, 인생 역정의 끝에서 터득한 도연명의 인생관이 드러나 있다. 끝의 네 구는 후인들이 격언으로 삼을 정도로 유명하다.

周世鵬〈1495(연산군 1)－1554(명종 9)〉의 《武陵雜稿》 別集 1권에 이 시에 화답한 시가 있는데, 주세붕의 호방한 성품을 엿볼 수 있다.

"요임금과 순임금은 승하하여 별세하였고 周公과 孔子는 소나무 아래 티끌이 되었네. 망망한 큰 바다에 이 작은 몸을 기탁하니, 聖賢을 따를 수는 없으나 經史를 그나마 가까이 할 수 있다오. 재주가 없어 태평성대에 부끄럽고 덕이 없어 사방에 부끄럽네. 이따금 한 잔 술을 마시고 태평한 세상을 구가하네. 맑은 바람 부는 죽루 위에 있으니 이몸도 태고적 사람인가 하노라.〔堯舜陟方死 周孔松下塵 茫茫大瀛海 寄此稊米身 聖賢不可追 經史聊相親 不才慙明代 無德愧四隣 時斟一尊酒 嘯詠大平晨 淸風竹樓上 我亦羲皇人〕"

## 歸田園居　田園으로 돌아와 살며

陶 潛

野外罕人事하고　들밖에는 사람의 일 드물고
深巷寡輪鞅이라　깊은 골목에는 수레와 말고삐 드무누나.
白日掩柴扉하니　대낮에도 사립문 닫고 있으니
虛室絶塵想이라　빈 방에 塵世의 생각 없다오.
時復墟曲[1]中에　때로는 다시 墟曲의 가운데에
披草共來往이라　풀 헤치며 서로 왕래하네.
相見無雜言하고　서로 만나도 잡된 말 없고
但道桑麻長이라　다만 뽕나무와 삼이 자람 말하누나.
桑麻日已長하고　뽕나무와 삼 날마다 자라고
我土日已廣이라　내 토지 날로 넓어지네.
常恐霜霰至하여　항상 두려운 것은 눈과 싸락눈 내려
零落同草莽이라　잡초와 함께 시들어버릴까 하는 것이네.

1) 역주] 墟曲 : 墟는 빈터나 마을을 이르며 曲은 가운데라는 뜻으로, 鄕里의 빈터 따위를 이른다.

【賞析】 이 시는 《陶靖節集》 2권에 실려 있는 〈歸田園居〉 6수 중 제2수이다. 질박한 표현과 유연한 어조로 전원생활의 한 단면을 그리고 있는데, 읽는 이로 하여금 전원의 한적함과 마음의 고요함에 빠져들게 한다. 元好問이 이르기를 "도연명이 어찌 억지로 시를 지으려 하였겠는가? 다만 마음속의 自然을 묘사했을 뿐이다.〔此翁豈作詩 直寫胸中天〕" 하였는데, 이 시에 그려진 내용이 바로 도연명의 〈胸中天〉이 아닌가 싶다.

申翊聖〈1588(선조 21)－1644(인조 22)〉의 《樂全堂集》 1권에도 이 시에 和韻한 시 2수가 있다.

## 鼠鬚筆　쥐의 수염으로 만든 붓

蘇過(叔黨)

太倉[1]失陳紅하고　太倉에서는 오래 묵어 붉은 곡식 축내고
狡穴得餘腐라　개구멍에서는 남아 썩은 것 얻누나.

| | |
|---|---|
| 旣興丞相歎[2)]하고 | 이미 丞相의 한탄 자아내고 |
| 又發廷尉怒[3)]라 | 또 廷尉의 노여움 유발하였다오. |
| 磔肉餧餓猫하고 | 살은 찢겨 굶주린 고양이에게 먹히고 |
| 分髥雜霜兎라 | 수염은 나눠어 흰 토끼털과 섞여 붓이 되었네. |
| 揷架刀槊健이요 | 書架에 꽂아 놓으니 칼과 창처럼 굳세고 |
| 落紙龍蛇騖라 | 종이에 쓰니 용과 뱀 달리는 듯하여라. |
| 物理未易詰이니 | 사물의 이치 쉽게 따지기 어려우니 |
| 時來卽所遇라 | 때가 오면 곧 좋은 시절 만난다오 |
| 穿墉何卑微오 | 담을 뚫을 적엔 어찌 그리 비천하였는가. |
| 託此得佳譽[4)]라 | 이에 의탁하여 아름다운 명예 얻누나. |

1) 역주] 太倉 : 국가의 창고를 가리킨다.

2) 旣興丞相歎 : 秦丞相李斯 少時에 爲郡吏러니 見吏舍厠中鼠하니 食不潔하고 近人犬하여 數驚恐하며 觀倉中鼠하니 食積粟하고 不見人犬之憂라 歎曰 人之賢不肖譬如鼠矣니 在所自處耳라하니라

秦나라 승상인 李斯가 젊었을 때에 고을의 아전이 되었는데 아전의 집 측간에 사는 쥐를 보니 불결한 것을 먹고 사람과 개를 만나 자주 놀라고 두려워하였다. 그런데 창고 속에 사는 쥐를 보니 쌓아놓은 곡식을 먹고 사람과 개를 만날 걱정이 없었다. 이사는 탄식하기를 "사람의 어질고 어질지 못함은 비유하면 쥐와 같으니, 스스로 처한 바에 달려 있을 뿐이다." 하였다.

3) 又發廷尉怒 : 漢廷尉張湯의 其父爲長安丞하여 出外한대 湯爲守舍러니 而鼠盜肉이라 其父還怒하여 乃笞湯한대 湯掘하여 遂得盜鼠及餘肉하여 劾鼠掠治하고 幷取鼠與肉하여 具獄磔堂下하다 其父視其文辭하니 如老獄吏라 大驚異之하니라

漢나라 정위인 張湯의 부친이 長安丞이 되어서 외출을 하자, 장탕이 집을 지키고 있었는데 쥐가 고기를 훔쳐갔다. 아버지가 돌아와 노하여 장탕을 매질하자 장탕은 쥐구멍을 파서 마침내 고기를 훔쳐간 쥐와 남은 고기를 찾아내고는 쥐를 탄핵하여 治罪하고 쥐와 고기를 모두 가져다가 獄辭를 갖추어 堂 아래에서 찢어 죽였다. 부친이 그의 글을 보니 노련한 獄吏와 같았으므로 크게 놀라고 기이하게 여겼다.

4) 역주] 託此得佳譽 : 《法書要錄》에 "王右軍(王羲之)이 〈蘭亭序〉를 쓸 때 鼠鬚筆을 사용하였다."고 하였는 바, "이에 의탁하여 아름다운 명예를 얻었다"는 것은 왕희지가 서수필로 난정서를 써서 훌륭한 명성을 얻은 것을 가리킨 것으로 보인다.

【賞析】 이 시는 쥐의 수염으로 만든 붓을 읊은 것으로, 쥐는 미물이지만 수염으로 붓

을 만들어 명필을 만나면 명예를 얻는 것처럼 인재도 재능을 발휘할 수 있는 때를 만나는 것이 중요함을 비유하였다. 蘇過는 東坡 蘇軾의 아들인데, 紀昀은 평하기를 "東坡의 풍격이 있으나 邊幅이 약간 좁다." 하였다.

恕菴 申靖夏〈1680(숙종 6)－1715(숙종 41)〉가 《史記》의 〈李斯傳〉을 읽고 '이사의 지혜는 창고 속의 쥐만도 못하다.〔李斯智不如倉中鼠〕'라고 비판한 내용이 《恕菴集》 16권에 실려 있으므로 아래에 소개한다.

"이사는 春秋時代 楚나라 사람으로 荀卿에게 배우고 강대국인 秦나라의 재상이 되었다. 그의 지혜는 창고 속에 사는 쥐에게서 취한 것이었다. 그러나 傳에 이르기를 "쥐가 큰 창고속에 살면 사람과 개를 근심할 줄 모른다."고 하였는데, 이사는 趙高를 근심할 줄 몰랐으니, 이는 쥐는 몸을 숨길 줄 알았고 이사는 몸을 숨길 줄 몰랐기 때문이다. 일생동안 어렵게 쥐를 배웠지만 또한 제대로 잘 배우지 못하였으니, 슬프다."

## 妾薄命 2수　　薄命한 첩

陳師道(無己)

謝疊山이 謂有國風法度라하니라

謝疊山(謝枋得)이 "國風의 법도가 있다." 하였다.

| | |
|---|---|
| 主家十二樓에 | 임의 집 열두 누각에 |
| 一身當三千[1]이라 | 이 한 몸 삼천 명의 총애 독차지하였네. |
| 古來妾薄命하여 | 예로부터 妾은 운명이 기구하여 |
| 事主不盡年이라 | 임 섬김에 해를 마치지 못하였네. |
| 起舞爲主壽러니 | 일어나 춤추어 임의 壽 빌었는데 |
| 相送南陽阡[2]이라 | 서로 南陽의 무덤길로 전송하였노라. |
| 忍著主衣裳하고 | 차마 임의 의상 입고 |
| 爲人作春姸가 | 남을 위하여 봄의 고운 자태 지을 수 있겠는가. |
| 有聲當徹天이요 | 소리내 울면 마땅히 하늘에 이르고 |
| 有淚當徹泉이라 | 눈물 흘리면 마땅히 九泉에 이르리라. |
| 死者恐無知하니 | 죽은 자는 아마도 앎이 없을 듯하니 |
| 妾身長自憐[3]이라 | 첩의 몸 길이 스스로 서글퍼한다오. |

1) 一身當三千 : 長恨歌에 後宮佳麗三千人이 三千寵愛在一身이라하니라
長恨歌에 "후궁에 아름다운 여자 삼천 명이었으나 삼천 명의 총애 한 몸에 있었다오." 하였다.
2) 역주] 南陽阡 : 南陽은 지명이고 阡은 무덤으로 가는 길로 漢나라 때 游俠인 原涉의 先塋이 이곳에 있었기 때문에 후세에 장례하는 곳을 가리키는 말로 쓰이게 되었다.
3) 妾身長自憐 : 長字是決辭라 疊山謂此詩는 可與少陵比肩이니 其絶妙句法이 在結末이어늘 人多不識此라하니라
長字는 바로 決辭이다. 謝疊山이 이르기를 "이 詩는 杜少陵(杜甫)과 비견할 만하니, 절묘한 구법이 맨마지막에 있는데 사람들은 대부분 이것을 모른다." 하였다.

## 又 또

落葉風不起하고　　잎 지는데 바람은 일지 않고
山空花自紅[1]이라　　산 비었는데 꽃은 절로 붉구나.
捐世不待老하니　　세상 버림에 늙기 기다리지 않으니
惠妾無其終이라　　첩을 사랑함 끝마치지 못하였네.
一死尙可忍이나　　한 번 죽음 오히려 참을 수 있으나
百歲何當窮고　　백 년을 어찌 이렇게 견딜런가.
天地豈不寬이리오마는　　天地가 어찌 넓지 않으리오마는
妾身自不容이라　　첩의 몸은 스스로 용납할 곳 없다오.
死者如有知면　　죽은 이 만약 앎이 있다면
殺身以相從이라　　이 몸 죽여 서로 따르리라.
向來歌舞地에　　옛날 노래하고 춤추던 곳엔
夜雨鳴寒蛩[2]이라　　밤비에 차가운 풀벌레만 우누나.

1) 山空花自紅 : 山中에 有松柏杞梓楩楠豫章之材면 則可以爲棟梁之用이어늘 山已空矣라 惟有野花自紅하니 則朝廷에 無將相之才而國已空虛矣라
산중에 소나무와 측백나무, 杞나무와 가래나무, 楩楠과 豫章 같은 아름다운 재목이 있으면 棟樑으로 쓸 수 있거늘 산이 이미 비었으므로 오직 들꽃만 절로 붉게 피어있을 뿐이니, 조정에 將相의 재목이 없어서 나라가 이미 텅빈 것과 같다.
2) 向來歌舞地 夜雨鳴寒蛩 : 爾雅云 蟋蟀曰蛩이라 詩意謂歌舞最爲樂處어늘 今聞蛩聲則

悽慘矣니 此는 人事之變也라 結句有味하니라

《爾雅》에 이르기를 "蟋蟀(귀뚜라미)을 蛩이라 한다." 하였다. 詩의 뜻은 노래하고 춤추던 것이 가장 즐거운 곳이었는데 이제 귀뚜라미 소리를 들으니 슬퍼진다고 말한 것이니, 이는 人事가 변한 것이다. 結句에 의미가 있다.

【賞析】 이 시는 《後山詩集》 1권에 실려 있는 바, 妾薄命은 박복한 첩이란 뜻으로 自注에 "曾南豊을 위하여 지었다." 하였다. 증남풍은 曾鞏으로 저자인 陳師道의 스승으로, 곧 스승의 죽음을 애도하여 지은 것인 바, 남편을 그리는 여인의 심정에 빗대어 스승을 기리는 자신의 심정을 애절하게 읊었다.

南孝溫〈1454(단종 2)−1492(성종 23)〉의 《秋江集》 1권에도 〈妾薄命〉 2首가 실려 있다.

"임의 집 삼천 명의 첩 중에 이내 몸 은총이 지극하였네. 천금으로 머리를 단장하고 백금으로 얼굴을 화장하였지. 은총이 깊으므로 자색만 믿고 여자의 도리 외울 겨를 없었다오. 다만 자색으로 사람을 섬겼으니 덕으로 섬기는 것만 못하였네. 참언이 잇달아 이르니 아무리 좋은 곡식도 벌레가 생기는 법. 마침내 눈길을 끌지 못하여 큰길에 버려졌다오. 가령 婦人의 도리를 지켰더라면 어찌 이런 참혹한 일을 만났겠는가. 후회해도 진실로 소용없으니 하루아침의 화를 예측할 수 없네. 위에는 까마귀와 솔개가 소리치고 아래에는 땅강아지와 개미가 파먹으니, 비록 속박에서 떠나려 하나 또한 가시나무 속에 묻혀있네. 풀벌레 울음소리 개인 하늘에 들리고 달이 지니 숲속이 깜깜하구나. 임의 은혜 곳곳마다 두터우니 긴긴밤 길이 그리워하네.〔主家三千妾 妾身恩寵極 千金粧翠髮 百金調顔色 恩深恃蛾眉 不暇誦女則 但恨色事人 不如事以德 萋斐竟寧前 佳穀生螟螣 終然不可目 擲置九衢側 假令守婦順 安能遭此酷 後悔諒無由 一朝禍不測 在上烏鳶嚇 在下螻蟻食 雖爲束縛去 亦得埋荊棘 蛩鳴晴昊泣 月落千林黑 主恩到處厚 脩夜長相憶〕"

金麟厚〈1510(중종 5)−1560(명종 15)〉의 《河西全集》 2권과 成俔의 《虛白堂集》 風雅錄 2권에도 이 시에 차운한 시가 있다.

## 青青水中蒲* 푸르고 푸른 물속의 부들

韓愈(退之)

此詩는 托物比興하니 謂征夫出戍에 其妻幽宮閨房하니 如蒲在水中이라 第一章은 謂夫君之出이요 第二章은 謂不得相隨요 末章은 勉君子以正하니 得風人之體라

이 詩는 사물에 가탁하여 比興한 것이니, 征夫가 수자리 살러 가자 그의 아내가 홀

로 규방에 있으니, 마치 부들이 물 속에 있는 것과 같음을 말한 것이다. 第一章은 夫君이 수자리 살러 감을 말하였고, 第二章은 서로 따라갈 수 없음을 말하였고, 末章은 君子(남편)에게 正道로써 권면하였으니, 風人(詩人)의 體를 얻었다.

* 蒲는 水草의 일종으로 부들 또는 菖蒲라고 한다.

| | |
|---|---|
| 靑靑水中蒲여 | 푸르고 푸른 물속의 부들이여 |
| 下有一雙魚라 | 아래에는 한 쌍의 물고기 놀고 있네. |
| 君今上隴去[1)]하니 | 임은 이제 隴山으로 떠나가니 |
| 我在與誰居오 | 나 홀로 남아 누구와 거처할까. |
| 靑靑水中蒲여 | 푸르고 푸른 물속의 부들이여 |
| 長在水中居라 | 언제나 물속에 살고 있네. |
| 寄語浮萍草[2)]하노니 | 浮萍草에게 말하노니 |
| 相隨我不如라 | 나는 서로 따르는 너만도 못하구나. |
| 靑靑水中蒲여 | 푸르고 푸른 물속의 부들이여 |
| 葉短不出水라 | 잎이 짧아 물밖으로 나오지 못하네. |
| 婦人不下堂이니 | 婦人은 堂 아래 내려가지 않는 법이니 |
| 行子在萬里라 | 떠나시는 임이여 만리길 가시오. |

1) 君今上隴去：隴은 今陝西路隴州西寧等處니 有隴山이 在隴陽縣西六十里라 戍邊者必徑此하니 戍者歌曰 隴頭流水 嗚聲幽咽이라 遙望秦川하니 肝腸斷絶이라하니라

隴은 지금 陝西路 隴州 西寧 등지이니, 隴山이 견양현 서쪽 60리 지점에 있다. 변방에 수자리 가는 자는 반드시 이 곳을 경유하니, 수자리 가는 자들이 노래하기를 "隴頭의 흘러가는 물 울음소리 목이 메인다. 멀리 秦川을 바라보니 애간장이 끊어진다." 하였다.

2) 역주] 寄語浮萍草：浮萍草는 물 위에 떠돌아다니는 水草로 개구리밥이라고도 칭한다. 李德弘의 《艮齋集》 續集 4권에 "蒲와 萍은 모두 물속에 함께 떠다니는 물건이다. 지금 부인이 남편을 따라갈 수 없음을 스스로 탄식하였다. 그리하여 부평초에 가탁하여 말하기를 '너는 부들[蒲]과 함께 서로 따라다니니, 나는 너만도 못하다.' 라고 말한 것이다." 하였다. 金隆의 《勿巖集》에도 이와 같은 내용이 보인다.

**【賞析】** 이 시는 《韓昌黎集》 4권에 실려 있는 바, 韓愈의 청년기인 貞元 9년(793년)에 쓰여진 작품으로 그의 처 盧氏에게 준 것이라고 한다. 처에게 준 것인데도 도리어 처가 남편을 그리는 내용이라는 점이 독특하다. 이 시는 체제에 있어 《詩經》과

漢代 樂府의 전통을 계승하고 있다. 《文選》에 실려 있는 古樂府인 〈飮馬長城窟行〉 시의 '青靑河畔草' 구, 〈長歌行〉 시의 '靑靑園中葵' 구와 표현이 흡사하며, 大義도 비슷하다. 淸代의 朱彝尊은 이 시를 평하여 "體制는 毛詩를 근원으로 하였고 語調는 漢·魏의 歌行이다."라고 하였다. 民歌처럼 소박하고 자연스러운 詩語가 얼핏 보기에는 平淡한 듯하나 실제로는 의미가 매우 깊다.

## 幽懷 그윽한 懷抱

韓 愈

| 幽懷不可寫하여 | 그윽한 회포 쏟을 길 없어 |
|---|---|
| 行此春江潯이라 | 이 봄에 강가 거닐고 있네. |
| 適與佳節會하니 | 마침 아름다운 철 만나니 |
| 士女競光陰이라 | 男女들 光陰을 다투누나. |
| 凝妝耀洲渚하고 | 짙은 화장 물가에 비치고 |
| 繁吹蕩人心이라 | 요란한 피리소리에 사람 마음 일렁이네. |
| 間關林中鳥는 | 곱게 우는 숲속의 새들 |
| 知時爲和音이라 | 철을 알고 아름답게 지저귀누나. |
| 豈無一樽酒리오 | 어찌 한 동이의 술 없으리오 |
| 自酌還自吟이라 | 혼자 따라 마시고 다시 혼자 읊노라. |
| 但悲時易失하여 | 다만 좋은 철은 잃기 쉬워 |
| 四序迭相侵이라 | 四時의 節氣 번갈아 바뀜 슬퍼하네. |
| 我歌君子行[1]하니 | 내 君子行 노래하노니 |
| 視古猶視今[2]이라 | 옛날을 보니 지금을 보는 것과 같구나. |

1) 역주] 君子行 : 樂府의 詩歌로 本書 11권에 실려 있다.

2) 역주] 視古猶視今 : 李德弘의 《艮齋集》 續集 4권에 "옛날의 君子를 보건대 그 心事가 지금의 군자와 다름이 없으므로 이렇게 말한 것이다." 하였다. 金隆의 《勿巖集》에도 이와 같은 내용이 보인다.

【賞析】 이 시는 《韓昌黎集》 2권에 실려 있는데, 마지막 두 구인 '我歌君子行 視古猶視今'을 어떻게 해석하느냐에 따라 대의가 달라진다. 〈視古猶視今〉은 王羲之의 〈蘭亭記〉의 '後之視今 亦猶今之視昔 悲夫'에서 따온 말이다. 왕희지의 원의를 그대로

옮겨왔다면 자신이 시간의 흐름을 슬퍼하듯이 고인도 시간의 흐름을 슬퍼한다는, 시간의 덧없음을 노래한 시가 된다. 그러나 《文選》에 실려 있는 古樂府인 〈君子行〉은 군자는 힘써 도를 지켜 혐의를 피하고 시간을 아끼며 賢士를 애써 구해야 한다는 내용이므로 '我歌君子行'이라는 말이 '視古猶視今'과는 잘 어울리지 않는다. 왕희지의 말을 斷章取義하여 옛날의 군자들이 시간을 아끼며 德을 쌓았듯이 지금 우리도 그래야 한다는 뜻으로 보는 것이 타당할 듯하다.

## 公讌　　公子의 연회에서

曹植(子建)

| | |
|---|---|
| 公子[1]愛敬客하여 | 公子가 손님 좋아하고 공경하여 |
| 終宴不知疲라 | 잔치 끝나도록 피곤한 줄 모른다오. |
| 淸夜遊西園하니 | 맑은 밤 서쪽 동산에서 노니 |
| 飛盖相追隨라 | 나는 日傘 서로 따르누나. |
| 明月澄淸影하고 | 밝은 달은 맑은 그림자 비춰주고 |
| 列宿正參差(참치)라 | 여러 별들 여기저기 널려 있네. |
| 秋蘭被長坂하고 | 가을 난초는 긴 언덕에 덮여 있고 |
| 朱華冒綠池라 | 붉은 연꽃은 푸른 연못 뒤덮었어라. |
| 潛魚躍淸波하고 | 잠겨 있는 물고기 푸른 물결에서 뛰놀고 |
| 好鳥鳴高枝[2]라 | 아름다운 새 높은 가지에서 울고 있네. |
| 神飇接丹轂하고 | 신묘한 바람은 붉은 수레에 이어지고 |
| 輕輦隨風移라 | 경쾌한 輦은 바람 따라 옮겨 가누나. |
| 飄颻放志意하니 | 바람에 나부끼듯 마음 풀어놓으니 |
| 千秋長若斯라 | 千秋에 길이 이와 같았으면 하노라. |

1) 역주] 公子 : 魏 文帝인 曹丕를 가리킨다. 이 시가 지어졌을 때에 武帝(曹操)가 살아 있었으므로 형 조비를 공자라고 칭한 것이다.

2) 明月澄淸影……好鳥鳴高枝 : 已上六句는 鋪敍一時星月之輝와 花草之盛과 禽魚之樂하니 而有自得之適也라

이상의 여섯 구는 한때 별과 달의 빛남과 화초의 성대함과 새와 물고기의 즐거움을 서술하였으니, 自得한 즐거움이 있다.

【賞析】 이 시는 《文選》 20권에 실려 있다. 魏나라의 수도인 鄴都 西園에서 동생인 曹植이 형 曹丕와 연회를 즐기던 모습을 읊은 내용이다.

## 獨酌 홀로 술을 따라 마시다

李 白

| | |
|---|---|
| 天若不愛酒면 | 하늘이 만약 술 좋아하지 않았다면 |
| 酒星[1]不在天이요 | 하늘에 酒星이 있지 않을 것이요, |
| 地若不愛酒면 | 땅이 만약 술 좋아하지 않았다면 |
| 地應無酒泉[2]이라 | 땅에 응당 酒泉이 없으리라. |
| 天地旣愛酒하니 | 하늘과 땅이 이미 술 좋아하니 |
| 愛酒不愧天이라 | 술 좋아함 하늘에 부끄럽지 않네. |
| 已聞淸比聖이요 | 이미 淸酒는 聖人에 비한단 말 들었고 |
| 復道濁如賢[3][4]이라 | 다시 濁酒는 賢人과 같다고 말하누나. |
| 賢聖旣已飮하니 | 聖賢을 이미 마시니 |
| 何必求神仙가 | 어찌 굳이 神仙을 찾을 것 있겠는가. |
| 三盃通大道요 | 세 잔 술에 大道 통하고 |
| 一斗合自然이라 | 한 말 마시면 自然에 합치되네. |
| 但得醉中趣니 | 다만 醉中의 趣味 얻을 뿐이니 |
| 勿爲醒者傳하라 | 이것을 술깬 자에게 전하지 마오. |

1) 酒星 : 晉天文志曰 酒星은 柳星傍三星曰 酒旗星이라하니라
《晉書》〈天文志〉에 말하기를 "酒星은 柳星 옆의 세 별로 酒旗星이라 이름한다." 하였다.

2) 酒泉 : 河西肅州 爲酒泉郡이라
河西 肅州가 바로 주천군이다.

3) 已聞淸比聖 復道濁如賢 : 酒之淸爲聖人이요 濁爲賢人이라
맑은 술을 聖人이라 하고 탁한 술을 賢人이라 한다.

4) 역주〕 已聞淸比聖 復道濁如賢 : 《魏書》에 "徐邈의 字는 景山이다. 魏에 벼슬하여 尙書郞이 되었다. 당시에 술을 금하였는데 서막이 몰래 마시고 몹시 취하였다. 趙達이 따져 물으니 서막은 '中聖人'이라고 대답하였다. 조달이 이 사실을 아뢰자, 太

祖(曹操)는 서막이 성인으로 자처한 것으로 알고 크게 노하였는데, 鮮于輔가 앞으로 나와 '취객은 맑은 술을 성인이라 하고 탁한 술을 현인이라고 하니, 서막이 성인(청주)에 취한 것입니다.'라고 했다." 하였다.

【賞析】 이 시는 《李太白集》 23권에 실려 있는 바, 앞에 나왔던 〈月下獨酌〉 시의 제2수이다. 이백이 지은 〈獨酌〉이라는 제목의 별도의 시가 있으므로 이와는 구분해야 한다.

## 歸田園* 田園으로 돌아가다

陶 潛

敍東皐之勝槪하고 終歸於農桑之務本과 朋友之責善也라

동쪽 언덕의 아름다운 경치를 서술하고 끝에는 農桑의 본업을 힘씀과 朋友의 責善에 귀결되었다.

* 歸田園은 歸田園居의 略稱으로 〈歸園田居〉 6首 가운데에 마지막 편이다.

| | |
|---|---|
| 種苗在東皐하니 | 동쪽 언덕에 모 심으니 |
| 苗生滿阡陌이라 | 모가 자라 두둑에 가득하네. |
| 雖有荷鋤倦이나 | 비록 호미 메고 다니는 수고로움 있으나 |
| 濁酒聊自適이라 | 濁酒로 애오라지 스스로 즐긴다오. |
| 日暮巾柴車하니 | 해 저물자 나무 수레 묶어 돌아오니 |
| 路暗光已夕이라 | 햇빛이 이미 져 저녁길 어두워라. |
| 歸人望煙火하고 | 돌아가는 사람 연기 바라보며 |
| 稚子候簷隙이라 | 어린 자식 처마 틈에서 기다리네. |
| 問君亦何爲오 | 그대에게 묻노니 또 무엇 하는가 |
| 百年會有役[1)]이라 | 人生 百年에는 마땅히 해야 할 일 있다오. |
| 但願桑麻成하여 | 다만 뽕나무와 삼 잘 자라 |
| 蠶月得紡績이라 | 누에치는 달에 길쌈하기 원하네. |
| 素心正如此하니 | 평소의 마음 진정 이와 같으니 |
| 開逕望三益[2)]이라 | 길 열고 세 좋은 벗 오기를 바라노라. |

1) 역주] 百年會有役 : 會는 當〔마땅히〕의 뜻이다. 李德弘의 《艮齋集》 續集 4권에는

"사람은 평생동안 응당 해야 할 일이 있으니, 내 어찌 홀로 할 일이 없을 수 있겠는가. 이 때문에 농사에 진력한다는 뜻이다." 하였고, 金隆의 《勿巖集》 4권에는 "농사에 힘을 다해야 함을 말한 것이다." 하였다.

2) 三益 : 論語에 益者三友요 損者三友라하니라
《論語》에 "유익한 벗이 셋이요 손해되는 벗이 셋이다." 하였다.

【賞析】 이 시는 《陶靖節集》 2권에 실려 있는 〈귀전원거〉 6수 중 마지막 편으로 작자에 대하여 논란이 있다. 《文選》 31권에는 도연명의 작이 아니라 江文通(江淹)이 지은 〈雜體詩〉 30수 중 하나인 〈陶徵君田居〉 시로 되어 있는 바, 이 때문에 마지막 수를 제외한 5수만을 도연명의 작이라 하여 〈귀전원거〉 시는 전체 6수가 아니라 5수라고 보기도 한다. 강엄은 梁나라의 시인으로 원작과 구별하기 어려울 만큼 擬古를 잘하였다.

## 和陶淵明擬古　　도연명의 擬古詩에 화답하다

蘇軾(東坡)

| | |
|---|---|
| 有客扣我門하여 | 어떤 손님 우리집 문 두드리고 |
| 繫馬門前柳라 | 말을 문 앞 버드나무에 매어 놓았네. |
| 庭空鳥雀噪요 | 뜰이 비니 새와 참새들 지저귀고 |
| 門閉客立久라 | 문 닫혀 있어 손님 오랫동안 서 있었네. |
| 主人枕書臥하여 | 주인은 책 베고 누워서 |
| 夢我平生友라 | 나의 평소 친한 벗 꿈꾸었다오. |
| 忽聞剝啄聲하고 | 갑자기 문 두드리는 소리 듣고 |
| 驚散一盃酒라 | 놀라 꿈 깨어 한 잔 술 엎질렀네. |
| 倒裳起謝客하니 | 衣裳 거꾸로 입고 일어나 손님에게 사례하니 |
| 夢覺兩愧負라 | 꿈속에서나 깨어서나 모두 저버린 것 부끄러워라. |
| 坐談雜今古하니 | 앉아서 古今을 섞어 말하는데 |
| 不答顔愈厚라 | 대답 못하니 얼굴이 더욱 부끄러워라. |
| 問我何處來오 | 나에게 어느 곳에서 왔느냐고 묻기에 |
| 我來無何有[1]라 | 나는 無何有에서 왔다고 대답하였네. |

1) 역주] 無何有 : 아무것도 없는 곳이란 뜻으로, 마음이 한가로와 별도로 마음을 쓰는

곳이 없음을 의미한다.

【賞析】 이 시는《東坡詩集》10冊 3권에 실려 있는 바,《陶靖節集》4권에 실려 있는 〈擬古〉 시 9수 중 첫째 수에 화답한 시이다. 아래에 도연명의 〈의고〉 시 첫째 수를 소개한다.

"창 밑엔 무성하게 난초가 자라고 당 앞엔 버들이 휘휘 늘어졌었네. 처음 그대와 이별할 때 이번 행차 오래리라고는 말 안했지. 집을 나서 만리의 나그네가 되어 도중에서 좋은 벗 만나자, 말을 건네기도 전에 마음이 먼저 취하니 이는 술 때문이 아니라오. 난초 마르고 버들도 시드니 마침내 이 서약 저버렸네. 여러 젊은이들에게 거듭 훈계하노니 서로 아는 사이 다 충후하지는 않은 법. 의기를 의해 목숨도 버린다던 그대 친구 멀리 떠나가니 다시 무슨 의기가 남아있는가.〔榮榮窓下蘭 密密堂前柳 初與君別時 不謂行當久 出門萬里客 中道逢嘉友 未言心先醉 不在接杯酒 蘭枯柳亦衰 遂令此言負 多謝諸少年 相知不忠厚 意氣傾人命 離隔復何有〕"

## 責子　아들을 꾸짖다

陶 潛

| | |
|---|---|
| 白髮被兩鬢하니 | 백발이 양 귀밑머리 덮으니 |
| 肌膚不復實이라 | 살갗도 다시는 充實하지 못하네. |
| 雖有五男兒[1)]나 | 비록 다섯 아들 있으나 |
| 總不好紙筆이라 | 모두 종이와 붓 좋아하지 않누나. |
| 阿舒[2)]已二八이나 | 舒는 이미 열여섯 살 되었으나 |
| 懶惰故無匹이요 | 게으르기 진실로 비할 데 없고 |
| 阿宣行志學[3)]이나 | 宣은 行年이 志學의 나이 되었으나 |
| 而不愛文術하고 | 文學을 좋아하지 않으며 |
| 雍端年十三이나 | 雍과 端은 나이 열세 살이나 |
| 不識六與七이요 | 여섯과 일곱도 알지 못하고 |
| 通子垂九齡이나 | 通이란 놈은 아홉 살 되었으나 |
| 但覓梨與栗이라 | 단지 배와 밤만 찾누나. |
| 天運苟如此하니 | 天運이 진실로 이와 같으니 |
| 且進盃中物[4)]하라 | 우선 잔 속의 술이나 올리라. |

1) 雖有五男兒 : 淵明이 有子五人하니 長曰舒요 次曰宣이요 三曰雍이요 四曰端이요 五曰通이라

陶淵明은 아들이 다섯 명 있었는데, 장자는 舒이고 둘째는 宣이고 셋째는 雍이고 넷째는 端이고 다섯째는 通이다.

2) 역주〕 阿舒 : 阿는 美稱, 또는 아이란 뜻이며 舒는 그의 이름이다.

3) 역주〕 行志學 : 行은 行年으로 나이가 먹은 것을 이르며 志學은 학문에 뜻한 나이란 뜻으로 15세를 가리키는 바, 《論語》〈爲政〉에 "나는 15세에 학문에 뜻하였다.〔吾十有五而志于學〕"고 보인다. 그러나 金隆의 《勿巖集》 4권에는 "行은 將(장차)의 뜻이다." 라고 하였다.

4) 天運苟如此 且進盃中物 : 淵明歸之天運하고 自飮盃中酒하여 以釋憂悶也라

陶淵明은 이를 天運으로 돌리고 스스로 잔 속의 술을 마셔 근심과 고민을 풀어버린 것이다.

**【賞析】** 이 시는 《陶靖節集》 3권에 실려 있으며, 舒·宣·雍·端·通은 舒儼·宣俟·雍份·端佚·通佟 등 다섯 아들의 小名이다. 이 시에 대하여 杜甫와 黃庭堅은 상반된 평가를 하였다. 두보는 〈遣興〉 시에서 "陶潛은 세속을 피한 노인이지만 반드시 도를 통달하지는 못했으리라.……자식이 어질든 어리석든 어찌 그리도 마음속에 둔단 말인가.〔陶潛避俗翁 未必能達道……有子賢與愚 何其挂懷抱〕"라고 하여 부정적으로 평한 반면, 황정견은 〈書陶淵明責子詩〉 後說에서 "도연명의 시를 보면 느긋하고 편안한 사람임을 알 수 있으니, 자상함과 해학이 볼 만하다. 속인들은 도연명의 자식들이 모두 불초하여 도연명의 슬픔과 탄식이 시로 나타났다고 말하지만 백치 앞에선 꿈 이야기를 할 수 없는 법이다."라고 하여 도리어 칭찬하였다.

鄭弘溟〈1592(선조 25)－1650(효종 1)〉의 《畸庵集》 1권에도 이 시에 차운한 시가 보이는 바, "가업을 마침내 맡길 곳이 없으니 생각함에 다만 근심스럽고 두렵네. 버려져서 죽는다면 누가 다시 이 몸을 기억해줄까.〔家業竟無託 念來祗憂栗 棄置乘化去 誰復記此物〕" 라고 하여, 늙고 병들어 여생이 얼마 남지 않았는데 家業을 유지할 훌륭한 자식이 없음을 한탄하고 있다.

## 田家 농가

柳宗元(子厚)

| | |
|---|---|
| 古道饒蒺藜하니 | 옛길엔 질려 많은데 |
| 縈廻古城曲이라 | 옛성 굽게 둘러 있네. |

| | |
|---|---|
| 蓼花被隄岸하니 | 여뀌꽃 방죽 언덕 뒤덮고 |
| 陂水寒更綠이라 | 방죽의 물 차갑고도 푸르누나. |
| 是時收穫竟하니 | 이때에 수확 마치니 |
| 落日多樵牧이라 | 지는 해에 樵夫와 牧童들 많구나. |
| 風高榆柳疎하고 | 바람 높으니 느릅나무와 버드나무 앙상하고 |
| 霜重梨棗熟이라 | 서리 짙으니 배와 대추 익어가네. |
| 行人迷去徑이요 | 행인들은 갈 길 잃고 |
| 野鳥競棲宿이라 | 들새들은 깃들 곳 다투어 잠자누나. |
| 田翁笑相念하여 | 늙은 농부 웃으며 서로 염려해 주어 |
| 昏黑愼原陸[1]이라 | 어두운 밤에 언덕 조심하라 하네. |
| 今年幸少豊하니 | 금년엔 다행히 다소 풍년 들었으니 |
| 無惡饘與粥이라 | 미음이든 죽이든 싫어하지 말구려. |

1) 역주] 昏黑愼原陸 : 어두운 밤중이니 길을 조심해 가란 뜻으로, 李德弘의 《艮齋集》 續集 4권에 "바로 農家에서 서로 위로하고 서로 염려해 주는 말이다." 하였다.

【賞析】 이 시는 《柳河東集》 43권에 실려 있는 〈田家〉 시 3수 중 마지막 수로, 나그네의 관점에서 시골의 가을 풍경과 시골 사람의 人情을 노래한 自然詩이다. 柳宗元은 韓愈와 함께 古文의 大家로 일컬어지는데, 시에 있어서는 도연명과 흡사하다. 蘇軾은 유종원의 시를 평가하여 "子厚(유종원)의 시는 陶淵明의 아래, 韋蘇州(韋應物)의 위에 있다. 退之(한유)는 豪放과 奇險에 있어서는 뛰어나지만 溫麗와 精深에 있어서는 부족하다. 枯淡을 귀하게 여기는 까닭은 겉은 말랐어도 속은 기름지고, 담박한 듯하면서도 실제는 아름답기 때문이니〔外枯而中膏 似淡而實美〕, 연명과 자후가 이러한 부류이다." 하였다. 본서 3권에 제2수가 함께 실려 있다.

古文眞寶 前集 제3권

# 五言古風 長篇*

* 五言古風短篇의 시들이 章마다 14句를 넘지 않음에 비하여 여기에 실린 시들은 모두 16句가 넘는다. 그러나 이것이 곧 단편과 장편을 구분하는 기준을 의미하는 것은 아니다.

## 直中書省　　中書省에서 숙직하다

謝靈運[1)]

此는 直宿中書省閣所作也라

이는 中書省에서 숙직하면서 지은 것이다.

紫殿肅陰陰하고　　붉은 궁전은 으슥하고 침침하며
彤庭赫弘敞이라　　궁전의 뜰은 밝고도 넓게 트여 있네.
風動萬年枝[2)]요　　바람은 萬年枝 움직이고
日華承露掌[3)]이라　　햇빛은 承露掌에 비치누나.
玲瓏結綺錢[4)]이요　　영롱한 창에는 비단을 돈 모양으로 잘라 장식하고
深沈映朱網[5)]이라　　깊은 문살은 붉은 網紗처럼 비치누나.
紅藥當階翻이요　　붉은 芍藥은 뜰에서 펄럭이고
蒼苔依砌上이라　　푸른 이끼는 섬돌 따라 올라오네.
玆言翔鳳池[6)]에　　이 鳳凰池에
鳴珮多清響이라　　울리는 佩玉소리 맑고 요란하네.
信美非吾室이니　　진실로 아름답지만 나의 집 아니니
中園思偃仰이라　　고향의 동산 가운데에서 한가롭게 지낼 생각하노라.
朋情以鬱陶하고　　벗 그리워하는 情 가슴속에 맺혀 있고

| | |
|---|---|
| 春物方駘蕩이라 | 봄의 風物은 한창 화창해라. |
| 安得淩風翰하여 | 어이하면 바람 탈 나래 얻어 |
| 聊恣山泉賞[7]고 | 山泉 마음껏 구경할 수 있을는지. |

1) 역주] 謝靈運 : 이 시는 사영운의 작이 아니라 謝朓의 작으로 보는 것이 옳다. 사영운은 中書省에서 벼슬한 적이 없었는 바, 《文選》 30권에도 이 시를 사조의 작으로 보았다. 중서성은 天子의 詔命을 작성하는 일을 맡은 관청으로 사조는 이 무렵 中書部으로 있었다.

2) 萬年枝 : 今之冬青樹니 或以爲羅漢柏者非也라
　萬年枝는 지금의 冬青나무이니, 혹자는 羅漢柏이라고 하나 옳지 않다.

3) 承露掌 : 漢武帝作承露銅盤하니 高三十丈이요 大十圍라 上有仙人掌하여 擎玉盃하여 以承雲表之露하니 和玉屑飮之하면 云可長生이라
　漢나라 武帝가 이슬을 받는 구리 쟁반을 만드니 높이가 30丈이요 크기가 열 아름이었다. 위에 仙人掌(신선의 손바닥)이 있어서 옥 잔을 받들어 구름 밖의 이슬을 받는데, 여기에 옥가루를 타서 마시면 長生不死할 수 있다고 한다.

4) 역주] 玲瓏結綺錢 : 李德弘의 《艮齋集》 續集 4권에 "玲瓏은 밝은 모양이고 綺錢은 둥근 모양의 깁으로 창을 바른 것이다. 지금에 闕內의 창문과 같으니, 모두 둥근 모양을 새겨 빙둘러 엮어 놓아서 마치 돈을 뿌려놓은 것과 같으므로 이렇게 말한 것이다." 하였다. 金隆의 《勿巖集》에도 이와 같은 내용이 보인다.

5) 역주] 朱網 : 李德弘은 "지금 궁궐의 처마 밑에 철망으로 그물을 쳐서 새들을 막는 것과 같은 것이다." 하였다. 金隆의 《勿巖集》에도 이와 같은 내용이 보인다.

6) 鳳池 : 中書地在禁近하고 秉鈞持衡하여 多承寵任이라 是以로 人固其位하니 謂之鳳凰池라
　中書省은 宮中의 가까운 곳에 있고 銓衡을 맡아 총애를 많이 받는다. 이 때문에 사람들이 그 지위를 견고하게 여겨 鳳凰池라 이른 것이다.

7) 紫殿肅陰陰……聊恣山泉賞 : 首言中書省之美麗하고 終思園林之閑雅라 方春而鬱陶하여 以思我交朋하니 安得羽翰하여 凌風而歸하여 恣賞山林泉石也리오
　처음에는 中書省의 아름답고 화려함을 말하였고 마지막에는 동산과 숲의 한가롭고 고상함을 생각하였다. 봄을 당하여 울적해져서 나의 다정한 벗을 그리워하니, 어이하면 나래를 얻어 바람을 타고 돌아가서 山林과 泉石을 마음껏 구경할 수 있겠는가.

【賞析】 이 시는 建武 2년(495) 謝朓가 중서성에 숙직하면서 지은 것인 듯하다. 魏·晉

이래로 南朝의 시인들 사이에는 宦路에 진출하기를 바라면서도 한편으로는 山林에 은거하여 한가롭게 지내기를 원하는 풍조가 만연하였다. 이 시에도 이러한 점이 그대로 나타나 있는 것으로 보아 당시의 인생관을 대변하는 시라고 볼 수 있다.

## 古詩　　고시

無名氏

| | |
|---|---|
| 行行重行行하니 | 가고 가고 또 가고 가니 |
| 與君生別離라 | 그대와 생이별 하였네. |
| 相去萬餘里하여 | 서로 만여 리나 떨어져 있어 |
| 各在天一涯라 | 각기 天涯 한 쪽에 있다오. |
| 道路阻且長하니 | 道路가 막히고 또 아득히 머니 |
| 會面安可期오 | 對面함 어찌 기약할 수 있겠는가. |
| 胡馬依北風이요 | 북쪽 오랑캐에서 온 말 北風에 의지하고 |
| 越鳥巢南枝라 | 남쪽 越나라에서 온 새 남쪽 가지에 둥지 튼다오. |
| 相去日已遠하니 | 서로 떨어져 있는 날 이미 오래니 |
| 衣帶日已緩이라 | 몸 야위어 옷과 허리띠 날로 헐렁해지네. |
| 浮雲蔽白日하니 | 뜬구름이 밝은 해 가리우니 |
| 遊子不復返이라 | 떠돌아다니는 나그네 다시 돌아오지 못하누나. |
| 思君令人老하니 | 임 그리워하여 사람 늙게 하니 |
| 歲月忽已晩이라 | 세월은 어느덧 저물어가네. |
| 棄捐勿復道하고 | 버림받음 다시 말하지 말고 |
| 努力加餐飯하라 | 부디 힘써 음식 많이 드시구려. |

【賞析】《文選》29권에 실려 있는 〈古詩十九首〉 중 첫째 수이다. 작자에 대해서는 자세하지 않고 대략 東漢 말년에 지어진 것으로 추측한다. 이 시는 충신이 아첨하는 사람에게 讒訴를 받아 쫓겨난 감회를 읊은 것이다.

## 擬古　古詩를 모방하여 짓다

陶潛(淵明)

| | |
|---|---|
| 東方有一士하니 | 東方에 한 선비 있으니 |
| 被服常不完이라 | 입는 옷이 항상 완전하지 못하네. |
| 三旬九遇食하고 | 三十日에 아홉 번 밥을 만나고 |
| 十年著一冠이라 | 十年에 한 冠을 쓴다오. |
| 辛苦無此比나 | 辛苦함 이보다 더할 수 없으나 |
| 常有好容顏이라 | 항상 좋은 얼굴 간직하고 있네. |
| 我欲觀其人하여 | 내 그 분 보고자 하여 |
| 晨去越河關이라 | 새벽에 떠나 河水의 나루 건너갔네. |
| 青松夾路生이요 | 푸른 소나는 길을 끼고 자라며 |
| 白雲宿簷端이라 | 흰 구름 처마 끝에 머무누나. |
| 知我故來意하고 | 내 일부러 찾아온 뜻 알고는 |
| 取琴爲我彈이라 | 거문고 취하여 날 위해 타주네. |
| 上絃驚別鶴이요 | 윗줄에는 別鶴曲에 놀라고 |
| 下絃操孤鸞이라 | 아랫줄에는 孤鸞曲을 타네. |
| 願留就君住하여 | 원컨대 여기에 남아 그대따라 머물러 |
| 從今至歲寒[1]이라 | 지금부터 歲寒에 이르렀으면 하노라. |

1) 願留就君住 從今至歲寒：淵明志趣與之符合하니 願就其居하여 定交友歲寒之盟也라
陶淵明의 志趣와 부합하니, 그가 사는 곳에 나아가 벗하여 歲寒의 맹세를 정하기를 바란 것이다.

【賞析】《陶靖節集》 4권에 실려 있는 〈擬古〉 시 9수 중 제5수이다. 蘇軾은 이 시에 나오는 〈東方有一士〉가 陶淵明 자신을 가리킨 것이라고 보았는데, 세속을 초탈하여 고고하게 살고픈 시인의 심정이 잘 나타나 있다.

## 讀山海經　산해경을 읽다

陶 潛

陶淵明이 因讀山海經하여 胸次悠然有自得之趣일새 作此以詠其幽居之適하니라

陶淵明이 《山海經》을 읽고 나니, 가슴속이 한가로워 자득하는 취미가 있으므로 이 詩를 지어 한가롭게 사는 즐거움을 읊은 것이다.

| | |
|---|---|
| 孟夏草木長하니 | 孟夏에 草木 자라니 |
| 繞屋樹扶疎라 | 집 둘레에 나무 우거졌네. |
| 衆鳥欣有托이요 | 뭇새들은 의탁할 곳 있음 기뻐하고 |
| 吾亦愛吾廬라 | 나 또한 내 초막 사랑한다오. |
| 旣耕亦已種하니 | 이미 밭갈고 또 이미 씨 뿌렸으니 |
| 時還讀我書라 | 때로 돌아와 내 책을 읽노라. |
| 窮巷隔深轍[1]하니 | 궁벽한 골목 큰 길과 멀리 떨어졌으니 |
| 頗回故人車라 | 자못 친구의 수레 되돌려 보내곤 한다오. |
| 欣然酌春酒하고 | 흔연히 봄술 따라 마시며 |
| 摘我園中蔬라 | 내 동산 가운데의 채소 뜯어 안주로 삼네. |
| 微雨從東來하니 | 가랑비가 동쪽으로부터 오니 |
| 好風與之俱라 | 좋은 바람 함께 불어오누나. |
| 汎覽周王傳[2]하고 | 周나라 穆天子傳 두루 보고 |
| 流觀山海圖[3]라 | 山海經의 그림 두루 구경한다오. |
| 俛仰終宇宙하니 | 俛仰하는 사이에 宇宙를 다 구경하니 |
| 不樂復何如오 | 즐기지 않고 또 어쩌리. |

1) 역주] 窮巷隔深轍 : 李德弘의 《艮齋集》 續集 4권에 "큰 길에는 車馬가 많이 다니기 때문에 수레바퀴 자국이 깊이 패이니, 궁벽한 골목이 큰 길과 멀리 떨어져 있음을 말한 것이다." 하였다. 金隆의 《勿巖集》에도 이와 같은 내용이 보인다.

2) 周王傳 : 按太平廣記에 周穆王이 好神仙하여 乘八駿之馬하고 日宴西王母於瑤池之上이라하니라

《太平廣記》를 살펴보면 周나라 穆王이 신선을 좋아하여 八駿馬를 타고 날마다 瑤池의 위에서 西王母와 잔치를 벌였다고 하였다.

3) 山海圖 : 神禹治水할새 有山海經하여 傳于世러니 張僧繇畵以爲圖焉하니라

神禹가 홍수를 다스릴 적에 《山海經》이 있어 세상에 전하였는데, 張僧繇가 이것을 그려 그림으로 만들었다.

【賞析】 《陶靖節集》 4권에 실려 있는 〈讀山海經〉 시 13수 중 제1수이다. 《山海經》은

1부 18권으로 된 책으로 晉나라의 記室參軍 郭璞이 주석하였는 바, 기괴하고 황당한 기사가 많으나 地理에 대해서 상당히 권위가 있는 책이다. 도연명이 전원에서 농사지으며 틈틈이 독서하는 즐거움을 읊은 것이다.

李玄錫〈1647(인조 25)－1703(숙종 29)〉의 《游齋集》 3권에 이 시에 차운한 시가 실려 있는 바, 농촌의 한적한 생활을 잘 묘사하였다.

"허리를 굽히는 부끄러움 사절하니 고상한 마음 세상과 소원하네. 세 오솔길에 소나무 대나무 국화 심으니 자못 은자의 집과 같구나. 심산의 새는 뜰의 나뭇가지에 앉아있고 좋은 바람은 책상의 책을 말아올리네. 때때로 산수를 찾아서 배를 젓기도 하고 수레를 타기도 한다오. 단비가 밭두둑의 보리를 적시니 동산의 채소도 따라서 자라네. 막걸리 걸러 한가로이 서로 맞이하니 술 친구와 시 친구가 모두 모였는데, 책상 위에는 산해경의 웅장한 그림 펼쳐 놓았네. 穆天子에게 묻노니 瑤池가 과연 어떠하던가.〔久謝折腰羞 遐心與世疎 三徑松竹菊 頗似隱者廬 幽禽集庭柯 好風卷床書 有時訪山水 棹舟或命車 時雨滋隴麥 因之長園蔬 村酒閑相邀 飮徒詩伴俱 案上山海經 披展壯輿圖 爲問穆天子 瑤池果何如〕"

## 夢李白 2수　　李白을 꿈에 보다

杜甫(子美)

死別已呑聲이요　　죽어 이별함은 이미 목이 메이고
生別常惻惻이라　　살아 이별함은 언제나 슬프고 슬프다오.
江南瘴癘地[1]에　　江南은 風土病 많은 곳인데
逐客無消息이라　　귀양간 나그네 소식이 없구려.
故人入我夢하니　　옛친구 나의 꿈속에 들어오니
明我長相憶이라　　길이 생각하는 나의 마음 나타낸 것이리라.
恐非平生魂[2]이나　　평상시의 魂이 아닌 듯하나
路遠不可測이라　　길이 멀어 헤아릴 수 없네.
魂來楓林靑이요　　魂이 올 때에는 단풍나무 숲 푸르더니
魂返關塞黑[3]이라　　魂이 돌아갈 때에는 關門의 변방 캄캄하네.
今君在羅網하니　　지금 그대 그물에 걸려 있는 신세이니
何以有羽翼[4]고　　어찌 날개가 있어 올 수 있겠는가.
落月滿屋梁하니　　지는 달빛 들보에 가득히 비추니

猶疑見顔色[5)]이라　　오히려 그대 얼굴인가 의심한다오.
水深波浪濶[6)]하니　　물이 깊고 물결이 드넓으니
無使蛟龍得[7)]하라　　부디 조심하여 蛟龍에게 잡히지 말게나.

1) 江南瘴癘地 : 白이 坐永王璘之累하여 詔長流夜郎이러니 會赦還潯陽이라가 坐事下獄潯陽하니라 今江州路는 乃潯陽山南東路라

李白이 永王 璘의 반란 사건에 연좌되어 夜郎으로 멀리 유배보내도록 명하였는데, 마침 사면을 받고 심양으로 돌아가다가 일에 연좌되어 심양에서 하옥되었다. 지금의 江州路는 바로 심양의 山南東路이다.

2) 역주] 恐非平生魂 : 平生은 平素로, 李德弘의 《艮齋集》 續集 4권에 "魂은 李白의 혼을 가리키니, 杜甫가 이백의 生死를 모르는 상태에서 꿈속에 이백을 보고는 그가 이미 죽었는가 의심하였으므로 이렇게 말한 것이다." 하였다.

3) 역주] 魂來楓林靑 魂返關塞黑 : 李德弘은 "李白의 魂이 온 것을 기뻐했기 때문에 楓林이 푸른 것이니 그 景色이 상쾌함을 말한 것이요, 혼이 간 것을 슬퍼했기 때문에 關塞가 캄캄한 것이니 그 氣象이 참담함을 말한 것이다." 하였다. 金隆의 《勿巖集》에도 이와 같은 내용이 보인다.

4) 역주] 何以有羽翼 : 羽翼은 새의 날개로, 李德弘은 "현재 죄를 짓고 귀양가 있는데 문득 이곳에 왔으므로 한편으로 기뻐하면서 다른 한편으로는 이상하게 여겨 '어찌 날개가 있어 올 수 있겠는가.'라고 물은 것이니, 사면을 받았다는 말은 아니다." 하였다. 金隆의 《勿巖集》에도 이와 같은 내용이 보인다.

5) 落月滿屋梁 猶疑見顔色 : 西淸詩話에 白이 歷見司馬子微謝自然賀知章한대 或以爲可與神遊八極之表라하고 或以爲謫仙人이라하나 俱不若少陵云 落月滿屋梁에 猶疑見顔色이니 百世之下에 尙想見其風采라하니 此는 李太白傳神詩也라

《西淸詩話》에 말하기를 "李白이 司馬子微와 謝自然·賀知章을 차례로 만나보았는데, 혹자는 '더불어 八極의 밖에서 정신으로 놀 수 있다.' 하고 혹자는 '謫仙人'이라고 말하였으나 모두 杜少陵의 '지는 달 들보에 가득한데 오히려 얼굴빛을 보는 듯하다.'고 말한 것만은 못하니, 백세 뒤에 그 풍채를 오히려 상상해 볼 수 있다." 하였으니, 이는 李白의 傳神詩이다.

6) 水深波浪濶 : 宋玉賦에 海水深浩하고 波浪廣闊하여 非萬斛舟면 不可泛이라하니라

宋玉의 賦에 '바닷물이 깊고 너르고 파랑이 광활하니, 만 斛을 실을 수 있는 큰 배가 아니면 띄울 수 없다.' 하였다.

7) 死別已呑聲……無使蛟龍得 : 按 太白이 溺死於采石하니 此詩는 當是白死後作이라 故曰 死別已呑聲이라하고 而終云 水深波浪闊하니 無使蛟龍得이라하니 而殆誠有捉

月之事故也[*]라

살펴보건대 李太白이 采石江에 빠져 죽었으니, 이 詩는 마땅히 이백이 죽은 뒤에 지은 것일 것이다. 그러므로 '죽어 이별함은 이미 목이 메인다.' 하고 마지막에는 '물이 깊고 물결이 드넓으니 부디 조심하여 蛟龍에게 잡히지 말라.' 한 것이니, 참으로 달을 잡으려다가 물에 빠진 일이 있었기 때문이다.

*) 역주] 按……而殆誠有捉月之事故也 : 李白이 采石江에서 빠져 죽었다는 것은 전설에 불과하며 이 詩는 그가 유배가 있을 때에 지은 것으로 이 註의 내용은 잘못된 것이다.

## 又 또

| | |
|---|---|
| 浮雲終日行이나 | 뜬구름 종일토록 떠다니나 |
| 遊子久不至[1)]라 | 떠돌아다니는 그대 오랫동안 오지 않네. |
| 三夜頻夢君하니 | 사흘밤을 자주 그대 꿈꾸니 |
| 情親見君意라 | 情이 친하여 그대의 뜻 보았노라. |
| 告歸常局促하여 | 돌아감 고할 적엔 언제나 위축되어 |
| 苦道來不易라 | 오기 쉽지 않다고 괴로이 말하네. |
| 江湖多風波하니 | 〈오기 어려운 이유 물었더니〉 江湖에는 風波 많아 |
| 舟楫恐失墜[2)]라 | 배와 노 失墜할까 두렵다네. |
| 出門搔白首[3)]하니 | 문 나가 흰 머리 긁적이며 |
| 若負平生志라 | 평생의 원대한 뜻 저버린 듯하네. |
| 冠蓋滿京華어늘 | 冠과 日傘 쓴 사람 서울에 가득한데 |
| 斯人獨顦顇라 | 이 사람만 홀로 초췌하구나. |
| 孰云網恢恢[4)]오 | 누가 하늘의 그물이 너르다고 말하였나 |
| 將老身反累라 | 장차 늘그막에 몸이 도리어 法網에 걸렸다오. |
| 千秋萬歲名은 | 千秋萬歲에 전하는 이름 |
| 寂寞身後事[5)]라 | 죽은 뒤의 일이니 적막하기만 하여라. |

1) 역주] 浮雲終日行 遊子久不至 : 뜬구름은 오고 갈 수 있으나 李白은 그렇지 못함을 서글퍼한 것으로, 뜬구름을 奸臣들에 비유하였다는 註釋이 있으나 이 역시 잘못된 것으로 보인다.

2) 역주] 告歸常局促……舟楫恐失墜 : 李德弘의 《艮齋集》 續集 4권에 "이 내용은 李白

을 가리킨 것이다." 하였다.

3) 역주] 出門搔白首 : 李德弘은 이 내용은 "杜甫 자신을 말한 것이다." 하였다.

4) 역주] 孰云網恢恢 : 《老子》에 "하늘의 그물이 넓고 넓으나 성글어도 새지 않는다. 〔天網恢恢 疎而不漏〕"라고 보인다.

5) 千秋萬歲名 寂寞身後事 : 子美蓋傷太白身後惟有二孫女하여 家聲不振하고 徒留千秋萬歲名也*)

杜子美(杜甫)가 李太白의 사후에 오직 두 손녀만이 있어서 가문의 명성이 떨쳐지지 못하고 한갓 천추만세에 이름만 남김을 서글퍼한 것이다.

*) 역주] 子美……徒留千秋萬歲名 : 이 詩는 李白의 생전에 지은 것이므로 이 註 역시 잘못된 것이다.

【賞析】 이 시는 《杜少陵集》 7권에 실려 있는 바, 꿈속에 이백을 보고 쓴 것이다. 당시 이백은 永王 璘의 사건에 연루되어 사형에 처해질 위기에 놓였으나 郭子儀가 관직을 내놓고 보증할 것을 청하여 멀리 夜郎으로 유배되었는데, 도중에 사면을 받고 潯陽으로 돌아가다가 다시 일에 연좌되어 심양에서 하옥되었다. 심양은 지금의 江州로 江南道에 속하는데, 이백이 이곳에 있을 때에 두보가 그를 생각하며 지은 것으로 이백이 살아있을 때에 지은 시일 것이다. 그런데 注에서 그가 죽은 뒤에 지은 시라고 한 것은 잘못이다.

金萬基〈1633(인조 11)－1687(숙종 13)〉의 《瑞石集》 3권과 金萬重〈1637(인조 15)－1692(숙종 18)〉의 《西浦集》 3권에도 같은 제목의 시가 있다.

## 贈東坡 2수　　동파에게 올리다

黃庭堅(山谷)

前篇은 梅以屬東坡라

전편은 매화를 東坡에 비유하였다.

| | |
|---|---|
| 江梅[1]有佳實하니 | 江梅가 좋은 열매 있으니 |
| 託根桃李場이라 | 뿌리를 복숭아와 오얏 마당에 의탁하였네. |
| 桃李終不言하나 | 복숭아와 오얏은 끝내 梅實을 천거하지 않았으나 |
| 朝露借恩光[2]이라 | 아침 이슬 은혜로운 빛을 빌려 주었네. |
| 孤芳忌皎潔이요 | 외로운 향기 희고 깨끗함 시기당하니 |
| 氷雪空自香이라 | 氷雪 같은 자태 스스로 향기로울 뿐이라오. |

| | |
|---|---|
| 古來和鼎實[3)]하니 | 예로부터 솥안의 음식 조화시켰으니 |
| 此物升廟廊[4)]이라 | 이 물건 廟廊에 오를 수 있네. |
| 歲月坐成晩하니 | 세월이 어느덧 저물어가니 |
| 煙雨靑已黃이라 | 안개와 빗속에 푸른 열매 누렇게 익었다오. |
| 得升桃李盤하여 | 복숭아와 오얏 쟁반에 담겨져 |
| 以遠初見嘗[5)]이라 | 멀리서 왔다고 처음 맛보았으나 |
| 終然不可口하니 | 마침내는 먹을 수 없다 하여 |
| 擲置官道傍이라 | 큰 길가에 버려졌네. |
| 但使本根在면 | 다만 뿌리만 그대로 있다면 |
| 棄捐果何傷고 | 버려진들 과연 무엇이 나쁘겠는가. |

1) 역주] 江梅 : 野生으로 산간 물가의 깨끗한 곳에서 자라며 향기가 짙다. 一說에는 東坡가 蜀땅 사람이므로 蜀江의 매화를 말하여 東坡를 비유했다고 한다.

2) 桃李終不言 朝露借恩光 : 言江梅爲桃李所忌하니 意謂東坡見嫉當世하고 獨人主見知耳라

江梅가 桃李에게 시기를 당하니, 이 뜻은 東坡가 당시 사람들에게 미움을 받았으나 오직 임금에게만은 알아줌을 받았음을 말한 것이다.

3) 역주] 古來和鼎實 : 梅實은 옛날 조미료로 사용하였기 때문에 말한 것으로 《書經》 〈說命篇〉에 殷王 武丁이 傅說(부열)을 재상으로 임명하고 당부하기를 "너는 나의 뜻을 순히 하여 만일 국을 간맞추거든 네가 소금과 梅實이 되라." 하였다. 金隆의 《勿巖集》 4권에도 "솥안의 음식에 간을 맞춤을 이른 것이다." 하였다.

4) 역주] 廟廊 : 宗廟를 이른다.

5) 역주] 以遠初見嘗 : 李德弘의 《艮齋集》 續集 4권에 "먼 지방에서 나는 물건을 처음에 진귀하게 여겨서 시험삼아 맛보았음을 말한 것이다. 소원한 賢者가 처음 조정에 이르면 임금이 기뻐하여 한번 등용하지만 신맛과 짠맛이 서로 섞이지 못하듯 뭇사람들이 賢者를 시기하고 헐뜯음에 이르면 반드시 배척 당하고야 마니, 이것이 黃山谷이 취하여 비유한 의도이다." 하였다.

## 又 또

後篇은 松以屬東坡하고 茯苓以屬門下士之賢者하고 兎絲以自況이라

후편은 소나무를 東坡에 비유하고 茯苓을 문하의 어진 선비에 비유하고 兎絲를 자신에게 비유하였다.

| | |
|---|---|
| 青松出澗壑하니 | 푸른 소나무 시냇물 흐르는 골짝에서 나오니 |
| 十里聞風聲[1]이라 | 십리 먼 곳에서도 바람 소리 들려오네. |
| 上有百尺絲요 | 위에는 百尺의 兎絲 있고 |
| 下有千歲苓[2]이라 | 아래에는 千年 묵은 茯苓 있다오. |
| 自性得久要[3]하여 | 自然의 성질 오랫동안 견딜 수 있어 |
| 爲人制頹齡[4]이라 | 사람 위해 늙어가는 나이 연장해 주네. |
| 小草有遠志[5]하여 | 작은 풀도 원대한 뜻 있어 |
| 相依在平生이라 | 평소 서로 의지해 있다오. |
| 醫和[6]不並世하니 | 醫和 같은 名醫 세상에 함께 살지 못하니 |
| 深根且固蔕라 | 뿌리 깊이 박고 꼭지 단단히 하고 때를 기다리네. |
| 人言可醫國이니 | 사람들 말하기를 나라의 병도 고칠 수 있다 하니 |
| 何用太早計[7]오 | 어찌 너무 일찍 서두를 것 있겠는가. |
| 小大材則殊나 | 작고 큰 材質 비록 다르나 |
| 氣味固相似[8]라 | 氣味는 진실로 서로 같다오. |

1) 青松出澗壑 十里聞風聲 : 此意는 謂東坡以大才而沈下僚하나 其蓋世之名은 則不可掩也라

이 뜻은 동파가 큰 재주를 가지고 낮은 지위에 침체되어 있으나 세상을 뒤덮는 명성은 가릴 수 없음을 말한 것이다.

2) 上有百尺絲 下有千歲苓 : 淮南子曰 千年之松은 下有茯苓하고 上有兎絲라하니라

《淮南子》〈說山訓〉에 말하기를 "천년 묵은 老松은 아래에 복령이 있고 위에 토사가 있다." 하였다.

3) 久要 : 論語에 久要는 言舊約也니 猶言久交也라

《論語》〈憲問〉에 "久要는 오래된 약속이다." 하였으니, 오래 사귄다는 말과 같다.

4) 爲人制頹齡 : 制는 猶延也니 禁制衰頹之年齒하여 使不老라 ○ 此句는 指茯苓이라

'制'는 '延'과 같으니, 쇠퇴해 가는 年齒를 금지하고 제재해서 늙지 않게 하는 것이다.

○ 이 句는 복령을 가리킨 것이다.

5) 小草有遠志 : 世說에 桓溫問謝安호되 遠志又名小草니 何以一物而有二名고 郝隆曰

處則爲遠志요 出則爲小草라하니라*) ○ 此句以下는 並指兎絲라 言其不倚附凡木하여 所志遠矣라

《世說新語》에 "桓溫이 謝安에게 묻기를 遠志는 또 小草라고도 이름하니, 어찌 한 물건인데 두 가지 이름이 있는가?" 하자, 郝隆(학륭)은 대답하기를 "산중에 있으면 遠志라 하고 세상에 나오면 小草라 하는 것이다." 하였다.

○ 이 句 이하는 모두 兎絲를 가리킨 것이다. 보통 나무에 기대거나 붙지 않아 뜻한 바가 원대함을 말한 것이다.

*) 역주] 世說에……出則爲小草라하니라 : 遠志는 아기풀로 藥草의 일종인데 작기 때문에 아기풀, 또는 小草라고도 한다. 본문에서는 작은 풀도 원대한 뜻을 가지고 있다고 말하였는데, 原註에서는 소초를 약초와 결부시켜 설명하였다.

6) 역주] 醫和 : 의원인 和로, 春秋時代 晉나라의 名醫인데 姓은 전하지 않는다.

7) 人言可醫國 何用太早計 : 晉語에 平公有疾하여 使醫和視之한대 文子曰 醫及國家乎아 對曰 上醫醫國이요 其次醫人이니 固醫官也일새라 ○ 謂依附賢者면 足以自樂이요 至其不爲當世所知면 則亦自重難進而未嘗汲汲也라

《晉語》에 "平公이 병이 있어서 의원인 和로 하여금 살펴보게 하였다. 文子가 '치료함이 국가에까지 미칠 수 있는가?' 하고 묻자, 그는 '가장 훌륭한 의원은 나라를 치료하고 그 다음은 사람을 치료하니, 진실로 의관이기 때문입니다.' 라고 대답했다." 하였다.

○ 현자에게 의지하고 붙으면 스스로 즐거울 수 있고, 당대에 인정을 받지 못함에 이르러서는 또한 자중하여 나아가기를 어렵게 여길 것이요 일찍이 급급해서는 안됨을 말한 것이다.

8) 小大材則殊 氣味固相似 : 山谷自謂 己之於東坡에 才之大小固殊나 然其剛介自守之操는 未始有異也라

黃山谷이 스스로 "자신과 東坡는 재주의 크고 작음이 진실로 다르나 강하고 꼿꼿하여 스스로 지키는 지조는 일찍이 차이가 있은 적이 없다."고 말한 것이다.

【賞析】 이 시는 《山谷詩注》 1권에 실려 있는데, 제목이 〈고시 2수를 지어 蘇子瞻에게 올리다〔古詩二首上蘇子瞻〕〉로 되어 있다. 제목 밑의 주에 "東坡가 山谷에게 답한 편지에 '古風 2首는 사물에 의탁하고 類를 잘 비유하여 참으로 옛 詩人(《詩經》의 작자)의 風度를 얻었다.'고 칭찬했다." 하였다. 황정견은 江西詩派의 宗主라 할 만한 시인으로 이 시는 스승인 蘇東坡에 대한 존경의 마음을 매화와 青松에 빗대어 표현한 것이다.

## 慈烏夜啼 효성스러운 까마귀가 밤에 울다

白居易(樂天)

張華註禽經云 慈烏는 孝鳥니 長則反哺其母하나니 大觜烏脣이라

張華의 《禽經》 註에 "慈烏는 효도하는 새이니 장성하면 그 어미를 되먹이는 바, 부리가 크고 입술이 검다." 하였다.

| | |
|---|---|
| 慈烏失其母하고 | 효성스운 까마귀 그 어미 잃고 |
| 啞啞吐哀音이라 | 까악까악 슬픈 소리 토하누나. |
| 晝夜不飛去하고 | 밤낮없이 날아가지 않고 |
| 經年守故林이라 | 해가 지나도록 옛숲 지키네. |
| 夜夜夜半啼하니 | 밤마다 한밤중이면 우니 |
| 聞者爲沾襟이라 | 듣는 자들 이 때문에 눈물로 옷깃 적신다오. |
| 聲中如告訴하니 | 우는 소리 마치 하소연하는 듯하니 |
| 未盡反哺心이라 | 어미에게 되먹이는 마음 다하지 못해서라오. |
| 百鳥豈無母리오 | 온갖 새들 어찌 어미 없겠는가마는 |
| 爾獨哀怨深이라 | 너만 홀로 슬픔과 원망 깊구나. |
| 應是母慈重하여 | 응당 어미의 사랑 두터워 |
| 使爾悲不任이라 | 너로 하여금 슬픔 이기지 못하게 함이리라. |
| 昔有吳起者[1]하니 | 옛날에 吳起라는 자 있었으니 |
| 母歿喪不臨이라 | 어머니가 별세했는데도 喪에 달려가지 않았네. |
| 哀哉若此輩는 | 슬프다! 이와 같은 무리들 |
| 其心不如禽이라 | 그 마음이 새만도 못하구나. |
| 慈烏復慈烏여 | 효성스러운 까마귀여! 효성스러운 까마귀여! |
| 鳥中之曾參[2]이로다 | 새 중의 曾參이로다. |

1) 昔有吳起者 : 學於曾子할새 母歿에 不奔喪이어늘 曾子責之하니라

吳起는 曾子에게 배울 적에 어머니가 돌아가셨는데 喪에 달려가지 않으니, 증자가 꾸짖었다.

2) 鳥中之曾參 : 曾參은 孝於事母하니 禽中亦有此者라

曾參은 어머니를 섬김에 효도하였으니, 새 중에도 이와 같은 것이 있다.

【賞析】 이 시는 《白香山集》 1권에 실려 있다. 효성스런 까마귀가 어미를 잃고 애처롭

게 우는 소리를 듣고, 새도 이처럼 효성이 깊은데 사람으로서 새만 못해서는 안 됨을 읊은 것이다. 淸人 汪立名은 "이 시는 元和 6년(811)에 백낙천이 어머니 喪中에 있을 때 지은 작품"이라 하였다.

崔鳴吉〈1586(선조 19)－1647(인조 25)〉의 《遲川集》 2권에 이에 차운한 〈擬李白烏夜啼〉 시가 실려 있으며, 閔濟仁〈1493(성종 24)－1549(명종 4)〉의 《立巖集》 6권에는 慈烏를 읊은 賦가 보인다.

## 田家　　농가

柳宗元(子厚)

| | |
|---|---|
| 籬落隔煙火하니 | 울타리 너머에 연기와 불빛 비추니 |
| 農談四隣夕이라 | 농사 이야기에 사방이웃 저녁에 모였네. |
| 庭際秋蛩鳴하고 | 뜰가에는 가을 풀벌레 울어대고 |
| 疎麻方寂歷[1]이라 | 성긴 삼대는 쓸쓸하게 보이누나. |
| 蠶絲盡輸稅하니 | 누에실을 모두 세금으로 바치니 |
| 機杼空倚壁이라 | 베틀과 북 부질없이 벽에 기대 놓았네. |
| 里胥夜經過하니 | 마을의 아전 밤에도 돌아다니니 |
| 鷄黍事筵席이라 | 닭 잡고 기장밥 지어 술자리 마련하네. |
| 各言官長峻하여 | 각기 말하기를 官長이 준엄하여 |
| 文字多督責이라 | 文字에 督責함이 많다 하네. |
| 東鄕後租期하여 | 동쪽 고을에서는 納稅 期日 놓쳐 |
| 車轂陷泥澤이라 | 수레바퀴가 진흙 늪에 빠진 듯 進退兩難이라오. |
| 公門少推恕하여 | 관청에는 백성들의 마음 미루어 헤아림이 적어 |
| 鞭扑恣狼籍라 | 채찍과 회초리 멋대로 낭자하게 때린다네. |
| 努力愼經營하라 | 노력하여 부디 租稅를 마련하라 |
| 肌膚眞可惜이라 | 살갗은 정말로 아까운 것이라네. |
| 迎新在此歲[2]하니 | 새 사또 맞이함이 이 해에 있으니 |
| 惟恐踵前跡이라 | 행여 옛사또의 자취 따를까 두렵다네. |

1) 역주] 疎麻方寂歷：寂歷은 적막하고 스산한 모습으로, 李德弘의 《艮齋集》 續集 4권에 "寂歷은 寂寞과 다르니, 이는 고요하여 성긴 그림자가 드리워진 모양이 있는 것

이다. 東坡의 詩에 〈寂歷疎松欹晩照〉 라고 보인다." 하였고, 金隆의 《勿巖集》에도 "寂歷은 寂寞과 다르니, 이는 고요하여 성긴 그림자가 드리워진 모양이다." 하였다.

2) 역주] 迎新在此歲 : 原註에 '迎新割稻之時'라 하여 새로 벼를 수확하는 계절로 해석하였으나 옳지 못하다고 판단되어 수록하지 않았다.

【賞析】 이 시는 《柳河東集》 43권에 실린 〈田家〉 시 3수 중 제2수로, 제3수는 본서 2권 끝에 실려 있다. 中唐 이후 苛斂誅求에 시달리는 농가의 실정을 풍자한 내용이다.

## 樂府 上　　악부 상

無名氏

此詩去古未遠하여 頗有三百篇之遺風하니라 ○ 古樂府三篇에 此篇居首라 故曰上이라 本題曰飮馬長城窟行이라

이 詩는 옛날과 거리가 멀지 않아 자못 《詩經》의 遺風이 있다.

○ 古樂府 세 편 중에 이 편이 맨앞에 있기 때문에 上이라고 한 것이다. 원래의 제목은 〈飮馬長城窟行〉이다.

| | |
|---|---|
| 青青河畔草여 | 푸르고 푸른 河水가의 풀이여 |
| 綿綿思遠道라 | 면면히 이어진 먼 길 생각하게 하네. |
| 遠道不可思하니 | 먼 길 가신 임 생각할 수도 없으니 |
| 夙昔夢見之라 | 지난밤 꿈속에 보았노라. |
| 夢見在我傍터니 | 꿈속에 보니 내곁에 계시더니 |
| 忽覺在他鄉이라 | 갑자기 깨어보니 他鄉에 계시누나. |
| 他鄉各異縣하여 | 타향이라 각기 고을이 달라 |
| 輾轉不可見[1]이라 | 몸 뒤척이며 그리워해도 볼 수 없네. |
| 枯桑知天風이요 | 마른 뽕나무도 흔들려 하늘의 바람 알고 |
| 海水知天寒[2]이라 | 바닷물도 얼어 날씨가 추움 안다네. |
| 入門各自媚하니 | 문에 들어가면 각기 스스로 반가워하니 |
| 誰肯相爲言고 | 누가 기꺼이 나에게 임소식 말해줄까. |
| 客從遠方來하여 | 손님이 먼 지방으로부터 와서 |
| 遺我雙鯉魚라 | 나에게 한 쌍의 잉어 주었네. |
| 呼童烹鯉魚하니 | 아이를 불러 잉어 삶게 하니 |

| | |
|---|---|
| 中有尺素書라 | 뱃속에 한 자의 흰 비단 편지 있었네. |
| 長跪讀素書하니 | 길게 무릎꿇고 흰 비단 편지 읽으니 |
| 書中竟何如오 | 편지 가운데에 끝내 무어라고 쓰였는가. |
| 上有加餐食하고 | 위에는 몸을 아껴 식사 더하라 하였고 |
| 下有長相憶이라 | 아래에는 길이 서로 생각한다 하였다오. |

1) 輾轉不可見：輾者는 轉之半이요 轉者는 輾之周니 皆臥不安席之意라
輾은 반쯤 돈 것이요 轉은 한 바퀴를 돈 것이니, 모두 자리에 누워도 편안하지 못한 뜻이다.

2) 역주] 枯桑知天風 海水知天寒：《文選》 李善 注에 "枯桑無枝尙知天風 海水廣大尙知天寒"이라 하였으니, 즉 마른 뽕나무는 가지가 없어도 여전히 찬바람이 부는 것을 알고 바닷물은 광대하여 얼지 않지만 그래도 날씨가 추워진 것을 안다는 뜻으로, 사물은 모두 자연을 느끼는 感을 지녔음을 말한 것이다. 枯桑과 海水를 婦人에 비유하여 征夫의 고통을 다 알고 있음을 뜻한다고 보기도 한다. 李德弘의 《艮齋集》 續集 4권에는 "물건이 서로 응함을 널리 말하여 사람이 서로 감응함을 말한 것이다." 하였고, 金隆의 《勿巖集》에는 "이는 물건이 서로 응함을 말한 것이니, 사람이 서로 감응함을 증명하였으나 오히려 분명히 드러내지는 않았다." 하였다.

【賞析】 樂府는 원래 漢 武帝 때 설립한 음악을 담당하던 기관으로, 文人들이 頌德한 詩歌에 曲譜를 만들고 아울러 새로운 歌舞를 제작 연주하였으며, 또 민간의 歌辭를 채집하기도 하였는데, 후대에는 이러한 가사를 樂府라고 불렀다. 《文選》 27권 악부 상의 첫머리에 악부 4수가 실려 있는데, 이 시는 그중 제1수로 제목이 〈飮馬長城窟行〉으로 되어 있다. 여기에서 〈악부 상〉이라 제목한 것은 문선 27권에 樂府 上으로 14수가, 28권에 樂府 下로 27수가 수록되어 있는데, 문선 27권의 제목을 그대로 따른 것이다. 長城은 秦나라가 오랑캐를 대비하기 위하여 쌓은 것인데, 그 아래에 泉窟이 있어 말에게 물을 먹일 수 있었다. 정벌하러 간 나그네가 長城에 이르러 말에게 물을 먹이며 아내를 그리워하였으므로 〈음마장성굴행〉이라 이름하였는 바, 시 중에 아내를 그리는 괴로운 심정과 절박한 소망이 정밀하게 묘사되어 있다.

## 七月夜行江陵途中作　　칠월 밤에 江陵 가는 도중에 짓다

陶　潛

| | |
|---|---|
| 閑居三十載하니 | 한가롭게 삼십 년 살아오니 |

| | |
|---|---|
| 遂與塵事冥이라 | 마침내 塵世의 일과 아득히 멀어졌네. |
| 詩書敦宿好하고 | 詩書는 예전의 좋아함 돈독히 하고 |
| 林園無俗情이라 | 숲속은 속된 情이 없다오. |
| 如何捨此去하여 | 어이하여 이를 버리고 떠나 |
| 遙遙至南荊고 | 아득히 남쪽 荊州에까지 이르렀나. |
| 叩枻新秋月[1]이요 | 노를 두드리며 가을달 맞이하고 |
| 臨流別友生이라 | 강물에 임하여 벗과 작별하네. |
| 凉風起將夕하니 | 시원한 바람 저물녘에 일어나니 |
| 夜景湛虛明이라 | 밤의 경치 조용하고 밝아라. |
| 昭昭天宇闊이요 | 밝고 밝은 하늘 넓기도 하고 |
| 皛皛川上平이라 | 맑고 맑은 냇물 잔잔하구나. |
| 懷役不遑寐하여 | 할 일 생각하여 잠잘 겨를 없으니 |
| 中宵尙孤征이라 | 한밤중에도 외로이 길을 가네. |
| 商歌[2]非吾事니 | 商歌는 나의 일 아니니 |
| 依依在耦耕[3]이라 | 연연함은 함께 밭 가는 데에 있다오. |
| 投冠旋舊墟하여 | 冠을 던지고 옛마을로 돌아가 |
| 不爲好爵縈이라 | 좋은 벼슬에 몸 얽매이지 않는다오. |
| 養眞衡茅下하니 | 초가집 아래에서 참됨 기르니 |
| 庶以善自名[4]이라 | 행여 착한 선비로 스스로 이름났으면 하네. |

1) 역주] 叩枻新秋月 : 《文選》에는 新字가 親字로 되어 있다.

2) 역주] 商歌 : 商은 樂調의 명칭으로, 齊나라 甯戚이 쇠뿔을 두드리며 商歌를 부르다가 齊桓公에게 인정을 받아 등용된 고사가 있는 바, 자신이 자신을 추천하여 관직을 구하는 것을 비유한다.

3) 역주] 依依在耦耕 : 孔子 당시에 隱者인 長沮와 桀溺이 함께 밭간 내용이 《論語》 〈微子〉에 보이는 바, 여기서는 陶淵明이 시골에 은둔하여 농사짓고 싶은 심정을 읊은 것이다.

4) 養眞衡茅下 庶以善自名 : 亦自述其歸休之趣하니 惟不貪榮利하고 自養天眞이면 斯善士也라

또한 돌아가 쉬려는 뜻을 스스로 말하였으니, 영화와 이익을 탐하지 않고 스스로 天眞을 즐기면 이것이 착한 선비이다.

【賞析】《文選》26권과 《陶靖節集》 3권에는 제목이 〈辛丑歲七月赴假還江陵夜行塗口一首〉라고 되어 있다. 東晉 隆安 5년(401)에 도연명은 37세의 나이로 桓玄의 막하에서 벼슬하였는데, 휴가를 받아 假州에 갔다가 7월에 휴가가 끝나 江陵縣으로 돌아오는 도중에 지은 시이다. 도연명은 이 시에서 詩書와 전원생활에 대한 열망과 미련, 그리고 高官厚祿에 대한 담담함 등을 묘사하고, 소박한 삶속에서 순수한 性情을 수양하는 것이 바로 이상적인 삶임을 읊고 있다.

## 飮酒　　술을 마시며

陶　潛

傷風俗澆浮하여 吾道晦蝕하니 不若痛飮하여 自陶其天眞이라

풍속이 혼탁하고 부박하여 우리 道가 어두워지니, 통음하여 스스로 天眞을 즐기는 것만 못한 것이다.

羲農去我久하니　　伏羲와 神農은 우리와 거리 머니
擧世少復眞이라　　온세상에 참됨으로 돌아가는 이 드물었네.
汲汲魯中叟가　　급급한 魯나라의 노인 孔子가
彌縫使其淳이라　　이를 彌縫하여 순박하게 하였다오.
鳳鳥雖不至나　　봉황새 비록 오지 않았으나
禮樂暫得新[1]이라　　禮樂이 잠시 새로워지게 되었네.
洙泗[2]輟微響하니　　洙泗에서 가는 소리 끊기니
漂流逮狂秦이라　　표류하여 미친 秦나라에까지 이르렀네.
詩書亦何罪오　　詩書가 또한 무슨 죄 있는가
一朝成灰塵[3]이라　　하루아침 재와 먼지 되었다오.
區區諸老翁[4]이　　구구하게 여러 노인들
爲事誠慇懃이라　　일삼음이 진실로 간곡하였네.
如何絶世下에　　어이하여 오랜 세상 뒤에
六籍無一親고　　六經 가까이하는 이 하나도 없는가.
終日馳車走하나　　종일토록 수레 몰고 달리나
不見所問津[5][6]이라　　나루터를 묻는 이 볼 수 없네.
若復不快飮이면　　만약 다시 흔쾌히 술 마시지 않는다면

| | |
|---|---|
| 空負頭上巾이라 | 부질없이 머리 위의 두건만 저버리게 되리라. |
| 但恨多謬誤하니 | 다만 한스러운 것은 잘못이 많으니 |
| 君當恕醉人[7]하라 | 그대는 마땅히 술취한 사람 용서해주오. |

1) 羲農去我久……禮樂暫得新 : 六句는 言孔子修六經而羲農之道以明이라
이상의 여섯 句는 孔子가 六經을 닦아 伏羲와 神農의 道가 밝아짐을 말한 것이다.
2) 洙泗 : 二水名이니 孔子居二水間이라
洙水와 泗水는 두 물의 이름이니, 孔子가 두 물의 사이에서 사셨다.
3) 洙泗輟微響……一朝成灰塵 : 四句는 言秦皇焚六經而孔子之道以晦라
이상의 네 句는 秦始皇이 六經을 불태워 孔子의 道가 어두워짐을 말한 것이다.
4) 區區諸老翁 : 諸老翁은 指漢伏生之徒라
여러 노인은 漢나라 伏生의 무리를 가리킨 것이다.
5) 區區諸老翁……不見所問津 : 六句는 言世儒訓詁之陋而嘆聖人之不生也라
이상의 여섯 句는 世儒들의 訓詁의 비루함을 말하고 聖人이 나오지 않음을 한탄한 것이다.
6) 역주] 不見所問津 : 津은 나루터로, 강물을 건너는 길목이기 때문에 道에 비유하여 곧 道를 배우고 묻는 사람이 없음을 말한 것이다.
7) 若復不快飮……君當恕醉人 : 四句는 言麴蘖昏迷之託而嘆俗人之不知也라
이상의 네 句는 술에 혼미해짐을 가탁하여 세속 사람들이 알지 못함을 한탄한 것이다.

【賞析】《陶靖節集》 3권에 실려 있는 〈飮酒〉 시 20수 중 마지막 수이다. 본서 2권에 나왔던 〈雜詩〉 2수도 〈飮酒〉 시 20수 중의 제5수와 제7수로 모두 〈음주〉 시이다. 역사에 대한 思考를 기초로 현재 세상의 도가 날로 저하됨을 개탄하고 伏羲·神農의 上古時代의 진실되고 소박한 기풍을 사모하여, 현실에 대한 시인의 강한 불만을 드러내었다. 시의 序에 "내가 한가로이 거처하여 즐거운 일이 없는데 밤이 벌써 길어졌다. 우연히 좋은 술이 있어 밤마다 마셨으나 외로운 그림자만 홀로 다하니 홀연 다시 취하였다. 취한 뒤에 그때마다 몇구 지어 스스로 즐기니, 지은 詩篇이 비록 많았으나 내용이 두서가 없다. 그런 대로 벗에게 쓰게 하여 웃음거리로 삼고자 할 뿐이다." 하였으니, 대체로 관직에서 물러나 전원으로 돌아간 초기에 지어진 것으로 보인다.

李縡〈1680(숙종 6)-1746(영조 22)〉의 《陶菴集》 3권에 늦봄에 다시 斜川에서 놀면서 〈飮酒〉 시에 차운하여 지은 시가 있다.

"자연 속에서 그대들과 노니니 문을 나섬에 어디로 가려는가. 따뜻하게 양춘에 앉아 있으니 태고적을 보는 것과 같네. 斜川은 밤낮으로 흘러가니 나의 마음 실로 이에 있다네. 人道는 중지하지 않음이 귀하니 노력하고 다시 의심하지 말라. 들밖에서 한 잔 술 해마다 함께 들어보세나.〔昊天及爾遊 出門欲何之 熙熙坐陽春 如見太古時 斜川晝夜流 余懷實在玆 人道貴不息 努力勿復疑 野外一尊酒 年年且同持〕"

李栽(조선조의 학자)의 《密菴集》 2권과 金鍾厚〈?-1780(정조 4)〉의 《本庵集》 1권에도 〈음주〉시에 차운한 시가 보인다.

## 歸田園居　　田園에 돌아와 살며

陶　潛

| | |
|---|---|
| 少無適俗韻하니 | 젊어서부터 세속의 운치에 맞지 않으니 |
| 性本愛丘山이라 | 天性 본래 山林을 좋아하였네. |
| 誤落塵網中하여 | 잘못 塵世의 그물 속에 떨어져 |
| 一去三十年이라 | 한 번 떠남에 삼십 년 지났다오. |
| 羈鳥戀舊林이요 | 새장 속의 새 옛 숲을 그리워하고 |
| 池魚思故淵이라 | 연못의 물고기 옛 못을 생각하네. |
| 開荒南野際하고 | 남쪽 들가에 황폐한 밭 일구고 |
| 守拙歸園田이라 | 古拙함 지키며 田園으로 돌아왔노라. |
| 方宅十餘畝[1]요 | 네모난 집터는 십여 묘쯤 되고 |
| 草屋八九間이라 | 초가집은 팔구 간이라오. |
| 楡柳蔭後簷이요 | 느릅나무와 버드나무 뒷처마 가리우고 |
| 桃李羅堂前이라 | 복숭아나무와 오얏나무 집앞에 늘어서 있네. |
| 曖曖遠人村이요 | 어슴푸레 먼 마을의 人家 보이고 |
| 依依墟里煙이라 | 아련히 마을에서는 연기 피어오르네. |
| 狗吠深巷中하고 | 개는 깊은 골목 가운데에서 짖고 |
| 鷄鳴桑樹顚이라 | 닭은 뽕나무 꼭대기에서 우누나. |
| 戶庭無塵雜이요 | 문과 뜰에는 塵世의 雜客 없고 |
| 虛室有餘閑이라 | 빈 방에는 남은 한가로움 있다오. |
| 久在樊籠裏라가 | 오랫동안 새장 속에 있다가 |

復得反自然이라　　다시 自然으로 돌아왔노라.

1) 역주] 方宅十餘畝：李德弘의 《艮齋集》 續集 4권에 "方은 方百里의 方과 같으니, 집 주위를 빙둘러 가로와 세로가 10여 畝임을 말한 것이다." 하였고, 金隆의 《勿巖集》에도 이와 같은 내용이 보인다.

【賞析】 이 시는 《陶靖節集》 2권에 실려 있는 〈歸園田居〉 시 6수중 제1수로 관직을 사양하고 전원으로 돌아간 즐거운 심정과 전원 생활의 정취를 표현하였다. 도연명의 田園詩를 대표하는 작품이라 할 수 있으며, 본서 1권과 2권에 제2수, 제3수, 제6수가 함께 실려 있다.

## 夏日李公見訪　여름날에 李公이 방문해 주다

杜 甫

李炎이 爲太子家令이라 一本云李家令見訪이라

李炎이 太子家令이 되었다. 一本에는 "李家令이 방문해 주다."라고 되어 있다.

遠林暑氣薄하니　　먼 숲에 더운 기운 엷은데
公子過我遊라　　公子가 나를 방문하여 왔네.
貧居類村塢하니　　가난한 거처 마을의 언덕과 비슷해
僻近城南樓라　　궁벽하게 城 남쪽 누대에 가까이 있다오.
傍舍頗淳朴하여　　이웃집은 자못 순박하여
所願亦易求라　　원하는 바 구하기 쉽네.
隔屋問西家호되　　담 넘어 서쪽 집에 묻되
借問有酒不(否)아　　혹시 술 있느냐고 물었더니
牆頭過濁醪하여　　담장 위로 濁酒 넘겨 주어
展席俯長流라　　자리 펴고 길게 흘러가는 물 굽어보며 마신다오.
淸風左右至하니　　시원한 바람 좌우에서 불어오니
客意已驚秋라　　손님의 마음 이미 가을인가 놀라네.
巢多衆鳥鬪요　　둥지가 많으니 뭇새들 다투고
葉密鳴蟬稠라　　잎이 빽빽하니 우는 매미 많구나.
苦遭此物聒하니　　이 사물들의 시끄러움 괴로이 만나니

孰語吾廬幽오　　누가 내 집이 그윽하다 말하는가.
水花晩色靜하니　　연꽃이 저녁빛에 조용하니
庶足充淹留[1]라　　거의 손님을 만류하여 머물게 할 수 있네.
預恐樽中盡하여　　미리 술동이에 술이 다할까 두려워하여
更起爲君謀[2]라　　다시 일어나 그대 위해 주선하노라.

1) 역주] 庶足充淹留 : 充은 '감당하다', 또는 '충족하다'의 뜻으로 보인다. 李德弘의 《艮齋集》續集 4권에 "充은 갖춤〔備〕과 같고 淹留는 객을 만류하여 더 머물게 하는 것이다. 집이 가난하여 손님을 대접할 것은 없고 오직 연꽃 경치만이 족히 손님을 만류하여 떠나지 못하게 할 수 있다는 말이다. 이 시에서는 '充'字가 가장 좋다." 하였다.

2) 預恐樽中盡 更起爲君謀 : 荷花淸潔이 猶淸人之神思니 只恐樂有餘而盃不足이라 故云云이라
연꽃의 청결함은 깨끗한 사람의 정신과 생각 같으니, 다만 즐거움은 유여하나 술잔이 부족할까 두려우므로 이렇게 말한 것이다.

【賞析】 이 시는 《杜少陵集》3권에 실려 있는 바, 天寶 13년(754) 長安에서 지은 것이다. 李公은 李炎으로 宗室인 蔡王 李房의 아들이다. 이때 太子家令으로 있었는데, 여름 어느 날 이공의 방문을 받고는 그와 함께 서로 對酌하면서 즐기는 흥취를 읊은 것이다.

## 贈衛八處士　　衛八處士에게 주다

杜 甫

人生不相見이　　인생이 서로 만나지 못함은
動如參與商[1]이라　　걸핏하면 參星과 商星 같다오.
今夕復何夕고　　오늘 밤은 또 어떤 밤인가
共此燈燭光이라　　그대와 이 등잔불 함께하네.
少壯能幾時오　　젊고 건장한 때 얼마나 되는가
鬢髮各已蒼이라　　귀밑머리와 머리털 각기 이미 세었구려.
訪舊半爲鬼하니　　옛친구 찾아보면 반은 鬼神이 되었으니
驚呼熱中腸이라　　놀라 소리치매 창자 속이 답답하네.

爲知二十載에 어찌 알았겠는가 이십 년만에
重上君子堂고 다시 君子의 堂에 오를 줄을.
昔別君未婚터니 옛날 작별할 때엔 결혼하지 않았었는데
兒女忽成行이라 이제는 자녀들이 줄을 이루었네.
怡然敬父執[2]하여 온화하게 父執을 공경하여
問我來何方고 나에게 어디서 왔느냐고 묻누나.
問答未及已에 問答이 채 끝나기도 전에
兒女羅酒漿이라 兒女들 술과 음료 늘어놓았네.
夜雨剪春韭하고 밤비 맞은 봄 부추 베어 오고
新炊間黃粱이라 새로 지은 밥엔 누런 기장 섞였구나.
主稱會面難하여 주인은 만나 대면하기 어려움 말하면서
一擧累十觴이라 한 번에 수십 잔 마시라 하네.
十觴亦不醉하니 열 잔을 마셔도 취하지 않으니
感子故意長이라 그대의 옛정이 깊에 감동해서라네.
明日隔山岳이면 내일 헤어져 山岳이 막히게 되면
世事兩茫茫이라 세상 일 양편 모두 어찌될지 아득해라.

1) 參與商 : 左傳에 子產曰 昔高辛氏有二子하니 伯曰閼伯이요 季曰實沈이니 居於曠林하여 不相能也라 帝遷閼伯于商하여 主辰爲商星하고 遷實沈於大夏하여 主參爲晉星하니 二星이 不相得하여 各居一方이라하니 人之離別하여 不得聚會者似之라
《左傳》에 "子產이 말하기를 '옛날 高辛氏가 두 아들을 두어 형을 閼伯(알백)이라 하고 아우를 實沈이라 하였는데, 曠林에 살면서 서로 좋게 지내지 못하였다. 上帝가 알백을 商땅으로 옮겨서 辰星을 주장하여 商星이 되게 하고 실침을 大夏로 옮겨서 參星을 주장하여 晉星이 되게 하니, 두 별이 서로 뜻이 맞지 않아 각각 한 지방에 거한다.' 했다." 하였으니, 사람이 이별하여 모이고 만나지 못하는 것이 이와 같다.
2) 역주] 父執 : 아버지의 절친한 벗을 이른다.

【賞析】 이 시는 處士인 衛氏에게 준 것으로 《杜少陵集》 6권에 실려 있다. 衛는 姓이고 八은 형제의 서열을 가리킨 것으로 衛八이 누구인지는 분명치 않다. 《唐史拾遺》에 "杜甫는 李白·高適·衛賓과 친하게 지냈는데 위빈의 나이가 제일 어렸다." 하였으니, 이에 근거하여 衛八處士는 衛賓일 것이라고 추측하기도 한다. 그러나 《杜詩詳注》에는 黃鶴의 注에 근거하여 "處士는 隱者의 칭호이다. …… 唐나라에

隱逸 衛大經이 있었는데 蒲州에 살았다. 위팔 또한 처사라 칭하였으니, 아마도 그의 族子인 듯하다. 蒲州는 華州에서 140리 정도밖에 떨어져 있지 않으니, 아마도 이 시는 乾元 2년(759) 봄 두보가 화주에 있을 때에 그의 집에 이르러 지은 것인 듯하다."라 하여, 衛大經이나 그의 족자일 것으로 추측하였다. 20년만에 옛친구를 만난 감회를 잘 묘사하였다.

## 石壕吏 石壕의 아전

杜 甫

| | |
|---|---|
| 暮投石壕[1]村하니 | 저녁에 石壕村에 투숙하니 |
| 有吏夜捉人이라 | 아전이 밤에 사람을 잡으러 왔네. |
| 老翁踰墻走하고 | 늙은 노인 담 넘어 달아나고 |
| 老婦出門看이라 | 늙은 할미 문에 나와서 보누나. |
| 吏呼一何怒며 | 아전의 호통은 어찌 그리도 노여우며 |
| 婦啼一何苦오 | 할미의 울음은 어찌 그리도 괴로운가. |
| 聽婦前致詞[2]하니 | 할미 앞으로 나와 말하는 것 들어보니 |
| 三男鄴城戍[3]라 | 세 아들이 鄴城에서 수자리 살고 있다오. |
| 一男附書至하니 | 한 아들이 부친 편지가 왔는데 |
| 二男新戰死라 | 두 아들이 새로운 싸움에서 戰死하였다 하오. |
| 存者且偸生이요 | 산 사람도 겨우 삶 이어가고 |
| 死者長已矣라 | 죽은 자는 영영 그만이라오. |
| 室中更無人하고 | 집안에 다시 사람이 없고 |
| 所有乳下孫이라 | 오직 젖먹이 손자가 있을 뿐이오. |
| 孫有母未去요 | 손자 있어 어미는 떠나가지 못하고 |
| 出入無完裙이라 | 출입할 만한 성한 치마도 없다오. |
| 老嫗力雖衰나 | 늙은 할미 氣力은 비록 쇠하였으나 |
| 請從吏夜歸라 | 부디 아전 따라 밤에 돌아가리다. |
| 急應河陽役하여 | 급히 河陽의 전쟁터에 나가게 되면 |
| 猶得備晨炊[4]라 | 오히려 새벽밥은 지을 수 있을 것이오. |
| 夜久語聲絶하니 | 밤 깊어지자 말소리 끊기니 |

如聞泣幽咽이라　　눈물 흘리며 속으로 오열하는 소리 들리는 듯하네.
天明登前途하니　　날이 밝아 예전 길에 오르니
獨與老翁別이라　　할미는 떠나고 홀로 늙은 노인과 작별하였네.

1) 石壕 : 澠地에 有二峭하니 東土峭요 西石峭니 石峭는 卽石壕라
澠(민)땅에 두 峭山이 있으니, 동쪽은 土峭이고 서쪽은 石峭인 바, 석효가 바로 석호이다.
2) 역주] 聽婦前致詞 : 金隆의 《勿巖集》 4권에 "저 할미가 관리 앞으로 나와 고하는 내용을 들음을 말한 것이다." 하였다.
3) 역주] 三男鄴城戍 : 鄴城은 일명 相州로 河南省 臨漳縣 서쪽에 있던 城인데 당시 史思明과 安祿山의 아들인 安慶緖 때문에 전쟁이 심하던 곳이다.
4) 急應河陽役 猶得備晨炊 : 時에 二節度屯兵於此하여 以禦慶緖라 兵敗에 無丁可抽라 故老嫗請赴河陽之役하여 以供炊爨而已라
이때에 두 節度使가 이 곳에 군대를 주둔하여 安慶緖를 막았는데, 군대가 패배하여 뽑을 만한 壯丁이 없으므로 늙은 할미가 河陽의 戰役에 달려가서 취사하는 일에 이바지하기를 청한 것이다.

【賞析】 이 시는 《杜少陵集》 7권에 실려 있는 바, 두보의 대표적인 社會詩로 꼽힌다. 시의 내용 중에 鄴城의 싸움이 언급된 것으로 볼 때 乾元 元年(758)이후에 지어진 것인 듯하다. 업성은 지금의 河南省에 있는 鄴縣의 성으로 安慶緖가 지키고 있었는데, 安祿山을 이어 일어난 史思明에게 건원 원년 10월 포위 당하였다가 두 달만에 풀려났으니, 鄴城의 싸움은 바로 이 때의 일이다. 예전에는 형제중에 한 사람만 從軍하였으나 이 때는 모든 壯丁을 전쟁터로 내몰아 노약자에게까지 미쳤다. 이 시에서 볼 수 있듯이 세 아들이 수자리 나가 두 아들이 전사하였으며 손자는 젖먹이이고 며느리는 변변한 치마가 없으며 노인은 담을 넘어 도망가고 할미는 밤에 끌려가는 참혹한 지경에 이르렀다. 이러한 전쟁의 참상을 읊은 시에서 작자의 인간애를 느낄 수 있다.

## 佳人　가인

杜　甫

絶代有佳人하니　　絶世의 佳人 있으니
幽居在空谷이라　　그윽한 집 빈 골짝에 있네.

| | |
|---|---|
| 自云良家子로 | 스스로 말하기를 양가집 딸로 |
| 零落依草木이라 | 몰락하여 草木에 의지해 있다오. |
| 關中昔喪敗[1]하여 | 關中에서 옛날 敗戰할 때에 |
| 兄弟遭殺戮이라 | 兄弟가 殺戮 당했다오. |
| 官高何足論고 | 벼슬이 높음 말해 무엇하리오 |
| 不得收骨肉이라 | 骨肉도 거두지 못하였다오. |
| 世情惡衰歇하니 | 세상의 人情 가문이 쇠함 싫어하니 |
| 萬事隨轉燭[2]이라 | 만사가 촛불따라 바뀌듯 하네. |
| 夫婿輕薄兒요 | 남편은 경박한 사람이요 |
| 新人美如玉이라 | 새로 온 여인은 옥처럼 아름답다오. |
| 合昏尙知時[3]요 | 合昏草도 오히려 때를 알고 |
| 鴛鴦不獨宿이라 | 원앙새도 홀로 잠자지 않거늘 |
| 但見新人笑니 | 다만 새 여인의 웃음소리만 보니 |
| 那聞舊人哭가 | 어찌 옛 아내의 울음소리 들리리오. |
| 在山泉水淸이요 | 산에 있으면 샘물이 맑고 |
| 出山泉水濁[4][5]이라 | 산을 나가면 샘물이 흐리다오. |
| 侍婢賣珠廻하여 | 모시는 계집아이 구슬 팔아 돌아와서 |
| 牽蘿補茅屋이라 | 댕댕이 덩굴 끌어다가 초가지붕 이누나. |
| 摘花不揷髮[6]하고 | 꽃을 따지만 머리에 꽂지 않고 |
| 采柏動盈掬[7]이라 | 측백나무 잎 뜯어 어느덧 한 줌에 가득하다오. |
| 天寒翠袖薄하니 | 날씨는 춥고 푸른 옷소매 얇으니 |
| 日暮倚脩竹[8]이라 | 해 저물제 긴 대나무 숲에 의지해 있노라. |

1) 역주] 關中昔喪敗：關中은 陝西省의 函谷關 以西 地方으로 長安을 이르는 바, 安祿山이 亂을 일으켜 장안을 함락시킨 일을 가리킨 것이다.

2) 역주] 萬事隨轉燭：李德弘의《艮齋集》續集 4권에 "轉은 옮긴다는 뜻이다. 촛불을 동쪽에 놓으면 동쪽이 밝고 서쪽에 놓으면 서쪽이 밝으니, 이곳이 밝으면 저곳이 어둡고 저곳이 밝으면 이곳이 어둡다. 世間의 禍福, 盛衰, 悲歡, 通塞이 모두 이와 같다. 그러므로 취하여 비유한 것이다." 하였다. 金隆의《勿巖集》에도 이와 같은 내용이 보인다.

3) 合昏尙知時：本草에 合歡은 卽夜合也라 一名合昏이니 其葉이 至昏而卽合이라

《本草》에 "合歡은 夜合이다. 일명은 合昏이니, 잎이 저녁이 되면 곧 합한다." 하였다.

4) 在山泉水淸 出山泉水濁 : 情因所習而遷移가 猶水因所遇而淸濁하니 此亦佳人念夫之辭也라

情이 익숙한 바에 따라 옮겨 감은 물이 만나는 바에 따라 맑아지고 흐려지는 것과 같으니, 이 또한 佳人이 남편을 그리워하는 말이다.

5) 역주] 在山泉水淸 出山泉水濁 : 李德弘은 "남편의 情을 비유한 것이니, 만나는 대상에 따라 마음이 변화하여 舊人을 대할 때에는 마음이 善良하다가 新人과 함께 있을 때에는 마음이 淫僻해지므로 근심하여 탄식한 것이다." 하였고, 金隆은 "泉水의 淸濁을 취하여 남편의 情을 비유한 것이니, 만나는 대상에 따라 마음이 변화하여 일정함이 없는 것이다." 하였다.

6) 摘花不插髮 : 亦詩所謂豈無膏沐이리오 誰適爲容之意라

《詩經》의 이른바 "어찌 기름 바르고 머리 감지 않겠는가마는 누구를 위하여 모양을 내겠는가." 하는 뜻이다.

7) 역주] 采柏動盈掬 : 측백나무는 소나무와 함께 겨울에도 잎이 떨어지지 않고 푸르러 志節이 있는 사람을 비유하므로 남편의 지조와 절개를 축원하는 뜻에서 측백나무의 잎을 딴 것이다.

8) 天寒翠袖薄 日暮倚脩竹 : 天色已寒而翠袖尙薄하니 喩時之亂離而君子在外也라 柏與竹은 歲寒不改其操하니 采柏倚竹이면 則所思遠矣라 猶君子見逐於君호되 操守不易하니 所以爲忠臣貞婦라

하늘빛이 이미 차가운데 푸른 소매가 아직도 얇으니, 세상에 난리가 나서 군자가 밖에 있음을 비유한 것이다. 측백나무와 대나무는 날씨가 추워져도 지조를 바꾸지 않으니, 측백나무잎을 뜯고 대나무에 의지했다면 생각하는 바가 원대한 것이다. 군자가 군주에게 쫓겨났으나 지조를 지켜 바꾸지 않는 것과 같으니, 이러므로 충성스러운 신하와 정절있는 부인이 되는 것이다.

【賞析】 이 시는 《杜少陵集》 7권에 실려 있다. 佳人을 아름다운 덕을 지닌 賢者를 비유한 것으로 보아, 關中의 敗戰이후 老成한 인물들이 衰落하고 기용된 자들이 모두 新進少年들임을 서글퍼하여 지은 것이라는 說이 종래의 해석이었다. 그런데 《杜詩詳注》에는 "天寶의 난 이후 실제 이러한 여인이 있었으므로 그 情을 곡진하게 형용한 것이다. 종래에는 이 시가 쫓겨난 신하를 버림받은 여인에 비유하여 新進이 함부로 날뛰고 老成한 이들이 凋落함을 슬퍼하여 지은 것이라고 하였는데, 허구로 지어서는 이처럼 눈물나게 할 수 없을 듯하다." 하여 가인을 버림받은 여인으로 보았다.

조선 중기의 文臣인 鄭士信〈1558(명종 13)－1619(광해군 11)〉의 《梅窓集》에도 옛 주석의 잘못을 지적하여 "이는 당시 한 가인이 있었는데, 형제가 모두 喪敗하고 남편에게 사랑을 받지 못하였으나 貞靜으로 몸을 지키는 자가 있었다. 그러므로 杜子美가 이 사실을 읊어 堅貞하고 淸苦하여 지조를 변치 않는 뜻을 붙인 것이다. 다만 《詩經》〈國風〉의 比興으로 볼 때 采柏과 倚竹은 賢人 君子에 흥을 붙인 뜻이 없지 않을 뿐이다." 하였다.

丁範祖〈1723(경종 3)－1801(순조 1)〉의 《海左集》 1권에도 같은 제목의 시가 실려 있다.

## 送諸葛覺往隨州讀書　隨州로 글 읽으러 가는 諸葛覺을 전송하다

韓愈(退之)

| | |
|---|---|
| 鄴侯[1]家多書하여 | 鄴侯의 집엔 書冊이 많아 |
| 架插三萬軸이라 | 書架에 三萬 軸이 꽂혀 있다오. |
| 一一懸牙籤하고 | 일일이 상아 찌 달아 놓았고 |
| 新若手未觸이라 | 새롭기 손도 대지 않은 듯하여라. |
| 爲人強記覽하여 | 사람됨이 기억하고 외우기 잘하여 |
| 過眼不再讀이라 | 한 번 보면 두 번 다시 읽지 않는다오. |
| 偉哉群聖書를 | 위대한 여러 聖賢의 책 |
| 磊落載其腹이라 | 수북히 뱃속에 쌓았네. |
| 行年逾五十에 | 나이 오십이 넘었는데 |
| 出守數已六이라 | 守令으로 나간 지 이미 여섯 번이라오. |
| 京邑有舊廬나 | 서울에도 옛집 있으나 |
| 不容久食宿이요 | 오래 먹고 留宿할 수 없으며 |
| 臺閣多官員이나 | 臺閣에 관원들 많으나 |
| 無地寄一足이라 | 발 하나 붙일 자리 없다네. |
| 我雖官在朝나 | 내 비록 벼슬하여 조정에 있으나 |
| 氣勢日局縮이라 | 氣勢 날로 위축되니 |
| 屢爲丞相言하여 | 여러 번 丞相께 말씀드려 |
| 雖懇不見錄이라 | 비록 간곡하나 기억해 주지 않으시네. |

| | |
|---|---|
| 送行過滻水하니 | 떠나는 그대 전송하러 滻水 지나가니 |
| 東望不轉目이라 | 동쪽만 바라보며 눈을 돌리지 않고 응시하노라. |
| 今子從之遊하니 | 지금 그대 鄴侯 따라 노니 |
| 學問得所欲이라 | 學問이 소원대로 되리라. |
| 入海觀龍魚하고 | 바다에 들어가 龍魚 보고 |
| 矯翮逐黃鵠[2]이라 | 날개를 펴서 누런 고니 쫓듯 하겠지. |
| 勉爲新詩章하여 | 힘써 새로운 詩와 글 지어 |
| 月寄三四幅하라 | 다달이 서너 편 부쳐주오. |

1) 鄴侯 : 唐宰相李泌이 封鄴侯하니 其子繁이 刺隨州하니라
　唐나라 재상인 李泌이 鄴侯에 봉해졌는데 그 아들 繁이 隨州刺史가 되었다.

2) 역주] 入海觀龍魚 矯翮逐黃鵠 : 入海觀龍魚는 바다에 들어가 용이나 물고기를 구경하듯 심오한 학문을 배움을 비유한 것이고, 矯翮逐黃鵠은 하늘 높이 날아오르는 고니처럼 雄志를 펼칠 것을 축원한 말이다. 李德弘의 《艮齋集》 續集 4권에도 "바다에 들어가 용이나 물고기를 구경함은 學問이 奇詭하면서도 풍부함을 말한 것이고, 날개를 펴서 누런 고니를 쫓듯이 함은 造詣가 高遠하면서도 빠름을 말한 것이다. 윗구는 知를 주장하였으므로 본다고 말하였고 아랫구는 行을 주장하였으므로 쫓는다고 말했다." 하였고, 金隆의 《勿巖集》에도 이와 같은 내용이 보인다.

【賞析】 이 시는 《韓昌黎集》 7권에 실려 있는 바, 諸葛覺에게 학문을 권면하기 위해서 쓴 것이다. 제목 밑의 주에 "諸葛覺은 혹 澹師라고도 하는데, 후에 환속하여 儒者가 되었다. 韓公의 逸詩에 〈澹師晝睡〉 2수가 있는데, 이는 그를 위하여 지은 것이다. 이 당시 鄴侯인 李泌의 아들 李繁이 隨州刺史로 있었는데, 이번을 따라 수주로 학문하러 떠나는 제갈각을 한유가 전송하여 지은 시이다." 하였다.

## 司馬溫公獨樂園　　司馬溫公의 獨樂園

蘇軾(子瞻)

公居洛할새 於國子監之側에 得故營地하여 創獨樂園하니라
　溫公이 洛陽에 거할 적에 국자감 곁에서 옛 營地를 얻어 獨樂園을 창건하였다.

| | |
|---|---|
| 青山在屋上하고 | 푸른 산은 지붕 위에 있고 |
| 流水在屋下라 | 흐르는 물은 지붕 아래에 있네. |

| | |
|---|---|
| 中有五畝園하니 | 가운데에 五畝의 동산 있으니 |
| 花竹秀而野[1]라 | 꽃과 대나무 빼어나고 자연스럽다오. |
| 花香襲杖屨하고 | 꽃 향기는 지팡이와 신에 스며들고 |
| 竹色侵盞斝라 | 대나무 빛은 술잔에 들어오누나. |
| 樽酒樂餘春하고 | 항아리의 술로 남은 봄 즐기고 |
| 棋局消長夏라 | 바둑판으로 긴 여름 소일한다오. |
| 洛陽古多士하니 | 洛陽에는 옛부터 선비 많으니 |
| 風俗猶爾雅라 | 風俗이 아직도 바름에 가까워라. |
| 先生臥不出[2]하니 | 先生이 누워 세상에 나오지 아니하니 |
| 冠蓋傾洛社[3]라 | 冠 쓰고 日傘 쓴 洛社의 貴人들 모두 사모하네. |
| 雖云與衆樂이나 | 비록 여러 사람과 즐긴다고 하나 |
| 中有獨樂者라 | 그 중에는 홀로 즐기는 것 있다오. |
| 才全德不形[4]하니 | 재주가 온전하여도 德을 드러내지 않으니 |
| 所貴知我寡[5]라 | 귀한 것은 나를 알아주는 이 적은 거라오. |
| 先生獨何事로 | 先生은 홀로 무슨 일로 |
| 四海望陶冶오 | 四海에서 陶冶해 주기 바라는가. |
| 兒童誦君實하고 | 아이들도 君實을 외우고 |
| 走卒知司馬[6]라 | 달리는 병졸들도 司馬를 아네. |
| 持此欲安歸오 | 이 명성 가지고 어디로 돌아가려 하오 |
| 造物不我捨[7]라 | 造物主가 나를 놓아두지 않으리라. |
| 名聲逐我輩하니 | 名聲이 우리들 좇아다니니 |
| 此病天所赭[8]라 | 이 병은 하늘이 죄수의 옷 입힌 것과 같다오. |
| 撫掌笑先生하니 | 손뼉 치며 선생을 웃노니 |
| 年來效喑啞[9]라 | 年來에 벙어리 흉내 내는구려. |

1) 역주] 花竹秀而野 : 李德弘의 《艮齋集》 續集 4권에 "동산이 들판처럼 거칠지 않으면서도 자연스러운 정취가 있는 것은 꽃과 대나무가 그윽하고 무성해서 그러한 것이다." 하였다. 金隆의 《勿巖集》에도 이와 같은 내용이 보인다.

2) 역주] 先生臥不出 : 司馬光은 新法을 주장하는 王安石과 뜻이 맞지 않자 洛陽으로 돌아가 15년 동안 일체 국정을 논하지 않았으므로 말한 것이다.

3) 역주] 洛社 : 당시 나이 많은 名士들의 모임인 洛陽耆英會를 이른다. 唐나라의 白居易가 일찍이 香山九老會를 결성하였는데, 노재상인 文彦博이 이것을 본떠 富弼 등 70세 이상의 명사들을 모아 洛陽耆英會를 만들었는 바, 당시 司馬光의 나이가 50세 밖에 되지 않았는데 그를 흠모하여 이 모임에 넣었으므로 말한 것이다.

4) 역주] 才全德不形 :《莊子》〈德充符〉에 "是必才全而德不形"이라고 보이므로 이것을 인용한 것이다.

5) 所貴知我寡 : 老子云 知我者希면 則我貴矣라하니라
《老子》에 이르기를 "나를 알아주는 이가 드물면 내가 귀해진다." 하였다.

6) 역주] 兒童誦君實 走卒知司馬 : 君實은 司馬光의 字이고 司馬는 그의 姓이므로 아이들이나 병졸들까지도 모두 그의 훌륭한 명성을 듣고 사모함을 말한 것이다.

7) 역주] 造物不我捨 : 李德弘은 "德을 감추고자 하나 덕이 더욱 밝게 드러나고 이름을 감추고자 하나 이름이 더욱 성대하니, 비단 人望이 따르는 바여서 벗어날 수 없을 뿐만 아니라 조물주도 자신(司馬溫公)을 내버려두려 하지 않는다는 말이다. 말구의 喑啞는 溫公이 훌륭한 명성이 있으면서도 감추고 침묵할 줄 아는 뜻을 나타낸 것이다." 하였다. 金隆의 《勿巖集》에도 이와 같은 내용이 보인다.

8) 역주] 名聲逐我輩 此病天所赭 : 赭는 죄수들이 입는 붉은 옷으로 곧 형벌을 의미한다. 몸에 항상 명성이 따르는 것도 병이라 하고 이것을 하늘이 내린 벌이라고 농담한 것이다. 李德弘은 "上古時代에는 죄인들에게 붉은 옷을 입혀서 보통사람들과 구별하였으니, 天赭는 하늘이 벌을 내림을 말한 것이다. 陳搏이 種放에게 이르기를 '名聲은 고금에 아름다운 물건이나 조물주는 그것을 꺼린다.' 라고 하였으니, 또한 이 뜻이다." 하였고, 金隆의 《勿巖集》에도 이와 같은 내용이 보인다.

9) 역주] 撫掌笑先生 年來效喑啞 : 司馬光이 지금은 비록 벼슬을 내놓고 벙어리 흉내를 내고 있으나 하늘이 끝내 버리지 아니하여 불원간 다시 세상에 나와 四海의 백성들을 구제할 것이므로 말한 것이다.

【賞析】 이 시는 熙寧 10년(1077) 5월 6일 徐州에서 지은 것으로 《蘇東坡集》 3책 8권에 실려 있다. 소식과 司馬溫公은 오랜 정치상의 교우로서 소식이 온공에게 준 편지에 "오래도록 공이 새로 지은 글을 보지 못하여 홀연 〈獨樂園記〉를 꺼내 음미하였다. 문득 스스로 시 한 수를 지어 그런 대로 한번 웃음거리로 삼는다."라고 한 것으로 보아 이 시가 지어진 배경을 알 수 있다. 사마온공의 독락원에 대해서는 宋나라 李格非(字 文叔)의 〈洛陽名園記〉에 "사마온공이 洛陽에 있을 때에 迂叟라 自號하고 그 정원을 獨樂園이라 칭하였다. 정원이 극히 협소하여 다른 정원에 비할 바가 못되었으니, 讀書堂은 수십 개의 서까래로 지은 작은 집이었고 澆花亭은 더욱 작았으며 弄水種竹齋는 그보다 더 좁았고 見山臺는 높이가 한 길에 불과하였다. 釣

魚菴과 採藥圃는 다만 대나무 끝이 얽혀서 낙엽이 무성하고 잡초가 우거져 있을 뿐이었다. 그런데도 온공이 스스로 지은 序와 여러 누대와 정자를 노래한 詩가 세상에 많이 알려져 있는 것은 사람들이 흠모하는 바가 정원에 있지 않고 사람에게 있기 때문이다." 하였다. 이 시 또한 독락원을 빌어 사마온공의 인품을 칭송한 것이다. 사마온공의 〈독락원기〉는 본서 후집 6권에 실려 있다.

## 上韋左相二十韻　　韋左相에게 올린 二十韻의 詩

杜 甫

| | |
|---|---|
| 鳳曆軒轅紀[1)]에 | 鳳鳥의 책력과 軒轅의 紀年에 |
| 龍飛四十春[2)]이라 | 龍이 나신 지 사십 년 되었다오. |
| 八荒[3)]開壽域하니 | 八荒에서는 長壽하는 나라 여니 |
| 一氣轉洪鈞[4)]이라 | 한 기운이 큰 造化 베풀었네. |
| 霖雨思賢佐[5)]하고 | 장마비 같은 어진 보좌 생각하고 |
| 丹青憶老臣이라 | 丹青을 그려 늙은 신하 추억하네. |
| 應圖求駿馬하고 | 그림에 맞는 駿馬 구하고 |
| 驚代得麒麟이라 | 세상을 놀라게 할 麒麟 얻었다오. |
| 沙汰江河濁[6)]이요 | 江河의 혼탁함 淨化하고 |
| 調和鼎鼐新이라 | 솥 안의 새로운 음식 조화시켰네. |
| 韋賢初相漢하고 | 韋賢이 처음 漢나라를 돕듯이 하고 |
| 范叔已歸秦[7)]이라 | 范叔이 秦나라에 돌아가 功을 이루듯 하였다오. |
| 盛業今如此요 | 성대한 業 지금 이와 같고 |
| 傳經固絶倫[8)]이라 | 經을 전수함 진실로 크게 뛰어나리. |
| 豫樟深出地[9)]요 | 豫樟나무가 깊이 땅에서 솟아났고 |
| 滄海闊無津[10)]이라 | 滄海가 넓어 가이 없어라. |
| 北斗司喉舌[11)]하고 | 北斗에서 喉舌 맡고 |
| 東方領搢紳[12)]이라 | 〈丞相이 되어〉 東方의 搢紳을 거느렸네. |
| 持衡留藻鑑[13)]이요 | 저울대 잡고 人物 선발하여 藻鑑을 남겼고 |
| 聽履上星辰[14)]이라 | 신발소리 들려 별에까지 올라갔다오. |
| 獨步才超古하고 | 독보적인 재주는 옛사람 능가하고 |

| | |
|---|---|
| 餘波德照隣이라 | 남은 은택 德이 이웃에까지 비추누나. |
| 聰明過管輅[15]요 | 聰明은 管輅보다 더하고 |
| 尺牘倒陳遵[16]이라 | 尺牘은 陳遵을 압도하였네. |
| 豈是池中物[17]이리오 | 어찌 못속에 있을 물건이겠는가 |
| 由來席上珍[18]이라 | 예로부터 자리 위의 보배였다오. |
| 廟堂[19]知至理하니 | 조정에서는 지극한 다스림 아니 |
| 風俗盡還淳이라 | 풍속이 모두 순박함으로 돌아갔네. |
| 才傑俱登用하니 | 재주있는 준걸들 모두 등용되니 |
| 愚蒙但隱淪이라 | 어리석고 몽매한 자만 초야에 묻혀 있네. |
| 長卿多病久[20]하고 | 長卿처럼 병이 많은 지 오래되었고 |
| 子夏索居頻[21][22]이라 | 子夏처럼 외로이 거처하며 지낸다오. |
| 回首驅流俗하니 | 流俗을 따라다닌 신세 회고해 보니 |
| 生涯似衆人이라 | 生涯가 衆人들과 같구나. |
| 巫咸不可問이요 | 巫咸에게도 나의 운명 물을 수 없고 |
| 鄒魯莫容身[23]이라 | 鄒魯에도 몸을 용납하지 못하네. |
| 感激時將晩하니 | 감격함에 세월이 장차 저무니 |
| 蒼茫興有神이라 | 滄茫한 흥이 신묘하게 일어나네. |
| 爲公歌此曲하니 | 公을 위해 이 곡조 노래하니 |
| 涕淚在衣巾이라 | 눈물이 흘러 옷과 수건 적시누나. |

1) 역주] 鳳曆軒轅紀 : 상고시대에 少昊氏는 官名에 모두 새의 이름을 사용하여 책력을 맡은 曆正을 鳳鳥氏라 하였으며 軒轅은 黃帝 軒轅氏로 曆法을 처음 만들었기 때문에 말한 것이다.

2) 龍飛四十春 : 易乾에 九五는 飛龍在天이라하니 此言天子居位也라
《周易》〈乾卦〉에 "九五는 나는 용이 하늘에 있는 것이다." 하였으니, 이는 天子가 높은 지위에 거함을 말한 것이다.

3) 역주] 八荒 : 八方의 먼 곳을 이른다.

4) 一氣轉洪鈞 : 陶家에 轉者爲鈞하니 制器大小由之라 天之於物에 隨類賦形而生成之라 故曰大鈞, 曰洪鈞이라 帝者는 法天이라 故頌之以轉洪鈞也라
陶家에서 물레를 돌리는 것을 鈞이라 하니, 그릇을 만들 때에 크고 작음이 이에서 말미암는다. 하늘이 만물에 있어서 종류에 따라 형체를 부여하여 생성하는 것과

같으므로 大鈞이라 하고 洪鈞이라 하였다. 皇帝는 하늘을 법받으므로 '轉洪鈞'이라고 칭송한 것이다.

5) 霖雨思賢佐：雨三日以往을 爲霖이라 商王高宗이 命傅說爲相曰 若歲大旱이어든 用汝作霖雨라하니라

비가 3일 이상 내리는 것을 霖이라 한다. 商王 高宗이 傅說에게 명하여 정승이 되게 하고 말하기를 "해가 큰 가뭄이 들거든 너로써 장마비를 삼겠다." 하였다.

6) 역주] 沙汰江河濁：李德弘의 《艮齋集》 續集 4권에 "江水(揚子江)는 본래 흐리지 않은데도 흐리다고 말한 것은 河水가 흐리기 때문에 함께 말한 것일 뿐이다." 하였다. 金隆의 《勿巖集》에도 이와 같은 내용이 보인다.

7) 역주] 韋賢初相漢 范叔已歸秦：韋賢은 漢나라 宣帝 때의 재상이고 范叔은 范雎로 본국인 魏나라에서 곤욕을 당하고 秦나라로 망명하여 정승이 되었는 바, 韋賢과 范雎처럼 정승이 되었음을 말한 것이다.

8) 역주] 傳經固絶倫：李德弘은 "漢나라 韋賢과 韋玄成 父子가 서로 이어 經學으로 드러났는데, 지금 見素도 韋氏이므로 이렇게 말한 것이다." 하였다. 金隆의 《勿巖集》에도 이와 같은 내용이 보인다.

9) 역주] 豫樟深出地：豫樟은 豫章으로도 쓰는 바, 豫는 枕나무이고 樟은 장나무로 좋은 재목인데 사람의 뛰어난 材質과 器局을 비유한 것이다.

10) 滄海闊無津：言其量之廣이라

그 양이 넓음을 말한 것이다.

11) 北斗司喉舌：李固傳에 陛下之有尙書는 猶天之有北斗也니 北斗는 爲天之喉舌이요 尙書亦爲陛下喉舌이라하니라

《李固傳》에 "폐하에게 尙書가 있음은 하늘에 北斗星이 있는 것과 같으니, 북두는 하늘의 喉舌(목구멍과 혀)이 되고 상서 또한 폐하의 후설이 된다." 하였다.

12) 역주] 東方領搢紳：李德弘은 "《書經》에 '畢公이 정승이 되어 東方의 제후를 거느렸다.'라고 하였으니, 지금 韋見素가 朝會에서 領相이 되어 東班의 首長이 되었으므로 비유하여 말한 것이다." 하였다.

13) 持衡留藻鑑：稱은 衡也니 謂在吏部時에 銓量平允也라 藻鑑은 如水之至淸而鑑藻分明也라

稱은 저울이니, 吏部에 있을 때에 인물을 銓衡하여 헤아림이 공평하고 진실함을 말한 것이다. 藻鑑은 물이 지극히 맑아 마름이 분명하게 보임과 같은 것이다.

14) 聽履上星辰：鄭崇이 哀帝時에 爲尙書僕射러니 每曳草履한대 上笑曰 我識鄭尙書履聲이라하니라

鄭崇이 哀帝 때에 尙書僕射가 되었었는데, 언제나 짚신을 끌고 다니자 임금이 웃

으면서 말하기를 "나는 鄭尙書의 신발 소리를 안다." 하였다.

15) 聰明過管輅 : 天寶十五載十月丙申에 有星犯昴한대 見素言於肅宗曰 昴者는 胡也니 祿山이 將死하리이다 昴金犯火行하니 當火位昴之昏이 乃其時也라하더니 及祿山死에 日月皆不差하다 魏管輅善天文地理러니 今見素所言如此하니 其聰明이 過於管輅遠矣라

天寶 15년(756) 10월 병신일에 별이 昴星을 범하자, 韋見素가 肅宗에게 말하기를 "昴는 오랑캐의 分野이니 安祿山이 장차 죽을 것입니다. 昴金이 火行을 범하였으니, 火星의 자리가 昴星의 昏中星이 되는 것이 바로 그 때일 것입니다." 하였는데, 安祿山이 죽음에 달과 날짜가 모두 틀리지 않았다. 魏나라 管輅가 天文과 地理를 잘하였는데 지금 韋見素의 말한 바가 이와 같으니, 그 총명함이 관로보다 뛰어나다.

16) 역주] 聰明過管輅 尺牘倒陳遵 : 管輅는 三國時代의 유명한 易術家이며 陳遵은 後漢의 文士로 특히 簡札을 잘하였다.

17) 역주] 池中物 : 蛟龍을 가리킨 것으로 교룡이 구름과 비를 얻으면 못속에 숨어있지 않고 昇天하듯 끝내 朝廷에 올라 顯達할 것임을 말한 것이다.

18) 역주] 席上珍 : 座上의 훌륭한 사람임을 말한 것이다.

19) 역주] 廟堂 : 조정을 가리킨다.

20) 長卿多病久 : 司馬相如의 字長卿이니 常有消渴病이라

句馬相如의 자는 長卿인데, 항상 소갈병이 있었다.

21) 子夏索居頻 : 家語에 離群索居라하니라

《家語》에 "무리를 떠나 외로이 거한다." 하였다.

22) 역주] 子夏索居頻 : 臺本에는 '貧'자로 되어 있는 것을 '頻'자로 바로잡았다.

23) 역주] 巫咸不可問 鄒魯莫容身 : 巫咸은 옛날에 인간의 길흉화복을 잘 안 무당으로 이름이 咸이라 하며, 鄒나라는 孟子의 출생지이고 魯나라는 孔子의 출생지인 바, 무당에게도 길흉화복을 물어 점칠 수 없고 공자나 맹자처럼 몸을 용납할 곳이 없음을 말한 것이다.

【賞析】 이 시는 天寶 13년(754) 가을에 左相 韋見素에게 올린 시로 《杜少陵集》 3권에 실려 있다. 위현소가 처음 재상이 된 것은 천보 13년 가을이고 좌상이 된 것은 至德 2년(757)이다 그런데 이 시에서 '四十春'이라 하였고, 또 끊임없는 전란을 걱정하는 말로 추측해볼 때 '左相'이란 두 글자는 追記한 것인 듯하다. 시의 내용은 上古時代를 찬미하고 위좌상을 칭송하는데 많은 부분을 할애하였으며, 마지막 구에서는 두보 자신의 곤궁함을 서술하고 위좌상이 자신의 불우함을 알아 추천해 줄 것을 간절히 기대하였다. 그러나 천보 14년에 안록산의 난이 일어났으니, 그의

소망은 부질없는 것이 되었으리라.

金錫冑〈1634(인조 12)－1684(숙종 10)〉의《息庵遺稿》7권에 蘇軾의 이 시를 次韻하여 仇十洲가 그린 獨樂園障子에 쓴 시가 실려 있다.

## 寄李白　李白에게 부치다

杜 甫

白坐繫潯陽獄이러니 宋若思釋囚하고 辟爲參謀하다 乾元元年에 長流夜郎하니 子美寄此詩[1)]하니라

李白이 죄에 연좌되어 潯陽의 옥에 갇혔었는데, 宋若思가 갇힌 것을 풀어주고 불러서 참모를 삼았다. 乾元 元年(758)에 야랑으로 멀리 유배가니, 杜子美가 이 詩를 부쳤다.

| | |
|---|---|
| 昔年有狂客하니 | 옛날에 狂客 있었으니 |
| 號爾謫仙人[2)]이라 | 그를 불러 謫仙人이라 하였지. |
| 筆落驚風雨요 | 붓을 들어 글씨 쓰면 비바람 놀라게 하고 |
| 詩成泣鬼神이라 | 詩가 이루어지면 귀신들 곡하게 하였네. |
| 聲名從此大하니 | 명성이 이로부터 커지니 |
| 汩沒一朝伸이라 | 汩沒하던 몸 하루 아침에 펴졌다오. |
| 文彩承殊渥하니 | 아름다운 文章 특별한 총애 받으니 |
| 流傳必絶倫이라 | 세상에 流傳함 반드시 크게 뛰어나리라. |
| 龍舟移棹晩[3)]이요 | 天子의 龍舟 노를 저음이 더뎠고 |
| 獸錦奪袍新[4)5)]이라 | 짐승 무늬의 비단 도포 새로 하사받았네. |
| 白日來深殿하니 | 白日에 깊은 궁전으로 오니 |
| 靑雲滿後塵이라 | 靑雲의 선비들 뒤따라 오느라 먼지 가득하였네. |
| 乞歸優詔許[6)]하니 | 草野로 돌아가기 원하자 우대하는 詔勅으로 허락하니 |
| 遇我宿心親이라 | 나를 만나 옛마음으로 친하게 대하네. |
| 未負幽棲志하고 | 숨어 살려는 뜻 저버리지 않고 |
| 兼全寵辱身이라 | 총애받고 욕된 몸 겸하여 온전히 하누나. |
| 劇談憐野逸이요 | 재미있게 이야기하니 天眞하고 放逸함 사랑하고 |
| 嗜酒見天眞이라 | 술 좋아하니 天性의 참됨 볼 수 있네. |

| | |
|---|---|
| 醉舞梁園夜[7]하고 | 취해서는 梁園의 밤잔치에 춤 추고 |
| 行歌泗水春[8]이라 | 泗水의 봄경치 구경다니며 노래하였다오. |
| 才高心不展이요 | 재주 높으나 마음 펴지 못하고 |
| 道屈善無隣이라 | 道가 굽히니 착하여도 이웃 없네. |
| 處士禰衡俊[9]이요 | 處士인 禰衡(예형)처럼 준걸스럽고 |
| 諸生原憲貧[10]이라 | 諸生 중에 原憲처럼 가난하다오. |
| 稻粱求未足이어든 | 벼와 조 구하는 것도 풍족하지 못한데 |
| 薏苡謗[11]何頻고 | 薏苡의 비방은 어찌 잦은가. |
| 五嶺炎蒸地에 | 五嶺의 무더운 고장에 |
| 三危放逐臣[12]이라 | 三危로 추방된 신하라오. |
| 幾年遭鵩鳥[13]오 | 몇 년이나 鵩鳥(복조) 만났는가 |
| 獨泣向麒麟[14]이라 | 홀로 麒麟을 향해 울고 있네. |
| 蘇武先還漢하고 | 蘇武가 漢나라로 돌아온 것보다 이르고 |
| 黃公[15]豈事秦가 | 夏黃公이 어찌 秦나라 섬기겠는가. |
| 楚筵辭醴日[16]이요 | 楚나라 잔치에 단술이 없다고 하직하던 날이요 |
| 梁獄上書辰[17]이라 | 梁나라 獄에서 글 올릴 때라오. |
| 已用當時法하니 | 이미 당시의 법 적용하였으니 |
| 誰將此義陳고 | 누가 이 의리 가지고 말해 주겠는가. |
| 老吟秋月下하고 | 나는 늙어 가을달 아래에서 읊고 |
| 病起暮江濱이라 | 병든 몸 저문 강가에서 일어나네. |
| 莫怪恩波隔하라 | 皇帝의 은혜 물결이 막힘 괴이하게 여기지 마오 |
| 乘槎與問津[18]이라 | 뗏목 타고 그대와 나루터 물어 하늘에 오르리라. |

1) 역주] 白坐繫潯陽獄……子美寄此詩 : 이에 대하여 李德弘의 《艮齋集》 續集 4권에는 다음과 같은 내용이 있다.

"《唐書》 〈李白傳〉을 살펴보면 '安祿山의 반란에 이백은 匡廬 사이에 전전하였는데 永王 璘이 불러서 幕府의 보좌로 삼았다. 璘이 제멋대로 군사를 일으키자 이백은 도망하여 彭澤으로 돌아갔는데, 璘은 패배하여 죽임을 당하였고 이백도 이에 연좌되었으나 郭子儀의 도움으로 죽음을 면하였다. 이백이 황제의 명령으로 夜郞에 유배가던 도중에 마침 사면을 받아 潯陽으로 돌아가다가 일에 연좌되어 심양에서 하옥되었다. 이때 宋若思가 군사 3천 명을 거느리고 河南으로 가던 중 潯陽을 지나다가 이백을 풀어주고 불러서 참모로 삼았다. 그러나 이백은 얼마 안있어 사임하고 떠나 當塗의 令인 李陽冰에게 의지하였다. 代宗이 左拾遺로 불렀으나 이때 이백은 죽었다.' 하였다.

본전에 기록된 전말이 이와 같으니, 연좌되어 심양의 옥에 갇힌 것은 야랑으로 유배갔다가 사면을 받고 심양으로 돌아온 뒤의 일이다. 만약 이 시가 야랑으로 부친 것이라면 註에 옥에 갇힌 일을 인용할 수 없고, 만약 시의 내용 중에 '梁獄'이 심양의 옥을 가리킨 것이라면 이 시는 야랑으로 부친 것이 아님이 분명하다. 그러하니 本註는 잘못인 듯하다."

2) 昔年有狂客 號爾謫仙人：賀知章이 自號四明狂客하고 呼白爲謫仙人하니라

賀知章이 스스로 四明狂客이라 호하고는 李白을 이름하여 謫仙人이라고 하였다.

3) 龍舟移棹晩：玄宗이 泛舟蓮池하고 召太白이러니 被酒어늘 命高力士하여 扶登舟하니라

玄宗이 연못에 배를 띄우고는 李太白을 불렀는데, 이백이 술에 취하자 高力士에게 명하여 부축하여 배에 오르게 하였다.

4) 獸錦奪袍新：白作樂章에 帝賜錦袍하니라

李白이 樂章을 짓자 황제가 비단 도포를 하사하였다.

5) 역주] 獸錦奪袍新：李德弘은 "獸錦은 수놓은 비단이니, 禽獸를 수놓은 비단이다. 이 비단으로 만든 宮袍를 이백에게 하사하였으므로 이렇게 말한 것이다." 하였다. 金隆의 《勿巖集》 4권에 "獸錦은 禽獸를 수놓은 비단이니, '수놓은 비단으로 만든 도포를 하사받아 새롭다'는 뜻이다." 하였다.

6) 乞歸優詔許：白爲高力士所譖하여 懇求還山한대 帝賜金放還하니라

李白이 高力士에게 모함을 당하여 산으로 돌아갈 것을 간곡히 청하자, 황제는 금을 하사하고 풀어 보내주었다.

7) 醉舞梁園夜：梁園은 在汴하니 漢梁孝王所築이라

양원은 汴京에 있으니, 漢나라 梁孝王이 건축한 것이다.

8) 行歌泗水春：泗水는 在魯地하니 太白이 嘗遊梁魯間이라

泗水는 魯나라 땅에 있는 바, 李太白이 일찍이 梁땅과 魯땅 사이에 놀았었다.

9) 處士禰衡俊：禰衡은 字正平이니 爲平原處士라

禰衡(예형)은 자가 정평이니, 평원의 처사였다.

10) 原憲貧：孔門弟에 原憲至貧하니 二事는 比白之有才而無祿也라

孔門의 제자 중에 原憲이 지극히 가난하였으니, 이 두 가지 일은 李白이 재주가 있으면서 녹봉이 없음을 비유한 것이다.

11) 薏苡謗：馬援이 征交趾하고 載薏苡還한대 人謗之하여 以爲明珠라하니 喩白之遇讒

也라

마원이 交趾를 정벌하고는 율무를 싣고 돌아오자 사람들이 비방하여 명주라고 하였으니, 李白이 모함을 만났음을 비유한 것이다.

12) 五嶺炎蒸地 三危放逐臣 : 大庾, 始安, 臨賀, 桂陽, 揭陽이 是爲五嶺이라 白이 長流夜郎하니 五嶺三危與夜郎接境이라

大庾·始安·臨賀·桂陽·揭陽을 五嶺이라 한다. 李白이 야랑으로 멀리 유배가니, 오령과 삼위는 바로 야랑과 접경지역이다.

13) 鵩鳥 : 賈誼爲長沙王傅하여 不得志러니 有鵩鳥集于舍하니라

賈誼가 長沙王의 太傅가 되어 뜻을 얻지 못하였는데, 수리 부엉이가 집에 앉아있었다.

14) 獨泣向麒麟 : 孔子見麟而泣曰 出非其時하니 吾道窮矣라하니라

孔子가 기린을 보고 울면서 말씀하기를 "좋은 때가 아닌데 나왔으니, 우리 道가 궁해질 것이다." 하였다.

15) 黃公 : 商山 四皓 중의 한 사람인 夏黃公으로, 이들은 秦나라 말기 어지러운 세상을 피하여 商山에 들어가 은둔하였다.

16) 楚筵辭醴日 : 言白在永王璘은 如(申公)〔穆生〕見楚王不設醴則辭去라

李白이 永王 璘의 처소에 있음은 穆生이 楚王이 단술을 베풀지 않는 것을 보고는 하직하고 떠나간 것과 같음을 말한 것이다.

17) 梁獄上書辰 : 漢나라 때 鄒陽이 옥중에서 上書한 故事를 들어 李白이 자신의 억울함을 밝혔음을 말한 것이다. 鄒陽은 齊지방 사람으로 吳王 濞를 섬겼는데, 오왕이 반란을 획책하자 梁孝王을 섬기기 위해 梁나라에 갔으나 모함을 받고 감옥에 갇혔다. 이에 그는 옥중에서 글을 올려 풀려날 수 있었다.

18) 莫怪恩波隔 乘槎與問津 : 言白之才器 當蒙上知而恩波頓隔하니 子美欲乘槎而問之天也라

李白의 재주와 器局이 마땅히 임금의 인정을 받을 만한데도 은혜가 전혀 막혔으므로 杜子美가 뗏목을 타고 가서 하늘에 묻고자 한 것이다.

【賞析】 이 시는 《杜少陵集》 8권에 실려 있으며, 제목이 〈寄李十二白二十韻〉으로 되어 있는 바, 永王 璘의 죄에 연루되어 유배가는 李白에게 부친 시이다. 영왕 인은 玄宗의 第16子이다. 천보 14년(755) 안록산의 난이 일어나 현종이 蜀으로 행차할 때에 영왕 인을 江陵郡大都督으로 임명하였다. 영왕은 江陵에 이르러 江淮의 租賦를 거두어 將士 수만 명을 소집한 다음 舟師를 이끌고 東下하여 廣陵에 이르렀는데, 吳郡採訪使 李希言 등이 자신을 존중하지 않는 것에 격분하였으며, 또 肅宗의 명을 받들지 않고 丹徒의 太守 閻敬之를 죽였다. 이때 이백은 영왕의 막하에 있었

는 바, 협박에 못이겨 어쩔 수 없었다고는 하나 그 形迹을 면할 수 없었다. 이 때문에 영왕이 실패하자 이에 연좌되어 멀리 夜郞으로 유배가게 되었다. 그러나 야랑으로 가던 도중 赦命을 받아 乾元 2년(759) 3월에는 이미 瞿塘峽을 내려갔다. 이 시는 아마도 건원 2년 가을 작자가 秦州에 있으면서 이백이 恩賜를 받은 것을 알기 전에 지은 것으로 보인다. 시의 대부분을 이백을 변호하는데 할애하였다.

蔡彭胤〈1669(현종 10)－1731(영조 7)〉의 《希菴集》 11권에 이 시에 차운하여 花山 李伯起에게 부친 시가 실려 있다.

## 投贈哥舒開府*二十韻　　哥舒翰 開府에게 올린 二十韻의 詩

杜 甫

哥舒는 虜姓이요 名翰이라 王忠嗣表爲牙將이러니 天寶中에 爲河西隴右節度使하여 封西平郡王하다 廢在家라가 起爲兵馬副元帥러니 明年에 敗于潼關하여 降祿山하니라

哥舒는 오랑캐의 성이요 이름이 翰이다. 王忠嗣가 추천하여 牙將을 삼았는데, 天寶年間에 하서농우절도사가 되어 西平郡王에 봉해졌다. 폐출되어 집에 있다가 일어나 병마부원수가 되었는데, 이듬해에 潼關에서 패하여 安祿山에게 항복하였다.

＊ 開府 : 官府를 여는 것으로 漢나라 때에는 三公만이 관부를 열 수 있었으나 한나라 말에는 장수도 관부를 낼 수 있었는 바, 여기서는 장수를 칭한 것이다.

| | |
|---|---|
| 今代麒麟閣[1)]에 | 지금 시대의 功臣 그린 麒麟閣에 |
| 何人第一功고 | 어느 사람이 제일 가는 功 세웠는가. |
| 君王自神武하니 | 君王은 절로 神武하시니 |
| 駕馭必英雄이라 | 부리시는 사람들 반드시 英雄이라오. |
| 開府當朝傑이니 | 開府는 지금 조정의 영걸이니 |
| 論兵邁古風이라 | 兵事를 논함에 옛사람의 風度 뛰어 넘네. |
| 先鋒百勝在요 | 선봉으로 나가 백 번 싸워 승리하니 |
| 略地兩隅空[2)]이라 | 땅을 攻略하여 서북쪽 양 귀퉁이 비었네. |
| 靑海無傳箭[3)]이요 | 靑海 지방에는 화살을 전하여 신호함 없고 |
| 天山[4)]早掛弓이라 | 天山에는 일찍 활 걸어놓았다오. |
| 廉頗仍走敵하고 | 廉頗처럼 그대로 적을 패주시키고 |
| 魏絳已和戎[5)]이라 | 魏絳처럼 이미 오랑캐를 강화시켰네. |
| 每惜河湟[6)]棄하여 | 매양 河湟 지방이 버려짐 애석해 하여 |

| | |
|---|---|
| 新兼節制通[7)]이라 | 새로 節制를 겸하여 길 통하게 하였네. |
| 智謀垂睿想하니 | 지혜로운 계책은 天子의 생각 드리우게 하니 |
| 出入冠諸公이라 | 출입함에 諸公들 중 으뜸이라오 |
| 日月低秦樹요 | 功을 논하면 해와 달도 낮게 長安의 나무에 걸리고 |
| 乾坤繞漢宮[8)9)]이라 | 乾坤도 겨우 漢나라 궁궐을 에워쌀 뿐이라오. |
| 胡人愁逐北하고 | 오랑캐들은 쫓겨 敗走함 걱정하고 |
| 宛馬又從東[10)]이라 | 宛땅의 말 또 동쪽으로 朝貢 오네. |
| 受命邊沙遠터니 | 명령 받고 변방 사막으로 멀리 가더니 |
| 歸來御席同이라 | 돌아와서는 皇帝와 자리를 함께 하였네. |
| 軒墀曾寵鶴[11)]이요 | 일찍이 軒墀에서 鶴처럼 총애 받고 |
| 畋獵舊非熊[12)]이라 | 그 옛날 사냥나가 곰이 아닌 太公望 얻은 것 같다오. |
| 茅土加名數[13)]하고 | 띠풀과 흙 받아 名數 더하고 |
| 山河誓始終[14)]이라 | 山河와 始終을 함께 할 것 맹세하네. |
| 策行遺戰伐하니 | 계책이 행해져 戰伐 버리니 |
| 契合動昭融[15)]이라 | 마음이 합해 군주의 마음 감동시킨다오. |
| 勳業青冥上이요 | 功業은 푸른 하늘 위에 높이 솟고 |
| 交親氣槪中이라 | 사귀는 情은 氣槪있는 名士들이라오. |
| 未爲珠履客[16)]하고 | 구슬신을 신은 손님 되지 못하고 |
| 已見白頭翁이라 | 이미 白頭의 늙은이 되었구나. |
| 壯節初題柱[17)]러니 | 장한 뜻 처음에는 기둥에 글 썼었는데 |
| 生涯似轉蓬[18)]이라 | 生涯가 굴러다니는 쑥대처럼 정처 없네. |
| 幾年春草歇고 | 몇 년이나 봄풀이 시들었나 |
| 今日暮途窮이라 | 오늘은 해 저문데 갈 곳 없는 신세 되었다오. |
| 軍事留孫楚[19)]요 | 軍事에 孫楚 머물게 하고 |
| 行間識呂蒙[20)]이라 | 隊伍 사이에서 呂蒙 알아보았지. |
| 防身一長劍으로 | 몸을 막을 한 자루 長劍으로 |
| 將欲倚崆峒[21)]이라 | 장차 崆峒山에 의탁하고 싶다오. |

1) 역주] 麒麟閣 : 前漢의 宣帝가 中興功臣 11명의 畫像을 그려 모신 누각으로 후대에는 모든 功臣閣을 지칭하는 말로 쓰인다.

2) 隅空：翰이 北征突厥하고 西伐吐蕃하여 攻取其地라 故云兩隅空이라

哥舒翰이 북쪽으로 突厥을 정벌하고 서쪽으로 吐藩을 정벌하여 이들 지역을 공략하여 점령하였으므로 양 귀퉁이가 비었다고 한 것이다.

3) 靑海無傳箭：翰이 築城靑海하니 吐蕃이 不敢近하니라

哥舒翰이 靑海에 城을 쌓으니, 吐蕃이 감히 근접하지 못하였다.

4) 역주] 天山：일명 祈連山으로 靈山·白山이라고도 칭하는 바, 지금의 新疆省에 있으며 古代 匈奴와 西域의 여러 나라가 있던 곳이다.

5) 역주] 廉頗仍走敵 魏絳已和戎：廉頗는 戰國時代 趙나라의 명장으로 秦·魏 등과 싸워 여러 차례 적을 물리쳤으며 魏絳은 春秋時代 晉나라 사람으로 新軍의 장수가 되어 많은 전공을 세우고 군주인 悼公에게 戎族과 화친할 것을 청하여 이들을 복속시켰는 바, 哥舒翰의 공로가 이들과 같음을 말한 것이다.

6) 역주] 河湟：황하 유역인 河曲으로 吐藩들이 침입하여 머물던 곳이다.

7) 역주] 新兼節制通：李德弘의 《艮齋集》續集 4권에 "이미 이 직책을 겸하였다면 마땅히 이 職事를 총괄하여 다스릴 뿐이다." 하였다.

8) 日月低秦樹 乾坤繞漢宮：此는 言收復之功也라 所謂日月所臨이 特低秦樹하고 乾坤所包 獨繞漢宮이라

이는 수복한 공을 말한 것이다. 이른바 '해와 달의 임하는 바가 다만 秦나라 나무처럼 낮고 乾坤의 싸는 바가 홀로 漢나라 궁궐을 감돌 뿐'이라는 것이다.

9) 역주] 日月低秦樹 乾坤繞漢宮：李德弘은 "이는 哥舒翰의 功을 극언한 것이니, 해와 달로 하여금 장안의 나무보다 낮게 만들 수 있고 건곤으로 하여금 한나라 궁궐을 에워싸도록 만들 수 있다는 뜻이다. 低字는 親媚의 뜻이 있고 繞字는 옹호의 뜻이 있다." 하였고, 金隆의 《勿巖集》에도 이와 같은 내용이 보인다.

10) 宛馬又從東：大宛은 西域國名이니 出良馬라 翰之威武에 胡人이 愁其攻逐而敗北하여 宛馬復來朝貢也라

大宛은 서역의 나라 이름이니, 좋은 말이 나온다. 哥舒翰의 威武에 오랑캐들이 공격과 추격을 당하여 패배할까 근심하여 대완국의 말을 다시 가지고 와서 조공한 것이다.

11) 軒墀曾寵鶴：左傳에 衛懿公好鶴하여 鶴有乘軒者라

《左傳》에 "衛나라 懿公이 鶴을 좋아하여 학으로서 軺軒을 탄 자가 있었다." 하였다.

12) 역주] 畋獵舊非熊：옛날 周나라 文王이 사냥을 나가자, 太卜官이 점을 쳐보고 말하기를 "오늘에 얻을 것은 큰 곰도 아니요 범도 아니요 覇王이 되도록 도울 인물입니다." 하였는데, 마침내 渭水 가에서 낚시질하는 姜太公을 만났는 바, 哥舒翰을 강태공에 비유하여 말한 것이다.

13) 역주] 茅土加名數 : 옛날 天子가 諸侯를 봉할 때에 方位의 색깔에 따라 흙을 나누어 주되 이것을 황토로 덮고 흰 띠풀로 싸서 주었는 바, 방위의 색깔이란 東은 青色, 西는 白色, 南은 赤色, 北은 黑色을 이르고 名數는 백성의 숫자로 三千戶를 봉해주는 따위를 이른다. 여기서는 哥舒翰이 西平郡王에 進封됨을 말한 것이다.

14) 山河誓始終 : 漢高祖即位하고 封功臣할새 爲之誓曰 使黃河如帶하고 太山若礪토록 國以永存하여 爰及苗裔라하니라

漢 高祖가 즉위하고는 功臣을 봉할 적에 맹세하기를 "黃河가 말라 띠처럼 되고 太山이 닳아 숫돌처럼 되도록 나라가 길이 보존되어 후손들에게 미칠 것이다." 하였다.

15) 역주] 策行遺戰伐 契合動昭融 : 昭融은 매우 밝은 것으로 聖明한 군주를 지칭한다. 李德弘은 "군대를 출동할 때에 책략이 이미 행해지면 戰伐할 필요가 없다. 그러므로 전벌을 버린다고 말한 것이다. 군신간에 마음이 이미 합하였으므로 모든 조처가 언제나 임금과 합치되어 서로 어긋나서 받아들이기 어려운 근심이 없는 것이다." 하였다. 金隆의 《勿巖集》에도 이와 같은 내용이 보인다.

16) 역주] 未爲珠履客 : 珠履客은 신발을 진주로 꾸민 上客으로, 전국시대 楚나라의 春申君은 문객이 3천 여명이었는데, 그중에 최상의 대우를 받는 문객들은 모두 진주로 신발을 꾸몄다 한다. 여기서는 杜甫가 哥舒翰의 문객이 되지 못함을 말한 것이다.

17) 壯節初題柱 : 司馬相如初過成都昇仙橋할새 題其柱曰 不乘駟馬車면 不復過此橋라하니라

司馬相如가 처음 成都의 昇仙橋를 지나면서 다리의 기둥에 쓰기를 "駟馬의 수레를 타지 않으면 내 다시는 이 다리를 지나지 않겠다." 하였다.

18) 역주] 生涯似轉蓬 : 정처없이 떠돌아 다니는 자신을 바람에 이리저리 구르는 쑥대에 비유한 것이다.

19) 軍事留孫楚 : 晉孫楚는 字子荊이니 才藻卓絶이러니 年四十餘에 始參鎭東軍事하니라

晉나라 孫楚는 자가 子荊인데 재주와 照鑑이 뛰어났었는 바, 나이 40이 넘어서야 비로소 鎭東軍事에 참여되었다.

20) 行間識呂蒙 : 吳志에 呂蒙은 字子明이니 年十六에 拔刀殺吏於行伍中이러니 見知於孫策하여 策用之하니라

《吳志》에 "呂蒙은 자가 子明이니, 나이 16세에 칼을 뽑아 行伍 사이에서 관리를 죽이고는 孫策에게 인정을 받아 등용되었다." 하였다.

21) 將欲倚崆峒 : 崆峒山은 在西하니 正當吐蕃所入之道라 子美謂將欲倚劍崆峒하여 從翰守節鎭也라

崆峒山은 서쪽에 있으니, 바로 吐蕃이 침입하는 길이다. 杜子美가 이르기를 "장차

칼을 잡고 공동산에 가서 哥舒翰을 따라 節度의 鎭을 지키고자 한다."고 하였다.

**【賞析】** 이 시는 開府儀同三司 河西節度使 哥舒翰에게 올린 시로, 天寶 13년(754) 長安에서 지었으며 《杜少陵集》 3권에 실려 있다. 哥舒翰은 突厥 출신의 장군으로 재물을 가벼이 여기고 俠氣가 있는 인물이었으나, 안록산의 난에 적에게 항복하여 적중에서 죽었다. 이 시는 안록산의 난이 일어나기 전에 두보가 장안에 있을 때에 가서한에게 의탁하고자 하여 올린 것으로 보인다.

## 贈韋左丞　　韋左丞에게 올리다

杜　甫

左丞의 姓은 韋요 名은 濟라

左丞의 성은 韋요 이름은 濟이다.

| | |
|---|---|
| 紈袴不餓死나 | 비단 바지 입은 貴族들 굶어죽지 않으나 |
| 儒冠多誤身이라 | 儒冠을 쓴 자들 몸을 그르치는 이 많다오. |
| 丈人[1]試靜聽하라 | 丈人은 한번 고요히 들어보시오 |
| 賤子請具陳이라 | 천한 이 몸이 자세히 말씀드리겠습니다. |
| 甫昔少年日에 | 저는 옛날 소년시절에 |
| 早充觀國賓[2]이라 | 일찍이 都城의 文物 구경하는 손님에 충원되었습니다. |
| 讀書破萬卷하고 | 책은 만 권을 讀破하였고 |
| 下筆如有神이라 | 붓을 들어 글씨 쓰면 神明이 돕는 듯하였습니다. |
| 賦料揚雄敵[3]이요 | 賦는 揚雄에게 필적할 만하고 |
| 詩看子建親[4]이라 | 詩는 子建에 견주어 가까웠습니다. |
| 李邕求識面하고 | 李邕은 얼굴을 알기 바라고 |
| 王翰願卜隣[5]이라 | 王翰은 이웃에 함께 살기 원하였지요. |
| 自謂頗挺出하여 | 스스로 생각하기를 자못 빼어나서 |
| 立登要路津이라 | 당장 중요한 벼슬길과 나루에 오르리라 여겼습니다. |
| 致君堯舜上하여 | 군주를 堯舜보다 훌륭한 군주로 만들어 |
| 再使風俗淳이라 | 다시 풍속을 순박하게 하려 하였습니다. |
| 此意竟蕭條나 | 이러한 뜻 끝내 쓸쓸하게 되었으나 |
| 行歌非隱淪이라 | 다니며 노래함 은둔하려는 것 아닙니다. |

| | |
|---|---|
| 騎驢三十載에 | 나귀 타고 다닌 지 삼십 년에 |
| 旅食京華春이라 | 서울의 봄에 나그네로 밥 얻어 먹었습니다. |
| 朝扣富兒門이요 | 아침에는 부잣집 문 두드리고 |
| 暮隨肥馬塵이라 | 저녁이면 살찐 말 뒤 따라다녔는데 |
| 殘盃與冷炙를 | 남은 술잔과 식은 불고기에 |
| 到處潛悲辛이라 | 이르는 곳마다 남몰래 슬퍼하고 괴로워했습니다. |
| 主上頃見徵하니 | 主上께서 지난번 불러주시니 |
| 欻然欲求伸이라 | 문득 뜻을 펴고자 하였습니다. |
| 青冥却垂翅요 | 푸른 하늘로 날려 하였으나 다시 날개 접고 |
| 蹭蹬無縱鱗[6]이라 | 세력 잃어 갈 곳 없는 물고기처럼 되었습니다. |
| 甚愧丈人厚요 | 丈人의 厚意에 매우 부끄럽고 |
| 甚知丈人眞이라 | 丈人의 진실한 사랑 참으로 알고 있습니다. |
| 每於百寮上에 | 언제나 여러 관료들 위에서 |
| 猥誦佳句新이라 | 제가 새로 지운 詩 외람되이 외시곤 하였습니다. |
| 竊效貢公喜[7]요 | 적이 貢公의 기쁨 본받으려 하고 |
| 難甘原憲貧[8]이라 | 原憲의 가난 달게 여기기 어렵습니다. |
| 焉能心怏怏고 | 어찌 마음속에 불평하겠습니까 |
| 秖是走踆踆이라 | 다만 달리기를 분주히 할 뿐입니다. |
| 今欲東入海하여 | 이제 동쪽으로 바다에 들어가고자 하여 |
| 卽將西去秦이나 | 곧 장차 서쪽 長安을 떠나려 하옵니다. |
| 尙憐終南山하여 | 그러나 아직도 終南山 사랑하여 |
| 回首淸渭濱이라 | 머리 돌려 맑은 渭水가 바라봅니다. |
| 常擬報一飯커든 | 항상 한 끼 밥의 은혜도 갚으려 하였는데 |
| 況懷辭大臣[9]가 | 하물며 대신을 하직하려 생각함이겠습니까. |
| 白鷗波浩蕩이면 | 白鷗가 너른 물결에 출몰한다면 |
| 萬里誰能馴[10]고 | 萬里 멀리 있는 자 누가 길들이겠습니까. |

1) 역주〕丈人 : 어르신이란 뜻으로 저자가 左丞인 韋濟를 가리킨 것이다.

2) 역주〕觀國賓 : 《周易》〈觀卦〉六四爻의 "觀國之光 利用賓于王"을 인용한 것으로 벼슬길에 올라 國士로 충원됨을 이르는데, 후대에는 司馬試에 합격하여 成均館에

들어감을 말하기도 한다.

3) 賦料揚雄敵 : 揚雄은 字子雲이니 嘗好詞賦하여 每擬相如하니라

揚雄은 자가 子雲이니, 일찍이 詞賦를 좋아하여 언제나 司馬相如에게 비기곤 하였다.

4) 詩看子建親 : 曹植은 字子建이니 善屬文하여 詩出國風하여 卓爾不群하니라

曹植은 자가 子建이니, 글짓기를 잘하여 詩가 國風에서 나와 우뚝하여 범상치 않았다.

5) 역주] 李邕求識面 王翰願卜隣 : 本集의 註에는 "李邕이 文才가 있으므로 後進들이 그를 사모하여 그의 얼굴을 알려고 하였다." 하였으나 이는 誤註로 보이며, 李邕과 王翰은 모두 당시의 인물로 이들이 杜甫와 사귀기를 원하고, 또 한 마을에서 함께 살기를 원한 것으로 봄이 옳을 듯하다.

6) 역주] 蹭蹬無縱鱗 : 李德弘의 《艮齋集》 續集 4권에 "王褒가 이르기를 '큰 물고기를 큰 강골짜기에 풀어놓는다.'라고 하였으니, 君臣이 道를 크게 행하는 것은 물고기가 큰 물을 만난 것과 같다. 그런데 지금 杜甫는 때를 만나지 못하였으므로 '蹭蹬無縱鱗'이라고 말한 것이다." 하였다.

7) 역주] 竊效貢公喜 : 貢公은 前漢 元帝 때의 貢禹를 가리킨다. 字가 少翁인데 王吉과 매우 친하여 왕길이 등용되면 갓을 털어 쓰고 밖에 나가 기뻐하였다. 왕길은 字가 子陽이므로 王陽이라고도 쓴다.

8) 역주] 原憲貧 : 原憲은 孔子의 제자로 字는 子思인데 집안이 몹시 가난하였으나 지조를 지키며 태연히 살아갔다.

9) 常擬報一飯 況懷辭大臣 : 況大臣相知는 不獨一飯이니 其去別之懷抱爲何如리오

하물며 대신이 서로 알아줌은 한 끼 밥의 은혜일 뿐만이 아니니, 작별하는 회포가 어떠하겠는가.

10) 역주] 白鷗波浩蕩 萬里誰能馴 : 자신이 한번 세상에 은둔하여 멀리 江湖에서 白鷗들과 함께 노닐게 된다면 다시는 되돌아 오지 않아 비록 韋濟라도 만나볼 수 없음을 말한 것이다.

【賞析】 이 시는 尙書左丞 韋濟에게 올린 시로 《杜少陵集》 1권에는 제목이 〈奉贈韋左丞丈二十二韻〉으로 되어 있는데, 丈은 丈人의 略稱이다. 이 시는 天寶 7년(748) 겨울 장안에서 지은 것으로 위좌승에게 자신을 등용해 주기를 청하고, 만약 여의치 않을 때에는 장차 장안을 떠나 東海로 가려 한다는 내용이다. 두보의 長篇은 對句에 약한 단점이 있으나 오직 이 시만은 전형적으로 布置하여 장편의 正體를 가장 잘 보여주므로 先儒들이 壓卷으로 여겼다고 한다. 자신의 재능과 포부를 밝히며 알아주기를 바라는 詩聖의 고달픈 처지가 서글프게 느껴진다.

## 醉贈張秘書　취하여 장비서에게 올리다

韓 愈

| | |
|---|---|
| 人皆勸我酒나 | 사람들 모두 나에게 술 권하였으나 |
| 我若耳不聞이라 | 나는 귀로 듣지 못한 체하였는데 |
| 今日到君家하여 | 오늘 그대의 집에 이르러 |
| 呼酒持勸君이라 | 술 가져오라 하여 그대에게 권하네. |
| 爲此座上客과 | 이는 座上의 손님들과 |
| 及余各能文이라 | 내가 각기 글 지을 수 있기 때문이라오. |
| 君詩多態度하여 | 그대의 詩는 태도가 많아 |
| 藹藹春空雲이라 | 자욱한 봄하늘의 구름과 같네. |
| 東野[1]動驚俗하니 | 東野는 걸핏하면 세속을 놀라게 하니 |
| 天葩[2]吐奇芬이요 | 하늘의 꽃 기이한 향기 토하는 듯하고 |
| 張籍[3]學古淡하여 | 張籍은 예스럽고 담박한 詩風 배워 |
| 軒鶴避鷄群이라 | 높은 鶴이 닭의 무리 피하는 듯하여라. |
| 阿買[4]不識字나 | 阿買는 글자 모르지만 |
| 頗知書八分[5]이라 | 자못 八分을 쓸 줄 아네. |
| 詩成使之寫하니 | 詩가 이루어짐에 그로 하여금 쓰게 하니 |
| 亦足張吾軍이라 | 또한 우리의 鎭營 넓힐 수 있네. |
| 所以欲得酒는 | 술을 얻으려고 한 까닭은 |
| 爲文俟其醺이라 | 글을 지을 적에 얼큰히 취하기 기다리려 해서라오. |
| 酒味旣冷冽하고 | 술맛이 이미 차고 시원하며 |
| 酒氣又氤氳이라 | 술 기운이 또 얼큰하여라. |
| 性情漸浩浩하니 | 性情이 점점 호탕해지니 |
| 諧笑方云云이라 | 諧謔하고 웃는 소리 바야흐로 커지누나. |
| 此誠得酒意니 | 이는 진실로 술의 뜻 얻은 것이니 |
| 餘外徒繽紛이라 | 이 나머지는 한갓 잡되고 분분할 뿐이라오. |
| 長安衆富兒는 | 長安에 여러 富豪의 자제들 |
| 盤饌羅羶葷이나 | 소반에 누린내나는 고기와 마늘 늘어놓으나 |
| 不解文字飮하고 | 文字 지으며 술 마실 줄 모르고 |

惟能醉紅裙이라　　오직 붉은 치마의 여인들과 취할 뿐이니
雖得一餉樂이나　　비록 잠깐의 즐거움 얻으나
有如聚飛蚊이라　　나는 모기떼 모여 있는 것과 같다오.
今我及數子는　　지금 나와 여러 그대들은
故無蕕與薰[6]이라　　진실로 臭草와 香草 모인 것 아니네.
險語破鬼膽이요　　기이한 말은 鬼神의 肝膽 놀라게 하고
高詞媲皇墳[7]이라　　높은 文章은 三皇의 글에 짝하누나.
至寶不雕琢이요　　지극한 보배는 닦고 다듬지 않고
神功謝鋤耘[8]이라　　신묘한 공은 호미질하고 김맴 사양하네.
方今向泰平하니　　지금 태평성세 향하고 있으니
元凱承華勛[9]이라　　元凱가 華勛과 같은 군주 받들고 있네.
吾徒幸無事하니　　우리들 다행히 아무 일 없으니
庶以窮朝曛이라　　거의 이대로 아침 저녁 보내리라.

1) 역주] 東野 : 唐나라의 詩人인 孟郊의 字로 불우하였으나 뜻을 굽히지 않았다.
2) 역주] 天葩 : 李德弘의 《艮齋集》 續集 4권에 "하늘의 꽃이라는 말과 같다. 葩는 초목의 꽃이니, 天이라고 이른 것은 과장한 말이다." 하였다.
3) 역주] 張籍 : 字가 文昌으로 和州 烏江 사람인데 성질이 강직하였으며 樂府詩를 잘 하였다.
4) 阿買 : 阿는 美稱, 또는 아이란 뜻이며 買는 韓退之의 조카 이름이다.
5) 역주] 八分 : 書體의 하나로 隸書에서 파생되었다.
6) 역주] 故無蕕與薰 : 故는 固(진실로)와 통한다. 李德弘은 "故無는 본래 없다는 뜻이다." 하였고, 金隆의 《勿巖集》에는 "故無는 本無와 같다. 《孟子》의 주에 '故는 이미 그러한 자취이다.' 하였으니, 이미 그러하다는 뜻이 本字와 서로 가까우므로 이와 같이 억측한 것이다." 하였다. 薰은 향기가 나는 풀로 착한 사람을 비유하고 蕕는 악취가 나는 풀로 악한 사람을 비유하여 여기에 모인 사람들은 악한 사람은 없고 善人만 있음을 말한 것이다.
7) 역주] 皇墳 : 三墳으로 三皇의 일을 기록한 책이다. 三皇은 上古時代의 세 皇帝로 일반적으로 太昊 伏羲氏·炎帝 神農氏·黃帝 軒轅氏를 이르는 바, 모두 옛날의 훌륭한 군주이다.
8) 至寶不雕琢 神功謝鋤耘 : 以比文章之美者는 貴於自然이요 不以雕琢爲功也라
이로써 문장의 아름다움은 자연스러움을 귀하게 여기고 닦고 다듬는 것을 공으

로 여기지 않음을 비유한 것이다.

9) 역주] 元凱承華勛：元凱는 八元·八凱이고 華勛은 重華와 放勛이다. 옛날 高陽氏는 蒼舒·隤敳(퇴애)·檮戭(도인)·大臨·尨降·庭堅·仲容·叔達의 훌륭한 아들 여덟 명이 있었는데 이들을 八凱라 칭하고, 高辛氏는 伯奮·仲堪·叔獻·季仲·伯虎·仲熊·叔豹·季貍의 훌륭한 아들 여덟 명이 있었는데 이들을 八元이라 칭하였다. 重華는 거듭 빛난다는 뜻으로 舜임금을 가리키고 放勛은 공로가 크다는 뜻으로 堯임금을 가리키는 바, 훌륭한 人才들이 聖君을 보필함을 말한 것이다.

【賞析】 이 시는 《韓昌黎集》 2권에 실려 있는데, 한유가 張秘書의 초대를 받아 宴席에서 지은 것이다. 秘書는 圖書秘記를 관장하는 관직명으로 이름은 분명치 않다. 張徹이라는 견해가 있으나 이 시는 元和 초기에 지어졌는데 이때는 그가 아직 과거에 급제하지 않았으므로 맞지 않는다. 당시 이미 進士가 되었고 한때 秘書郞에 임명되었던 張署로 보는 것이 타당할 듯하다.

## 齪齪 악착스러움

韓 愈

譏一時在朝之士 皆局促齪齪之徒라 但以飢寒爲憂하여 曾不知報國憂時爲何事라

한때 조정에 있는 선비들이 모두 局量이 좁고 악착한 무리들이므로 다만 飢寒을 걱정하여 일찍이 나라에 보답하고 세상을 걱정하는 것이 어떠한 일인지 알지 못함을 비판한 것이다.

| | |
|---|---|
| 齪齪當世士는 | 악착스러운 當世의 선비들 |
| 所憂在飢寒이라 | 걱정하는 바 굶주림과 추위에 있다오. |
| 但見賤者悲요 | 다만 천한 자의 슬픔만 보고 |
| 不聞貴者歎이라 | 귀한 자의 탄식 소리 듣지 못하네. |
| 大賢事業異하여 | 大賢의 事業 이와 달라 |
| 遠抱非俗觀이라 | 원대한 포부 세속의 소견이 아니라오. |
| 報國心皎潔이요 | 나라에 보답하려는 마음 밝고 깨끗하며 |
| 念時涕汍瀾이라 | 세상을 염려하여 눈물 줄줄 흘리네. |
| 妖姬在左右하여 | 아름다운 여자들 좌우에 있으면서 |
| 柔指發哀彈이라 | 부드러운 손가락으로 슬픈 곡조 타네. |

| | |
|---|---|
| 酒肴雖日陳이나 | 술과 안주 비록 날마다 늘어놓으나 |
| 感激寧爲歡가 | 세상 걱정에 어찌 즐길 수 있겠는가. |
| 秋陰欺白日하니 | 가을 구름 太陽을 가리니 |
| 泥潦不少乾이라 | 진흙과 장마물 조금도 마르지 않네. |
| 河堤決東郡하니 | 黃河의 둑 동쪽 고을에서 터지니 |
| 老弱隨驚湍[1]이라 | 노약자들 놀란 여울 물에 휩쓸렸네. |
| 天意固有屬이나 | 하늘의 뜻은 진실로 이유 있으나 |
| 誰能詰其端고 | 누가 그 단서 묻겠는가. |
| 願辱太守薦하여 | 원컨대 太守의 천거 받아 |
| 得充諫諍官이라 | 諫諍하는 관원에 충원되었으면. |
| 排雲叫閶闔하고 | 구름 헤치고 하늘 문 앞에서 소리치며 |
| 披腹呈琅玕[2]이라 | 뱃속 열어 琅玕 같은 계책 바치고 싶어라. |
| 致君豈無術고 | 훌륭한 군주 만드는데 어찌 방법 없겠는가 |
| 自進誠獨難이라 | 스스로 나아가기 진실로 어려울 뿐이라오. |

1) 秋陰欺白日……老弱隨驚湍：淫雨河決은 皆陰盛之象이라 陰盛則陽衰니 亦陽明之賢擯棄在外也라

장마비가 내리고 黃河의 둑이 터지는 것은 모두 陰이 성한 象이다. 陰이 성하면 陽이 쇠하니, 또한 陽明한 賢者가 버림을 받아 밖에 있는 것이다.

2) 역주] 琅玕：아름다운 옥으로 자신의 뛰어난 經綸이나 의견을 가리킨 것이다.

【賞析】 이 시는 貞元 15년(799)에 지어진 것으로《韓昌黎集》2권에 실려 있는 바, 시의 첫 두 글자를 따서 제목으로 삼은 것이다. 年譜에 의하면 한유가 貞元 15년 2월 徐州에 도착하니, 張建封이 그를 符離에 살게 하였다. 가을이 되어 장차 떠나려 하자, 장건봉이 上奏하여 節度推官에 임명되었다. 符離는 서주 封城郡에 속하는데, 시에 '願辱太守薦'이라 하였으니, 태수는 곧 徐州刺史이다. 이 당시는 장건봉이 아직 上奏하기 전이므로 태수의 천거를 바랐던 것으로 보인다. '大賢事業異'로부터 '感激寧爲歡'까지의 여덟 구는 태수를 찬미한 내용으로, 이 시는 본래 천거를 받아 임용되고자 하여 지은 것이지만 자신의 가련함을 애걸하지 않고 時俗이 잘못됨은 자신과 같은 인물을 등용하지 않아서라고 주장하여 시종 당당함을 잃지 않고 있다.

## 楊康功有石狀如醉道士爲賦此詩　楊康功이 술취한 道士와 비슷한 모양의 돌을 가지고 있으므로 위하여 이 시를 짓다

蘇軾(東坡)

楚山固多猿하니　楚땅의 山엔 옛부터 원숭이 많으니
青者黠而壽라　파란 놈은 약고도 오래 산다오.
化爲狂道士하여　변하여 미친 道士 되어
山谷恣騰蹂라　산골짝을 제멋대로 뛰어다녔다네.
誤入華陽洞하여　잘못 華陽洞에 들어가
竊飮茅君酒[1]라　茅君의 술 훔쳐 마시니
君命囚巖間하니　茅君이 바위 사이에 가두어
巖石爲械杻라　바위돌 형틀이 되고 말았네.
松根絡其足하고　솔뿌리 그 발 감고
藤蔓縛其肘라　등나무 덩굴 그 팔 얽어매며
蒼苔眯其目이요　푸른 이끼는 그 눈 가리우고
叢棘哽其口라　가시덤불은 그 입 막았네.
三年化爲石하니　삼년 만에 변하여 돌이 되니
堅瘦敵瓊玖라　단단하고 깡마름 옥돌과 같다오.
無復號雲聲이요　다시는 구름 부르짖는 소리 없고
空餘舞杯手[2]라　한갓 잔 들고 춤추던 손만 남았어라.
樵夫見之笑하고　樵夫가 이것 보고는 웃으면서
抱賣易升斗라　가져다가 팔아 몇 되 몇 말의 곡식과 바꾸었네.
楊公海中仙이니　楊公은 바닷속의 神仙이니
世俗焉得友오　세속 사람들이 어찌 벗할 수 있겠는가.
海邊逢姑射[3]하니　바닷가에서 姑射(고야)의 신선 만나니
一笑微俛首라　한 번 웃으며 살며시 고개 숙였네.
胡不載之歸하고　어찌하여 그를 싣고 돌아오지 않고
用此頑且醜오　이 완악하고 추한 것 어디에다 쓰려는가.
求詩紀其異하니　詩로써 이 기이함 기록해 주기 요구하니
本末得細剖라　本末을 자세히 파헤쳤네.

| | |
|---|---|
| 吾言豈妄云가 | 내 말이 어찌 망령되겠는가 |
| 得之亡(無)是叟[4]라 | 이를 無是叟에게서 들었노라. |

1) 誤入華陽洞 竊飮茅君酒：仙經에 載句曲山은 卽三十六洞天之第八洞也라 名曰華陽洞이니 茅君之所治也라 神仙傳曰 大茅君은 名盈이요 次弟名固요 小弟名衷이라 故號爲三茅君이라하니라

《仙經》에 “句曲山은 바로 三十六洞天의 여덟 번째 골짜기이다. 華陽洞이라 이름하였는데 茅君이 다스리던 곳이다.” 하였다. 《神仙傳》에 “大茅君의 이름은 盈이고 다음 아우의 이름은 固이고 작은 아우의 이름은 衷이다. 그러므로 이름하여 三茅君이라 했다.” 하였다.

2) 無復號雲聲 空餘舞杯手：號雲은 言猿이요 舞杯는 言道士라

號雲은 원숭이를 말한 것이고 舞杯는 도사를 말한 것이다.

3) 姑射：莊子에 藐姑射之山에 有神人居焉하니 肌膚若冰雪하고 綽約若處子라하니라

《莊子》에 “藐姑射의 산에 신인이 살고 있는데 피부는 빙설과 같고 고운 자태는 처녀와 같다.” 하였다.

4) 亡(無)是叟：司馬相如作子虛賦하니 以子虛는 虛言也니 爲楚稱이요 烏有先生者는 烏有此事也니 爲齊難이라 又繼以上林賦에 稱亡是公者는 亡是人也니 欲明天子之義라 故虛藉此三人爲辭라 ○ 坡公言石乃猿化道士하여 竊仙酒而又化爲石은 皆設虛辭爲稱이라 所以結語에 得之亡是叟也라

司馬相如가 〈子虛賦〉를 지으니 子虛는 빈 말이라는 뜻으로 楚나라를 위하여 일컬은 것이요, 烏有先生은 어찌 이런 일이 있겠느냐는 뜻이니 齊나라를 위하여 힐문한 것이다. 또 뒤이어 지은 〈上林賦〉에 亡是公이라고 칭한 것은 이런 사람이 없다는 뜻이니, 天子의 뜻을 밝히고자 하였으므로 허구로 이 세 사람을 빌어 말한 것이다.

○ 東坡가 “돌은 바로 원숭이가 道士로 화하였다가 신선의 술을 훔쳐 마시고 또다시 화하여 돌이 되었다.”고 말한 것은 모두 허구로 가설한 말이다. 그러므로 結語에 ‘무시수에게 얻어 들었다’고 한 것이다.

**【賞析】** 《蘇東坡集》 4책 15권에 실려 있는 바, 楊康功이 소장하고 있는 돌의 모양이 술취한 道士와 같으므로 이 시를 지어 올린 것이다. 楊康功은 일찍이 高麗에 사신와서 海中仙이라고 자칭하였던 인물로, 누구인지는 확실치 않다. 내용이 기상천외하여 많은 先儒들의 감탄을 자아내게 한 작품으로, 《西遊記》의 원본이 되는 《大唐三藏取經詩話》 3권을 보고 지은 것이라는 설도 있다.

古文眞寶 前集 제4권

# 七言古風 短篇*

* 《唐詩訓解》에 李滄溟이 말하기를 "사람들은 모두 七言이 漢 武帝의 柏梁臺 聯句에서 비롯되었다고 말하나 歌謠 등의 작품은 옛부터 있었다. 칠언은 소리가 길고 글자를 마음대로 사용하여 문장을 짓기가 쉽다. 그러므로 氣를 쌓고 말을 고르는 것이 五言과는 약간 다르다." 하였다.

## 峨眉山月歌　　峨眉山의 달에 대한 노래

李白(太白)

峨眉山은 在西蜀嘉定府峨眉縣南하니 兩山相對하여 如峨眉요 周匝千里라 有石龕百一十二하고 大洞十二, 小洞二十八하며 南北有臺하니라

峨眉山은 西蜀 嘉定府 峨眉縣 남쪽에 있으니, 두 산이 서로 마주 대하여 峨眉(나비의 눈썹)와 같고 千里를 두루 둘러싸고 있다. 돌 龕室 112개와 큰 골짝 12개, 작은 골짝 28개가 있으며 남북에 臺가 있다.

| | |
|---|---|
| 峨眉山月半輪秋[1]에 | 峨眉山의 달 가을 하늘에 반만 보이는데 |
| 影入平羌江[2]水流라 | 그림자 平羌江에 들어가 강물과 함께 흐르누나. |
| 夜發三溪向三峽[3]하니 | 밤에 三溪 출발하여 三峽으로 향하니 |
| 思君不見下渝州[4]라 | 그대 그리워하면서도 보지 못한 채 유주로 내려가네. |

1) 峨眉山月半輪秋 : 山高而不見全月也라 今三峽之間에 非亭午及午夜면 不見日月이라
　산이 높아서 온전한 달이 보이지 않는 것이다. 지금 三峽에서는 한낮과 한밤중이 아니면 해와 달을 보지 못한다.

2) 역주] 平羌江 : 일명 平鄉江으로 지금의 四川省 雅安縣 북쪽으로부터 흘러나와 大渡河와 합류하는데, 옛날 諸葛亮이 이곳에서 羌族을 평정했다 하여 平羌이라고 칭했다 한다.

3) 三峽 : 西陵峽, 巫峽, 歸鄉峽也니 並在夔州라
삼협은 서릉협·무협·귀향협이니, 모두 기주에 있다.
4) 역주] 渝州 : 지명으로 지금의 重慶 治巴縣이다.

【賞析】 이 시는 《李太白集》 8권에 실려 있는 바, 이백이 사면을 받아 夜郞에서 돌아가는 도중에 지은 것인 듯하다. 시 중에 峨眉山의 峨眉는 蛾眉와 음이 같으므로 蛾眉의 美人을 임금에게 비유하여 읊은 것이 아닌가 한다. '思君不見'이란 구에 이러한 내용이 함축되어 있다. 이것이 이 시의 묘미로 詩의 六義 중 興에 해당한다. 또한 4句 28字 중에 峨眉山, 平羌江, 三溪, 三峽, 渝州 등 다섯 군데의 地名이 나오면서도 문장이 유려하여 絶唱이라고 평가된다.

## 山中答俗人　산중에서 俗人에게 답하다

李　白

問余何事栖碧山고　내게 묻기를 무슨 일로 靑山에 사는가
笑而不答心自閑이라　웃으며 대답하지 않으니 마음 절로 한가롭네.
桃花流水窅然去하니　복숭아꽃 흐르는 물에 아득히 흘러가니
別有天地非人間이라　別天地요 人間 세상 아니로세.

【賞析】 이 시는 《李太白集》 19권에 실려 있는 바, 제목이 〈山中問答〉으로 되어 있고 《詩林廣記》와 《唐詩歸》에는 모두 〈答山中俗人〉으로 되어 있다. 이 시는 自問自答의 형식을 취하여 자신의 뜻을 읊은 것이다.

## 山中對酌　산중에서 對酌하다

李　白

兩人對酌山花開하니　두 사람 대작하는데 산꽃 피었으니
一盃一盃復一盃라　한 잔 한 잔 다시 한 잔 드노라.
我醉欲眠君且去하여　내 취하여 자고 싶으니 그대 우선 돌아가
明朝有意抱琴來하라　내일 아침 뜻이 있거든 거문고 안고 다시 오게나.

【賞析】 이 시는 《李太白集》 23권에 실려 있는데, 제목이 〈山中與幽人對酌〉으로 되어

있다. 산중에서 幽人과 대작하여 취한 뒤에 객을 사절하는 내용으로, 이백의 진솔함을 느끼게 한다. 幽人은 隱士 등을 일컫는다.

## 春夢　　봄꿈

岑 參

| | |
|---|---|
| 洞房昨夜春風起하니 | 洞房에 어젯밤 봄바람 불어오니 |
| 遙憶美人湘江水라 | 멀리 湘江가의 美人 생각하네. |
| 枕上片時春夢中에 | 베개 위 짧은 봄꿈 속에 |
| 行盡江南數千里라 | 江南 수천리 두루 돌아다녔네. |

【賞析】 이 시는 《唐詩正音》 6권에 실려 있는 바, 봄밤에 소요하며 벗을 그리워한 나머지 꿈속에 벗이 있는 곳으로 찾아간다는 내용이다. 잠깐 동안에 강남 수천 리를 두루 돌아다녔다는 것은 참으로 현실에서는 불가능한 꿈속에서나 가능한 일일 것이다.

鄭希良〈1469(예종 1)－?〉의 《虛庵遺集》 3권에 봄의 여흥을 읊은 같은 제목의 시가 실려 있다.

## 少年行　　소년행

王 維

| | |
|---|---|
| 新豐美酒斗十千[1)]하니 | 新豐의 맛있는 술 한 말에 萬錢이니 |
| 咸陽遊俠[2)]多少年이라 | 咸陽의 遊俠들 少年이 많다오. |
| 相逢意氣爲君飮하니 | 서로 만나 意氣로 그대 위해 술 마시니 |
| 繫馬高樓垂柳邊이라 | 높은 누각 수양버들 가에 말 매어 놓았네. |

1) 역주] 新豐美酒斗十千 : 新豐은 長安 옆에 새로 만든 도시로 漢 高祖는 부친인 太上皇이 고향인 豐沛를 그리워하자, 도성인 장안 부근에 풍패의 마을 모습과 거실을 본따 시가지를 만들고 풍패사람들을 이주시킨 다음 新豐이라 이름하였는 바, 후대에 이곳에서는 좋은 술이 있어 유명하였다.

2) 역주] 咸陽遊俠 : 咸陽은 秦나라의 古都로 長安(지금의 西安)을 가리키며 遊俠은 俠氣를 간직하고 노는 사람을 이른다.

【賞析】《王右丞集》 1권에 실려 있는 바, 4수 중 첫째 수이다. 〈少年行〉은 樂府詩 제목의 하나로 豪俠의 소년이 意氣를 품고 당당하게 세상에 대처하는 것이 주된 내용인데, 唐代에는 이러한 樂府體가 성행하여 이백과 두보의 시에도 〈소년행〉 시가 보인다.

李穡〈1328(충숙왕 15)－1396(태조 5)〉의 《牧隱稿》 14권, 徐居正〈1420(세종 2)－1488(성종 19)〉의 《四佳集》 시집 3권, 許楚姬〈1563(명종 18)－1589(선조 22)〉의 《蘭雪軒集》, 申維翰〈1681(숙종 7)－?〉의 《靑泉集》 1권 등에도 이와 같은 제목의 시가 실려 있다.

## 尋隱者不遇　　隱者를 찾아갔으나 만나지 못하다

魏　野

尋眞悞入蓬萊島[1)]하니　　眞人 찾아 잘못 蓬萊島에 들어가니
香風不動松花老라　　향기로운 바람 움직이지 않고 松花만 지네.
採芝何處未歸來오　　어느 곳에서 芝草 캐고 돌아오지 않는지
白雲滿地無人掃라　　흰 구름 땅에 가득한데 쓰는 사람 없구나.

1) 역주] 蓬萊島：渤海 가운데에 있으며 神仙이 산다는 산으로 瀛洲·方丈과 함께 三神山으로 불리워진다.

【賞析】隱者를 찾아갔다가 만나지 못하여 지은 시로 본서 1권에 실려 있는 賈島의 〈訪道者不遇〉 시를 연상하게 한다.

周世鵬〈1495(연산군 1)－1554(명종 9)〉의 《武陵雜稿》 2권에 '花潭으로 隱者를 방문하였으나 만나지 못하다'라는 시가 실려 있는 바, 여기서 은자는 花潭 徐敬德을 가리킨다. 시의 情과 景이 위의 시와 흡사하므로 아래에 소개한다.

"바위 위엔 꽃이 피고 못속은 깨끗한데 노을 깊은 곳에서 때낀 갓끈 씻네. 은자를 만나지 못하였다고 말하지 말라. 은자의 마음은 못물처럼 맑다네.〔巖上花開潭底明 紅雲深處濯塵纓 莫言隱者不相見 隱者心如潭水淸〕"

이 외에 沈喜壽〈1548(명종 3)－1622(광해군 14)〉의 《一松集》 2권에도 같은 제목의 시가 실려 있다.

## 步虛詞 보허사

高 駢

青溪道士人不識하니 青溪의 道士 사람들 알지 못하니
上天下天鶴一隻이라 하늘에 오르고 하늘에서 내려옴 鶴 한 마리 뿐이로세.
洞門深鎖碧窓寒하니 동구문 깊게 잠겨 있고 푸른 창문 차가운데
滴露研朱點周易이라 이슬 방울로 朱砂 갈아 周易에 점 찍노라.

【賞析】 이 시는 樂府詩 제목의 하나로 《唐詩遺響》 7권과 《三體詩》에 실려 있다. 《삼체시》 제목 밑의 주에 "《異苑》에 이르기를 '陳思王(曹植)이 漁山에서 노닐 적에 문득 공중에서 淸遠寥亮하게 經을 외는 소리가 들리므로 音을 아는 자에게 그것을 베끼게 하고 신선의 소리라 하였다. 도사가 이것을 모방하여 보허사를 지으니, 이것이 보허사의 시작이다.' 했다." 하였다.

林悌〈1549(명종 4)-1587(선조 20)〉의 《林白湖集》 3권에 '靈谷에서 돌아와 仙興을 이기지 못하여 步虛詞를 짓다'라는 시가 실려 있으며, 任埅〈1640(인조 18)-1724(경종 4)〉의 《水村集》 1권에도 〈步虛詞〉 5首가 실려 있다.

## 十竹 열 그루의 대나무

僧 淸順

城中寸土如寸金하니 城中의 한 치 땅 한 치의 金처럼 비싸니
幽軒種竹只十箇라 그윽한 집에 심어 놓은 대나무 열 개뿐이라오.
春風愼勿長兒孫하여 봄바람아! 부디 竹筍 자라게 하여
穿我階前綠苔破[1]하라 우리 뜰 앞의 푸른 이끼 뚫지 말아다오.

1) 春風愼勿長兒孫 穿我階前綠苔破：謂城市地狹人稠하여 軒前에 只種十竹하니 春來에 不須生筍하여 迸破階苔也라

城市에는 땅이 좁고 사람들이 조밀하여 집 앞에 다만 열 그루의 대나무를 심었으니, 봄이 되어 竹筍을 자라게 하여 뜰의 이끼를 뚫지 말라고 말한 것이다.

【賞析】 이 시는 宋나라 승려인 釋 惠洪의 《冷齋夜話》에 실려 있는 바, 뜰 앞에 대나무 열 그루를 심고 지은 것이다. 《냉재야화》에 "西湖의 僧 淸順은 성품이 매우 깨끗하였으며 아름다운 시구가 많다. 일찍이 〈十竹〉 시를 짓기를 '오래도록 숲 따라 노닐어 자못 숲의 정취 아노라. 도랑 따라 녹음이 우거지나 청풍의 불어옴은 막지

못한다오. 한가로이 와서 돌 위에 잠드니 낙엽은 셀 수 없이 많고, 새 한 마리 문득 날아와 울어 그윽한 곳의 적막 깨뜨리네.〔久從林下遊 頗識林下趣 從渠綠陰繁 不礙淸風度 閑來石上眠 落葉不知數 一鳥忽飛來 啼破幽絶處〕'라 하였다. 王荊公이 西湖에서 노닐 때에 그를 아껴 마침내 명성을 날리게 되었고, 蘇東坡 또한 만년에 그와 노닐며 화답한 시가 자못 많다."고 하였다.

## 遊三遊洞　　三遊洞에 놀다

蘇軾(子瞻)

凍雨霏霏半成雪하니　　진눈깨비 펄펄 내려 반은 눈 되니
遊人屨冷蒼崖滑이라　　나그네 신발이 차고 푸른 벼랑 미끄럽네.
不辭携被巖底眠하니　　이불 가지고 바위 밑에서 자는 것도 사양하지 않으니
洞口雲深夜無月이라　　洞口에 구름 깊어 밤에도 달 없구나.

【賞析】 이 시는《동파시집》1권에 실려 있다. 荊州府의 三遊洞은 夷陵州 서북 25리 떨어진 곳에 있다. 唐나라 白樂天과 그의 아우 行簡, 그리고 元稹 등 세 사람이 이 곳에서 노닐면서〈三遊洞記〉를 짓고 이것을 石壁에 새겼는데, 후인들이 이로 인하여 삼유동이라 이름하였다 한다. 그후 宋나라 蘇軾과 그의 아우 轍 그리고 黃庭堅 세 사람도 역시 이곳에서 노닌 적이 있다.

## 襄陽路逢寒食　　襄陽의 길에서 寒食을 만나다

張　說

去年寒食洞庭波러니　　지난해엔 洞庭湖 물결에서 寒食 만났는데
今年寒食襄陽路라　　금년에는 襄陽의 길에서 寒食 만났다오.
不辭著處尋山水하나　　이르는 곳마다 山水를 찾음 마다하지 않으나
祇畏還家落春暮라　　다만 집에 돌아가면 봄 저물어 꽃 질까 두렵노라.

【賞析】 襄陽에서 寒食을 만나 지은 시이다. 한식은 옛부터 봄의 명절로 알려져 있다. 객지를 전전하여 고향에 못가는 저자의 안타까운 심정이 간결하게 묘사되어 있다.

## 漁翁 늙은 어부

柳宗元(子厚)

| | |
|---|---|
| 漁翁夜傍西巖宿하고 | 漁翁이 밤에는 서쪽 바위 곁에서 자고 |
| 曉汲淸湘燃楚竹이라 | 새벽에는 맑은 湘江 물 길어다 楚땅 대나무로 밥짓네. |
| 煙消日出不見人하니 | 안개 사라지고 해뜨자 사람 보이지 않으니 |
| 欸乃[1]一聲山水綠이라 | 뱃노래 한 소리에 산과 물 푸르누나. |
| 回看天際下中流하니 | 하늘가 돌아보며 中流로 내려가니 |
| 巖上無心雲相逐이라 | 바위 위엔 무심한 구름만 서로 따라가네. |

1) 역주] 欸乃 : 노를 저으며 부르는 뱃노래를 이른다.

【賞析】 이 시는 《柳河東集》 43권에 실려 있다. 嚴羽의 《滄浪詩話》에 평하기를 "유자후의 〈漁翁夜傍西巖宿〉 시는 蘇東坡가 뒤의 두 구를 삭제하였으니, 만일 유자후가 다시 살아난다 해도 반드시 심복할 것이다." 하여 원래 七言律詩였는데 끝의 2구를 삭제하여 6구가 된 것으로 보았다.

## 金陵酒肆留別 金陵의 술집에서 시를 지어 작별하다

李 白

| | |
|---|---|
| 風吹柳花滿店香하니 | 바람이 버들꽃에 불어와 온 주막 향기로우니 |
| 吳姬厭(壓)酒喚客嘗이라 | 吳지방의 美女 술 걸러 손님 불러 맛보라 하네. |
| 金陵子弟來相送하니 | 金陵의 자제들 와서 서로 전송하니 |
| 欲行不行各盡觴이라 | 가려 하다 가지 않고 각기 술잔 다 마시누나. |
| 請君試問東流水하라 | 그대는 동쪽으로 흐르는 물에게 한번 물어보라 |
| 別意與之誰短長고 | 이별의 회포 저 흐르는 물과 누가 더 길고 짧은가. |

【賞析】 이 시는 《李太白集》 15권에 실려 있는 바, 금릉의 주막에서 송별연을 베풀며 지은 시이다. 《詩眼》에 다음과 같은 黃山谷의 평이 실려 있다. "배우는 자들이 만약 古人의 用意處를 보지 못한다면 다만 그 껍데기만을 이해할 뿐이어서 고인의 뜻과 거리가 더욱 멀어진다. 이를테면 '風吹柳花滿店香'이라는 句를 누군가 다시 지을 수 있다 해도 이태백의 시가 되지는 못하며, '吳姬壓酒喚客嘗'이라는 句에 있어서도 '壓酒'라는 두 글자는 다른 사람이 미치기 어렵고, '金陵子弟來相送 欲行不

行各盡觴'은 더더욱 똑같을 수가 없다. 그리고 '請君試問東流水 別意與之誰短長'이라는 句야말로 참으로 이태백 시의 절묘한 부분이니, 潛心해야 할 곳이다. 그러므로 배우는 자들은 먼저 識見을 위주로 해야 하니, 이것이 佛家에서 말하는 正法眼으로 이러한 안목을 지녀야 비로소 道에 들어갈 수 있다."

## 思邊　변방에 계신 임을 그리워하다

李　白

此卽采薇에 昔我往矣엔 楊柳依依러니 今我來思엔 雨雪霏霏之意니라

이는 곧 《詩經》의 〈采薇〉 詩에 "옛날 내가 갈 때에는 버드나무가 하늘거리더니, 지금 내가 올 때에는 함박눈이 펄펄 날린다."는 뜻이다.

| | |
|---|---|
| 去歲何時君別妾고 | 지난해엔 언제 임이 妾 이별하였는가 |
| 南園綠草飛蝴蝶이라 | 남쪽 동산의 푸른 풀에 호랑나비 날았다오. |
| 今歲何時妾憶君고 | 금년엔 언제 妾이 임 그리워하는가 |
| 西山白雪暗秦雲이라 | 西山에 백설 내리고 長安에 먹구름 캄캄하누나. |
| 玉關[1]此去三千里니 | 임 계신 玉門關 이곳에서 삼천 리나 떨어져 있으니 |
| 欲寄音書那得聞고 | 편지 부치려 해도 어떻게 전할까. |

1) 역주] 玉關 : 玉門關으로, 지금의 甘肅省 燉煌(돈황) 서쪽에 있던 관문인 바, 옛날 西域과 통하는 요로였다. 長安에서 3천 6백리나 떨어져 있는 곳인 바, 후대에는 서울에서 먼 곳을 가리키는 말로 쓰인다.

【賞析】 이 시는 《李太白集》 25권에 실려 있는 바, 아내가 변방에 수자리 간 남편을 그리워하는 내용이다. 과거와 현재를 대비시켜 문장을 짓는 것은 初唐의 보편적인 형식인데 이 시도 이러한 형식을 援用하였다. 간결하면서도 무한한 怨意와 幽思가 있어 사람으로 하여금 자신도 모르게 처연해지게 한다.

## 烏夜啼　까마귀가 밤에 울다

李　白

| | |
|---|---|
| 黃雲城邊烏欲棲하니 | 黃雲 낀 城 가에 까마귀 깃들려 하니 |
| 歸飛啞啞枝上啼라 | 날아 돌아와 가지 위에서 까악까악 울고 있네. |

| | |
|---|---|
| 機中織錦秦川女[1)]는 | 베틀 위에 비단 짜는 秦川의 여인 |
| 碧紗如煙隔窓語라 | 푸른 깁 연기 같은데 창 사이에 두고 말하누나. |
| 停梭悵然憶遠人하니 | 북 멈추고 서글피 멀리 계신 임 생각하니 |
| 獨宿孤房淚如雨라 | 홀로 외로운 방에서 자며 눈물만 비오듯 한다오. |

1) 역주] 秦川女 : 秦川은 陝西省과 甘肅省의 秦嶺 이북의 平原지대로 秦川의 여자란 先秦 때 秦州刺史를 지낸 竇縚의 아내인 蘇蕙를 이른다. 두도는 일찍이 총애하는 첩 趙陽臺를 딴 곳에 두고 사랑하였는데, 蘇氏가 이것을 알고 매를 때려 모욕을 주니, 두도가 크게 노하여 任地인 襄陽으로 가면서 조양대만 데리고 갔다. 이에 소씨는 2백 여수의 시를 비단에 짜서 남편에게 주었는데, 그 내용이 자신의 잘못을 뉘우치고 남편의 용서를 애원하는 것이었으며 종횡으로 모두 문장이 이루어지는 廻文體였다. 두도가 이것을 보고 그 절묘함에 감탄하여 마침내 소씨를 다시 데려갔다. 이후로 남편을 애절하게 사모하면서 비단짜는 여인을 비유하는 말로 쓰인다. 《侍兒小名錄》

【賞析】 이 시는 《李太白集》 3권에 실려 있다. 〈烏夜啼〉는 까마귀가 밤에 운다는 뜻으로 樂曲名인데, 이백이 옛 악곡을 취하여 제목으로 삼은 것이다. 까마귀가 밤에 우는 것은 원래 吉兆를 뜻하였으나 후에는 임을 그리는 相思曲으로 바뀌었다. 이 시는 멀리 변방에 수자리 간 남편을 그리는 아내의 심정을 읊은 것으로, '歸飛'라는 두 글자는 '遠人'과 서로 호응된다. 까마귀는 날 저물면 돌아오는데 그리운 님은 해가 가도 돌아오지 않는다고 하였으니, 눈에 보이는 것을 가지고 興을 일으켜 마음이 서글퍼지는 情과 景이 서로 융화하는 신묘한 경지에 이르렀다고 할 만하다. 끝의 두 구는 앞의 뜻을 모두 포괄하였으며, 獨宿空房이 歸烏와 대비되어 말할 수 없는 처연함을 느끼게 한다. 吳昌祺는 "함축된 뜻이 무궁하고 음절이 절묘하다."고 평하였는 바, 불변의 定評이라고 할 만하다.

崔鳴吉〈1586(선조 19)－1647(인조 25)〉의 《遲川集》 2권에 이 시를 본떠 지은 시가 실려 있으므로 소개한다.

"성 꼭대기에 달이 뜨니 꽃은 물안개를 머금고 울어대는 갈가마귀 버드나무 가에 깃들었네. 秦川의 아리따운 아가씨 말없이 고운 손으로 찰칵찰칵 베틀의 북만 울리네. 새로 지은 악부시 비단에 짜넣으니 아무리 보아도 關山의 길은 보이지 않네.〔城頭月出花含烟 啼殺棲鴉楊柳邊 秦川女兒嬌不語 纖手札札鳴機杼 新裁樂府織錦紋 眼斷不省關山路〕"

이 외에도 成俔〈1439(세종 21)－1504(연산군 10)〉의 《虛白堂集》 風雅錄 2권과 申

欽〈1523(명종 21)－1597(인조 6)〉의 《象村稿》 3권에 같은 제목의 시가 실려 있다.

## 戲和答禽語　장난삼아 새소리에 화답하다

黃庭堅(山谷)

| | |
|---|---|
| 南村北村雨一犁하니 | 南村과 北村에 한 보습 적실 만한 비 내리니 |
| 新婦餉姑翁哺兒라 | 新婦는 시어머니께 밥 올리고 시아버지는 아이에게 밥 먹이누나. |
| 田中啼鳥自四時하여 | 밭 가운데에 우는 새도 절로 四時 알아 |
| 催人脫袴[1]著(착)新衣라 | 사람들에게 바지 벗고 새옷 입으라 재촉하네. |
| 著新替舊亦不惡이나 | 새 옷 입고 헌 옷 바꾸는 것 나쁘지 않으나 |
| 去年租重無袴著이라 | 지난해 租稅가 무거워 입을 바지 없다오. |

1) 역주〕 脫袴 : 뻐꾹새 우는 소리가 '脫袴'와 비슷하다 하여 솜바지를 벗어버리고 봄옷 입기를 재촉하는 것이라 한다.

【賞析】 뻐꾸기〔布穀〕는 항상 '脫却布袴(tuo que bu ku)'라고 울어 솜바지〔布袴〕를 벗어버리라〔脫却〕고 사람에게 권하는 것이라 한다. 그러므로 황산곡이 이에 대답하는 형식으로 이 시를 지어 농부를 대신하여 가렴주구하는 위정자들을 풍자한 것이다.

## 送羽林陶將軍　羽林 陶將軍을 전송하다

李　白

| | |
|---|---|
| 將軍出使擁樓船하니 | 將軍이 사신으로 나가 樓船 거느리니 |
| 江上旌旗拂紫煙이라 | 강 위의 깃발들 붉은 안개 속에 펄럭이네. |
| 萬里橫戈探虎穴이요 | 만리에 창 비껴들고 호랑이 굴 더듬으며 |
| 三盃拔劍舞龍泉[1]이라 | 세 잔 술에 龍泉劍 빼어 들고 춤 추네. |
| 莫道詞人無膽氣하라 | 文人은 膽力이 없다 말하지 마오 |
| 臨行將贈繞朝鞭[2]이라 | 길 떠남에 繞朝의 채찍 주려 하노라. |

1) 龍泉 : 楚有二劍하니 曰龍泉, 太阿라

楚나라에 두 검이 있었으니, 龍泉과 太阿이다.

2) 역주] 繞朝鞭：繞朝는 춘추시대 秦나라의 大夫이다. 당시 晉나라의 士會가 秦나라로 亡命하자, 晉나라에서는 智勇을 겸비한 사회를 빼 가기 위해 魏壽餘를 배반자로 위장시켜 秦나라에 들여보내 그를 데려오도록 모의하였다. 이때 秦나라 군대는 황하의 서쪽에 있고 위수여의 군대는 황하의 동쪽에 있었는데, 秦나라 군주가 협상대표로 사회를 보내자, 요조는 사회가 晉軍으로 가면 다시는 돌아오지 않을 줄을 알고 보내지 말자고 건의하였으나 秦나라 군주는 듣지 않고 그대로 보냈다. 이에 요조는 사회에게 말채찍을 주면서 "자네는 우리 秦나라에 사람이 없다고 말하지 말라. 다만 나의 계책이 쓰여지지 않았을 뿐이다." 하였다. 여기서는 도장군을 사회에 비유하고 요조를 자신에 비유하여 말한 것이다. 李德弘의 《艮齋集》 續集 4권에도 "이는 饒朝의 일을 빌어서 이별에 임하여 계책을 주는 뜻을 말한 것이다." 하였고, 金隆의 《勿巖集》에도 이와 같은 내용이 보인다.

【賞析】 이 시는 《李太白集》 17권에 실려 있다. 羽林은 宮城을 호위하는 군대로 唐나라 때에는 左·右羽林軍이 있고 大將軍과 將軍 등의 지휘관이 있었는 바, 《唐書》 〈職官志〉에 "左右羽林軍에는 대장군 각 1인이 있는데 정3품이고, 장군 각 2인이 있는데 종3품이다. 北衙 禁兵의 法令을 관장하고 左右廂 飛騎의 儀仗을 총괄한다." 하였다. 이 시는 우림군에 속한 陶將軍이 사명을 받고 江南으로 나가는 것을 전송하기 위해 지은 것으로 陶將軍의 이름은 전하지 않는다. 8구 중 중간의 5·6구가 빠져 전체 6구가 된 것으로 보기도 한다.

## 採蓮曲　채련곡

李　白

| | |
|---|---|
| 若耶溪[1]傍採蓮女가 | 若耶溪 옆의 연꽃 따는 아가씨 |
| 笑隔荷花共人語라 | 웃으며 연꽃 사이에 두고 사람과 함께 말하네. |
| 日照新粧水底明하고 | 햇빛이 새로 화장한 얼굴에 비치니 물 밑에 밝고 |
| 風飄香袖空中擧라 | 바람이 향기로운 소매 날리니 공중에 펄럭이네. |
| 岸上誰家遊冶郎[2]고 | 강 언덕 위엔 뉘집의 遊冶郎인가 |
| 三三五五映垂楊이라 | 삼삼오오 짝 지어 수양버들 사이에 비추누나. |
| 紫騮[3]嘶入落花去하니 | 紫騮馬 울며 지는 꽃 속으로 들어가니 |
| 見此躊躇空斷腸이라 | 이것 보고 주저하며 부질없이 애끊는다오. |

1) 若耶溪：在會稽山陰이라
 若耶溪는 會稽의 山陰에 있다.
2) 역주] 遊冶郎：몸을 곱게 꾸미고 놀러 다니는 남자를 이른다.
3) 역주] 紫騮：붉은 몸통에 검은 갈기가 있는 말로 名馬의 하나이다.

【賞析】이 시는《李太白集》4권에 실려 있는 바, 江南의 부인이 연꽃을 따면서 희롱하는 모습을 읊은 것이다. 연꽃을 따며 부르는 노래인〈採蓮歌〉는 당시에 널리 유행하여《악부시집》에 20여 수 이상이 수록되어 있다. 전체적으로 質朴하고 淸麗한 詩語로 소소한 일을 다루었으면서도 여운이 있는 것이 이 시의 묘미이며 이태백 시의 뛰어난 점이라 하겠다.

李承召〈1422(세종 4)－1484(성종 15)〉의《三灘集》1권에도 같은 제목의 시가 실려 있는데 시의 소재가 매우 유사하므로 여기에 소개한다.

"若耶溪 가의 연꽃 따는 아가씨 꽃속을 헤치며 삿대 저으니 흰 물결 이네. 삼단 같은 머리에 연꽃 꽂으니 고운 화장 예쁜 옷 아침햇볕에 밝구나. 산들바람은 난초와 능소화 위로 불어오고 비단옷의 가는 주름에는 원앙을 수놓았네. 물새는 쌍쌍이 날고 해는 지려 하니 머리 돌림에 자신도 모르게 마음이 시름겹네.〔若耶溪邊採蓮女 穿花蕩槳浪浮霜 芙蓉花壓靑螺髻 靚粧嫣服明朝陽 輕風吹過蘭苕上 羅衣細縮鎖鴛鴦 鷗鳿雙飛日欲曛 回頭不覺愁中腸〕"

이 외에 丁壽崗〈1454(단종 2)－1527(중종 22)〉의《月軒集》4권, 申欽의《象村稿》3권, 金世濂〈1593(선조 26)－1646(인조 24)〉의《東溟集》2권 등에 같은 제목의 시가 실려 있다.

## 淸江曲 청강곡

李 白[1)]

| | |
|---|---|
| 屬(촉)玉雙飛水滿塘하니 | 촉옥새 짝지어 날고 물이 연못 가득한데 |
| 菰蒲深處浴鴛鴦[2)]이라 | 줄풀 우거진 곳에 원앙새 목욕하네. |
| 白蘋滿棹歸來晩[3)]하니 | 흰 마름 노에 가득하여 돌아옴 늦어지니 |
| 秋著(착)蘆花兩岸霜이라 | 가을이라 갈대꽃 피어 두 강 언덕 서리 내린 듯. |
| 扁舟繫岸依林樾하니 | 조각배 강 언덕에 매고 숲속에 의지하니 |
| 蕭蕭兩鬢吹華髮이라 | 살랑살랑 양 귀밑머리에 흰 머리털 날리누나. |
| 萬事不理醉復醒하니 | 萬事 다스리지 않고 취했다가 다시 깨니 |

長占煙波弄明月이라　　　煙波 길이 차지하고 明月 희롱하네.

1) 역주] 李太白 : 臺本에는 작자가 李白으로 되어 있으나 일반적으로 이 시는 北宋 때의 詩人인 蘇庠이 지은 것으로 본다.
2) 역주] 屬玉雙飛水滿塘 菰蒲深處浴鴛鴦 : 屬玉(촉옥)은 水鳥의 일종으로 白鷺라 하며 菰蒲(나포)는 창포의 일종으로 줄풀이라 한다.
3) 역주] 白蘋滿棹歸來晚 : 李德弘의 《艮齋集》 續集 4권에 "배타고 놀다가 늦게 돌아옴을 말한 것이다. 그러나 늦은 까닭이 흰 마름이 노젓는 것을 방해해서가 아니요 단지 놀다가 더디 온 것이다. 晚字가 가장 좋다." 하였다.

【賞析】 이 시는 李白의 작품이 아니고 北宋 때의 詩人인 蘇庠이 지은 것이라 하는 바, 소상은 字가 養直이다. 《鶴林玉露》 5권에 "蘇養直의 아버지 伯固가 소동파를 따라 놀았는 바, 양직의 '屬玉雙飛水滿塘'이라는 句는 소동파에게 칭찬을 받아 '우리 집안의 養直'이라 일컬어졌다. 이 시를 지을 때 나이가 매우 어렸는데도 格律의 老蒼함이 이미 이와 같았다." 하였다. 전반부는 江의 경치가 淸幽함을 형용하였고, 후반부는 情懷가 蕭散함을 상세히 말하였다.

申維翰〈1681(숙종 7)－? 〉의 《青泉集》 1권에도 같은 제목으로 李秀才에게 준 시가 실려 있다.

## 登金陵鳳凰臺　　金陵의 봉황대에 오르다

李 白

在保寧寺後라 宋元嘉中에 王顗見異鳥集于山하니 時謂鳳凰이라하여 遂起臺하니라

鳳凰臺는 보령사 뒤에 있다. 南朝 宋나라 元嘉年間에 王顗가 이상한 새가 산에 앉아 있는 것을 보았는데, 당시 사람들이 鳳凰이라 이르고는 마침내 봉황대를 지었다.

鳳凰臺上鳳凰遊러니　　　鳳凰臺 위에 봉황새 놀더니
鳳去臺空江自流라　　　봉황새 떠나가 대는 비었는데 강물만 절로 흐르누나.
吳宮[1]花草埋幽徑이요　　　吳나라 궁궐의 화초 그윽한 길에 묻혔고
晉代[2]衣冠成古丘라　　　晉代의 衣冠 古冢 이루었네.
三山半落青天外요　　　세 산은 青天 밖에 반쯤 떨어져 있고
二水中分白鷺洲[3]라　　　두 물은 白鷺洲 가운데 두고 나누어졌네.
總爲浮雲能蔽日하니　　　모두 뜬구름이 태양 가리고 있으니

長安不見使人愁라　　　　長安을 볼 수 없어 사람 시름겹게 하여라.

1) 吳宮：孫權이 始都金陵하고 國號吳라하니라
孫權이 처음 金陵에 도읍하고 국호를 吳라 하였다.

2) 晉代：晉宗室瑯琊王睿都金陵하니 是爲東晉이라
晉나라 宗室인 낭야왕 司馬睿가 금릉에 도읍하니, 이것이 東晉이다.

3) 역주] 三山半落靑天外 二水中分白鷺洲：三山은 江蘇省 江寧縣에 있는 산으로 세 봉우리가 연해 있어 이름한 것이고, 二水는 秦淮河가 金陵에서 두 갈래로 나뉘어 한 갈래는 城안으로 들어가고 한 갈래는 城을 감돌므로 말한 것이다. 李德弘의 《艮齋集》 續集 4권에 "세 산은 金陵에 있는 鍾山, 石頭山, 東山 등의 산을 말하고 두 물은 《方輿志》를 살펴보건대 '白鷺洲는 강 가운데에 있다.' 하였으니, 洲는 물 가운데에 사람이 살 수 있는 곳이다. 이는 반드시 큰 강이 이곳에 이르러 두 갈래로 갈라지기 때문에 백로주라고 이름한 것이지 별도로 두 물이 있는 것은 아니다." 하였다.

【賞析】 이 시는 《李太白集》 21권에 실려 있다. 玄宗이 이백을 총애하여 관직을 제수하려 하였으나 楊貴妃와 高力士 등의 저지로 결국 등용되지 못하였다. 이를 안 이백이 휴가를 청하고 장안을 떠나 사방을 周遊하며, 崔宗之와 함께 採石江에서 배를 타고 金陵의 鳳凰臺에 올라 逐臣의 신세를 생각하여 지은 것이다. 元나라 方回는 《瀛奎律髓》에서 "이태백의 이 시는 崔顥의 〈黃鶴樓〉 시와 흡사하여 格律과 氣勢에 있어 우열을 논하기 어렵다. 이 시는 봉황대로 제목을 삼았으나 봉황대를 읊은 것은 고작 起語 2句에 불과할 뿐이고, 아래 6구는 곧 臺에 올라 관망한 내용이다. 3·4구는 古人을 보지 못함을 서글프게 여긴 것이요, 5~8구는 오늘의 경치를 읊고 帝都를 보지 못함을 개탄한 것이다." 하였다. 劉會孟은 《唐詩訓解》에서 "그의 雄偉한 표현〔開口雄偉〕과 꾸밈이 없음〔脫落雕飾〕은 모두 말할 것이 없지만 만약 끝의 두 구가 없었다면 또한 반드시 최호의 〈황학루〉 시보다 뛰어나지 못했을 것이다."라고 평하였다.

李德弘〈1541(중종 36)－1596(선조 29)〉은 《艮齋集》 續集 4권에 "諷諭, 謳吟, 嗟歎, 惻惻한 끝에 小人이 속이고 엄폐하여 자기로 하여금 도성을 떠나 流落하게 하여 임금을 그리워하나 만날 수 없다는 뜻을 함축한 것이다. 이와 같이 보는 것이 시를 제대로 보는 것이 된다. '總'字가 이 시의 오묘한 부분이다." 하였다.

李玄錫〈1647(인조 25)－1703(숙종 29)〉의 《游齋集》 2권에 이 시를 모방하여 지은 시가 있으므로 아래에 소개한다.

"천리 먼 금릉에 영락하여 떠도니 층대에서 술에 취해 흘러가는 물 굽어보네. …… 길에 묻힌 시든 꽃에 고국이 희미하고 구름 사이로 새어나온 달빛 모래섬에 비추누나. 서풍이 부는데 가을 강가에서 노 두드리니 끝없는 물결은 만고의 수심이라오.〔千里金陵落拓遊 層臺一醉俯清流……埋徑殘花迷故國 漏雲新月印滄洲 西風鼓枻秋江上 無限煙波萬古愁〕"

이 외에 宋寅〈1516(중종 11)－1584(선조 17)〉의 《頤庵遺稿》 1권에도 〈鳳凰臺口占〉이라는 제목의 시가 실려 있다.

## 早春寄王漢陽　이른 봄에 王漢陽에게 부치다

李 白

| | |
|---|---|
| 聞道春還未相識하여 | 봄 돌아왔다는 말 들었으나 알지 못하여 |
| 起傍寒梅訪消息이라 | 일어나 찬 梅花 곁으로 가서 봄소식 묻노라. |
| 昨夜東風入武陽[1]하니 | 어젯밤 東風이 武陽에 들어오니 |
| 陌頭楊柳黃金色이라 | 街頭의 버들들 황금빛 되었네. |
| 碧水渺渺雲茫茫하니 | 푸른 강물 아득하고 구름은 망망한데 |
| 美人不來空斷腸이라 | 美人이 오지 않아 부질없이 애간장 태우누나. |
| 預拂靑山一片石하고 | 미리 靑山의 한 조각 돌 씻어 놓고 |
| 與君連日醉壺觴이라 | 그대와 연일토록 술 마셔 취하리라. |

1) 역주〕 武陽：長江과 漢水가 합류하는 지점에 있는 武昌을 가리킨다.

【賞析】 이 시는 《李太白集》 14권에 실려 있는 바, 이른 봄 漢陽縣令인 王氏에게 부친 詩로 이름은 전하지 않는다. 벗인 王漢陽이 오기를 기다리며 함께 앉아 술 마실 바위를 미리 씻어 놓겠다는 李白의 마음씀이 정겹게 느껴진다. 美人은 바로 왕한양을 가리킨다.

鄭文孚〈1565(명종 20)－1624(인조 2)〉의 《農圃集》 1권에도 이 시에 차운한 시가 실려 있다.

## 金陵城西樓月下吟　金陵城 서쪽 누대 달 아래에서 읊다

李 白

| | |
|---|---|
| 金陵夜寂凉風發하니 | 金陵의 밤 고요한데 시원한 바람 일어나니 |
| 獨上高樓望吳越이라 | 홀로 높은 누대에 올라 吳越 바라보네. |

白雲映水搖秋城하고　　흰 구름 물에 비추고 가을 城 그림자 일렁이는데
白露垂珠滴秋月이라　　흰 이슬 구슬처럼 맺혀 가을달 물에 비추네.
月下長吟久不歸하니　　달 아래에 길게 읊으며 오래도록 돌아가지 않으니
古今相接眼中稀라　　고금에 이어온 일들 눈 앞에 남은 것 드무네.
解道澄江淨如練하니　　맑은 강물 비단처럼 깨끗함 알겠으니
令人却憶謝玄暉[1]라　　사람으로 하여금 謝玄暉 생각하게 하네.

1) 역주] 解道澄江淨如練 令人却憶謝玄暉 : 謝玄暉는 南齊의 시인인 謝脁로 玄暉는 그의 字이다. 그가 지은 〈晩登三山還望京邑〉 시에 "남은 노을은 흩어져 비단을 이루고 깨끗한 강물은 맑기가 비단결 같다.〔餘霞散成綺 澄江淨如練〕"는 내용이 있으므로 말한 것이다.

【賞析】 이 시는 《李太白集》 7권에 실려 있는 바, 이백이 장안을 떠나 금릉에 있을 때 金陵城 西門의 樓臺에 올라 달밤에 지은 것이다. 이백은 前代의 시인 중에서 謝脁를 매우 좋아하였으므로 시의 마지막 구에 謝玄暉를 언급한 것이다.

## 題東溪公幽居　　東溪公의 幽居에 쓰다

李　白

杜陵賢人[1]淸且廉하니　　杜陵에 사는 賢人 맑고 또 청렴하니
東溪卜築歲將淹이라　　東溪에 집 지어 한 해가 다 지려 하네.
宅近靑山同謝脁요　　집이 푸른 산과 가까우니 옛날 謝脁와 같고
門垂碧柳似陶潛[2]이라　　문에 푸른 버드나무 드리우니 陶潛과 같다오.
好鳥迎春歌後院이요　　아름다운 새 봄을 맞이하여 뒷뜰에서 노래하고
飛花送酒舞前簷이라　　나는 꽃잎 술을 보내는 듯 앞 처마에 춤 추네.
客到但知留一醉하니　　객이 이르면 다만 머물게 하여 한번 취할 줄 아니
盤中祗有水精鹽이라　　소반 가운데에 오직 水精같은 소금 있을 뿐이라오.

1) 역주] 杜陵賢人 : 杜陵은 長安 부근에 있는 漢 宣帝의 陵號인 바, 두릉의 현인은 東溪公을 가리킨 것이나 누구인지는 확실하지 않다.

2) 역주] 宅近靑山同謝脁 門垂碧柳似陶潛 : 靑山은 푸른 산으로 謝脁가 宣城太守로 있으면서 當塗縣 남쪽에 집을 짓고 "다시 靑山의 성곽을 바라본다.〔還望靑山郭〕"는

시를 지었으며, 陶潛은 일명 淵明으로 그가 지은 〈五柳先生傳〉에 "선생은 어떠한 사람인지 알지 못하고 댁 옆에 다섯 그루의 버드나무가 있으므로 五柳先生이라 號하였다." 하였으므로 말한 것이다.

【賞析】 이 시는 《李太白集》 25권에 실려 있는 바, 東溪의 성명은 알 수 없다. 아마 동계에 집을 짓고 살아서 東溪公이라고 부른 듯하다. 이 시는 七律의 變體로, 전반부는 동계에 거처하는 뜻을 서술하였고, 후반부는 동계공의 즐거움과 그의 淸麗함을 부러워하는 마음을 묘사하였다. 이백이 謝脁와 陶潛을 흠모하였음을 이 시에서도 알 수 있다.

李玄錫의 《游齋集》 2권에 이 시의 내용을 본떠 자연 속에서의 소탈한 생활을 읊은 시가 있으므로 소개한다.

"본성이 아름다운 시구를 좋아하니 어찌 청렴함에 해로우며 재주가 다하니 어찌 꿈속에 붓을 받은 江淹과 같겠는가. 천 잔의 술을 마시니 더욱 분방해지고 만 권의 서책에 빠지니 침잠하기를 좋아하네. 진한 향기 자리에 가득하니 온나무가 붉고 가는 죽순 섬돌을 뚫고 나오니 온 처마가 푸르구나. 작은 집에서도 부귀를 마음껏 누릴 수 있고 나물국에도 매실과 소금으로 간맞출 수 있다네.〔性耽佳句豈傷廉 才盡寧同夢筆淹 酒吸千鍾增放達 書淫萬卷喜沈潛 濃香溢座紅千樹 細筍穿階綠一簷 小塢自能專富貴 菜羹猶足和梅鹽〕"

## 上李邕　　李邕에게 올리다

李　白

邕은 字太和니 楊州人이라 有文名하여 開元中에 北海太守하니 時稱李北海러니 李林甫忌其才故로 殺之하니라

李邕(이옹)은 자가 太和이니 楊州 사람이다. 문장을 잘한다는 명성이 있어 開元年間에 북해태수를 지냈으므로 당시 사람들이 李北海라고 칭하였는데, 李林甫가 그의 재주를 시기하여 살해하였다.

| | |
|---|---|
| 大鵬一日同風起하여 | 큰 붕새 어느 날 바람과 함께 날아올라 |
| 扶搖直上九萬里[1)]라 | 扶搖 타고 곧바로 구만 리 상공에 올라가네. |
| 假令風歇時下來라도 | 가령 바람 그쳐 내려오더라도 |
| 猶能簸却滄溟水라 | 오히려 滄溟의 물 까부를 수 있다오. |
| 世人見我恒殊調하고 | 세상 사람들 내가 항상 세속과 格調가 다름 보고 |

| | |
|---|---|
| 聞余大言皆冷笑라 | 나의 큰 소리 듣고는 모두 냉소하네. |
| 宣父(보)猶能畏後生[2]하니 | 宣父도 오히려 後生들 두려워했으니 |
| 丈夫未可輕年少라 | 丈夫는 젊은이 가벼이 여겨서는 안된다오. |

1) 역주] 大鵬一日同風起 扶搖直上九萬里 : 扶搖는 큰 바람을 이른다. 《莊子》 〈逍遙遊〉에 "붕새가 남쪽 바다로 옮겨 갈 적에 물을 3천 리를 치며 扶搖를 타고 9만리 상공으로 날아간다." 하였다.

2) 역주] 宣父(보)猶能畏後生 : 宣父는 孔子를 이르는 바, 唐나라 開元 27년(739)에 文宣王에 봉해졌기 때문에 이렇게 칭한 것이다. 《論語》 〈子罕〉에 "후생이 두려울 만하니, 그들의 장래가 어찌 나의 지금만 못함을 알겠는가.〔後生可畏 焉知來者之不如今也〕" 라고 한 孔子의 말씀이 있으므로 말한 것이다.

**【賞析】** 이 시는 《李太白集》 9권에 실려 있는 바, 이백이 당시의 대선배이자 文士들의 후견인으로 알려진 李邕에게 자신의 포부를 서술하여 올린 것이다. 《唐書》 〈文苑列傳〉에 의하면 이옹은 廣陵 江都 사람으로 詞賦를 잘하여 玄宗에게 총애를 받았으나 張說·李林甫의 미움을 받아 70여세에 결국 죽임을 당하였는데, 생전에 문장을 잘하고 인재를 기른다는 美名을 얻었다 한다. 이백과는 20여세 이상의 나이 차이가 있으므로 蕭士贇은 《分類補註李太白集》에서 "이 시는 이백의 작품이 아닌 듯하다." 하였다.

鄭士信〈1558(명종 13)-1619(광해군 11)〉의 《梅窓集》에 이에 대한 내용이 있으므로 소개한다.

"마지막 구의 注에 '큰 붕새로 이옹의 재주를 비유하여 李邕이 비록 젊지만 경시할 수 없음을 말한 것이다.'라고 한 것은 매우 잘못이다. 이옹의 知名이 李林甫보다 앞에 있었다. 이옹이 젊었을 때에 이백의 나이는 아직 어렸으니, 이 시에 '이옹에게 올렸다.'고 한 제목에서도 볼 수 있다. 이백이 豪放俊逸한 才氣를 자부하여 시를 올린 것이니, 큰 붕새는 바로 이백 자신을 비유한 것이다. 마지막 구에 '宣父도 오히려 後生을 두려워하였으니, 丈夫는 나이 젊은 사람을 가볍게 여겨서는 안 된다.' 하였는 바, 이는 이옹의 年齒와 德望이 비록 자신보다 높지만 자신이 나이가 젊다 하여 소홀히 해서는 안 됨을 말한 것으로 말한 뜻이 매우 분명하다."

## 歎庭前甘菊花 뜰앞의 甘菊花를 보고 탄식하다

杜甫(子美)

此詩는 譏小人在位하고 賢人失所也라

이 詩는 소인이 지위에 있고 현인이 처소를 잃음을 풍자한 것이다.

簷前甘菊移時晩하니 처마 앞의 甘菊花 옮겨 심는 철 늦으니
青蘂重陽不堪摘이라 푸른 꽃술 重陽節에도 딸 수 없다오.
明日蕭條盡醉醒하면 내일 쓸쓸히 醉氣 다 깨면
殘花爛熳開何益고 쇠잔한 꽃 난만하게 핀들 무슨 유익함 있겠는가.
籬邊野外多衆芳하니 울타리 가 들 밖엔 여러 꽃들 많으니
采擷細瑣升中堂이라 자잘한 것들 따서 堂 가운데로 오르노라.
念玆空長大枝葉이 부질없이 길고 큰 가지와 잎사귀
結根失所纏風霜이라 뿌리 내릴 곳 잃어 風霜 겪을까 염려되네.

【賞析】 이 시는 《杜少陵集》 3권에 실려 있는 바, 天寶 13년(754) 장안에서 지은 것이다. 제목 밑의 주에 "이 시는 소인이 지위에 있고 현인이 처소를 잃음을 풍자한 것이다." 하였으나 자신이 등용되기에는 이미 노쇠하였음을 서글퍼하여 지은 것이라는 설도 있다.

盧守愼〈1515(중종 10)-1590(선조 23)〉의 《蘇齋集》 2권에는 1구와 2구의 운을 사용하여 국화를 마주 대하고서 스스로 탄식한다는 내용의 시가 실려 있다.

## 秋雨歎 가을비의 한탄

杜 甫

此詩는 刺時之暴虐이니 君子在患難之中하여 而特立獨行不變也라

이 詩는 세상이 포학함을 풍자한 것이니, 군자는 환난 가운데에 있어도 우뚝히 서서 홀로 행하고 변치 않는다.

雨中百草秋爛死나 빗속에 온갖 풀들 가을 되어 시들어 죽었으나
階下決明顔色鮮이라 뜰 아래에 決明 안색이 새롭구나.
著葉滿枝翠羽蓋요 가지에 가득히 붙은 잎은 비취 깃털의 日傘이요
開花無數黃金錢이라 무수히 핀 꽃은 황금 돈 같구나.

| | |
|---|---|
| 凉風蕭蕭吹汝急하니 | 서늘한 바람 소소히 너를 향해 급히 부니 |
| 恐汝後時難獨立이라 | 네가 때 늦게 홀로 서 있기 어려울까 두렵노라. |
| 堂上書生空白頭하니 | 堂上의 書生은 부질없이 머리만 세었으니 |
| 臨風三嗅馨香泣이라 | 바람 임해 세 번 향기 맡으며 눈물 흘리네. |

【賞析】 이 시는 《杜少陵集》 3권에 실려 있는데, 3수 중 첫째 수이다. 제목 밑의 주에 "玄宗 天寶 13년(754) 가을에 장마비가 60여 일 동안 계속되자 황제가 매우 걱정하였는데, 楊國忠이 잘 영근 벼를 가져다가 바치며 '비가 비록 많이 내렸으나 농사에 해가 될 정도는 아닙니다.'라고 아첨했다." 하였다. 그러므로 이 시는 가을비가 많이 내린 것을 탄식하여 지은 것으로, 당시 정사가 포학하여 군자가 조정에 발붙일 수 없음을 풍자하였다. 양국충은 楊貴妃의 오라비로 정승의 지위에 있으면서 권력을 專橫한 인물이다. 사방에서 올라오는 보고를 묵살하고 玄宗의 총명을 가렸는데, 바로 다음해에 安祿山의 난이 일어나 결국 처형되고 말았다.

李夏坤〈1667(현종 8)－1724(경종 4)〉의 《頭陀草》 9책에도 같은 제목의 시가 실려 있는데 시의 일부분을 소개하면 다음과 같다.

"가을밤에 추운 풀벌레들 함께 울어대니 베개에 엎드려 잠 못 이루는데 등잔불만 밝구나. 오년동안 부질없이 漢陽의 먼지 먹었으나 남은 것은 양 귀밑머리 희끗희끗한 것뿐이라오. 해그림자 지는 산중에 흰 구름이 많으니 돌아와 소나무 뿌리에서 복령을 캐노라.〔夜與寒蟲共喞喞 伏枕不眠燈靑熒 五載空喫漢陽塵 贏得雙鬢髮星星 落影山中多白雲 歸去松根採茯笭〕"

## 二月見梅　　이월에 매화를 보다

唐庚(子西)

譏刺群小用事하니 以梅比君子하고 以桃李比小人이라

여러 소인배들이 제멋대로 用事함을 풍자한 것이니, 梅花를 군자에 비유하고 桃李를 소인에 비유하였다.

| | |
|---|---|
| 桃花能紅李能白하니 | 복숭아꽃 붉고 오얏꽃 희니 |
| 春深何處無顏色고 | 봄 깊은 어느 곳에 아름다운 꽃 없겠는가. |
| 不應尙有一枝梅하니 | 아직도 한 가지 梅花 있을 리 없으니 |
| 可是東君苦留客[1)]이라 | 東君이 억지로 손님 머물게 한 것이리라. |

向來開處當嚴冬하니　　그 동안 필 때에는 嚴冬雪寒 당했으니
白者未白紅未紅이라　　오얏꽃 아직 피지 않고 복숭아꽃도 붉지 않았다오.
只今已是丈人行[2]이니　　지금은 이미 丈人의 行列이니
肯與年少爭春風가　　어찌 少年들과 봄바람 다툴까.

1) 역주〕 可是東君苦留客 : 東君은 봄을 맡은 神으로 곧 봄의 神이 억지로 만류하여 매화가 아직까지 남아 있음을 의미한다. '可是'는 생각건대, 또는 應是(응당)와 같은 뜻으로, 李德弘의 《艮齋集》 續集 4권에도 "이 때는 매화가 필 철이 아닌데 피었으니, 응당 東君이 객(매화)을 억지로 만류한 것일 것이다. 可是는 應是와 같다." 하였다.
2) 역주〕 丈人行 : 丈人은 나이 많은 尊長으로 곧 일찍 꽃피는 매화를 가리킨 것이다.

【賞析】 이 시는 唐庚이 張無盡에게 준 것으로, 《瑯琊代醉編》에 실린 것은 이와 약간 차이가 있다. 《낭야대취편》 34권에는 《墨莊漫錄》을 인용하여 "당경이 일찍이 桃李가 활짝 피었는데도 매화가 몇 가지가 남아 있는 것을 보고 이 시를 지었는데, 마침 張無盡이 황제의 부름을 받았으므로 그에게 이 시를 주었다." 하였다.

## 水仙花　　수선화

黃庭堅(魯直)

俗呼爲金盞銀臺花是也라
수선화는 세속에서 金盞銀臺花라고 부르는 것이 이것이다.

凌波仙子生塵襪[1]하니　　물결을 능멸하는 神仙 버선에서 먼지 일어나니
水上盈盈步微月이라　　물 위에 사뿐사뿐 희미한 달빛 아래 걷는 듯하네.
是誰招此斷腸魂하여　　누가 이 애끊는 魂 불러다가
種作寒花寄愁絶[2]고　　차가운 꽃 만들어 애절한 시름 붙였는가.
含香體素欲傾城하니　　향기 머금은 흰 몸 城을 기울이려 하니
山礬是弟梅是兄[3]이라　　山礬花는 아우요 梅花는 형이라오.
坐對眞成被花腦[4]하니　　앉아서 대함에 참으로 꽃에 번뇌 당하니
出門一笑大江橫이라　　문 나가 한번 웃음에 큰 강 비껴 흐르누나.

1) 역주〕 凌波仙子生塵襪 : 凌波仙이란 물결을 능멸하는 神仙이란 뜻으로 곧 水仙花의

이름을 빌어 神仙의 꽂임을 나타낸 것이다. 이 글은 曹植의 〈洛神賦〉에 "물결을 능멸하여 가볍게 거니니, 비단 버선에서 먼지가 일어나네.〔凌波微步 羅襪生塵〕"한 내용을 인용하여 쓴 것이다.

2) 역주〕 種作寒花寄愁絶 : 金隆의 《勿巖集》 4권에 "絶은 極字와 같으니, 근심이 지극한 것이다." 하였다.

3) 역주〕 山礬是弟梅是兄 : 山礬花는 일명 七里香花, 또는 鄭花라고도 하는데 매화보다 조금 늦게 피므로 아우라고 칭한 것이다.

4) 역주〕 坐對眞成被花腦 : 水仙花를 美人에 비유하여 이 꽃을 보고 있노라면 저절로 매료되어 번뇌를 이룬다고 말한 것이다. 原文의 成字는 별뜻이 없다고 한다.

**【賞析】** 이 시는 《山谷詩注》 15권에 실려 있는데, 제목이 '왕충도가 수선화 50가지를 보내왔으므로 흔연히 마음에 들어 시를 짓다〔王充道送水仙花五十枝欣然會心爲之作詠〕'로 되어 있다. 수선화를 신선에 비유하여 絶世의 아름다움을 찬미하였으며, 끝에는 '一笑大江橫'이라 하여 超脫하여 自得한 경지를 나타내었다.

宋時烈〈1607(선조 40)－1689(숙종 15)〉의 《宋子大全》 2권에 水仙花를 읊어 畏齋 李季周에게 부친 시가 있으며, 金昌業〈1658(효종 9)－1721(경종 1)〉의 《老稼齋集》 2권에도 수선화라는 제목의 시가 실려 있다.

## 登黃鶴樓　　黃鶴樓에 오르다

崔　顥

上四句는 敍樓名之由요 下四句는 寓感慨之情이라 ○ 按黃鶴樓는 在鄂州子城西北隅黃鶴山上이라 方輿勝覽에 此樓因山得名이라하니 蓋自南朝已著矣라 南齊志에 仙人子安이 乘黃鶴過此라하니라

위의 네 句는 黃鶴樓라는 이름의 유래를 서술한 것이요, 아래 네 句는 감개하는 情을 붙인 것이다.

○ 살펴보건대 황학루는 鄂州(악주)의 子城 서북쪽 모퉁이인 황학산 위에 있다. 《方輿勝覽》에 "이 누대는 산으로 인하여 황학루라는 이름을 얻었다." 하였으니, 南朝時代부터 이미 이름이 알려졌다. 《南齊志》에 "仙人 子安이 황학을 타고 이곳을 지나갔다." 하였다.

昔人已乘黃鶴去하니　　옛사람 이미 黃鶴 타고 떠났으니
此地空餘黃鶴樓라　　이곳에는 부질없이 黃鶴樓만 남아 있네.

黃鶴一去不復返하니　黃鶴이 한 번 떠나가 다시 돌아오지 않으니
白雲千載空悠悠라　흰구름만 천년 동안 부질없이 흘러가네.
晴川歷歷漢陽樹[1]요　맑은 냇물은 漢陽의 나무들 역력하고
芳草萋萋鸚鵡洲[2][3]라　꽃다운 풀은 鸚鵡洲에 무성하게 자라누나.
日暮鄕關何處是오　해 저무는데 고향은 어느 곳인가
煙波江上使人愁라　煙波의 강 위는 사람 시름겹게 하네.

1) 晴川歷歷漢陽樹 : 漢陽軍은 漢沔之南이라 故曰漢陽이라

漢陽軍은 漢水와 沔水의 남쪽에 있으므로 한양이라 한 것이다.

2) 鸚鵡洲 : 後漢禰衡은 字正平이니 有才하여 尙氣剛傲하다 與孔融楊修善이러니 融이 薦于曹操한대 操喜하여 勅門者하여 有客便通하다 衡乃坐大營門하여 以杖捶地大罵어늘 吏請案之한대 操曰 禰衡은 孺子니 孤殺之는 猶雀鼠耳라 此人이 素有虛名하니 遠近이 將謂孤不能容之라하고 遂送與劉表하다 復慢侮한대 表恥不能容하여 以與江陵太守黃祖하니 時年三十六이라 祖長子射 大會賓客할새 人有獻鸚鵡者어늘 射擧巵謂衡曰 願先生賦之하여 以娛佳客하라 衡이 攬筆作文에 不加點하다 後亦以言不遜罵祖한대 祖殺之하여 葬四洲하니 後人이 因以鸚鵡名洲하니라

後漢의 禰衡(예형)은 자가 正平이니 재주가 있어 기개를 숭상하며 강하고 오만하였다. 孔融, 楊修와 친하였는데, 공융이 曹操에게 천거하자 조조는 기뻐하여 문지기에게 명하여 손님이 오면 곧 통지하게 하였다. 예형이 마침내 큰 營門에 앉아서 지팡이로 땅을 두드리며 크게 꾸짖으니, 관리가 죄를 다스릴 것을 청하였으나 조조는 “예형은 孺子이니 내가 그를 죽이는 것은 참새와 쥐를 죽이는 것과 같을 뿐이다. 이 사람은 평소에 헛된 명성이 있으니, 그를 죽이면 원근에서 장차 나더러 사람을 용납하지 못한다고 말할 것이다.” 하고는 마침내 劉表에게 보내었다. 예형이 다시 오만하고 업신여기자 유표는 그를 용납하지 못함을 부끄러워하여 강릉태수인 黃祖에게 보내니, 이때 나이가 36세였다. 황조의 장자인 射가 손님들을 크게 모아 잔치하였는데 어떤 사람이 앵무를 올리자, 사는 술잔을 들고 예형에게 이르기를 “선생이 시를 지어서 아름다운 손님들을 즐겁게 하기를 바란다.” 하였다. 예형이 붓을 잡고 글을 지었는데 점획을 하나도 더하지 않았다. 뒤에 또 예형이 말을 불손하게 하여 황조를 꾸짖자, 황조가 죽여서 四洲에 장례하니 후인들이 이로 인하여 이곳을 앵무주라 이름하였다.

3) 역주] 芳草萋萋鸚鵡洲 : 臺本에는 ‘春’자로 되어 있으나 본집에 의거하여 ‘芳’자로 바로잡았다.

【賞析】《三體詩》·《唐詩訓解》·《唐詩歸》에 모두 수록되어 있다. 이 시는 唐詩를 대표할 만한 작품으로 지금까지도 널리 人口에 膾炙된다. 이 시를 평하여 嚴羽는 《滄浪詩話》에서 "唐人의 칠언율시 중에 〈황학루〉를 제일로 꼽아야 할 것이다." 하였고, 顧華玉은 "이 시는 이백도 감탄했던 一氣渾成의 작품으로 스스로 압도당했다고 여겼다. 작자가 이곳에 올라옴에 저절로 시흥이 유출된 것이요, 꼭 능가할 만한 작품을 지으려고 했던 것은 아니다." 하였다. 田子藝는 "疊字를 열 자나 쓰고 다만 나머지 46자로 문장을 이루었으니 더욱더 기묘하다." 라고 평하였고, 또 "사람들은 이백의 〈鳳凰臺〉 시와 〈鸚鵡洲〉 시가 황학루에서 나왔다는 것만 알고 최호의 〈황학루〉가 沈佺期의 〈龍池篇〉에서 나온 것은 잘 모른다." 하였다. 〈용지편〉은 龍池樂章 10수의 제1장으로, 구구한 법식에 구속받지 않는 格調와 疊字를 써서 자연스런 節奏를 이룬 점을 최호가 취한 것으로 보인다. 참고로 〈용지편〉을 싣는다.

"용이 뛰어오른 龍池에 용이 이미 날아가니 용의 덕 천부적이어서 하늘에 어김이 없네. 못에는 은하가 펼쳐져 黃道가 나뉘었고 용은 天門을 향해 紫薇宮으로 들어갔네. 저택과 누대 氣色이 아름다우니 군왕의 오리들도 광채가 나누나. 천하의 온갖 냇물에 알리노니 이곳에 오면 동쪽으로 흘러가지 말지어다.〔龍池躍龍龍已飛 龍德先天天不違 池開天漢分黃道 龍向天門入紫微 邸第樓臺多氣色 君王鳧雁有光輝 爲報寰中百川水 來朝此地莫東歸〕"

李獻慶〈1719(숙종 45)－1791(정조 15)〉의 《艮翁集》 7권에 靑鶴臺에서 崔顥의 〈黃鶴樓〉體를 본떠서 지은 시가 실려 있으므로 그중 일부를 소개한다.

"청학이 언제 이곳에서 노닐었나 대 위에는 청학의 이름만 남아 전해지네. 청학이 높이 나니 날개가 크고 맑은 바람 불어 보내니 하늘이 우뚝하네.〔靑鶴何年遊此地 臺上留傳靑鶴名 靑鶴高飛翅翎大 泠風吹送天崢嶸〕"

이외에 李玄逸〈1627(인조 5)－1704(숙종 30)〉의 《葛庵集》 1권에도 靑鶴樓에 올라 崔顥의 〈黃鶴樓〉韻을 써서 회포를 적은 시가 실려 있다.

## 贈唐衢　　唐衢에게 올리다

韓愈(退之)

勉衢出仕하여 以致君澤民也라

唐衢가 출사하여 군주를 훌륭한 군주로 만들고 백성들에게 은택을 입힐 것을 권면한 것이다.

虎有爪兮牛有角하니　　범은 발톱 있고 소는 뿔 있으니

| | |
|---|---|
| 虎可搏兮牛可觸이라 | 범은 발로 치고 소는 받을 수 있다오. |
| 奈何君獨抱奇才하여 | 어이하여 그대 홀로 기특한 재주 안고서 |
| 手把犁鋤餓空谷고 | 손에 쟁기와 호미 잡고 빈 골짝에서 굶주리나. |
| 當今天子急賢良하사 | 지금 天子 賢良을 급히 찾아 |
| 匭函朝出開明光[1]이라 | 匭函을 아침에 내어 明光殿에서 열어 보인다오. |
| 胡不上書自薦達하여 | 어찌 글 올려 스스로 천거해서 |
| 坐令四海如虞唐[2]고 | 앉아서 四海를 唐虞와 같이 하지 않는가. |

1) 匭函朝出開明光：唐武后垂拱二年[*1]에 從魚保宗之請하여 匣匱爲四匭[*2]而鑰之하고 傍有一小竅하여 可入而不可出이라 置之朝堂하여 以受天下表疏하니라 明光은 漢武帝宮名이라

唐나라 則天武后 垂拱 2년(686)에 魚保宗의 요청을 따라 궤짝 네 개를 만들어 자물쇠를 채우고 옆에 한 작은 구멍을 내어 문서를 넣을 수는 있으나 꺼낼 수는 없게 하였다. 이것을 조당에 두고 천하의 表와 疏를 받게 하였다. 明光은 漢 武帝의 궁궐 이름이다.

*1) 역주〕 唐武后垂拱二年：臺本에는 垂拱五年으로 되어 있는 것을 二年으로 바로잡았다.

*2) 역주〕 四匭：동서남북에 延恩, 通玄, 招諫, 申寃 등의 네 궤짝이 있었다.

2) 역주〕 虞唐：唐은 堯임금의 국호이고 虞는 舜임금의 국호이므로 곧 태평한 세상을 가리켜 말한 것이다.

【賞析】 이 시는《韓昌黎集》3권에 실려 있다. 唐衢는 한유와 교유하였으므로《당서》에는 한유의 傳 아래에 붙였으나《신당서》에는 삭제하였다.《당서》에 "唐衢는 진사에 응시하였으나 오래도록 급제하지 못하였다. 詩歌를 잘하였고 성품이 慷慨하여 남의 문장을 보다가 슬픈 내용이 있으면 반드시 울어 눈물을 그치지 않았다." 하였다. 白樂天 또한 시를 지어 "賈誼는 시사에 울었고 阮籍은 기로에서 울었네. 唐生이 지금 또 우니 시대는 다르지만 슬픔은 매한가지라오.〔賈誼哭時事 阮籍哭岐路 唐生今亦哭 異代同其悲〕" 하였다. 당생은 재주가 있으면서 숨어 살던 賢人인데, 그에게 세상에 나와 도를 행하여 요순시대처럼 만들 것을 권유한 내용이다.

## 古意* 고의

韓 愈

此는 昌黎寓言이라

이는 韓昌黎의 우언이다.

* 古意는 옛날의 情感이나 운치 또는 옛날을 그리워하는 감회로 擬古, 倣古와 함께 시의 제목으로 많이 사용한다.

| | |
|---|---|
| 太華峯頭玉井蓮[1)]이 | 太華峯 꼭대기 玉井의 연꽃 |
| 開花十丈藕如船이라 | 꽃이 피면 열 길 되고 뿌리는 배와 같다오. |
| 冷比雪霜甘比蜜하니 | 시원함은 눈과 서리 같고 달기는 꿀 같으니 |
| 一片入口沈痾痊이라 | 한 조각만 입에 넣어도 묵은 병 낫는다오. |
| 我欲求之不憚遠이나 | 내 이것 구하고자 하여 먼길도 꺼리지 않으나 |
| 青壁無路難夤緣이라 | 푸른 절벽에 길이 없어 기어오르기 어려워라. |
| 安得長梯上摘實하여 | 어이하면 긴 사다리 얻어 올라가 열매 따다가 |
| 下種七澤[2)]根株連고 | 내려와 七澤에 심어 뿌리와 포기 연하게 할는지. |

1) 역주] 太華峯頭玉井蓮 : 太華는 五嶽 중의 西嶽인 華山으로 이 산 정상에 옥같은 맑은 물이 있으므로 玉井이라 칭한 것이다.

2) 역주] 七澤 : 큰 못으로 湖北省에 있는데, 일곱 개라 하나 확실하지 않다. 漢나라 司馬相如의 〈子虛賦〉에 "臣이 들으니 楚지방에 일곱 개의 큰 못이 있다 하였는데, 신은 그중에 한 개만 보았고 그 나머지는 보지 못했습니다. 신이 본 것은 다만 그 작은 것일 뿐이니, 이름을 雲夢이라 하였습니다." 하였다. 일곱 개에 대해서는 분명하지 않으니, 다만 雲夢 七澤이라 하여 오직 雲夢澤을 가리키는 것으로 보는 것이 일반적이다.

【賞析】 이 시는 《韓昌黎集》 3권에 실려 있는데, 華山의 연꽃에 뜻을 붙여 富貴를 탐하는 자들을 경계한 작품이다. 그 注에 "《華山記》에 '산꼭대기에 못이 있고 연꽃 천여 송이가 피어 있는데, 이것을 먹으면 신선이 된다.' 하였으므로 華山이라 했다." 하였다.

古文眞寶 前集 제5권

# 七言古風 短篇

## 贈鄭兵曹　　鄭兵曹에게 올리다

韓愈(退之)

感慨老少之禪代와 世變之推遷하고 終於飮酒消愁하니라

老少의 교체와 世變의 추이를 감개하고 마침내 술을 마셔 근심을 사라지게 한 것이다.

| | |
|---|---|
| 樽酒相逢十載前엔 | 술잔 들며 서로 만난 십년 전에는 |
| 君爲壯夫我少年터니 | 그대는 壯夫 나는 少年이었는데. |
| 樽酒相逢十載後엔 | 술잔 들며 서로 만난 십년 뒤에는 |
| 我爲壯夫君白首라 | 나는 壯夫 그대는 白髮이 되었구려. |
| 我才與世不相當하여 | 나의 재주 세상과 서로 맞지 않아 |
| 戢鱗委翅無復望이라 | 지느러미 움츠리고 날개 접어 다시는 희망 없다오. |
| 當今賢俊皆周行[1]이어늘 | 지금에 賢俊들 모두 周行에 있거늘 |
| 君何爲乎亦遑遑[2]고 | 그대 또한 어찌하여 경황 없는가. |
| 盃行到君莫停手하라 | 巡杯가 그대에게 이르거든 손 멈추지 말고 드소 |
| 破除萬事無過酒라 | 萬事 잊는 데에는 술보다 나은 것 없으니. |

1) 역주] 周行 : 원래 周나라 行列이란 뜻으로 朝廷의 높은 반열을 일컫는다.

2) 當今賢俊皆周行 君何爲乎亦遑遑 : 退之謂我材는 不用於世어니와 方今賢俊並進이어늘 君何爲亦不仕乎아

韓退之가 이르기를 "나의 재주는 세상에 쓰여지지 못하거니와 방금 賢俊들이 함께 진출하는데 그대는 어찌하여 또한 벼슬하지 못하는가." 라고 한 것이다.

【賞析】 이 시는 《韓昌黎集》 3권에 실려 있는데, 그 注에 "鄭은 鄭通誠이라고 한다. 張建封이 武寧의 절도사로 있을 때에 정통성은 副使였고 한유는 從事였는데, 서로 어울려 술을 마시곤 하였다." 하여 鄭兵曹가 곧 정통성이라고 하였으나 白居易의 〈哀二良〉 시에도 祠部員外郞 鄭通誠이라 한 것을 보면 누구인지 확실히 알 수 없다. 그러나 시의 내용으로 볼 때 나이는 한유보다 많으며 微官에 머물러 술로 시름을 잊은 인물인 듯하다. 이 시의 전반부는 인생의 덧없음을 한탄하였고 후반부는 불우한 처지를 술로써 잊어버리라고 정병조에게 권유하였다.

## 雉帶箭 꿩이 화살을 맞다

韓 愈

| | |
|---|---|
| 原頭火燒淨兀兀하니 | 언덕 위에 불놓아 깨끗이 타서 평평하니 |
| 野雉畏鷹出復沒이라 | 들꿩이 매 두려워하여 나왔다 다시 숨누나. |
| 將軍欲以巧伏人하여 | 將軍이 교묘한 솜씨로 사람들 복종시키려 |
| 盤馬彎弓惜不發이라 | 말 돌리며 활 당기되 아끼고 쏘지 않네. |
| 地形漸窄觀者多하니 | 地形 점점 좁혀지고 구경하는 자 많으니 |
| 雉驚弓滿勁箭加라 | 꿩 놀라 날자 활 가득 당겨 굳센 화살로 맞추었네. |
| 衝人決起百餘尺하니 | 사람 속을 뚫고 나와 백여 척 솟구쳐 오르니 |
| 紅翎白鏃相傾斜라 | 붉은 깃에 흰 화살촉 서로 비꼈어라. |
| 將軍仰笑軍吏賀하니 | 將軍은 우러러 웃고 軍吏들 축하하니 |
| 五色離披馬前墮라 | 오색 깃털 흩뜨리며 말 앞에 떨어지네. |

【賞析】 이 시는 《韓昌黎集》 3권에 실려 있는데, 그 注에 "公이 彭城 張僕射를 따라 사냥 나갔다가 지은 것으로 읽음에 그 모습이 생생하게 눈앞에 펼쳐진다." 하였다. 꿩이 화살을 맞고 공중에서 떨어지는 모습을 실감나게 읊었다.

## 南陵敍別 南陵에서의 작별을 서술하다

李白(太白)

此篇은 有懷古之意라 ○ 南陵은 在宣州하니라

이 편은 옛날을 그리워하는 뜻이 있다.

○ 南陵은 宣州에 있다.

| | |
|---|---|
| 白酒[1]初熟山中歸하니 | 白酒가 처음 익자 산중으로 돌아오니 |
| 黃鷄啄黍秋正肥라 | 누런 닭 기장 쪼아먹어 가을에 마침 살쪘네. |
| 呼童烹雞酌白酒하니 | 아이 불러 닭 잡게 하고 白酒 마시니 |
| 兒女嬉笑牽人衣라 | 兒女들 재롱부려 웃으며 사람 옷 잡아끄네. |
| 高歌取醉欲自慰하니 | 소리 높여 노래하며 술취해 스스로 위로하고자 해 |
| 起舞落日爭光輝라 | 일어나 춤추며 지는 해와 붉은 얼굴 빛을 다투누나. |
| 游說萬乘苦不早하니 | 萬乘天子에게 일찍 유세하지 못함 괴로우니 |
| 著鞭跨馬涉遠道라 | 채찍 잡고 말에 올라 먼 길 떠나가네. |
| 會稽愚婦輕買臣[2]하니 | 會稽의 어리석은 지어미 朱買臣을 경시하였으니 |
| 余亦辭家西入秦이라 | 나 또한 집 하직하고 서쪽 長安으로 들어간다오. |
| 仰天大笑出門去하니 | 하늘을 우러러 크게 웃으며 문을 나서 떠나가니 |
| 我輩豈是蓬蒿人고 | 우리들이 어찌 草野에 묻혀 있을 사람인가. |

1) 역주] 白酒 : 막걸리를 지칭하나 후세에는 燒酒를 가리키기도 한다.

2) 會稽愚婦輕買臣 : 朱買臣은 字翁子니 嘗賣薪樵할새 行且誦書하니 妻羞之하여 求去하다 其後에 買臣이 爲會稽太守하여 入界라가 見故妻治道하고 命後車載之하니라

朱買臣은 자가 翁子이다. 일찍이 나무섶을 팔 적에 다니면서 책을 외우니, 그의 아내가 부끄러워하여 친정으로 돌아갈 것을 청하였다. 그후 주매신이 會稽太守가 되어서 境內에 들어오다가 옛 아내가 길을 닦는 것을 보고는 뒷수레에 태우도록 명하였다.

【賞析】 이 시는 《李太白集》 15권에 실려 있는 바, 제목이 '남릉에서 아이들과 이별하고 장안으로 들어가며〔南陵別兒童入京〕'로 되어 있다. 李白이 江南의 宣州 南陵에 있는 집에 돌아와 즐거운 한때를 보내고 다시 장안으로 돌아갈 때에 처자와 작별하며 읊은 것이다.

## 月夜與客飮酒杏花下　달밤에 손님과 함께 살구꽃 아래에서 술을 마시다

蘇軾(子瞻)

| | |
|---|---|
| 杏花飛簾散餘春하고 | 살구꽃 珠簾에 날아들어 남은 봄 흩날리고 |

| | |
|---|---|
| 明月入戶尋幽人이라 | 밝은 달 창문에 들어와 그윽한 사람 찾아주네. |
| 褰衣步月踏花影하니 | 옷 걷고 달 아래 거닐며 꽃 그림자 밟으니 |
| 炯如流水涵青蘋이라 | 밝기가 흐르는 물에 푸른 마름 잠겨 있는 듯하다오. |
| 花間置酒淸香發하니 | 꽃 사이에 술자리 베푸니 맑은 향기 풍기는데 |
| 爭挽長條落香雪이라 | 긴 가지 휘어잡자 향기로운 꽃 눈처럼 떨어지네. |
| 山城薄酒[1]不堪飮하니 | 山城의 나쁜 술 마실 수가 없으니 |
| 勸君且吸杯中月하라 | 그대 우선 잔 가운데의 달이나 마시소. |
| 洞簫聲斷月明中에 | 퉁소 소리 끊기고 달 밝은 가운데에 |
| 惟憂月落酒盃空이라 | 오직 달이 져서 술잔에 비추지 않을까 걱정이라오. |
| 明朝卷地春風惡이면 | 내일 아침 땅 말아올리는 봄바람 사납게 불면 |
| 但見綠葉棲殘紅이라 | 다만 푸른 잎속에 쇠잔한 붉은 꽃 깃드는 것 보리라. |

1) 역주] 山城薄酒 : 山城은 徐州의 城을 이르며 薄酒는 맛이 없는 술로, 이 시는 東坡가 서주에 있을 때에 손님들과 술을 마시며 지은 것이다.

【賞析】 이 시는 《蘇東坡集》 10권에 실려 있는데, 제목 밑의 주에 "내가 徐州에 있을 때에 王子立·王子敏이 모두 내집에 묵고 있었는데, 蜀人 張師厚가 찾아오자 젊은 二王이 퉁소를 불고 살구꽃 아래에서 술을 마셨다." 하였으니, 봄밤의 달을 감상하며 지은 것이다.

李滉〈1501(연산군 7)-1570(선조 3)〉의 《退溪集》 1권에 〈聾巖先生을 뵈니 先生이 모시는 아이로 하여금 東坡의 月夜飮杏花下 시를 노래하게 하고 그 시에 차운하여 보여주었다. 그러므로 내가 또한 화답하여 바치다〉 라는 제목의 시가 실려 있으므로 다음에 소개한다.

"산중에 병들어 누운 봄 석 달 만에 일어나 농암선생을 뵈니 봄이 사람을 불러 일으키네. 암중의 늙은 신선은 광음을 아껴 홀로 물가에 서서 白蘋詩를 읊는다오. 바위곁의 붉은 살구꽃 아직 피지 않았는데 재촉하여 雪兒를 시켜 香雪歌를 부르게 하네. 꽃피기를 기다려 봄을 완상하려 하나 다만 꽃필 때 이미 달이 없을까 두렵노라. 삽시간에 아름다운 싯구 이루어지니 읊기를 마침에 잔이 빈 줄도 모르노라. 강가로 돌아가고픈 흥취 아득하여 끝이 없는데 뒤돌아보니 만산에 꽃이 붉게 피려 하누나.〔病臥山中九十春 起拜巖仙春喚人 巖中老仙惜光景 獨立汀洲詠白蘋 倚巖紅杏尙未發 催令雪兒唱香雪 待得花開要賞春 只恐花時已無月 咳唾珠璣俄頃中 吟罷不覺杯心空 江邊歸興浩無涯 回首亂山花欲紅〕"

이외에 柳成龍〈1542(중종 37)－1607(선조 40)〉의 《西厓集》 별집 1권에도 〈달밤에 조카와 함께 梅花 아래를 거닐며〉 라는 제목으로 이 시에 차운하여 지은 시가 있다.

## 人日*寄杜二拾遺　人日에 拾遺 杜二에게 부치다

高 適

* 人日은 음력 정월 7일로 옛날에는 이 날을 명절로 쳤으며, 杜二拾遺는 杜甫를 이른다. 二는 형제의 순번이고 拾遺는 관명으로 두보가 이 벼슬을 지냈기 때문에 칭한 것이다.

| | |
|---|---|
| 人日題詩寄草堂하니 | 人日에 詩 써서 草堂에 부치니 |
| 遙憐故人思故鄕이라 | 고향 생각할 故人 멀리서 그리워하네. |
| 柳條弄色不忍見이요 | 버드나무 가지 빛을 희롱하니 차마 볼 수 없고 |
| 梅花滿枝空斷腸이라 | 매화꽃 가지에 가득하니 부질없이 애간장만 태운다오. |
| 身在南蕃無所預나 | 몸은 남쪽 변방에 있어 간여하는 바 없으나 |
| 心懷百憂復千慮라 | 마음은 백 가지 근심에 다시 천 가지 생각 품었네. |
| 今年人日空相憶하니 | 금년 人日에 부질없이 서로 그리워하니 |
| 明年人日知何處오 | 명년 人日에는 어느 곳에 있을지 알까. |
| 一臥東山三十春하니 | 한번 東山에 누워 삼십 년 지내니 |
| 豈知書劒老風塵고 | 어찌 책 읽고 劍術한 선비 風塵에 늙을 줄 알았으랴. |
| 龍鍾還忝二千石[1)]하니 | 龍鍾한 이 내 몸 도리어 二千石에 오르니 |
| 愧爾東西南北人이라 | 동서남북으로 떠돌아다니는 그대에게 부끄럽노라. |

1) 역주] 龍鍾還忝二千石 : 龍鍾은 여러 說이 있으나 노쇠하고 못난 사람을 칭하며 二千石은 벼슬의 품계로 연봉이 2천석에 이르는 관원이다.

【賞析】 이 시는 《唐詩訓》 2권에 실려 있는 바, 정월 7일(人日)에 오랜 친구인 두보에게 부친 시로 친구를 걱정하는 마음이 잘 나타나 있다. 高適은 그의 재주를 시기한 李輔國의 비방을 받아 太子少詹事로 좌천되었다가 乾元 2년(759)에 彭州刺史로 나갔는데, 이 시는 上元 2년(761) 그가 蜀州刺史로 있을 때에 지은 것이다. 두보는 이 시를 받은 후 고적의 생사를 모르다가 고적이 죽은 지 5년 뒤에야 이 시에 답하여 '故 高蜀州가 人日에 부쳐준 시에 추후에 답하다〔追酬故高蜀州人日見寄〕'라

는 제목의 시를 지었다.

## 流夜郎*贈辛判官　　夜郞으로 유배가며 辛判官에게 올리다

李 白

* 夜郞은 지명이며 判官은 官名으로 辛判官의 이름은 전하지 않는다.

| | |
|---|---|
| 昔在長安醉花柳하여 | 옛날 長安에서 꽃과 버들에 취하여 |
| 五侯七貴[1]同盃酒라 | 五侯 七貴와 함께 술 마셨다오. |
| 氣岸遙凌豪士前하니 | 氣槪가 멀리 豪士의 앞에 능가하였으니 |
| 風流肯落他人後아 | 風流가 어찌 타인의 뒤에 뒤지려 하였겠는가. |
| 夫子紅顔我少年이니 | 夫子는 紅顔 나는 少年이었으니 |
| 章臺走馬著金鞭이라 | 章華臺에 말 달리며 금채찍 잡고 있었네. |
| 文章獻納麒麟殿[2]이요 | 文章을 지어 麒麟殿에 올렸었고 |
| 歌舞淹留玳瑁筵이라 | 歌舞하며 玳瑁로 꾸민 자리에 머물렀었다오. |
| 與君相謂長如此러니 | 그대와 서로 장구히 이와 같으리라 생각하였으니 |
| 寧知草動風塵起오 | 어찌 草木이 동하여 風塵이 일어날 줄 알았겠는가. |
| 函谷忽驚胡馬來[3]하니 | 函谷關에 갑자기 胡馬 쳐들어와 놀래니 |
| 秦宮桃李向誰開오 | 長安 궁중의 桃李花 누구 향해 피는가. |
| 我愁遠謫夜郎去하니 | 나는 시름겹게 멀리 夜郞으로 유배가니 |
| 何日金雞放赦回[4]오 | 어느 날 金雞 아래 사면받고 돌아올까. |

1) 역주] 五侯七貴 : 五侯는 한 가문에 侯로 봉해진 자가 다섯이나 되는 權門勢家를 이르며 七貴 역시 貴人이 일곱 명이나 되는 집안을 이른다.

2) 역주] 麒麟殿 : 漢나라 때 未央宮에 속해 있던 궁전으로, 아름다운 궁전의 범칭이다.

3) 역주] 函谷忽驚胡馬來 : 函谷은 長安 부근에 있는 관문으로 오랑캐인 安祿山이 쳐들어와 도성인 장안이 진동함을 말한 것이다.

4) 何日金雞放赦回 : 唐中書令放赦日에 植(치)金雞於仗南하니 竿長七丈이요 雞首銜絳幡七尺하여 以放赦하니라

唐나라 中書省에서 赦免하던 날에 금닭을 儀仗의 남쪽에 꽂아놓으니, 깃대의 길이가 일곱 장이고 닭의 머리에 일곱 자 되는 붉은 깃발을 붙여서 赦免을 알리게 하였다.

【賞析】 이 시는 《李太白集》 11권에 실려 있다. 이백이 永王 璘의 일 때문에 죄를 얻어 夜郞으로 유배갈 적에 벗인 判官 辛某에게 준 것으로, 과거의 화려했던 시절을 회상하며 현재의 불행한 처지를 한탄한 내용이다.

## 醉後答丁十八以詩譏予搥碎黃鶴樓　취한 뒤에 丁十八이 시를 지어 내가 황학루를 때려부수겠다고 한 것을 기롱한데 답하다

李 白

太白詩에 我且爲君搥碎黃鶴樓하리니 君亦爲吾倒却鸚鵡洲라하니라

李太白의 詩에 "내 우선 그대를 위하여 황학루를 때려 부술 것이니, 그대 또한 나를 위하여 鸚鵡洲를 뒤집어 엎으라." 하였다.

黃鶴高樓已搥碎[1]하니　높은 黃鶴樓 이미 때려부쉈으니
黃鶴仙人無所依라　黃鶴 탄 神仙 의지할 곳 없어졌네.
黃鶴上天訴上帝하니　황학이 하늘에 올라가 上帝에게 하소연하니
却放黃鶴江南歸라　황학 풀어놓아 江南으로 돌아갔네.
神明太守再雕飾하여　神明한 太守 황학루 다시 단장하고 꾸며
新圖粉壁還芳菲라　새로 분 바른 벽에 그리니 아름다움 되돌아왔네.
一州笑我爲狂客하니　온 고을 사람들 나 비웃으며 狂客이라 하니
少年往往來相譏라　소년들 이따금 찾아와 서로 비난하네.
君平簾下[2]誰家子오　君平의 주렴 아래에 뉘집 아들인가
云是遼東丁令威[3][4]라　바로 遼東의 丁令威라 말하네.
作詩掉我驚逸興하니　詩 지어 나를 흔들어 뛰어난 흥취 놀라게 하니
白雲遶筆窓前飛라　白雲이 붓 감돌며 창문 앞에 날리네.
待取明朝酒醒罷[5]하여　내일 아침 술이 다 깨기 기다려
與君爛熳尋春輝라　그대와 난만히 봄빛 찾으리라.

1) 역주] 黃鶴高樓已搥碎 : 李白이 韋南陵에게 준 시에 '내 우선 그대를 위해 황학루를 때려 부수겠네.〔我且爲君搥碎黃鶴樓〕' 라고 보이는 바, 이는 농담으로 한 말인 듯하다.

2) 역주] 君平簾下 : 君平은 漢나라 때 卜術家인 嚴遵의 자이다. 그는 四川 成都에서 점을 쳐 주고 살았는데, 百錢을 벌면 가게문을 닫고 발을 내린 다음 사람들에게 《老子》를 가르쳤다 하는 바, 簾下는 道家의 신선술을 배운 사람을 가리킨다.

3) 遼東丁令威：續搜神記에 遼東城門에 有華表柱하니 白鶴集其上하여 言詩云 有鳥有鳥丁令威여 去家千歲今來歸라 城郭如故人民非니 何不學仙冢纍纍오하니라

《續搜神記》에 "遼東 성문에 華表柱가 있는데 백학이 그 위에 앉아서 詩를 말하기를 '새여! 새여! 정령위여! 집을 떠난 지 천 년 만에 이제 비로소 돌아왔네. 성곽은 예전과 다름없는데 사람들은 옛사람이 아니니, 어찌하여 신선술을 배우지 아니하여 무덤이 총총히 있는가.'라 했다." 하였다.

4) 역주] 丁令威：李德弘의《艮齋集》續集 4권에 "黃鶴樓는 본래 仙家의 일에 속하는데 十八의 姓이 마침 丁이므로 丁令威를 취하여 비유한 것이다." 하였다.

5) 역주] 待取明朝酒醒罷：金隆의《勿巖集》4권에 "待取는 待得(기다림)과 같고 醒罷는 醒了(술이 깸)와 같다." 하였다.

【賞析】 이 시는《李太白集》19권에 실려 있는 바, '十八'은 형제간의 항렬로 丁氏 가문의 형제 중에 열여덟 번째인 사람을 가리킨 것이나 이름은 전하지 않는다. 이백이 夜郞으로 유배가던 중 放還의 명을 받고 돌아올 때 江夏에서 南陵縣令 韋冰을 만나 지은 〈江夏贈韋南陵冰〉 시에 '내 우선 그대를 위하여 황학루를 때려 부술 것이니 그대 또한 나를 위하여 앵무주를 뒤집어 엎으라. 적벽에서 자웅을 겨루던 일 꿈결같으니 우선 가무하며 이별의 근심을 풀어보세나.〔我且爲君搥碎黃鶴樓 君亦爲吾倒却鸚鵡洲 赤壁爭雄如夢裏 且須歌舞寬離憂〕' 라는 구가 있었다. 丁十八이 시를 지어 이백이 狂縱에 가까움을 기롱하자, 이백이 다시 이 시를 지어 답한 것으로 그의 曠達한 기상을 볼 수 있다.

李承召〈1422(세종 4)-1484(성종 15)〉의《三灘集》9권에 〈黃鶴樓〉라는 제목의 시가 있는데 다음과 같다.

"仙人이 학 타고 하늘로 날아 올라가니 황학이라 이름한 누각 이로부터 세상에 전해졌네. 일찍이 이태백이 황학루 때려부쉈다 하니 어찌하면 우뚝한 모습 다시 볼 수 있을까.〔仙人乘鶴飛上天 黃鶴名樓自此傳 曾聞太白已搥碎 那得崢嶸入眼前〕"

## 采石*月贈郭功甫　　采石山의 달을 노래하여 郭功甫에게 주다

梅堯臣(聖兪)

* 采石：安徽省 當塗縣에 있는 산으로 강가에 있어 이 강을 采石江이라고 칭하는데, 전설에 李白이 이 강에서 달을 안고 신선이 되었다 한다. 功甫는 郭祥正의 字로 當塗 사람인데 그 어머니가 꿈에 李白을 보고 임신하여 낳았다 한다.

采石月下訪謫仙[1]하니　　采石山 달 아래에 謫仙 찾으니

| | |
|---|---|
| 夜披錦袍坐釣船이라 | 밤에 비단 도포 입고 낚싯배에 앉아 있네. |
| 醉中愛月江底懸하여 | 취중에 강 밑에 매달린 달 사랑하여 |
| 以手弄月身翻然이라 | 손으로 달 희롱하다가 몸이 뒤집혀 빠졌다오. |
| 不應暴落飢蛟涎이니 | 갑자기 굶주린 蛟龍의 입으로 떨어지지 않았을 것이니 |
| 便當騎鯨上青天이라 | 곧 고래 타고 푸른 하늘로 올라 갔으리라. |
| 青山有冢人謾傳[2]이나 | 青山에 무덤이 있다고 사람들 부질없이 전하나 |
| 却來人間知幾年고 | 다시 人間에 온 지 몇 년인 줄 아는가. |
| 在昔孰識汾陽王고 | 저 옛날 그 누가 汾陽王 알아보았던가 |
| 納官貰死義難忘[3]이라 | 벼슬 바쳐 속죄하게 하였으니 의리 잊기 어려웠네. |
| 今觀郭裔奇俊郎하니 | 오늘 郭氏의 후손으로 기이하고 준걸스러운 남자 보니 |
| 眉目眞似攻文章[4]이라 | 眉目이 수려하여 참으로 文章 잘한 李白과 같다오. |
| 死生往復猶康莊[5]하니 | 死生의 오고감 康莊과 같으니 |
| 樹穴探環知姓羊[6]이라 | 나무구멍에서 고리 찾아낸 姓이 羊氏인 줄 아노라. |

1) 역주〕 謫仙 : 天上의 신선이 인간세상에 귀양왔다는 뜻으로 唐나라의 詩仙 李白을 가리킨다.

2) 역주〕 青山有冢人謾傳 : 青山은 當塗縣 30리 지점에 있는 푸른 산으로 이곳에 일찍이 南齊의 詩人 謝脁의 집이 있었는 바, 李白은 평소 사조를 흠모하였으며 그의 무덤 역시 이곳에 있다고 전해지므로 말한 것이다.

3) 在昔孰識汾陽王 納官貰死義難忘 : 白이 客幷州하여 識汾陽王郭子儀於行伍間하고 爲脫其刑責而奬重之러니 及白坐永王之事에 子儀功成하고 請以官爵贖白罪하여 因而免誅하니라

李白이 幷州에 나그네로 있으면서 汾陽王 郭子儀를 항오 사이에서 알고는 그의 형벌을 벗겨 주고 장려하여 소중하게 여겼다. 그후 이백이 永王의 일에 연좌됨에 미쳐 곽자의는 공을 이루었는데 자신의 관작으로 이백의 죄를 속죄해 줄 것을 청하였다. 이로 인하여 이백은 주벌을 면하였다.

4) 역주〕 眞似攻文章 : 攻은 治의 뜻으로 攻文章은 문장을 잘함을 이른다. 李德弘의 《艮齋集》 續集 4권에 "文章을 잘한다는 것은 李白을 가리켜 말한 것이다. 郭功甫는 이백의 後身이므로 그의 眉目이 참으로 이백과 흡사한 것이다." 하였다. 金隆의 《勿巖集》에도 이와 같은 내용이 보인다.

5) 역주〕 康莊 : 다섯 곳으로 통하는 길거리를 '康'이라 하고 여섯 곳으로 통하는 길거리를 '莊'이라 하는 바, 死와 生이 순환하여 오고 가므로 康莊과 같다고 말한 것이다.

6) 樹穴探環知姓羊：羊祜年五歲에 令乳母로 取所弄金環한대 乳母曰 汝先無此物이니라 祜卽詣隣人李氏東垣桑木中探得之하니 主人驚曰 此吾亡兒所失物也라한대 乳母具言之하니 知李氏子則祜前身也라

羊祜가 다섯 살 적에 乳母로 하여금 가지고 놀던 금가락지를 가져 오게 하니, 유모가 말하기를 "너는 전에 이런 물건이 없었다." 하였다. 양호가 즉시 이웃사람인 李氏의 동쪽 담장 아래에 있는 뽕나무 속에 나아가서 더듬어 찾아내니, 주인이 놀라며 말하기를 "이는 나의 죽은 아들이 잃어버렸던 물건이다." 하였다. 유모가 그 연유를 자세히 말하니, 이씨의 아들은 양호의 前身임을 알 수 있었다.

**【賞析】** 제목 밑의 주에 "이 시는 郭功甫가 이백의 後身임을 말한 것이다." 하였다. 《東都事略》 98권 〈文藝傳〉에 "郭祥正은 자가 功甫이며 當塗 사람이다. 어머니가 꿈에 이백을 보고 그를 낳았다. 상정은 어려서 詩名이 있어 梅堯臣이 '天才가 이와 같으니, 참으로 이백의 후신이다.' 하였고, 王安石 또한 그의 시의 아름다움에 감탄하였다." 하였다. 采石江은 이백이 술에 취해 물 속에 비친 달을 잡으려다 빠져 죽었다는 전설이 있는 곳이다. 그러므로 채석강의 달을 보고 이백을 추억하였으며, 또 지금의 공보를 보건대 천재이고 이백의 풍모가 있으니, 이백의 후신이 아직도 존재한다는 사실을 읊어 곽공보에게 준 것이다.

## 把酒問月　　술잔을 잡고 달에게 묻다

李 白

| | |
|---|---|
| 靑天有月來幾時오 | 푸른 하늘에 달 있은 지 얼마나 되었는가 |
| 我今停杯一問之라 | 내 이제 술잔 멈추고 한번 묻노라. |
| 人攀明月不可得이나 | 사람은 明月에 오를 수 없으나 |
| 月行却與人相隨라 | 달의 運行은 도리어 사람과 서로 따르네. |
| 皎如飛鏡臨丹闕하니 | 밝기는 나는 거울이 붉은 궁궐에 임한 듯하니 |
| 綠煙滅盡淸輝發이라 | 푸른 안개 모두 사라지자 맑은 빛 발하누나. |
| 但見宵從海上來하니 | 다만 밤마다 바다 위로부터 옴 볼 뿐이니 |
| 寧知曉向雲間沒고 | 어찌 새벽이면 구름 사이로 없어짐 알겠는가. |
| 玉兎擣藥[1]秋復春이요 | 옥토끼는 약방아 찧되 가을과 또 봄에 하며 |
| 姮娥[2]孤栖與誰隣고 | 姮娥는 외로이 깃들어 누구와 이웃하는가. |
| 今人不見古時月이나 | 지금 사람은 옛 달 보지 못하였으나 |

| | |
|---|---|
| 今月曾經照古人이라 | 지금 달은 일찍이 옛사람 비추었다오. |
| 古人今人若流水하니 | 옛사람과 지금 사람 흐르는 물 같으니 |
| 共看明月皆如此라 | 함께 밝은 달 보고 이와 같이 느꼈으리라. |
| 惟願當歌對酒時에 | 오직 원하노니 노래하고 술 마실 때에는 |
| 月光長照金樽裏라 | 달빛이 언제나 금술잔 속에 비췄으면 하네. |

1) 역주] 玉兎擣藥：玉兎는 하얀 토끼로, 전설에 달 속에는 하얀 옥토끼가 있어 계수나무 아래에서 약방아를 찧어 인간에 뿌려 준다고 한다.

2) 역주] 姮娥：嫦娥로도 쓰는 바, 달을 가리킨다. 전설상 有窮의 군주 夷羿의 아내가 長生不死하는 仙藥을 훔쳐 먹고 신선이 되어 月宮으로 들어가 항아가 되었다 한다. 《淮南子 覽冥訓》

【賞析】 이 시는 《李太白集》 20권에 실려 있는 바, 自注에 "친구인 賈淳이 나로 하여금 이것을 묻게 하였다."는 내용이 있다. 이백의 기개가 豪放하므로 그가 지은 문장도 豪誕함을 엿볼 수 있다. 영원하고 아름다우며 신비한 달의 형상을 묘사하고, 이를 통하여 시인 자신의 고고하여 세속을 초탈한 모습을 드러내었다.

李玄錫〈1647(인조 25)－1703(숙종 29)〉의 《游齋集》 3권에 이 시를 본떠서 지은 시가 있다.

"내게 椒花酒 한 말 있으니 술잔 들고 달을 맞이하여 벗을 부르듯 하였다오. 둥근 달그림자 술잔속에 드리워져 술에 섞여 시인의 입속으로 들어갔지만, 술 마시고 달을 보니 여전히 하늘에 있길래 크게 웃으며 달에게 아무 탈 없느냐고 물었네. 천지가 개벽함으로부터 하늘에 달이 있어 우리 인간을 비추어준 지 또한 이미 오래네. 규방의 수심과 변방의 원망은 네가 매개가 되어서이고 취흥과 시흥 또한 네가 꾀어서이지. 향기를 풍기지만 세상 사람들 맡지 못하게 하고 약방아 찧지만 어찌 인간에게 수명을 연장해준 적 있었나. 다만 차고 기울어 백발을 재촉할 뿐인데 둥근달 급히 돌아 미쳐 달리는듯 하네. 내가 지금 물으나 달은 잠자코 있으니 나도 말을 잊고 술잔만 잡노라.〔我有椒花酒一斗 擧盃邀月如呼友 月影團團落盃中 和酒倒入詞人口 吸罷見月猶在天 大笑問月無恙否 自天之開天有月 照我人間亦已久 閨愁塞恨汝爲媒 麴生詩魔汝能誘 飄香不使世間聞 擣藥何曾借人壽 只見盈虧催白髮 氷輪急轉如狂走 我今問之月不語 我亦忘言但把酒〕"

이외에 成俔〈1439(세종 21)－1504(연산군 10)〉의 《虛白堂集》 風雅錄 2권과 洪彦弼〈1476(성종 7)－1549(명종 4)〉의 《默齋集》 1권에도 같은 제목의 시가 실려 있다.

## 枏木爲風雨所拔歎　枏나무가 비바람에 뽑힌 것을 한탄하다

杜甫(子美)

| | |
|---|---|
| 倚江枏樹草堂前을 | 강가에 의지한 남나무 草堂 앞에 있는데 |
| 故老相傳二百年이라 | 古老들 서로 전해오기를 이백 년 되었다 하네. |
| 誅茅卜居總爲此하니 | 띠풀 베어 이곳에 집 지은 것 모두 이 때문이니 |
| 五月髣髴聞寒蟬이라 | 五月에도 흡사 찬 매미 소리 듣는 듯 시원하였네. |
| 東南飄風動地至하니 | 東南風의 회오리바람 땅을 진동하여 불어오니 |
| 江翻石走流雲氣라 | 강물 뒤집히고 돌 구르며 구름 기운 떠돌아다녔네. |
| 幹排雷雨猶力爭터니 | 줄기는 우레와 비 물리쳐 힘써 다투었는데 |
| 根斷泉源豈天意아 | 뿌리가 물 根源에 끊겼으니 어찌 하늘의 뜻이겠는가. |
| 滄波老樹性所愛니 | 滄波와 늙은 나무 本性에 사랑하니 |
| 浦上童童一靑蓋라 | 물가에 무성하게 펴져 한 푸른 日傘이었다오. |
| 野客頻留懼雪霜이요 | 나그네들 자주 머물러 눈과 서리 피하였고 |
| 行人不過聽竽籟라 | 행인들 지나치지 않고 피리 같은 바람소리 들었네. |
| 虎倒龍顚委榛棘하니 | 쓰러진 범 넘어진 용처럼 가시밭에 버려지니 |
| 淚痕血點垂胸臆이라 | 눈물 흔적과 핏자국 가슴 속에 드리워져 있네. |
| 我有新詩何處吟고 | 내 새로운 詩 지은들 어느 곳에서 읊겠는가 |
| 草堂自此無顔色[1]이라 | 草堂이 이로부터는 안색이 없게 되었구려. |

1) 草堂自此無顔色：楩枏杞梓는 天下之良材니 枏樹爲風雨所拔은 喩嚴武之死라 如虎倒龍顚하여 使草堂無所棲託이라 故歎云自此無顔色也라하니라

楩·枏·杞·梓는 천하의 좋은 재목이니, 枏나무가 비바람에 뽑힘은 嚴武의 죽음을 비유한 것이다. 마치 범이 쓰러지고 용이 넘어진 듯하여 草堂에 의탁할 곳이 없게 되었다. 그러므로 탄식하기를 "이로부터는 안색이 없게 되었다."고 한 것이다.

【賞析】 이 시는 《杜少陵集》 10권에 실려 있는 바, 永泰 元年(765) 3월에 두보가 살던 成都 草堂 앞의 고목이 비바람에 뽑히자, 이것을 탄식하여 지은 것이다. 李德弘의 《艮齋集》 續集 4권에 "舊注에는 곧바로 嚴武의 죽음을 가리킨 것이라고 하였는데, 이는 너무 천착한 것이다." 하였는 바, 엄무는 이 시가 쓰여진 뒤인 영태 원년 5월에 죽었다. 舊注는 南宋 때까지의 杜詩 注를 가리킨다.

李德弘〈1541(중종 36)－1596(선조 29)〉의 《艮齋集》 續集 4권에 "杜公(杜甫)은 평소 나라를 근심하고 세상을 슬퍼하는 뜻이 자신도 모르게 자주 시를 읊는 사이

에 나타났다. 그러므로 그 말이 이와 같은 것이다." 하였다.

## 題太乙眞人蓮葉圖　太乙眞人의 蓮葉圖에 쓰다

韓駒(子蒼)

漢元狩中에 東南守臣이 言 每見有異人이 乘大蓮葉如舟하고 汎水上하여 臥而觀書어늘 邑人聚觀하니 異人不見이요 惟蓮葉及書有焉이니이다 皆古篆文이라 遍問호되 莫能識이러니 唯東方朔識之曰 此天神太乙之秘書也라 太一所見은 其國太平이라하니 遂衍其文하여 以傳於世하니 今五福數學之書也라 太一之星十六이니 其一曰五福이니 卽太一主星也라

漢나라 元狩 연간에 동남지방의 守臣이 말하기를 "매양 기이한 사람이 배처럼 생긴 큰 연잎을 타고 물 위에 떠서 누워서 책을 읽는 것을 보았으므로 고을 사람들이 모여서 구경하니, 異人은 보이지 않고 오직 연잎과 책만 있었습니다." 하였다. 그 글을 보니 모두 옛 篆書로 된 글이었다. 여러 사람들에게 두루 물었으나 아는 자가 없었는데, 오직 東方朔이 이것을 알고 말하기를 "이는 天神인 太乙의 秘書입니다. 太一이 나타나면 그 나라가 태평합니다." 하니, 마침내 이 글을 부연하여 세상에 전하였는 바, 지금의 五福 數學의 책이다. 太一의 별은 16개이니 그 중의 하나인 五福星은 곧 太一의 主星이다.

太乙眞人蓮葉舟로　　太乙眞人 연잎 배 타고
脫巾露髮寒颼颼라　　두건 벗고 맨머리 내놓아 찬 바람에 날린다오.
輕風爲帆浪爲檝하니　　가벼운 바람은 돛이 되고 물결은 노가 되니
臥看玉字浮中流라　　누워서 옥같은 글자 보며 中流에 떠가네.
中流蕩漾翠綃舞하니　　中流는 물결 일렁여 푸른 천이 춤추는 듯한데
穩如龍驤萬斛擧[1]라　　안온하기 龍驤將軍의 큰 배와 같다오.
不是峯頭十丈花면　　太華峯 꼭대기의 열 길 되는 연꽃 아니라면
世間那得葉如許[2]오　　세간에 어찌 이처럼 큰 잎 얻겠는가.
龍眠畫手老入神[3]하니　　龍眠居士의 그림 솜씨 늙을수록 신묘해지니
尺素幻出眞天人이라　　한 자의 비단에 진짜 天人 그려 내네.
恍然坐我水仙府[4]하니　　황홀하게 나를 水仙府에 앉히니
蒼烟萬頃波粼粼이라　　푸른 안개 속의 萬頃蒼波엔 물결이 일렁인다오.
玉堂學士今劉向이니　　玉堂의 學士 지금 劉向이니

| | |
|---|---|
| 禁直[5]岧嶢九天上이라 | 높이 九天의 위에서 禁中 지키누나. |
| 不須對此融心神이니 | 굳이 이를 대하여 마음과 정신 화할 것 없으니 |
| 會植靑藜夜相訪[6]이라 | 응당 靑藜杖 짚고 밤이면 서로 찾으리라. |

1) 穩如龍驤萬斛擧：晉王濬이 爲龍驤將軍하여 造大艦伐吳하니라

晉나라 왕준이 용양장군이 되어 큰 艦船을 만들어 吳나라를 정벌하였다.

2) 不是峯頭十丈花 世間那得葉如許：韓古意에 太華峯頭玉井蓮이 開花十丈藕如船이라 하니라

韓文公(韓愈)의 古意詩에 "太華山 봉우리 위에 있는 玉井의 연꽃은 꽃이 피면 열 길이 되고 잎은 배와 같다." 하였다.

3) 龍眠畵手老入神：龍眠은 舒州山名이라 李公麟은 字伯時니 安慶人이라 元祐登第하고 工草書及畵러니 元符中에 歸老此山하고 自號龍眠居士하니라

龍眠은 舒州의 산 이름이다. 李公麟은 자가 伯時로 安慶사람이다. 元祐 연간에 과거에 오르고 초서와 그림에 공교하였는데, 元符 연간에 이 산으로 돌아와 노후를 보내고 스스로 용면거사라 호하였다.

4) 역주] 水仙府：水中의 신선이 머물고 있는 곳으로 만경창파의 아득한 곳을 가리켜 말한 것이다.

5) 禁直：宮省門閤에 皆有禁이라 漢尙書郎은 主作文章하고 幷夜直宿하여 有當直寓直之名이라 故稱禁直이라

宮省의 門과 閤에는 모두 금함이 있었다. 漢나라의 尙書郎은 문장을 짓는 것을 주관하고 아울러 밤에 숙직하여 當直과 寓直의 명칭이 있었으므로 禁直이라 칭한 것이다.

6) 會植靑藜夜相訪：劉向이 校書天祿閣할새 夜有老父手植靑藜杖하고 扣閤而進하여 乃吹杖端하니 烟光照見向이라 在暗中하여 讀書曰 我太乙之精이라하니라

劉向이 天祿閣에서 책을 校正할 적에 밤에 老父가 손에 청려장을 짚고 閣을 두드리고 나와서 마침내 지팡이 끝을 부니, 연기빛이 유향에게 비춰졌다. 그는 어둠 속에서 책을 읽으며 말하기를 "나는 太乙의 精이다." 하였다.

【賞析】宋나라 胡仔(號 苕溪)의 《苕溪漁隱叢話》에 "太乙眞人이 큰 연잎에 누워 손에 책을 잡고 읽으며 蕭然히 物外의 생각을 하고 있는 李伯時의 그림을 보고서 子蒼(韓駒)이 그 위에 시를 쓴 것이다. 語義가 절묘하여 참으로 이 그림을 잘 묘사하였다."는 기록을 통하여 이 시가 쓰여진 배경을 알 수 있다.

梁大樸〈1544(중종 39)－1592(선조 25)〉의 《靑溪集》 1권에 太乙眞人의 모습을 읊은 시가 있다.

## 哀江頭 강가에서 슬퍼하다

杜 甫

是年에 初復東京하니 公이 潛行曲江하여 有感而賦하니라

이 해에 처음으로 東京을 회복하니, 公은 몰래 曲江에 가서 감회를 읊었다.

| | |
|---|---|
| 少陵野老呑聲哭하여 | 少陵의 촌늙은이 흐느껴 울며 |
| 春日潛行曲江[1]曲이라 | 봄날에 曲江의 굽이 남몰래 걷고 있네. |
| 江頭宮殿鎖千門하니 | 강가의 궁전에는 모든 문들 잠겼으니 |
| 細柳新蒲爲誰綠고 | 가는 버들과 새로운 부들 누구 위하여 푸른가. |
| 憶昔霓旌下南苑[2]에 | 저 옛날 구름 그린 깃발로 南苑에 내려왔을 적에 |
| 苑中萬物生顔色이라 | 南苑 가운데의 萬物들 생색이 났었다오. |
| 昭陽殿裏第一人[3]이 | 昭陽殿 속의 제일가는 美人 |
| 同輦隨君侍君側이라 | 輦 함께 타고 임금 따라 곁에서 모셨네. |
| 輦前才人[4]帶弓箭하니 | 輦 앞의 才人들 弓箭 차고 있으니 |
| 白馬嚼齧黃金勒이라 | 白馬는 황금 굴레 물고 있었다오. |
| 翻身向天仰射雲하니 | 몸 돌려 하늘 향해 구름 우러러 쏘니 |
| 一箭正墜雙飛翼이라 | 한 화살에 바로 두 마리의 새 맞추어 떨어뜨렸네. |
| 明眸皓齒今何在오 | 밝은 눈동자에 흰 이의 美人 지금 어디에 있는가 |
| 血汚遊魂歸不得[5]이라 | 피가 떠돌아다니는 魂 더렵혀 돌아올 수 없다오. |
| 淸渭東流劍閣深[6]하니 | 맑은 渭水 동쪽으로 흐르고 劍閣은 험하니 |
| 去住彼此[7]無消息이라 | 떠나간 자와 머무는 자 피차간에 소식 없다오. |
| 人生有情淚沾臆하니 | 人生은 情이 있어 눈물이 가슴 적시니 |
| 江水江花豈終極[8]고 | 강물과 강꽃 어찌 끝내 다함 있겠는가. |
| 黃昏胡騎塵滿城하니 | 黃昏에 오랑캐 騎兵들의 먼지 城에 가득하니 |
| 欲往城南忘南北[9]이라 | 城 남쪽으로 가고자 하나 南北 잊었노라. |

1) 曲江 : 京兆朱雀街東龍葉寺南에 有流水屈曲하니 謂之曲江이라
京兆의 朱雀街 동쪽 龍葉寺 남쪽에 구불구불 흘러가는 물이 있으니, 이것을 曲江이라 이른다.

2) 역주] 南苑 : 곧 芙蓉苑을 가리킨다.

3) 역주] 昭陽殿裏第一人 : 昭陽殿은 漢나라 未央宮에 있던 전각으로 成帝가 총애하던

趙飛燕이 이곳에 거처하였는 바, 楊貴妃를 직접 지칭하기 어려우므로 조비연을 빗대어 말한 것이다.

4) 역주〕 才人 : 皇后의 밑에 있던 宮人으로 唐代에는 황후의 아래에 9명의 夫人과 9명의 婕妤, 9명의 美人과 7명의 才人이 있었다 한다.

5) 血污遊魂歸不得 : 謂上皇이 駕次馬嵬에 六軍不發이어늘 賜貴妃死라

上皇이 播遷할 때에 마외에 머물렀는데, 六軍이 출발하지 않으므로 楊貴妃에게 死藥을 하사하였음을 말한 것이다.

6) 淸渭東流劍閣深 : 渭는 水名이라 在長安하니 水淸故로 曰淸渭라 劍閣은 蜀劍門山이니 上有棧道故로 曰劍閣이라 時에 安祿山作亂하니 明皇幸蜀하니라

渭는 물 이름이다. 長安에 있는데 물이 맑기 때문에 淸渭라 한 것이다. 劍閣은 蜀땅의 劍門山이니, 위에 棧道가 있으므로 검각이라 하였다. 이 때에 安祿山이 난리를 일으키니, 明皇이 촉땅으로 播遷하였다.

7) 역주〕 去住彼此 : 去住는 蜀땅으로 떠나간 자와 長安에 머문 자로, 彼는 蜀땅으로 玄宗을 따라 떠난 자를 가리키며 此는 長安에 남아 收復한 자들을 가리킨다.

8) 역주〕 江水江花豈終極 : 李德弘의 《艮齋集》 續集 4권에 "杜甫의 〈春望〉 시에 '세상을 근심하니 꽃이 눈물을 뿌리게 하고 이별을 서러워하니 새가 마음을 놀래키네. 〔感時花濺淚 恨別鳥驚心〕'라고 말한 것과 같은 따위이니, 모두 마음이 매우 슬프므로 무심한 사물을 빌어서 極言한 것이다." 하였다.

9) 欲往城南忘南北 : 欲往城南省家나 忘南而走北也라

城 남쪽에 가서 집안의 안부를 살피고자 하였으나 남쪽을 잊고 북쪽으로 간 것이다.

【賞析】 이 시는 《杜少陵集》 4권에 실려 있는 바, 至德 2년(757) 봄에 敵中에서 지은 작품이다. 두보는 安祿山의 난에 적중에 있다가 뒤에 요행으로 도망쳐 돌아왔는데, 曲江을 지나면서 예전에 화려했던 궁궐과 정원이 모두 황폐해진 것을 보고 感慨하여 이 시를 지은 것이다. 白居易의 〈長恨歌〉와 함께 양귀비를 노래한 대표적인 작품이나, 양귀비 한 개인에 대한 슬픔보다는 양귀비의 영화로 대변되는 당나라 왕실의 몰락에 대한 비애를 읊고 있다.

## 燕思亭* 燕思亭에서

馬存(子才)

* 思亭에서 연회를 한 것인지 燕思亭 자체가 이름인지 확실하지 않다.

李白騎鯨飛上天하니 李白이 고래 타고 하늘로 날아오르니

| | |
|---|---|
| 江南風月閑多年이라 | 江南의 風月 쓸쓸한 지 여러 해였네. |
| 縱有高亭與美酒나 | 비록 높은 亭子와 아름다운 술 있으나 |
| 何人一斗詩百篇고 | 어느 사람이 술 한 말에 詩 백 편 지을까. |
| 主人定是金龜老[1]니 | 주인은 분명 금거북 풀어주고 술 산 노인이니 |
| 未到亭中名已好라 | 亭子 가운데에 이르기 전에 명성 이미 아름답네. |
| 紫蟹肥時晩稻香이요 | 붉은 게 살찔 때에 늦벼 향기롭고 |
| 黃鷄啄處秋風早라 | 누런 닭 쪼는 곳에 가을바람 이르네. |
| 我憶金鑾殿上人이 | 내 생각하니 金鑾殿 위에 있던 李白은 |
| 醉著宮錦烏角巾이라 | 취하여 宮中의 비단 도포에 烏角巾 쓰고 있었네. |
| 巨靈擘山洪河竭[2]이요 | 巨靈이 산을 쪼개어 큰 河水 마르고 |
| 長鯨吸海萬壑貧이라 | 큰 고래 바닷물 들이켜 온 골짝의 물 다한 듯하네. |
| 如傾元氣入胸腹하니 | 元氣를 기울여 가슴과 배에 부어 넣은 듯하니 |
| 須臾百媚生陽春이라 | 삽시간에 온갖 文章 따뜻한 봄의 온화함 나오네. |
| 讀書不必破萬卷이니 | 독서에 굳이 만 권 讀破할 것 없으니 |
| 筆下自有鬼與神[3]이라 | 붓 아래에 자연 鬼神의 묘함 있다오. |
| 我曹本是狂吟客이니 | 우리들 본래 멋대로 시읊는 나그네이니 |
| 寄語溪山莫相憶[4]하라 | 시내와 산에 말하노니 서로 생각하지 말라. |
| 他年須使襄陽兒로 | 다른 해에 모름지기 襄陽의 아이들로 하여금 |
| 再唱銅鞮[5]滿街陌이라 | 다시 銅鞮歌 불러 온 길거리에 가득하게 하리라. |

1) 역주] 主人定是金龜老 : 金龜老는 벼슬아치의 관복에 차는 금거북을 풀어주고 술을 산 노인이란 뜻으로 賀知章을 가리키는 바, 그는 李白을 보자 謫仙人이라 부르고 차고 있던 금거북을 풀어 술을 산 故事가 있으므로 風流가 있는 燕思亭의 主人을 그에게 비유하여 말한 것이다. 李德弘의 《艮齋集》 續集 4권에 "馬子才가 李太白으로 자처하였기 때문에 主人을 賀知章에게 견준 것이다." 하였다.

2) 역주] 巨靈擘山洪河竭 : 巨靈은 黃河의 神으로, 전설에 華山이 황하를 가로막고 있었는데, 巨靈이 불끈 힘을 써서 華山을 둘로 쪼개어 북쪽에 있는 것은 首陽山이 되고 남쪽에 있는 것은 太華山이 되었으며 황하가 그 사이로 흐르게 되었다 한다.

3) 讀書不必破萬卷 筆下自有鬼與神 : 杜詩에 讀書破萬卷하고 下筆如有神이라

두보가 韋左丞에게 준 시에 "책을 읽어 만 권을 독파하고 붓을 잡고 글씨를 쓰면 귀신이 있는 듯하다." 하였다.

4) 역주] 寄語溪山莫相憶 : 李德弘은 "마자재가 스스로 말하기를 '내가 곧 이태백이니 시내와 산은 이태백을 생각하지 말라'고 한 것이다. 그리하여 곧바로 그 아래에 이어서 말하기를 '모름지기 襄陽의 아이들로 하여금 다시 〈銅鞮歌〉를 부르게 하리라.' 하여, 자신이 이태백 當時의 일과 같이 하겠다고 말한 것이다." 하였다.

5) 역주] 銅鞮 : 樂府의 하나인 白銅鞮曲으로 白銅蹄 또는 白銅鞮로도 쓰는 바, 本書 8권에 나오는 〈襄陽歌〉의 註에 "樂府에 〈銅鞮歌〉가 있는데 해석하기를 '鞮는 오랑캐들이 맹세할 때에 피를 마시는 그릇이다.' 하였다. 《韻府》에는 鞮로 되어 있는데 註에 '정갱이까지 올라오는 가죽 신발이니, 바로 지금의 靴이다.' 하였는데, 이는 잘못인 듯하다." 하여 銅鞮로 쓰는 것이 옳다고 하였다.

【賞析】 이 시는 李白이 죽은 뒤 그의 文章을 이을 사람이 없음을 한탄한 것이다. 이 정자의 주인은 賀知章과 같은 풍모를 지녔지만 李白과 같은 客이 없음을 어이하겠는가. 초대받은 자신은 단지 狂吟客일 뿐이니, 어린아이들이 손뼉을 치며 조롱할 것이라고 한탄한 내용이다. 思亭의 소재는 알 수 없으나 아마도 이백이 일찍이 노닐며 시를 짓던 곳인 듯하다.

## 虞美人草* 우미인초

曾鞏(子固)

* 虞美人은 楚霸王 項羽의 愛妾으로 항우가 패망할 당시 자결하여 褒斜山 골짝에 장례하였는데, 그 무덤 위에 이상한 풀이 자라니, 사람들은 그녀의 넋이 나타난 것이라 하여 虞美人草라 이름하였다.

| | |
|---|---|
| 鴻門玉斗紛如雪[1)]하니 | 鴻門 잔치에 范增이 玉斗 깨뜨려 눈처럼 분분하니 |
| 十萬降兵夜流血[2)]이라 | 십만 명의 秦나라 항복한 군사 밤에 피 흘렸네. |
| 咸陽宮殿三月紅[3)]하니 | 咸陽의 궁전 석달 동안 붉게 타오르니 |
| 霸業已隨煙燼滅이라 | 霸業은 이미 연기와 불꽃 따라 멸하였다오. |
| 剛强必死仁義王이니 | 剛强하면 반드시 죽고 仁義로우면 왕 되니 |
| 陰陵失道非天亡[4)]이라 | 陰陵에서 길을 잃은 것 하늘 아니네. |
| 英雄本學萬人敵[5)]이니 | 英雄은 본래 萬人을 대적하는 법 배우나니 |
| 何用屑屑悲紅粧고 | 어찌 구구하게 붉게 단장한 여인 때문에 슬퍼하나. |
| 三軍散盡旌旗倒하니 | 三軍 모두 흩어지고 깃발 쓰러지니 |
| 玉帳佳人[6)]坐中老라 | 옥장막의 아름다운 美人 자리 가운데에서 늙어가네. |

| | |
|---|---|
| 香魂夜逐劍光飛하니 | 향기로운 魂 밤마다 칼빛 따라 나니 |
| 靑血化爲原上草[7]라 | 푸른 피 변하여 언덕 위의 풀 되었다오. |
| 芳心寂寞寄寒枝하니 | 향기로운 마음 적막하여 차가운 가지에 붙였으니 |
| 舊曲聞來似斂眉라 | 옛 곡조 들음에 美人이 눈썹 찌푸리는 듯하여라. |
| 哀怨徘徊愁不語하니 | 슬픔과 원한 속에 배회하며 시름겨워 말하지 않으니 |
| 恰如初聽楚歌時라 | 흡사 처음 四面楚歌 들을 때와 같구나. |
| 滔滔逝水流今古하니 | 도도히 흘러가는 물은 예나 지금이나 똑같으니 |
| 漢楚興亡兩丘土라 | 漢나라와 楚나라의 흥망 모두 흙언덕이 되었어라. |
| 當年遺事久成空하니 | 당년의 옛일들 오랫동안 공허함 이루니 |
| 慷慨樽前爲誰舞오 | 슬퍼하며 술잔 앞에 누구 위해 춤추는가. |

1) 역주] 鴻門玉斗紛如雪：鴻門은 長安 부근인 新豊에 있는 지명이며 玉斗는 白玉으로 만든 말이다. 劉邦과 項羽는 당시 모두 楚나라의 將軍으로 秦나라를 공격하였는데, 유방이 먼저 秦나라의 도성인 咸陽에 들어가 秦王 子嬰의 항복을 받았다. 이에 항우가 크게 노하여 유방을 공격하려 하니, 유방은 항우가 머물고 있는 홍문으로 찾아가 사죄하였다. 이때 항우의 謀士인 范增은 항우에게 기회를 틈타 유방을 살해하라고 권하였다. 유방이 찾아와 항우에게는 白璧 한 쌍을, 범증에게는 白玉斗를 선물로 주자, 항우가 선물을 받고 유방을 죽이지 않으니, 범증은 노하여 백옥두를 칼로 쳐서 산산조각을 내었다. 항우는 당시 자신의 용맹을 믿고 포악한 짓을 자행하여 秦나라의 함양에 들어가서는 阿房宮 등 진나라의 궁전에 불을 질러 3개월 동안이나 불탔으며 진나라의 항복한 군사들이 괄시를 받고 불평하자, 新安이란 곳에 이르러 이들 20만 명을 구덩이에 묻어 죽였다. 그후 항우는 유방에게 패하여 도망하다가 陰陵에서 길을 잃고 추격하는 漢軍에게 쫓겨 자결하고 말았다.

2) 역주] 十萬降兵夜流血：項羽는 한밤중에 秦나라 군대를 기습하여 秦나라의 항복한 군사 20여만 명을 新安城 남쪽에 묻어 죽였다.《史記 項羽本紀》

3) 역주] 咸陽宮殿三月紅：項羽가 秦나라의 도성인 咸陽에 들어가 阿房宮에 불을 지르니, 3개월 동안 불탔다 한다.

4) 역주] 陰陵失道非天亡：陰陵은 安徽省 鳳陽府 定遠縣 서북쪽에 있는 山名으로 項羽는 垓下에서 패전하고 도망하다가 이곳에서 길을 잃고 결국 자결하였다. 이때 항우는 "하늘이 나를 망하게 한 것이요, 싸움을 잘못한 죄가 아니다.〔天之亡我 非戰之罪〕"라고 말하였으므로 이 말을 뒤집어 쓴 것이다.

5) 역주] 英雄本學萬人敵：萬人敵은 萬人을 대적하는 법으로 兵法을 이른다. 項羽는

일찍이 叔父인 項梁에게 劍術을 배우다가 포기하고 말하기를 "검술은 한 사람을 대적할 뿐이니, 나는 萬人을 대적하는 법을 배우겠다." 하고 병법을 배웠다.

6) 역주] 玉帳佳人 : 아름답게 꾸민 軍幕의 美人으로 곧 虞美人을 가리킨 것이다.

7) 역주] 香魂夜逐劍光飛 靑血化爲原上草 : 원한 어린 피가 오래되면 푸른 색으로 변한다 하는 바, 虞美人이 칼로 목을 찔러 죽어서 그 원혼이 풀로 변하였음을 말한 것이다.

**【賞析】** 이 시는 項羽의 愛妾인 虞美人의 넋이 化生하였다는 虞美人草를 읊은 것으로, 曾鞏은 史蹟을 詩材로 사용하여 훌륭한 작품을 많이 남겼다.

成俔의《虛白堂集》風雅錄 1권에 〈虞美人歌〉라는 제목의 시가 있는데, 이 시의 내용과 情調가 흡사하므로 소개한다.

"군사가 垓下를 포위하여 붉은 깃발을 꽂으니 彭越과 韓信 협조하러 와서 서로 모였네. 轅門의 사방에 초나라 노랫소리 들리니 일어나 장막 가운데에서 술 마심에 굳센 마음 놀라네. 烏騅馬도 가지 못하며 슬퍼서 머뭇거리니 虞美人은 한번 죽음 홍모처럼 가볍게 여겼네.〔兵圍垓下樹朱旗 梁齊羽翼來相聚 轅門四面楚歌聲 起飮帳中壯心驚 神騅不逝悲躕顧 美人一死鴻毛輕〕"

## 刺少年　　소년을 풍자하다

李賀(長吉)

| | |
|---|---|
| 靑驄馬肥金鞍光하니 | 靑驄馬 살찌고 금안장 빛나니 |
| 龍腦[1]入縷羅衣香이라 | 龍腦香 실오라기에 들어와 비단옷 향기롭네. |
| 美人狎坐飛瓊觴하니 | 美人이 가까이 앉아 옥술잔 돌리니 |
| 貧人喚云天上郎이라 | 가난한 사람들 이들 보고 天上의 사내라 이른다오. |
| 別起高樓連碧篠하고 | 특별히 높은 누대 일으켜 푸른 대밭과 연하고 |
| 絲曳紅鱗出深沼라 | 낚싯줄로 붉은 물고기 낚아 깊은 못에서 나오누나. |
| 有時半醉百花前하여 | 때로는 온갖 꽃 앞에 반쯤 취하여 |
| 背把金丸落飛鳥라 | 등 뒤에 金丸 잡아 나는 새 떨어뜨리네. |
| 自說生來未爲客이요 | 스스로 말하기를 태어나서 나그네 되어본 적 없고 |
| 一身美妾過三百이라 | 한 몸에 거느린 예쁜 妾 삼백 명이 넘는다네. |
| 豈知斸地種田家에 | 어찌 알겠는가 땅 파서 농사짓는 집안에 |
| 官稅頻催沒人織고 | 관청의 세금 자주 독촉하여 짠 베 몰수해 감을. |

長金積玉誇豪毅하니　　금 늘리고 옥 쌓아 富豪임을 자랑하니
每揖閑人多意氣라　　매양 한가로운 사람에게 읍할 때마다 意氣 대단하네.
生來不讀半行書하고　　태어난 뒤로 반 줄의 글도 읽지 않고
只把黃金買身貴라　　오직 黃金 가지고 몸의 귀함 산다오.
少年安得長少年고　　少年이 어찌 길이 소년이 될 수 있겠는가
海波尙變爲桑田[2]이라　　바다 물결도 오히려 변하여 뽕나무 밭 되나니.
枯榮遞傳急如箭하니　　榮枯盛衰의 뒤바뀜 빠른 화살 같으니
天公豈肯爲君偏고　　天公이 어찌 그대 위해 편벽되이 봐주겠는가.
莫道韶華鎭長在[3]하라　　韶華가 언제까지나 항상 있다고 말하지 마오
白頭面皺專相待라　　흰머리에 얼굴의 주름살 오로지 기다리고 있다네.

1) 역주] 龍腦 : 香料의 하나이다.

2) 海波尙變爲桑田 : 列仙傳에 麻姑謂王方平曰 自接待以來로 見東海三變爲桑田이라 向到蓬萊하니 水乃淺於往者로라 方平曰 東海行復揚塵耳라하니라
《列仙傳》에 "麻姑가 王方平에게 이르기를 '접대한 이래로 東海가 세 번 변하여 뽕나무 밭이 되는 것을 보았다. 지난번 蓬萊山에 이르니 물이 지난번보다 얕아졌다.' 하니, 왕방평은 말하기를 '동해가 장차 말라 다시 먼지가 일 것이다.' 했다." 하였다.

3) 역주] 天公豈肯爲君偏 莫道韶華鎭長在 : 天公은 造物主로 곧 하늘을 가리키며 韶華는 봄빛으로 인생의 청춘시절을 비유한 것이다.

【賞析】 이 시는 《昌谷集》 4권에 실려 있는데, 제목이 〈嘲少年〉으로 되어 있다. 年少한 자들은 혈기가 왕성하여 任俠을 좋아하고 豪氣로 남을 능멸하는데, 세월이 쏜살같이 흘러 자신들도 어느덧 노년에 이른다는 사실을 알지 못함을 비판한 것이다.

## 驪山　　여산

蘇　軾

在京兆府昭應縣하니 有溫湯泉이라 明皇이 建華淸宮于此山下하니라
驪山은 京兆府 昭應縣에 있으니 온천탕이 있다. 唐 明皇이 화청궁을 이 산에 세웠다.

君門如天深幾重고　　궁궐문 하늘처럼 몇 겹이나 깊은데
君王如帝坐法宮[1]이라　　君王은 天帝처럼 法宮에 앉아 계시네.

| | |
|---|---|
| 人生難處是安穩이니 | 人生이 대처하기 어려운 것 안온한 생활이니 |
| 何爲來此驪山中고 | 어찌하여 이 驪山 가운데로 왔는가. |
| 複道凌雲接金闕이요 | 複道는 구름 위로 솟아 금대궐과 연해 있고 |
| 樓觀隱煙橫翠空이라 | 樓觀은 안개 속에 숨어 푸른 공중에 비껴 있네. |
| 林深霧暗迷八駿[2]하고 | 숲 깊고 안개 자욱하여 八駿馬 길을 잃고 |
| 朝東暮西勞六龍[3]이라 | 아침에는 동쪽 저녁에는 서쪽 여섯 龍馬가 수고롭다오. |
| 六龍西幸峨眉棧하니 | 여섯 龍馬 타고 서쪽의 峨眉山 棧道로 행차하니 |
| 悲風便入華淸院[4]이라 | 슬픈 바람 곧 華淸院에 들어오네. |
| 霓裳蕭散羽衣空[5]하니 | 霓裳羽衣曲 흩어져 공허하니 |
| 麋鹿來遊猿鶴怨이라 | 고라니와 사슴 와서 놀고 원숭이와 학 슬피 우누나. |
| 我上朝元[6]春半老하니 | 내 朝元閣에 올라 보니 봄이 반쯤 지났는데 |
| 滿地落花無人掃라 | 땅에 가득히 떨어진 꽃 쓰는 이 없어라. |
| 羯鼓樓高掛夕陽이요 | 羯鼓樓는 높이 솟아 석양에 걸려 있고 |
| 長生殿古生靑草라 | 長生殿은 낡아 푸른 풀만 자라누나. |
| 可憐吳楚兩醯鷄[7]는 | 가련하다 吳나라와 楚나라 모두 醯鷄와 같아 |
| 築臺未就已堪悲라 | 대 쌓다가 이루지 못하니 이미 슬픔만 자아내네. |
| 長楊五柞[8]漢幸免이요 | 長楊宮과 五柞宮 지은 漢나라 요행으로 멸망 면했고 |
| 江都樓成隋自迷[9]라 | 江都에 迷樓 이루어지자 隋나라 스스로 혼미하였네. |
| 由來流連多喪德이니 | 예로부터 流連의 놀이 德을 잃음 많으니 |
| 宴安鴆毒因奢惑[10]이라 | 편안함 좋아함은 鴆毒과 같아 사치함에 연유하네. |
| 三風十愆[11]古所戒니 | 三風과 十愆 옛부터 경계하는 것이니 |
| 不必驪山可亡國이라 | 굳이 驪山만이 나라 망치는 것 아니라오. |

1) 역주] 君王如帝坐法宮 : 法宮은 路寢의 正殿을 가리키는 바, 곧 皇帝가 구중궁궐의 깊은 곳에 있어 하늘의 玉皇上帝처럼 위엄이 있음을 말한 것이다.

2) 八駿 : 周穆王이 得八駿馬하고 周行天下하여 將皆有車轍馬跡하니 絶地, 翻羽, 奔霄, 越影, 踰輝, 超光, 騰霧, 快翼이라

周나라 穆王이 여덟 준마를 얻고는 천하를 두루 돌아다녀 장차 모두 수레바퀴 자국과 말 발자국이 있게 되었으니, 八駿馬는 절지·번우·분소·월영·유휘·초광·등로·쾌익이다.

3) 六龍 : 天子法駕前六馬라 故稱六龍하니 取乾六龍之義라

天子의 法駕는 앞에 말 여섯 필을 멍에하므로 六龍이라고 칭하니, 乾卦의 육룡의

뜻을 취한 것이다.

4) 역주] 華淸院 : 華淸宮을 가리킨 것으로 원래 湯泉宮, 또는 溫泉宮이라 부르던 것을 玄宗 天寶 6년(747)에 개칭한 것이다.

5) 역주] 霓裳蕭散羽衣空 : 霓裳羽衣曲을 가리키는 바, 唐나라 玄宗이 지은 곡조로 楊貴妃가 이 곡조에 맞추어 춤을 추어 유명하다.

6) 역주] 朝元 : 전각의 이름으로 본문에 나오는 羯鼓樓와 長生殿과 함께 華淸宮에 딸린 殿閣이다.

7) 역주] 可憐吳楚兩醯鷄 : 醯鷄는 술벌레의 일종인 초파리로 하루살이 따위의 무지한 미물이다. 춘추시대 吳王 夫差는 姑蘇臺를 지었고 楚나라 靈王은 章華臺를 지었는바, 오왕 부차와 초나라 영왕은 모두 궁전을 아름답게 꾸미고 酒色에 빠져 향락을 즐기다가 패망한 인물이므로 초파리와 같이 무지함을 말한 것이다.

8) 長楊五柞 : 漢武帝建長楊五柞宮이러니 幸免喪亡이라

漢나라 武帝가 長楊宮과 五柞宮을 세웠는데, 다행히 멸망을 면하였다.

9) 江都樓成隋自迷 : 隋煬帝開汴河하여 爲江都之遊할새 浙人項昇이 進新宮圖하니 營建旣成에 幸之曰 使眞仙遊此라도 亦當自迷리니 可目之曰迷樓라하니라

隋나라 煬帝가 汴河를 열어 江都에 유람하니, 浙땅 사람인 項昇이 新宮圖(새 궁궐을 그린 그림)를 올렸다. 건축이 이루어지자 양제는 이 곳에 가서 말하기를 "만일 진짜 신선이 이 곳에서 놀더라도 마땅히 스스로 혼미할 것이니, 迷樓라고 이름하라." 하였다.

10) 宴安鴆毒因奢惑 : 左傳에 宴安鴆毒은 不可懷也라하니 注에 宴安之禍甚鴆毒이라하니라

《左傳》에 "편안함을 좋아함은 짐새의 독과 같아 생각해서는 안 된다." 하였는데, 註에 "편안함을 좋아하는 화가 짐새의 독보다 심하다." 하였다.

11) 역주] 三風十愆 : 《書經》 〈伊訓〉에 보이는 내용으로 군주가 나라를 망치는 세 종류의 열 가지 잘못을 이른다. 三風은 巫風과 淫風·亂風으로 노래와 춤에 빠지는 잘못을 무풍이라 하고 재물과 여색, 놀이와 사냥에 빠지는 잘못을 음풍이라 하며 聖人의 말씀을 업신여기고 忠直한 말을 거스르고 연치와 덕망이 있는 자를 멀리하고 나쁜 사람과 친한 잘못을 난풍이라 한다.

【賞析】 이 시는 《蘇東坡集》 3책 6권에 실려 있다. 驪山은 陝西省 臨潼縣 동남쪽·藍田縣의 藍田山과 연해 있는 산의 이름으로 이 산 밑에 있던 華淸池라는 온천은 양귀비가 목욕하던 곳으로 유명하다. 人君이 되어 정사에 유념하지 않고 토목 공사를 일으켜 궁전을 세우며 遊幸의 즐거움을 탐하는 것은 모두 나라를 망하게 하는 지름길임을 풍자하였다.

## 明河篇　　명하편

宋之問

武后時에 少俊有文才者 多補北門學士라 之問이 求之한대 后不許曰 宋之問은 有口過라하니 遂作明河篇自況하니라 明河는 喩后而自傷其不見親寵也라

武后 때에 젊고 준걸스럽고 문재가 있는 자들은 대부분 北門學士에 보임되었다. 宋之問이 북문학사에 보임해 줄 것을 청하자, 무후는 허락하지 않으며 말하기를 "송지문은 口過(입냄새)가 있다." 하니, 송지문은 마침내 〈明河篇〉을 지어 자신을 비유하였다. 명하는 무후를 비유하고 총애를 받지 못함을 스스로 서글퍼한 것이다.

| | |
|---|---|
| 八月涼風天氣晶하니 | 八月이라 서늘한 바람 天氣 맑으니 |
| 萬里無雲河漢明이라 | 萬里에 구름 없어 銀河水 밝네. |
| 昏見(현)南樓淸且淺하고 | 저녁에 남쪽 누각 위에 나타나면 맑고 또 얕게 보이고 |
| 曉落西山縱復橫이라 | 새벽에 西山에 질 때에는 縱橫으로 있다오. |
| 洛陽城闕天中起하니 | 洛陽의 城과 대궐 하늘 가운데 높이 솟으니 |
| 長河夜夜千門裏라 | 긴 은하수 밤마다 천 개의 宮門 가운데에서 보이네. |
| 複道連甍共蔽虧하니 | 복도와 이어진 용마루에 함께 가리워져 반만 보이니 |
| 畵堂瓊戶特相宜라 | 그림 그린 집의 玉門에 특히 서로 어울리네. |
| 雲母帳[1]前初汎濫이요 | 雲母 장막 앞에 처음에는 수없이 보이고 |
| 水精簾外轉逶迤라 | 水精 주렴 밖에는 더욱 길게 이어져 있다오. |
| 倬彼昭回如練白하니 | 분명히 보이는 저 밝은 빛 흰 비단 같은데 |
| 復出東城接南陌이라 | 다시 동쪽 城에 나와 남쪽 길거리와 이어지네. |
| 南北征人去不歸하니 | 남북으로 부역 간 사람 가고 돌아오지 못하니 |
| 誰家今夜擣寒衣오 | 뉘집에서 오늘밤 겨울옷 다듬이질 하는가. |
| 鴛鴦機上踈螢度요 | 원앙새 무늬 짜는 베틀 위에 외로운 반딧불 지나가고 |
| 烏鵲橋邊一雁飛라 | 烏鵲橋 가에 한 기러기 날아가네. |
| 雁飛螢度愁難歇하니 | 기러기 날고 반딧불 지나가니 시름 그치기 어려워 |
| 坐見明河漸微沒이라 | 앉아서 밤 새우며 밝은 은하수 점점 희미해짐 보노라. |
| 已能舒卷任浮雲하니 | 이미 펴지고 걷힘 뜬구름에 맡기니 |
| 不惜光輝讓流月이라 | 밝은 빛 흐르는 달에게 빼앗김 아까워하지 않네. |
| 明河可望不可親하니 | 밝은 은하수 바라볼 수는 있으나 가까이할 수 없으니 |
| 願得乘槎一問津[2]이라 | 원컨대 뗏목 타고 한번 나루터 물으리라. |

| | |
|---|---|
| 更將織女支機石하여 | 다시 織女가 베틀 받치던 돌 가져다가 |
| 還訪成都賣卜人[3)]이라 | 成都에 점치는 사람 찾아가리라. |

1) 역주〕 雲母帳 : 雲母로 아름답게 꾸민 장막을 이르는 바, 운모는 광석의 이름으로 백운모와 흑운모의 두 가지가 있다.
2) 역주〕 願得乘槎一問津 : 중국 전설에 하늘의 은하수가 바다와 통한다 하므로 뗏목을 타고 은하에 가서 나루터를 묻겠다고 말한 것이다.
3) 還訪成都賣卜人 : 博物志에 有人乘槎하고 到天河하여 見婦人織하고 丈夫飮牛하다 還問嚴君平한대 君平云 某年某月에 客星이 犯斗牛하니 卽其人也라하니라
《博物志》에 "어떤 사람이 뗏목을 타고 天河에 이르러 부인은 베를 짜고 장부는 소에게 물을 먹이는 것을 보고는 돌아와서 卜術家인 嚴君平에게 묻자, 엄군평은 말하기를 '아무 해 아무 달에 객성이 南斗星과 牽牛星을 범하였으니, 바로 이 사람이다.' 했다." 하였다.

【賞析】 이 시는 《唐文粹》 17권에 실려 있는 바, 제목 그대로 하늘의 은하수를 읊은 내용이다. 宋之問이 則天武后에게 北門學士로 제수해 줄 것을 바랬으나 허락받지 못하자, 이 시를 지어 스스로 위로하였다고 한다.

宋之問은 훌륭한 文才가 있었으나 則天武后에게 아첨하여 간사한 사람으로 알려져 있다. 이 때문에 李德弘의 《艮齋集》 續集 4권에 "그 글이 淸麗하고 奇偉할수록 그 사람의 惡의 실상을 더욱 가릴 수가 없다. 《唐書》 本傳에 宋之問에 대한 本末을 낱낱이 서술하고 끝에 평하기를 '천하 사람들이 그의 행실을 미워한다.'고 하였으니, 史官이 참으로 악을 미워하는 의리를 잘 알았다." 하였다.

成俔의 《虛白堂集》 風雅錄 1권과 金麟厚〈1510(중종 5)－1560(명종 15)〉의 《河西全集》 4권에도 明河를 소재로 한 시가 실려 있다.

## 題磨崖碑 磨崖碑에 쓰다

黃庭堅(山谷)

碑在道州浯溪上하니 刺史元結이 製頌이요 顔眞卿이 書하니 磨崖石而刻之라 ○ 唐天寶十四載에 安祿山이 陷洛陽하고 明年陷長安한대 玄宗幸蜀하고 太子卽位於靈武라 明年에 皇帝移軍鳳翔하여 其年에 復兩京하고 上皇이 還京師하니 元結이 刻頌於浯溪石하니라

磨崖碑는 道州 浯溪의 위에 있으니, 자사인 元結이 頌을 지었고 顔眞卿이 글씨를 썼는 바, 벼랑의 돌을 갈아 새겼다.

○ 唐나라 天寶 14년(755)에 安祿山이 洛陽을 함락시키고 다음해에 長安을 함락시키니, 玄宗은 蜀땅으로 파천하였고 태자가 靈武에서 즉위하였다. 다음해에 황제는 군대를 鳳翔으로 이동시켜 이 해에 兩京(長安과 洛陽)을 수복하고 上皇이 京師로 돌아오니, 원결이 〈大唐中興頌〉을 지어 오계의 돌에 새겼다.

| | |
|---|---|
| 春風吹船著浯溪하니 | 봄바람 배에 불어 浯溪에 도착하니 |
| 扶藜上讀中興碑[1]라 | 靑藜杖 짚고 올라가 中興碑 읽노라. |
| 平生半世看墨本[2]터니 | 평소 半世 동안 墨本 보았는데 |
| 摩挲石刻鬢如絲라 | 비석 어루만지는 지금 귀밑머리 실처럼 세었네. |
| 明皇不作苞桑計[3]하여 | 明皇은 苞桑의 계책 하지 아니하여 |
| 顚倒四海由祿兒[4]라 | 四海가 顚倒되니 安祿山 아이 때문이라오. |
| 九廟[5]不守乘輿西하니 | 아홉 사당 지키지 못하고 乘輿가 서쪽으로 播遷하니 |
| 萬官奔竄鳥擇栖라 | 수많은 관원들 도망하여 새가 둥지 찾듯 하였네. |
| 撫軍監國太子事[6]니 | 군사들 어루만지고 나라 지킴 太子의 일이니 |
| 何乃趣(促)取大物爲[7]오 | 어찌하여 빨리 帝位 취하였는가. |
| 事有至難天幸耳[8]니 | 지극히 어려운 일 하였으나 天幸일 뿐이니 |
| 上皇[9]跼蹐還京師라 | 上皇은 위축되어 京師로 돌아왔네. |
| 內間張后色可否요 | 안에서는 張后가 얼굴빛으로 可否를 결정하고 |
| 外間李父頤指揮[10]라 | 밖에서는 李輔國이 턱으로 지휘하였다오. |
| 南內[11]凄凉幾苟活이요 | 南內가 처량하여 거의 구차히 살아갔으며 |
| 高將軍[12]去事尤危라 | 高將軍이 떠나가자 일이 더욱 위태로웠네. |
| 臣結春陵二三策이요 | 臣 元結은 春陵行 두세 쪽 올렸고 |
| 臣甫杜鵑再拜詩라 | 臣 杜甫는 杜鵑詩 재배하고 올렸다오. |
| 安知忠臣痛至骨고 | 어찌 忠臣들의 애통함 뼈에 사무침 알겠는가 |
| 後世但賞瓊琚詞라 | 후세에는 다만 옥같은 文章만 감상하네. |
| 同來野僧六七輩요 | 함께 온 野僧 육칠 명이요 |
| 亦有文士相追隨라 | 또한 文士들 서로 따라왔다오. |
| 斷崖蒼蘚對立久하니 | 절벽의 푸른 이끼 오랫동안 서서 대하니 |
| 涷雨爲洗前朝[13]悲라 | 소낙비 내려 前朝의 슬픔 씻어주네. |

1) 역주] 中興碑 : 곧 磨崖碑로 이 비문의 명칭이 〈大唐中興頌〉이기 때문에 이렇게 칭

한 것이다. 중흥은 멸망할 지경에 이른 나라를 다시 일으켜 세움을 이른다.

2) 역주] 墨本 : 먹으로 찍어낸 拓本을 이른다.

3) 苞桑計 : 易에 其亡其亡이라야 繫于苞桑이라하니라

《周易》〈否卦 九五爻辭〉에 "망할까 망할까 하고 조심하여야 총생하는 뽕나무에 매어놓은 것처럼 국가가 튼튼하다." 하였다.

4) 祿兒 : 安祿山은 本營州雜胡니 出入禁中하여 通於貴妃하고 因請爲貴妃兒하니라

安祿山은 본래 營州의 雜胡인데, 궁중에 출입하면서 楊貴妃와 사통하고 인하여 양귀비의 아들이 되기를 청하였다.

5) 역주] 九廟 : 아홉 사당으로 원래 天子는 일곱 개의 사당을 모시는데, 당시 玄宗은 宣皇帝를 獻祖라 칭하고 光皇帝를 懿祖라 칭하여 아홉으로 만들었다.

6) 撫軍監國太子事 : 古에 太子君行則守하고 有守則從하니 從曰撫軍이요 守曰監國이라

옛날에 태자는 군주가 행차하면 나라를 지키고 지킬 사람이 있으면 군주를 수행하였으니, 수행하면 撫軍이라 하고 지키면 監國이라 하였다.

7) 何乃趣(促)取大物爲 : 大物은 帝位라 ○ 譏肅宗無所受命而自立이라

大物은 황제의 지위이다.

○ 肅宗이 명령을 받은 바가 없이 스스로 즉위하였음을 풍자한 것이다.

8) 역주] 事有至難天幸耳 : 元結의 〈大唐中興頌〉에 "지극히 어려운 일을 하였으니, 宗廟가 다시 편안하고 玄宗과 肅宗 두 임금이 거듭 기뻐하였다.[事有至難 宗廟再安 二聖重歡]" 하였는 바, 이 말을 빌어 正道로 천하를 얻은 것이 아니요 다만 天幸일 뿐이라고 말한 것이다.

9) 역주] 上皇 : 玄宗을 가리킨다. 당시 肅宗은 玄宗이 成都로 피난가자, 父皇의 명령도 없이 靈武에서 즉위하고 현종을 太上皇이라 칭하였다. 이후로 현종은 초라한 신세가 되고 말았다.

10) 內間張后色可否 外間李父頤指揮 : 肅宗이 立皇后張氏러니 私與政事하고 與李輔國相助하여 多以私謁撓權호되 帝不能制하니라

肅宗이 皇后 張氏를 세웠는데, 사사로이 정사에 간여하고 李輔國과 서로 도와서 請託으로 권세를 어지럽히는 일이 많았으나 황제가 이를 제재하지 못하였다.

11) 南內 : 唐長安三內니 皇城이 在西하니 曰西內요 大明宮이 在西內之東하니 曰東內요 興慶宮이 在東內之南하니 曰南內라 肅宗旣立에 尊明皇曰太上皇이라하다 上이 自蜀歸하여 愛興慶宮하여 遂居之러니 後에 李輔國이 矯詔하여 遷上皇於西內하니라

唐나라 長安에는 三內가 있었으니 皇城이 서쪽에 있었으므로 西內라 하였고, 大明宮은 동쪽에 있었으므로 東內라 하였고, 興慶宮은 東內의 남쪽에 있었으므로 南內라 하였다. 숙종이 즉위한 다음 明皇을 높여 太上皇이라 하였다. 상황은 蜀땅으

로부터 돌아와서 興慶宮을 사랑하여 마침내 거주하였는데, 뒤에 李輔國이 詔勅을 위조하여 上皇을 서내로 옮겼다.

12) 역주] 高將軍 : 右監門衛將軍으로 있던 高力士를 이른다. 고역사는 宦官 출신으로 玄宗의 신임이 두터웠는데 현종이 實權을 잃고 西內로 거처를 옮긴 지 10일 만에 李輔國에게 모함을 당하여 삭탈관직되고 巫州로 유배되었다. 李德弘의 《艮齋集》 續集 4권에 "上皇(玄宗)이 南內로 옮겨 兩宮(玄宗과 肅宗)의 일을 측량할 수가 없었다. 高力士가 상황의 옛 內侍로서 그 둘 사이에서 調律하였는데, 고역사가 죄를 지어 떠나자 상황의 형세가 더욱 위태롭게 되었다." 하였다.

13) 역주] 前朝 : 前王朝로 이 글을 지은 이가 宋나라 사람이기 때문에 唐나라를 전조라 칭한 것이다.

【賞析】 이 시는 《山谷詩注》 20권에 실려 있는데, 제목이 〈書磨崖碑後〉로 되어 있다. 山谷이 60세 때인 崇寧 3년(1104) 3월에 磨崖碑를 보고 당시의 사적을 생각하여 지은 것이다. 마애비는 唐나라의 中興碑로 肅宗이 천하를 수복한 공을 절벽의 바위를 갈아 비로 만든 것인데, 元結이 頌을 짓고 顔眞卿이 글씨를 써서 돌에 새겼다. 元結의 〈大唐中興頌〉은 본서의 후집 2권에 보인다.

## 虢國夫人夜遊圖　　虢國夫人이 밤에 노는 것을 그린 그림

蘇 軾

唐明皇이 貴妃楊氏三姊를 封韓國虢國秦國三夫人하니 八姨는 卽虢國夫人也라 最承寵幸하니라

唐나라 明皇은 貴妃 楊氏의 세 자매를 韓國·虢國·秦國 세 夫人에 봉해주니, 八姨는 바로 괵국부인이다. 가장 총애를 받았다.

| | |
|---|---|
| 佳人自鞚玉花驄하니 | 佳人이 스스로 玉花馬의 고삐 잡으니 |
| 翩如驚燕踏飛龍이라 | 날렵하기 놀란 제비처럼 飛龍에 오르는 듯하네. |
| 金鞭爭道寶釵落하니 | 금 채찍으로 길 다투다가 보배 비녀 떨어지니 |
| 何人先入明光宮[1]고 | 어느 사람이 먼저 明光宮에 들어갔나. |
| 宮中羯鼓[2]催花柳[3]하니 | 궁중에서는 羯鼓로 꽃과 버들 재촉하니 |
| 玉奴絃索(삭)花奴手[4]라 | 玉奴가 비파 줄 타고 花奴가 갈고 친다오. |
| 坐中八姨眞貴人이니 | 座中에 여덟째 분 참으로 貴人이니 |
| 走馬來看不動塵이라 | 말 달려 와서 보되 먼지도 일어나지 않네. |

明眸皓齒誰復見고 밝은 눈동자에 흰 이의 美人 누가 다시 볼런가
只有丹靑餘淚痕이라 오직 丹靑 그림 속에 눈물 흔적 남아 있네.
人間俯仰成今古하니 人間은 俯仰하는 사이에 예와 이제 되니
吳公臺下雷塘路[5]라 吳公臺 아래에 雷塘의 길 생겼구나.
當時亦笑張麗華가 당시에 또한 陳後主가 張麗華에게 빠져
不知門外韓擒虎[6]라 문밖에 韓擒虎가 이른 줄 몰랐던 것 비웃었다오.

1) 역주] 明光宮 : 漢나라 궁전의 이름으로 未央宮 서쪽에 있었는 바, 금과 옥으로 발을 장식하여 밤낮으로 환했다 한다. 여기서는 唐 玄宗이 있는 곳을 가리킨다.

2) 역주] 羯鼓 : 오랑캐인 羯나라에서 들어온 북으로, 모양은 통같이 생겼으며 양쪽을 다 두드릴 수 있어 兩杖鼓라고 하였다.

3) 宮中羯鼓催花柳 : 太平廣記에 明皇이 好羯鼓催花하다 十月에 花柳未吐러니 命取羯鼓하여 臨軒擊一曲하니 名春光好라 及顧柳杏에 皆已拆矣라 上笑曰 不喚我作天公이 可乎아하니라

《太平廣記》에 "明皇이 갈고를 쳐서 꽃이 피는 것을 재촉하기를 좋아하였다. 시월에 꽃과 버들이 아직 피지 않았는데 갈고를 가져오라고 명하여 정자에 임하여 한 곡조를 타니, 이름을 春光好라 하였다. 그리고는 버드나무와 살구꽃을 돌아보니, 모두 이미 꽃봉우리를 터뜨렸으므로 임금이 웃으면서 말하기를 '나를 天公(하느님)이라 부르지 않아서야 되겠는가' 했다." 하였다.

4) 玉奴絃索(삭)花奴手 : 楊妃의 名玉環이니 玉奴는 謂楊妃하니 妃善琵琶하니라 汝陽王璡은 小名花奴니 尤善羯鼓라 帝嘗曰 速召花奴하여 將羯鼓來하라하니라

楊貴妃의 이름은 玉環이니, 玉奴는 양귀비를 이르는 바 양귀비는 비파를 잘 탔다. 汝陽王 璡은 어렸을 적의 이름이 花奴이니, 갈고를 더욱 잘 연주하였다. 황제는 항상 말하기를 "속히 화노를 불러서 갈고를 가져오게 하라." 하였다.

5) 역주] 人間俯仰成今古 吳公臺下雷塘路 : 俯仰은 머리를 들었다가 다시 숙이는 것으로 짧은 시간을 이른다. 隋나라 煬帝가 죽자, 吳公臺 아래에 장례하였는데 뒤에 唐나라가 江南 지방을 평정하고 江都縣 동북 10리 지점인 雷塘으로 옮겼는 바, 곧 잠깐 사이에 隋나라가 멸망하여 황제의 무덤도 이장하게 된 故事를 들어 玄宗과 楊貴妃 一族 역시 이처럼 허무함을 말한 것이다.

6) 當時亦笑張麗華 不知門外韓擒虎 : 大業拾遺에 載煬帝昏湎滋深이러니 嘗行吳公臺下라가 恍惚與陳後主遇하다 後主云 每憶張麗華 方憑臨春閣하여 作璧月詞未終에 見韓擒虎躍領萬騎하고 直來衝人이라 殿下還此逸遊하니 曩時何見罪之深也잇가 帝叱之에

不復見이라

《大業拾遺》에 "煬帝가 술에 빠짐이 더욱 심하였는데, 일찍이 吳公臺 아래를 지나가다가 황홀하게 陳나라 後主와 만났다. 후주는 말하기를 '언제나 張麗華를 그리워하여 臨春閣에 기대어 〈璧月詞〉를 짓다가 끝마치기 전에 韓擒虎가 만 명의 기병을 거느리고 달려 와서 곧바로 쳐들어와 충돌했던 것을 기억하곤 합니다. 그런데 전하께서는 도리어 이렇게 편안하게 유람하시니, 지난번에는 어찌 나무라시기를 이렇듯 심하게 하셨습니까.' 하였다. 황제가 꾸짖자 다시는 보이지 않았다." 하였다.

【賞析】 괵국부인은 唐 玄宗 때 楊貴妃의 세 자매 중 가장 총애를 받은 여인이다. 虢國夫人夜遊圖는 張萱이 그린 그림으로, 당시 劉有方의 집에 많은 名畵가 있었는데 이 그림이 그중 가장 뛰어났으므로 소식이 이 그림을 보고 시를 지은 것이다. 陳後主가 張麗華에게 빠져 나라를 망친 것을 인용하여 唐 玄宗이 양귀비에게 빠져 정사를 돌보지 않다가 安祿山의 난을 초래한 사실을 비판한 내용이다.

古文眞寶 前集 제6권

# 七言古風 長篇

## 有所思 그리워함이 있어 짓다

宋之問

此篇은 謂世變無常하여 老少更相禪代하니 深寓慨歎之感이라

이 편은 세상의 변고가 무상하여 노소가 번갈아 서로 교대함을 말하였으니, 개탄하는 감회를 깊이 붙였다.

| | |
|---|---|
| 洛陽城東桃李花는 | 洛陽城 동쪽의 桃李花 |
| 飛來飛去落誰家오 | 날아왔다 날아가 뉘집에 떨어지는가. |
| 幽閨兒女惜顔色하여 | 깊은 閨房의 아가씨 얼굴빛 아까워하여 |
| 坐見落花長歎息이라 | 앉아서 떨어지는 꽃보며 장탄식한다오. |
| 今年花落顔色改하니 | 금년에 꽃 지면 안색도 따라서 바뀌리니 |
| 明年花開復誰在[1]오 | 명년에 꽃 피면 다시 누가 있으리오. |
| 已見松柏摧爲薪하고 | 이미 松柏이 꺾여 나무섶 됨 보았고 |
| 更聞桑田變成海라 | 다시 桑田이 변해 바다가 되었단 말 들었다오. |
| 古人無復洛城東이요 | 옛사람 이미 죽어 다시 洛陽城 동쪽에 없고 |
| 今人還對落花風이라 | 지금 사람 다시 바람에 지는 꽃 대하고 있노라. |
| 年年歲歲花相似나 | 연년세세 꽃은 서로 비슷하나 |
| 歲歲年年人不同이라 | 세세년년 사람은 같지 않다오. |
| 寄言全盛紅顔子하노니 | 한창 젊은 紅顔의 젊은이에게 말하노니 |
| 須憐半死白頭翁하라 | 반쯤 죽은 白頭의 늙은이 부디 가엾게 여겨주오. |
| 此翁白頭眞可憐이니 | 이 늙은이의 흰 머리 참으로 가련하니 |
| 伊昔紅顔美少年이라 | 저 옛날에는 紅顔의 美少年이었다오. |

| | |
|---|---|
| 公子王孫芳樹下요 | 公子와 王孫들과 아름다운 나무 아래에서 놀았고 |
| 淸歌妙舞落花前이라 | 맑은 노래와 묘한 춤으로 지는 꽃 앞에서 놀았노라. |
| 光祿池臺文錦綉[2)]요 | 光祿大夫의 못과 누대에는 비단 무늬 장식되었고 |
| 將軍臺閣畵神仙이라 | 將軍의 누각에는 신선 그려져 있네. |
| 一朝臥病無相識하니 | 하루 아침에 병들어 눕자 서로 아는 이 없으니 |
| 三春行樂在誰邊[3)]고 | 三春의 行樂 어느 곳에 있을까. |
| 婉轉蛾眉能幾時오 | 예쁜 蛾眉의 美人 얼마나 가는가 |
| 須臾鶴髮亂如絲라 | 잠깐 사이에 백발이 실타래처럼 어지럽다오. |
| 但看古來歌舞地에 | 다만 보노니 옛부터 노래하고 춤추던 곳에 |
| 惟有黃昏鳥雀飛[4)]라 | 오직 黃昏에 참새들만 나누나. |

1) 역주] 明年花開復誰在 : 李德弘의 《艮齋集》 續集 4권에 "杜甫의 〈九日藍田崔氏莊〉 시에 '내년 이 때에는 누가 건장할 줄 알겠는가.〔明年此會知誰健〕'라는 뜻과 같다." 하였다.

2) 光祿池臺文錦綉 : 光祿은 唐官名이니 有金紫光祿大夫, 銀靑榮祿大夫하니 皆從一品이라 一曰光祿卿은 掌管酒食하고 將軍은 掌扈從하니 漢唐之時에 此職이 親近天子하여 受承恩寵하여 富貴奢侈라 故特言之라

光祿은 唐나라의 관직명이니, 金紫光祿大夫와 銀靑榮祿大夫가 있었는 바, 모두 從一品이다. 一說에는 "光祿卿은 술과 음식을 관장하고 將軍은 扈從을 관장하니, 漢나라와 唐나라 시대에 이 직책이 천자를 가까이 모셔 은총을 받아서 부귀하고 사치하였으므로 특별히 말한 것이다." 한다.

3) 三春行樂在誰邊 : 謂公子王孫이 少年에 享池臺樓閣歌舞之娛라가 一日老病이면 無復三春之行樂矣라

公子와 王孫이 소년시절에 池臺와 樓閣에서 歌舞의 즐김을 누리다가 하루 아침에 늙고 병들면 다시는 三春의 行樂이 없음을 말한 것이다.

4) 但看古來歌舞地 惟有黃昏鳥雀飛 : 古人歌舞行樂處 今皆荒凉이요 黃昏에 惟見鳥雀矣라

옛사람이 가무하고 행락하던 곳이 지금은 모두 황량해졌고 황혼에 오직 새와 참새만 보이는 것이다.

【賞析】 이 시는 《唐詩遺響》 1권에 실려 있는데, 제목은 〈代悲白頭翁〉, 작자는 劉希夷로 되어 있다. 바람에 떨어지는 꽃을 보며 인생의 무상함을 노래한 것으로, 유희이가 자신의 운명을 예견한 듯하다. 《唐才子傳》의 〈劉希夷傳〉에 "希夷가 일찍이 〈白頭吟〉의 한 聯인 '今年花落顔色改 明年花落復誰有'를 짓고는 탄식하여 말하기를

'이 말은 讖(예언)이다. 石崇이 「白頭는 돌아가는 곳이 같다」고 한 것과 무엇이 다르겠는가' 하고 곧 이 시를 없애버렸다. 그리고 또다시 읊기를 '年年歲歲花相似 歲歲年年人不同'이라고 한 다음 다시 탄식하며 '죽고 사는 것은 天命이 있으니 어찌 이 虛言 때문이겠는가' 하고, 마침내 위에 없애버렸던 시와 함께 남겨 두었다. 장인인 宋之問이 뒤의 한 聯을 매우 좋아하여 이 시가 아직 세상에 알려지지 않은 것을 알고 자신에게 달라고 간절히 요구하였으나 유희이는 허락만 하고 결국 주지 않았다. 송지문은 그가 자신을 속인 것에 노하여 종을 시켜 별채에서 흙 포대로 압사시켜 죽이니, 당시 그의 나이가 채 서른이 못되었다. 그리하여 사람들이 모두 불쌍하게 여겼다." 하였다. 송지문이 자신의 시로 竊取하였다는 두 聯句는 名句로 유명하다.

金麟厚〈1510(중종 5)－1560(명종 15)〉의 《河西全集》 3권과 申欽〈1566(명종 21)－1628(인조 6)〉의 《象村稿》 4권에도 같은 제목의 시가 실려 있으나 주로 남녀간의 그리움을 읊은 내용이어서 인생무상을 개탄한 송지문의 이 시와는 거리가 있다.

## 荔枝歎　　荔枝에 대한 한탄

蘇軾(子瞻)

此篇은 譏臣子貢花菓以媚其上하여 貽百姓無窮之害라

이 편은 臣子가 꽃과 과일을 바쳐 윗사람에 아첨해서 백성들에게 무궁한 해를 끼침을 비판한 것이다.

十里一置飛塵灰하고　　십 리마다 驛 두어 먼지 날리며 달리고
五里一堠兵火催[1]라　　오 리마다 한 望樓 세워 烽火로 재촉하였네.
顚坑仆谷相枕藉하니　　구덩이에 넘어지고 골짜기에 쓰러져 서로 깔렸으니
知是荔枝龍眼來라　　이는 荔枝와 龍眼肉 가져오기 위해서임 아노라.
飛車跨山鶻橫海[2]하니　　飛車로 산 넘고 鶻船으로 바다 가로질러 오니
風枝露葉如新採라　　바람 머금은 가지와 이슬 맞은 잎 갓 따온 듯하네.
宮中美人一破顔[3]하여　　宮中의 美人 한번 破顔大笑하려 하여
驚塵濺血流千載라　　놀란 먼지와 뿌린 피 천 년에 흐른다오.
永元荔枝來交州[4]하고　　永元 연간에는 荔枝를 交趾에서 실어왔고
天寶歲貢取之涪[5]라　　天寶 연간에는 해마다 貢物로 涪州에서 취해 왔네.
至今欲食林甫肉[6]이나　　지금도 李林甫의 살점 먹고자 하나

| | |
|---|---|
| 無人擧觴酹伯游[7]라 | 술잔 들어 唐伯游의 魂에 제사 올리는 사람 없구나. |
| 我願天公憐赤子하여 | 나는 天公이 백성들 가엾게 여겨 |
| 莫生尤物[8]爲瘡痏하라 | 尤物을 낳아 백성들에게 상처 입히지 말기 원하노라. |
| 雨順風調百穀登하여 | 비와 바람 순조로워 百穀이 풍성해 |
| 民不飢寒爲上瑞라 | 백성들 굶주리고 춥지 않음 첫째의 祥瑞라오. |
| 君不見武夷溪邊粟粒芽[9]를 | 그대는 못보았는가 武夷 시냇가에 좁쌀같은 차싹을 |
| 前丁後蔡相籠加[10)11]라 | 앞에서는 丁謂 뒤에서는 蔡襄이 서로 연달아 더하였네. |
| 爭新買寵[12]各出意하니 | 다투어 새 것 올려 총애를 사려 각기 생각 짜내니 |
| 今年鬪品[13]充官茶라 | 금년에도 좋은 품질 경쟁하여 官茶에 충당하리라. |
| 吾君所乏豈此物가 | 우리 임금에게 없는 것이 어찌 이 물건이겠는가 |
| 致養口體何陋邪오 | 口體만 지극히 봉양하니 어찌 이리도 비루한가. |
| 洛陽相君忠孝家나 | 洛陽의 相君은 忠孝의 가문인데도 |
| 可憐亦進姚黃花[14]라 | 가련하게 또한 姚黃의 모란꽃 바쳤다오. |

1) 十里一置飛塵灰 五里一堠兵火催：置는 今驛路니 十里雙碑也요 堠는 今五里碑라
置는 지금의 驛路이니 10리에 있는 雙碑이고, 堠는 지금의 5리에 있는 비이다.

2) 역주] 飛車跨山鶻橫海：飛車는 수레의 이름으로 가볍고 튼튼하여 빨리 달릴 수 있으므로 붙인 이름이며, 鶻은 鶻船으로 매를 그린 큰 戰艦을 이른다.

3) 宮中美人一破顏：楊貴妃好食生荔枝한대 以馬進駝載하여 七日七夜에 至京이면 人馬俱斃라 唐人詩云 一騎紅塵妃子笑하니 無人知是荔枝來라
楊貴妃가 싱싱한 여지를 먹기를 좋아하였는데, 말에 낙타가 가져온 여지를 싣고서 7일 낮 7일 밤 만에 서울에 도착하면 사람과 말이 모두 지쳐서 죽었다. 唐나라 사람의 詩에 "한 기병 紅塵에 쓰러지면 양귀비는 웃으니, 이 여지를 가져오기 위해서임을 아는 이 없네." 하였다.

4) 永元荔枝來交州：交州는 今交趾니 漢和帝時에 嘗貢荔枝하니라
交州는 지금의 交趾이니, 漢나라 和帝 때에 일찍이 여지를 진상하였다.

5) 역주] 天寶歲貢取之涪：天寶는 唐나라 玄宗의 연호이며 涪州는 지금의 四川省 涪陵市에 있었던 고을이다.

6) 至今欲食林甫肉：李林甫相玄宗에 不能諫止荔枝之貢하니 天下怨之하여 欲食其肉이라
李林甫가 玄宗의 재상이 되어 여지를 진상하는 것을 간하여 중지시키지 못하니, 천하 사람들이 원망하여 그의 살점을 먹고자 한 것이다.

7) 無人擧觴酹伯游：唐羌이 爲臨武長하여 上書言貢荔枝之弊한대 和帝罷之하니라

唐羌이 臨武長이 되어 글을 올려서 여지를 진상하는 폐해를 말하자, 和帝가 이를 중지하게 하였다.

8) 역주] 尤物 : 괴이하고 나쁜 물건으로 주로 나라를 어지럽히는 女人들을 지칭하나 여기서는 龍眼肉이나 荔枝와 같은 물건을 가리킨다. 그러나 혹자는 백성을 괴롭힌 楊貴妃와 李林甫 등을 가리킨 것으로 보기도 한다.

9) 武夷溪邊粟粒芽 : 建安武夷茶 爲天下絶品이라

建安의 武夷茶는 천하의 명품이 되었다.

10) 前丁後蔡相籠加 : 大小龍茶는 始於丁謂而成於蔡襄이라 歐陽公이 聞襄進小龍團하고 嘆曰 君謨는 士人也어늘 何至作此事오하니라

大龍茶와 小龍茶는 丁謂에게서 시작되어 蔡襄에게서 이루어졌다. 歐陽公은 채양이 소룡다를 올렸다는 말을 듣고 탄식하기를 "君謨(蔡襄의 字)는 선비인데 어찌하여 이런 일을 하는 지경에 이르렀는가." 하였다.

11) 역주] 相籠加 : 金隆의 《勿巖集》 4권에 "相籠加는 相增加(서로 더함)와 같다." 하였다.

12) 역주] 爭新買寵 : 李德弘의 《艮齋集》 續集 4권에 "新은 茶 중에 새로운 것이고 寵은 君王의 총애이다. 새로운 차로 군왕의 총애를 사는 것이니, 그 비루함을 말한 것이다." 하였다.

13) 역주] 鬪品 : 李德弘은 "차를 채취할 때에 차의 품질의 高下를 서로 경쟁하는 것이다." 하였다.

14) 역주] 洛陽相君忠孝家 可憐亦進姚黃花 : 洛陽의 相君은 錢惟演을 가리키며 姚黃은 모란꽃의 한 종류로 노란꽃이 피기 때문에 이름한 것이다. 洛陽의 姚氏 집안에서 나오며 일 년에 겨우 몇송이만이 필 뿐이다.

【賞析】 이 시는 《蘇東坡集》 7책 5권에 실려 있다. 唐나라 때 荔枝를 공물로 바치는 민폐를 읊고, 소동파 당시에도 차와 꽃을 바쳐 윗사람에게 아첨함으로써 백성들의 근심거리가 됨을 아울러 비판하였다.

徐居正〈1420(세종 2)-1488(성종 19)〉의 《四佳集》 詩集 45권에도 荔枝라는 제목의 시가 실려 있다.

## 定慧院海棠　定慧院의 해당화

蘇　軾

院在黃州라 ○ 子瞻序云 寓居定惠院之東하니 雜花滿山이라 有海棠一株하니 土人不知貴也라

定慧院은 黃州에 있다.

○ 蘇子瞻의 序에 이르기를 "定慧院의 동쪽에 우거하니 이 꽃 저 꽃이 산에 가득하였다. 해당화 한 그루가 있었는데 그 지방 사람들은 이 꽃이 귀한 줄을 몰랐다." 하였다.

| | |
|---|---|
| 江城地瘴蕃草木하니 | 江城이라 땅이 낮고 습하여 초목 무성한데 |
| 只有名花苦幽獨이라 | 다만 유명한 꽃 외로움 견디고 이 산중에서 자라네. |
| 嫣然一笑竹籬間하니 | 방긋이 대나무 울타리 사이에 피어 있으니 |
| 桃李漫山總麤俗이라 | 桃李花 산에 널렸으나 모두 거칠고 속되구나. |
| 也知造物有深意하여 | 또한 造物主가 깊은 뜻 있어 |
| 故遣佳人在空谷이라 | 짐짓 佳人을 보내어 빈 골짝에 있게 함 아노라. |
| 自然富貴出天姿하니 | 자연스러운 부귀의 모습 天姿에서 나왔으니 |
| 不待金盤薦華屋이라 | 금쟁반에 담아 화려한 집에 올릴 필요 없다오. |
| 朱脣得酒暈生臉하고 | 붉은 입술에 술을 마셔 뺨이 붉게 달아오르는 듯 |
| 翠袖卷紗紅映肉[1]이라 | 푸른 소매에 깁을 걷어 붉은 살이 비추는 듯하네. |
| 林深霧暗曉光遲하니 | 숲 깊고 안개 자욱해 새벽빛 더디니 |
| 日暖風輕春睡足이라 | 햇빛 따뜻하고 바람 가벼워 봄잠 충분해라. |
| 雨中有淚亦悽慘이요 | 빗속에 눈물 흘리니 또한 처참하고 |
| 月下無人更清淑이라 | 달 아래 사람 없으니 더욱 깨끗해라. |
| 先生食飽無一事하여 | 선생은 배불리 먹고 할 일 없어 |
| 散步逍遙自捫腹이라 | 산보하고 소요하며 스스로 배 문지른다오. |
| 不問人家與僧舍하고 | 人家나 절간 따지지 않고 |
| 拄杖敲門看脩竹이라 | 지팡이로 문 두드려 울창한 대나무 구경하네. |
| 忽逢絶艷照衰朽하니 | 홀연히 아름다운 꽃 만나 늙은 이 몸 비추니 |
| 歎息無言揩病目이라 | 탄식하며 말없이 병든 눈 훔치노라. |
| 陋邦何處得此花오 | 누추한 고을 어느 곳에서 이런 꽃 얻었는가 |
| 無乃好事移西蜀가 | 好事家가 西蜀에서 옮겨 온 것 아닌가. |
| 寸根千里不易到니 | 한 치의 뿌리도 천 리 멀리 오기 쉽지 않으니 |
| 銜子飛來定鴻鵠이라 | 씨를 머금고 날아온 것 분명 기러기와 고니리라. |
| 天涯流落俱可念이니 | 天涯에 멀리 流落하는 신세 함께 생각할 만하니 |

為飮一樽歌此曲이라　　위하여 한 잔 술 마시며 이 곡조 노래하노라.
明朝酒醒還獨來면　　내일 아침 술 깨어 다시 홀로 오면
雪落紛紛[2]那忍觸고　　눈처럼 꽃잎 어지럽게 질 것이니 어찌 차마 손대겠나.

1) 朱脣得酒暈生臉 翠袖卷紗紅映肉 : 此二句는 形容花之顔色이 最妙라
이 두 句는 꽃의 안색을 형용한 것이 가장 묘하다.
2) 역주] 雪落紛紛 : 金隆의 《勿巖集》 4권에 “꽃이 붉음을 말하면서 눈에 비유한 것은 그 색을 취한 것이 아니라 다만 꽃이 눈처럼 쉽게 사라짐을 말한 것이다.” 하였다.

【賞析】 이 시는 《蘇東坡集》 3책 11권에 실려 있는 바, 동파가 元豐 3년(1080) 2월 黃州로 좌천되어 定惠院에 寓居하면서 지은 것이다. 海棠花는 동파의 고향인 西蜀에서 나는 꽃으로, 산야에 만발한 桃李花와는 달리 세속에서는 보기 드문 꽃이다. 동파는 이 꽃을 자신에게 비유하여 자신의 淸絶함과 현재의 불우한 처지를 읊었다.
李滉〈1501(연산군 7)－1570(선조 3)〉의 《退溪集》 1권과 조선 成汝學의 《鶴泉集》 2권, 李選〈1632(인조 10)－1692(숙종 18)〉의 《芝湖集》 1권에 이 시에 次韻한 시가 실려 있다.

## 陶淵明寫眞圖　　陶淵明의 초상화

謝薖(幼槃)

淵明歸去潯陽曲하여　　陶淵明이 潯陽의 구비로 돌아가
杖藜蒲鞵巾一幅이라　　靑藜杖에 짚신 신고 한 폭의 頭巾 쓰고 있네.
陰陰老樹囀黃鸝요　　울창한 늙은 나무에는 누런 꾀꼬리 울고
艶艶東籬粲霜菊이라　　곱고 고운 동쪽 울타리에는 서리맞은 국화 피었어라.
世紛無盡過眼空이요　　세상일 분분하여 끝이 없으나 눈 스치면 없어지고
生事不豐隨意足이라　　살아가는 일 풍족하지 못하나 뜻을 따라 만족한다오.
廟堂之姿老蓬蓽[1]하니　　廟堂의 姿稟 蓬蓽에서 늙으니
環堵蕭條僅容膝[2]이라　　環堵 쓸쓸하여 겨우 무릎 용납하네.
大兒頑鈍懶詩書하고　　큰 아이는 완악하고 둔하여 詩書 게을리 하고
小兒嬌癡愛梨栗이라　　작은 아이는 어리고 미련하여 배와 밤만 좋아하네.
老妻日暮荷鋤歸하니　　늙은 아내 해 저물자 호미 메고 돌아오니
欣然一笑共蝸室[3]이라　　흔연히 한번 웃고 蝸室을 함께한다오.

| | |
|---|---|
| 哦詩未遣愁肝腎하니 | 詩 읊어도 마음 속의 시름 버리지 못하니 |
| 醉裏呼兒供紙筆이라 | 취중에 아이 불러 종이와 붓 대령하라 하네. |
| 時時得句輒寫之하니 | 때때로 詩句 생각나면 즉시 쓰니 |
| 五言平淡用一律이라 | 五言으로 平淡하게 한 韻律 쓰노라. |
| 田家酒熟夜打門하니 | 農家에 술 익자 밤에 문 두드리니 |
| 頭上自有漉酒巾이라 | 머리 위에는 본래 술 거르는 頭巾 있다오. |
| 老農時問桑麻長하고 | 늙은 농부 때때로 뽕나무와 삼 자라는 것 물으며 |
| 提壺挈榼來相親이라 | 술병 들고 와서 서로 친숙하네. |
| 一樽徑醉北窓臥하여 | 한 잔 술에 바로 취하여 북쪽 창 아래에 누워 |
| 蕭然自謂羲皇人[4]이라 | 깨끗하게 스스로 羲皇人이라 이르노라. |
| 此公聞道窮亦樂하여 | 이 분은 道를 들어 궁해도 즐거워하니 |
| 容貌不枯似丹渥이라 | 용모가 초췌하지 않아 붉은 물에 담근 듯하네. |
| 儒林紛紛隨溷濁하니 | 儒林들 분분하여 혼탁함 따르니 |
| 山林高義久寂寞이라 | 山林의 높은 의리 오래도록 적막하다오. |
| 假令九原今可作인댄 | 가령 九原에서 이제 다시 나오게 할 수 있다면 |
| 擧公籃輿也不惡[5]이라 | 公의 남여 드는 것도 나쁘지 않으리라. |

1) 역주] 蓬蓽 : 蓬戶蓽門의 줄임말로, 쑥대와 대나무를 엮어 문을 만든 가난한 집을 이른다.

2) 역주] 環堵蕭條僅容膝 : 環은 四方의 둘레이며 堵는 담장의 길이와 넓이가 각각 1尺인 매우 작은 집을 이른다. 陶淵明의 〈五柳先生傳〉에 "環堵의 작은 집이 쓸쓸하다.〔環堵蕭然〕" 하였고, 또 〈歸去來辭〉에 "겨우 무릎을 용납할 만한 작은 방이 편안하기 쉬움을 깨닫는다.〔審容膝之易安〕" 하였으므로 이 두 글을 인용한 것이다.

3) 역주] 蝸室 : 달팽이 집이란 뜻으로 작은 방을 이른다.

4) 역주] 蕭然自謂羲皇人 : 羲皇은 太昊 伏羲氏로 이 때에는 세상사람들이 모두 순박하였으므로 말한 것이다.

5) 假令九原今可作 擧公籃輿也不惡 : 末謂世俗溷濁하여 久無山林道義之風하니 使淵明復生이면 雖爲之執僕役이라도 亦不爲惡也라

末句에 '세속이 혼탁하여 오래도록 산림에 道義의 기풍이 없으니, 가령 陶淵明이 살아난다면 비록 그를 위하여 마부의 천한 일을 하더라도 나쁘지 않다'고 말한 것이다.

【賞析】 도연명의 肖像에 붙인 시로 寫眞이란 사람의 용모를 그리고 색을 입혀 顔色과 精神이 진짜 살아 있는 사람처럼 그리는 것을 말한다. 이 시는 陶淵明의 문장 속에 있는 구절을 뽑아 陶淵明의 行狀을 서술한 것이 특징이다. 謝薖는 宋나라 徽宗 때 사람으로 형인 謝逸과 함께 江西詩派에 속하는 인물이다.

李德弘〈1541(중종 36)－1596(선조 29)〉은 《艮齋集》 續集 4권에 "杖藜蒲鞵, 廟堂, 漉酒巾 등의 句는 완연히 陶淵明을 그려 내었다. 끝구에 '가령 九原에서 이제 다시 나오게 할 수 있다면'이라고 말한 것은 또한 遺像을 보고 尊慕하는 마음을 이길 수 없음을 분명하게 말한 것이니, 하필 구구하게 寫眞이라고 제목을 달 필요가 있겠는가." 하였다.

## 桃源圖　　桃源의 그림을 보고 짓다

韓愈(退之)

按陶淵明敍桃源事云 先世避秦하여 隱居於此어늘 後人이 不深考하고 因謂秦人이 至晉猶有不死라하여 指以爲神仙이라 惟韓退之桃源圖와 王介甫桃源行과 東坡和桃源詩 深得淵明之指也라

살펴보건대 陶淵明이 桃源의 일을 서술하기를 "先代가 秦나라를 피하여 이곳에 은거했다." 하였는데, 후세 사람들은 깊이 상고하지 않고 인하여 말하기를 "秦나라 사람들이 晉나라 때까지도 죽지 않은 이가 있다." 하여 이를 가리켜 신선이라 하였다. 오직 韓退之의 〈桃源圖〉와 王介甫의 〈桃源行〉, 東坡의 〈和陶桃花源〉이 도연명의 뜻을 깊이 얻었다.

神仙有無何渺茫고　　神仙의 있고 없음 어찌 이리 허황한가
桃源之說誠荒唐[1]이라　　桃源의 말 참으로 황당하네.
流水盤廻山百轉하니　　흐르는 물 감돌고 산은 백 번이나 감아 도니
生綃數幅垂中堂이라　　생비단에 몇 폭의 그림 堂 가운데에 드리웠다오.
武陵太守好事者니　　武陵의 太守 일을 좋아하는 자라
題封遠寄南宮下라　　封緘 위에 써서 멀리 南宮 아래에 부쳐 왔네.
南宮先生[2]忻得之하니　　南宮先生 이것을 기쁘게 받아보니
波濤入筆驅文辭라　　파도가 붓에 들어와 文章을 구사하누나.
文工畫妙各臻極하니　　문장 아름답고 그림 묘하여 각각 극치 다하니
異境恍惚移於斯라　　신선의 황홀한 경치 이 곳에 옮겨 놓았네.

| | |
|---|---|
| 架巖鑿谷開宮室하니 | 바위에 나무 걸치고 골짝 파 宮室 여니 |
| 接屋連墻千萬日이라 | 지붕과 담장 연하여 천만 일 지내 왔네. |
| 嬴顚劉蹶[3]了不聞하니 | 嬴氏 쓰러지고 劉氏 넘어진 것 듣지 못했으니 |
| 地拆天分[4]非所恤이라 | 땅 갈라지고 하늘 나누어짐 걱정할 바 아니네. |
| 種桃處處惟開花하니 | 복숭아 심어 곳곳마다 꽃 피니 |
| 川原遠近蒸紅霞라 | 시내와 언덕 遠近에 붉은 놀 피어 오르는 듯. |
| 初來猶自念鄕邑터니 | 처음 와서는 그래도 고향 고을 생각했는데 |
| 歲久此地還成家라 | 세월이 오래자 이곳이 도리어 집을 이루었네. |
| 漁舟之子來何所오 | 漁舟의 낯선 사람 어디서 왔는고 |
| 物色相猜更問語라 | 자세히 살펴보며 서로 의심하고 다시 말을 묻누나. |
| 大蛇中斷喪前王[5]이요 | 큰 뱀이 중간이 끊겨 前王朝 망하고 |
| 群馬南渡開新主[6]라 | 여러 말이 남쪽으로 건너와 새 王朝 열었다오. |
| 聽終辭絶共悽然하니 | 듣기를 마치고 말이 끝나자 함께 서글퍼하니 |
| 自說經今六百年이라 | 스스로 말하기를 지금까지 육백 년 지내 왔다 하네. |
| 當時萬事皆眼見이나 | 당시의 모든 일 모두 눈으로 직접 보았는데 |
| 不知幾許猶流傳이라 | 이 사실 얼마나 세상에 그대로 流傳하는지 모르노라. |
| 爭持牛酒來相饋하니 | 다투어 쇠고기와 술 가지고 와 서로 대접하니 |
| 禮數[7]不同樽俎異라 | 禮數가 똑같지 않고 술동이와 도마도 다르누나. |
| 月明伴宿玉堂空하니 | 달 밝은데 함께 빈 玉堂에서 자니 |
| 骨冷魂淸無夢寐라 | 뼈가 시리고 정신이 맑아 잠 못 이루노라. |
| 夜半金鷄啁哳鳴하니 | 한밤중 金鷄가 소리쳐 우니 |
| 火輪[8]飛出客心驚이라 | 火輪이 솟아오르자 나그네 마음 놀라네. |
| 人間有累不可住하니 | 인간에 얽매임 있어 머무를 수 없으니 |
| 依然離別難爲情이라 | 아련히 이별함에 심정을 가누기 어려워라. |
| 船開棹進一回顧하니 | 배를 출발시키고 노 저으며 한 번 돌아보니 |
| 萬里蒼茫煙水暮라 | 만리가 아득하여 안개와 물 아스라하네. |
| 世俗寧知僞與眞[9]고 | 세속에서야 어찌 거짓인지 참인지 알겠는가. |
| 至今傳者武陵人이라 | 지금 이것을 전하는 자 武陵 사람이라오. |

1) 桃源之說誠荒唐：晉太康中에 武陵人이 捕魚라가 從溪行하여 忘路遠近이라 逢桃林

夾岸하니 無雜花菓요 云秦人避世至此라

晉나라 太康年間에 무릉 사람이 물고기를 잡다가 시내를 따라 올라가 길의 원근을 잊었다. 강 언덕 좌우에 늘어서 있는 복숭아 숲을 만나니, 잡다한 꽃과 과일나무가 없었고 秦나라 사람이 세상을 피하여 이곳에 이른 것이라고 하였다.

2) 역주] 南宮先生：南宮은 禮部를 가리키는 바, 당시 禮部郎中으로 있던 韓愈가 자신을 이렇게 칭한 것이라 하였는데, 李德弘의 《艮齋集》 續集 4권에는 "당시에 韓公이 禮部郎中이 되었는데, 예부의 上官 중에 이 그림을 얻고서 시를 지어 公에게 보여준 자가 있었다. 그러므로 公이 이 시를 지어 찬미한 것이다. 아래의 南宮先生은 바로 이 그림을 얻고서 시를 지은 사람이다. 만약 韓退之가 자신을 先生이라고 하였다면 이른바 '파도가 붓에 들어왔다'는 것과 '문장이 묘하여 극치를 다하였다'고 말한 것은 모두 意義가 없다." 하여 이 주를 잘못된 것으로 보았다. 金隆의 《勿巖集》에도 이와 같은 내용이 보인다.

3) 역주] 嬴顚劉蹶：嬴氏는 秦나라이고 劉氏는 劉邦의 漢나라로 곧 진나라와 한나라가 모두 망함을 말한 것이다.

4) 역주] 地拆天分：中國이 魏·晉, 南北朝 시대에 여러 나라로 분열됨을 말한 것이다.

5) 역주] 大蛇中斷喪前王：秦나라가 망하고 漢나라가 건국되었음을 말한 것이다. 한나라를 세운 劉邦이 일찍이 大澤을 지나가는데 큰 뱀이 길을 막고 있으므로 칼로 그 뱀을 베어 죽였다. 그후 부하가 그 길을 지나가니, 한 할미가 나타나 울면서 "내 아들은 白帝의 아들인데 이제 赤帝의 아들이 죽였다." 하였는 바, 백제의 아들은 진나라이고 적제의 아들은 한나라라 한다.

6) 群馬南渡開新主：晉書에 元帝卽位建業하니 童謠云 五馬浮渡江에 一馬化爲龍이라하니라

《晉書》에 "元帝가 建業에서 즉위하니 童謠에 이르기를 '다섯 말이 강을 건너갔는데 한 말이 변하여 용이 되었다.' 했다." 하였다.

7) 역주] 禮數：禮儀를 가리킨다.

8) 역주] 火輪：해를 가리킨다.

9) 世俗寧知僞與眞：眞僞不可辨은 應起句神仙渺茫之說이라

거짓인지 참인지 구별할 수 없다는 것은 起句의 신선이 아득하다는 말에 응한 것이다.

【賞析】 이 시는 《韓昌黎集》 3권에 실려 있다. 桃源은 陶淵明의 〈桃花源記〉에 나오는 신선세계로 이 그림을 보고 읊은 것이다. 참고로 도연명의 〈桃花源詩〉 倂記를 싣는다.

"晉나라 太元 연간에 고기잡이 하는 武陵 사람이 계곡을 따라 가다가 얼마나 길을 갔는지 몰랐는데, 문득 복숭아꽃 숲을 만났다. 양쪽 강안 수백 보에 다른 나무는 없이 芳草가 아름답고 桃花가 어지러우니, 어부가 매우 이상하게 여기고 다시

앞으로 나아가 숲끝까지 가고자 하였다. 그런데 숲이 끝나고 물이 발원하는 곳에 문득 산 하나가 있었다. 산에 작은 입구가 있었는데 마치 빛이 있는 것 같았다. 곧 배를 놓아두고 입구를 따라가니 처음에는 매우 좁아 겨우 사람 하나 지나갈 만하였으나 다시 수십 보를 가자 널찍하고 환하였다. 땅은 평평하고 넓으며 집들은 반듯하고 좋은 전답과 아름다운 못에 뽕나무와 대나무 등이 자라고 있었으며 길이 서로 통하고 개 짖는 소리와 닭 우는 소리가 서로 들렸다. 이 가운데 왕래하며 씨뿌리고 일하는 남녀들은 外界人들과 같은 옷을 입고 있었으며, 노인과 어린아이들은 모두 편안하고 즐거워하였다. 이들은 어부를 보자 크게 놀라며 '어디서 왔느냐?'고 물으므로 자세히 말해 주었다. 집으로 가기를 청하여 그를 위해 술을 내오고 닭을 잡아 음식을 장만하였으며, 마을에 이런 사람이 와있다는 말을 듣고는 마을 사람들이 모두 와서 소식을 물었다. 그들은 말하기를 자신들은 '선대에 秦나라의 난리를 피하여 처자와 마을 사람을 이끌고 이 외진 곳에 와서 다시는 세상에 나가지 않아 마침내 외인과 단절되었다.'고 하였다. 지금이 어느 시대냐고 물었는데, 漢나라가 있었던 사실을 알지 못하였으니, 魏晉은 말할 것도 없었다. 어부가 그들에게 알고 있는 역사 사실을 일일이 다 말해 주니, 모두 탄식하며 처연해 하였다. 나머지 사람들도 각기 자신들의 집으로 불러다가 모두 술과 밥을 대접하였다. 어부가 며칠을 머물다가 돌아가겠다고 말하자, 그들 중 어떤 사람이 '外人에게 말할 것이 못된다'고 당부하였다. 어부는 나와서 배를 찾은 다음 곧 지난번 왔던 길을 따라 곳곳에 표시하고는 郡下에 도착하여 태수에게 나아가 이와 같은 사실을 말하니, 태수가 곧 사람을 보내어 어부를 따라서 지난번 표시해 두었던 곳을 찾아가게 하였지만 마침내 길을 잃고 더 이상 원래의 길을 찾지 못하였다. 南陽의 劉子驥는 고상한 선비로, 이 이야기를 듣고 기뻐하여 직접 桃花源을 찾고자 하였으나 뜻을 이루지 못하고 마침내 병들어 죽었다. 이후로는 도화원으로 가는 길을 묻는 자가 없었다."

시의 끝에 蘇東坡가 평하기를 "세상에 桃源의 일이 전해지는데 대부분 사실보다 과장되었다. 陶淵明이 기록한 것을 상고해 볼 때 단지 先世에 秦나라의 난리를 피하여 이곳에 왔다고 말하였으니, 어부가 본 것은 아마도 그들의 자손이고 죽지 않고 살아남은 秦나라 사람은 아닐 것이요, 또 닭을 잡아 음식을 장만하였다고 하였으니, 어찌 신선으로서 살생을 하였겠는가?" 라고 하였다.

朴彭年〈1417(태종 17)－1456(세조 2)〉의 《朴先生遺稿》와 成三問〈1418(태종 18)－1456(세조 2)〉의 《成謹甫集》에는 匪懈堂 李瑢(安平大君)이 지은 〈夢遊桃源記〉에 대해서 쓴 글이 있는데, 주로 비해당의 記文이 武陵桃源을 잘 형용하였음을 찬미하는 내용이다.

## 書王定國所藏煙江疊嶂圖王晉卿畫　王定國이 소장한 王晉卿의 그림 煙江疊嶂圖에 쓰다

蘇軾(東坡)

| | |
|---|---|
| 江上愁心三疊山[1)]이 | 강가엔 수심겨운 三疊山 |
| 浮空積翠如雲煙이라 | 蒼空에 수많은 봉우리 쌓여 雲煙과 같아라. |
| 山耶雲耶遠莫知러니 | 산인가 구름인가 멀어서 알 수 없더니 |
| 煙空雲散山依然이라 | 안개 걷히고 구름 흩어지자 산은 옛 모습이네. |
| 但見兩崖蒼蒼暗하니 | 다만 보니 두 벼랑이 잿빛처럼 어두운데 |
| 絶谷中有百道飛來泉[2)]이라 | 끊어진 골짝 여러 갈래로 날아오는 폭포 있다오. |
| 縈林絡石隱復見하니 | 숲 감돌고 바위 감싸 숨었다가 다시 나타나니 |
| 下赴谷口爲奔川이라 | 골짝으로 내려 달려가 급히 흐르는 냇물 되었구나. |
| 川平山開林麓斷하니 | 시내 평평하고 산 열려 산기슭이 끊기니 |
| 小橋野店依山前이라 | 조그만 다리와 들판의 酒店 산 앞에 의지해 있네. |
| 行人稍度喬木外[3)]하고 | 행인 몇 사람 높은 나무 밖을 지나가고 |
| 漁舟一葉江呑天이라 | 작은 고깃배 하나 떠 있는 강물 하늘을 삼켰네. |
| 使君[4)]何從得此本고 | 使君은 어느 곳에서 이 그림 얻었는가 |
| 點檢毫末[5)]分淸姸이라 | 붓끝 점검하여 맑고 고운 경치 역력히 그렸구나. |
| 不知人間何處有此境고 | 알지 못하겠네 人間의 어느 곳에 이런 경계 있는가 |
| 徑欲往置二頃田이라 | 있다면 곧바로 가서 二頃의 밭 사 두고 싶노라. |
| 君不見武昌樊口幽絶處에 | 그대는 못 보았는가 武昌과 樊口의 빼어난 곳에 |
| 東坡先生留五年이라 | 東坡先生 오년을 머물렀다오. |
| 春風搖江天漠漠하고 | 봄바람 강물 흔드는데 하늘은 아득하고 |
| 暮雲捲雨山娟娟이라 | 여름이면 저녁 구름 비를 거두니 산 더욱 고와라. |
| 丹楓翻鴉伴水宿하고 | 가을이면 丹楓에 나는 까마귀 물가에서 함께 자며 |
| 長松落雪驚醉眠이라 | 겨울이면 長松의 눈 취하여 자는 사람 놀라게 하네. |
| 桃花流水在人世하니 | 桃花流水의 仙境 인간 세상에 있으니 |
| 武陵豈必皆神仙가 | 武陵이 어찌 반드시 모두 신선 세계일까. |
| 江山淸空我塵土하니 | 江山은 맑고 조용한데 나는 塵土에 묻혔으니 |
| 雖有去路尋無緣이라 | 비록 가는 길 있으나 찾을 因緣 없다오. |

還君此畵三歎息하니　　그대에게 이 그림 돌려주며 세 번 탄식하니
山中故人應有招我歸來篇이라 산중의 친구들 응당 나를 부르는 歸來篇 있으리라.

1) 역주] 三疊山 : 本集에는 千疊山으로 되어 있다.
2) 역주] 但見兩崖蒼蒼暗　絶谷中有百道飛來泉 : '但見兩崖蒼蒼暗絶谷에　中有百道飛來泉'으로 句를 떼어 읽기도 한다.
3) 行人稍度喬木外 : 臺本에 '橋木'으로 되어 있는 것을 本集을 따라 '喬木'으로 바로잡았다.
4) 역주] 使君 : 王定國을 가리킨 것이다.
5) 역주] 點檢毫末 : 檢이 綴로 되어 있는 本도 있는 바, 范成大의 〈題范道士二牛圖〉 시에도 '點綴毫末具逼眞'이란 내용이 있다.

【賞析】 이 시는 《蘇東坡集》 4책 17권에 실려 있다. 王定國이 소장하고 있는 王晉卿의 산수화를 보고 그 景物을 실감나게 묘사하고, 아울러 黃州로 좌천된 東坡 자신도 이러한 仙境에 은거하고 싶다는 내용이다. 《萬姓統譜》에 의하면 王定國의 자는 安卿으로 宋 高宗 때 사람이며, 《四河入海》에 의하면 定國은 王鞏으로 御史 王素의 아들이다. 《동파시집》 19권 〈和王晉卿〉 詩의 序에 "元豊 2년(1079) 내가 죄를 얻어 黃州로 좌천되었는데 駙馬都尉 王詵 또한 연좌되어 멀리 유배되었다. 그리하여 서로 소식을 알지 못한 지 7년만에 내가 부름을 받고 조정의 관리에 임용되었는데, 王詵 또한 조정에 돌아왔다. 서로 殿門 밖에서 만나 감탄한 나머지 시를 지어 서로 주었다. 詵의 자는 晉卿이며 공신 全斌의 후손이다." 하였다.

李穡〈1328(충숙왕 15)－1396(태조 5)〉의 《牧隱稿》 詩藁 9권에 東坡의 〈煙江疊嶂圖〉 시를 축약하여 지은 〈山水圖〉라는 제목의 시가 실려 있다.

## 寄盧仝　　盧仝에게 부치다

韓　愈

時에 韓公이 爲洛陽令하니라
이때에 韓公이 洛陽令이 되었다.

玉川先生[1)]洛城裏에　　玉川先生 洛陽城 안에
破屋數間而已矣라　　부서진 집 몇 칸뿐이라오.
一奴長鬚不裹頭요　　하나뿐인 종은 긴 수염에 머리도 싸매지 않았고

一婢赤脚老無齒라　하나뿐인 계집종은 맨 다리에 늙어서 이도 없다오.
辛勤奉養十餘人하니　어렵게 십여 명 봉양하니
上有慈親下妻子라　위에는 慈親 계시고 아래에는 처자식 있다오.
先生結髮憎俗徒하여　선생은 젊어서부터 세속의 무리 싫어하여
閉門不出動一紀[2]라　문 닫고 나오지 않은 지 一紀 되었네.
至令隣僧乞米送하니　이웃 승려들 쌀을 빌어다 보내 줄 지경이니
僕忝縣尹能不恥아　내 縣尹이 되어 부끄럽지 않겠는가.
俸錢供給公私餘로　公私에 쓰고 남은 녹봉으로
時致薄少助祭祀라　때때로 하찮은 물건 보내 주어 제사 돕는다오.
勸參留守謁大尹하니　留守 뵙고 大尹 뵈라고 권하였더니
言語纔及輒掩耳라　말이 겨우 미치자 귀 막누나.
水北山人[3]得名聲하여　水北山人은 명성 얻어
去年去作幕下士요　지난해 떠나가서 幕下의 선비 되었으며
水南山人[4]又繼往하여　水南山人도 뒤이어 가서
鞍馬僕從塞閭里라　안장 얹은 말과 따라가는 하인들 마을을 꽉 메웠다오.
少室山人索價高[5]하여　少室山人은 높은 값 요구하여
兩以諫官徵不起라　두 번이나 諫官으로 불렀으나 일어나지 않았네.
彼皆刺口論世事하나　저들은 모두 비판하는 입으로 세상 일 논하였으나
有力未免遭驅使[6]라　힘 있는 자에게 부리워짐 면치 못하였다오.
先生事業不可量이니　선생의 사업 측량할 수 없으니
惟用法律自繩己라　오직 법률 가지고 스스로 몸을 다스리네.
春秋三傳[7]束高閣하고　春秋 三傳 모두 통달하여 높은 집에 묶어 놓고
獨抱遺經究終始라　홀로 聖人의 遺經 안고 始終을 연구한다오.
往年弄筆嘲同異[8]하니　지난해에 붓 희롱하여 같고 다름 조롱하니
怪辭驚衆謗不已라　괴이한 말 사람들 놀래켜 비방 그치지 않네.
近來自說尋坦途하나　근래에는 스스로 순탄한 글 쓰겠다고 말하나
猶上虛空跨騄駬[9]라　아직도 허공에 騄駬 타고 올라가는 듯하다오.
去歲生兒名添丁[10]하니　지난해에 아이 낳아 添丁이라 이름하니
意令與國充耘耔라　이 뜻은 나라에 주어 농사일에 충당하려 함이었네.

國家丁口[11]連四海하니　　국가의 丁口 四海에 연해 있으니
豈無農夫親耒耜오　　어찌 농부 없어 친히 쟁기자루 잡게 하는가.
先生抱才終大用이니　　선생은 재주 간직하여 끝내 크게 쓰여지리니
宰相未許終不仕[12]라　　재상의 지위 허락하지 않으면 끝내 벼슬하지 않으리라.
假如不在陳力列이나　　가령 힘을 펴는 대열에 있지 않더라도
立言垂範亦足恃라　　글로 써서 법 남기면 또한 믿을 수 있다오.
苗裔當蒙十世宥[13]니　　후손들 十世 뒤까지 죄 지어도 용서받을 것이니
豈謂貽厥無基址오　　어찌 후손들에게 基址를 물려줌 없다 하겠는가.
故知忠孝出天性하니　　내 진실로 忠孝가 天性에서 나왔음 아노니
潔身亂倫安足擬아　　몸 깨끗이 하려 人倫 어지럽히는 자에게 어찌 비기겠나.
昨夜長鬚來下狀하니　　어젯밤 수염 긴 종이 와서 글 전하니
隔墻惡少惡難似라　　담너머 악한 소년들 惡行이 비길 데 없다 하였네.
每騎屋山下窺瞰하니　　언제나 지붕에 올라가 아래 굽어보니
渾舍驚怕走折趾라　　온 식구 놀라고 두려워 도망하다가 발 다친다네.
憑依婚媾[14]欺官吏하니　　婚媾를 빙자하여 관리 능멸하니
不信令行能禁止[15]라　　명령이 행해지고 금령이 그침 믿지 않는다네.
先生受屈未曾語러니　　선생은 굴욕 당해도 일찍이 말씀하지 않았는데
忽此來告良有以라　　갑자기 이번에 와서 말함 진실로 이유가 있으리라.
嗟我身爲赤縣尹[16]하니　　아! 내몸이 赤縣의 尹 되었으니
操權不用欲何俟오　　권력을 잡아 쓰지 않고 어느 때 기다리려 하는가.
立召賊曹呼五百[17]하여　　당장 刑曹 시켜 五百을 불러
盡取鼠輩尸諸市라　　쥐새끼 같은 자들 잡아다 시장에서 戮屍하였노라.
先生又遣長鬚來하여　　선생은 또다시 수염 긴 종 보내와서
如此處置非所喜라　　이와 같은 조처는 내 기뻐하는 바 아니라 하시네.
況又時當長養節[18]하니　　더구나 지금 때가 長養하는 시절 당하였으니
都邑未可猛政理라　　도읍을 사나운 정사로 다스려서는 안 된다 하시네.
先生固是余所畏니　　선생은 진실로 내가 존경하는 분이니
度量不敢窺涯涘라　　넓은 도량 끝을 엿볼 수 없어라.
放縱是誰之過歟오　　제멋대로 처형함 이 누구의 잘못인가

| | |
|---|---|
| 效尤戮僕愧前史[19]라 | 마부 죽인 잘못 본받아 옛 역사에 부끄럽네. |
| 買羊沽酒謝不敏하니 | 羊 사고 술 받아 不敏함 사죄하니 |
| 偶逢明月耀桃李라 | 마침 밝은 달이 桃李花에 비칠 때 만났노라. |
| 先生有意許降臨이면 | 선생께서 枉臨할 뜻 계시다면 |
| 更遣長鬚致雙鯉[20]하라 | 다시 수염 긴 종 보내어 雙鯉 전하소서. |

1) 역주] 玉川先生 : 盧仝의 號가 玉川子이므로 그를 가리켜 말한 것이다.

2) 역주] 閉門不出動一紀 : 動은 動輒의 뜻으로 '언제나' 또는 '번번이'의 뜻이고, 一紀는 子·丑·寅·卯의 十二支가 一周하는 것으로 곧 12년을 가리킨다. 李德弘의 《艮齋集》 續集 4권에 "動은 每와 같은 뜻이니, 문을 닫고 나오지 않은 지가 매양 1紀에 이르렀음을 말한 것이다." 하였고, 金隆의 《勿巖集》에도 같은 내용이 보인다.

3) 水北山人 : 石洪은 字濬川이니 居洛之北涯라

石洪은 자가 濬川이니, 洛水의 북쪽 가에 살았다.

4) 水南山人 : 溫造는 字簡輿니 居洛之南涯라

溫造는 자가 簡輿이니, 洛水의 남쪽 가에 살았다.

5) 少室山人索價高 : 李渤은 字濬之니 涉之兄이라 初隱廬山하고 後隱嵩岳小室山이라 上書言時政이어늘 徵之不起하니라

李渤은 자가 濬之이니, 李涉의 형이다. 처음에는 廬山에 은둔하였고 나중에는 嵩岳 少室山에 은둔하였다. 글을 올려 시정을 말하였는데, 조정에서 불렀으나 나아가지 않았다.

6) 역주] 有力未免遭驅使 : 有力은 힘이 있는 자로 국가를 경륜할 큰 뜻과 力量을 갖추고 있는 호걸들을 이른다. 《古文眞寶》 後集 3권에 실려 있는 〈送溫造處士序〉에 "나는 溫造와 石洪 두 生을 의뢰하여 늙으려 하였는데, 이제 모두 힘이 있는 자에게 빼앗겼다.[資二生以待老 今皆爲有力者奪之]"는 내용이 보인다.

7) 春秋三傳 : 春秋有左氏公羊氏穀梁氏三傳이라

《春秋》는 좌씨·공양씨·곡량씨의 三傳이 있다.

8) 역주] 往年弄筆嘲同異 : 盧仝의 仝은 同과 같은 字인데 마침 馬異의 이름과 반대가 되므로 同異를 가지고 시를 지어 놀린 것이니, 盧仝이 馬異에게 준 시에 "同不同異不異"라는 내용이 있다.

9) 역주] 騄駬 : 綠耳로도 쓰는 바, 周나라 穆王이 타고 다니던 八駿馬의 하나인데, 색깔이 녹색이라 한다.

10) 역주] 添丁 : 丁夫를 더한다는 뜻으로, 정부는 국가의 조세와 부역을 담당하는 男丁을 이른다.

11) 역주] 丁口 : 농사를 짓고 軍役을 담당한 丁夫를 이른다.

12) 역주] 宰相未許終不仕 : '재상이 끝내 벼슬하지 않도록 내버려 두지 않는다'는 뜻으로 李德弘은 "반드시 등용되어야 함을 말한 것이다." 하였다.

13) 苗裔當蒙十世宥 : 左襄二十一年에 社稷之臣也니 猶將十世宥之하여 以勸能者라하니라

《左傳》 襄公 21년 조에 "社稷의 신하이니 오히려 장차 十代에 이르도록 죄를 용서해 주어 능한 자를 권면해야 한다." 하였다.

14) 역주] 憑依婚媾 : 婚媾는 혼인함을 이르는 바, 혼인 관계를 맺겠다는 구실을 빙자하는 것으로 보기도 하나 권력이 있는 친인척을 빙자하는 것으로 해석하는 것이 옳을 듯하다.

15) 역주] 令行能禁止 : 令行禁止라는 成語의 중간에 能字를 놓은 것으로 能字는 특별한 뜻이 없다.

16) 역주] 赤縣尹 : 洛陽의 縣令을 이른다. 赤縣은 서울에 딸린 고을을 이르는데, 당시 洛陽은 도성이 아니지만 東京이라 불렀기 때문에 이렇게 칭한 것이다.

17) 五百 : 韋昭曰 五百은 本作伍陌이니 伍는 當也요 陌은 道也니 使人導引하여 當道陌中하여 以驅除也라 今俗에 呼行杖人하여 爲五百이라

韋昭가 말하기를 "五百은 본래 伍陌으로 되어 있으니, 伍는 당한다는 뜻이요 陌은 길이다. 사람으로 하여금 인도하여 길 가운데에 당하게 하고서 구제하는 것이다. 지금 풍속에 곤장을 치는 사람을 일러 '오백'이라 한다." 하였다.

18) 역주] 長養節 : 만물을 자라게 하는 시절로 봄철을 이른다. 옛날 형벌을 시행할 때에 봄철은 만물을 자라게 하는 시절이라 하여 피하고 가을철을 택하였다.

19) 效尤戮僕愧前史 : 若效尤晉之魏絳이 戮楊干之僕이면 有愧於春秋之前史라*)

만약 晉나라의 魏絳이 楊干의 마부를 죽인 잘못을 본받는다면 《春秋》의 옛 역사에 부끄러움이 있는 것이다.

*) 역주] 若效尤晉之魏絳이……有愧於春秋之前史라 : 魏絳은 春秋時代 晉나라의 장군이고 楊干은 진나라 임금의 아우이다. 양간이 출전중 제멋대로 행동하자, 위강이 그의 죄를 물어 차마 양간을 처형하지 못하고 그의 마부를 죽인 故事가 있다. 여기서는 韓愈 자신이 죄인들을 교화시키지 못하고 처형한 것이 부끄럽다는 뜻으로 쓴 것이다.

20) 역주] 雙鯉 : 두 마리의 잉어라는 뜻으로 편지를 이른다. 옛날 어떤 사람이 잉어를 잡아보니, 자신에게 보내는 급한 편지가 잉어의 뱃속에 들어 있었다는 전설에서 연유한 것으로 본서 3권에 실려 있는 〈樂府 上〉에도 보인다.

【賞析】 이 시는 《韓昌黎集》 5권에 실려 있는 바, 元和 6년(811) 봄에 한유가 河南令으로 있을 때 盧仝에게 지어 준 것이다. 《唐書》 〈韓愈列傳〉 끝에 "盧仝은 東都에

살았는데 한유가 하남령으로 있을 때 그의 시를 아껴 예우하였다. 盧仝은 玉川子라 自號하였는데, 일찍이 〈月蝕〉 시를 지어 元和의 逆黨을 비판하였는 바, 한유가 그의 작품을 칭찬하였다."라는 기록이 보인다. 이 시를 통해 盧仝의 사람됨과 한유와의 교분을 분명하게 알 수 있는 바, 두보가 鄭虔에게 준 〈醉時歌〉와 분위기가 비슷하다.

## 李伯時畵圖　　李伯時의 그림을 보고 짓다

邢居實(敦夫)

山谷之弟黃知命이 衣白衫하고 騎驢緣道하여 搖頭而歌어든 陳履常이 負杖하고 挾囊于後하니 一市大驚이라 李伯時因畵爲圖하고 邢敦夫爲作長歌하니라

黃山谷의 아우 黃知命(黃叔達)이 흰 적삼을 입고 나귀를 타고 길을 따라가면서 머리를 흔들며 노래하면 陳履常(陳師道)이 지팡이로 뒷짐을 지고서 뒤에 시 담는 주머니를 끼고 가니, 온 시장 사람들이 크게 놀랐다. 李伯時가 인하여 이것을 그려 그림으로 만들고 邢敦夫가 長歌를 지었다.

| | |
|---|---|
| 長安城頭烏欲棲하니 | 長安의 城 위에 까마귀 깃들려 하니 |
| 長安道上行人稀라 | 長安의 길가에는 행인이 적어라. |
| 浮雲卷盡暮天碧하니 | 뜬구름 다 걷혀 저녁 하늘 푸른데 |
| 但有明月流清輝라 | 오직 밝은 달이 맑은 빛 흘리누나. |
| 君獨騎驢向何處오 | 그대는 홀로 나귀 타고 어느 곳으로 향하는가. |
| 頭上倒著(착)白接䍦[1]라 | 머리 위에 흰 接䍦 뒤집어 쓰고 있네. |
| 長吟搔首望明月하니 | 길게 읊고 머리 긁적이며 밝은 달 바라보니 |
| 不學山翁醉似泥[2]라 | 山翁의 泥蟲처럼 취한 것 배우지 않았네. |
| 到得城中燈火鬧하니 | 성 안에 이르니 등잔불 요란한데 |
| 小兒拍手攔街笑[3]라 | 아이들 손뼉치며 길거리 막고 웃누나. |
| 道傍觀者那得知오 | 길 옆에서 구경하는 자 어찌 이것을 알겠는가 |
| 相逢疑是商山皓[4]라 | 서로 만남에 商山四皓인가 의심하네. |
| 龍眠居士畵無比하니 | 龍眠居士의 그림 솜씨는 견줄 이 없으니 |
| 搖毫弄筆長風起라 | 털끝 흔들고 붓 희롱함에 긴 바람 일어난다오. |
| 酒酣閉目望窮途하니 | 술에 취하여 눈 감고는 아득한 길 상상하니 |

| | |
|---|---|
| 紙上軒昻無乃似아 | 종이 위에 나열함 그와 같지 않겠는가. |
| 君不學長安遊俠誇年少하여 | 그대는 長安의 遊俠들 年少함 과시하여 |
| 臂鷹挾彈章臺道하고 | 팔뚝에 새매 올려 놓고 탄환 끼고 章臺의 길에서 노는 것 배우지 않고 |
| 君不能提携長劍取靈武하여 | 그대는 長劍 차고 靈武 지방 취하여 |
| 指揮猛士驅貔虎라 | 猛士 지휘해 貔貅와 호랑이 몰아내듯 하지 않고는 |
| 胡爲脚踏梁宋塵[5]하여 | 어찌하여 다리로 梁宋 지방의 먼지 밟아 |
| 終日飄飄無定所오 | 종일토록 표류하여 정처가 없는가. |
| 武陵桃源春欲暮하니 | 武陵의 桃源에 봄 저물려 하니 |
| 白水青山起烟霧라 | 맑은 물과 푸른 산에 烟霧 일어나네. |
| 竹杖芒鞋歸去來하니 | 竹杖芒鞋로 돌아가서 |
| 頭巾好掛三花樹라 | 頭巾을 세 꽃나무에 아름답게 걸어 놓으리라. |

1) 白接䍦：世說에 接䍦는 乃襴衫이요 非帽也라하니라
《世說新語》에 "接䍦는 바로 난삼이요 모자가 아니다." 하였다.

2) 역주〕不學山翁醉似泥：山翁은 晉나라의 名士인 山簡을 이르며, 泥는 泥蟲으로 南海에 산다는 뼈없는 벌레인데 물에 있을 때에는 살아 움직이지만 물이 없는 곳에서는 진흙같이 된다고 한다.

3) 到得城中燈火鬧 小兒拍手攔街笑：事見襄陽歌하니라
이 내용은 〈襄陽歌〉에 보인다.

4) 역주〕商山皓：商山四皓를 가리키는 바, 商山은 중국 陝西省 商縣 동쪽에 있는 산이며, 사호는 秦나라 말기 상산에 은둔했던 네 노인으로 東園公·夏黃公·綺里季·甪里先生(녹리선생)을 이르는데, 나이가 80을 넘어 머리가 희었으므로 四皓라 칭하였다.《史記 留侯世家》

5) 역주〕梁宋塵：梁은 陝西省, 宋은 河南省에 있던 나라 이름으로 이들 지역을 가리킨다.

【賞析】이 시는 李伯時가 그린 黃知命의 모습을 보고 읊은 것이다. 황지명은 黃庭堅의 아우로 세속에 얽매이지 않고 詩才가 있었던 인물인데, 그의 이러한 모습을 李伯時가 그림으로 그리고 邢居實이 시로 읊은 것이다.

古文眞寶 前集 제7권

# 長短句

## 將進酒　　술을 올리려 하다

李白(太白)

| | |
|---|---|
| 君不見黃河之水天上來하여 | 그대는 보지 못하였는가 黃河의 물이 天上에서 와서 |
| 奔流到海不復廻라 | 달려가 바다에 이르면 다시 돌아오지 못하는 것을. |
| 又不見高堂明鏡悲白髮하여 | 또 보지 못하였는가 高堂의 거울에 白髮 슬퍼하여 |
| 朝如靑絲暮如雪이라 | 아침에는 푸른 실 같다가 저녁이면 눈처럼 흰 것을. |
| 人生得意須盡歡이니 | 인생이 뜻을 얻으면 모름지기 실컷 즐길 것이니 |
| 莫把金樽空對月하라 | 금술잔 잡고 부질없이 달을 대하지 말라. |
| 天生我材必有用이니 | 하늘이 나를 낳음 반드시 쓸 데가 있어서이니 |
| 千金散盡還復來라 | 千金을 모두 흩으면 다시 돌아온다네. |
| 烹羔宰牛且爲樂이니 | 염소 삶고 소 잡아 우선 즐거워할 것이니 |
| 會須一飮三百杯[1]라 | 응당 모름지기 한 번에 삼백 잔은 마셔야 한다오. |
| 岑夫子丹丘生[2]아 | 岑夫子와 丹丘生아! |
| 與君歌一曲하니 | 그대와 한 곡조 노래하리니 |
| 請君爲我聽하라 | 그대는 나 위해 귀 기울여 들으라. |
| 鍾鼎玉帛[3]不足貴니 | 鍾鼎과 玉帛도 귀할 것 없으니 |
| 但願長醉不願醒이라 | 다만 항상 취하여 깨기를 원하지 않노라. |
| 古來賢達皆寂寞호되 | 고래로 어진이와 통달한 이 모두 적막하나 |
| 惟有飮者留其名이라 | 오직 술 마신 자만이 이름 남겼어라. |
| 陳王昔日宴平樂[4]할새 | 陳王이 옛날 平樂觀에서 잔치할 때에는 |
| 斗酒十千[5]恣歡謔이라 | 한 말 술에 萬錢 주고 실컷 즐기고 농담하였다오. |

主人何爲言少錢고 主人은 어이하여 돈이 적다고 말하는가
且須沽酒對君酌이라 우선 술을 받아다 그대와 대작하리라.
五花馬千金裘[6]를 五花馬와 千金의 갖옷
呼兒將出換美酒하여 아이 불러내다가 좋은 술과 바꾸어
與爾同銷萬古愁라 그대와 萬古의 시름 잊어보세.

1) 역주] 一飮三百杯 : 《世說新語》의 注에 "〈鄭玄列傳〉에 '袁紹가 鄭玄을 불렀는데 떠날 무렵 그를 성 동쪽에서 餞別하면서 반드시 취하게 하려 하였다. 모인 사람들이 3백여 명이었는데 모두 아침부터 저녁까지 차례로 잔을 올리니, 정현은 3백여 잔을 마셨으나 온화하고 참을성 있는 용모를 온종일 유지하였다. 이에 陳暄이 형의 아들인 秀에게 편지를 보내면서 鄭康成은 '一飮三百杯'라고 했다." 하였다. 康成은 鄭玄의 자이다.
2) 역주] 岑夫子丹丘生 : 잠부자는 岑勛(잠훈)이고 단구생은 元丹丘를 가리킨 것으로 당시에 李白이 이들과 함께 모였으므로 말한 것이다.
3) 역주] 鍾鼎玉帛 : 부귀하고 호화로운 생활을 비유한다. 鍾鼎은 鍾鳴鼎食의 줄임말로 식사 때 종을 울려 식솔들을 모으고 寶鼎에 음식을 진열하여 먹는 것을 이르며, 玉帛은 옥과 비단으로 財富를 뜻한다.
4) 역주] 陳王昔日宴平樂 : 陳王은 曹操의 셋째 아들인 曹植으로 진왕에 봉해지고 시호를 思王이라 하였다. 平樂은 鄴땅에 있는 樓觀의 이름이다.
5) 역주] 斗酒十千 : 술 한 말의 값이 萬錢이나 나가는 좋은 술로, 魏나라의 陳思王 曹植이 平樂觀에서 연회를 베풀 때 이런 술을 썼다고 한다.
6) 역주] 五花馬千金裘 : 五花馬는 말의 털빛이 오색 무늬를 띤 것이라 하며, 一說에는 말의 갈기를 잘라 다섯 갈래로 땋아 장식한 말이라 하는데, 唐나라 사람들이 이런 말 장식을 좋아하였다 한다. 千金裘는 《史記》〈孟嘗君傳〉에 맹상군이 "흰여우 갖옷 한 벌을 가지고 있었는데 실로 값이 천금이요 천하에 견줄 것이 없었다."라고 하였다. 五花馬와 千金裘는 모두 진귀한 물건을 의미한다.

【賞析】《李太白集》 3권에 실려 있다. 〈將進酒〉는 漢나라 短簫鐃歌 22曲 중의 하나로, 李白이 樂府體를 모방하여 지은 것이다. 이 시는 술 마시는 흥취를 표현하였는데, 이백이 재능을 품고 있으면서도 인정받지 못하는 불만을 술로써 위안하는 내용이다.

李奎報〈1168(의종 22)－1241(고종 28)〉의 《東國李相國集》 16권에 〈續將進酒歌〉라는 제목의 시가 실려 있는데, 그 序文에 이르기를, "李賀의 〈장진주〉 시에 '술은 劉伶의 무덤 위 흙에는 이르지 않나니'라고 하였으니, 이는 진실로 道를 통달한 말이다. 그래서 그 뜻을 넓혀서 〈續將進酒〉라고 명명하였다."라고 하였다. 그 시의 내용 역시 이 시와 마찬가지로 及時行樂의 의미가 있으므로 아래에 소개한다.

"술잔 속의 쪽빛술에 말하노니 백년 동안 서로 만남 싫어하지 말게나. 검은 머리 붉은 얼굴 그 얼마나 유지되나. 약하디 약한 이내몸 아침 이슬 같다네. 하루아침에 죽어 소나무 아래 묻히면 만고토록 그 누가 돌아보리오. 기약하지 않아도 잡초와 쑥대 자라나고 부르지 않아도 여우와 토끼들 온다네. 술이 비록 평소 수중의 물건이었으나 어찌 한번 와서 내게 술 한 잔 부어주겠는가. 달인이여! 달인이여! 劉伯倫은 술병 차고서 길이 취하여 쓰러졌네. 그대 나의 말을 따라 술마시는 것 사양하지 마오. 술은 劉伶의 무덤 위 흙에는 이르지 않나니.〔寄語杯中藍色酒 百年莫厭相逢遇 綠髮朱顔能幾時 此身危脆如朝露 一朝去作松下墳 千古萬古何人顧 不期而生蒿與蓬 不速而至狐與兎 酒雖平生手上物 爭肯一來霑我味 達哉達哉劉伯倫 載酒自隨長醉倒 請君聽此莫辭飮 酒不到劉伶墳上土〕"

이외에도 金麟厚〈1510(중종 5)－1560(명종 15)〉의 《河西全集》 4권에도 李賀의 이 시에 次韻한 시가 실려 있으며, 그밖에 成俔〈1439(세종 21)－1504(연산군 10)〉의 《虛白堂集》 風雅錄 2권과 申欽〈1566(명종 21)－1628(인조 6)〉의 《象村稿》 3권에도 이와 유사한 내용의 시가 실려 있다.

## 將進酒　술을 올리려 하다

李賀(長吉)

| | |
|---|---|
| 琉璃鍾琥珀濃하니 | 유리 술잔에 琥珀 빛깔 술이 짙으니 |
| 小槽酒滴眞珠紅이라 | 작은 술통에는 술방울이 眞珠처럼 붉구나. |
| 烹龍炮鳳[1]玉脂泣하고 | 용 삶고 봉황 구워 옥 같은 기름 흐르고 |
| 羅幃繡幕圍香風이라 | 비단 휘장과 수놓은 장막에는 향기로운 바람 에워쌌네. |
| 吹龍笛[2]擊鼉鼓하니 | 龍笛 불고 악어가죽 북 치니 |
| 皓齒歌細腰舞라 | 하얀 이의 美人 노래하고 가는 허리의 美女 춤 춘다오. |
| 況是青春日將暮하니 | 더구나 화창한 봄에 해가 장차 저물려 하니 |
| 桃花亂落如紅雨라 | 봉숭아꽃 어지러이 떨어져 붉은 비 같구나. |
| 勸君終日酩酊醉하라 | 그대에게 권하노니 종일토록 실컷 취하라 |
| 酒不到劉伶墳上土[3]니라 | 술은 劉伶의 무덤 위 흙에는 이르지 않나니. |

1) 역주〕 烹龍炮鳳：용을 삶고 봉황을 구운 것으로, 진귀한 안주나 호사스런 음식을

비유한다.

2) 역주] 龍笛 : 용의 소리를 내는 피리이다.

3) 酒不到劉伶墳上土 : 劉伶은 字伯倫이니 好飮酒하여 每出에 携鍤自隨하고 語人曰 遇醉死어든 輒卽埋我라하니라

劉伶은 자가 伯倫이니, 술 마시기를 좋아하여 나갈 때마다 삽을 메고 자신을 따르게 하고는 사람들에게 말하기를 "술에 취하여 죽거든 곧 그 자리에 나를 묻으라." 하였다.

【賞析】 이 시는 《昌谷集》 4권에 실려 있는 바, 시의 내용이 李白의 〈將進酒〉와 거의 흡사하다. 섬세한 예술적 기교로써 시인의 인생에 대한 깊고 절실한 체험을 표현해 내었다.

## 觀元丹丘坐巫山屛風　元丹丘가 巫山을 그린 병풍 앞에 앉아 있는 것을 보다

李　白

巫山峽은 在峽州하니 首尾百六十里라 宋玉高唐賦에 楚懷王[1]이 游於雲夢이러니 夢에 婦人曰 妾在巫山之陽, 高丘之岨하여 朝爲行雲하고 暮爲行雨하여 朝朝暮暮陽臺之下라하니라

巫山峽은 峽州에 있으니, 처음부터 끝까지 1백 60리에 이른다. 宋玉의 〈高唐賦〉에 楚나라 懷王이 雲夢에서 유람하였는데, 꿈에 부인이 나타나 말하기를 "첩은 巫山의 남쪽, 高丘의 언덕에 있어 아침에는 떠다니는 구름이 되고 저녁에는 비가 되어 아침마다 저녁마다 陽臺의 아래에 있습니다." 하였다.

| | |
|---|---|
| 昔遊三峽[2]見巫山이러니 | 내 옛날 三峽에 노닐다가 巫山 보았는데 |
| 見畵巫山宛相似라 | 그림 보니 巫山과 완연히 똑같구나. |
| 疑是天邊十二峰[3]이 | 의심컨대 하늘가에 솟은 열두 봉우리 |
| 飛入君家彩屛裏라 | 그대의 집 채색 병풍 속으로 날아 들어온 듯하여라. |
| 寒松蕭瑟如有聲이요 | 고고한 소나무 소슬하여 바람소리 나는 듯하고 |
| 陽臺微茫如有情이라 | 陽臺 아득하여 情이 있는 듯하다오. |
| 錦衾瑤席何寂寞고 | 비단 이불과 아름다운 자리 어찌 이리 적막한가 |
| 楚王神女徒盈盈이라 | 楚王과 神女 한갓 아름다울 뿐이네. |
| 高丘咫尺如千里하니 | 높은 언덕 지척이지만 千里처럼 아득하니 |
| 翠屛丹崖粲如綺라 | 푸른 병풍 같은 산과 붉은 벼랑 비단처럼 찬란하네. |

蒼蒼遠樹圍荊門하고　　먼 나무는 아득히 荊門 에워싸고
歷歷行舟汎巴水라　　가는 배는 뚜렷하게 巴水에 떠 있다오.
水石潺湲萬壑分하니　　물은 돌 위로 잔잔하게 흘러 수많은 골짜기 분명하니
煙光草色俱氳氛이라　　안개와 풀빛 모두 함께 어우러져 있네.
溪花笑日何時發이며　　시냇가 꽃은 해를 향해 어느 때에나 피며
江閣聽猿幾歲聞고　　강가 누각의 원숭이 울음소리는 어느 해에나 들을까.
使人對此心緬邈하니　　사람들 이 그림 대하면 마음 아득해지게 하니
疑入高丘夢綵雲이라　　高丘에 들어가 채색 구름 꿈꾸는 듯하여라.

1) 역주〕 楚懷王 : 臺本에 '襄'자로 되어 있는 것을 '懷'자로 바로잡았다.
2) 역주〕 三峽 : 중국 四川省과 湖北省에 걸쳐 있는 양자강 上流의 瞿塘峽과 巫峽·西陵峽을 합하여 칭한 것인 바, 물살이 세기로 유명하다.
3) 疑是天邊十二峰 : 夔州巫山에 有十二峯하니 望霞, 翠屛, 朝雲, 松巒, 集仙, 聚鶴, 淨壇, 上昇, 起雲, 飛鳳, 登龍, 聖泉이니 神女廟居其下하니라
夔州의 巫山에 열두 봉우리가 있으니, 望霞·翠屛·朝雲·松巒·集仙·聚鶴·淨壇·上昇·起雲·飛鳳·登龍·聖泉이니, 神女의 사당이 그 아래에 있다.

【賞析】 이 시는《李太白集》24권에 실려 있다. 元丹丘는 李白의 친한 벗으로 이 시는 원단구가 巫山의 풍경을 그린 병풍 앞에 앉아 있는 것을 보고 지은 것이다. 처음 네 구는 巫山屛風의 淵源에 대한 것이고 중간 부분은 그림 속의 풍경을 세밀하게 묘사하였으며, '水石潺湲萬壑分' 이하는 그림에 대한 묘사를 마치고 감상으로 접어들었다. 嚴羽는 "烘染(墨이나 엷은 색으로 윤곽을 바림해서 형체를 두드러지게 하는 중국 畵法의 하나. 돋보이다, 부각시키다의 의미)이 부족하다."고 평하였으나 全篇이 飄逸하여 절로 神仙의 풍모가 있다.

## 三五七言　　삼오칠언

李 白

秋風淸하고　　가을 바람 시원하고
秋月明이라　　가을 달 밝구나
落葉聚還散이요　　낙엽은 모였다 다시 흩어지고
寒鴉栖復驚이라　　갈가마귀는 나무에 깃들었다 다시 놀랜다오.

| | |
|---|---|
| 相思相見知何日고 | 서로 그리워하며 서로 만날 날 언제일지 알겠는가 |
| 此時此夜難爲情이라 | 이때 이 밤의 심정 가누기 어려워라. |

【賞析】《李太白集》 25권에 실려 있는 바, 달 밝은 가을밤에 벗을 그리는 마음이 잘 표현되어 있다. 삼오칠언은 詩體의 이름이고 제목이 아니다. 옛날에는 이러한 체가 없었는데, 이백의 創意에 의해 지어진 것으로 三言, 五言, 七言의 형식으로 차례차례 내려가며 二句가 對偶를 이룬다.

金世濂〈1593(선조 26)－1646(인조 24)〉의 《東溟集》 2권에 三五七言으로 지은 다음과 같은 시가 실려 있다.

"복숭아꽃은 붉고 오얏꽃은 흰데. 하늘 높으니 구름이 멀리 떠가고 해 지니 층층의 봉우리 저 멀리 보이네. 우선 한 잔 술로 봄바람에 취하고 홀로 깨어 있는 강담의 나그네 되지 마오.〔桃花紅 李花白 天空雲海遠 日落層峰隔 且將樽酒醉春風 莫爲獨醒江潭客〕"

이외에 林悌〈1549(명종 4)－1587(선조 20)〉의 《林白湖集》 1권, 申欽의 《象村稿》 20권, 朴世堂〈1629(인조 7)－1703(숙종 29)〉의 《西溪集》 3권, 趙泰采〈1660(현종 1)－1722(경종 2)〉의 《二憂堂集》 2권 등에도 삼오칠언의 형식을 따라 지은 시가 실려 있다.

## 登梁王*棲霞山孟氏桃園中　梁王이 놀았다는 棲霞山에 있는 맹씨의 桃園에 오르다

李　白

* 梁王은 漢나라 文帝의 次子인 梁孝王이고 棲霞山은 山東省 兗州府 單縣의 동쪽에 있는 산 이름이다. 孟氏는 이름이 전하지 않는다.

| | |
|---|---|
| 碧草已滿地하니 | 푸른 풀 이미 땅에 가득히 자라니 |
| 柳與梅爭春이라 | 버드나무와 매화 봄을 다투누나. |
| 謝公自有東山妓[1]하니 | 謝公은 東山에 기생 있었으니 |
| 金屛笑坐如花人이라 | 금 병풍에 웃고 앉아 꽃사람과 같다오. |
| 今日非昨日이요 | 오늘은 어제가 아니요 |
| 明日還復來라 | 명일은 또다시 돌아오는 법. |
| 白髮對綠酒[2]하니 | 백발로 綠酒 대하니 |

| | |
|---|---|
| 强歌心已摧라 | 억지로 노래하나 마음은 이미 꺾였노라. |
| 君不見梁王池上月[3]고 | 그대는 보지 못하였는가 梁王의 못가의 달을 |
| 昔照梁王樽酒中터니 | 옛날에는 梁王의 술잔 가운데에 비추었네. |
| 梁王已去明月在하니 | 梁王은 이미 떠나가고 明月만 남았으니 |
| 黃鸝愁醉啼春風이라 | 누런 꾀꼬리 취함을 근심하여 봄바람에 우누나. |
| 分明感激眼前事하니 | 분명 눈 앞의 일에 감격하니 |
| 莫惜醉臥桃園東하라 | 桃園의 동쪽에 취해 눕는 것 아까워하지 마오. |

1) 謝公自有東山妓：謝安이 栖遲東山하여 放情丘壑하고 好音樂하여 每遊賞에 必以妓從하니라

謝安은 동산에서 한가롭게 살면서 丘壑에 情을 다하고 음악을 좋아하여 언제나 놀러 나갈 때마다 반드시 妓生을 데리고 갔다.

2) 역주] 綠酒：맛 좋은 술을 이른다.

3) 역주] 梁王池上月：梁孝王은 宮室과 정원 꾸미기를 좋아하였는데, 정원에 雁池를 파고 그 가운데에 鶴洲와 鳧渚를 만들어 달밤이면 경치가 무척 아름다웠다.《西京雜記 卷二》

【賞析】 이 시는《李太白集》20권에 실려 있는 바, 제목이 〈携妓登梁王棲霞山孟氏桃園中〉으로 되어 있어 기생을 데리고 갔음을 알 수 있다. 덧없는 세월에 대한 깊은 비애를 표출하고, 아울러 이 비애는 술과 노래로만 없앨 수 있다고 말하였으니, 天寶 연간에 사면되어 東魯에 돌아와 지은 작품인 듯하다.

## 高軒過　높은 수레로 방문하다

李　賀

軒은 車也라 李賀七歲에 能詞章하니 韓愈, 皇甫湜이 過其家하여 使賀賦詩한대 援筆輒就하고 名高軒過라하니라

軒은 수레이다. 李賀가 일곱 살에 文章을 잘하였는데, 韓愈와 皇甫湜이 그 집을 방문하여 이하로 하여금 詩를 짓게 하자, 붓을 잡고서 즉시 완성하고는 高軒過라 이름하였다.

| | |
|---|---|
| 華裾織翠青如葱하니 | 화려한 옷자락 비취 무늬로 짜 파처럼 푸른데 |
| 金環壓轡搖玲瓏이라 | 금고리로 고삐 눌러 흔들리니 영롱도 하네. |

| | |
|---|---|
| 馬蹄隱耳聲隆隆하니 | 말발굽 소리 은은히 들리다가 점점 높아지더니 |
| 入門下馬氣如虹인데 | 문에 들어와 말 내리니 의로운 氣概 무지개 같은데 |
| 云是東京才子文章鉅公[1]이라 | 이분들 東京의 才子인 文章 鉅公이라 말하네. |
| 二十八宿[2]羅心胸하니 | 二十八宿가 心胸에 나열되니 |
| 元精炯炯貫當中이라 | 元氣와 精氣 빛나 마음속 꿰뚫었네. |
| 殿前作賦聲摩空하고 | 궁전 앞에서 賦 지으니 명성이 하늘에 닿고 |
| 筆補造化天無功[3]이라 | 筆力은 造化 도우니 하늘도 功이 없어라. |
| 厖眉書客[4]感秋蓬하니 | 厖眉의 書客 가을 쑥에 감회가 있으니 |
| 誰知死草生華風고 | 누가 죽은 풀에 꽃다운 바람 생길 줄 알았으랴. |
| 我今垂翅附冥鴻[5]이면 | 내 이제 날개 접었으나 하늘 나는 기러기에 붙으면 |
| 他日不羞蛇作龍이라 | 후일 뱀이 용됨 부끄럽지 않으리라. |

1) 華裾織翠靑如蔥……云是東京才子文章鉅公 : 已上은 言二公衣服車馬之華飾也라
이상은 두 분의 의복과 거마의 화려함을 말한 것이다.

2) 역주] 二十八宿 : 하늘에 있는 28개의 별자리를 가리킨다.

3) 역주] 筆補造化天無功 : 필력이 매우 뛰어나 그의 문장 앞에서는 하늘의 조화도 무색해짐을 비유한 것이다.

4) 역주] 厖眉書客 : 漢나라 顔駟를 이른다. 厖眉는 검은 눈썹과 흰 눈썹이 섞인 노인을 이르는데, 顔駟가 임금의 물음에 자신을 이렇게 일컬은 것이다. 《後漢書 循吏列傳》 金隆의 《勿巖集》 4권에는 "李賀 자신을 이른 것이다." 하였다.

5) 역주] 我今垂翅附冥鴻 : 垂翅는 높이 날려는 뜻이 있으나 마음대로 되지 않아 낮은 지위에 있음을 비유한 것이고, 冥鴻은 기러기가 높은 하늘을 나는 것으로 名聲을 날리거나 또는 二公의 자리를 말한다.

【賞析】 이 시는 《昌谷集》 3권, 《詩林廣記》 前集 8권, 《太平廣記》 202권에 모두 실려 있는데, 《태평광기》에 실린 것은 내용에 약간의 차이가 있다. 이 시의 전반부는 名士인 韓愈와 皇甫湜이 자신의 집을 방문해 주었음을, 후반부는 자신의 포부를 펼치고 싶음을 읊었다.

李穡〈1328(충숙왕 15)－1396(태조 5)〉의 《牧隱稿》 詩稿 8권에 이 시를 읽고 지은 시가 실려 있다.

"총각머리에 연꽃옷 입은 일곱 살의 동자 나란히 말 타고 와 머리 묶어 준 한문공을 얻었네. 비단 주머니에 인간의 재주 다 주워담아 이십여 년 동안 조물주의 솜씨

를 훔쳤다네.〔總角荷衣七歲童 聯鑣束鬢得韓公 錦囊拾盡人間巧 二十餘年竊化工〕"

이외에 盧禛〈1518(중종 13)－1578(선조 11)〉의 《玉溪集》 續集 1권에도 이 시에 次韻한 시가 실려 있다.

## 有所思　그리워함이 있어 짓다

盧 仝

詩中所謂美人은 卽詩彼美人兮西方之人兮之意라

詩 가운데의 이른바 美人은 곧 《詩經》의 "저 미인이여! 서방의 사람"이라는 뜻이다.

| | |
|---|---|
| 當時我醉美人家하니 | 당시에 내 美人의 집에서 취하니 |
| 美人顔色嬌如花라 | 美人의 안색 꽃처럼 아름다웠네. |
| 今日美人棄我去하니 | 오늘날 美人 나를 버리고 떠나가니 |
| 靑樓珠箔天之涯라 | 靑樓의 珠簾 天涯 멀리 있다오. |
| 娟娟姮娥[1]月이 | 곱고 고운 姮娥의 달 |
| 三五二八[2]盈又缺이라 | 三五와 二八에 찼다 또 기우누나. |
| 翠眉蟬鬢生別離하니 | 푸른 눈썹에 매미 귀밑머리의 美人과 생이별하니 |
| 一望不見心斷絶이라 | 한번 바라봄에 볼 수 없어 애간장 끊어진다오. |
| 心斷絶幾千里오 | 애간장 끊어지니 몇 천리나 되는가. |
| 夢中醉臥巫山[3]雲하니 | 꿈속에 취하여 巫山의 구름 속에 누우니 |
| 覺來淚滴湘江水라 | 잠을 깨자 눈물방울 湘江 물에 떨어지네. |
| 湘江兩岸花木深하니 | 湘江 양쪽 언덕에는 꽃과 나무 무성한데 |
| 美人不見愁人心이라 | 美人을 볼 수 없어 사람 마음 시름겹게 하네. |
| 含愁更奏綠綺琴[4]하니 | 시름 머금고 다시 綠綺琴 연주하니 |
| 調高絃絶無知音[5]이라 | 곡조 높고 거문고 솜씨 뛰어나 音 아는 이 없다오. |
| 美人兮美人이여 | 美人이여! 美人이여! |
| 不知爲暮雨兮爲朝雲[6]이라 | 아지 못하노라 저녁에는 비되고 아침에는 구름되는가. |
| 相思一夜梅花發하니 | 서로 그리워한 지 하룻밤 사이에 매화꽃 피니 |
| 忽到窓前疑是君이라 | 갑자기 창앞에 이름에 임인가 의심하네. |

1) 역주〕 姮娥 : 嫦娥로도 쓰는 바, 달을 가리킨다.

2) 역주] 三五二八 : 三五는 달이 가득 차는 15일을 가리키고 二八은 달이 기울기 시작하는 16일을 가리킨다.
3) 역주] 巫山 : 산 이름으로 전설에 赤帝의 딸인 姚姬가 시집가기 전에 일찍 죽어 무산의 남쪽에 장례하였는데, 그녀의 넋이 神이 되었다 한다.
4) 역주] 綠綺琴 : 司馬相如가 탔다는 유명한 거문고의 이름이다.
5) 역주] 調高絃絶無知音 : 거문고 곡조를 연주하는데 곡조가 고상하고 솜씨가 뛰어나 그 음악을 아는 자가 없음을 말한 것이다.
6) 역주] 不知爲暮雨兮爲朝雲 : 宋玉의 〈高唐賦〉 서문에 옛날 楚나라 懷王이 일찍이 高唐에 놀러가서 피로하여 낮잠을 자다가 꿈속에 巫山의 神女를 만나 함께 사랑을 나누었는데, 그녀가 헤어지면서 "첩은 巫山의 남쪽, 高丘의 언덕에 있어 아침에는 떠다니는 구름이 되고 저녁에는 비가 되어 아침마다 저녁마다 陽臺의 아래에 있습니다." 하였다.

【賞析】 이 시는 《詩林廣記》 前集 8권과 《唐詩遺響》 5권에 실려 있다. 여기에서 말하는 美人은 賢人君子를 가리킨 것으로 은둔하여 세상에 나오지 않는 賢者를 사모하는 내용이다. 《詩經》 〈邶風 簡兮〉 마지막 章의 "누구를 그리워하는고, 서방의 미인이로다. 저 미인이여, 서방의 사람이로다.〔云誰之思 西方美人 彼美人兮 西方之人兮〕"한 내용 역시 현자를 미인에 비유하여 현자를 등용하지 못함을 풍자한 것이다.

## 行路難　　人生 行路의 어려움을 읊다

張 轂

| | |
|---|---|
| 湘東行人長歎息하니 | 湘東의 길 가는 사람 길게 탄식하니 |
| 十年離家歸未得이라 | 십년 동안 집 떠나 돌아가지 못하였다오. |
| 敝裘羸馬苦難行[1)]하니 | 해진 갖옷에 파리한 말로 괴롭게 길 가니 |
| 僮僕盡飢少筋力이라 | 僮僕들 모두 굶주려 筋力이 없네. |
| 君不見牀頭黃金盡이면 | 그대는 보지 못했는가 침상머리에 黃金 다하면 |
| 壯士無顏色가 | 壯士가 안색이 없는 것을. |
| 龍蟠泥中未有雲이면 | 용도 진흙 속에 서려 있고 구름 없으면 |
| 不能生彼昇天翼이라 | 저 하늘에 오를 날개 생겨나지 못한다네. |

1) 역주] 敝裘羸馬苦難行 : 臺本에 '翠裘'로 되어 있으나 本集을 따라 '敝裘'로 바로잡

았다.

【賞析】 行路難은 漢代 樂府인 道路 6曲 중의 하나로, 운명의 어긋남이 많아 도를 행하기 어려움을 길이 험난하여 앞으로 나아가기 어려움에 비유한 내용이다.

成俔의 《虛白堂集》 風雅錄 2권에도 세상살이의 어려움을 읊은 〈行路難〉 두 수가 실려 있는데 그중 첫째 수의 일부를 소개하면 다음과 같다.

"그대는 보지 못했는가 부귀공명이 뜬구름보다 허무한 것을. 절로 하늘이 정한 것이지 사람이 꾀하는 것 아니라오. 蘇秦과 張儀는 혀로 만호후에 봉해졌으나 끝내 그 혀로 전란을 빚어냈네. 천금은 다 써버리면 다시 모이지 않고 큰집은 한번 기울면 지탱하기 어려운 법. 희생의 소에게 비단 입힌들 그 영화 무슨 소용인가 돼지몸의 이도 끓는 물에 던져지면 마침내 괴로움이지. 세상살이 어려워 괴로움이 많기도 하니 진흙길에서 안간힘 쓰며 비틀비틀 걸어가네. 농사지을 밭 있고 먹을 채소 있으니 그대와 구름 덮인 산에 사느니만 못하리.〔君不見功名富貴浮雲浮 自有天定非人謀 蘇張舌上萬戶侯 畢竟其舌生戈矛 千金散盡不復聚 大廈一墜難支拄 犧牛文繡榮何補 豕虱投湯終作苦 行路難多辛酸 泥途榾榾行躝跚 有田可耕蔬可餐 不如與子棲雲巒〕"

柳成龍〈1542(중종 37)－1607(선조 40)〉의 《西厓集》 2권과 吳光運〈1689(숙종 15)－1745(영조 21)〉의 《藥山漫稿》 3권에도 같은 제목의 시가 실려 있다.

## 邀月亭　요월정

馬存(子才)

| | |
|---|---|
| 亭上十分綠醑酒[1]요 | 亭子 위엔 철철 넘쳐 흐르는 푸른 술 있고 |
| 盤中一節黃金鷄라 | 소반 가운데는 한 곶이 황금빛 닭 있다오. |
| 滄溟東角邀姮娥하니 | 푸른 바다 동쪽 귀퉁이에서 姮娥 맞이하니 |
| 氷輪碾上青琉璃[2]라 | 깨끗한 둥근 달 푸른 하늘 위로 점점 올라오네. |
| 天風洒掃浮雲沒하니 | 하늘의 바람 깨끗이 쓸어 뜬구름 없애니 |
| 千巖萬壑瓊瑤窟이라 | 천 개의 바위와 만 개의 골짝 옥 같은 굴이로세. |
| 桂花飛影入盞來하니 | 계수나무꽃이 그림자 날려 술잔에 들어오니 |
| 傾下胸中照清骨이라 | 술잔 기울여 가슴속으로 삼킴에 맑은 뼈 비추누나. |
| 玉兎擣藥與誰餐고 | 옥토끼는 약방아 찧어 누구에게 주어 먹게 하는가 |
| 且與豪客留朱顏이라 | 우선 호걸의 나그네에게 주어 紅顏을 머물게 하라. |

| | |
|---|---|
| 朱顏如可留면 | 紅顏을 만일 머물게 할 수 있다면 |
| 恩重如丘山이라 | 은혜의 중함 丘山과 같으리라. |
| 爲君殺却蝦蟆精[3]하니 | 그대 위해 月蝕하는 蝦蟆의 精 죽일 것이니 |
| 腰間老劍光芒寒이라 | 허리에 찬 오래된 寶劍 광채가 차갑네. |
| 擧酒勸明月하니 | 술잔 들어 밝은 달에게 권하노니 |
| 聽我歌聲發하라 | 나의 노래소리 나오는 것 들어 보소. |
| 照見古人多少愁러니 | 옛사람의 수많은 시름 비추더니 |
| 更與今人照離別이라 | 다시 지금 사람들의 작별하는 자리에 비추누나. |
| 我曹自是高陽徒[4]니 | 우리들은 스스로 高陽의 豪放한 무리이니 |
| 肯學群兒嘆圓缺가 | 어찌 아이들이 찼다 기우는 달 한탄함 배우겠나. |

1) 역주] 十分綠醑酒：十分은 최고란 뜻이다. 李德弘의 《艮齋集》 續集 4권에 "十分은 술맛이 매우 좋음을 말한다. 《韻會》에 '筐[대광주리]으로 술을 거르는 것을 釃酒(시주)라 하고 籔[대조리]로 거르는 것을 醑酒(서주)라 한다.' 하였다." 하였다.

2) 역주] 靑琉璃：유리처럼 파란 하늘을 가리킨 것으로 李德弘과 金隆도 "靑琉璃는 하늘을 말한다." 하였다.

3) 역주] 蝦蟆精：전설상 달에 산다는 두꺼비로 달을 가리킨다.

4) 역주] 高陽徒：高陽은 河南省의 옛고을 이름으로 술을 좋아하고 放蕩하여 구속되기를 싫어하는 사람의 지칭인 바, 漢나라의 酈食其(역이기)가 高祖를 만나려다가 거절당하자 자신은 儒生이 아니라면서 외친 말이다.

【賞析】 이 정자의 소재는 자세히 알 수 없으나 달을 완상하기 위해서 지은 정자일 것이다. 밤에 달 아래에서 술마시는 정취를 읊은 시이다.

## 長淮謠　장회요

馬 存

| | |
|---|---|
| 長淮之水靑如苔하니 | 긴 淮水 이끼처럼 푸르니 |
| 行人但覺心眼開라 | 길 가는 사람들 다만 마음의 눈이 열림 깨닫누나. |
| 湘江豈無水리오 | 湘江에 어찌 물이 없겠는가 |
| 魚腹忠魂埋[1]나 | 고기 뱃속에 屈原의 충성스런 魂 묻혔으나 |
| 但見愁雲結雨猿聲哀라 | 다만 시름겨운 구름에 빗방울 맺히고 원숭이 울음 |

| | 소리 구슬픔 볼 뿐이네. |
|---|---|
| 浙江豈無水리오 | 浙江에 어찌 물이 없겠는가 |
| 鴟革漂胥骸[2)]나 | 鴟夷의 가죽에 伍子胥의 뼈가 표류하나 |
| 但見潮頭怒氣如山來라 | 다만 潮水에 怒氣가 산처럼 밀려오는 것 볼 뿐이네. |
| 孤臣詞客到江上하니 | 외로운 臣下와 詩客들 강가에 이르니 |
| 何以寬心懷오 | 어떻게 마음과 회포 너그럽게 할까. |
| 長淮之水遶楚流하니 | 긴 淮水의 물 楚지방 돌아 흐르는데 |
| 先生家住淮上頭라 | 선생의 집은 淮水 가 머리에 있다오. |
| 黃金萬斛浴明月이요 | 黃金같은 수많은 물 밝은 달 목욕시키고 |
| 碧玉一片含淸秋라 | 碧玉같은 한 조각의 하늘 맑은 가을 머금었네. |
| 酒光入面歌一聲하니 | 술기운 얼굴에 들어와 노래 한 곡 부르니 |
| 淮上百物無閑愁라 | 淮水 가의 온갖 기쁜 일에 쓸데없는 근심 없어지네. |

1) 역주] 魚腹忠魂埋 : 忠魂은 戰國時代 말기 楚나라의 충신인 屈原을 가리킨다. 굴원은 이름이 平인데 군주가 자신의 忠言을 받아들이지 않자 〈離騷經〉을 지어 군왕을 설득하였으나 초왕이 끝내 讒言을 믿고 湘江으로 추방하니, 조국이 멸망하는 것을 차마 볼 수 없어 상강의 지류인 汨羅水에 스스로 빠져 죽었다.

2) 역주] 鴟革漂胥骸 : 鴟革은 가죽 부대이고 胥는 伍子胥를 가리킨다. 오자서는 이름이 본래 員으로 楚나라 사람인데 平王이 그의 아버지를 죽이자 吳로 망명하여 국사를 도모하였으나 오왕 夫差에게 신임을 받지 못하고 자살하였다. 이에 吳王은 그의 시신을 이 가죽 부대에 넣어 강물에 띄웠다. 《史記 伍子胥列傳》

【賞析】 長淮는 길게 흐르는 淮水란 뜻으로 揚子江을 長江이라고 칭하는 것과 같다. 회수는 南陽 平子縣 胎簪山에서 발원하여 下邳 陰縣의 서쪽을 지나 동쪽으로 淮陰縣과 廣陵 淮浦縣을 거쳐 바다로 들어간다. 이 강이 거치는 지역은 수백 리이며 楊州가 그중 가장 번화한 곳이다. 迷樓·九曲·鳳池·螢苑 등의 명소가 있고 風月의 경치가 뛰어나 동남 지방의 아름다운 곳이다. 이 시는 아름다운 회수를 앞에 두고 달빛 아래에서 술 마시고 노래하는 홍취를 읊은 것이다.

## 贈寫眞何秀才　사진을 그리는 何秀才에게 주다

蘇軾(子瞻)

秀才는 名充이라

何秀才는 이름이 充이다.

君不見潞州別駕[1]眼如電하여　그대는 보지 못하였는가 潞州別駕의 眼光 번개 같은데
左手挂弓橫撚箭[2]이라　왼손에는 활 들고 비껴 화살 잡은 것을.
又不見雪中騎驢孟浩然이　또 보지 못하였는가 눈 속에 나귀 타고 가는 孟浩然
皺眉吟詩肩聳山[3]이라　눈썹 찌푸리고 詩 읊으며 어깨 산처럼 솟은 것을.
饑寒富貴兩安在[4]오　饑寒과 富貴 누린 두 사람 지금 어디에 있는가
空有遺像留人間이라　부질없이 遺像만 人間에 남아있다오.
此身常擬同外物하여　이 몸 항상 外物 같이 여겨
浮雲變化無蹤跡이라　뜬 구름처럼 변화하여 蹤跡이 없게 하려 하네.
問君何苦寫我眞고　그대에게 어찌 괴로이 내 모습 그리는가 물었더니
君言好之聊自適이라　그대 나를 좋아해 스스로 즐긴다고 말하네.
黃冠野服山家容이니　黃色冠에 野人의 복장으로 산중 사람의 용모이니
意欲置我山巖中[5]이라　이는 마음에 나를 산과 바위 속에 두고자 해서리라.
勳名將相今何限고　功名 세운 將相이야 이제 어찌 한이 있겠는가
往寫褒公與鄂公[6]하라　가서 포공과 악공 그리게나.

1) 역주] 潞州別駕 : 노주는 지금의 山西省 長治縣이고 별가는 州刺史의 副官을 가리키는 바, 현종이 일찍이 이 벼슬을 지냈으므로 이렇게 칭한 것이다. 金隆의 《勿巖集》 4권에는 "別駕는 지금의 判官과 같다." 하였다.

2) 君不見潞州別駕眼如電 左手挂弓橫撚箭 : 潞州別駕는 唐明皇也니 尙書譚錄에 云 明皇이 有一目微斜라 故作橫撚箭之狀이라하니라

潞州別駕는 唐나라 明皇이니, 《尙書譚錄》에 이르기를 "명황은 한 쪽 눈이 약간 삐뚤어졌으므로 비껴 화살을 쏘는 모양을 지었다고 한 것이다." 하였다.

3) 역주] 雪中騎驢孟浩然 皺眉吟詩肩聳山 : 여기에서 말한 孟浩然의 詩는 "아득히 먼 장안의 길에 을씨년스러운 歲暮의 날씨라오. 혹독한 추위는 그믐과 초하루에 이어지고 쌓인 눈은 산과 내에 가득하네. 기러기떼는 모랫벌 가득히 메우고 굶주린 새는 밭가운데에 지저귀네. 시름겨운 나그네 우두커니 서 있으니 연기 나는 집 볼 수 없네.〔迢遞秦京道 蒼茫歲暮天 窮陰連晦朔 積雪遍山川 落雁迷沙渚 飢鳥噪野田 客愁

空佇立 不見有人烟]"라는 설이 있다.

4) 饑寒富貴兩安在：飢寒은 謂浩然이요 富貴는 謂明皇이니 二者皆歸於滅沒이라
　飢寒은 孟浩然을 이르고 富貴는 明皇을 이르니, 두 가지는 모두 없어지는 데로 귀결되고 만다.

5) 意欲置我山巖中：顧愷之爲謝琨像할새 在石巖裏하고 云此子宜置丘壑中이라하니라
　顧愷之가 謝琨의 像을 만들 적에 바위 속에 두고는 말하기를 "이 사람은 마땅히 丘壑 속에 두어야 한다." 하였다.

6) 往寫褒公與鄂公：杜詩丹靑引에 褒公鄂公毛髮動하니 英姿颯爽來酣戰이라하니 褒公은 段志玄이요 鄂公은 尉遲敬德也라
　杜詩의 〈丹靑引〉에 "褒公과 鄂公은 모발이 생동하는 듯하니 영웅다운 모습 늠름하여 한참 싸우다가 오는 듯하네." 하였으니, 포공은 단지현이고 악공은 울지경덕이다.

【賞析】 이 시는 《蘇東坡集》 3책 6권에 실려 있다. 何秀才는 何充을 가리킨 것으로, 《圖繪寶鑑》 宋部에 "何充은 姑蘇 사람으로 초상을 잘 그리고 재주가 뛰어나 동남 지방에 그보다 나은 자가 없었다."고 하였다. 이 시는 초상을 잘 그리는 何充에게 고작 東坡 자신의 초상을 그릴 것이 아니라 褒公이나 鄂公에 비길 만한 사람을 그리는 것이 나음을 말하였다. 포공과 악공은 唐 太宗 때 凌烟閣에 그려진 功臣 24인 중의 두 사람이다. 東坡는 능연각 초상을 그렸던 閻立本에게 何充을 비김으로써 자신의 초상화를 그려 준 데 대한 고마움을 표시하고 있다.

## 薄薄酒　맛없는 술

蘇　軾

兩章에 此選其首章이라
　두 章 중에 이것은 첫째 章을 뽑은 것이다.

| | |
|---|---|
| 薄薄酒勝茶湯[1]이요 | 맛없는 술도 茶湯보다는 낫고 |
| 粗粗布勝無裳이요 | 거친 삼베옷도 치마가 없는 것보다는 낫고 |
| 醜妻惡妾勝空房이라 | 추악한 妻妾도 空房보다는 낫다네. |
| 五更待漏靴滿霜이 | 五更에 시간 기다리느라 신에 서리 가득한 것이 |
| 不如三伏日高睡足北窓凉이요 | 三伏에 해 높이 솟도록 시원한 북쪽 창 아래에서 실컷 자는 것만 못하고 |
| 珠襦玉匣萬人祖送歸北邙이 | 구슬로 만든 壽衣와 옥으로 만든 棺속에 萬人들 |

| | |
|---|---|
| | 路祭 지내며 전송하여 北邙山으로 돌아가는 것이 |
| 不如懸鶉百結[2)]獨坐負朝陽이라 | 메추라기처럼 다 해진 옷 입고 홀로 앉아 아침 햇볕 등에 쬐는 것만 못하다오. |
| 生前富貴死後文章이나 | 生前엔 부귀요 死後엔 문장이라지만 |
| 百年瞬息萬世忙이라 | 百年이 순식간이요 萬世 바삐 지나가네. |
| 夷齊盜跖俱亡羊[3)]하니 | 伯夷 叔齊와 盜跖 모두 허무하니 |
| 不如眼前一醉하여 | 눈앞에 한번 취하여 |
| 是非憂樂都兩忘이라 | 是非와 憂樂 모두 잊는 것만 못하다오. |

1) 역주] 茶湯 : 茶와 湯, 또는 찻물을 이른다.

2) 역주] 懸鶉百結 : 懸鶉은 옷이 다 해져 누덕누덕 기운 것이 메추라기를 매단 것과 같은 것이고 百結은 옷을 백 군데나 기운 것이다.

3) 역주] 夷齊盜跖俱亡羊 : 伯夷와 叔齊는 형제간으로 옛날 孤竹國 군주의 아들인데 不義한 周나라 곡식을 먹지 않겠다면서 首陽山에 들어가 고사리를 캐어 먹다가 굶주려 죽었고, 盜跖은 고대의 大盜로 柳下惠의 아우라는 설이 있다. '亡羊'은 양을 잃는 것으로 인생의 덧없음을 비유한 것으로, 《莊子》〈騈拇〉에 "臧과 穀 두 종이 양을 치다가 장은 독서에 정신이 팔려 양을 잃고 곡은 노름에 정신이 팔려 양을 잃었다." 한 고사에서 유래한 것이다.

【賞析】 이 시는 《蘇東坡集》 3책 7권에 실려 있는 〈薄薄酒〉 시 2수 중 첫째수이다. 東坡가 42세 때인 熙寧 9년(1076) 6월 密州에서 지은 것으로, 밀주의 鄕貢進士인 趙明叔(名 杲卿)의 말을 소재로 그 뜻을 미루어 樂府體로 지은 것이다. 동파의 自註에 "膠西의 조명숙 선생은 집이 가난하였는데, 술을 좋아하여 종류를 따지지 않고 취하도록 마시고는 항상 말하기를 '맛없는 술도 茶湯보다는 낫고, 못생긴 아내라도 공방보다는 낫다'고 하였다. 그의 말이 비록 비속하지만 통달한 말인 듯하다. 그러므로 그 뜻을 미루어 東州의 樂府에 보탰으나 또 미흡하게 여겨 다시 스스로 한 편을 지어 화답해서 그런 대로 보는 자의 一笑를 자아내고자 한다.〔膠西先生趙明叔 家貧好飮 不擇酒而醉 常云 薄薄酒勝茶湯 醜醜婦勝空房 其言雖俚而近乎達 故推而廣之 以補東州之樂府 旣又以爲未也 復自和一篇 聊以發覽者之一噱云爾〕" 하였다.

薄薄酒를 소재로 하여 지은 시가 徐居正〈1420(세종 2)−1488(성종 19)〉의 《四佳集》 詩集 28권과 權擘〈1520(중종 15)−1593(선조 26)〉의 《習齋集》 1권에도 실려 있다.

## 於潛令刁同年*野翁亭　於潛令 刁同年의 野翁亭에 쓰다

蘇　軾

* 於潛(오잠)은 浙江省 杭州府에 있던 縣이고, 同年은 같은 해에 함께 과거에 급제한 자를 높여 부르는 말로 刁同年(조동년)이 누구인지는 확실치 않다.

| | |
|---|---|
| 山翁不出山하고 | 山翁은 산 나가지 않고 |
| 溪翁長在溪하니 | 溪翁은 언제나 시내에 있으니 |
| 不如野翁來往溪山間하여 | 野翁이 시내와 산 사이 왕래하여 |
| 上友麋鹿下鳧鷖라 | 위로는 麋鹿 아래로는 鳧鷖와 벗삼는 것만 못하네. |
| 問翁何所樂하여 | 野翁에게 묻노니 무엇을 즐거워하여 |
| 三年不去煩推擠[1])오 | 삼 년 동안 떠나지 않아 번거롭게 밀어내게 하는가. |
| 翁言此間亦有樂하니 | 野翁이 말하기를 이 사이에 또한 즐거움이 있으니 |
| 非絲非竹非蛾眉라 | 현악기도 관악기도 아니요 蛾眉의 美人도 아니라네. |
| 山人醉後鐵冠[2])落하고 | 山人은 취한 뒤에 豪放하여 鐵冠 떨어뜨리고 |
| 溪女笑時銀櫛低[3])라 | 시냇가의 여인들은 웃을 때에 은빗 흘러내린다오. |
| 我來觀政問風謠하니 | 내가 와서 政事 관찰하고 風謠 물어보니 |
| 皆云吠犬足生氂[4])라 | 모두들 말하기를 개도 발바닥에 털이 자란다 하네. |
| 但恐此翁一旦捨此去하여 | 다만 이 노인 하루 아침 이곳을 버리고 떠나가서 |
| 長使山人索(삭)寞溪女啼라 | 길이 산중 사람들 적막하고 시냇가의 여인들 울게 할까 두렵다네. |

1) 역주] 煩推擠 : 李德弘은 "推擠는 손으로 밀어서 가게 하고 밀쳐서 엎어지게 하는 것이다. 수령된 자가 문서를 작성하고 政令을 시행하는 사이에 자주 上官의 힐책을 당하며 혹은 어리석은 백성들로부터 원망과 비방을 받는 것이 마치 남으로부터 밀쳐내는 욕을 당하는 것과 같으므로 이렇게 말한 것이다." 하였다. 金隆의 《勿巖集》에도 같은 내용이 보인다.

2) 鐵冠 : 天目山唐道士 常冠鐵冠하니라
天目山의 唐道士는 항상 철관을 썼다.

3) 溪女笑時銀櫛低 : 於潛婦女 皆插大銀櫛하니 長尺許라 謂之逢沓이라하니라
오잠의 부녀자들은 모두 큰 은비녀를 꽂으니 길이가 한 자가 넘었는 바, 이것을 일러 逢沓이라 하였다.

4) 吠犬足生氂 : 岑熙爲魏郡太守하니 人歌之曰 我有枳棘이러니 岑君伐之하고 我有蟊賊

이러니 岑君遏之로다 吠犬不驚하여 足下生氂라하니라

岑熙가 魏郡太守가 되니, 사람들이 노래하기를 "내 가시나무가 있었는데 岑君이 베어주고, 내 해치는 벌레가 있었는데 잠군이 막아주도다. 짖는 개도 놀라지 아니하여 발바닥에 털이 자란다오." 하였다.

【賞析】 이 시는 《蘇東坡集》 2책 4권에 실려 있는 바, 東坡가 38세 때인 熙寧 6년(1073) 3월 浙江의 杭州通判으로 있다가 密州知事로 부임하면서 杭州府 於潛縣에 들렀을 때 지은 것으로, 당시 오잠령으로 있던 刁氏의 소박한 성품과 治績을 찬미한 내용이다. 刁氏가 누구인지는 확실치 않으나 刁約 또는 刁璹(조숙)이라는 설이 있는 바, 李德弘의 《艮齋集》 續集 4권에는 "刁約은 字가 景純이니, 蘇軾과는 同年이고 만년에 藏春塢의 主人이 되었다." 하여 그가 바로 '刁同年'이라 하였으며, 金隆의 《勿巖集》에도 같은 내용이 보인다. 그러나 刁約은 오잠령으로 있은 적이 없으므로 刁璹이 맞는 듯하다. 동파는 이때 이 시와 함께 〈綠筠軒〉·〈於潛女〉 등 두 편의 시도 지었다.

## 太行路　　太行山의 험한 길

白居易(樂天)

太行은 山名이니 在今懷孟河內縣하니 爲天下之脊이라 上有九折坂하여 最爲險絶이라

太行(태항)은 산 이름이니, 지금의 懷孟 河內縣에 있는 바 천하의 등마루가 된다. 위에 九折坂이 있어 가장 험준하다.

| | |
|---|---|
| 太行之路能摧車나 | 太行山 길 험하여 수레를 부순다 하나 |
| 若比君心是坦途요 | 만약 임의 마음에 비한다면 평탄한 길이요. |
| 巫峽之水能覆舟[1]나 | 巫峽의 물 험하여 배를 뒤엎는다 하나 |
| 若比君心是安流라 | 만약 임의 마음에 비한다면 편안한 물이라오. |
| 君心好惡苦不常하여 | 임의 마음 좋아하고 미워함 괴롭게도 일정치 아니하여 |
| 好生毛髮惡生瘡[2]이라 | 좋아할 때엔 예쁜 털이 난듯 미워할 때엔 종기가 난듯 여긴다오. |
| 與君結髮未五載[3]에 | 임과 머리 묶어 혼인한 지 오 년이 못되었는데 |
| 豈期牛女爲參商[4]고 | 어찌 견우 직녀가 參商처럼 멀어질 줄 기약하랴. |
| 古稱色衰相棄背라도 | 옛날에는 顏色이 쇠하여 서로 버리고 등지더라도 |
| 當時美人猶怨悔어든 | 당시의 美人들 오히려 원망한다고 말하였는데 |

何況如今鸞鏡[5]中에 하물며 지금 鸞鏡 속에
妾顔未改君心改라 妾의 顔色 변치 않았는데 임의 마음 변하였네.
爲君熏衣裳이나 임을 위해 옷과 치마에 薰香하나
君聞蘭麝不馨香이요 임은 蘭草와 麝香 향기도 향기롭다 하지 않으며
爲君盛容飾이나 임을 위해 용모 성대히 꾸미나
君看珠翠無顔色이라 임은 眞珠와 翡翠 보아도 안색이 없게 여긴다오.
行路難難重陳하니 길가기 어려움 거듭 말하기 어려우니
人生莫作婦人身하라 人生은 부디 婦人의 몸 되지 마소
百年苦樂由他人이라 百年의 괴로움과 즐거움 타인에게 달려 있다네.
行路難이 難於山險於水하니 길가기 어려움 산보다도 어렵고 물보다도 험하니
不獨人間夫與妻요 비단 人間의 夫婦間만이 아니요
近代君臣亦如此라 근래의 君臣間도 이와 같다오.
君不見左納言右納(內)史[6]가 그대는 보지 못했는가 左納言과 右內史가
朝承恩暮賜死라 아침에는 은혜 받았다가 저녁에는 賜死되는 것을.
行路難이 不在水不在山하니 길가기 어려움 물과 산에 있지 않으니
祇在人情反覆間이라 다만 人情의 번복하는 사이에 있다오.

1) 巫峽之水能覆舟：峽州에 有三峽하니 明月峽, 巫山峽, 廣澤峽이니 其水至險이라
峽州에 三峽이 있으니, 명월협과 무산협·광택협인데 물이 지극히 험하다.

2) 역주] 好生毛髮惡生瘡：사람의 마음이 자주 바뀌어 종잡을 수 없음을 말한 것으로 李德弘의 《艮齋集》 續集 4권에 "《論語》 〈顔淵〉의 이른바 '좋아할 때에는 살기를 바라고 미워할 때에는 죽기를 바란다〔愛之欲其生 惡之欲其死〕'는 뜻과 같다." 하였다.

3) 與君結髮未五載：設爲婦人之辭라
婦人의 말로 가설한 것이다.

4) 역주] 參商：參星과 商星으로 서로 멀리 떨어져 있어 만나지 못하는 것을 비유한다. 옛날 高辛氏에게 두 아들이 있어 맏이는 閼伯이고 막내는 實沈이었는데 서로 사이가 좋지 못하여 날마다 서로 정벌하였다. 그래서 알백은 商丘로 옮겨 辰을 주관하게 하였는데 商나라 사람들이 진성을 商星이라 불렀으며, 실침은 大夏로 옮겨 삼성을 주관하게 하였다.《左傳 昭公 元年》

5) 鸞鏡：罽賓王이 獲一雌鸞하니 絶不鳴이라 一日에 懸鏡于庭한대 鸞見鏡中影하고 遂起鳴舞而絶하니라

罽賓王(계빈왕)이 암컷 난새 한 마리를 얻었는데 전혀 울지 않았다. 하루는 뜰에 거울을 매달아 놓자, 난새는 거울 속에 비친 제 모습을 보고는 마침내 일어나 울고 춤을 추다가 죽었다.

6) 역주] 左納言右(納)〔內〕史：납언은 王命을 출납하는 관직으로 漢나라의 尙書와 漢代 이후 中書門下의 직책을 말한다. 納史는 內史의 誤記로 보이는 바, 周代에 內史·外史·左史·右史의 관직이 있었다.

【賞析】 이 시는 《白香山集》 3권에 실려 있는 바, 太行山의 험준함을 人心의 反覆에 비유하고 夫婦의 琴瑟을 君臣의 의리에 비유하여, 군신의 사이가 예측하기 어려움을 풍자하였다.

## 七德舞* 칠덕무

白居易

唐太宗이 爲秦王時에 征伐四方할새 每克輒奏라 故製樂舞하고 名秦王破陣樂이라하더니 卽位七年正月에 改秦王破陣樂曰七德이라 故로 詩言太宗功德之盛하니라

唐나라 太宗이 秦王이었을 때에 사방을 정벌하면서 언제나 승리하면 이 음악을 연주하였다. 그러므로 樂舞를 만들고 秦王破陣樂이라 이름하였는데, 즉위한 지 7년되는 해 정월에 秦王坡陣樂을 고쳐 七德舞라 하였다. 그러므로 詩에 태종의 功德의 훌륭함을 말한 것이다.

* 七德舞는 唐나라의 춤 이름으로, 칠덕이란 禁暴·戢兵·保大·定功·安民·和衆·豐財의 일곱 가지의 武德을 가리킨다.

| | |
|---|---|
| 七德舞七德歌는 | 七德舞와 七德歌는 |
| 傳自武德至元和[1]라 | 武德 연간으로부터 전하여 元和 연간에 이르렀네. |
| 元和小臣白居易는 | 元和의 小臣 白居易는 |
| 觀舞聽歌知樂意하니 | 춤 보고 노래 듣고서 음악의 뜻 알아 |
| 曲終稽首陳其事라 | 곡이 끝나자 머리 조아려 그 일 아뢰노라. |
| 太宗十八擧義兵하여 | 太宗은 십팔 세에 義兵 일으켜 |
| 白旄黃鉞定兩京이라 | 흰 깃발에 황금 斧鉞로 長安과 洛陽 평정하였네. |
| 擒充戮竇四海淸[2]하니 | 王世充 사로잡고 竇建德 죽여 四海를 맑게 하니 |
| 二十有四功業成이라 | 이십사 세에 功業이 이루어졌네. |
| 二十有九卽帝位하여 | 이십구 세에 皇帝의 지위에 오르시어 |

| 三十有五致太平이라 | 삼십오 세에 太平 이루었다오. |
|---|---|
| 功成理定何神速고 | 功이 이루어지고 정치가 안정됨 어찌 이리도 신속한가 |
| 速在推心置人腹이라 | 마음을 미루어 남의 뱃속에 두었기 때문이라오. |
| 亡卒遺骸散帛收[3]하고 | 죽은 병졸의 遺骸 비단 흩어 거두어주고 |
| 飢人賣子分金贖이라 | 굶주린 사람이 팔아먹은 자식 금을 나누어 贖良하였네. |
| 魏徵夢見天子泣[4]하고 | 魏徵이 꿈에 나타나니 天子가 우셨고 |
| 張謹哀聞辰日哭[5]이라 | 張公謹의 訃音에 辰日에도 곡하였네. |
| 怨女三千放出宮하고 | 원한의 궁녀 삼천 명 궁에서 내보내고 |
| 死囚四百來歸獄[6]이라 | 사형수 사백 명 스스로 옥으로 돌아왔다오. |
| 剪鬚燒藥賜功臣하니 | 수염 잘라 태워서 藥에 섞어 功臣에게 하사하니 |
| 李勣嗚咽思殺身[7]이라 | 李勣은 오열하며 목숨 바칠 것 생각하였으며 |
| 含血吮瘡撫戰士하니 | 피를 머금고 상처를 빨아 戰士들 어루만지니 |
| 思摩奮呼乞效死[8]라 | 李思摩는 분발해 함성 지르며 목숨 바치기 원하였다오. |
| 則知不獨善戰善乘時요 | 그렇다면 비단 잘 싸우고 때를 잘 탔을 뿐만 아니라 |
| 以心感人人心歸라 | 마음으로 사람 감동시켜 人心이 돌아와서임 알겠네. |
| 爾來一百九十載에 | 이래로 일백구십 년 동안 |
| 天下至今歌舞之라 | 천하가 지금까지 七德을 노래하고 춤추누나. |
| 歌七德舞七德하니 | 七德을 노래하고 七德을 춤추니 |
| 聖人有作垂無極이라 | 聖人이 만드시어 무궁한 후세에 드리우네. |
| 豈徒耀神武며 | 어찌 한갓 神武를 드날리며 |
| 豈徒誇聖文이리오 | 어찌 한갓 聖文을 과시할 뿐이겠는가. |
| 太宗意在陳王業하여 | 太宗의 뜻 王業을 말하여 |
| 王業艱難示子孫이라 | 王業의 어려움 자손에게 보여줌에 있었다오. |

1) 傳自武德至元和：武德은 高祖年號요 元和는 憲宗年號라

武德은 高祖의 연호이고, 元和는 憲宗의 연호이다.

2) 擒充戮竇四海淸：王世充이 弑隋越王侗하고 據洛稱鄭帝하며 竇建德이 據河間하고 稱夏王하더니 武德四年에 秦王이 擊世充한대 建德이 來援이어늘 幷擒戮之하니라

王世充은 隋나라 越王 侗을 시해하고 낙양을 점거하고서 鄭帝라 칭하였으며, 竇建德은 하간을 점거하고서 夏王이라 칭하였다. 武德 4년(621)에 秦王이 왕세충을

공격하자, 두건덕이 구원하러 오거늘 함께 사로잡아 죽였다.

3) 역주] 亡卒遺骸散帛收：貞觀 2년(628) 4월에 隋나라 병졸들의 버려진 遺骸를 거두어 장사 지내주었고, 또 4년 9월에 長城 남쪽의 隋나라 병졸들의 버려진 유해를 거두어 묻어 주었다.

4) 魏徵夢見天子泣：徵疾甚하니 帝親問疾하다 是夕에 帝夢徵若平生이러니 及旦薨이어늘 帝臨哭하여 爲之慟하니라

魏徵의 병이 심해지자 황제가 친히 문병을 하였다. 이날 밤에 황제는 위징이 평소처럼 지내는 꿈을 꾸었는데 아침에 訃音이 이르니, 황제는 가서 곡하여 애통해 하였다.

5) 張謹哀聞辰日哭：張公謹이 卒이어늘 上이 出次發哀하니 有司奏辰日忌哭이라한대 上曰 君之於臣은 猶父子也니 情發於衷이어늘 安避辰日이리오하니라

張公謹이 죽자 임금이 喪次로 나아가 슬픔을 표하니, 有司가 "辰日에는 곡하는 것을 꺼린다."고 아뢰었다. 임금은 말하기를 "君臣間은 父子間과 같으니, 슬픈 정이 마음 속에서 우러나오는데 어찌 辰日을 피하겠는가." 하였다.

6) 死囚四百來歸獄：六年에 親錄囚徒하여 死罪者三百九十人을 縱之還家하고 期以明年秋卽刑이러니 及期에 囚皆詣朝堂하여 無後者라 太宗이 嘉其誠信하여 悉赦之하니라

唐나라 貞觀 6년(632)에 죄수들을 직접 기록하여 死刑에 해당하는 자 3백 90명을 풀어주어 집으로 돌아갔다가 이듬해 가을에 형벌을 받으러 돌아오기로 기약하였는데, 기약한 날이 되자 죄수들이 모두 朝堂으로 나와서 뒤늦은 자가 없었다. 태종은 이들의 진실함을 가상하게 여겨 모두 사면시켰다.

7) 李勣嗚咽思殺身：李勣이 嘗暴疾이어늘 帝乃自剪鬚하여 以和藥이러니 及愈入謝에 頓首流涕하니라

李勣이 일찍이 갑자기 병을 앓자, 황제가 마침내 스스로 수염을 잘라 태워서 약에 섞어 먹게 하였는데, 이적은 병이 낫자 들어가 사례하면서 머리를 조아리고 눈물을 흘렸다.

8) 思摩奮呼乞效死：貞觀十八年에 征高麗할새 右衛大將軍李思摩 中毒矢한대 上이 親爲吮血하니 將士聞之하고 皆感泣하니라

貞觀 18년(644)에 高句麗를 정벌할 적에 우위대장군 李思摩가 독화살에 맞았는데 임금은 친히 피를 빨아주었다. 장병들은 이 말을 듣고 모두 감격하여 눈물을 흘렸다.

【賞析】 이 시는 《白香山集》 3권에 실려 있는 바, 칠덕무를 보고서 唐 太宗이 난을 평정하고 王業을 일으킨 것을 찬미하고 당나라의 國運이 무궁하기를 기원한 내용이다.

## 磨崖碑後 磨崖碑 뒤에 쓰다

張耒(文潛)

註見前七言磨崖碑詩註하니라

註는 앞의 七言古風短篇(5권)의 題磨崖碑詩 주에 보인다.

玉環妖血無人掃[1)]어늘 玉環의 요망한 피 쓸어 주는 사람 없는데
漁陽馬[2)]厭長安草라 漁陽의 胡馬 長安의 풀 실컷 먹었다오.
潼關戰骨高於山[3)]하니 潼關에 戰死한 해골 산보다도 높으니
萬里君王蜀中老라 萬里의 君王은 蜀中에서 늙었노라.
金戈鐵馬從西來하니 쇠창과 鐵馬로 서쪽에서 오니
郭公[4)]凜凜英雄才라 郭公은 늠름하여 영웅의 재주였네.
擧旗爲風偃爲雨하니 旗를 들면 바람처럼 일어나고 눕히면 비처럼 조용하니
灑掃九廟[5)]無塵埃라 九廟를 깨끗이 청소하여 먼지 없게 하였네.
元功高名誰與紀오 으뜸 功과 높은 명성 누구와 기록할까
風雅不繼騷人死라 風雅가 이어지지 못하고 詩人들 죽었네.
水部胸中星斗文[6)]이요 水部의 흉중에는 北斗星 같은 文章이요
太師筆下龍蛇字[7)]라 太師의 붓에는 용과 뱀이 움직이는 筆劃이라.
天遣二子[8)]傳將來하니 하늘이 두 분 보내어 장래에 전하게 하니
高山十丈磨蒼崖라 높은 산에 열 길의 푸른 石壁 갈고 碑를 새겼네.
誰持此碑入我室고 누가 이 碑文 가지고 나의 방에 들어왔는가.
使我一見昏眸開라 나로 하여금 한번 보게 하니 어두운 눈이 열리누나.
百年廢興增歎慨하니 백년의 흥망성쇠 개탄스러움 더하니
當時數子今安在오 당시의 몇 분들 지금 어디에 남아 있는가.
君不見荒凉浯水棄不收요 그대는 보지 못했는가 황량한 浯水가에 버려져
時有遊人打碑賣라 때로 노는 사람들만 와서 拓本하여 팔아먹는 것을.

1) 玉環妖血無人掃：楊妃外傳에 術士李遐周 先有詩曰 若逢山下鬼면 環子繫羅衣라하니 山下鬼는 馬嵬也요 妃小字玉環이니 及死에 力士以羅巾縊焉하니라

《楊妃外傳》에 術士인 李遐周가 詩를 짓기를 "만약 山下의 귀신을 만나면 環子를 비단옷에 맨다." 하였으니, 산하의 귀신이란 馬嵬이고 양귀비의 小字가 옥환이니, 죽을 때에 高力士가 비단 수건으로 목을 졸라 죽였다.

2) 역주] 漁陽馬：唐 玄宗 天寶 14년(755) 漁陽節度使로 있던 安祿山이 亂을 일으켜 長安을 함락하고 약탈을 자행하였는 바, 곧 이 사실을 가리킨 것이다.
3) 역주] 潼關戰骨高於山：天寶 15년(756) 6월에 哥舒翰이 潼關에서 安祿山에게 패하였는 바, 이것을 말한 것이다.
4) 역주] 郭公：唐나라 장군 郭子儀로 安祿山의 亂을 평정한 공으로 汾陽王에 봉해졌다.
5) 역주] 九廟：원래 天子는 七廟인데, 당시 玄宗은 宣皇帝를 獻祖라 칭하고 皇帝를 懿祖라 칭하여 九廟로 만들었다.
6) 水部胸中星斗文：元結이 爲水部하여 作大唐中興頌하니라
원결이 水部(工部)의 관리가 되어 〈大唐中興頌〉을 지었다.
7) 太師筆下龍蛇字：太師顔眞卿이 寫此頌刻碑하니라
태사 안진경이 이 頌을 써서 碑에 새겼다.
8) 역주] 二子：元結과 顔眞卿을 가리킨 것이다.

【賞析】 이 시는 《張右史文集》 8권에 실려 있는 바, 작자가 唐나라의 中興碑인 마애비를 보고 역사의 흥망성쇠를 슬퍼하여 지은 것이다. 磨崖碑는 본서 5권에 실려 있는 黃庭堅의 〈題磨崖碑〉 시에 설명이 보인다. 이 시도 磨字 위에 題字, 跋字가 있었을 터인데 누락된 듯하다.

## 勸酒惜別　　술을 권하며 작별을 애석해 하다

張詠(乖崖)

春日遲遲輾空碧하니　　봄 해 길고 길어 푸른 하늘에 도니
綠楊紅杏描春色이라　　푸른 버들과 붉은 살구꽃 봄빛을 그려 내네.
人生年少不再來하니　　人生의 젊은 나이 다시 오지 않나니
莫把青春枉抛擲하라　　青春을 헛되이 버리지 말라.
思之不可令人驚하여　　이것 생각하면 안 되니 사람을 놀라게 해
中有萬恨千愁幷이라　　마음에 만 가지 恨과 천 가지 시름 함께하네.
今日就花始暢飮하니　　오늘 꽃 찾아 비로소 마음껏 술 마시는데
坐中行客酸離情이라　　길 떠날 나그네 있어 작별하는 情에 시큰해지누나.
我欲爲君舞長劍이나　　내 그대 위해 長劍으로 춤추려 하나
劍歌苦悲人苦厭이요　　長劍의 노래 너무 슬퍼 사람들 싫어하며
我欲爲君彈瑤琴이나　　내 그대 위하여 옥으로 장식한 거문고 타려 하나

| | |
|---|---|
| 淳風死去無回心[1]이라 | 순박한 韻致 죽어 가니 마음 돌릴 수 없다오. |
| 不如轉海爲飮花爲幄하여 | 바닷물 돌려 술 만들고 꽃으로 장막 만들어 |
| 贏取靑春片時樂이라 | 실컷 靑春의 한때 즐거움을 취하는 것만 못하리라. |
| 明朝匹馬嘶春風이면 | 내일 아침 匹馬가 봄바람 속에 울고 가면 |
| 洛陽花發臙脂紅이라 | 洛陽에는 꽃 피어 臙脂처럼 붉으리라. |
| 車馳馬走狂似沸하여 | 수레 달리고 말 달리면 사람들 물끓듯이 열광하여 |
| 家家帳幕臨晴空이라 | 집집마다 장막 쳐 맑은 하늘 향하리라. |
| 天子聖明君正少하니 | 天子께서는 聖明하고 그대는 참으로 젊으니 |
| 勿恨功名苦不早하라 | 功名을 일찍 세우지 못함 한하지 마오. |
| 富貴有時來니 | 富貴는 오는 때 있으니 |
| 偸閑强歡笑하고 | 한가한 때 억지로 즐기고 웃으며 |
| 莫與離憂買生老하라 | 떠날 걱정에 생으로 늙는 일 사서 하지 말게나. |

1) 역주] 淳風死去無回心 : 淳風을 唐나라 사람 李淳風으로 보기도 한다.

【賞析】 봄날에 송별연을 베풀어 술을 마시면서 이별의 슬픔을 위로하는 시로, 인생은 무상하니 제때에 즐기자는 내용이다.

趙任道〈1585(선조 18)-1664(현종 5)〉의 《澗松集》에도 이와 유사한 내용의 시가 실려 있다.

## 古意　고의

釋　貫休

| | |
|---|---|
| 常思李太白이 | 내 항상 생각하건대 李太白은 |
| 仙筆驅造化라 | 神仙 같은 필치로 造化 구사하였네. |
| 玄宗致之七寶牀하니 | 玄宗이 그를 七寶로 장식한 龍牀 앞에 불러오니 |
| 虎殿龍樓無不可라 | 虎殿과 龍樓에 불가함이 없었다오. |
| 一朝力士脫靴後[1]에 | 하루 아침에 高力士가 신발을 벗겨 준 뒤에는 |
| 玉上靑蠅生一箇라 | 玉 위에 쉬파리 하나 생긴 격이었네. |
| 紫皇案前[2]五色麟이 | 紫皇殿의 책상 앞에 매여 있던 五色의 麒麟 |
| 忽然掣斷黃金鎖라 | 홀연히 황금 사슬 끊고 인간 세상으로 달려왔다오. |

| | |
|---|---|
| 五湖大浪如銀山[3)]하니 | 五湖의 큰 물결 銀山처럼 거센데 |
| 滿船載酒槌鼓過라 | 배에 가득히 술 싣고 북치며 지났다네. |
| 賀老[4)]成異物하니 | 賀老는 딴 세상 사람 되었으니 |
| 顚狂誰敢和오 | 그의 狂氣 누가 감히 화답해 줄까. |
| 寧知江邊墳[5)]이 | 어찌 알랴 강변의 무덤 |
| 不是猶醉臥리오 | 아직도 취하여 누운 것 아님을. |

1) 一朝力士脫靴後：太白이 嘗醉하여 令高力士脫靴한대 力士深以爲恥하고 以白樂章飛燕事로 激妃子之怨怒하니라

李太白이 일찍이 술에 취하여 高力士로 하여금 신발을 벗기게 하니, 고역사는 깊이 수치스럽게 여겨 이백의 樂章에 있는 趙飛燕의 일을 가지고 양귀비의 원망과 노여움을 격발시켰다.

2) 역주] 紫皇案前：天帝의 자리 앞을 이르는 바, 하늘에 紫薇垣이 있고 천제의 자리가 여기에 있다 하여 일컫는 말이다. 本集에는 案前이 '殿前'으로 되어 있다.

3) 역주] 五湖大浪如銀山：五湖에 대해서는 여러 說이 있는 바, 吳나라 남쪽에 있는 호수로 江南에 있는 다섯 호수의 총칭이라 하기도 하고, 太湖 부근에 있는 다섯 호수라 하기도 한다.

4) 역주] 賀老：唐나라 開元·天寶 연간의 시인인 賀知章을 가리킨다.

5) 江邊墳：白이 溺水하여 葬于釆石江邊하니라

이백은 물에 빠져 죽어 釆石江 가에 장례하였다.

【賞析】《禪月集》 2권에 실려 있는데, 첫구를 따서 〈常思李太白〉으로 제목을 삼기도 하고, 옛날을 그리워하는 내용이므로 古意라고도 한다.

## 蜀道難　　蜀道의 어려움

李　白

論蜀道之險阻艱難하여 托興하여 譏世道之危險과 人心之巇巇也라

蜀땅 길의 험난함과 어려움을 논하면서 興을 가탁하여 世道의 위험함과 人心의 험함을 풍자한 것이다.

| | |
|---|---|
| 噫噓嚱[1)]危乎高哉여 | 아! 높고도 높구나. |
| 蜀道之難이 | 蜀道의 어려움 |

| | |
|---|---|
| 難於上青天이라 | 푸른 하늘에 오르는 것보다도 어려워라. |
| 蠶叢及魚鳧[2]는 | 蠶叢과 魚鳧 |
| 開國何茫然고 | 開國한 것이 얼마나 아득한가. |
| 爾來四萬八千歲에 | 그동안 사만 팔천 년에 |
| 不與秦塞通人烟이라 | 秦나라 변방과 人烟이 통하지 않았다오. |
| 西當太白有鳥道하니 | 서쪽으로는 太白山 당하여 鳥道가 있으니 |
| 可以橫絶峨嵋巓이라 | 峨嵋山 꼭대기 가로지를 수 있다네. |
| 地崩山摧壯士死[3]하니 | 땅이 무너지고 산이 부서져 壯士 죽으니 |
| 然後天梯石棧相勾連이라 | 그런 뒤에야 공중 사다리와 돌길 棧道가 이어졌다오. |
| 上有六龍回日之高標[4]하고 | 위에는 六龍이 해를 멍에하고 돌아가는 높은 봉우리 있고 |
| 下有衝波逆折之回川이라 | 아래에는 물결을 충돌하여 빙빙 도는 굽은 내 있어라. |
| 黃鶴之飛尙不能過요 | 높이 나는 黃鶴도 이곳을 지나가지는 못하고 |
| 猿猱欲度愁攀緣이라 | 원숭이들 지나가려 해도 부여잡고 올라감 걱정하리. |
| 青泥何盤盤고 | 青泥嶺은 어쩌면 이리도 구불구불 서려 있는가 |
| 百步九折縈巖巒이라 | 百步에 아홉 번 꺾여 바위산 감고 있네. |
| 捫參歷井仰脅息[5,6]하고 | 參星 만지고 井星 지나 우러러 숨헐떡이고 |
| 以手拊膺坐長歎이라 | 손으로 가슴 어루만지며 앉아서 길게 탄식한다오. |
| 問君西遊何時還고 | 그대에게 묻노니 서쪽에 갔다가 언제나 돌아오려나 |
| 畏途巉巖不可攀이라 | 위험한 길과 높은 바위 부여잡을 곳 없다네. |
| 但見悲鳥號古木하여 | 다만 슬피 우는 새 古木에서 울어 |
| 雄飛從雌遶林間이라 | 수놈이 암놈 따라 숲 사이에 맴도는 것만 보이고 |
| 又聞子規啼하여 | 또 子規새 울어 |
| 夜月愁空山이라 | 달밤에 빈 산에서 시름겹게 우는 소리 들릴 뿐이네. |
| 蜀道之難이 | 蜀道의 어려움 |
| 難於上青天하니 | 푸른 하늘에 오르는 것보다도 어려우니 |
| 使人聽此凋朱顏이라 | 사람들 이 말 들으면 紅顏이 시드누나. |
| 連峯去天不盈尺이어늘 | 이어진 봉우리 하늘과 한 자도 못될 듯한데 |
| 枯松倒掛倚絶壁이라 | 말라 죽은 소나무 쓰러져 절벽에 기대어 있구나. |
| 飛湍瀑流爭喧豗하니 | 나는 물결과 폭포수 줄기 다투어 시끄러우니 |

砯崖轉石萬壑雷라 벼랑에 돌이 굴러 온 골짝이 우레소리라오.
其險也如此하니 그 험함 이와 같으니
嗟爾遠道之人이 아! 먼 길 오는 사람이
胡爲乎來哉오 어떻게 이 곳에 오겠는가.
劍閣[7]崢嶸而崔嵬하니 劍閣이 우뚝히 높이 솟아 있으니
一夫當關萬夫莫開라 한 사람이 關門 막으면 만 명도 열 수 없네.
所守或匪親이면 이곳 지키는 사람 친한 자 아니면
化爲狼與豺라 이리와 승냥이로 변하여 반역한다오.
朝避猛虎夕避長蛇하니 아침에 사나운 범 피하고 저녁에 긴 뱀 피하니
磨牙吮血殺人如麻라 이빨 갈고 피 빨아 삼대처럼 사람을 죽이네.
錦城[8]雖云樂이나 錦城이 비록 즐거운 곳이라 하지만
不如早還家라 일찍 집에 돌아가는 것만 못하다오.
蜀道之難이 蜀道의 어려움
難於上靑天하니 푸른 하늘에 오르는 것보다도 어려우니
側身西望長咨嗟라 몸을 기울여 서쪽 바라보며 길이 한탄하노라.

1) 역주] 噫嘘嚱 : 蜀人들이 驚異로움을 표현하는 말이다.

2) 蠶叢及魚鳧 : 蜀王本紀曰 蜀王之先은 名蠶叢, 柏濩, 魚鳧, 蒲澤, 開明이니 從開明上到蠶叢히 積三萬四千歲라 成都記에 蠶叢之後에 有柏濩, 魚鳧하니 皆蠶叢之子라 魚鳧治導江縣이러니 嘗獵湔山이라가 得道乘虎而去하니 杜宇繼魚鳧라

《蜀王本紀》에 말하기를 "촉왕의 선조는 이름이 잠총, 백관, 어부, 포택, 개명이니 개명으로부터 위로 잠총에 이르기까지 모두 3만 4천 년이다." 하였다. 《成都記》에 "잠총의 뒤에 백관과 어부가 있었으니, 모두 잠총의 아들이다. 어부는 도강현을 다스렸는데 일찍이 전산에서 사냥을 하다가 도를 얻어 범을 타고 떠나가니, 두우가 어부의 뒤를 이었다." 하였다.

3) 地崩山摧壯士死 : 昔에 蜀中에 無路入秦이러니 秦惠王이 聞蜀有五丁力士하고 乃以鐵作牛하여 詐稱其牛糞金하다 蜀侯使五丁壯士로 開山作路하여 取牛後러니 五丁死에 蜀이 爲秦所滅하니라 ○ 蜀王本紀曰 天爲蜀王하여 生五丁力士하니 能徙山이라 秦王이 獻美女於蜀王한대 蜀王이 遣五丁力士하여 迎女러니 見大蛇入山穴中하고 五丁共引蛇하니 山崩하여 壓殺五丁이라 秦女上山하여 化爲石이라하니라

옛날에 蜀땅에는 秦나라로 들어가는 길이 없었는데 진나라 惠王이 촉땅에 다섯

명의 力士가 있다는 말을 듣고는 마침내 쇠로 소를 만들어 거짓으로 이 소가 금똥을 눈다고 말하였다. 촉나라 임금이 다섯 장사로 하여금 산을 파서 길을 만들어 소똥을 가져오게 하였는데, 다섯 장사가 죽자 촉은 진나라에게 멸망당하고 말았다.

○《蜀王本紀》에 말하기를 "하늘이 촉왕을 위해서 다섯 명의 역사를 태어나게 하니, 힘이 세어 산을 옮길 수 있었다. 진나라 왕이 미녀를 촉왕에게 바치자, 촉왕은 다섯 명의 역사를 보내어 미녀를 맞이하게 하였는데 큰 뱀이 산 구멍속으로 들어가는 것을 보고는 다섯 명의 역사가 함께 뱀을 잡아당기니, 산이 무너져 다섯 역사는 압사하고 말았다. 진나라 미녀는 산에 올라가 돌로 변했다." 하였다.

4) 역주] 上有六龍回日之高標 : 六龍은 여섯 마리의 용으로, 전설상 해의 神이 여섯 마리의 용을 타고 羲和를 御者로 삼아 움직인다고 한다. 여기서는 蜀道가 험고하여 六龍이 해를 멍에하고 돌아가는 높은 봉우리가 있다는 뜻으로 一本에는 '上有橫河斷海之浮雲'으로 되어 있다.

5) 捫參歷井仰脅息 : 參井은 秦蜀分野之星이라

參星과 井星은 秦나라와 蜀나라의 분야에 있는 별이다.

6) 역주] 捫參歷井仰脅息 : 參과 井은 모두 별 이름으로 二十八宿에 해당된다. '脅息'은 두려워서 숨을 죽이는 것으로, 산길이 높고 험하여 하늘에 있는 별이 손에 잡힐 듯하니 고개를 쳐들고 숨을 죽이는 것으로 해석하였으나 金隆의《勿巖集》4권에는 "仰脅은 앉아서 쉬는 것이다." 하여 仰脅을 한 단어로 풀이하였다.

7) 劍閣 : 利州隆慶府에 有山하니 閣道至險하고 有大劍山, 小劍山하니 相去三十里라 連山絶險하여 飛閣相通하니라

利州 隆慶府에 산이 있는데 閣道(棧道)가 지극히 험하고 大劍山과 小劍山이 있는바, 거리가 30리이다. 산이 연하여 매우 험해서 공중에 棧道를 놓아 서로 통한다.

8) 역주] 錦城 : 지금의 四川省 成都 남쪽에 있는 錦官城을 말하는데, 후에는 成都의 별칭으로 쓰인다.

【賞析】 이 시는《李太白集》3권에 실려 있다. 〈蜀道難〉은 漢代 樂府인 相和歌瑟調 38曲 중의 하나로, 내용상 보통 蜀道의 험난함을 자세히 말하고 興을 가탁하여 世道의 위태로움과 人心의 험악함을 견주어 말했으며, 분량은 그리 길지 않다. 李白의 〈촉도난〉은 여러 방면에서 蜀道의 험난함을 자세히 서술하여, 촉도를 읊은 모든 시의 宗主라고 할 만하다.

이백이 이 시를 쓴 시기가 天寶 연간 이전이라는 것에 대해서는 이견이 없지만 과연 어째서 이 시를 짓게 되었는지에 대해서는 몇 가지 이설이 있다. 첫째는 章仇兼瓊을 풍자하기 위해서 지었다는 설인데, 黃山谷이 宣州에서 周惟深을 위해 草書로 이 시를 썼을 때에도 제목 아래에 '章仇兼瓊을 풍자했다' 라고 썼고, 一本에도

그와 같은 註가 있다는 점을 근거한 것이다. 장구겸경이 어떤 인물인지에 대해서는 분명하지 않지만 촉의 태수이면서 專橫을 했던 자임을 추측할 수 있다. 그 다음은 《新唐書》〈嚴武傳〉에 근거하여 房琯과 杜甫를 위해 지었다는 설인데, 당시 劍南節度使였던 嚴武는 거만하여 재상으로 있다가 자사로 좌천된 房琯을 예우하지 않고, 또 여러번 杜甫를 죽이려 한 적이 있었으므로 이 두 사람을 위해 지었다는 것이다. 그러나 엄무가 촉에 부임한 것은 肅宗 至德 이후이므로 시기가 맞지 않는다. 그 다음은 安祿山의 난 때 玄宗이 촉으로 피란가는 것을 풍자하여 지었다는 설인데, 촉에 행차하는 험난함을 기술하여 현종의 행차를 막으려 하였으며 詩에 나오는 '君'字도 현종을 가리킨다는 것이다. 그러나 현종이 촉에 행차한 것은 天寶 13년(754)의 일이므로 시기가 맞지 않는다. 마지막은 즉흥적으로 지은 것이어서 별다른 寓意가 없다는 설인데, 연구자들에게 비교적 널리 수용되고 있다.

蔡彭胤〈1669(현종 10)－1731(영조 7)〉의 《希菴集》 20권을 살펴보면 우리나라에서 험하기로 이름난 鳥嶺을 蜀道에 견주어 읊은 시가 실려 있다. 그리고 李獻慶〈1719(숙종 45)－1791(정조 15)〉의 《艮翁集》 9권에는 〈蜀道難〉에 차운한 시가 실려 있다.

## 廬山高　여산의 높음을 읊다

歐陽修(永叔)

劉中允은 字凝之니 與歐陽公同年이라 爲潁上令이라가 棄官歸하여 徙居廬山之陽한대 歐公이 高其節하여 賦廬山高以美之하니라

劉中允은 자가 응지이니 歐陽公과 同榜及第하였다. 영상령이 되었다가 벼슬을 버리고 돌아가 廬山 남쪽으로 옮겨가 거하니, 구양공이 그 절개를 고상하게 여겨 여산고를 지어서 찬미하였다.

| | |
|---|---|
| 廬山[1]高哉幾千仞兮여 | 廬山의 높음이여! 몇 천길이나 되는가 |
| 根盤幾百里하여 | 산기슭은 몇 백리에 서려있어 |
| 巀然屹立乎長江이라 | 절연히 우뚝 長江 곁에 서 있네. |
| 長江西來走其下하니 | 長江이 서쪽에서 흘러 그 아래로 달려오니 |
| 是爲揚瀾左里[2]兮여 | 이것이 물결 일렁거리는 左里가 되어 |
| 洪濤巨浪이 日夕相舂撞이라 | 큰 파도와 물결 밤낮으로 서로 부딪친다오. |
| 雲消風止水鏡淨하니 | 구름 사라지고 바람 멈추자 물결 거울처럼 깨끗한데 |

| | |
|---|---|
| 泊舟登岸而遠望兮여 | 배를 대고 언덕에 올라 멀리 바라보니 |
| 上摩青蒼以晻靄요 | 위로는 푸른 하늘에 닿아 아득하고 |
| 下壓后土之鴻龐이라 | 아래로는 크고 두터운 后土 누르고 있누나. |
| 試往造乎其間兮여 | 한번 그 사이에 나아감이여 |
| 攀緣石磴窺空谾이라 | 바위 부여잡고 올라가 빈 골짝 엿보았네. |
| 千巖萬壑響松檜요 | 천 바위와 만 골짜기에 소나무 소리 들리고 |
| 懸崖巨石飛流淙이라 | 공중에 매달린 절벽과 큰 바위엔 물이 날아 흐르네. |
| 水聲聒聒亂人耳하니 | 물소리 요란하여 사람의 귀 어지럽히니 |
| 六月飛雪灑石矼이라 | 유월에도 눈발처럼 물보라 돌다리에 뿌려지네. |
| 仙翁釋子亦往往而逢兮여 | 신선 노인과 승려들 또한 간간이 만나지만 |
| 吾嘗惡其學幻而言哤이라 | 내 그들의 학문 허황되고 말이 잡됨 싫어하노라. |
| 但見丹霞翠壁遠近映樓閣이요 | 다만 보이는 것은 붉은 노을과 푸른 절벽 멀고 가까이 누각에 비추고 |
| 晨鐘暮鼓杳靄羅旛幢이라 | 새벽 종소리와 저녁 북소리에 깃발이 벌여 있네. |
| 幽花野草不知其名兮여 | 이름 알 수 없는 그윽한 꽃과 들풀들 |
| 風吹露濕香澗谷하고 | 바람 불고 이슬 젖으니 골짜기 향기롭고 |
| 時有白鶴飛來雙이라 | 때로 白鶴이 쌍으로 날아온다오. |
| 幽尋遠去不可極하니 | 그윽함 찾아 멀리 가나 다할 수 없으니 |
| 便欲絶世遺紛厖이라 | 곧 세속을 단절하여 紛厖함 잊고자 하노라. |
| 羨君買田築室老其下하니 | 부러워라 그대 밭사고 집지어 그 아래에서 늙으니 |
| 插秧盈疇兮釀酒盈缸이라 | 모 꽂아 밭두둑에 가득하고 술빚어 항아리에 가득하네. |
| 欲令浮嵐曖翠千萬狀으로 | 떠있는 아지랑이와 희미한 푸른 빛의 온갖 모양들 |
| 坐臥常對乎軒窓이라 | 앉으나 누우나 항상 창가에 마주하려 한다오. |
| 君懷磊砢有至寶나 | 그대의 회포 우뚝하여 지극한 보배 지녔으나 |
| 世俗不辨珉與玒이라 | 세속에서는 옥돌과 옥 분별하지 못한다오. |
| 策名爲吏二十載에 | 이름을 籍에 올려 관리된 지 이십 년에 |
| 青衫白首困一邦이라 | 푸른 적삼에 흰 머리로 한 고을에 곤궁하네. |
| 寵榮聲利不可以苟屈兮여 | 영광과 명성과 이익에 구차히 굽힐 수 없음이여! |
| 自非青雲白石有深趣면 | 자연 푸른 구름과 흰 돌에 깊은 취미 있지 않다면 |

| | |
|---|---|
| 其意矹硉何由降[3]고 | 그 뜻의 불평함 어떻게 내려앉았겠나. |
| 丈夫壯節似君少하니 | 大丈夫의 큰 志節 그대와 같은 이 적으니 |
| 嗟我欲說安得巨筆如長杠고 | 아! 내 이것 말하고자 하나 어찌 긴 깃대 같은 큰 붓 얻겠는가. |

1) 역주] 廬山 : 지금의 江西省 九江縣에 있는 名山으로 경관이 빼어나고 폭포가 유명하다. 李德弘의 《艮齋集》 續集 4권에 "廬山은 江東道 南江軍 북쪽에 있는데, 큰 강(양자강)이 그 서쪽을 경유하고 彭蠡湖가 그 동남쪽에 있으며, 豫章과 潯陽은 모두 그 옆에 있다." 하였다.

2) 역주] 左里 : 호수 이름으로, 혹은 左蠡라고도 한다. 그 곁에 左蠡山이 있는데 彭蠡湖 왼쪽에 있다 하여 붙여진 이름이며 그 아래가 左里이다.

3) 역주] 自非靑雲白石有深趣 其意矹硉何由降 : 李德弘은 "이 사람이 강직하여 세상에 굽히지 않고 오직 靑雲과 白石에 깊은 취미가 있어 그 마음이 비로소 가라앉아 즐거워한다. 이 밖에는 비록 千駟와 萬鍾이라도 만일 털끝만큼의 의롭지 않은 것이 있으면 그 기개가 호방하여 맞설 것이니, 어찌 굽혀서 따르겠는가." 하였다.

【賞析】《歐陽永叔集》 2책 5권에 실려 있는 바, 皇祐 3년(1051)에 지은 것이다. 《詩林廣記》 後集 1권에는 제목이 〈여산고를 지어 동년 유응지가 남강으로 돌아갈 때에 주다〔廬山高贈同年劉凝之歸南康〕〉로 되어 있다. 劉凝之는 이름이 渙이며 凝之는 그의 자이다. 그는 절조가 높아 時俗에 굴하지 않고 廬山 落星渚에 은거하였는데, 歐陽修가 南康으로 돌아가는 그에게 시를 지어 준 것이다.

黃俊良〈1517(중종 12)－1563(명종 18)〉의 《錦溪集》 外集 4권에 〈龍山高〉라는 제목의 시가 실려 있는데, 이는 구양수의 〈廬山高〉를 본떠서 聾巖 李相公의 生日을 祝壽한 내용이다.

古文眞寶 前集 제8권

# 歌 類

## 大風歌　대풍가

漢　高祖(劉邦)

漢高祖有天下에 還沛置酒하고 召故人父老子弟하여 飮酒할새 發沛中兒하여 得百二十人하여 教之歌하고 酒酣에 上이 擊筑歌之하니라

漢나라 高祖는 천하를 소유하고 나서 沛땅을 옮긴 다음 술자리를 베풀어 故人의 父老와 子弟들을 불러 술을 마실 적에 패땅의 아이들을 징발하여 1백 20명을 얻어 이들에게 노래를 가르친 다음 술자리가 무르익자 고조가 축을 치면서 노래하였다.

大風起兮雲飛揚[1)2)]이로다　큰 바람 일어나니 구름이 나는구나.
威加海內兮歸故鄕이로다　위엄을 四海에 가하고 고향으로 돌아오니.
安得猛士兮守四方고　어이하면 용맹한 壯士 얻어 사방 지킬는지.

1) 大風起兮雲飛揚 : 翰曰 風自喩요 雲喩亂也라 言已平亂而歸故鄕이라 故思賢才共守之라
李周翰이 말하기를 "바람은 자신을 비유한 것이고 구름은 난세를 비유한 것이다. 이미 난리를 평정하고 고향으로 돌아왔으므로 어진 인재와 함께 지킬 것을 생각함을 말한 것이다." 하였다.

2) 역주] 大風起兮雲飛揚 : 漢 高祖의 군사가 가는 곳마다 秦나라의 城이 무너지는 것이 마치 큰 바람에 구름이 흩어지는 듯함을 비유한 것이다.

【賞析】 이 시는 《史記》 高祖本紀 및 《漢書》 本紀 1권에 실려 있는 바, 漢나라를 창업한 漢 高祖의 氣風이 字間에 흘러넘친다.

金錫胄〈1634(인조 12)－1684(숙종 10)〉의 《息庵遺稿》 別稿 上에 〈沛宮歌大風賦〉라는 제목의 시가 실려 있는데, 여기에 "영웅의 위엄이 이미 떨쳐지니 사방에서 용맹한 병사 얻을 것을 생각하네. 오직 편안할 때에 위태로울 것을 걱정하여 생각이 길고도 깊도다.〔念英威之旣振 思猛士於四方 惟憂危於卽安 故慮長而思深〕" 라

고 하였는 바, 이는 한 고조가 천하를 평정한 뒤에 인재를 얻어 나라를 함께 지킬 것을 생각한 〈대풍가〉의 마지막 구와 일맥상통한다 하겠다.

## 襄陽歌　　양양가

李白(太白)

| | |
|---|---|
| 落日欲沒峴山西[1]하니 | 석양이 峴山 서쪽에 지려 하는데 |
| 倒著(착)接䍦花下迷[2]라 | 술 취해 접리 거꾸로 쓰고 꽃 아래에 혼미하네. |
| 襄陽小兒齊拍手하고 | 襄陽의 小兒들 일제히 손뼉 치며 |
| 攔街爭唱白銅鞮[3]라 | 길거리 막고 다투어 白銅鞮 부르누나. |
| 傍人借問笑何事오 | 옆사람 무슨 일로 웃느냐고 물으니 |
| 笑殺(쇄)山翁醉似泥[4]라 | 山翁이 취하여 泥蟲과 같음 우습다네. |
| 鸕鶿杓[5]鸚鵡杯로 | 노자의 술 국자와 앵무의 잔으로 |
| 百年三萬六千日에 | 백년 삼만 육천 일에 |
| 一日須傾三百杯라 | 하루에도 모름지기 삼백 잔은 기울여야 하네. |
| 遙看漢水鴨頭綠하니 | 멀리 漢水 바라보니 오리 머리처럼 푸르러 |
| 恰似葡萄初醱醅라 | 흡사 포도주가 처음 발효하는 것 같구나. |
| 此江若變作春酒면 | 이 강물 만약 변하여 봄술 되게 한다면 |
| 壘麴便築糟丘臺라 | 쌓인 누룩으로 곧 糟丘의 누대 쌓으리라. |
| 金鞍駿馬換小妾[6]하고 | 금안장의 駿馬와 小妾 바꾸고는 |
| 笑坐金鞍歌落梅[7]라 | 웃으며 금안장에 앉아 落梅歌 부르누나. |
| 車傍側掛一壺酒하니 | 수레 곁에 한 병의 술 기울여 걸어놓으니 |
| 鳳笙龍管行相催라 | 봉황 모양 笙簧과 용그린 피리로 가면서 서로 재촉하네. |
| 咸陽市上嘆黃犬[8]이 | 咸陽의 시장에서 黃犬을 한탄함이 |
| 何如月下傾金罍[9]오 | 어찌 달 아래에서 금술잔 기울임만 하겠는가. |
| 君不見晉朝羊公一片石[10]이 | 그대는 보지 못했는가 晉나라 羊公의 한 조각 비석이 |
| 龜龍剝落生莓苔[11]라 | 용머리와 거북좌대 깨져 떨어지고 이끼만 끼어 있네. |
| 淚亦不能爲之墮요 | 눈물도 이 때문에 떨어뜨릴 수 없고 |
| 心亦不能爲之哀라 | 마음도 이 때문에 슬퍼할 수 없다오. |
| 淸風明月不用一錢買하니 | 淸風明月은 一錢도 주고 살 필요 없으니 |

| | |
|---|---|
| 玉山自倒非人推[12)]라 | 玉山이 절로 무너졌고 사람이 떠민 것 아니라오. |
| 舒州杓力士鐺[13)]이여 | 舒州의 술 국자와 力士의 술 양푼이여 |
| 李白與爾同死生이라 | 李白은 이것들과 死生을 함께하리라. |
| 襄王雲雨[14)]今安在오 | 襄王의 雲雨는 지금 어디에 있는가 |
| 江水東流猿夜聲이라 | 강물은 동쪽으로 흘러가고 원숭이는 밤에 슬피 우누나. |

1) 落日欲沒峴山西 : 晉羊祜卒에 百姓이 於峴山建碑하니 望其碑者莫不流涕라 因名爲墮淚碑라하니라

晉나라 羊祜가 죽자 백성들이 峴山에 碑를 세우니, 이 비를 바라보는 자는 눈물을 흘리지 않는 이가 없었다. 그러므로 인하여 '墮淚碑'라고 하였다.

2) 倒著(착)接䍦花下迷 : 晉山簡이 每至高陽習家池하여 飮輒大醉하고 歸歌曰 山公時一醉하여 逍遙高陽池라 日暮倒載歸하여 酩酊無所知라 時時騎白馬하고 倒著白接䍦라 擧鞭謝葛强하니 何如幷州兒오하니라

晉나라 山簡은 언제나 高陽의 習家池에 이르러 술을 마시고 크게 취하여 돌아오면서 노래하기를 "山公이 때로 한 번 취하여 高陽의 못에 소요하네. 날이 저물자 수레에 드러누운 채 돌아와 술에 취하여 아는 바가 없네. 때때로 백마를 타고 거꾸로 쓴다오. 채찍을 들어 葛强에게 사례하니 幷州의 아이들과 어떠한가." 하였다.

3) 白銅鞮 : 樂府에 有銅鞮歌하니 釋云 胡人歃血之器라 韻府에 作鞮하니 註에 革履連脛이니 卽今靴라하니 恐非라

《樂府》에 〈銅鞮歌〉가 있는데 해석하기를 "鞮는 오랑캐들이 맹세할 때에 피를 마시는 그릇이다." 하였다. 《韻府》에는 鞮로 되어 있는데 註에 "정갱이까지 올라오는 가죽 신발이니, 바로 지금의 靴이다." 하였는데, 이는 잘못인 듯하다.

4) 역주] 笑殺(쇄)山翁醉似泥 : 殺는 煞로도 쓰는 바 '매우'라는 뜻이고 山翁은 晉나라의 名士인 山簡을 가리키며, 泥는 南海에 산다는 뼈 없는 벌레로 물에 있을 때에는 살아 움직이지만 물이 없는 곳에서는 진흙덩이와 같다고 한다.

5) 역주] 鸕鶿杓 : 가마우지 모양으로 생긴 술국자, 또는 가마우지의 목처럼 자루가 긴 술국자라 한다.

6) 역주] 金鞍駿馬換小妾 : 後魏 사람 曹彰은 준마를 보면 기어이 사야만 직성이 풀렸는데, 주인이 말을 아껴 팔지 않으면 愛妾과 바꾸었다고 한다. 《獨異志》

臺本에 '喚'자로 되어 있으나 本集에는 '千金駿馬換小妾'으로 되어 있는 바, 本集을 따라 '換'자로 바로잡았다.

7) 역주] 落梅 : 악곡의 이름으로 옛날 羌笛의 樂曲인 落梅花曲을 이른다.

8) 咸陽市上嘆黃犬 : 秦李斯臨刑에 嘆曰 安得復牽黃犬하여 遊東門하여 逐狡兎乎아

秦나라 李斯가 처형될 때에 탄식하기를 "어떻게 하면 다시 누런 개를 끌고 東門에서 놀아 교활한 토끼를 잡을 수 있겠는가." 하였다.

9) 역주] 金罍 : 구름과 우레의 모양을 그린 금술잔을 이른다.

10) 역주] 羊公一片石 : 晉나라 羊祜의 추모비를 이른다. 양호는 荊州諸軍事都督으로 襄陽에 주둔하였는데 그가 죽은 후 그 部가 峴山에 속하게 되었다. 백성들에게 많은 은혜를 베풀었으므로 생전에 그가 노닐던 땅에 비석과 사당을 세워 매년 제사를 지냈는데, 보는 자들이 모두 그를 사모하여 눈물을 흘리므로 杜預가 墮淚碑란 이름을 붙였다. 《北堂書鈔》

11) 역주] 龜龍剝落生莓苔 : 본집에는 '龜龍'이 '龜頭'로 되어 있다.

12) 玉山自倒非人推 : 晉嵇康이 醉倒하면 人謂如玉山之將頹라하니라

晉나라 嵇康이 술에 취하여 쓰러지면 사람들은 "玉山이 장차 무너지려는 것과 같다." 하였다.

13) 역주] 舒州杓力士鐺 : 舒州 同安郡에서 생산되는 술 국자와 발에 力士의 얼굴을 새긴 술이나 차를 데우는 가마솥 모양의 그릇이다.

14) 역주] 襄王雲雨 : 楚나라 襄王이 宋玉과 함께 雲夢의 臺에 올라가 高唐의 경치를 구경하였다. 구름 기운이 서려 있는 것을 보고 王이 무슨 기운이냐고 묻자, 송옥이 "전에 先王께서 고당에서 노닐다가 巫山의 선녀를 만나 雲雨의 情을 나누었습니다. 그 선녀가 헤어지면서 '저는 巫山의 남쪽에 사는데 아침에는 떠다니는 구름이 되고 저녁에는 비가 됩니다.' 하였는데 바로 그 떠다니는 구름 기운입니다."라고 하였다. 《文選》〈高唐賦序〉에 의하면 先王 즉 楚 懷王이 선녀와 만난 것인데, 여기서는 襄王의 故事로 되어 있다.

【賞析】 이 시는 《李太白集》 7권에 실려 있다. 李白은 원래 襄陽에 잠시 살았는데, 사람은 간데 없고 터만 남아 있는 이곳의 옛 유적을 빌어 인생은 짧으니 及時行樂하자는 자신의 생각을 십분 말한 것이다. 襄陽에는 晉나라 羊祜의 墮淚碑와 山簡이 술에 취해 다녔던 習家池가 있는데, 이것을 모두 詩材로 삼았다. 시의 내용 중에 "淸風明月不用一錢買 玉山自倒非人推"는 특히 재미있는 구이다. '玉山倒'는 《世說新語》 14권에 보이는 내용으로 술에 취한 모습을 묘사한 것인데, '玉山自倒'라 하여 네 글자로 만들고 그 아래에 '非人推'라는 세 글자를 넣음으로써 참신하게 만들었다. 歐陽修는 바로 이 구절에 대하여 "太白의 橫放을 엿볼 수 있으니, 그가 千古를 놀라게 한 이유가 본래 여기에 있지 않겠는가."라고 평하였다.

## 飮中八僊歌* 음중팔선가

杜甫(子美)

* 飮中八僊은 술을 잘 마시는 여덟 명의 神仙이란 뜻으로 李白, 賀知章, 李適之, 汝陽王 李璡, 崔宗之, 蘇晉, 張旭, 焦遂 등을 이른다.

| | |
|---|---|
| 知章騎馬似乘船하니 | 賀知章은 술에 취해 말탄 것이 배탄 듯하니 |
| 眼花落井水底眠이라 | 눈이 어지러워 우물에 떨어져 물 속에서 잔다오. |
| 汝陽三斗始朝天하니 | 汝陽王은 세말 술 마시고 비로소 天子께 조회하는데 |
| 道逢麴車口流涎하고 | 길에서 누룩 실은 수레만 만나도 침 흘리며 |
| 恨不移封向酒泉[1]이라 | 酒泉을 향해 옮겨 봉해지지 못함 한하네. |
| 左相日興費萬錢하여 | 左相 李適之는 날마다 흥에 겨워 萬錢을 허비하여 |
| 飮如長鯨吸百川하고 | 술 마시기를 큰 고래가 여러 냇물 마시듯이 하니 |
| 銜盃樂聖稱避賢[2]이라 | 술잔 들어 淸酒 즐기며 濁酒 피한다 하네. |
| 宗之瀟灑美少年이라 | 崔宗之는 깨끗한 아름다운 소년이라 |
| 擧觴白眼望靑天하니 | 술잔 들어 白眼으로 靑天 바라보니 |
| 皎如玉樹臨風前이라 | 깨끗함이 옥나무가 바람 앞에 서 있는 듯. |
| 蘇晉長齋繡佛前하며 | 蘇晉은 繡佛 앞에 길이 재계하며 |
| 醉中往往愛逃禪이라 | 취한 가운데 왕왕 參禪하다 도망하기 좋아하네. |
| 李白一斗詩百篇하고 | 李白은 한 말 술에 詩 백 편 짓고는 |
| 長安市上酒家眠이라 | 長安의 시장 술집에서 잠자며 |
| 天子呼來不上船[3]하고 | 天子가 오라고 불러도 배에 오르지 못하고 |
| 自稱臣是酒中仙이라 | 臣은 酒中의 神仙이라고 자칭하네. |
| 張旭三盃草聖傳[4]하니 | 張旭은 세 잔 술에 草聖으로 전해지니 |
| 脫帽露頂王公前하고 | 모자 벗고 王公 앞에 맨머리 드러내고는 |
| 揮毫落紙如雲烟[5]이라 | 붓 휘갈겨 종이 위에 쓰니 글자가 구름과 연기 같다오. |
| 焦遂五斗方卓然하니 | 焦遂는 닷말 술에 비로소 탁연해지니 |
| 高談雄辯驚四筵이라 | 高談峻論으로 사방의 잔치자리 놀라게 하네. |

1) 역주] 酒泉 : 《漢書》 〈地理志〉에 의하면 武帝 때 酒泉郡을 설치하였는데, 물맛이 술과 같다 하여 이름한 것이다. 지금 甘肅省 酒泉縣 성 동쪽에 주천이란 샘물이 있는데, 故事에 의하면 武帝가 郭弘을 封하려 하면서 어느 곳이 좋겠느냐고 묻자, 술을

좋아한 곽홍이 주천군에 봉해주기를 청했다 한다.

2) 銜盃樂聖稱避賢：據左相李適之詩하면 則世當爲避*)라 ○ 李適之詩云 避賢初罷相하고 樂聖且銜盃라하니라

좌상 李適之의 詩에 근거해 보면 '世'字는 마땅히 '避'字가 되어야 한다.

○ 이적지의 시에 "濁酒를 피하여 처음 재상에서 파직되고 淸酒를 좋아하여 우선 술잔을 마신다." 하였다.

*) 역주] 世當爲避：'銜盃樂聖稱避賢'가 대본에는 '銜盃樂聖稱世賢'으로 되어 있으므로 이렇게 말한 것이다.

3) 天子呼來不上船 自稱臣是酒中仙：玄宗이 嘗宴白蓮池할새 欲造樂府新詞하여 遣使召李白하니 白이 已醉於長安酒肆矣라 及至帝所에 醉不能登舟어늘 帝命力士하여 扶上船하니라 或以蜀人呼衫衿爲船者非是라

玄宗이 일찍이 白蓮池에서 잔치할 적에 樂府의 새로운 가사를 짓고자 하여 使者를 보내 李白을 부르니, 이백은 長安의 술집에서 취해 있었다. 이백이 황제가 계신 곳에 이르러 취하여 배에 오르지 못하니, 황제가 高力士에게 명하여 부축하여 배에 오르게 하였다. 혹자는 "蜀지방 사람들은 衫衿을 일러 船이라고 한다." 하는데, 이는 옳지 않다.

4) 역주] 張旭三盃草聖傳：張旭은 唐나라 사람으로 자는 伯高인데 草書를 잘 써 草聖으로 알려졌는 바, 술을 매우 즐겨 미친 듯이 취하고는 붓대를 잡고 휘둘러 신묘한 작품을 썼다. 이 때문에 그의 草書를 張芝·懷素의 초서와 함께 '狂草'라고 칭한다.

5) 脫帽露頂王公前 揮毫落紙如雲烟：漢張芝善草書하여 號草聖이라 故以比張旭이라 蓋旭善草書하여 每飮大醉하면 以頭濡墨하여 就壁書하고 及醒에 自以爲神이라하니라

漢나라 張芝는 草書를 잘 써서 草聖이라 이름하였다. 그러므로 이것으로써 張旭에게 비교한 것이다. 장욱은 초서를 잘 써서 술을 마실 적마다 크게 취하면 머리를 먹물에 적셔 벽에 나아가 쓰고는 술이 깨고나면 스스로 신묘하다고 하였다.

【賞析】 이 시는 《杜少陵集》 2권에 실려 있는 바, 唐 玄宗 때 술을 좋아하는 8명의 名士들을 노래한 시로, 天寶 연간에 長安에서 지은 것인 듯하다. 每句에 押韻하는 柏梁體로, 한 사람을 1章씩 읊었으므로 8인을 합해 모두 8章이다. 이와 같은 형태는 《詩經》에서 章을 나눈 뜻과 같다고 할 수 있다. 또 4章으로 보는 설이 있는데, 起句 이하 다섯 句를 제1장, '左相日興費萬錢' 이하 여섯 句를 제2장, 蘇晉 이하 여섯 구를 제3장, 張旭 이하 結句까지를 제4장으로 보는 것으로 일리가 있다.

金尙憲〈1570(선조 3)－1652(효종 3)〉의 《淸陰集》 39권에 洗馬 尹敬之의 〈飮中八仙圖〉에 쓴 시가 실려 있다.

## 醉時歌 취했을 때를 읊은 노래

杜 甫

贈廣文館學士鄭虔이라

廣文館 學士인 鄭虔에게 준 것이다.

| | |
|---|---|
| 諸公袞袞登臺省하나 | 諸公들 연이어 臺省에 오르나 |
| 廣文先生官獨冷이요 | 廣文先生은 벼슬자리 홀로 寒微하고 |
| 甲第紛紛厭粱肉이나 | 훌륭한 저택들 분분히 膏粱珍味 배부르나 |
| 廣文先生飯不足이라 | 광문선생은 밥도 부족하다오. |
| 先生有道出羲皇하고 | 선생의 도는 伏羲氏에게서 나왔고 |
| 先生有才過屈宋이라 | 선생의 재주는 屈原과 宋玉보다 뛰어나네. |
| 德尊一代常坎軻하니 | 德이 한 세상에 높으나 항상 不遇하니 |
| 名垂萬古知何用고 | 名聲이 萬古에 전한들 어디에 쓸지 알겠는가. |
| 杜陵野老[1]人更嗤하니 | 杜陵의 촌늙은이 사람들이 더욱 비웃으니 |
| 被褐短窄鬢如絲라 | 걸친 갈옷 짧고 좁으며 귀밑머리는 실처럼 희다오. |
| 日糴太倉五升米하고 | 날마다 太倉의 다섯 되 쌀 사오고 |
| 時赴鄭老同襟期[2][3]라 | 때로는 鄭氏 노인 찾아가 흉금을 함께 하며 |
| 得錢卽相覓하여 | 돈 얻으면 곧 서로 찾아가 |
| 沽酒不復疑라 | 술 받아 마시며 다시 의심하지 않네. |
| 忘形到爾汝하니 | 形體를 잊어 너나하는 사이 되니 |
| 痛飮眞吾師[4]라 | 통쾌하게 술 마심 참으로 나의 스승이라오. |
| 淸夜沈沈動春酌하니 | 맑은 밤 깊어가는데 봄 술잔 오가니 |
| 燈前細雨簷花落이라 | 등잔 앞의 가랑비에 추녀에서는 꽃잎이 떨어지네. |
| 但覺高歌有鬼神하니 | 다만 소리 높은 노래에 귀신이 도와주는 듯하니 |
| 焉知餓死塡溝壑고 | 어찌 굶주려 죽어 골짜기에 버려짐 알겠는가. |
| 相如逸才親滌器[5]요 | 相如는 재주 뛰어났으나 친히 그릇 씻었고 |
| 子雲識字終投閣[6][7]이라 | 子雲은 글자 알았지만 끝내 天祿閣에서 투신하였네. |
| 先生早賦歸去來[8]하니 | 선생은 일찍 歸去來를 읊어야 하니 |
| 石田茅屋荒蒼苔라 | 돌밭과 초가집 푸른 이끼 황폐하여라. |
| 儒術於我何有哉오 | 儒學이 우리에게 무슨 상관 있는가 |

孔丘盜蹠俱塵埃라　　孔子와 盜蹠 모두 흙먼지가 되고 말았다오.
不須聞此意慘慘이니　　굳이 이 말 듣고 마음에 서글퍼할 것 없으니
生前相遇且銜盃라　　생전에 서로 만나 우선 술이나 마셔보세.

1) 杜陵野老：漢宣帝陵이 在京兆하니 子美本杜陵人이라 故自稱杜陵野客이라하니라
漢나라 宣帝의 陵이 京兆에 있었는데, 杜子美는 본래 두릉 사람이었으므로 杜陵野客이라고 자칭한 것이다.

2) 時赴鄭老同襟期：鄭老는 指虔也라
鄭老는 鄭虔을 가리킨 것이다.

3) 역주] 同襟期：襟期는 가슴속에 기약함을 이른다. 李德弘의 《艮齋集》 續集 4권에는 "옷깃이 가슴에 닿기 때문에 心志를 '襟'이라고 한 것이니, 금기는 趣向과 志操를 가지고 말한 것이다." 하였고, 金隆의 《勿巖集》에는 "同襟期는 志趣가 같은 것이니, 옷깃이 가슴에 닿기 때문에 心志를 襟이라고 한다. 그러나 襟量은 大小로써 말한 것이고 襟期는 趣操로써 말한 것이니, 약간 차이가 있다." 하였다.

4) 역주] 痛飮眞吾師：李德弘은 "술을 실컷 마시는 것은 본래 본받을 만한 일이 아닌데, 이렇게 말한 것은 모두 세상에 분개하여 격해서 한 말이다." 하였다. 金隆의 《勿巖集》에도 같은 내용이 보인다.

5) 相如逸才親滌器：司馬傳에 文君이 奔相如하여 俱之臨邛하여 盡賣車騎하여 買酒舍하고 乃令文君當壚하고 相如身著犢鼻褌하여 滌器於市하니라
《漢書》〈司馬相如傳〉에 卓文君이 司馬相如에게 달려와 함께 臨邛에 가서 수레와 말을 모두 팔아서 술집을 산 다음, 마침내 탁문군으로 하여금 술 파는 자리를 맡게 하고 相如는 몸에 쇠코잠방이를 걸치고서 시장에서 그릇을 씻었다.

6) 子雲識字終投閣：揚雄傳에 王莽時에 甄豊이 爲上公이러니 莽이 既以符命自立하다 卽位之後에 誅豊父子하고 投劉棻四裔하며 辭所連及에 便取不請하다 時에 雄이 校書天祿閣上이러니 治獄使者來하여 欲收雄한대 雄이 恐하여 乃從閣上自投下하여 幾死하다 棻이 嘗從雄學作奇字라 京師爲之語曰 唯寂寞自投閣이라하니라
《漢書》〈揚雄傳〉에 王莽의 때에 甄豊이 上公이 되었는데, 왕망은 이미 符命에 따라 스스로 즉위하였다. 즉위한 뒤에 견풍 父子를 죽이고 劉棻을 사방의 먼곳으로 유배보냈으며 獄辭에 연좌된 사람은 모두 잡아들이면서 奏請할 필요도 없다고 하였다. 이때 揚雄이 天祿閣 위에서 책을 校正하고 있었는데 옥사를 다스리는 사자가 와서 양웅을 체포하려 하자, 양웅은 두려워서 마침내 각 위에서 스스로 투신하여 거의 죽게 되었다. 유분은 일찍이 양웅에게 기이한 글자 만드는 것을 배운 바 있었다. 경사 지방에서 말하기를 "적막하게 閣에서 스스로 투신하였다." 하였다.

7) 역주] 相如逸才親滌器 子雲識字終投閣 : 子雲은 揚雄의 字로 李德弘은 "司馬相如는 술집에서 그릇을 씻어 행실을 더럽혔고 揚子雲은 天祿閣에서 투신하여 절개를 잃었으니, 모두 말할 것이 못 된다. 여기서는 다만 때를 만나지 못하면 비록 뛰어난 선비라 하더라도 궁하고 천함에서 벗어날 수 없음을 말한 것이다." 하였고, 金隆의 《勿巖集》에도 같은 내용이 보인다. 司馬相如는 일찍이 과부인 卓文君과 만나 술집을 차리고 손수 그릇을 닦았으며, 揚雄은 天祿閣에서 사무를 보던 중 자신의 스승이 帝位를 찬탈한 王莽을 비판하다가 처형당했다는 말을 듣고 이에 연루될까 두려워하여 투신자살하려 하였으나 죽지 않고 살아나 王莽을 섬겼으므로 절개를 잃었다고 말한 것이다.

8) 역주] 先生早賦歸去來 : 선생은 鄭虔을 가리키며 歸去來는 晉나라 말기의 處士인 陶淵明이 지은 〈歸去來辭〉를 가리키는 바, 도연명은 彭澤令으로 부임한 지 5개월 만에 벼슬을 버리고 고향인 栗里로 돌아가면서 〈귀거래사〉를 지어 읊었다.

**【賞析】** 이 시는 《杜少陵集》 3권에 실려 있는 바, 취했을 때의 기분을 읊은 노래이다. 廣文館博士 鄭虔에게 준 시로 天寶 13년(754) 봄에 쓰여졌다. 정건은 당시의 유명한 학자로 참소를 받아 10년간 멀리 귀양갔다가 장안으로 돌아와 광문관박사가 되었다. 그는 성품이 초탈하고 호방하여 술을 좋아하였으며 두보와 친분이 깊었다. 이에 이 시를 지어 재주를 품었으나 때를 못만나 불우한 그의 처지를 읊었다.

權韠〈1569(선조 2)－1612(광해군 4)〉의 《石洲集》 7권에 두보의 〈취시가〉와 관련된 다음과 같은 내용이 보인다.

"꿈에 작은 책자 하나를 얻으니 바로 金德齡의 詩集이었다. 그중 첫편이 〈醉時歌〉였는데 여러 번 반복하여 읽고서야 그 뜻을 파악할 수 있었다. 그 내용에 취시가여, 이 곡조 아는 이 없어라. 나는 꽃과 달에 취하려 하지 않으며 공훈도 세우려 하지 않노라. 공훈을 세움도 뜬구름이고 꽃과 달에 취함도 뜬구름이네. 취시가여, 내 마음 알아주는 이 없어라. 단지 장검 차고 明君을 받들었으면 하네.〔醉時歌此曲無人聞 我不要醉花月 我不要樹功勳 樹功勳也是浮雲 醉花月也是浮雲 醉時歌無人知我心 只願長劍奉明君〕'라고 하였다. 꿈에서 깨어난 뒤에 서글프게 여겨 다음의 시 한 수를 읊는다.

장군은 예전에 병기를 잡았는데 장한 뜻 중도에 꺾이니 천명을 어찌하랴. 지하의 영령 끝없는 恨 취시가 한 곡조에 역력하네.〔將軍昔日把金戈 壯志中摧奈命何 地下英靈無限恨 分明一曲醉時歌〕"

金德齡〈1567(명종 22)－1596(선조 29)〉은 용맹이 뛰어나 임진왜란에 많은 왜적들을 물리쳤으나 반역에 가담했다는 누명을 쓰고 억울하게 죽은 인물이다. 시의 장군은 바로 김덕령을 가리킨 것이다.

이외에도 蔡彭胤〈1669(현종 10)－1731(영조 7)〉의 《希菴集》 6권에 이 시에 차운한 시가 실려 있다.

## 徐卿*二子歌　　徐卿의 두 아들을 읊은 노래

杜 甫

* 徐卿：누구인지는 확실치 않으나 杜甫가 成都에 있을 때에 徐知道가 西川兵馬使로 있었는 바, 이 사람일 것이라고 보기도 한다.

| | |
|---|---|
| 君不見徐卿二子生絶奇하니 | 그대는 보지 못하였는가 徐卿의 두 아들 뛰어나니 |
| 感應吉夢相追隨[1)]라 | 길몽에 감응되어 연이어 태어났네. |
| 孔子釋氏親抱送[2)]하니 | 꿈속에 孔子와 釋氏 아이를 친히 안아 건네주니 |
| 幷是天上麒麟兒라 | 모두 天上의 麒麟兒라오. |
| 大兒九齡色淸澈하니 | 큰 아이는 아홉 살에 얼굴빛 깨끗하니 |
| 秋水爲神玉爲骨이라 | 가을의 맑은 물 정신이 되고 옥이 뼈가 되었다오. |
| 小兒五歲氣食牛[3)]하니 | 작은 아이는 다섯 살에 기운이 소를 잡아먹을 만하니 |
| 滿堂賓客皆回頭라 | 당에 가득한 손님들 모두 머리 돌려 감탄하네. |
| 吾知徐公百不憂하니 | 내 徐公은 모든 일에 걱정 없음 아노니 |
| 積善袞袞生公侯라 | 善을 쌓아 연달아 公侯 될 인물 낳았다오. |
| 丈夫生兒有如此二雛者면 | 大丈夫가 아들 낳되 이 두 아이와 같다면 |
| 名位豈肯卑微休아 | 명성과 지위 어찌 낮고 미천함에 그치겠는가. |

1) 역주] 感應吉夢相追隨：追隨는 서로 따라 다니는 것으로, 李德弘의 《艮齋集》 續集 4권에 "두 아들이 서로 이어서 태어났으므로 追隨라고 말한 것이다." 하였다. 金隆의 《勿巖集》에도 같은 내용이 보인다.

2) 역주] 孔子釋氏親抱送：釋氏는 부처로 곧 부처님이 점지하였음을 말한 것이다. 李德弘은 "徐卿의 두 아들이 태어나면서부터 남다른 자질이 있는 것이 마치 옛 聖神이 안아서 건네준 것과 같음을 말한 것이다. 그러나 釋氏를 공자와 並稱하였으니, 杜子美는 또한 석씨를 聖賢이라고 잘못 여김을 면치 못한 것이다." 하였다.

3) 역주] 食牛：虎豹의 새끼는 털에 무늬가 생기기도 전에 소를 잡아먹을 기개가 있다고 한다. 《尸子 卷下》

【賞析】 이 시는 《杜少陵集》 10권에 실려 있는데, 서경의 두 아들의 자질이 준수함을 찬미한 내용이다.

## 戲題王宰畵山水歌 王宰의 山水畵에 장난삼아 쓴 노래

杜 甫

| | |
|---|---|
| 十日畵一水하고 | 열흘만에 물 하나 그리고 |
| 五日畵一石이라 | 닷새만에 돌 하나 그린다오. |
| 能事不受相促迫[1)]하니 | 훌륭한 일은 남의 재촉 받지 않아야 하니 |
| 王宰始肯留眞跡이라 | 王宰가 비로소 眞跡을 남기려 하네. |
| 壯哉崑崙方壺[2)]圖여 | 장하다! 崑崙方壺圖를 |
| 挂君高堂之素壁이라 | 그대의 높은 집 흰벽에 걸어 놓았도다. |
| 巴陵洞庭日本東[3)]에 | 巴陵의 洞庭湖와 日本의 동쪽에 |
| 赤岸[4)]水與銀河通하니 | 赤岸의 물 은하수와 통하는데 |
| 中有雲氣隨飛龍이라 | 가운데에 구름기운 나는 용 따르누나. |
| 舟人漁子入浦漵하고 | 뱃사람과 어부들 浦口에 들어가고 |
| 山木盡亞洪濤風이라 | 산의 나무 모두 큰 파도의 바람결에 굽어 있네. |
| 尤工遠勢古莫比하니 | 더욱 먼 형세 잘 그려 옛분들도 견줄 이 없으니 |
| 咫尺應須論萬里라 | 지척간에 응당 萬里를 논해야 하리. |
| 焉得并州快剪刀하여 | 어이하면 并州의 잘드는 剪刀 얻어서 |
| 剪取吳松半江水[5)6)]오 | 吳松江의 그린 반쪽을 도려내어 가질는지. |

1) 역주] 能事不受相促迫 : 能事는 훌륭한 일이나 솜씨를 이른다. 李德弘의 《艮齋集》 續集 4권에 “사람이 훌륭한 일에 있어 마음에 묘리를 터득하고 손에 응하며 정신이 온전하고 지킴이 견고하여 外物에 동요되지 않은 뒤에야 신묘한 경지에 들어갈 수 있는데, 하물며 속히 이루기를 바라는 남의 재촉을 받음에 있어서랴. 남의 재촉을 받지 않는 까닭에 眞迹을 남길 수 있는 것이다.” 하였다. 金隆의 《勿巖集》에는 “남의 재촉을 받으면 먼저 그 마음에 지킴을 잃게 되니, 훌륭한 일이 신묘한 경지에 이를 수 있겠는가. 그러므로 이와 같이 말한 것이다. ‘王宰始肯留眞跡’은 윗구의 이른바 ‘十日一水 五日一石’ 이니, 이것이 바로 재촉을 받지 않는 일이다.” 하였다.

2) 역주] 崑崙方壺 : 두 名山으로, 崑崙은 黃河의 발원지이며, 方壺는 三神山의 하나인데

일명 方丈이라고도 한다.

3) 巴陵洞庭日本東：洞庭은 在巴陵之左하고 海東에 有日本國이라

洞庭은 파릉의 왼쪽에 있으며 바다 동쪽에 일본국이 있다.

4) 역주] 赤岸：전설 속에 나오는 지명으로, 廣陵에 있다고도 하고 瓜步山 남쪽에 있다고도 한다.

5) 焉得幷州快剪刀 剪取吳松半江水：索靖이 見顧愷之畫하고 欣然曰 恨不帶幷州快剪刀來하여 欲剪松江半幅紋練歸去라하니라

索靖이 顧愷之의 그림을 보고 흔연히 말하기를 "幷州에 잘 드는 가위를 차고 와서 松江의 반 폭 무늬 비단을 잘라서 돌아가고자 하나 그렇게 할 수 없는 것이 한스럽다." 하였다.

6) 역주] 剪取吳松半江水：吳松은 吳의 松江을 말한다. 송강은 《書經》 禹貢에 나오는 세 강 중 하나로 松江府의 남서쪽 15리에 있는 바, 두보가 일찍이 吳지방을 유람하였기 때문에 이곳의 풍경을 잊지 못하여 말한 것이다.

【賞析】 이 시는 《杜少陵集》 9권에 실려 있는 바, 《太平廣記》 213권 畫部에 "唐나라 王宰는 西蜀에서 살았으며 貞元 연간에 韋皐가 예우하였다. 山水와 나무와 돌 등을 잘 그렸는데 그림 솜씨가 뛰어나므로 杜甫가 이 시를 지어 주었다." 하였다.

李獻慶〈1719(숙종 45)−1791(정조 15)〉의 《艮翁集》 9권에 〈杜子美의 王宰畵山水圖歌 뒤에 쓰다〉라는 제목의 시가 실려 있는데, 두보의 이 시가 왕재의 그림과 같다고 찬미하면서 자신은 평생 두보를 배웠지만 詩法에 재주가 없음을 한탄하였다.

## 茅屋爲秋風所破歌　초가집이 가을바람에 무너진 것에 대한 노래

杜 甫

借物喩變하니 深有感傷이라

사물을 빌어 변고를 비유하였으니, 깊이 느껴 슬퍼하는 뜻이 있다.

| | |
|---|---|
| 八月秋高風怒號하여 | 八月이라 가을이 깊고 바람 사납게 불어 |
| 卷我屋上三重茅라 | 우리 지붕의 三重 이엉 말아 올렸네. |
| 茅飛渡江洒江郊하니 | 이엉이 날아가 강을 건너 강가에 뿌려지니 |
| 高者掛罥長林梢하고 | 높은 것은 긴 숲의 나뭇가지 위에 걸렸고 |
| 下者飄轉沈塘坳라 | 낮은 것은 바람에 나부껴 돌다가 웅덩이에 빠졌다오. |
| 南村群童欺我老無力하여 | 南村의 아이들 나의 늙고 힘 없음 업신여기고는 |
| 忍能對面爲盜賊이라 | 차마 대면하고서 도적질하네. |

| | |
|---|---|
| 公然抱茅入竹去하니 | 공공연히 이엉 안고 대숲으로 들어가니 |
| 脣焦口燥呼不得하여 | 입술이 타고 입이 말라 소리칠 수 없어 |
| 歸來倚杖自歎息이라 | 돌아와 지팡이에 의지해 스스로 한탄하네. |
| 俄頃風定雲黑色하니 | 잠시 후 바람은 멎고 구름은 흑빛이니 |
| 秋天漠漠向昏黑이라 | 가을 하늘 막막하게 저녁 향해 어두워지네. |
| 布衾多年冷似鐵인데 | 삼베 이불 여러 해 되어 쇠처럼 차가운데 |
| 嬌兒惡臥踏裏裂이라 | 예쁜 아이 잠버릇 나빠 속을 밟아 찢었다오. |
| 床床屋漏無乾處하니 | 床마다 지붕 새어 마른 곳 없는데 |
| 雨脚如麻未斷絶이라 | 빗줄기는 삼대처럼 내려 끊이지 않누나. |
| 自經喪亂少睡眠하니 | 난리 겪은 뒤로 잠이 적어지니 |
| 長夜沾濕何由徹고 | 긴긴 밤 축축히 젖어 어이 밤을 샐는지. |
| 安得廣廈千萬間하여 | 어이하면 너른 집 천만 칸 얻어 |
| 大庇天下寒士俱歡顔으로 | 천하에 가난한 선비들 크게 비호하여 모두 즐거운 얼굴로 |
| 風雨不動安如山고 | 風雨에도 움직이지 않고 산처럼 편안히 있을런가. |
| 嗚呼何時眼前突兀見此屋고 | 아! 어느 때에나 눈앞에 우뚝히 이러한 집 볼는지 |
| 吾廬獨破受凍死亦足이로다 | 내 집만 유독 부서져 얼어 죽더라도 만족하리라. |

【賞析】 이 시는 《杜少陵集》 10권에 실려 있다. 上元 2년(761) 봄에 두보가 成都 浣花溪에 茅屋을 짓고 거처하였는데, 8월에 갑자기 폭우가 쏟아지고 바람이 세차게 불어 지붕이 날아갔다. 이에 밤새도록 잠을 못 이루고 근심하는 모습을 표현하였다. 시에서의 표현은 두보 일개인의 고난이 아니라 천하의 빈한한 선비들의 고통을 대변한 것이라고 볼 수 있으니, 여기에서 두보의 憂國愛民의 충정을 엿볼 수 있다.

## 觀聖上親試貢士歌 聖上께서 직접 貢士들을 시험함을 구경한 노래

王禹偁(元之)

| | |
|---|---|
| 天王出震寰宇淸[1)]하니 | 天王이 震方에서 나오시어 천하가 맑아지니 |
| 奎星燦燦昭文明[2)]이라 | 奎星이 찬란하여 文明을 밝혀주네. |
| 詔令郡國貢多士하여 | 詔書 내려 郡國으로 하여금 많은 선비들 올리게 하고는 |
| 大張一網羅群英이라 | 한 그물 크게 펼쳐 여러 英才들 망라하네. |

| | |
|---|---|
| 聖情孜孜終不倦하여 | 聖上의 마음 부지런하여 끝내 게으르지 않으시어 |
| 日斜猶御金鑾殿[3)]이라 | 해가 기울었는데도 금란전에 납시었다오. |
| 宮柳低垂三月煙이요 | 궁궐의 버들은 삼월의 안개 속에 낮게 드리우고 |
| 爐香飛入千人硯이라 | 향로의 향기는 천 사람의 벼루에 날아 들어가네. |
| 麻衣皎皎光如雪하니 | 삼베옷 깨끗하여 白雪처럼 빛나는데 |
| 一一重瞳[4)]親鑑別이라 | 일일이 重瞳으로 친히 감별하신다오. |
| 孤寒得路荷君恩하니 | 외롭고 빈한한 자들 要路 얻어 군주의 은혜 입으니 |
| 聚首皆言盡臣節이라 | 머리 모아 모두 신하의 충절 다하겠다 말하네. |
| 小臣蹤迹本塵泥러니 | 小臣의 종적도 본래 먼지와 진흙 속에 있었는데 |
| 登科曾賦御前題라 | 과거에 올라 일찍이 御前에서 詩題에 따라 글 지었노라. |
| 屈指方經五六載에 | 손꼽아보니 이제 오륙 년이 지났는데 |
| 如今已上青雲梯라 | 지금은 이미 青雲의 사다리에 올랐어라. |
| 位列諫官無一語하니 | 지위가 諫官의 열에 있으나 한 마디 아뢰지 못하니 |
| 自愧將何報明主오 | 무엇을 가지고 현명한 군주에게 보답할지 스스로 부끄럽네. |
| 應制[5)]非才但淚垂하니 | 응제는 재주가 아닌지라 다만 눈물 흘리니 |
| 强作狂歌歌舜禹라 | 억지로 미친 노래 지어 舜·禹 같은 聖上 노래하노라. |

1) 天王出震寰宇淸 : 易에 帝出乎震이라하니 上卦爲木이요 位東方이요 於時爲春이니 主發生이라 帝者는 天之主宰니 所以生物者라 故出乎震而萬物從之而出이라
《周易》에 "황제가 震에서 나온다." 하였는데 上卦는 木이 되고 위치는 東方이고 때에 있어서는 봄이 되니, 발생함을 주장한다. 帝는 하늘의 주재이니 만물을 낳는 것이다. 그러므로 震에서 나오면 만물이 따라서 나온다고 한 것이다.

2) 奎星燦燦昭文明 : 宋竇儼이 善推步星曆이러니 與盧多遜, 楊徽之로 同在諫垣하여 謂二公曰 丁卯歲에 五星이 當聚奎하리니 自此로 天下始太平이라 二拾遺必見之라하니라
宋나라 두엄이 星曆을 推步(점쳐서 맞힘)하기를 잘하였는데, 盧多遜과 楊徽之와 함께 간원에 있으면서 두 분에게 말하기를 "정묘년에 五星이 마땅히 奎星에 모일 것이니, 이로부터 천하가 비로소 태평해질 것입니다. 두 拾遺께서는 반드시 이것을 볼 것입니다." 하였다.

3) 역주] 金鑾殿 : 당나라 때 長安에 있던 궁전의 이름으로 玄宗이 李白을 불러 만났던 곳인 바, 여기서는 당나라의 일을 빌어다 쓴 것으로 보기도 하고, 혹은 宋나라 도읍인 汴京에도 금란전이 있었다고도 한다.

4) 역주〕 重瞳 : 겹 눈동자로 舜임금과 項羽의 눈동자가 겹이었다고 한다. 이후로 제왕의 눈을 일컫는 말로 쓰인다.

5) 역주〕 應制 : 임금의 명령에 따라 詩文을 짓는 것을 이른다.

【賞析】 이 시는 宋 太宗이 직접 貢士들을 시험하면서 詔命으로 짓게 한 것으로 王禹偁의 《小畜集》 12권에 실려 있는 바, 제목이 〈應制皇帝親試貢士歌〉로 되어 있다. 貢士는 鄕試에 합격한 선비들을 말하는 바, 《禮記》 〈射義〉에 "옛날 天子의 제도에 諸侯들이 해마다 천자에게 賢士를 천거하여 천자가 射宮에서 그들을 시험하였다. 〔古者天子之制 諸侯歲獻貢士於天子 天子試之射宮〕" 하였다. 宋代에는 각 지방의 解試나 尙書省 禮部의 省試에 합격한 뒤 殿試를 보는 것이 관례였다.

## 畵山水歌　　산수화에 대한 노래

吳 融

| | |
|---|---|
| 良工善得丹青理하여 | 훌륭한 畵工 丹靑의 이치 잘 알아 |
| 輒向茅茨畵山水라 | 언제나 초가집에서 山水 그린다오. |
| 地角移來方寸間이요 | 먼 地角을 方寸의 사이에 옮겨 오고 |
| 天涯寫在筆鋒裏라 | 아득한 天涯를 붓끝 속에 펼쳐 놓았네. |
| 日不落兮月長生하고 | 해는 지지 않고 달은 언제나 떠 있으며 |
| 雲片片兮水泠泠이라 | 구름은 片片히 날고 물은 시원하게 흐르누나. |
| 經年蝴蝶飛不去요 | 해가 지나도 호랑나비 날아가지 않고 |
| 累歲桃花結不成이라 | 여러 해 되어도 복숭아꽃 열매 맺지 않네. |
| 一片石數株松이 | 한 조각 돌과 몇 그루의 소나무 |
| 遠又淡近又濃이라 | 멀면 또 색깔 흐리고 가까우면 또 진하다오. |
| 不出門庭三五步하여 | 門庭을 서너 걸음도 나가지 않고서 |
| 觀盡江山千萬重이라 | 천만 겹 江山을 모두 다 구경하네. |

【賞析】 산수를 그린 그림을 보고 그림 속의 경치를 읊은 것인데, 그림이 절묘함을 극구 칭찬하고 있다.

## 短檠歌　짧은 등잔대를 읊은 노래

韓愈(退之)

公所以詠幽閨之思者如此라

公이 그윽한 閨房의 그리움을 읊기를 이와 같이 한 것이다.

| | |
|---|---|
| 長檠八尺空自長이요 | 여덟 자의 긴 등잔대 공연히 길기만 하고 |
| 短檠二尺便且光이라 | 두 자의 짧은 등잔대 편리하고도 밝다오. |
| 黃簾綠幕朱戶閉하니 | 누런 주렴과 푸른 장막에 붉은 문 닫혔는데 |
| 風露氣入秋堂涼이라 | 바람과 이슬 기운 들어오니 가을집 썰렁하네. |
| 裁衣寄遠淚眼暗하니 | 옷 재단하여 멀리 임에게 부치느라 눈물로 눈이 어두우니 |
| 搔頭頻挑移近床이라 | 머리 긁적이며 자주 심지 돋우어 床에 가까이 옮겨 놓네. |
| 太學儒生東魯客이 | 太學의 儒生들 東魯의 나그네로 |
| 二十辭家來射策[1]이라 | 스무 살에 집을 하직하고 과거 공부하러 왔다오. |
| 夜書細字綴語言하니 | 밤이면 작은 글자 써서 언어 엮으니 |
| 兩目眵昏頭雪白이라 | 두 눈은 눈꼽 끼어 어둡고 머리는 백설처럼 세었어라. |
| 此時提摯當案前하니 | 이때에 등잔대 끌어다가 책상 앞에 놓으니 |
| 看書到曉那能眠고 | 책 보며 새벽에 이르러 어찌 잠을 잘 수 있겠는가. |
| 一朝富貴還自恣하니 | 하루 아침 부귀해지면 도리어 스스로 방자해지니 |
| 長檠高張照珠翠라 | 긴 등잔대 높이 올려 진주와 비취로 장식한 집에 비친다오. |
| 吁嗟世事無不然하니 | 아! 세상 일은 이러하지 않음 없으니 |
| 墻角君看短檠棄라 | 그대 담장 귀퉁이에 짧은 등잔대 버려져 있음 보리라. |

1) 역주] 太學儒生東魯客 二十辭家來射策 : 東魯는 春秋時代 魯나라로 중국 동쪽에 있다 하여 이름한 것이다. 魯나라는 孔子가 태어난 곳이므로 곧 儒學을 공부하는 선비를 일러 東魯客이라 한다. 舊本의 註에는 東魯客이 韓愈를 가리킨 것이라고 기록되어 있다. 李德弘의 《艮齋集》 續集 4권에 "本註에 '韓退之는 東魯 사람이다.' 라고 하였는데, 이 내용은 의심할 만하다. 한퇴지는 鄧州 南陽人으로 그 선대가 혹 昌黎에 거주하기도 하고 혹 懷孟으로 옮기기도 하였는데, 이 세 곳은 모두 兗州의 魯지방 경계에 속하지 않으니, 어찌 東魯 사람이라고 말할 수 있겠는가." 하였고, 金隆의 《勿巖集》에도 한퇴지가 동로사람이 아님을 말하고, "또한 박사가 되었는데 그를 유생이라고 하는 것은 온당치 못하다. 더구나 보내온 편지에 부귀해지면 스스로 방자해진다는 것은 도를 자처하는 사람의 말이 아닐 것이라고 의심하였는데, 이

는 일반적으로 하는 말에 불과하고, 또 二十이라고 말한 것은 弱冠으로부터 학업에 힘써 백발에 이르렀음을 말한 것일 뿐이니, 다시 무엇을 의심하겠는가."라고 하였다. 射策은 漢나라 때 선비를 시험 보이던 방법의 하나로 과거에 응시하거나 급제함을 이른다.

【賞析】《韓昌黎集》 5권에 실려 있는 바, 제목이 〈短燈檠歌〉로 되어 있다. 제목 밑의 주에 규방의 그리움을 읊은 것이라고 하였는데, 일반적으로 사람들이 학문을 제대로 끝마치지 못함을 한탄하는 내용으로 보인다. 즉 지난날 修己治人하기 위하여 학문에 정진하다가 부귀해지고 나면 스스로 방자하여 宴樂을 탐함을 경계한 것이다.

趙希逸〈1575(선조 8)－1638(인조 16)〉의 《竹陰集》 6권에 〈短檠〉이라는 제목의 다음과 같은 시가 실려 있다.

"가련타 등잔불이 사람을 향해 밝음이여. 반딧불과 백설 모두 짧은 등잔대만 못하다오. 심지 돋우고 옛책을 펼치며 등잔불 가물거리는 깊은 밤에 앉아 있네. 일년내내 밤을 새우니 어찌 무료하겠나. 몸을 따르는 그림자 가장 정이 있다네. 끝내 담장 귀퉁이에 버려짐 혐의하지 말라. 세간의 영욕은 본래 서로 따르는 법이라네. 〔可憐燈火向人明 螢雪俱應讓短檠 挑盡玉虫披古帙 墮殘金粟坐深更 窮年繼晷寧無賴 伴影隨身最有情 畢竟莫嫌墻角棄 世間榮辱本相生〕"

## 浩浩歌* 　호호가

馬存(子才)

* 浩浩는 넓고 넓은 모양으로 浩然之氣에서 나온 말인 바, 물욕에 물들지 아니하여 깨끗하고 쾌활한 기운을 이른다. 《孟子》 〈公孫丑 上〉에 "그 氣됨이 지극히 크고 지극히 강하니, 정직함으로 잘 기르고 해침이 없으면 이 호연지기가 천지의 사이에 꽉차게 된다.〔其爲氣也 至大至剛 以直養而無害 則塞于天地之間〕" 하였다.

| | |
|---|---|
| 浩浩歌여 | 浩浩함을 노래하니 |
| 天地萬物如吾何오 | 천지만물이 나에게 어쩔꼬. |
| 用之解帶食太倉이요 | 등용되면 허리띠 풀고 太倉의 곡식 받아 먹고 |
| 不用拂枕歸山阿라 | 등용되지 않으면 베개 밀치고 山阿로 돌아가 눕는다네. |
| 君不見渭川漁父[1]一竿竹과 | 그대는 보지 못하였는가 渭川의 어부의 한 낚싯대와 |
| 莘野耕叟[2]數畝禾아 | 莘野의 밭 가는 노인의 몇 이랑 벼를. |
| 喜來起作商家霖[3]이요 | 기쁘게 와서 일어나 商나라 장마비가 되었고 |

| | |
|---|---|
| 怒後便把周王戈[4]라 | 노한 뒤에는 곧 周王의 창 잡았다오. |
| 又不見子陵橫足加帝腹[5]하니 | 또 보지 못하였는가 子陵이 발을 걸쳐 황제의 배에 얹으니 |
| 帝不敢動豈敢訶오 | 皇帝가 움직이지도 못했는데 어찌 감히 꾸짖겠는가. |
| 皇天爲忙逼하여 | 하늘이 이 때문에 놀라고 당황하여 |
| 星宿相擊摩라 | 별들이 서로 치고 부딪혔네. |
| 可憐相府癡하여 | 가련타! 相府의 侯霸 어리석어 |
| 邀請先經過[6]라 | 먼저 자기 집 방문해 달라고 청하였네. |
| 浩浩歌여 | 浩浩함을 노래하니 |
| 天地萬物如吾何오 | 천지만물이 나에게 어쩔꼬. |
| 屈原枉死汨羅水[7]요 | 屈原은 헛되이 汨羅水에 빠져 죽었고 |
| 夷齊空餓西山坡[8]라 | 伯夷 叔齊는 부질없이 西山의 언덕에서 굶어 죽었도다. |
| 丈夫犖犖不可羈니 | 丈夫는 뜻이 드높아 얽어맬 수 없으니 |
| 有身何用自滅磨오 | 자기 몸을 어찌 스스로 마멸하겠는가. |
| 吾觀聖賢心하니 | 내 聖賢의 마음 보니 |
| 自樂豈有他리오 | 스스로 즐길 뿐 어찌 딴 것이 있겠는가. |
| 蒼生如命窮이면 | 蒼生이 만일 운명이 곤궁해지면 |
| 吾道成蹉跎라 | 우리의 道 어긋나게 된다오. |
| 直須爲弔天下人이니 | 다만 모름지기 천하 사람들 위로해야 하니 |
| 何必嫌恨傷丘軻[9]오 | 하필 道가 행해지지 않음 한하여 孔丘와 孟軻 슬퍼하랴. |
| 浩浩歌여 | 浩浩함을 노래하니 |
| 天地萬物如吾何오 | 천지만물이 나에게 어쩔꼬. |
| 玉堂金馬[10]在何處오 | 玉堂과 金馬門 어느 곳에 있는가 |
| 雲山石室高嵯峨라 | 구름낀 산에 바위 동굴 높이 솟았다오. |
| 低頭欲耕地雖少나 | 머리 숙여 밭갈려 하면 땅은 비록 작지만 |
| 仰面長嘯天何多오 | 얼굴 들어 길이 휘파람 불면 하늘은 어이 그리 넓은가. |
| 請君醉我一斗酒하라 | 그대는 나를 한 말 술로 취하게 하라 |
| 紅光入面春風和라 | 붉은 빛 얼굴에 들어오면 봄바람처럼 온화하리라. |

1) 역주] 渭川漁父 : 太公望을 가리키는 바, 周나라 초기의 賢者로 姓은 姜이고 氏는 呂이며 이름은 尙인데, 渭水 가에서 낚시질하다가 文王에게 기용되어 周나라의 기

초를 닦았다. 《史記 齊世家》

2) 역주] 莘野耕叟 : 莘野는 有莘國의 들로, 옛날 伊尹이 이곳에서 농사짓다가 湯王의 정중한 초빙을 받고 세상에 나가 夏나라 桀王을 추방하고 商나라 왕조를 건립하였다. 《孟子 萬章 上》

3) 역주] 商家霖 : 商나라의 명재상인 傅說을 이르니, 부열은 商나라 高宗인 武丁의 신하이다. 霖은 3일동안 비가 내리는 것으로 장마비를 이르는데, 무정은 부열을 재상으로 임명하면서 "만약 금이라면 너를 숫돌로 삼고, 만약 큰 냇물을 건넌다면 너를 배와 노로 삼고, 만약 해가 큰 가뭄이 든다면 너를 장마비로 삼을 것이다.〔若金 用汝作礪 若濟大川 用汝作舟楫 若歲大旱 用汝作霖雨〕" 하였으니, 이후로 어진 재상을 비유하는 말로 쓰인다. 《書經 說命 上》

4) 역주] 怒後便把周王戈 : 紂王의 虐政에 분노를 느낀 太公望 呂尙이 周 武王을 위해 창을 잡고 殷나라를 정벌한 일을 가리킨 것이다.

5) 역주] 子陵橫足加帝腹 : 子陵은 後漢 嚴光의 字이다. 엄광은 일찍이 光武帝 劉秀와 同門受學하였는데, 광무제의 부름을 받고 함께 잠을 자다가 잠결에 발을 광무제의 배 위에 올려 놓았다. 다음날 天文을 보는 太史가 "어제 저녁 客星이 帝座星을 범했으니, 이는 큰 변고입니다." 하고 아뢰자, 광무제는 웃으며 "내가 친구인 엄광과 함께 잤기 때문이다." 하였다. 옛날 占星家들은 天上의 紫微星이나 北極星은 황제의 星座로 보아 객성이 이들 성좌를 범하면 천자의 신변에 위험이 가해지는 것으로 생각하였다. 《後漢書 嚴光傳》 李德弘의 《艮齋集》 續集 4권에 "자릉은 세상에 드문 호걸스러운 선비로서 天子도 신하로 삼지 못하였고 하늘도 이 때문에 놀라고 당황하였는데, 하물며 천자의 재상이 어찌 초청할 수 있었겠는가. 이는 윗글의 太公望과 伊尹 등에 대한 내용은 모두 故事를 援用하여 자신을 가탁해 큰 소리를 침으로써 스스로 자신의 마음을 시원스럽게 한 것이니, 이는 내가 가령 이러한 때를 당하여 이러한 일을 만났다면 또한 내가 바로 그 사람일 것이라고 하는 말이다." 하였다. 金隆의 《勿巖集》에도 같은 내용이 보인다.

6) 역주] 可憐相府癡 邀請先經過 : 相府는 嚴光의 또다른 친구인 司徒 侯霸를 가리킨다. 후패는 엄광이 光武帝의 간청을 거절하지 못해 北軍에 이르렀다는 말을 듣고 사람을 보내 광무제를 만나기 전에 자신을 찾아와 달라고 청하였다. 그 말을 들은 엄광은 심부름꾼에게 "평소 어리석은 君房(侯霸의 字)이 이제 三公의 지위에 이르렀구나." 하고는 청을 거절하였다. 《後漢書 嚴光傳》

7) 역주] 屈原枉死汨羅水 : 汨羅水는 湘江 부근의 물 이름인데 屈原이 일찍이 忠憤을 못이겨 이 물에 빠져 죽었다.

8) 역주] 夷齊空餓西山坡 : 西山은 首陽山의 별칭인 바, 殷나라 말기 伯夷와 叔齊는 周

나라 武王이 은나라 紂王을 정벌하여 황제가 되자, 주나라의 祿을 먹는 것을 부끄러워하여 수양산에 들어가 고사리를 캐어 먹었으며 〈采薇歌〉를 지어 자신들의 깨끗한 심정을 밝혔다. 《史記 伯夷叔齊列傳》

9) 역주] 何必嫌恨傷丘軻 : 丘는 孔子의 이름이고 軻는 孟子의 이름이다. 李德弘은 "윗글을 이어 '孔丘와 孟軻가 등용되지 못한 것은 천하 백성들의 불행이니, 다만 천하 사람들을 위로할 것이요, 어찌 공자와 맹자를 위해서 한탄하고 상심할 것이 있겠는가.' 라고 말한 것이다." 하였다. 金隆의 《勿巖集》에도 같은 내용이 보인다.

10) 역주] 玉堂金馬 : 玉堂은 翰林이나 文翰을 맡은 관서로 宋나라 淳化연간에 蘇易簡에게 翰林學士를 제수하면서 황제가 친히 '玉堂之署'라는 네 글자를 飛白體로 써서 내린 데서 유래하였다. 金馬는 金馬門으로 漢나라 武帝 때 大宛에서 바친 말의 형상을 구리로 주조하여 中官(환관)의 관서 문에 세운 데서 유래하였다.

【賞析】 이 시는 대장부는 마음이 曠達하여 世間의 貴賤과 得失을 마음에 두지 않고 日月을 문〔扃牖〕으로 삼고 八荒을 庭衢로 삼아 氣象이 浩然해야 함을 읊은 것이다. 《古文大全》에 "이 편은 大丈夫는 萬物을 일체로 삼아 富貴榮華 따위는 마치 아름다운 소리가 귓가를 스치는 것처럼 여겨야 함을 말한 것이다." 라고 하였다.

成俔〈1439(세종 21)－1504(연산군 10)〉의 《虛白堂集》 風雅錄 1권에 이와 같은 제목의 시가 실려 있고, 李獻慶〈1719(숙종 45)－1791(정조 15)〉의 《艮翁集》 9권에는 〈浩浩歌飮浩浩歌〉라는 제목의 시가 실려 있다.

## 七夕歌　　칠석가

張耒(文潛)

此歌는 善於敍事狀이라

이 노래는 일을 서술하기를 잘하였다.

| | |
|---|---|
| 人間一葉梧桐飄하니 | 인간 세상에 오동잎 하나 바람에 떨어지니 |
| 蓐收[1]行秋回斗杓라 | 욕수가 가을을 운행하여 北斗星 자루 돌렸네. |
| 神官召集役靈鵲하여 | 神官들은 신령스러운 까치 불러모아 부려서 |
| 直渡銀河橫作橋라 | 곧바로 은하 건너 가로지르는 다리 만들었네. |
| 河東美人[2]天帝子가 | 은하수 동쪽의 美人은 天帝의 딸이라 |
| 機杼年年勞玉指하여 | 베 짜느라 해마다 옥같은 손가락 수고롭게 하여 |
| 織成雲霧紫綃衣하니 | 雲霧 문양의 붉은 비단옷 짜니 |

| | |
|---|---|
| 辛苦無歡容不理라 | 신고하여 즐겁지 못하고 얼굴도 꾸미지 않네. |
| 帝憐獨居無與娛하여 | 天帝가 홀로 살며 함께 즐길 이 없음 가엾게 여겨 |
| 河西嫁與牽牛夫라 | 은하수 서쪽의 牽牛 남편에게 시집보내었네. |
| 自從嫁後廢織紝하고 | 시집간 뒤로는 베 짜는 것 그만두고 |
| 綠鬢雲鬟朝暮梳라 | 구름같은 검은 머리만 아침저녁으로 빗질하였네. |
| 貪歡不歸天帝怒하여 | 즐김만 탐하고 돌아오지 않자 天帝가 노하여 |
| 責歸却踏來時路라 | 꾸짖어 돌아오게 해 시집오던 길 되밟게 하였네. |
| 但令一歲一相見하여 | 단지 일 년에 한 번 서로 만나게 하여 |
| 七月七日橋邊渡라 | 七月 七日 은하수 다리를 건넌다오. |
| 別多會少知奈何오 | 이별의 시간 많고 만나는 시간 적으니 어찌할 줄 몰라 |
| 却憶從前歡愛多라 | 예전의 기쁨과 사랑 많던 때를 생각하네. |
| 悤悤萬事說不盡하여 | 바쁘고 바빠 많은 사연 모두 말하지 못했는데 |
| 玉龍已駕隨羲和[3]라 | 玉龍을 이미 멍에하고 羲和가 모는 대로 따라가네. |
| 河邊靈官催曉發하니 | 은하수 가의 靈官들 새벽 되었다고 출발 재촉하니 |
| 令嚴不肯輕離別이라 | 명령이 엄하지만 가벼이 이별하려 하지 않네. |
| 便將淚作雨滂沱하니 | 곧 눈물이 비 되어 쏟아지니 |
| 淚痕有盡愁無歇이라 | 눈물 흔적 다함이 있으나 시름은 끝이 없어라. |
| 我言織女君莫歎하라 | 내 織女에게 말하노니 그대는 한탄하지 말라 |
| 天地無窮會相見이라 | 천지는 무궁하니 마침내 서로 만날 날 있으리라. |
| 猶勝嫦娥不嫁人하고 | 오히려 달속의 姮娥가 남에게 시집가지 않고 |
| 夜夜孤眠廣寒殿[4]이라 | 밤마다 외로이 廣寒殿에서 자는 것보다는 낫다오. |

1) 역주] 蓐收 : 가을을 맡은 神이다.

2) 역주] 河東美人 : 은하수 동쪽의 미인이란 뜻으로 織女星을 말한다. 직녀는 본래 天帝의 딸로 죄를 지어 항상 베 짜는 벌을 받았다고 한다. 《述異記》

3) 역주] 玉龍已駕隨羲和 : 玉龍은 전설에 나오는 龍이며 羲和는 해를 맡은 관원인데, 玉龍을 멍에하였다는 말은 해가 떠서 날이 밝았음을 의미한다.

4) 역주] 廣寒殿 : 달 속에 있는 궁전의 이름으로 唐 玄宗이 8월 보름날 달 아래에서 놀았는데, 큰 궁궐에 '廣寒淸虛府'라는 현판이 걸려 있었다는 전설이 있다.

【賞析】 이 시는 《張右史文集》 5권에 실려 있다. 牽牛와 織女를 소재로 한 많은 작품

이 주로 비극적인 사랑에 초점을 둔 것에 반하여, 이 시는 견우와 직녀가 비록 일 년에 한번 七月七夕에 만나지만 그래도 달속에 사는 姮娥가 시집도 못가고 홀로 廣寒殿에서 외로이 잠드는 것보다는 낫다고 하였다.

李穀〈1298(충렬왕 24)－1351(충정왕 3)〉의 《稼亭集》 16권에 이에 화답한 시가 실려 있는데 "하량에서 작별하며 오히려 늦을까 걱정하니 즐거움이 다하면 슬플 때가 있음을 알겠네.〔分手河梁尙恐遲 應知樂極有哀時〕" 한 구가 있으며, 沈彦光〈1487(성종 18)－? 〉의 《漁村沈先生文集》 1권에는 〈續七夕歌〉라는 제목의 시가 실려 있는데 그중 일부를 소개하면 다음과 같다.

"서로 그리워하다 일 년에 한 번 만났는데 만난 지 얼마 안 되어 서쪽과 동쪽으로 돌아가네. 새벽 비는 천손(직녀)이 우는 것임을 알 수 있으니 구름 무늬 비단옷 반쯤 적셨다네. 안타깝고 초조한 심정 거의 위로할 수 있으니 내년 오늘 밤을 오히려 기다리네. 인간사 사랑은 적고 이별은 길어 끝내 평생 곁에서 모실 기약 없다오.〔相思一年一相逢 相逢未幾還西東 曉雨知得天孫泣 雲錦衣裳一半濕 脈脈幽悁庶足慰 明年此夜猶可俟 人間少恩長別離 平生奉匜終無期〕"

## 茶歌　　차를 읊은 노래

盧 仝

謝孟諫議簡惠茶라

諫議大夫 孟諫이 차를 보내준 것에 사례한 것이다.

日高丈五[1]睡正濃하니　　해가 한 발이나 높도록 잠이 바로 깊었는데
軍將扣門驚周公[2]이라　　軍將이 문 두드려 周公의 꿈 놀라 깨게 하였네.
口傳諫議送書信하니　　입으로 전하기를 諫議大夫가 서신 보내었다 하니
白絹斜封三道印이라　　흰 비단에 비스듬히 봉하고 세 개의 도장 찍었구나.
開緘宛見諫議面하니　　封緘 열자 완연히 諫議大夫의 얼굴 보는 듯하니
首閱月團[3]三百片이라　　첫번째로 月團 삼백 편 보았노라.
聞道新年入山裏하여　　들으니 새해의 기운 산속에 들어와
蟄蟲驚動春風起라　　땅속에 숨어 있던 벌레 놀라 움직이고 봄바람 일으킨다네.
天子須嘗陽羨茶[4]하니　　天子는 모름지기 陽羨의 차 맛보셨을 것이니
百草不敢先開花라　　온갖 풀들 감히 차보다 먼저 꽃 피우지 못했으리라.
仁風暗結珠蓓蕾하니　　온화한 바람에 살며시 진주같은 꽃봉오리 맺히니

| | |
|---|---|
| 先春抽出黃金芽라 | 봄에 앞서 황금같은 싹 돋아났으리라. |
| 摘鮮焙芳旋封裹하니 | 신선한 싹 따서 향기롭게 볶아 곧바로 싸서 封緘하니 |
| 至精至好且不奢라 | 지극히 精하고 지극히 좋으면서도 사치하지 않다오. |
| 至尊之餘合王公이니 | 至尊께서 드신 나머지는 王公에게나 적합한데 |
| 何事便到山人家오 | 어인 일로 곧 山人의 집에 이르렀나. |
| 柴門反關無俗客하니 | 사립문 다시 닫아 세속의 손님 없으니 |
| 紗帽籠頭自煎喫이라 | 紗帽로 머리 감싸고는 스스로 차 끓여 마신다오. |
| 碧雲引風吹不斷하고 | 푸른 구름 같은 차 연기 바람을 끌어 끊임없이 불어대고 |
| 白花浮光凝碗面이라 | 흰 꽃 같은 차 거품 빛이 떠 찻잔 표면에 엉겨 있네. |
| 一碗喉吻潤이요 | 첫째 잔은 목과 입술 적시고 |
| 二碗破孤悶이라 | 둘째 잔은 외로운 고민 달래고 |
| 三碗搜枯腸하니 | 셋째 잔은 마른 창자 헤쳐주니 |
| 惟有文字五千卷이라 | 오직 뱃속에는 문자 오천 권이 있을 뿐이라오. |
| 四碗發輕汗하니 | 넷째 잔은 가벼운 땀을 내니 |
| 平生不平事를 | 평생에 불평스러운 일 |
| 盡向毛孔散이라 | 모두 땀구멍 향해 흩어지게 하네. |
| 五碗肌骨清이요 | 다섯째 잔은 肌骨을 깨끗하게 하고 |
| 六碗通仙靈이라 | 여섯째 잔은 神靈을 통하게 하며 |
| 七碗喫不得하여 | 일곱째 잔은 마실 것도 없이 |
| 也唯覺兩腋習習清風生[5]이라 | 겨드랑이에 날개 돋아 습습히 청풍이 읾을 느끼네. |
| 蓬萊山在何處오 | 蓬萊山은 어느 곳에 있는가 |
| 玉川子[6]乘此清風欲歸去라 | 玉川子는 이 淸風 타고 돌아가고 싶다오. |
| 山上群仙司下土[7]나 | 산 위의 여러 신선들 下土 맡았으나 |
| 地位清高隔風雨라 | 지위가 淸高하여 風塵 세상과 막혔네. |
| 安得知百萬億蒼生이 | 어찌 알겠는가 백만억조의 蒼生들 |
| 命墮顚崖受辛苦오 | 운명이 높은 벼랑에 떨어져 고통 받음을. |
| 便從諫議問蒼生하노니 | 곧 諫議大夫에게 蒼生을 묻노니 |
| 到頭合得蘇息否[8]아 | 필경에는 마땅히 蘇生함을 얻겠는가. |

1) 역주] 丈五：五丈 또는 1丈 5尺이라 한다.

2) 軍將扣門驚周公：語에 子曰 吾不復夢見周公이라하니라
《論語》에 孔子가 말씀하기를 "내 다시는 꿈에 주공을 뵙지 못하였다." 하였다.
3) 역주] 月團：둥근 달 모양으로 떡처럼 만든 茶를 말한다.
4) 역주] 陽羨茶：陽羨에서 생산되는 차로, 陽羨은 常州府 宜興縣 동남쪽에 있는데 좋은 차의 명산지로 알려져 있다.
5) 역주] 七碗喫不得 也唯覺兩腋習習淸風生：七碗喫不得也 唯覺兩腋習習淸風生로 구두를 떼기도 하나 확실하지 않다.
6) 역주] 玉川子：작자인 盧仝의 號이다.
7) 역주] 山上群仙司下土：山은 전설에 神仙이 살고 있다는 三神山의 하나인 蓬萊山을 가리키고 下土는 人間世를 가리킨 것이다.
8) 역주] 到頭合得蘇息否：到頭는 끝내, 또는 결국의 뜻이며 合得은 當得과 같은 말로, 李德弘의 《艮齋集》 續集 4권에 "到頭는 地面·地位의 뜻이니, 결국에 이르러서는 마땅히 창생들을 소생하게 하겠느냐고 말한 것이다." 하였고, 金隆의 《勿巖集》에는 "到頭는 본래 중국말인데, 정확한 뜻은 자세하지 않다. 대개 그 地頭에 이르렀음 말한 것이니, 지두는 地面·地位와 같은 뜻이다. 合은 合當과 같으니 결국에 이르러서는 마땅히 창생들을 소생하게 하겠느냐고 말한 것이다." 하였다.

【賞析】 이 시는 《詩林廣記》 前集 8권에 실려 있는 바, 제목이 〈붓을 놀려 孟諫議가 새 차를 보내준 것에 사례하다〔走筆謝孟諫議寄新茶〕〉로 되어 있다. 맹간의는 《萬姓統譜》에 "孟簡은 字가 幾道이니 平昌 사람이다. 시를 잘 하였고 節義를 숭상하였다. 宏辭科에 합격하였고 연이어 승진하여 諫議大夫에 이르렀다. 《新唐書》 列傳 85권에 傳이 있다." 하였다. 이 시와 范希文(范仲淹)의 〈鬪茶歌〉는 모두 훌륭한 작품으로 거의 우열을 가리기 어려운데, 다만 노동은 "至尊께서 드신 나머지는 王公에게나 적합한데, 어인 일로 곧 山人의 집에 이르렀나.〔至尊之餘合王公 何事便到山人家〕" 하였고, 범희문은 "북원의 천자에게 장차 바치려 하면서 숲속의 영웅호걸들 먼저 아름다움을 다투네.〔北苑將期獻天子 林下雄豪先鬪美〕"라고 하여 대조를 이루고 있다.

## 菖蒲歌　　창포를 읊은 노래

謝枋得(疊山)

| | |
|---|---|
| 有石奇峭天琢成이요 | 돌이 기이하게 솟았으니 하늘이 쪼아 만들었고 |
| 有草夭夭冬夏靑이라 | 풀이 야들야들하니 사시사철 언제나 푸르네. |
| 人言菖蒲非一種이니 | 사람들 말하기를 菖蒲는 한 종류 아니니 |

上品九節通仙靈이라　　上品은 한 치에 아홉 마디 있는데 神靈을 통한다 하네.
異根不帶塵埃氣요　　특이한 뿌리는 塵世의 기운 띠지 않고
孤操愛結泉石盟[1)]이라　　孤高한 지조는 泉石의 盟約 맺기 좋아한다오.
明窓淨几有宿契요　　밝은 창 깨끗한 책상과는 옛인연이 있고
花林草砌無交情이라　　꽃피는 숲 풀 자라는 섬돌과는 사귈 마음 없다네.
夜深不嫌淸露重이요　　밤깊어 맑은 이슬 많이 내리는 것 혐의하지 않고
晨光疑有白雲生이라　　새벽 햇빛은 白雲이 일어나는가 의심하네.
嫩如秦時童女登蓬瀛[2)]에　　연하기는 秦나라 때에 童女가 蓬萊와 瀛洲에 오를 적에
手攜綠玉杖徐行이요　　손에 綠玉杖 짚고 천천히 걸어가는 듯하며
瘦如天台山上賢聖僧이　　야위기는 天台山 위의 어질고 성스러운 스님이
休糧絶粒孤鶴形이라　　穀氣를 끊어 고고한 鶴의 형상과 같다오.
勁如五百義士從田橫[3)]하여　　굳세기는 오백 명의 義士 田橫을 따라
英氣凜凜磨靑冥이요　　英氣 늠름하여 푸른 하늘에 이르는 듯하고
淸如三千弟子立孔庭하여　　깨끗하기는 삼천 명의 제자 孔子의 뜰에 서서
回琴點瑟[4)]天機鳴이라　　顔回의 거문고와 曾點의 비파에 天機가 울리는 듯하다오.
堂前不入紅粉[5)]意요　　당 앞에는 紅粉의 幾微 들어오지 않고
席上嘗聽詩書聲이라　　자리 위에는 항상 詩書 소리 들리누나.
怪石篠簜皆充貢[6)]하니　　怪石과 가는 살대도 모두 貢物에 충당되었으니
此物舜廊當共登[7)]이라　　이 물건 마땅히 舜임금의 조정에 함께 올랐으리라.
神農知己入本草나　　神農은 나를 알아주어 本草에 넣었으나
靈均蔽賢遺騷經이라　　靈均은 현자를 가려 離騷經에 빠뜨렸네.
幽人耽翫發仙興이요　　幽人은 즐겨 보며 神仙의 흥취 내고
方士服餌延脩齡이라　　방사들은 약으로 먹어 긴 수명 연장하네.
綵鸞紫鳳琪花苑이요　　五綵의 난새와 붉은 봉황새 琪花苑에 노는 듯
赤虯玉麟芙蓉城[8)]이라　　붉은 용과 옥 기린이 芙蓉城에 노는 듯하다오.
上界眞人[9)]好淸淨하니　　天上의 眞人은 淸淨함 좋아하니
見此靈苗當大驚이라　　이 신령스러운 석창포 싹 보면 마땅히 크게 놀라리라.
我欲攜之朝太淸[10)]하니　　내 이것 가지고 太淸宮에 조회하고자 하니
瑤草不敢專芳馨이라　　태청궁의 아름다운 풀도 감히 향기 독점하지 못하리라.

| | |
|---|---|
| 玉皇一笑留香案하여 | 玉皇上帝는 한 번 웃고 香案에 두셨다가 |
| 錫與有道者長生이라 | 道 있는 자에게 내려주시어 장생하게 하리라. |
| 人間千花萬草儘榮艶이나 | 인간의 수많은 花草 모두 영화롭고 곱지만 |
| 未必敢與此草爭高名이라 | 반드시 이 풀과 고상한 이름 다투지는 못하리라. |

1) 역주] 泉石盟 : 菖蒲는 반드시 샘물이 흐르는 돌 틈에 뿌리를 내리기 때문에 盟約에 비유한 것이다.

2) 秦時童女登蓬瀛 : 秦始皇이 遊東海할새 方士徐福等이 上書하여 請得與童男女로 入海하여 求三神山*) 不死藥이라하니라

秦始皇이 동해에 유람할 적에 方士인 徐福 등이 글을 올려 "童男童女와 함께 바다에 들어가서 三神山의 불사약을 구해오겠다." 하였다.

*) 역주] 三神山 : 신선이 산다는 蓬萊·瀛洲·方丈의 세 산을 이른다.

3) 역주] 田橫 : 楚·漢시대 齊王 田榮의 아우인 바, 전영이 죽자 그의 아들 廣을 왕으로 세웠으나 광이 韓信에게 잡히자 스스로 왕이 되었다. 그후 漢 高祖가 천하를 통일하자 죽임을 당할까 두려워하여 부하 5백여 명을 거느리고 海島인 嗚呼島로 들어갔다가 고조의 부름을 받고 洛陽으로 가던 도중 자살하니, 그의 부하들도 이 소식을 듣고는 모두 자살하여 의리를 지켰다.《史記 田儋列傳》

4) 역주] 回琴點瑟 : 回는 顔回로 字가 子淵인데,《莊子》〈讓王〉에 "안연은 '…… 거문고를 타면 스스로 즐길 수 있고 夫子의 道를 배우면 충분히 즐거워할 수 있으니, 나는 벼슬하기를 원하지 않는다.' 라고 했다." 하였으며, 點은 曾點으로 字가 子晳인데《論語》〈先進〉에 "비파를 간헐적으로 두드렸다." 라고 보인다.

5) 역주] 紅粉 : 붉은 연지와 흰 분을 바른 여자를 가리킨다.

6) 怪石篠簜皆充貢 : 靑州는 貢怪石하고 揚州는 貢篠簜하니라

청주에서는 怪石을 진상하고 양주에서는 가는 살대를 진상하였다.

7) 此物舜廊當共登 : 靈均은 卽屈原也니 離騷經中에 不言菖蒲는 是遺亡也라

영균은 바로 굴원이니,〈離騷經〉가운데에서 창포를 말하지 않은 것은 빠뜨린 것이다.

8) 역주] 綵鸞紫鳳琪花苑 赤虯玉麟芙蓉城 : 舊本의 註에는 綵鸞을 仙女인 吳綵鸞의 일로 풀이하였다. 이 때문에 李德弘의《艮齋集》續集 4권에 "本註에서 吳綵鸞에 대한 말이라고 한 것은 따를 수 없을 듯하다. 만약 채란이 仙女의 이름이라면 赤虯를 對로 들어서 말할 수 없으니, 윗구가 事實이고 아랫구가 虛構인 것은 시짓는 法이 아니다. 그 실제는 다만 仙界에 있는 신령스러운 물건을 말한 것일 뿐이다." 하였다. 金隆의《勿巖集》에는 본주의 잘못을 지적하고 "註解한 자들이 다만 仙女 중에 綵鸞이 있는 줄만 알아서 그 설을 견강부회한 것이다. 실제로는 다만 仙界의 신령

스러운 물건을 말한 것일 뿐이다." 하였다.

9) 역주] 眞人 : 天上에 사는 仙人을 이른다.

10) 역주] 太淸 : 玉皇上帝나 神仙이 산다는 太淸宮을 이른다.

【賞析】 창포의 形象과 쓰임을 적절한 비유를 써서 섬세하게 묘사해 낸 노래이다.

## 石鼓歌　　石鼓를 읊은 노래

韓　愈

歐陽文忠公云 石鼓在岐陽이라 韋應物은 以爲文王之鼓니 至宣王하여 刻詩爾라하고 韓退之는 直以爲宣王之鼓라하니 在今鳳翔孔子廟中이라 鼓有十하니 先時에 散棄于野러니 鄭餘慶이 置于廟而亡其一이라가 宋皇祐四年에 向傳師求於民間하여 得之하여 十鼓乃足이라 其文이 可見者四百六十五요 磨滅難識者過半矣라

歐陽文忠公이 말하기를 "石鼓는 岐山 남쪽에 있다." 하였고 韋應物은 "文王의 북이니 宣王 때에 이르러서 詩를 새겼다." 하였고 韓退之는 "곧바로 宣王의 북이다." 하였는 바, 지금 鳳翔의 孔子 사당 가운데에 있다. 북이 열 개가 있었는데 먼저는 들에 흩어져 버려졌다. 鄭餘慶이 이것을 사당에 가져다 놓으면서 하나를 잃어버렸는데, 宋나라 皇祐 4년에 向傳師(상전사)가 민간에서 구하여 찾아내어 열 개의 북이 마침내 갖추어졌다. 글자는 알 수 있는 것이 465字이고 마멸되어 알기 어려운 것이 반이 넘는다.

張生手持石鼓文[1]하고　　張生이 손에 石鼓文 가지고 와서
勸我試作石鼓歌라　　나에게 한 번 石鼓歌 지으라고 권하네.
少陵無人謫仙死[2]하니　　少陵 같은 사람 없고 謫仙도 죽었으니
才薄將奈石鼓何오　　재주 부족한 내가 장차 어찌 石鼓歌 짓겠는가.
周綱陵遲四海沸하니　　周나라 紀綱 침체하여 四海가 물끓듯 하니
宣王憤起揮天戈라　　宣王이 분발하여 하늘의 창 휘둘렀네.
大開明堂受朝賀하니　　크게 明堂 열고 朝賀를 받으니
諸侯劍珮鳴相磨라　　제후들의 칼과 패옥 서로 부딪쳐 울렸다오.
蒐于岐陽騁雄俊하여　　岐山 남쪽에서 사냥하여 영웅과 준걸들 달리게 하니
萬里禽獸皆遮羅라　　만리의 금수들 모두 길을 막고 그물로 잡았도다.
鐫功勒成告萬世하여　　공을 새기고 성공 기념하여 萬世에 알리려
鑿石作鼓隳嵯峨라　　돌 깎아 북 모양 만드느라 높은 바위 무너뜨렸네.

| | |
|---|---|
| 從臣才藝咸第一이니 | 시종하는 신하들 才藝가 모두 제일인데 |
| 簡選譔刻留山阿라 | 선발하여 글 지어 새겨서 山阿에 남겼도다. |
| 雨淋日炙野火燒하니 | 오랜 세월 비에 젖고 햇볕 쬐고 들불에 타니 |
| 鬼物守護煩撝呵라 | 鬼物이 수호하여 번거롭게 물리치고 꾸짖었네. |
| 公從何處得紙本고 | 公은 어느 곳에서 이 拓本 얻었는가 |
| 毫髮盡備無差訛라 | 털끝만한 획도 모두 갖추어져 어긋남이 없구려. |
| 辭嚴義密讀難曉하고 | 文章이 엄정하고 뜻이 치밀하여 읽어도 알기 어렵고 |
| 字體不類隸與蝌라 | 글자체는 隸書와 蝌蚪文字와도 같지 않다네. |
| 年深豈免有缺畫가 | 年度가 깊으니 어찌 망가진 획이 있음 면할까 |
| 快劍斫斷生蛟鼉라 | 예리한 칼로 산 교룡과 악어 잘라 놓은 듯하네. |
| 鸞翔鳳翥衆仙下하고 | 筆勢는 난새와 봉황이 날아 신선들 내려오는 듯하고 |
| 珊瑚碧樹交枝柯라 | 珊瑚와 璧玉나무 가지 서로 엉켜 있는 듯하누나. |
| 金繩鐵索鎖紐壯하고 | 금줄과 쇠사슬 얽어매어 놓은 듯 웅장하고 |
| 古鼎躍水龍騰梭[3]라 | 옛솥에 끓는 물인 듯 용으로 변해 날아간 북인 듯. |
| 陋儒編詩不收入하니 | 고루한 학자들 詩를 엮을 때에 편입하지 않았으니 |
| 二雅褊迫無委蛇(이)[4]라 | 大雅와 小雅도 좁고 궁박하여 여유가 없다오. |
| 孔子西行不到秦하니 | 孔子는 서쪽에 갔지만 秦나라에는 이르지 않았으니 |
| 掎摭星宿遺羲娥[5]라 | 별은 주워 모았으면서 羲娥는 버렸구나. |
| 嗟余好古生苦晚하니 | 아! 나는 옛것 좋아하나 너무 늦게 태어나니 |
| 對此涕淚雙滂沱라 | 이것을 대함에 눈물 흘러 두 줄기 쏟아지네. |
| 憶昔初蒙博士徵하니 | 기억하건대 저 옛날에 처음 博士의 부름 받으니 |
| 其年始改稱元和[6]라 | 그해에 처음 元和라 개칭하였다오. |
| 故人從軍在右輔[7]하니 | 故人이 從軍하여 右輔에 있으면서 |
| 爲我量度掘臼科라 | 나를 위해 헤아려서 石鼓 놓을 자리 파 놓았네. |
| 濯冠沐浴告祭酒[8]하되 | 나는 冠을 세탁하여 쓰고 목욕하고는 祭酒에게 아뢰기를 |
| 如此至寶存豈多아 | 이와 같은 지극한 보물 남아 있는 것이 어찌 많겠습니까. |
| 氈包席裹可立致니 | 담요로 싸고 자리로 말아 오면 당장 가져올 수 있으니 |
| 十鼓只載數駱駝라 | 열 개의 石鼓 단지 몇 마리의 낙타면 실어 올 수 있습니다. |
| 薦諸大廟比郜鼎[9]이면 | 이것을 太廟에 올려 郜鼎과 나란히 둔다면 |

光價豈止百倍過아　빛과 값이 어찌 백 배만 더할 뿐이겠습니까.
聖恩若許留太學이면　聖上의 은혜로 만약 太學에 보관하도록 허락된다면
諸生講解得切磋라　諸生들 講解하여 학문을 갈고 닦을 것입니다.
觀經鴻都[10]尙塡咽하니　鴻都門에 石經 구경하느라 오히려 길을 메웠으니
坐見擧國來奔波라　온 나라가 파도처럼 달려옴 앉아서 볼 것입니다.
剜苔剔蘚露節角하여　石鼓의 이끼 깎아 내고 후벼 내어 마디와 모를 드러내고
安置妥帖平不頗[11]라　편안히 두어 평평하고 기울지 않게 하며
大廈深簷與蓋覆[12]면　큰 집에 깊은 처마로 덮고 가려 준다면
經歷久遠期無他[13]라　오랜 세월 지나도록 아무 탈이 없을 것입니다.
中朝大官老於事하니　조정의 大官들 일에 노련하여 게으르니
詎肯感激徒媕娿[14]라　어찌 즐겨 감격하겠는가 한갓 우물쭈물할 뿐이라오.
牧童敲火牛礪角하니　목동들 부싯돌 쳐 불을 일으키고 소는 뿔로 비벼대니
誰復著手爲摩挲아　누가 다시 손을 대어 소중히 어루만질까.
日銷月鑠就埋沒하니　나날이 지워지고 다달이 없어져 매몰되어 가니
六年西顧空吟哦라　육 년 동안 서쪽 바라보며 부질없이 한숨만 나오네.
羲之俗書趁姿媚로되　王羲之의 속된 글씨는 모양의 아름다움 따랐는데도
數紙尙可博白鵝[15]라　몇 장의 종이로 오히려 흰 거위와 바꿀 수 있었는데
繼周八代[16]爭戰罷로되　周나라 이어 八代의 王朝에 전쟁이 그쳤으나
無人收拾理則那[17]오　수습하는 이 없으니 그 이유 어째서인가.
方今太平日無事하니　지금은 태평시대라 아무 일 없으니
柄用儒術崇丘軻라　儒學을 높여 쓰고 孔孟을 높인다오.
安能以此上論列고　어이하면 이것을 의논하는 대열에 올릴까.
願借辯口如懸河라　懸河처럼 말 잘하는 입 빌렸으면 하네.
石鼓之歌止於此하니　石鼓의 노래 여기에서 그치니
嗚呼吾意其蹉跎라　아! 나의 뜻 이루지 못하리라.

1) 張生手持石鼓文 : 孫曰張籍이라 ○ 可見者는 其略曰 我車旣攻하고 我馬旣同이라하고 又曰 我車旣如하고 我馬旣駒로다 君子員(爰)獵하니 員獵員游로다 麀鹿速速하니 君子之求라하고 又曰 其魚維何오 維鱮維鯉로다 何以貫之*)오 維楊維柳라하니라

孫氏는 "張生은 張籍이다." 하였다.

○ 石鼓文 중에 글자를 알 수 있는 것은 대략 그 가사에 말하기를 "내 수레를 이미 수리하였고 내 말을 또한 같은 색으로 구비하였다.〔我車旣攻 我馬旣同〕" 하였고, 또 "내 수레가 이미 똑같고 내 말이 똑같다. 군자가 이에 사냥하니 사냥하며 놀도다. 사슴들이 빨리 달리니 군자가 구한다.〔我車旣如 我馬旣駒 君子員獵 員獵員游 麋鹿速速 君子求之〕" 하였고, 또 "물고기는 무엇인가? 연어와 잉어로다. 무엇으로 꿰는가? 버드나무와 수양버들이다.〔其魚維何 維鱮維鯉 何以貫之 維楊維柳〕" 하였다.

*) 역주〕何以貫之：臺本에 '囊'자로 되어 있으나 本集을 따라 '貫'자로 바로잡았다.

2) 역주〕少陵無人謫仙死：少陵은 唐나라의 詩聖으로 알려진 杜甫의 號이고, 謫仙은 천상의 신선이 인간 세상에 귀양왔다는 뜻으로 唐나라의 詩仙 李白을 가리킨다.

3) 역주〕古鼎躍水龍騰梭：자획이 생동감이 넘침을 형용한 것이라 한다.

4) 역주〕二雅褊迫無委蛇(이)：二雅는 《詩經》의 〈大雅〉와 〈小雅〉로 뜻이 雄渾하기로 유명하다. 그런데도 石鼓文에 비하면 오히려 편협하고 急迫하다는 뜻이다. 李德弘의 《艮齋集》 續集 4권에 "大雅와 小雅의 뜻이 편협하고 迫窄해서 광대하여 자득한 기상이 없음을 말한 것이다. 대아와 소아를 폄하한 것은 石鼓文을 드러내기 위해서이다." 하였다. 金隆의 《勿巖集》에도 같은 내용이 보인다.

5) 羲娥：孫曰 羲和는 日御요 嫦娥는 月御라

孫氏는 말하기를 "희화는 日御이고 항아는 月御이다." 하였다.

6) 憶昔初蒙博士徵 其年始改稱元和：愈元和元年에 徵爲國子博士하니라

韓愈는 元和 원년(806)에 부름을 받고 국자박사가 되었다.

7) 역주〕右輔：漢代의 行政管轄의 하나인 右扶風을 일컫는 말로, 지금의 陝西省 長安縣 서쪽 지역인데 京兆, 左馮翊과 함께 三輔라 칭하였다.

8) 역주〕濯冠沐浴告祭酒：李德弘은 "官服을 깨끗이 세탁하여 입고 목욕한 것은 이 일을 중하게 여겼음을 말한 것이다." 하였다.

9) 薦諸大廟比郜鼎：春秋桓二年에 魯取郜大鼎于宋하여 納于大廟하니라

《春秋》 桓公 2년에 "노나라가 고땅의 큰 솥을 宋나라에서 취하여 太廟에 넣었다." 하였다.

10) 觀經鴻都：漢靈帝熹平四年에 詔諸儒하여 正五經文字하고 命議郎蔡邕하여 爲古文篆隷三體書之하여 刻石하여 立于大學門外하니라

漢나라 靈帝 희평 4년(175)에 여러 儒者들에게 명하여 五經의 문자를 수정하고 議郎인 蔡邕에게 명하여 古文(蝌蚪文字)과 篆書와 隷書의 세 가지 서체로 쓰게 하여 돌에 새겨서 太學의 문밖에 세웠다.

11) 역주〕安置妥帖平不頗：妥帖 역시 편안히 놓아둔다는 뜻으로 李德弘은 "妥帖은 편안하여 어긋남이 없는 뜻이다." 하였다. 金隆의 《勿巖集》에도 같은 내용이 보인다.

12) 역주] 大厦深簷與蓋覆 : 李德弘은 "與는 許與하다, 또는 위하여 만들어 준다는 뜻이다." 하였다.

13) 역주] 經歷久遠期無他 : 李德弘은 "다른 근심이 없어 오래도록 전해질 것임을 기필한 것이다." 하였다.

14) 역주] 詎肯感激徒媕婀 : '媕婀'는 우물쭈물하여 태도를 분명히 밝히지 않는 것으로, 李德弘은 "이 구는 중간을 나누어 해석하여야 하니, '어찌 즐겨 감격하겠는가. 한갓 우물쭈물할 뿐'임을 말한 것이다." 하였다.

15) 역주] 數紙尙可博白鵝 : 山陰에 한 道士가 거위를 기르고 있었는데 王羲之가 이것을 보고 팔라고 요구하자, 《道德經》을 써 주면 주겠다고 한 고사를 인용한 것이다.

16) 역주] 繼周八代 : 몇 가지 說이 있으나 周나라가 망한 후 나라를 이어간 秦·漢·晉·宋·齊·梁·陳·隋를 일컬은 것으로 보인다.

17) 역주] 無人收拾理則那 : 理則那는 '그 이유가 어째서인가'의 뜻이다. 李德弘은 "그 이유는 어째서인가 하였으니, 괴이하게 여겨서 물은 말이다." 하였다. 金隆의 《勿巖集》에도 같은 내용이 보인다.

【賞析】 이 시는 《韓昌黎集》 5권에 실려 있는 바, 石鼓의 유래를 서술하고 겸하여 감개를 읊은 것이다. 石鼓는 周 宣王이 사냥한 내용을 史籒(사주)가 頌으로 지은 다음 북처럼 생긴 열 개의 돌에 새긴 것으로 중국 최고의 金石文字로 꼽힌다. 석고에 대해서는 이론이 많다. 周 文王 때에 만들었다고도 하고 周 成王 때에 만들었다고도 하며, 혹은 北周가 만든 것이라고도 하고 또 後世의 僞作이라고도 한다. 그 중에서도 周 宣王 때의 유물이라는 것이 일반적인 통설이다. 석고에 대한 기록 또한 여러 기록에 보이는데 이를 근거로 살펴보면, 석고는 처음에 陳倉의 들판에 흩어져 있었다. 韓文公이 博士가 되자 祭酒에게 청하여 수레에 실어 太學으로 가져오려고 하였으나 결행하지 못하였고, 鄭餘慶이 마침내 鳳翔縣(지금 陝西)의 孔子廟로 옮겼다가 元나라 말기에 燕京의 國子監으로 옮겨 놓았다 한다.

宋時烈〈1607(선조 40)－1689(숙종 15)〉의 《宋子大全》 147권의 〈書石鼓帖後〉에 다음과 같은 내용이 보인다.

"고금에 석고에 대해 논한 자들이 많다. 송나라 皇祐 연간에는 알아볼 수 있는 글자가 465字였는데, 蘇東坡 때에 이르러서는 오직 24字만을 해독할 수 있었다. 그런데 이번에 承旨 趙庭堅이 중국에 갔을 때에 가져온 印本은 '維楊與柳' 네 자만이 분명하고 그 나머지는 해독할 수 없었다. 周나라 宣王으로부터 韓文公까지는 거의 2천 년의 기간인데도 오히려 상세히 다 갖추어져 있다고 하였는데, 그 뒤 겨우 수백년 사이에 磨滅됨이 이와 같았으니, 아마도 만물의 이치는 운수가 반쯤 기울면 해가 서산으로 기우는 것처럼 급속도로 쇠락하는 것인가 보다."

崔錫鼎〈1646(인조 24)－1715(숙종 41)〉의 《明谷集》 11권에 〈石鼓銘〉이 실려 있는데 이 가운데 다음과 같은 내용이 있다.

"너를 돌이라 하자니 배가 아름답고 북통이 불룩하여 보면 북이요, 너를 북이라 하자니 재질이 딱딱하고 몸체가 굳어서 두드려보면 돌이다. 어찌하여 북이란 명칭을 붙였는가? 군사들을 모아놓고 무예를 익힌 때문이 아니겠는가. 어찌하여 돌을 소재로 하였는가? 먼 후세에 보여주어 없어지지 않게 하려한 때문이 아니겠는가. 〔以汝爲石乎 則賁其腹而隆其呂 視之則鼓也 以汝爲鼓乎 則其質硜硜而其體鑿鑿 叩之則石也 奚取於鼓 不爲其輯士而講武乎 奚取於石 不爲其示遠而不泐乎〕"

徐命膺〈1716(숙종 42)－1787(정조 11)〉의 《保晩齋集》 1권에도 같은 제목의 시가 실려 있다.

## 後石鼓歌* 후석고가

蘇軾(子瞻)

東坡年二十六에 初入仕하여 作鳳翔八觀하니 此其一也라

東坡가 26세에 처음으로 들어가 벼슬하면서 〈鳳翔八觀〉 시를 지었는데 이것이 첫 번째이다.

* 《蘇東坡集》 2책 2권에 실려 있는 〈鳳翔八觀〉 시의 첫째 수로 원래 제목은 〈石鼓歌〉인데, 韓愈의 〈石鼓歌〉가 있으므로 〈後石鼓歌〉라 칭한 것이다.

冬十二月歲辛丑에 　겨울 십이월 신축년에
我初從政見魯叟[1]라 　나는 처음 정사에 종사하여 孔子를 뵈었네.
舊聞石鼓今見之하니 　옛부터 石鼓가 있단 말 들었는데 이제 보게 되니
文字鬱律蛟蛇走라 　文字가 구불구불하여 교룡과 뱀이 달리는 듯하여라.
細觀初以指畫肚[2]요 　자세히 보며 처음에는 손가락으로 배 위에 썼고
欲讀嗟如箝在口라 　읽자니 한스럽게도 입에 재갈이 물린 듯하였다오.
韓公好古生已遲[3]하니 　韓公은 옛것을 좋아하였는데도 늦게 태어남 한하였는데
我今況又百年後아 　나는 지금 하물며 또 백 년이 지난 뒤에 있어서랴.
強尋偏旁推點畫하니 　偏旁을 억지로 찾아보고 點劃을 추측해 보니
時得一二遺八九라 　때로 한두 가지는 알고 여덟아홉 가지는 모르겠네.
我車既攻馬亦同과 　내 수레 이미 수리하고 말도 갖추어졌다는 것과
其魚維鱮貫之柳[4]라 　물고기는 연어인데 이것을 버들 가지에 꿴다는 말뿐이네.

| | |
|---|---|
| 古器縱橫猶識鼎이요 | 옛날 器物들 종횡으로 놓여 있는데 겨우 솥만 알고 |
| 衆星錯落僅名斗라 | 별들 어지러운데 겨우 北斗星만 아는 것과 같구나. |
| 模糊半已似瘢胝하나 | 모호하여 절반은 이미 흉터와 딱정이 같은데 |
| 詰曲猶能辨跟肘[5]라 | 구불구불한데 사람의 발꿈치와 팔꿈치 분별하는 듯하네. |
| 娟娟缺月隱雲霧요 | 곱고 고운 조각달 雲霧에 숨어 있는 듯하고 |
| 濯濯嘉禾秀稂莠라 | 깨끗한 아름다운 벼 잡초 중에 빼어난 듯하여라. |
| 漂流百戰偶然存[6]하니 | 수백 번의 전쟁에 표류하면서도 우연히 남았으니 |
| 獨立千載誰與友오 | 천년에 홀로 서 누구와 벗하였나. |
| 上追軒頡相唯諾이요 | 위로 軒轅氏와 蒼頡 좇아 서로 응답하고 |
| 下挹冰斯同鷇㲉[7]라 | 아래로 李陽冰과 李斯 굽어보니 새새끼같네. |
| 憶昔周宣歌鴻雁[8]하니 | 저 옛날 周 宣王이 鴻雁을 노래하였으니 |
| 當時籀史變蝌蚪[9][10]라 | 당시에 史官인 籀(주)가 과두문자를 변형하였다오. |
| 厭亂人方思聖賢하니 | 혼란 싫어하여 사람들 聖賢을 생각하니 |
| 中興天爲生耆耉라 | 中興 위해 하늘이 元老들을 탄생하였네. |
| 東征徐虜闞虓虎요 | 동쪽으로 徐虜 정벌하여 포효하는 범이 싸우는 듯하였고 |
| 北伐犬戎隨指嗾라 | 북쪽으로 犬戎 정벌하여 지시에 따르게 했네. |
| 象胥雜遝貢狼鹿[11]이요 | 象胥들 어지러이 모여 이리와 사슴 바치고 |
| 方召[12]聯翩賜圭卣[13]라 | 方叔과 召虎는 나란히 笏과 검은 기장술 하사받았다오. |
| 遂因鼖鼓思將帥[14]하니 | 마침내 鼖鼓 소리에 장수들의 功德 생각하니 |
| 豈爲考擊煩矇瞍아 | 어찌 악기를 두드려 樂工들 번거롭게 할 것이 있겠는가. |
| 何人作頌比崧高오 | 어느 사람이 頌 지어 詩經의 崧高에 견주었나 |
| 萬古斯文齊岣嶁[15]라 | 萬古의 이 碑文 岣嶁山의 神禹碑와 똑같구나. |
| 勳勞至大不矜伐하니 | 공로가 지극히 크지만 자랑하지 않으니 |
| 文武未遠猶忠厚라 | 文王 武王의 세대와 멀지 아니하여 아직도 忠厚하다오. |
| 欲尋年代無甲乙하니 | 年代를 찾고자 하나 甲乙의 干支 없으니 |
| 豈有文字記誰某오 | 어찌 누가 지었다고 기록한 文字 있겠는가. |
| 自從周衰更七國[16]하여 | 周나라가 쇠한 뒤로 七國을 지나 |
| 竟使秦人有九有[17]라 | 끝내 秦나라 사람들이 九有를 소유하였네. |
| 掃除詩書誦法律하고 | 詩書를 쓸어버리고 법률만 외우며 |

| | |
|---|---|
| 投棄俎豆陳鞭杻라 | 俎豆를 던져버리고 채찍과 형틀만 늘어놓았다오. |
| 當年何人佐祖龍[18]고 | 당년에 어떤 사람이 祖龍 도왔던가 |
| 上蔡公子牽黃狗[19]라 | 上蔡의 公子로 黃狗 끌고 다녔다네. |
| 登山刻石頌功烈[20]하니 | 泰山에 올라 비석에 새겨 功烈 칭송하니 |
| 後者無繼前無偶라 | 뒤에도 이을 이 없고 앞에도 짝할 이 없다 하였다오. |
| 皆云皇帝巡四國하여 | 비석마다 모두 말하기를 皇帝가 사방 나라 순행하여 |
| 烹滅彊暴救黔首[21]라 | 강포한 자들 삶아 없애고 백성을 구제했다 하였네. |
| 六經旣已委灰塵하니 | 六經이 이미 재와 먼지 되어 버렸으니 |
| 此鼓亦當隨擊掊라 | 이 石鼓도 마땅히 쳐서 버려졌으리라. |
| 傳聞九鼎[22]淪泗上하고 | 九鼎이 泗水 가에 빠졌다는 말 전해 듣고는 |
| 欲使萬夫沈水取라 | 만 명을 동원하여 물에 들어가 취하려 하였다오. |
| 暴君縱欲窮人力이나 | 폭군이 욕심 부려 人力을 다하였으나 |
| 神物義不汙秦垢라 | 신묘한 물건 의롭게도 秦나라 때에 더럽혀지지 않았네. |
| 是時石鼓何處避오 | 이때에 石鼓文 어느 곳에서 피난하였던가 |
| 無乃天工令鬼守아 | 天工이 귀신들로 하여금 지키게 하지 않았을까. |
| 興亡百變物自閑하니 | 흥망이 백 번 변하였으나 이 물건 스스로 한가로웠으니 |
| 富貴一朝名不朽[23]라 | 부귀는 하루 아침이나 이름은 영원히 없어지지 않누나. |
| 細思物理坐歎息하니 | 자세히 사물의 이치 생각하며 앉아서 탄식하니 |
| 人生安得如汝壽오 | 인생이 어이하면 이 石鼓처럼 영원히 남을 수 있을까. |

1) 魯叟：孔子也라

　魯나라 노인은 孔子이다.

2) 細觀初以指畫肚：虞世南이 學書할새 常於被下에 以指畫肚하니라

　虞世南이 글씨를 배울 적에 항상 이불 밑에서 손가락으로 배 위에 글씨를 쓰고는 하였다.

3) 역주] 韓公好古生已遲：韓公은 〈石鼓歌〉를 지은 韓愈를 가리키는데, 거기에 '嗟余好古生苦晩'이란 句가 있다.

4) 我車旣攻馬亦同 其魚維鱮貫之柳：公自注호되 石鼓文之辭云 我車旣攻하고 我馬亦同이라하고 又曰 其魚維何오 維鱮維鯉로다 何以貫之오 維楊與柳라하니 惟此六句可讀이요 餘不可通이라

　公(蘇軾)이 스스로 註를 내기를 "〈石鼓文〉의 글에 '내 수레를 이미 수리하였고

내 말을 또한 같은 색으로 구비하였다.' 하고 또 말하기를 '그 물고기는 무엇인가? 연어와 잉어로다. 무엇으로 꿰는가? 버드나무와 수양버들이다.' 하였으니, 오직 이 여섯 구만 읽을 수 있고 그 나머지는 통할 수가 없었다." 하였다.

5) 역주] 詰曲猶能辨跟肘：李德弘의 《艮齋集》 續集 4권에 "跟은 발꿈치이고 肘는 팔꿈치이니, 글자의 體를 사람 모습에 견주어서 발꿈치와 팔꿈치를 분별한다고 이른 것이다." 하였다. 金隆의 《勿巖集》에도 같은 내용이 보인다.

6) 역주] 漂流百戰偶然存：臺本에 '潥'자로 되어 있는 것을 '漂'자로 바로잡았다.

7) 下挹冰斯同鷇鷇：冰斯는 唐李陽冰, 秦李斯也니 二人이 能篆文하니라 鷇는 乳子也니 言石鼓之文이 上可追配於軒轅하고 下視陽冰李斯를 如未成之鳥雛也라

'氷斯'는 唐나라 李陽冰과 秦나라 李斯이니, 두 사람은 篆書를 잘하였다. 鷇(누)는 젖먹이이니, 석고의 글이 위로 黃帝 軒轅氏에게 짝할 만하고 아래로 이양빙과 이사를 보기를 아직 자라지 않은 새새끼처럼 여김을 말한 것이다.

8) 역주] 鴻雁：《詩經》〈小雅〉의 篇名으로 백성들이 周 宣王의 공덕을 칭송한 것이다.

9) 當時籒史變蝌蚪：宣王時에 史籒著大篆十五篇하고 魯共王이 壞孔子宅하여 得古書하니 皆科蚪文字라

周나라 宣王 때에 사주가 大篆 15편을 지었고 魯나라 恭王이 孔子의 집을 허물면서 옛책을 얻었는데 모두 蝌蚪文字로 기록되어 있었다.

10) 역주] 當時籒史變蝌蚪：李德弘은 "蝌蚪體를 변하여 大篆으로 썼음을 말한 것이다. 韓公의 시에 '石鼓文이 隷書와 과두체와 비슷하지 않다.'고 말하였으니, 이미 그 字體를 변화시켰다면 과두체와 같지 않은 것이 당연하다." 하였고, 金隆의 《勿巖集》에는 "太史의 이름이 籒(주)인데 籒史라고 말한 것은 또한 史籒라는 말과 다름이 없다." 하였다.

11) 象胥雜遝貢狼鹿：象胥는 卽後世之譯史니 能通四夷之語者라

象胥는 바로 후세의 譯史이니, 사방 오랑캐의 말에 통한 자이다.

12) 역주] 方召：方叔과 召虎로 周 宣王 때에 南蠻을 정벌하여 큰 공을 세웠다.

13) 圭卣：圭는 瑞玉이니 上銳下方하여 以封爵公侯伯子男하니 各有制라 卣는 中罇也니 有功者는 賜玉瓚秬鬯一卣也라

圭는 서옥으로 위는 뾰족하고 아래는 네모져서 공·후·백·자·남의 관작을 봉할 때에 사용하였으니, 각각 제도가 있다. 卣는 중간 크기의 술잔이니, 功이 있는 자에게는 옥 술잔과 검은 기장술 한 그릇을 하사하였다.

14) 遂因鼙鼓思將帥：記에 聽鼓鼙之聲이면 則思將帥之臣이라하니라

《禮記》〈樂記〉에 "북소리를 들으면 군사를 거느리는 신하를 생각한다." 하였다.

15) 萬古斯文齊岣嶁：行陽縣北之山神禹碑니 今名碧碑라 二字는 一音巨窶니 此歌는 從韻하여 作古后力后反이라 退之詩에 岣嶁山尖神禹碑 字靑石赤形摹奇라하니라

衡陽縣 북쪽 산의 神禹碑이니, 지금 碧碑라고 이름한다. 두 글자는 한 음을 거루라고 하니, 이 노래는 韻을 따라 古后力后反(구루번)으로 읽는다. 韓退之의 詩에 "구루산 뾰족한 곳의 신우비 글자가 푸르고 돌이 붉은데 모양이 기이하다." 하였다.

16) 역주] 七國 : 戰國時代의 七雄인 秦·楚·燕·齊·韓·魏·趙의 일곱 나라를 이른다.

17) 역주] 九有 : 九州와 같은 말로 중국의 冀州·兗州·靑州·徐州·揚州·荊州·豫州·梁州·雍州를 이르는데, 왕조에 따라 연혁이 있었으나 모두 중국 또는 천하를 가리키는 말로 사용하였다.

18) 역주] 祖龍 : 祖는 始, 龍은 人君인 바, 곧 秦始皇을 가리킨 것이다.

19) 역주] 上蔡公子牽黃狗 : 上蔡公子는 秦나라의 李斯를 가리킨다. 李斯가 斬刑을 받아 죽을 때에 둘째아들의 손을 잡고 "이제 내가 너와 함께 다시 누렁이를 끌고 上蔡의 東門 밖으로 나가 날랜 토끼를 쫓으려 해도 되겠는가."하고 父子가 붙잡고 통곡하였다 한다.《史記 李斯傳》

20) 登山刻石頌功烈 : 秦始皇이 上鄒嶧山하여 刻石頌秦하니라

진시황이 鄒嶧山에 올라가 돌에 새겨 秦나라를 칭송하였다.

21) 黔首 : 秦謂百姓曰黔首라하니 謂其頭黑이니 猶言黎民也라

秦나라는 백성을 검수라 하였으니, 그 머리가 검음을 말한 것이니, '黎民'이란 말과 같다.

22) 역주] 九鼎 : 夏나라 禹王이 九州의 쇠를 모아 주조하였다는 솥으로, 夏·殷·周 三代를 통하여 국가의 王統을 상징하는 물건으로 여겨져 왔다. 그러다가 周나라 顯王 때 德이 쇠퇴하자 이 솥이 泗水의 彭城 아래로 빠져 버렸다. 그후 秦始皇 초년에 팽성에 다시 나타났으므로 26년에 시황이 많은 사람을 동원하여 찾았으나 끝내 찾지 못하였다.《史記 封禪書》

23) 역주] 興亡百變物自閑 富貴一朝名不朽 : 李德弘은 "物과 名은 모두 石鼓를 가리킨 것이다." 하였다.

【賞析】 이 시는《蘇東坡集》2책 2권에 실려 있다. 소동파는 仁宗 嘉祐 6년(1061)에 制科에 응시하여 鳳翔縣에 부임하였다. 이해에 〈鳳翔八觀〉 시를 지었는데, 이 시의 序에 "鳳翔八觀이란 볼 만한 곳 여덟 곳을 기록한 것이다. 옛날 司馬子長은 천리를 멀다 하지 않고 會稽에 올라가 禹穴을 찾았고 李太白은 七澤의 볼 만한 곳을 찾아 荊州에 이르렀으니, 두 사람 모두 세속을 서글퍼하고 자신이 古人을 만나지 못함을 슬퍼한 나머지 그 유적이나마 보기 위해 이처럼 수고하였던 것이다. 鳳翔은 秦과 蜀의 경계로 사대부들이 아침 저녁으로 왕래하는 곳이고, 또 이 八觀은 모두 잠깐이면 갈 수 있는 곳이므로 好事者들이 두루 보지 않을 수 없다. 그러므로 이 시를 지어 가서 보고 싶지만 알지 못하는 자들에게 말해 주고자 한다." 하였다.

古文眞寶 前集 제9권

# 歌 類

## 戲作花卿歌* 장난삼아 지은 花卿의 노래

杜甫(子美)

* 花卿은 西州의 牙將인 花敬定을 가리킨 것으로 成都尹인 崔光遠의 부하 장수가 되어 반란을 일으킨 段子璋을 토벌함으로써 용맹을 떨쳤다.

| | |
|---|---|
| 成都猛將有花卿하니 | 成都의 맹장 중에 花卿이란 분 있으니 |
| 學語小兒知姓名이라 | 말 배우는 어린아이도 그의 이름 안다오. |
| 勇如快鶻風火生[1]하니 | 용맹하기 날쌘 매와 같아 바람과 불 일으키며 달리니 |
| 見賊唯多身始輕이라 | 적을 많이 보아야 몸이 비로소 가벼워지네. |
| 緜州副使著柘黃하니 | 緜州의 副使인 段子璋이 모반하여 柘黃 옷 입으니 |
| 我卿掃除卽日平이라 | 우리 花卿이 소탕하여 당일로 평정하였네. |
| 子璋髑髏血模糊하니 | 段子璋의 해골 피로 범벅이 되었는데 |
| 手提擲還崔大夫[2]라 | 손으로 들어 崔大夫에게 던져 주었다오. |
| 李侯重有此節度[3]하니 | 李侯가 다시 節度使 되니 |
| 人道我卿絶世無[4]라 | 사람들은 우리 花卿이 세상에 다시 없는 장수라 말하네. |
| 旣稱絶世無하니 | 이미 세상에 다시 없는 인물이라 일컬어지니 |
| 天子何不喚取守京都[5]오 | 天子께서 어찌 불러다가 京都를 지키게 하지 않으실까. |

1) 勇如快鶻風火生：南史에 曹景宗이 謂所親曰 我昔在鄕里에 騎快馬如龍하여 覺耳後生風하고 鼻尖出火하니 此樂이 使人忘死라하니라

《南史》에 曹景宗이 친한 사람에게 이르기를 “내가 옛날 향리에 있을 적에 용처럼 잘 달리는 말을 타고 가니, 귀 뒤에서 바람이 나오고 콧구멍에서 불이 나오는

것을 느꼈는 바, 이 즐거움이 사람으로 하여금 죽음을 잊게 한다." 하였다.

2) 역주] 緜州副使著柘黃……手提擲還崔大夫 : 緜州副使는 段子璋을 가리키며 柘黃은 산뽕나무로 물들인 赤黃色으로 隋·唐 이래 帝王의 服色이 되었는 바, 곧 단자장이 면주에서 반란을 일으킨 것을 의미한다. 崔大夫는 成都尹으로 있던 崔光遠을 가리킨다. 李德弘의 《艮齋集》 續集 4권에 "緜州副使는 관직으로 말한 것이고 子璋은 이름으로 말한 것이니, 자연 중첩되지 않는다. 杜詩의 註를 살펴보건대 '崔光遠이 劍南節度使가 되었는데, 이때 段子璋이 반란을 일으키자, 東川節度使 李奐이 패주하여 최광원에게 의지하였다. 최광원의 牙將인 花卿이 단자장을 토벌하여 베어 죽였다.' 라고 하였다. 그러므로 여기에서 화경이 손으로 단자장의 해골을 들어 최광원에게 주었다고 말한 것이다. 還은 준다는 뜻이다." 하였다. 金隆의 《勿巖集》에도 같은 내용이 보인다.

3) 역주] 李侯重有此節度 : 李侯는 東川節度使로 있던 李奐을 가리킨다. 당시 李奐은 段子璋의 공격을 받고 成都로 도망해 있다가 花敬定이 반란을 평정하자, 다시 東川으로 돌아왔다. 李德弘은 "李奐이 이미 패주하여 절도사의 직책을 잃었는데, 花卿이 段子璋을 토벌하여 목을 베었으므로 이환이 다시 절도사의 직책을 보유하게 되었음을 말한 것이다." 하였다. 金隆의 《勿巖集》에도 같은 내용이 보인다.

4) 역주] 人道我卿絶世無 : 絶世無는 세상에 없는 장수라는 뜻으로, 李德弘은 "화경이 이미 반란을 평정한 뒤에 功을 믿고 포악하게 노략질하였는데 최광원이 이를 금지시키지 못하였다. 여기에서 말한 다시 없는 장수라는 것은 화경을 비판하여 풍자한 것이다." 하였다. 金隆의 《勿巖集》에도 같은 내용이 보인다.

5) 역주] 天子何不喚取守京都 : 京都는 洛陽인데, 당시 安祿山의 장수인 史思明이 낙양을 점거하고 있었는 바, 이것을 말하려는 것이 본의였으므로 제목에 戲作이라 하였다.

【賞析】 제목에 '戲作'이란 말을 쓴 것은 시의 마지막 두 구가 표면적으로는 花卿을 매우 칭찬한 듯하지만 실제로는 그렇지 않기 때문이라 한다. 花卿은 花敬定으로, 이 시에 나오는 사건의 대략은 다음과 같다. 上元 2년(761) 4월 梓州刺史 段子璋이 반란을 일으켜 東川節度使 李奐이 있던 緜州를 습격하여 스스로 梁王이라 칭하고 黃龍이라 改元하였으며 면주를 黃龍府로 개칭하고 百官을 설치하였다. 5월에 成都尹인 崔光遠이 부하 장수 花敬定을 이끌고 단자장을 공격하여 면주를 탈환하고 그를 잡아 목 베었다. 뒤에 화경정이 단자장을 죽이고 東蜀을 크게 약탈하자, 천자는 최광원이 군사들을 제대로 단속하지 못한 것에 분노하여 그를 파면시켰다. 그러나 이 시에서는 화경정의 잘못은 말하지 않고 그가 용감하게 싸워 반란을 평정한 점을 주로 언급하였다.

## 題李尊師松樹障子*歌　李尊師의 소나무 障子에 쓴 노래

杜 甫

* 障子는 그림을 그린 병풍을 이른다.

| | |
|---|---|
| 老夫淸晨梳白頭하니 | 늙은 지아비 이른 아침에 흰 머리 빗고 있는데 |
| 玄都道士來相訪이라 | 玄都關의 道士 찾아와 방문하네. |
| 握髮呼兒延入戶[1]하니 | 머리 움켜쥔 채 아이 불러 인도해 문에 들게 하니 |
| 手提新畵靑松障이라 | 손에 새로 靑松을 그린 障子가 들려 있네. |
| 障子松林靜杳冥하니 | 障子에는 소나무 숲 고요하고 아득한데 |
| 憑軒忽若無丹靑이라 | 난간에 기대놓으니 丹靑이 아닌 실물 같네. |
| 陰崖却承霜雪幹[2]하고 | 그늘진 언덕에는 서리와 눈맞은 줄기 받쳐져 있고 |
| 偃蓋反走虯龍形이라 | 日傘 같은 지엽은 반대로 달아나는 규룡의 모습이네. |
| 老夫平生好奇古하여 | 늙은 지아비 평소 기이하고 예스러움 좋아해 |
| 對此興與精靈聚라 | 이것을 대하니 興과 精靈 모인다오. |
| 已知仙客意相親이요 | 이미 仙客과 뜻이 서로 친함 알았고 |
| 更覺良工心獨苦라 | 새삼 훌륭한 畵工의 마음 홀로 애씀 깨닫노라. |
| 松下丈人巾屨同하니 | 소나무 아래의 노인은 두건과 신발 똑같으니 |
| 偶坐似是商山翁[3]이라 | 나란히 앉아 있는 것 商山의 노인인 듯하네. |
| 悵望聊歌紫芝曲[4]하니 | 처연히 바라보며 紫芝曲 노래하니 |
| 時危[5]慘淡來悲風이라 | 時局이 위태로워 참담한 가운데 슬픈 바람 불어오네. |

1) 역주] 握髮呼兒延入戶 : 金隆의 《勿巖集》 4권에는 "延은 接引의 뜻이니, 迎字와는 다르다." 하였다.

2) 역주] 陰崖却承霜雪幹 : 李德弘의 《艮齋集》 續集 4권에 "소나무가 벼랑 위에서 자라니 이는 바로 벼랑이 그 하얀 줄기를 떠받들고 있는 것이다." 하였다.

3) 역주] 偶坐似是商山翁 : 偶坐는 對坐이니, 나(作者)와 마주앉아 있음을 말한 것이다. 商山翁은 商山 四皓를 가리키는 바, 秦나라 말기 상산에 은둔했던 네 노인으로 東園公·夏黃公·綺里季·甪里先生을 이른다.

4) 역주] 悵望聊歌紫芝曲 : 〈紫芝曲〉은 樂府에 실려 있는 거문고 곡조의 이름으로, 紫芝는 먹으면 장생불사한다는 자주색의 靈芝를 가리킨다. 商山에 은둔해 있던 네 노인들이 漢 高祖가 불렀으나 나가지 않고 이 〈紫芝歌〉를 지어 불렀다 한다. 金隆은 "처연히 이 그림을 바라보며 〈紫芝曲〉을 노래한다는 것이지 商山四皓를 두고 한

말은 아니다." 하였다.

5) 역주] 時危：安祿山·史思明의 亂이 아직 평정되지 않았음을 말한 것이다.

【賞析】 이 시는《杜少陵集》6권에 실려 있는 바, 玄都觀의 李道士가 보여 준 소나무를 그린 병풍을 詩題로 삼은 것으로, 乾元 元年(758)에 지었다고 한다.

## 戲韋偃爲雙松圖歌 장난삼아 韋偃이 그린 雙松圖를 노래함

杜 甫

天下幾人畵古松고 천하에 몇 사람이나 老松을 잘 그리는가
畢宏已老韋偃少[1]라 畢宏은 이미 늙었고 韋偃은 젊다네.
絶筆長風起纖末하니 붓을 놓자 긴 바람이 가는 붓끝에서 일어나니
滿堂動色嗟神妙라 가득한 사람들 낯빛 변하며 신묘함을 감탄하네.
兩株慘裂苔蘚皮[2]하고 두 그루 소나무는 이끼 낀 껍질 처참하게 갈라졌고
屈鐵交錯廻高枝라 굽은 쇠가 뒤엉킨 듯 높은 가지에 감겨져 있네.
白摧朽骨龍虎死요 흰 줄기는 썩은 뼈대 꺾여 龍虎가 죽은 듯하고
黑入太陰雷雨垂[3]라 검은 잎은 太陰에 들어 우레와 비가 드리운 듯하여라.
松根胡僧憩寂寞하니 소나무 뿌리에는 胡僧이 적막히 쉬고 있으니
厖眉皓首無住著(착)이라 긴 눈썹 흰 머리에 마음도 정처 없다오.
偏袒右肩[4]露雙脚하니 오른쪽 어깨 드러내고 두 발도 맨발인데
葉裏松子僧前落이라 솔잎 속의 솔방울 중 앞에 떨어지네.
韋侯韋侯數相見하니 韋侯여! 韋侯여! 우리 자주 만나니
我有一匹好東絹하여 내게 한 필의 좋은 東絹이 있어
重之不減錦繡段[5]이라 소중히 여김 錦繡段 못지 않다오.
已令拂拭光凌亂하니 이미 잘 털고 닦음에 빛이 현란하니
請公放筆爲直幹[6]이라 부디 그대는 붓을 대어 곧은 줄기의 소나무 그려 주게.

1) 역주] 畢宏已老韋偃少：畢宏은 唐나라 大曆 연간에 給事中을 지냈으며 老松을 잘 그려 유명하였고, 韋偃은 唐나라 때 少監을 지냈는데 山水와 人物을 잘 그렸고 특히 松石에 뛰어났다.

2) 역주] 慘裂苔蘚皮：慘裂은 껍질이 깊숙이 찢겨짐을 나타낸 것으로, 李德弘의《艮齋

集》續集 4권에 "慘字를 쓴 것이 가장 좋다." 하였다.

3) 역주] 白摧朽骨龍虎死 黑入太陰雷雨垂 : 李德弘은 "소나무의 흰 줄기는 용과 호랑이가 죽어서 썩은 뼈대가 꺾여져 있는 듯하고 검푸른 잎은 우레와 비가 내려서 太陰에 들어간 듯함을 말한 것이니, 이는 古松이 黑白色의 기괴한 형상을 간직하고 있는 것이다." 하였다.

4) 偏袒右肩 : 西域事佛之禮라

오른쪽 어깨를 드러내는 것은 서역에서 부처를 섬기는 禮이다.

5) 역주] 我有一匹好東絹 重之不減錦繡段 : 東絹은 비단의 명산지인 東川 陵州에서 나오는 鵞溪絹이며 錦繡段은 수놓은 좋은 비단이다.

6) 請公放筆爲直幹 : 韋偃이 松枝不作直幹이라 故戲之云이라

韋偃이 소나무 가지를 그릴 적에 곧은 가지를 그리지 않았으므로 희롱한 것이다.

【賞析】 이 시는 《杜少陵集》 9권에 실려 있는 바, 上元 元年(760)에 韋偃이 그린 〈雙松圖〉를 보고 그 절묘함을 찬미한 것이다.

## 劉小府畫山水障歌　　劉小府가 그린 山水障에 대한 노래

杜　甫

| | |
|---|---|
| 堂上不合生楓樹니 | 堂上은 단풍나무가 자라기에 합당하지 않거늘 |
| 怪底江山起煙霧라 | 괴이하다 강산에 煙霧가 일어나네. |
| 聞君掃却赤縣[1]圖하고 | 그대가 赤縣의 山水圖 그렸단 말 듣고 |
| 乘興遣畫滄洲趣[2]라 | 흥을 타 滄洲의 흥취 그리게 하였네. |
| 畫師亦無數나 | 畫工들 또한 무수히 많지만 |
| 好手不可遇라 | 좋은 솜씨는 만날 수 없다오. |
| 對此融心神하니 | 이를 대함에 마음과 정신 무르익으니 |
| 知君重毫素라 | 그대 붓과 흰비단 소중히 여김 알겠노라. |
| 豈但祁岳與鄭虔[3]고 | 어찌 기악과 정건 뿐이겠는가 |
| 筆跡遠過楊契丹[4]이라 | 필적이 楊契丹보다도 훨씬 뛰어나네. |
| 得非玄圃[5]裂이며 | 어찌 崑崙山의 玄圃를 잘라다 놓은 것이 아니며 |
| 無乃瀟湘[6]翻고 | 瀟湘江이 뒤집혀 흐르는 것이 아니겠는가. |
| 悄然坐我天姥[7]下하니 | 초연히 나를 天姥山 아래에 앉혀 놓으니 |
| 耳邊已似聞清猿이라 | 귓가에는 이미 맑은 원숭이소리 들리는 듯하네. |

| | |
|---|---|
| 反思前夜風雨急하니 | 돌이켜 생각하니 어젯밤에 비바람이 급하더니 |
| 乃是蒲城鬼神入이라 | 아마도 蒲城에 귀신이 들어온 것이리라. |
| 元氣淋漓障猶濕하니 | 元氣가 흥건하여 障子가 아직도 젖어 있는 듯하니 |
| 眞宰上訴天應泣[8]이라 | 眞宰가 위로 올라가 하소연하여 하늘도 응당 울리라. |
| 野亭春還雜花遠하고 | 들 정자에 봄이 돌아오니 잡꽃이 멀리 피어 있고 |
| 漁翁暝踏孤舟立이라 | 漁翁은 저물녘에 외로운 배 밟고 서 있구나. |
| 滄浪水深青溟闊하니 | 滄浪의 물 깊고 푸른 바다 넓으니 |
| 欹岸側島秋毫末이라 | 비스듬한 언덕과 기운 섬 털끝처럼 작아 보이네. |
| 不見湘妃鼓瑟時나 | 湘妃가 비파 타던 때는 보지 못하였으나 |
| 至今斑竹臨江活[9]이라 | 지금까지도 斑竹은 강가에서 자란다오. |
| 劉侯天機精하여 | 劉侯는 天機가 정밀하여 |
| 愛畫入骨髓라 | 그림을 좋아함 골수에 박혔다네. |
| 自有兩兒郎하니 | 스스로 두 아들 두었으니 |
| 揮灑亦莫比라 | 붓놀림 또한 견줄 데 없다오. |
| 大兒聰明到하여 | 큰 아이는 총명함 지극하여 |
| 能添老樹巓崖裏요 | 산꼭대기와 절벽에 늙은 나무 그려 넣을 수 있고 |
| 小兒心孔開하여 | 작은 아이는 마음 구멍이 열려 |
| 貌得山僧及童子라 | 山寺의 승려와 동자 模寫할 수 있다오. |
| 若耶溪雲門寺[10]여 | 若耶溪와 雲門寺여! |
| 吾獨胡爲在泥滓오 | 나 홀로 어이하여 진흙 속에 빠져 있나 |
| 青鞋布襪從此始라 | 짚신에 삼베 버선 신고 놀기를 이제부터 시작하리라. |

1) 역주] 赤縣 : 봉선현을 가리킨다. 京邑의 屬縣에는 赤과 畿가 있는데 인구가 많고 물산이 풍부한 곳을 赤이라 하였는 바, 봉선현이 두 번째로 번화하였기 때문에 開元 4년(716) 적현으로 개칭하고 京兆에 소속시켰다. 또는 赤縣神州의 略稱으로 中國 또는 中原을 통칭하는 말로 쓰이기도 한다.

2) 역주] 乘興遣畫滄洲趣 : 滄洲는 江湖와 같은 말로 滄洲趣는 강호에 은둔하여 자연을 즐기며 한가롭게 생활하는 흥취를 이른다. 金隆의 《勿巖集》 4권에 "遣은 가서 그것을 하게 한다는 뜻이다." 하였다.

3) 역주] 祁岳與鄭虔 : 祁岳과 鄭虔은 모두 唐나라 때의 화가이다.

4) 역주] 楊契丹 : 隋나라 때의 화가인 楊素로 그가 그린 그림이 契丹(거란)까지 전해

졌으므로 이로 호를 삼았다 한다.

5) 역주] 玄圃 : 縣圃라고도 쓰는 바, 崑崙山 위에 있는 仙境이라 한다.

6) 역주] 瀟湘 : 瀟水와 湘水로 합하여 洞庭湖로 흘러 들어간다.

7) 天姥 : 卽杭州天目山也라

天姥는 곧 항주의 천목산이다.

8) 역주] 反思前夜風雨急……眞宰上訴天應泣 : 蒲城은 奉先縣의 옛 이름이고, 眞宰는 진실한 우주의 주재자, 즉 造物主를 가리킨다. 金隆은 "이 그림의 기묘함을 이른 것이다. '돌이켜 생각해 보니 어젯밤에 비바람이 급하더니 아마도 蒲城에 귀신이 들어와서 이런 기이한 변고가 생겼는가 보다. 지금 障子를 보건대 아직도 元氣가 홍건하여 젖어 있는 듯하니, 응당 眞宰가 위로 올라가 하소연하여 하늘이 울어서 그러한가 보다.' 라고 말한 것이다. 아마도 障子에 그려진 것이 반드시 奉先縣 山川의 경치일 것이다. 그러므로 위에서는 赤縣이라고 하였고 여기에서는 蒲城이라고 한 것이다. 그림이 묘하여 하늘이 울었다는 것은 '시가 지어짐에 귀신을 울렸다〔詩成而泣鬼〕'는 말과 같다." 하였다.

9) 역주] 不見湘妃鼓瑟時 至今斑竹臨江活 : 湘妃는 堯임금의 두 딸이며 舜임금의 두 비인 娥皇과 女英이고, 斑竹은 아롱진 무늬가 있는 대나무로 전설상 옛날 舜임금이 蒼梧山에서 별세하자, 아황과 여영이 瀟湘江을 건너가지 못하고 통곡하면서 피눈물을 대나무에 뿌렸는데, 그후 대나무에는 눈물 자국이 선명하게 나타나 반죽이 되었다 한다.

10) 역주] 若耶溪雲門寺 : 若耶溪는 浙江省 紹興縣 남쪽 若耶山 아래에 있는 계곡이고 雲門寺는 약야산에 있는 절의 이름이다.

【賞析】 이 시는 《杜少陵集》 4권에 실려 있는 바, 원래 제목은 〈奉先劉小府新畵山水障歌〉이다. 여기의 劉小府는 〈橋陵〉 시에 나오는 '王劉美竹潤'의 劉인 듯하고, 小府는 縣의 尉官(경찰 사무를 담당)의 敬稱인데 《文苑英華》 제목 밑의 주에 '奉先尉劉單宅作'이라 한 것으로 보아 이름은 單이다. 두보가 奉先에 있을 때인 天寶 13년(754)에 봉선현위로 있던 유단이 그린 한 폭의 산수 병풍을 보고, 그림을 찬미함과 동시에 은둔하고 싶은 흥취를 읊은 내용이다.

## 李潮八分小篆歌　　李潮의 八分書와 小篆을 읊은 노래

杜 甫

蒼頡鳥跡[1]既茫昧하니　　창힐의 鳥跡은 이미 아득하니

字體變化如浮雲이라　　글자체의 변화 뜬 구름 같아 알 수 없네.

| | |
|---|---|
| 陳倉[2]石鼓又已訛하니 | 陳倉의 石鼓文도 이미 와전되니 |
| 大小二篆生八分[3]이라 | 大篆과 小篆에서 八分書가 나왔다네. |
| 秦有李斯漢蔡邕이요 | 秦나라에는 李斯 漢나라에는 蔡邕이 있었는데 |
| 中間作者寂不聞이라 | 중간에는 작자가 적막하여 알려지지 않았다오. |
| 嶧山之碑[4]野火焚하고 | 역산의 碑는 들불에 타버렸고 |
| 棗木傳刻肥失眞[5]이라 | 대추나무에 전각한 것은 자획이 살쪄 참모습 잃었네. |
| 苦(호)縣光和[6]尙骨立하니 | 苦縣에 있는 光和의 老子碑 아직도 뼈대가 서 있으니 |
| 書貴瘦硬方通神이라 | 글씨는 야위고 굳셈 귀하니 神을 통할 수 있네. |
| 惜哉李蔡不復得하니 | 애석하다 李斯와 蔡邕 다시 얻을 수 없는데 |
| 吾甥李潮下筆親이라 | 우리 생질 李潮 붓을 놀리면 이들과 가깝다오. |
| 尙書韓擇木과 | 尙書인 韓擇木과 |
| 騎曹[7]蔡有隣이 | 騎曹인 蔡有隣은 |
| 開元已來數八分하니 | 開元 이래로 八分을 잘 쓴다고 꼽아오는데 |
| 潮也奄有二子成三人이라 | 李潮는 두 사람의 경지 소유하여 셋이 되었다오. |
| 況潮小篆逼秦相하여 | 더구나 李潮의 小篆은 秦나라 승상 李斯와 가까워 |
| 快劍長戟森相向이라 | 예리한 칼과 긴 창이 삼엄하게 서로 향한 듯하여라. |
| 八分一字直(値)百金이니 | 八分 한 글자는 百金의 값이 나가니 |
| 蛟龍盤拏肉屈强이라 | 교룡이 서려 있는 듯 근육이 억세어 보이누나. |
| 吳郡張顚[8]誇草書나 | 吳郡의 張顚이 草書 과시하나 |
| 草書非古空雄壯이라 | 草書는 옛것 아니니 부질없이 웅장하기만 하다오. |
| 豈如吾甥不流宕하여 | 어찌 우리 생질이 방탕한 데로 흐르지 아니하여 |
| 丞相中郎[9]丈人行고 | 丞相과 中郎의 丈人 항렬이 됨만 하겠는가. |
| 巴東逢李潮하니 | 巴東에서 李潮 만나니 |
| 逾月求我歌라 | 한 달이 넘도록 나에게 노래 지어주기 청하였네. |
| 我今衰老才力薄하니 | 내 이제 노쇠하고 재주와 힘도 부족하니 |
| 潮乎潮乎奈汝何오 | 李潮여! 李潮여! 너에게 어찌하리. |

1) 蒼頡鳥跡 : 蒼頡은 黃帝臣이니 觀鳥跡而制字하니라

　창힐은 黃帝의 신하이니, 새의 발자국을 보고 글자를 만들었다.

2) 역주] 陳倉 : 陝西省 寶雞縣 동쪽의 지명으로 원래 石鼓가 이곳에 흩어져 있었다.

3) 大小二篆生八分：周太史籒 始制大篆하고 秦丞相李斯 爲小篆하고 王次仲이 減隸書爲八分書하니라 蔡邕曰 臣父嘗言 八分書는 割程邈隸字法하여 去八하고 法李斯小篆하여 去二分하여 取八分이라 故曰八分書라하니라
 周나라 태사인 籒(주)가 처음으로 대전을 만들고 秦나라의 승상인 李斯가 소전을 만들고 王次中이 예서를 줄여 八分書를 만들었다. 채옹이 말하기를 "신의 아비가 일찍이 말하기를 '팔분서는 정막의 예서법을 줄여서 팔분을 제거하고 이사의 소전을 본받아 이분을 제거하여 팔분을 취하였으므로 팔분서라 했다.' 하였습니다." 하였다.
4) 嶧山之碑：始皇이 東行할새 上鄒嶧山하여 刻石頌功德하니 其文은 李斯小篆이라
 秦始皇이 동쪽으로 巡行할 적에 추역산에 올라 돌에 새겨 공덕을 칭송하니, 이 글은 이사의 소전이다.
5) 역주] 棗木傳刻肥失眞：鄒嶧山의 비석이 들불에 타버리자, 이것을 다시 대추나무에 옮겨 새겼는데, 원래보다 글자체가 두꺼워졌으므로 자획이 살쪄 참모습을 잃었다고 한 것이다.
6) 역주] 苦(호)縣光和：苦는 音이 怙(호)로 河南省 鹿邑縣 동쪽의 옛 땅 이름으로 老子의 고향이고, 光和는 東漢 靈帝의 연호이다. 호현의 老子碑는 光和年間에 세운 것으로 蔡邕이 썼다.
7) 역주] 騎曹：兵部를 가리킨다.
8) 역주] 張顚：顚은 미치광이라는 뜻으로, 唐나라 때 書家인 張旭의 異稱이다. 자가 伯高인데 草書를 잘 써 草聖으로 알려졌는 바, 특히 술에 취하면 큰소리로 고함치고 미친 듯이 달리며 초서를 쓴 것으로 유명하다.
9) 역주] 丞相中郞：승상은 관명으로 秦나라 승상을 지낸 李斯를 가리키고, 중랑 또한 官名으로 後漢 때에 이 벼슬을 지낸 蔡邕을 가리킨다.

**【賞析】** 이 시는 《杜少陵集》 18권에 실려 있는 바, 작자의 甥姪인 李潮가 八分書와 小篆體에 뛰어남을 노래한 것으로, 大曆 元年(766)에 夔州에서 지은 것이다. 이조는 李斯의 嶧山碑를 본받았다고 하며, 八分書로 쓴 것으로는 〈唐慧義寺彌勒像碑〉와 〈彭元曜墓誌〉가 있다고 한다.

## 天育驃騎歌　天育의 驃騎에 대한 노래

杜　甫

天育은 廐名이라
 天育은 마굿간의 이름이다.

| | |
|---|---|
| 吾聞天子之馬走千里하니 | 내 들으니 天子의 말은 하루에 천리를 달린다 하니 |
| 今之畵圖無乃是아 | 지금 이 그림이 바로 그것 아니겠는가. |
| 是何意態雄且傑고 | 어쩌면 이리도 뜻과 태도가 웅장하고 또 걸출한가 |
| 駿尾蕭梢[1]朔風起라 | 준마의 꼬리에 살랑살랑 북풍이 일어나네. |
| 毛爲綠縹兩耳黃이요 | 털은 綠縹色이요 두 귀는 黃色이며 |
| 眼有紫焰雙瞳方[2]이라 | 눈에는 자줏빛 불꽃이 일고 두 눈동자는 모났다오. |
| 矯矯龍性合變化하고 | 굳센 용과 같은 성질 변화에 합당하고 |
| 卓立天骨森開張이라 | 우뚝 서 있는 타고난 기골 삼엄하게 펼쳐져 있네. |
| 伊昔太僕張景順[3]이 | 저 옛날 太僕인 張景順이 |
| 監牧攻駒閱淸峻이라 | 監牧官이 되어 망아지 길들여 淸峻한 것 선발하였네. |
| 遂令太奴[4]守天育하고 | 마침내 太奴로 하여금 天育에서 말아 기르게 하고 |
| 別養驥子憐神俊이라 | 특별히 준마의 새끼 길러 신묘하고 빼어남 사랑하였네. |
| 當時四十萬匹馬하니 | 당시 사십만 필의 말 중에 |
| 張公歎其材盡下라 | 張公은 그 재질 모두 낮음 한탄하였다오. |
| 故獨寫眞傳世人하니 | 그래서 홀로 참모습 그려 세상 사람들에게 전하니 |
| 見之座右久更新이라 | 자리 오른쪽에 놓고 봄에 오랠수록 새롭네. |
| 年多物化空形影하니 | 여러 해 되어 실물은 없어지고 그림만 남았으니 |
| 嗚呼健步無由騁이라 | 아! 힘찬 발걸음 달릴 길 없어라. |
| 如今豈無騕褭與驊騮리오 | 지금인들 어찌 요뇨와 화류의 준마가 없겠는가 |
| 時無王良伯樂[5]死卽休라 | 세상에 王良과 伯樂이 없어 죽고 말 뿐이라오. |

1) 역주] 蕭梢 : 흔들리는 모양을 나타내는 의태어로 말이 달릴 때 꼬리가 흔들리는 모양을 가리킨 것이다. 金隆의 《勿巖集》 4권에 "蕭梢는 飄蕭와 같다." 하였다.

2) 역주] 眼有紫焰雙瞳方 : 金隆은 "焰은 광채를 말한 것이고 方은 형체를 말한 것이다." 하였다.

3) 역주] 張景順 : 開元 연간 사람으로 당시 말을 번식시키는 데에 큰 공을 세웠다. 개원 13년(725) 張說의 隴右監牧頌德碑 序에 "원년에 기르는 말이 24만필이었는데 13년에는 43만필에 이르렀다. 上(현종)이 太僕少卿 兼秦州都督 監牧都副使 張景順을 돌아보고 이르기를 '나의 말이 이렇게 많이 번식한 것은 경의 힘이다.' 하니, 대답하기를 '황제의 힘이고 왕모중의 명령이니, 신이 무슨 공이 있겠습니까.' 했다." 하였다.

4) 역주] 太奴 : 奴僕 중에 가장 長大한 자를 가리킨다.

5) 역주] 王良伯樂 : 王良은 春秋時代에 수레를 잘 몰기로 유명한 사람이고, 伯樂은 孫陽의 字로 옛날에 名馬를 잘 알아본 것으로 유명하다.

【賞析】 이 시는 《杜少陵集》 4권에 실려 있는 바, 천자의 마굿간인 天育에서 기르는 좋은 말(驃騎)을 그린 그림을 노래한 것으로, 天寶 말년에 지었다. 두보는 이밖에도 〈房兵曹胡馬〉·〈高都護驄馬行〉·〈驄馬行〉·〈瘦馬行〉·〈病馬〉·〈題壁上韋偃畫馬歌〉·〈白馬〉 등 말을 노래한 시가 많고, 또 〈畫鷹〉·〈義鶻行〉·〈畫鶻行〉·〈姜楚公畫角鷹歌〉 등 독수리나 매를 읊은 시도 여러 편이다. 이는 두보가 천리마나 매의 雄姿를 좋아했기 때문이고 또 이들 동물에 자신을 은근히 비유한 뜻도 있어서일 것이다.

## 江南遇天寶樂叟歌 　江南에서 天寶 연간의 악공 노인을 만난 노래

白居易

| | |
|---|---|
| 白頭病叟泣且言호되 | 백발의 병든 늙은이 울며 말하기를 |
| 祿山未亂入梨園[1]이라 | 安祿山이 난을 일으키기 전에 梨園에 들어갔는데 |
| 能彈琵琶和法曲하여 | 비파를 잘 타 法曲에 맞추어 |
| 多在華清[2]隨至尊이라 | 항상 華清宮에 있으면서 至尊을 따랐다오. |
| 是時天下太平久하여 | 이때 천하는 태평한 지 오래되어 |
| 年年十月坐朝元[3]이라 | 해마다 시월이면 朝元閣에서 잔치하였네. |
| 千官起居環佩合이요 | 여러 관원들 앉았다 일어났다 하니 환패소리 합하고 |
| 萬國會同車馬奔이라 | 萬國이 會同하니 수레와 말 달려 왔네. |
| 金鈿照耀石甕寺[4]하고 | 금비녀는 石甕寺에 번쩍거리고 |
| 蘭麝薰煮溫湯源[5]이라 | 난초와 사향 溫湯의 물에 薰蒸하고 달였다오. |
| 貴妃宛轉侍君側하니 | 貴妃가 예쁘게 임금 곁에서 모시니 |
| 體弱不勝珠翠繁이라 | 몸이 약하여 진주와 비취 장식 이기지 못하였네. |
| 冬雪飄颻錦袍暖이요 | 겨울에 눈 휘날려도 비단 도포 따뜻하고 |
| 春風蕩漾霓裳翻이라 | 봄바람 살랑이면 얇은 치마 펄럭였다오. |
| 歡娛未足燕寇[6]至하니 | 즐김을 실컷하지 못했는데 燕지방의 오랑캐 쳐들어오니 |
| 弓勁馬肥胡語喧이라 | 활은 굳세고 말은 살찌며 오랑캐의 말 시끄러웠네. |
| 豳土人遷避夷狄[7]하고 | 빈땅 사람들 옮겨 가 夷狄을 피하고 |
| 鼎湖龍去哭軒轅[8]이라 | 鼎湖에 용 떠나가니 軒轅을 보고 통곡하였네. |

從此漂淪到南土하여　　이로부터 표류하여 남쪽 지방에 이르러
萬人死盡一身存이라　　만인이 모두 죽고 한 몸만 남았다오.
秋風江上浪無際요　　가을 바람 부는 강가에는 물결 끝이 없고
暮雨舟中酒一罇이라　　저녁 비 내리는 배 안에는 술 한 동이라오.
涸魚久失風波勢나　　물 마른 고기 오랫동안 風波의 형세 잃었으나
枯草曾霑雨露恩이라　　마른 풀 일찍이 雨露의 은혜에 젖었노라.
我自秦來君莫問하라　　내 長安에서 왔다고 그대는 묻지 말라
驪山渭水如荒村이라　　驪山과 渭水 황폐한 마을과 같으니.
新豐樹老籠明月하고　　新豊에는 나무 무성하여 明月을 가리우고
長生殿[9]暗鎖黃昏이라　　長生殿은 어둠침침하여 황혼에 잠겨 있네.
紅葉紛紛蓋欹瓦요　　붉은 잎은 분분히 기울어진 기와장 덮고 있고
綠苔重重封壞垣이라　　푸른 이끼는 겹겹이 허물어진 담장 덮고 있네.
惟有中官[10]作宮使하여　　오직 中官이 宮使 되어
每年寒食一開門이라　　매년 한식날에 한 번 문을 연다오.

1) 역주] 祿山未亂入梨園：祿山은 唐代 營州 柳城의 胡人인 安祿山으로 여러 차례 武功을 세워 玄宗의 인정을 받아 平盧·范陽·河東 세 鎭의 절도사를 겸하였다. 뒤에 재상이었던 楊國忠과 반목하여 반란을 일으켜 국호를 大燕이라 하고 稱帝하였으나 몇해 뒤에 아들 安慶緖에게 피살당하였다. 梨園은 唐 玄宗 때 궁중의 歌舞를 가르치던 곳이다.

2) 역주] 華淸：궁궐의 이름으로 陝西省 臨潼縣 남쪽 驪山 위에 있는 바, 온천이 있어 太宗 때 湯泉宮을 지었는데 玄宗이 화청궁이라 개칭하고 자주 갔었다.

3) 年年十月坐朝元：楊妃外傳에 玄宗이 每年十月에 駕幸華淸宮宴할새 坐朝元閣이라하니라

《楊妃外傳》에 "현종이 매년 10월이 되면 수레를 타고 華淸宮에 가서 잔치하였는데 朝元閣에 앉았다." 하였다.

4) 역주] 石甕寺：華淸宮 곁에 있던 절의 이름이다.

5) 역주] 蘭麝薰煮溫湯源：金隆의《勿巖集》4권에 "향기로운 물건을 溫湯의 물에 薰蒸하여 그 몸을 향기롭게 하고자 한 것이다." 하였다.

6) 역주] 燕寇：安祿山을 가리키는 바, 안록산은 燕지방인 漁陽에서 난을 일으켰다.

7) 역주] 邠土人遷避夷狄：周나라 古公亶父가 북쪽의 오랑캐를 피하여 수도인 邠땅을 버리고 岐山 아래로 遷都하자, 빈땅 사람들은 자신들을 살륙하지 않기 위하여 떠나

가는 고공단보를 보고 인자한 사람이라 하여 서로 따라간 고사를 인용한 것으로, 여기서는 安祿山이 二京을 함락하자, 백성들이 피난간 사실을 빗대어 말하였다.

8) 역주] 鼎湖龍去哭軒轅 : 鼎湖는 옛날 黃帝가 정호에서 솥을 주조한 다음 용을 타고 하늘로 올라가 신선이 되었다는 고사를 들어 왕의 昇遐를 말하며, 軒轅은 고대의 황제인 黃帝氏를 가리킨다.

9) 역주] 長生殿 : 唐나라 때 長安에 있던 궁궐 이름이다.

10) 역주] 中官 : 궁중의 관원이란 뜻으로 內侍를 가리킨다.

【賞析】 이 시는 《白香山集》 12권에 실려 있는 바, 작자가 天寶 연간에 江南에서 玄宗을 섬겼던 늙은 樂工을 만나 그의 말을 기술한 것이다. 전반부는 태평시대의 盛事를, 후반부는 전란 이후의 풍경을 읊었다.

## 長恨歌* 장한가

白居易

* 이 시의 마지막 두 구인 '天長地久有時盡 此恨綿綿無絶期'의 長恨 두 자를 따서 제목으로 삼은 것이다.

| | |
|---|---|
| 漢皇[1]重色思傾國[2]호되 | 漢나라 황제 여색 중히 여겨 傾國之色 생각하였으나 |
| 御宇多年求不得이라 | 宇內를 다스린 지 여러 해에 구하지 못하였네. |
| 楊家有女初長成하니 | 楊氏 집안에 딸이 막 장성하였는데 |
| 養在深閨人未識이라 | 깊은 閨中에서 자라 아무도 알지 못하였네. |
| 天生麗質難自棄하여 | 하늘이 낸 고운 資質 스스로 버리기 어려워 |
| 一朝選在君王側[3]이라 | 하루 아침에 뽑혀 君王의 곁에 있었다오. |
| 回頭一笑百媚生하니 | 머리 돌려 한 번 웃으면 온갖 아름다움 피어나니 |
| 六宮[4]粉黛無顔色이라 | 六宮의 곱게 단장한 여인들 안색을 잃었다네. |
| 春寒賜浴華淸池[5]하니 | 봄날씨 차가울 제 華淸池에 목욕하게 하니 |
| 溫泉水滑洗凝脂라 | 온천 물 매끄러워 엉긴 기름 같은 살결 씻었다오. |
| 侍兒扶起嬌無力하니 | 시녀가 부축하여 일으키는데 가녀려 힘이 없으니 |
| 始是新承恩澤時라 | 처음 새로이 은택을 입던 때라오. |
| 雲鬢花顔金步搖[6]로 | 구름같은 머리와 꽃같은 얼굴에 金步搖 꽂고 |
| 芙蓉帳[7]暖度春宵라 | 芙蓉帳 따뜻한데 봄 밤을 지내었네. |

| | |
|---|---|
| 春宵苦短日高起하니 | 봄 밤 너무 짧아 해가 높이 떠야 일어나니 |
| 從此君王不早朝라 | 이로부터 군왕은 일찍 조회하지 않았다오. |
| 承歡侍宴無閑暇하여 | 총애를 받아 잔치에 모시느라 한가한 때 없었으니 |
| 春從春遊夜專夜라 | 봄이면 봄 유람 따라가고 밤이면 밤을 독점하였네. |
| 後宮佳麗三千人에 | 後宮에 아름다운 여자 삼천 명이었으나 |
| 三千寵愛在一身이라 | 삼천 명의 총애 한 몸에 있었다오. |
| 金屋粧成嬌侍夜하고 | 金屋에서 단장하고 아리따이 밤에 모시고 |
| 玉樓[8]宴罷醉和春이라 | 玉樓에서 잔치 파함에 취하여 봄처럼 화하였네. |
| 姊妹弟兄皆列土[9]하니 | 자매와 형제들 모두 땅을 떼어 封侯되니 |
| 可憐光彩生門戶라 | 광채가 門戶에 생겨남 부러워하였네. |
| 遂令天下父母心으로 | 마침내 천하의 부모들 마음으로 하여금 |
| 不重生男重生女라 | 아들 낳는 것 중하지 않고 딸 낳는 것 중하게 하였다오. |
| 驪宮高處入青雲하니 | 驪山의 華淸宮 높은 곳 구름 속으로 들어가니 |
| 仙樂風飄處處聞이라 | 신선의 음악 바람에 날려 곳곳마다 들렸네. |
| 緩歌慢舞凝絲竹하니 | 고운 노래와 하늘거리는 춤 관현악 소리에 엉기니 |
| 盡日君王看不足이라 | 하루 종일 보아도 君王은 부족하게 여겼다오. |
| 漁陽鼙鼓動地來[10]하니 | 漁陽의 북소리 땅을 진동하며 몰려오니 |
| 驚罷霓裳羽衣曲[11]이라 | 놀라 霓裳羽衣曲을 파하였네. |
| 九重城闕煙塵生하니 | 九重의 城闕에 연기와 먼지 일어나니 |
| 千乘萬騎西南行이라 | 千乘과 萬騎 서남으로 피난 갔네. |
| 翠華搖搖行復止하니 | 翠羽로 장식한 깃발 흔들흔들 가다 다시 멈추니 |
| 西出都門百餘里라 | 서쪽으로 도성문 백여 리를 나갔다오. |
| 六軍不發無奈何하여 | 六軍이 출발하지 않으니 어찌할 수 없어 |
| 宛轉蛾眉馬前死[12]라 | 아름다운 蛾眉의 여인 말 앞에서 죽었네. |
| 花鈿委地無人收하니 | 꽃비녀 땅에 버려져도 거두는 사람 없으니 |
| 翠翹金雀玉搔頭[13]라 | 翠翹와 金雀과 玉搔頭도 함께 버려졌다오. |
| 君王掩面救不得하여 | 君王은 얼굴 가리고 구원할 수 없어 |
| 回首血淚相和流라 | 머리 돌림에 피와 눈물 뒤섞여 흘렀다오. |
| 黃埃散漫風蕭索하니 | 누런 먼지 자욱하고 바람 쓸쓸히 부니 |

雲棧縈紆登劍閣이라　　구름 사이의 棧道 구불구불 劍閣에 올랐네.
峨嵋山下少人行하니　　峨嵋山 아래에 다니는 사람 적으니
旌旗無光日色薄이라　　깃발도 광채가 없으며 햇빛도 희미하였네.
蜀江水碧蜀山靑하니　　蜀江 물은 푸르고 蜀山도 푸른데
聖主朝朝暮暮情이라　　聖主는 아침마다 저녁마다 그리워하는 情이라오.
行宮見月傷心色이요　　行宮에서 달 보니 달빛에 마음 슬퍼지고
夜雨聞鈴斷腸聲이라　　밤비에 방울소리 들리니 애간장 끊어지네.
天旋地轉回龍馭[14]하니　　하늘이 돌고 땅이 돌아 龍馭가 돌아오니
到此躊躇不能去라　　이곳에 이르러 머뭇거리며 떠나가지 못하였네.
馬嵬坡下泥土中에　　馬嵬坡 아래 진흙 속에
不見玉顔空死處라　　玉顔은 볼 수 없고 부질없이 죽은 곳만 남았다오.
君臣相顧盡霑衣하니　　군주와 신하 서로 돌아보고 눈물 흘려 모두 옷 적시니
東望都門信馬歸라　　동쪽으로 도성문 바라보고 말 가는 대로 돌아왔네.
歸來池苑皆依舊하니　　돌아오니 못과 동산은 모두 예전 그대로라
太液芙蓉未央柳[15]라　　太液池엔 연꽃 피었고 未央宮엔 버들가지 드리웠네.
芙蓉如面柳如眉하니　　부용은 미인의 얼굴 같고 버들은 눈썹 같으니
對此如何不淚垂오　　이를 대함에 어찌 눈물 떨구지 않겠는가.
春風桃李花開夜요　　봄 바람에 桃李花 피는 밤이요
秋雨梧桐葉落時라　　가을비에 오동잎 떨어질 때라오.
西宮南苑[16]多秋草하니　　西宮과 南苑에 가을풀 많으니
落葉滿階紅不掃라　　붉은 낙엽 계단에 가득해도 쓸지 않았네.
梨園弟子[17]白髮新이요　　梨園의 弟子들 백발이 새롭고
椒房阿監靑娥老[18]라　　椒房의 阿監은 청춘의 모습 늙었다오.
夕殿螢飛思悄然하니　　저녁 궁전에 반딧불 날자 그리움에 서글퍼지니
孤燈挑盡未成眠이라　　외로운 등불 심지 다 돋우고 잠 못 이루었네.
遲遲更鼓[19]初長夜요　　더딘 更鼓 소리는 처음으로 긴 밤을 느끼고
耿耿星河欲曙天이라　　반짝이는 星河는 날이 새고자 하누나.
鴛鴦瓦冷霜華重하니　　鴛鴦의 기와 차가운데 서리꽃 짙으니
翡翠衾[20]寒誰與共고　　翡翠 이불 차가운데 누구와 함께 잘까.

| | |
|---|---|
| 悠悠生死別經年하니 | 아득히 사별함 한 해가 지났으나 |
| 魂魄不曾來入夢이라 | 魂魄은 일찍이 꿈속에조차 들어오지 않았다오. |
| 臨邛道士鴻都客[21)]이 | 임공의 道士인 鴻都客은 |
| 能以精神致魂魄이라 | 정신으로 혼백을 불러온다 하네. |
| 爲感君王展轉思하여 | 군왕의 전전하는 그리움 감동시키기 위해 |
| 遂敎方士殷勤覓이라 | 마침내 方士로 하여금 은근히 찾게 하였네. |
| 排風馭氣奔如電하고 | 바람을 밀치고 기운을 타고 번개같이 달리며 |
| 升天入地求之徧이라 | 하늘에 오르고 땅속에 들어가 두루 찾았다오. |
| 上窮碧落下黃泉이나 | 위로 푸른 하늘 다하고 아래로 黃泉에 이르렀으나 |
| 兩處茫茫皆不見이라 | 두 곳 아득하여 모두 볼 수 없었네. |
| 忽聞海上有仙山하니 | 문득 들으니 海上에 신선이 사는 산 있는데 |
| 山在虛無縹緲間이라 | 이 산은 허무하고 까마득한 사이에 있다 하네. |
| 樓殿玲瓏五雲起하니 | 누각과 궁전 영롱하고 오색 구름 일어나니 |
| 其中綽約多仙子라 | 그 속에 아름다운 선녀들 많다네. |
| 中有一人字玉眞[22)]하니 | 그 중에 한 사람 있는데 字가 玉眞이니 |
| 雪膚花貌參差是라 | 백설 같은 피부에 꽃 같은 모습 거의 비슷하였다오. |
| 金闕西廂叩玉扃하고 | 금대궐 서쪽 행랑의 玉門 두드리고 |
| 轉敎小玉報雙成[23)]이라 | 다시 小玉으로 하여금 雙成에게 전달하게 하였네. |
| 聞道漢家天子使하고 | 漢나라 天子의 使臣이 왔단 말 듣고는 |
| 九華帳[24)]裏夢魂驚이라 | 九華帳 속에 꿈꾸던 魂이 놀랐다네. |
| 攬衣推枕起徘徊하니 | 옷을 잡고 베개 밀치고 일어나 배회하니 |
| 珠箔銀屛邐迤開라 | 진주로 꾸민 발과 은병풍이 따라 열리네. |
| 雲鬢半偏新睡覺하니 | 구름 같은 머리 반쯤 기울 막 잠에서 깨어서이니 |
| 花冠不整下堂來라 | 화관 정돈하지 못하고 당 아래로 내려왔네. |
| 風吹仙袂飄飄擧하니 | 바람이 신선의 소매에 불어 표표히 날리니 |
| 猶似霓裳羽衣舞라 | 흡사 霓裳羽衣曲에 따라 춤추는 듯하였다오. |
| 玉容寂寞淚闌干하니 | 옥 같은 용모 적막하고 눈물 줄줄 흘리니 |
| 梨花一枝春帶雨라 | 배꽃 한 가지 봄비 머금은 듯하여라. |
| 含情凝睇謝君王호되 | 情을 머금고 응시하고 군왕께 사례하기를 |

一別音容兩渺茫하니　　한 번 작별함에 음성과 용모 모두 아득하니
昭陽殿[25]裏恩愛絶이요　　昭陽殿 안에 은혜와 사랑 끊기고
蓬萊宮[26]中日月長이라　　蓬萊宮 가운데에 세월이 오래되었습니다.
回頭下望人寰處나　　머리 돌려 인간이 사는 곳 내려다보니
不見長安見塵霧라　　長安은 보이지 않고 먼지와 안개만 보였습니다.
唯將舊物表深情하니　　오직 옛물건으로 깊은 情 표하오니
鈿合[27]金釵寄將去라　　자개상자와 금비녀 보내드리옵니다.
釵留一股合一扇하니　　비녀는 한 가락 상자는 한 쪽을 남기니
釵擘黃金合分鈿[28]이라　　금비녀는 황금 갈라지고 상자는 자개 떨어졌습니다.
但令心似金鈿堅이면　　다만 마음이 금비녀와 자개처럼 견고하다면
天上人間會相見이라　　天上과 人間에서 마땅히 서로 만나볼 것입니다.
臨別殷勤重寄詞하니　　작별을 당하여 은근히 거듭 말을 전하니
詞中有誓兩心知라　　맹세하는 말 가운데에 두 마음만이 서로 안다네.
七月七日長生殿에　　七月七日 長生殿에
夜半無人私語時[29]라　　한밤중 아무도 없는데 귓속말 하였다오.
在天願作比翼鳥[30]요　　하늘에 있으면 比翼鳥가 되기 원하고
在地願爲連理枝[31]라　　땅에 있으면 連理枝가 되기 원하였다오.
天長地久有時盡이나　　하늘과 땅은 장구하나 다할 때 있어도
此恨綿綿無絶期라　　이 恨은 면면이 이어져 끊길 날 없으리라.

1) 역주] 漢皇 : 본래는 漢 武帝를 뜻하나 여기서는 唐 玄宗을 가리킨 것이다.

2) 漢皇重色思傾國 : 漢李延年歌曰 北方有佳人하니 天子初未識이라 一笑傾人城이요 再笑傾人國이라 豈不知傾城傾國이리오마는 佳人難再得이라하니라

漢나라 이연년의 노래에 "북방에 아름다운 사람이 있으니 천자가 처음에는 그녀를 몰랐네. 한 번 웃으면 남의 城을 기울게 하고 두 번 웃으면 남의 나라를 기울게 하네. 성을 기울게 하고 나라를 기울게 함을 어찌 모르겠는가마는 가인은 두 번 다시 얻기 어렵다오." 하였다.

3) 一朝選在君王側 : 開元十一年에 歸于壽邸하여 爲壽王妃러니 後召爲女官하여 號太眞하고 更爲壽王하여 娶韋昭訓女하니라

開元 11년(723)에 楊貴妃가 壽邸로 시집와 壽王의 妃가 되었는데, 뒤에 불러 女官을 삼고 호를 太眞이라 하였으며, 다시 수왕을 위하여 韋昭訓의 딸에게 장가들게

하였다.

4) 역주] 六宮 : 고대 皇后의 寢宮으로 正寢이 하나, 燕寢이 다섯이다.

5) 역주] 華淸池 : 驪山에 있는 온천의 이름이다.

6) 역주] 金步搖 : 금으로 만든 여자의 비녀 위에 다는 머리 首飾인데, 걸으면 한들거린다 하여 붙여진 이름이다.

7) 역주] 芙蓉帳 : 芙蓉花를 사용하여 물들인 비단 장막으로 화려한 장막을 가리키며, 일설에는 부용화 모양으로 짠 비단 장막이라 하기도 한다.

8) 역주] 玉樓 : 화려한 樓閣으로 玄宗이 酒宴을 베푼 곳을 이른다.

9) 姊妹弟兄皆列土 : 貴妃從兄國忠이 封公하고 女兄弟封國하니 號曰韓虢秦三夫人이라

楊貴妃의 사촌 오라비인 양국충이 公에 봉해지고 여자 형제들은 國夫人에 봉해지니, 호를 韓國·虢國·秦國 세 부인이라 하였다.

10) 역주] 漁陽鼙鼓動地來 : 漁陽은 현재 北京 부근의 지명인데 唐나라 玄宗 말기 范陽節度使로 있던 安祿山이 이곳에서 반란을 일으켜 천하가 큰 혼란에 빠졌으므로 말한 것이다.

11) 역주] 霓裳羽衣曲 : 霓裳羽衣의 法曲을 이르는 바, 唐 玄宗 때에 河西節度使로 있던 楊敬忠이 올린 곡조이다. 霓裳羽衣는 원래 신선이나 도사가 입는 의상을 이르는 바, 天上의 아름다운 곡조라 하여 붙인 이름이다.

12) 역주] 六軍不發無奈何 宛轉蛾眉馬前死 : 1軍은 1만 2천 5백 명으로 고대에 天子國은 6軍이고 제후국의 大國은 3軍인 바 全軍을 가리키며, 宛轉蛾眉는 眉目이 아름다운 것으로 양귀비를 가리킨다. 양귀비는 미모가 뛰어나 玄宗의 총애를 한 몸에 받았으며 오라비인 楊國忠 역시 정승에 올랐으나 安祿山의 난이 일어나 현종과 함께 西蜀으로 피난가던 중 장병들이 나라를 망친 원흉들을 먼저 처결할 것을 요구하며 나아가지 않으므로 玄宗은 어쩔 수 없이 양국충과 양귀비를 죽였다.

13) 翠翹金雀玉搔頭 : 皆婦人首飾이라

翠翹와 金雀과 玉搔頭는 모두 부인의 머리 장식이다.

14) 역주] 天旋地轉回龍馭 : 郭子儀·李光弼 등의 功으로 安祿山의 亂이 평정되고 兩京이 회복되어 玄宗의 御駕가 돌아옴을 이른다.

15) 역주] 太液芙蓉未央柳 : 太液은 長安 古城 서쪽 建章宮 북쪽 未央宮 서남쪽에 있는 큰 연못으로 玄宗이 돌아와 이곳의 연꽃과 버들을 보며 楊貴妃를 그리워한 것이다.

16) 역주] 西宮南苑 : 서궁은 궁궐의 西內, 남원은 궁궐의 南內를 가리킨다. 唐나라 長安에는 三內가 있었으니 皇城이 서쪽에 있었으므로 西內라 하였고, 大明宮은 동쪽에 있었으므로 東內라 하였고, 興慶宮은 東內의 남쪽에 있었으므로 南內라 하였다.

17) 역주] 梨園弟子 : 梨園은 唐 玄宗 때 궁중의 歌舞를 가르치던 곳으로 이원제자는 이

곳에서 歌舞와 技藝를 배우는 사람의 총칭이다.

18) 역주] 椒房阿監靑娥老 : 椒房은 后妃가 거처하는 방이며 阿監은 宮女들을 관장하는 官職으로, 청춘이던 그들이 이미 늙었음을 말한 것이다.

19) 역주] 更鼓 : 更은 시간으로 경고는 시간을 알리는 북소리를 이른다.

20) 역주] 翡翠衾 : 비취 깃털로 장식한 이불을 이른다. 金隆의 《勿巖集》 4권에 "翡翠는 바로 지금의 물고기를 잡아먹는 翠鳥[물총새]이다. 생각하건대 이 새의 배 아래는 깃이 붉고 배 위는 깃이 푸르므로 두 글자로 이름한 것이다." 하였다.

21) 역주] 臨邛道士鴻都客 : 道士는 姓이 楊이고 이름이 通幽이다. 鴻都는 洛陽 北宮門의 이름으로 임공의 도사가 홍도문에 와서 머물렀으므로 鴻都客이라 한 것이다.

22) 中有一人字玉眞 : 玉眞은 乃貴妃也라

옥진은 바로 楊貴妃이다.

23) 轉敎小玉報雙成 : 小玉, 雙成은 西王母二侍女라

소옥과 쌍성은 서왕모의 두 시녀이다.

24) 역주] 九華帳 : 화려한 장막을 가리키는 바, 옛날에 器物이나 宮室을 꽃무늬로 장식한 것을 九華라 하였다.

25) 역주] 昭陽殿 : 본래 漢나라 궁전의 이름인데 后妃들이 거처하였는 바, 后妃 궁전의 범칭으로 쓰인다.

26) 역주] 蓬萊宮 : 唐나라의 궁전 이름으로 陝西省 長安縣 동쪽에 있었는 바, 원래 이름은 大明宮이다.

27) 역주] 鈿合 : 金隆은 "鈿은 금은과 구슬과 조개로 기물을 장식하는 것의 이름이고 合은 오늘날의 盒과 같다." 하였다.

28) 역주] 釵留一股合一扇 釵擘黃金合分鈿 : 金隆은 "비녀는 두 가락이 있고 상자는 두 쪽이 있다. 양귀비가 비녀를 부치면서 한 가락을 남기고 상자를 부치면서 한 쪽을 남겼으며, 또 부치는 가운데에 금비녀에서 황금을 쪼개고 상자에서 자개를 떼어내어 자기가 간직하였으니, 이는 모두 거듭 離合에 뜻을 다하여 훗날의 기약으로 삼은 것이다." 하였다.

29) 夜半無人私語時 : 天寶十載에 明皇이 憑楊妃肩하여 仰天感牛女之事하고 密相誓心하여 願世世結爲夫婦하니라

천보 10년(751)에 명황이 楊貴妃의 어깨에 기대어 하늘을 우러러 牽牛와 織女의 일에 감동하고 은밀히 서로 마음속에 맹세하여 영원토록 맺어져 부부가 되기를 원하였다.

30) 역주] 比翼鳥 : 전설속의 새 이름으로 모양은 오리처럼 생겼는데 南方에 살며 암수가 각각 눈이 하나에 날개가 하나씩이어서 서로 의지해야만 날 수 있다고 한다. 그

리하여 금슬 좋은 부부를 비유한다.

31) 역주] 連理枝 : 두 나무의 가지가 서로 엉겨 하나가 되는 것으로, 부부간이나 형제간을 비유한다.

【賞析】 이 시는 《白香山集》 12권에 실려 있는 바, 唐 玄宗과 楊貴妃의 사랑을 詩化한 것으로, 白居易의 長篇詩 중 〈琵琶行〉과 함께 최고의 명작으로 꼽히는 바, 서정성이 농후한 敍事詩에 해당한다 할 것이다.

《唐宋詩醇》에 "유사 이래로 女禍가 唐나라보다 심한 적이 없었다. 明皇이 卽位하였으나 覆轍이 멀리 있지 않았다. 開元 연간에는 마음을 다하여 어느 정도 太平을 이루었으나, 天寶 연간 이후로는 마음이 여색에 빠져 太眞(楊貴妃)을 은밀히 받아들여 新臺의 비난을 받았다. 艶妻가 禍端을 일으키기를 일삼아 졸지에 播遷하였는데, 宗社를 再建한 것은 요행이었다. 姚崇과 宋璟 같은 賢臣들은 그를 보좌하기에 부족하였고 일개 太眞은 그를 무너뜨리기에 충분하였다. …… 白居易의 詩는 특히 묘하여 내용과 형식이 相生하며 沈鬱하고 哀艶한 가운데에 諷刺를 갖추었다. '漢皇重色思傾國' '從此君王不早朝' '君王掩面救不得'은 모두 은미한 표현이며, '養在深閨人未識'은 尊者를 위해 諱한 것이다. 전체 내용은 보통 4段으로 나눈다. '漢皇重色思傾國'에서 '驚破霓裳羽衣曲'까지는 楊貴妃가 총애를 독차지한 일을 서술한 것인데 돌연 '漁陽鼙鼓動地來' 두 구로 은밀히 속뜻을 나타내었고, '九重城闕煙塵生'에서 '夜雨聞鈴腸斷聲'까지는 馬嵬의 일을 서술한 것인데 '行宮見月傷心色' 두 구로 은밀히 속뜻을 폈으며, '天旋地轉回龍馭'에서 '魂魄不曾來入夢'까지는 上皇이 南宮의 옛날을 그리워하는 情을 서술한 것인데, '悠悠生死別經年' 두 구로 역시 은밀히 속뜻을 폈다. '臨邛道士鴻都客'에서 끝까지는 方士가 招魂하는 일을 서술하였으며, 마지막 長恨을 點睛으로 하여 詩를 끝맺었다." 하였다.

위의 〈新臺〉는 《詩經》 〈邶風〉의 篇名으로 宣姜을 아내로 맞이한 宣公을 비판한 내용이다. 春秋時代 衛나라 宣公이 아들 伋을 위해 齊나라 公主를 맞이해 오게 하였는데, 그녀의 자태가 빼어나다는 말을 듣고 자신의 아내로 삼으니, 이 여자가 바로 宣姜이다. 玄宗 역시 아들인 壽王을 위해 양귀비를 맞이해 오게 하였는데, 그녀의 미모에 반하여 며느리감을 아내로 삼았으므로 新臺의 詩를 인용하여 비유한 것이다.

唐 玄宗과 楊貴妃의 사랑을 읊은 것으로는 이외에도 元稹의 〈連昌宮詞〉, 陳鴻의 〈長恨歌傳〉 등 여러 편이 있으나 白居易의 이 시가 단연 頭角을 나타내며 많은 사람들에게 애송되고 있다.

## 六歌 육가

文天祥

宋德祐丙子正月에 元伯顏이 領軍至臨安한대 宋丞相文天祥이 使軍前하여 與伯顏抗辭爭辯하여 不屈被拘하고 北行至鎭江하여 以計脫歸하다 時에 三宮이 已北遷矣라 景炎帝卽位福州하고 召拜右相하다 傳以樞密로 出督하여 志圖匡復이러니 至空坑敗績하여 夫人歐陽氏와 男佛生, 還生과 女柳娘, 環娘과 妾黃氏, 顏氏俱被執하고 妹女孫栗, 彭辰이 皆遇害라 公獨與長子道生으로 以數騎免하여 收散卒하여 居厓山이러니 戊寅十月에 引兵至潮州라가 遇元兵被執하여 北行至燕臺하여 作此六歌하니라

宋나라 德祐 연간 병자년(1276) 정월에 元나라 伯顏이 군대를 거느리고 臨安에 이르니, 宋나라 승상 文天祥이 군전에 사자로 가서 백안과 언성을 높이며 논쟁하고 굽히지 않다가 구류당하여 북쪽으로 끌려가 鎭江에 이르렀는데, 계책을 내어 탈출하여 돌아왔다. 이때 三宮이 이미 북쪽으로 잡혀갔다. 景炎帝(端宗)가 福州에서 즉위하고는 문천상을 불러 우상에 임명하였다. 추밀로 나가 군대를 감독하여 광복할 것을 도모하였는데, 空坑에 이르러 패하여 부인인 歐陽氏와 아들인 佛生·還生과 딸인 柳娘·環娘과 첩인 黃氏·顏氏가 모두 붙잡히고 누이의 딸인 孫栗과 彭辰이 모두 살해되었다. 공은 홀로 장자인 道生과 함께 몇 기의 기병으로 죽음을 면하고는 흩어진 군사들을 수습하여 厓山에 머물러 있었는데, 무인년(1278) 10월 군대를 이끌고 조주에 갔다가 원나라 군대를 만나 사로잡혀 북쪽으로 끌려가 燕臺에 이르러서 이 〈六歌〉를 지었다.

| | |
|---|---|
| 有妻有妻出糟糠[1)]하니 | 아내여! 아내여! 糟糠에서 나왔으니 |
| 自少結髮不下堂이라 | 어려서 결혼한 뒤로 당에서 내려가지 않았다오. |
| 亂離中道逢虎狼하여 | 난리통에 중도에서 虎狼을 만나 |
| 鳳飛翩翩失其凰[2)]하니 | 鳳이 훨훨 날다가 凰을 잃으니 |
| 將雛一二去何方고 | 새끼 한둘 거느리고 어느 곳으로 갔는가. |
| 豈料國破家亦亡가 | 어찌 나라가 깨어지고 집안도 망할 줄 알았으랴 |
| 不忍舍君羅襦裳이라 | 그대의 비단 치마와 저고리 버릴 수 없노라. |
| 天長地久終茫茫하니 | 하늘이 길고 땅이 오래어 끝내 아득하니 |
| 牛女夜夜遙相望이라 | 牽牛와 織女 밤마다 멀리 서로 바라보네. |
| 嗚呼一歌兮歌正長하니 | 아! 첫 번째 노래함에 노랫소리 참으로 기니 |
| 悲風北來起彷徨이라 | 슬픈 바람 북쪽에서 불어오니 일어나 방황한다오. |

| | |
|---|---|
| 有妹有妹家流離하니 | 누이동생이여! 누이동생이여! 집안이 流離하니 |
| 良人去後携諸兒라 | 남편이 떠난 뒤에 여러 아이 데리고 왔다오. |
| 北風吹沙塞草萋하니 | 북풍은 모래 날리고 변경의 풀 무성한데 |
| 窮猿慘淡將安歸[3]오 | 궁한 원숭이처럼 참담하니 장차 어디로 돌아갈까. |
| 去年哭母南海湄하여 | 지난해 南海 가에서 어머니 喪 당하여 |
| 三男一女同歔欷러니 | 三男一女가 함께 흐느껴 울었는데 |
| 惟汝不在割我肌라 | 너만이 자리에 없어 내 살을 도려내는 듯 아팠다오. |
| 汝家零落母不知하니 | 너의 집안 영락함 어머니는 알지 못하셨으니 |
| 母知豈有瞑目時아 | 어머니가 아셨다면 어찌 눈감으실 때 있으셨겠는가. |
| 嗚呼再歌兮歌孔悲하니 | 아! 두 번째 노래함에 노랫소리 심히 슬프니 |
| 鶺鴒在原[4]我何爲오 | 척령이 언덕에 있으나 나는 어찌할까. |

| | |
|---|---|
| 有女有女婉淸揚[5]하니 | 딸이여! 딸이여! 眉目이 아름다운데 |
| 大者學帖臨鍾王[6]이요 | 큰 놈은 書帖 배워 鍾王을 臨書하고 |
| 小者讀字聲琅琅이라 | 작은 놈은 글자 읽어 글 읽는 소리 낭랑하였다오. |
| 朔風吹衣白日黃에 | 북풍이 옷자락 날려 밝은 해가 흐린데 |
| 一雙白璧[7]委道傍이라 | 한 쌍의 白玉과 같은 딸 길가에 버렸네. |
| 鴈兒啄啄秋無粱하니 | 기러기 새끼들 쪼고 쪼으나 가을에도 곡식 없으니 |
| 隨母北首誰人將고 | 어미 따라 북쪽으로 향한들 어느 누가 길러줄까. |
| 嗚呼三歌兮歌愈傷하니 | 아! 세 번째 노래함에 노랫소리 더욱 서글프니 |
| 非爲兒女淚淋浪이라 | 兒女子들 때문에 눈물 줄줄 흘리는 것 아니라오. |

| | |
|---|---|
| 有子有子風骨殊하여 | 아들이여! 아들이여! 風骨이 뛰어나 |
| 釋氏抱送徐卿雛[8]하니 | 釋氏가 徐卿의 어린아이 보내온 듯하니 |
| 四月八日摩尼珠[9]라 | 사월 팔일에 낳은 보배로운 摩尼珠라오. |
| 榴花犀錢絡繡襦[10]하고 | 석류꽃 장식과 犀角의 돈 비단 저고리에 매달아 주고 |
| 蘭湯百沸香似酥러니 | 蘭香을 백 번 끓이니 향기로움 우유와 같았는데 |
| 欻隨飛電飄泥途라 | 갑자기 나는 번개 따라 진흙길에 버려졌네. |
| 汝兄十三騎鯨魚[11]하고 | 너의 형은 열세 살에 고래 탔고 |

汝今三歲知在無라　　너는 이제 세 살인데 살아 있느냐 없느냐.
嗚呼四歌兮歌以吁하니　　아! 네 번째 노래함에 노래하고 한숨지으니
燈前老我明月孤라　　등잔 앞에 늙은 나 明月이 외로이 비추누나.

有妾有妾今何如오　　첩이여! 첩이여! 이제 어찌할까
大者手將小蟾蜍요　　큰 첩은 손에 작은 두꺼비 같은 아들 안고
次者親抱汗血駒[12]라　　다음 첩은 친히 汗血馬의 망아지 안고 있었다오.
晨粧靚服臨西湖하니　　새벽에 단장하고 깨끗한 옷으로 西湖에 임하니
英英鴈落飄瓊琚[13]라　　깨끗함이 기러기 내려앉은 듯 珮玉 소리 날렸다네.
風花飛墜鳥嗚呼하고　　바람에 꽃 날아 떨어지고 새는 슬피 울며
金莖[14]沆瀣浮汙渠라　　金莖花 이슬 머금어 개천에 떠 있다오.
天摧地裂龍鳳殂[15]하니　　하늘이 무너지고 땅이 찢어져 용과 봉 죽으니
美人塵土何代無오　　美人이 塵土 됨 어느 시대엔들 없겠는가.
嗚呼五歌兮歌鬱紆하니　　아! 다섯 번째 노래함에 노랫소리 울적하니
爲爾遡風立斯須[16]라　　그대 위하여 바람을 거슬러 한동안 서 있노라.

我生我生何不辰고　　나의 태어남! 나의 태어남! 어찌 좋은 때를 못만났나
孤根不識桃李春이라　　외로운 뿌리는 桃李의 봄 알지 못한다오.
天寒日短重愁人[17]하니　　날씨 차갑고 해 짧으니 거듭 사람 시름겹게 하는데
北風隨我鐵馬塵이라　　北風이 나를 따라 鐵馬가 먼지 일으키네.
初憐骨肉鍾奇禍[18]러니　　처음에는 골육들에게 기이한 화 모임 서글퍼하였는데
而今骨肉重憐我라　　지금에는 골육들 다시 나를 서글퍼하누나.
汝在空令嬰我懷러니　　너희들 살아 있으면 부질없이 나의 마음에 걸릴 것인데
我死誰當收我骸오　　나 죽으면 누가 나의 해골 거두어 줄까.
人生百年何醜好오　　인생 백 년에 무엇이 나쁘고 좋은가
黃粱[19]得喪俱草草라　　黃粱夢에 얻고 잃는 것 모두 부질없다오.
嗚呼六歌兮勿復道하라　　아! 여섯 번째 노래하니 다시 말하지 말라
出門一笑天地老라　　문을 나서 한 번 웃으니 하늘과 땅도 늙었도다.

1) 역주] 糟糠 : 술지게미와 겨로 이것을 먹으며 함께 고생함을 이른다. 이 때문에 本

妻를 糟糠之妻라 칭한다.

2) 역주] 鳳飛翾翾失其凰 : 鳳은 수컷이고 凰은 암컷이니, 곧 아내를 잃음을 비유한 것이다.

3) 역주] 窮猿慘淡將安歸 : 窮猿은 곤궁한 원숭이로, 李德弘의 《艮齋集》 續集 4권에 "누이가 붙잡혀 돌아갈 곳이 없음을 비유한 것이다." 하였다.

4) 역주] 鶺鴒在原 : 鶺鴒은 새의 이름으로 脊令으로도 쓴다. 《詩經》 〈小雅 常棣〉에 "脊令이 언덕에 있으니 형제가 급난을 구원하도다.〔脊令在原 兄弟急難〕" 라고 하였는 바, 척령은 할미새로 날면 울고 걸을 때에는 몸을 흔들기 때문에 急難의 뜻이 있다 하여, 형제간에 위급함이 있을 때에 서로 구원함을 뜻하며 혹은 직접 형제간을 비유하기도 한다.

5) 역주] 淸揚 : 淸은 눈이 맑은 것이고 揚은 이마가 넓은 것으로, 眉目이 아름다움을 말한 것이다.

6) 역주] 大者學帖臨鍾王 : 鍾王은 명필가인 三國時代 魏나라의 鍾繇와 晉나라의 王羲之를 함께 일컬은 것이다. 臨은 臨書로 옛 名筆의 筆帖을 옆에 놓고 그대로 쓰는 것을 이른다. 李德弘은 "무릇 글씨를 배우는 자들은 옛 書帖을 본뜨니, 이것을 臨이라고 한다." 하였다.

7) 역주] 一雙白璧 : 한 쌍의 흰 옥으로 두 딸을 가리킨다.

8) 역주] 釋氏抱送徐卿雛 : 釋氏는 부처이고 徐卿雛는 徐卿의 두 아들로, 곧 부처님이 점지하여 태어나게 한 것이라는 뜻이다. 杜甫의 〈徐卿二子歌〉에 "그대는 보지 못하였는가 徐卿의 두 아들을. 뛰어나게 기이하니 길몽에 감응되어 연이어 태어났네. 꿈속에 孔子와 釋氏가 아이를 친히 안아 건네주니 모두 天上의 麒麟兒라오.〔君不見徐卿二子生絶奇 感應吉夢相追隨 孔子釋氏親抱送 並是天上麒麟兒〕" 한 내용을 인용한 것이다.

9) 역주] 四月八日摩尼珠 : 摩尼珠는 獅子國에서 산출된다는 寶珠로 흐린 곳에 던지면 곧 맑아진다고 한다. 李德弘은 "아들을 釋迦가 태어난 것에 견주어서 그 자질의 아름다움이 摩尼珠와 같다고 말한 것이다." 하였고, 金隆의 《勿巖集》에도 "마니주는 佛書에 그 도가 淸淨無垢한 것에 비유한 것이다." 하였다.

10) 역주] 榴花犀錢絡繡襦 : 李德弘은 "아들이 태어난 날에 석류꽃과 犀角의 돈을 비단 저고리에 매달아서 洗兒錢으로 삼은 것이다." 하였다. 金隆의 《勿巖集》에도 같은 내용이 보인다.

11) 역주] 騎鯨魚 : 전설에 李白이 고래를 타고 昇天하였다 하여 죽음을 뜻하는 말로 쓰인다.

12) 역주] 大者手將小蟾蜍 次者親抱汗血駒 : 汗血駒는 汗血馬의 망아지로, 한혈마는 西

域에서 나는 駿馬의 이름인데 피빛 땀을 흘린다고 한다. 李德弘은 "두 妾이 하나는 딸을 낳고 하나는 아들을 낳은 것이니, 두꺼비는 딸을 비유하고 한혈마의 망아지는 아들을 비유한 것이다." 하였다. 金隆의 《勿巖集》에도 같은 내용이 보인다.

13) 역주〕 英英鴈落飄瓊琚 : 李德弘은 "鴈落은 두 妾이 나란히 다니기 때문에 기러기에 비유한 것이다." 하였다. 金隆의 《勿巖集》에도 같은 내용이 보인다.

14) 역주〕 金莖 : 滄浪洲에 핀다는 꽃 이름이다.

15) 역주〕 天摧地裂龍鳳殂 : 李德弘은 "영웅호걸이 난세를 만나 죽음을 널리 비유하여 말한 것이다." 하였다. 金隆의 《勿巖集》에도 같은 내용이 보인다.

16) 역주〕 斯須 : 須臾와 같은 말로 짧은 시간을 가리킨다.

17) 역주〕 天寒日短重愁人 : 臺本에는 '暖'자로 되어 있으나 本集을 따라 '短'자로 바로잡았다.

18) 역주〕 初憐骨肉鍾奇禍 : 金隆은 "鍾은 모인다는 뜻이다." 하였다.

19) 역주〕 黃粱 : 黃粱夢으로 인간의 부귀영화가 덧없음을 비유하며, 또한 현실로 이룰 수 없는 인간의 욕망을 의미한다. 옛날 盧生이라는 사람이 邯鄲의 객점에서 道士인 呂翁을 만나 자신의 곤궁한 신세를 한탄하였더니, 여옹은 행장 속에서 베개 하나를 꺼내어 주면서 "이것을 베고 자면 당신의 소원대로 부귀공명을 누릴 것이다." 하였다. 이때 주인이 黃粱으로 밥을 짓고 있었는데, 노생이 그 베개를 베고 잠들어 꿈속에 온갖 부귀를 누리고 깨어보니, 주인이 짓던 좁쌀밥이 아직 다 익지 않았다 한다. 《枕中記》

【賞析】 이 시는 《文山先生全集》 14권에 실려 있는 바, 文天祥의 애절한 심정과 憂國衷情을 엿볼 수 있는 작품이다. 작자의 뛰어난 충성과 드높은 절개는 독자들의 눈물을 자아내게 하는 바, 또다른 명작인 〈正氣歌〉와 함께 영원히 세상에 전해질 것이다.

朝鮮 河受一의 《松亭集》 4권에 실린 〈文山先生六歌를 읽고〉의 서문에 문천상의 충정을 찬미한 내용이 실려 있으므로 소개한다.

"옛말에 '거센 바람에 꿋꿋한 풀을 알 수 있고 세상이 어지러움에 忠臣을 알 수 있다' 하였으니, 선생을 두고 한 말이다. 삶은 사람이 가장 원하는 것이지만 오직 선생은 삶을 버리고 의를 취하였으며, 죽음은 사람이 가장 꺼리는 바이지만 오직 선생은 殺身成仁하였다. 누군들 夫婦와 子母의 家屬이 있기를 바라지 않겠는가마는 오직 선생은 나라를 위해 목숨을 바치고 집안을 잊었다. 그 광채는 日月과 같고 그 우뚝함은 泰山처럼 높아 殷나라의 伯夷와 宋나라의 先生이 그 도가 똑같았으니, 〈正氣歌〉는 충성에서 나온 것이고 〈六歌〉는 情에서 나온 것이다. 나는 이 글을 여러번 반복하여 읽고 슬퍼하여 눈물을 흘렸다. 저 曹操를 섬긴 荀彧과 金나라에 붙은 秦檜도 똑같은 사람의 신하가 아니겠는가. 똑같은 사람의 신하가 아니겠는가."

이외에도 文人, 學者들의 찬미한 글이 많이 있는 바, 金時習(1435(세종 17)－1493(성종 24))의《梅月堂集》19권의〈文天祥贊〉에는 "마침내 옥에 갇혀서 조금도 꺾이지 않고〈正氣歌〉를 지었으니, 담력이 매우 컸다." 라고 하였고, 또 20권의〈文天祥傳〉에는 "〈六歌〉는 그 내용이 매우 처연하고 장중하다." 라고 하였으며, 詩集 2권에는〈哀文山〉3首가 실려 있다.

古文眞寶 前集 제10권

# 行 類*

* 《詩人玉屑》 1권에 "法度를 지킨 것을 '詩'라 하고 始末을 갖춘 것을 '引'이라 하며, 體가 行書와 같은 것을 '行'이라 하고 情을 마음껏 펼친 것을 '歌'라 하며, 이것을 겸한 것을 '歌行'이라 한다." 하였다. 嚴羽의 《滄浪詩話》에는 "詩體에 歌行이 있는데 옛날에는 〈鞠歌行〉·〈放歌行〉·〈長歌行〉·〈短歌行〉이 있었고, 또 단지 歌라고 이름한 것이 있는가 하면 行으로 이름한 것이 있다." 하였다. 《文選》의 〈飮馬長城窟行〉 제목 밑의 주에 李善은 "行은 曲이다." 하였고, 《文體明辨》에는 "歌行에는 곡조와 가사가 있는 것이 있으니 樂府에 실린 歌가 이것이며, 가사만 있고 곡조가 없는 것이 있으니 後人들의 歌가 바로 이것이다. 名稱은 대부분 樂府와 같으나 詠·謠·哀·別이란 명칭은 樂府에 없다. 사실을 가지고 篇을 이름하여 옛 제목을 답습하지 않았고 聲調 또한 서로 거리가 멀어졌으니, 바로 詩의 三變이다." 하였다.

## 貧交行　　가난했을 때의 사귐에 대한 노래

杜甫(子美)

| | |
|---|---|
| **翻手作雲覆手雨**하니 | 손을 제치면 구름 일고 손을 엎으면 비 오니 |
| **紛紛輕薄何須數**오 | 분분히 경박한 자들 어찌 굳이 나무라겠는가. |
| **君不見管鮑貧時交**[1])아 | 그대는 보지 못했는가 管鮑의 가난할 때 사귐을 |
| **此道今人棄如土**라 | 이 도리 지금 사람들은 흙처럼 버린다오. |

1) 역주] 管鮑貧時交 : 管鮑는 春秋時代 管仲과 鮑叔牙를 가리키는 바, 관중은 일찍이 말하기를 "나를 낳아준 분은 부모이고 나를 알아준 사람은 포숙아이다." 하였다. 그리하여 절친한 친구간을 관포지교(管鮑之交)라 칭한다. 《史記 管晏列傳》

【賞析】《杜少陵集》 2권에 실려 있는 바, 杜甫가 三大禮賦(朝獻太淸宮賦, 朝享太廟賦, 有事於南郊賦)를 바쳤으나 長安의 故人들이 이것을 염두에 두는 자가 없으므로 이

시를 지었다고 한다. 貧賤했던 자가 富貴해지면 신의를 저버림을 한탄한 내용이다. 《杜詩集註》에 "이는 대개 오늘날 사람들의 사귐이 예전만 못함을 말하여 세속을 경계한 것으로, 嚴武를 가리킨 것이라고도 하고 高適을 가리킨 것이라고도 하나 모두 확실치 않다." 하였다.

## 醉歌行　　취하여 부른 노래

杜　甫

甫從姪杜勤이 下第歸鄕한대 甫於長安에 醉中作하니라

杜甫의 종질인 杜勤이 낙방하고 고향으로 돌아가자, 두보가 長安에서 취중에 이 글을 지었다.

| | |
|---|---|
| 陸機[1]二十作文賦하니 | 陸機는 이십 세에 文賦 지었는데 |
| 汝更少年能綴文이라 | 너는 더 어린 나이에 文章을 잘 엮누나. |
| 總角草書又神速하니 | 總角에 草書를 또 신속히 쓰니 |
| 世上兒子徒紛紛이라 | 세상의 아이들 한갓 분분할 뿐이네. |
| 驊騮[2]作駒已汗血이요 | 화류는 망아지였을 때에도 이미 피땀 흘리고 |
| 鷙鳥[3]擧翮連靑雲이라 | 사나운 새는 한 번 날개 펼치면 푸른 구름과 맞닿는다네. |
| 詞源倒流三峽水[4]요 | 詞源은 三峽의 물 거꾸로 흐르는 듯하고 |
| 筆陣獨掃千人軍[5]이라 | 筆陣은 홀로 천 명의 적군 쓸어버릴 기세라오. |
| 只今年纔十六七에 | 지금 나이 겨우 십육칠 세에 |
| 射策君門期第一이라 | 궁궐문에서 射策하여 제일을 기약하였네. |
| 舊穿楊葉[6]眞自知니 | 옛날에 버들잎 백발백중시켰음 내 참으로 알고 있으니 |
| 暫蹶霜蹄未爲失[7]이라 | 잠시 霜蹄가 넘어짐 잘못이 되지 않는다오. |
| 偶然擢秀非難取니 | 우연히 秀才로 뽑힘 취하기 어렵지 않으니 |
| 會是排風有毛質이라 | 마침내 바람 밀치고 높이 날 자질 있어라. |
| 汝身已見唾成珠하니 | 너의 몸 이미 침을 뱉으면 진주 같은 문장 이룸을 보니 |
| 汝伯何由髮如漆[8]고 | 너의 伯父인 내가 어이하면 머리가 칠흑처럼 검어지겠는가. |
| 春光淡沱秦東亭[9]하니 | 봄빛이 長安의 東亭에 살랑거리니 |
| 渚蒲芽白水荇靑이라 | 물가의 창포싹 희고 물의 마름 파랗구나. |
| 風吹客衣日杲杲요 | 바람이 나그네 옷자락 날리는데 해는 높이 떠 있고 |

樹攪離思花冥冥이라 나무는 이별의 시름 어지럽히는데 꽃은 자욱하누나.
酒盡沙頭雙玉甁하니 술은 백사장 머리에서 한 쌍의 옥병 다하였으니
衆賓皆醉我獨醒이라 손님들 모두 취하였으나 나만은 깨어 있다오.
乃知貧賤別更苦하니 이제야 빈천한 사람의 작별 더욱 괴로움 알겠으니
吞聲躑躅涕淚零이라 소리 삼켜 흐느끼며 머뭇거리니 눈물만 떨어지네.

1) 역주] 陸機 : 晉나라의 文章家로 字가 士衡인데 어려서부터 문장을 잘하여 이름을 떨쳤으며 太子洗馬와 著作郎을 지냈다.
2) 역주] 驊騮 : 駿馬의 이름으로 騮는 붉은 몸에 갈기가 검은 월다말이다.
3) 역주] 鷙鳥 : 매나 독수리 따위의 猛禽類를 이른다.
4) 역주] 詞源倒流三峽水 : 詞源은 문장이 滔滔하게 끊임없이 이어지는 것을 비유하며, 三峽은 중국 瞿塘峽·巫峽·西陵峽으로 물이 세차게 흐르기 때문에 도도한 문장을 비유한 것이다.
5) 역주] 筆陣獨掃千人軍 : 문장의 기세나 書法의 運筆을 軍陣에 비유한 것이다.
6) 역주] 穿楊葉 : 활 솜씨가 매우 정교함을 비유한 것으로, 戰國時代 楚나라의 養由基는 1백 보 거리에서 버들잎을 쏘면 백발백중이었다고 한다. 《戰國策 西周策》
7) 역주] 暫蹶霜蹄未爲失 : 霜蹄는 말발굽으로 駿馬를 뜻하는 바, 科擧에서 한번 落榜하는 것도 나쁠 것이 없다는 뜻이다.
8) 역주] 汝伯何由髮如漆 : 너의 伯父인 내가 어떻게 하면 다시 젊어져서 훗날 네가 功名을 드날리는 것을 볼 수 있겠는가 하여 자신의 늙음을 탄식한 것이다.
9) 역주] 東亭 : 長安의 城門 밖에 있는 亭子로 送別하는 장소이다.

【賞析】《杜少陵集》 3권에 실려 있는 바, 두보의 從姪인 杜勤이 과거에 낙방하여 고향으로 돌아가자, 두보가 長安에서 醉中에 이 詩를 지어 작별하고 훗날 반드시 뜻을 이루기를 기원한 내용이다. 이 시는 세 가지 韻을 쓰고 있는데, 韻이 바뀔 때마다 시의 내용도 따라서 바뀌었는 바, 첫 단락에서는 조카 杜勤의 文才를 노래하였고, 둘째 단락에서는 科擧에 낙방한 것을 위로하였으며, 셋째 단락에서는 離別을 슬퍼하였다.

李奎報〈1168(의종 22)－1241(고종 28)〉의 《東國李相國集》 全集 1권과 17권, 李敏求〈1589(선조 22)－1670(현종 11)〉의 《東州集》 詩集 2권 등에도 醉興을 읊은 제목의 시가 실려 있다.

## 麗人行 미인에 대한 노래

杜 甫

天寶十三載에 楊國忠이 與虢國夫人으로 隣居第하여 往來無期하고 或並轡入朝하여 不施幃幕하니 道路爲之掩目이라 子美因作麗人行하니라

天寶 13년(754)에 楊國忠이 虢國夫人과 이웃집에 살면서 때없이 왕래하고 혹은 고삐를 나란히 하고 入朝해서 휘장도 치지 않으니, 도로의 행인들이 이 때문에 눈을 가리고 차마 보지 못하였다. 杜子美가 인하여 〈麗人行〉을 지었다.

三月三日天氣新하니 삼월 삼일이라 天氣 새로우니
長安水邊多麗人이라 長安의 물가에는 미인들 많다오.
態濃意遠淑且眞하니 자태 무르익고 뜻 원대해 착하고 또 참되니
肌理細膩骨肉勻이라 살결이 곱고 매끄러우며 뼈와 살 고르네.
繡羅衣裳照暮春하니 수놓은 비단 의상 늦봄에 비추니
蹙金孔雀銀麒麟이라 금실로 만든 孔雀과 은으로 만든 麒麟이라오.
頭上何所有오 머리 위에는 무엇이 있는가
翠爲㔩葉垂鬢脣이요 비취 깃으로 잎 만들어 귀밑머리 끝에 드리웠고.
背後何所見고 등 뒤에는 무엇이 보이는가
珠壓腰衱穩稱身이라 구슬이 허리의 옷자락 눌러 안온하게 몸에 걸맞누나.
就中雲幕椒房親[1]은 그 가운데 雲幕에 있는 椒房의 친척은
賜名大國虢與秦[2]이라 大國의 이름 하사받으니 虢國과 秦國이라오.
紫駝之峯出翠釜[3]요 자주색 낙타 등의 살코기는 푸른 가마솥에서 나오고
水精之盤行素鱗이라 수정 소반에는 흰 비늘의 물고기 요리 드나드네.
犀筯厭飫久未下하니 배불러 犀角 젓가락 오래도록 대지 않으니
鑾刀縷切空紛綸이라 방울달린 칼로 잘게 썰어 공연히 어지럽게 놓였다오.
黃門[4]飛鞚不動塵하니 黃門은 말 달리는데 먼지도 움직이지 않으니
御廚絡繹送八珍[5]이라 御廚에서는 계속하여 八珍味 보내오네.
簫鼓哀吟感鬼神하고 퉁소소리와 북소리 슬피 읊으니 귀신이 감동하고
賓從雜遝實要津이라 수많은 손님과 從者들 몰려와 要路를 메우네.
後來鞍馬何逡巡고 뒤에 온 말탄 분 어찌 머뭇거릴까
當軒下馬入錦茵이라 문 앞에 당도하여 말에서 내려 비단자리로 들어가네.
楊花雪落覆白蘋이요 버들꽃은 백설처럼 떨어져 흰 마름에 덮여 있고

| | |
|---|---|
| 靑鳥飛去銜紅巾[6]이라 | 푸른 새는 날아가며 붉은 수건 머금었네. |
| 炙手可熱勢絶倫하니 | 손대면 델 만큼 권세 절륜하니 |
| 愼莫近前丞相嗔[7]이라 | 부디 앞에 가까이 하지 마오 丞相이 노여워하신다오. |

1) 역주〕 雲幕椒房親 : 雲幕은 안개처럼 가볍게 날리는 장막이며, 椒房은 后妃의 거처하는 곳이다.

2) 역주〕 賜名大國虢與秦 : 唐 玄宗이 楊貴妃의 두 姊妹를 맏이는 虢國夫人, 그 다음은 秦國夫人에 封하였다.

3) 역주〕 紫駝之峯出翠釜 : 紫駝峯은 赤栗色 낙타의 등 봉우리인데, 이 안에 脂肪이 많이 축적되어 있어 珍味로 알려져 있으며, 翠釜는 정교하게 만든 푸른 가마솥이다.

4) 黃門 : 宦官供養於黃門者라
황문은 宦官으로 황문에서 공양하는 자이다.

5) 역주〕 御廚絡繹送八珍 : 御廚는 임금의 음식을 만드는 廚房이며, 八珍은 여덟 종류의 진미로 맛있는 음식의 대명사이다.

6) 역주〕 楊花雪落覆白蘋 靑鳥飛去銜紅巾 : 楊花는 버들꽃이고, 靑鳥는 鸜鵒와 비슷한 새로 《漢武故事》에 "漢 武帝가 칠월 칠석날 承華殿에 앉아 있는데 갑자기 청조가 서쪽에서 날아왔다. 이를 본 東方朔이 말하기를 '이는 곧 西王母가 올 징조입니다.' 하였는데 과연 서왕모가 이르렀고, 청조 두 마리가 양쪽에서 侍衛하듯 앉아 있었다." 하였다. 紅巾은 붉은 수건으로 부인들의 머리 裝飾이다. 金隆의 《勿巖集》 4권에 "南宋 사람 劉辰翁이 批注하기를 '楊花와 靑鳥의 두 내용은 당시 앞뒤에서 옹위하는 무리가 구름처럼 많아 화려하고 성대함을 극언한 것이니, 작자의 뜻을 사람마다 모두 알 수는 없다.' 하였다. 지금 살펴보건대 이 말이 옳다. 대개 楊花는 時物이고 白蘋은 水草이므로 보이는 바의 물건을 따라 형상하였을 뿐이다. 蔡夢弼의 注에 '後魏의 胡太后가 楊白花와 사통한 일을 인용하여 楊國忠을 풍자한 것이다.' 하였으니, 뜻은 비록 근사하나 牽强附會한 잘못을 면치 못하였다." 하였다.

7) 역주〕 愼莫近前丞相嗔 : 楊貴妃의 자매인 虢國夫人이 寡婦가 되자 丞相 楊國忠이 그녀와 私通한 것을 빗대어 말한 것이다.

【賞析】 이 시는 《杜少陵集》 2권에 실려 있다. 시를 쓴 時期는 天寶 12년(753) 봄인 듯하니, 前年 11월에 楊國忠이 右丞相이 되었는데, 이 시에 '丞相'이란 말이 보이기 때문이다. 《唐書》 〈楊貴妃傳〉에 "太眞이 天寶初에 貴妃에 冊封되었다. 세 자매가 모두 아름다워 현종이 姨라 호칭하고 韓國·虢國·秦國의 세 國夫人에 봉하였는데, 이들은 궁궐에 수시로 출입하여 위세가 천하에 떨쳤으며, 해마다 數萬錢을 주

어 脂粉의 비용으로 쓰게 하였다. 虢國夫人은 평소 양국충과 私通하여 사람들에게 알려졌으나 아랑곳하지 않았다. 양국충은 황제를 알현하러 들어갈 때마다 길에서 함께 말을 달리고 횃불을 대낮처럼 밝혔으며, 화장한 여자들이 마을을 메웠고 휘장을 치지 않아 당시 사람들이 음탕한 雄狐(숫여우)라고 칭했다." 라고 하였다. 두보는 이 시를 지어 양국충 가문의 형제자매들이 長安城 남쪽 曲江 가에서 놀며 연회하는 호사스러운 모습을 풍자하였다.

徐居正〈1420(세종 2)-1488(성종 19)〉의 《四佳集》 시집 52권에 杜甫의 〈麗人行〉을 읽고 지은 시가 실려 있는데 그 내용은 다음과 같다.

"삼월삼일이라 곡강에 미인이 많으니 향기로운 사향에 비단옷 봄빛과 어우러지네. 두로에게 풍류를 묻지 마오. 등뒤를 멀리 보니 흥이 새롭구나.〔三日曲江多麗人 紛紜香麝綺羅春 風流杜老人休問 背後遙看發興新〕"

그리고 洪汝河〈1621(광해군 13)-1678(숙종 4)〉의 《木齋集》 6권에 〈麗人行의 뒤에 쓰다〉라는 글에 "내가 杜草堂(杜甫)의 詩를 읽어보니 '버들꽃은 백설처럼 떨어져 흰 마름에 덮여있고 푸른 새는 날아가며 붉은 수건 머금었네.〔楊花雪落覆白蘋 青鳥飛去銜紅巾〕'라는 두 구가 있었는 바, 이는 犬戎이 곧바로 中國에 쳐들어와서 御座에 앉을 징조가 아니겠는가. 이 때문에 草堂을 詩史라고 하는 것이다." 하였다.

## 古柏行* 오래 묵은 측백나무에 대한 노래

杜 甫

* 古柏은 三國時代 蜀漢의 先主 劉備의 사당과 諸葛亮의 사당 근처에 각각 오래된 큰 측백나무가 있으므로 이것을 가리켜 말한 것이다.

| | |
|---|---|
| 孔明廟前有老柏하니 | 孔明의 사당 앞에 늙은 측백나무 있으니 |
| 柯如青銅根如石이라 | 가지는 青銅 같고 뿌리는 돌 같다오. |
| 霜皮溜雨四十圍하고 | 서리 맞은 껍질에 빗물 적시니 사십 아름이나 되고 |
| 黛色參天二千尺이라 | 검푸른 잎 하늘을 찌를 듯 이천 척이나 된다오. |
| 君臣已與時際會하니 | 군주와 신하 이미 時運과 만나니 |
| 樹木猶爲人愛惜이라 | 나무도 오히려 사람들에게 아낌을 받누나. |
| 雲來氣接巫峽長이요 | 구름이 오니 기운은 巫峽을 연하여 길고 |
| 月出寒通雪山[1]白이라 | 달이 나오니 차가움은 雪山을 통하여 희어라. |

| | |
|---|---|
| 憶昨路繞錦亭東[2])하니 | 생각하니 어제 길이 錦亭의 동쪽 돌아왔는데 |
| 先主武侯[3])同閟宮이라 | 先主와 武侯 한 사당에 있었다오. |
| 崔嵬枝幹郊原古요 | 높은 가지와 줄기에 郊原이 예스럽고 |
| 窈窕丹青戶牖空[4])이라 | 窈窕한 丹青에 창문 비어 있네. |
| 落落盤踞[5])雖得地나 | 낙락히 서리고 걸터앉아 비록 제자리 얻었으나 |
| 冥冥孤高多烈風이라 | 무성한 가지와 잎 孤高하여 매서운 바람 많이 맞으리라. |
| 扶持自是神明力이요 | 부지함은 자연 神明의 힘이요 |
| 正直元因造化功이라 | 바르고 곧음은 원래 造化의 공에 인하였네. |
| 大廈如傾要梁棟인댄 | 큰집이 만일 기울어져 棟梁이 필요할진댄 |
| 萬牛回首丘山重이라 | 만 마리 소도 머리 돌리며 丘山처럼 무겁게 여기리라. |
| 不露文章世已驚하니 | 文章에 드러내어 말하지 않아도 세상에서 이미 놀래니 |
| 未辭剪伐誰能送[6])고 | 베어감 사양하지 않으나 누가 능히 운반할까. |
| 苦心未免容螻蟻나 | 속이 썩어 땅강아지와 개미 용납함 면치 못하나 |
| 香葉終經宿鸞鳳이라 | 향기로운 잎 끝내 난새와 봉황이 자고 갔으리라. |
| 志士幽人莫怨嗟하라 | 志士와 幽人들 원망하고 한탄하지 마오 |
| 古來材大難爲用이라 | 예로부터 재목이 크면 쓰여지기 어려웠네. |

1) 역주] 雪山 : 四川省 松潘縣 남쪽에 있는 岷山의 主峰을 이르는 바, 지금은 靈寶頂이라고 칭한다.

2) 역주] 憶昨路繞錦亭東 : 錦亭은 成都에 있는 정자의 이름이다. 李德弘의 《艮齋集》 續集 4권에 "元註(《集千家註分類杜詩》)에 黃氏(黃鶴)와 趙氏(趙次公)는 모두 이 시가 夔州에서 지은 것이라고 하였다. 武侯의 사당이 成都에도 있고 夔州에도 있는데, 두 사당에 모두 측백나무가 있는 바, 이 시는 杜子美가 기주에 막 이르러 무후의 사당을 보고는 마침내 성도에서 본 것을 떠올리며 이 시를 지었으므로 이렇게 말한 것이다. 錦亭은 성도에 있다." 하였다. 金隆의 《勿巖集》에도 같은 내용이 보인다.

3) 역주] 先主武侯 : 先主는 劉備를 가리키고, 武侯는 諸葛亮의 시호이다.

4) 역주] 窈窕丹青戶牖空 : 窈窕는 깊고 그윽한 것으로, 窈窕丹青은 사당의 채색을 가리킨 것이다.

5) 역주] 盤踞 : 龍盤虎踞의 줄임말로 측백나무가 땅에 뿌리를 내린 모습이 마치 용이 서린 듯 호랑이가 걸터앉은 듯 굳세고도 거대함을 말한 것이다.

6) 역주] 未辭剪伐誰能送 : 李德弘은 "이 측백나무는 베어져 쓰임을 마다하지 않으나

누가 능히 가져다가 쓸 수 있겠는가 라고 말한 것이다." 하였다. 金隆은 "送은 遣字의 뜻이다." 하였다.

【賞析】 이 시는 《杜少陵集》 15권에 실려 있는 바, 夔州(四川省 奉節縣)의 諸葛亮의 祠堂 앞에 있는 늙은 측백나무를 보고 노래한 것으로 大曆 元年(766)에 지은 것이다. 《成都記》에 "諸葛公의 사당은 先主(劉備)의 廟 근처에 있는데, 古宅의 城 서쪽 先主의 사당 서쪽이 바로 武侯의 사당이다. 사당 앞에 두 그루의 큰 측백나무가 있는데 오래되고 커서 사랑할 만하므로, 杜子美가 이 行을 지어 재주는 있으나 쓰여지지 못함을 서글퍼한 것이다." 하였다. 제갈량은 字가 孔明, 號가 臥龍, 시호가 武侯로, 그의 뛰어난 인품과 지략, 그리고 자신을 돌보지 않는 충성심으로 말미암아 그를 예찬한 시와 글이 많으며, 본서의 後集에 실려 있는 〈出師表〉는 후대 수많은 志士들의 눈물을 자아내게 하는 명문으로 유명하다.

柳方善〈1388(우왕 14)－1443(세종 25)〉의 《泰齋集》 3권에 古柏을 읊은 시가 있다.

"홀로 빈 언덕에 서 있는 늙은 가지 길기도 하여라. 하늘이 특이한 물건을 냈으니 어찌 심상하겠는가. 고운 자태를 가지고 어찌 도리화와 다투겠는가. 다만 곧은 마음 보존하여 설상을 업신여기네. 추운 날씨인들 어찌 천년의 푸름을 바꾸겠는가. 성긴 그늘이지만 사시의 서늘함을 변치 않네. 재목이 커서 끝내 쓰여지기 어렵다고 말하지 마오. 일찍이 명당에 들어가 동량이 되었다네.〔獨立空原老幹長 天生異物豈尋常 寧將艶態爭桃李 但保貞心傲雪霜 寒色肯移千載翠 疎陰不變四時凉 莫言材大終難用 曾入明堂作棟樑〕"

## 兵車行　　兵車에 대한 노래

杜　甫

傷唐玄宗末年에 從事於邊功而窮兵不已也라

唐나라 玄宗 말년에 변방의 일에 종사하여 전쟁을 극도로 하고 그치지 않음을 서글퍼한 것이다.

| | |
|---|---|
| 車轔轔馬蕭蕭[1)]하니 | 수레는 덜컹덜컹 말은 히힝 우는데 |
| 行人弓箭各在腰라 | 出征하는 사람 각기 허리에 弓箭 차고 있네. |
| 爺孃妻子走相送하니 | 부모와 처자식들 달려와 전송하니 |
| 塵埃不見咸陽橋라 | 먼지 뒤덮여 咸陽의 다리 보이지 않는다오. |
| 牽衣頓足攔道哭하니 | 옷자락 잡고 발 구르며 길 막고 통곡하니 |
| 哭聲直上干雲霄라 | 통곡 소리 곧바로 올라가 하늘 찌르누나. |

| | |
|---|---|
| 道旁過者問行人하니 | 길가에 지나가는 자들 출정하는 사람에게 물으니 |
| 行人但云點行[2)]頻이라 | 출정하는 사람 단지 點行이 빈번하다고만 말하네. |
| 或從十五北防河[3)]하여 | 혹은 십오 세에 북쪽으로 黃河 방비하러 가서 |
| 便至四十西營田[4)]이라 | 사십 세에 이르러 서쪽으로 屯田하러 갔다네. |
| 去時里正與裹頭[5)]러니 | 떠나갈 때에 里正이 머리 싸매 주었는데 |
| 歸來頭白還戍邊이라 | 돌아오니 머리 세었으나 다시 변방 지키러 간다오. |
| 邊庭流血成海水나 | 변방의 뜰에 흐르는 피 바닷물 이루나 |
| 武皇開邊意未已[6)]라 | 武皇은 변방 개척하려는 뜻 그치지 않누나. |
| 君不聞漢家山東二百州에 | 그대는 듣지 못하였는가 漢나라 山東의 이백 고을에 |
| 千村萬落生荊杞아 | 千村萬落이 가시나무와 버드나무 자란다는 것을. |
| 縱有健婦把鋤犁나 | 비록 건장한 아낙네 호미와 쟁기 잡고 있으나 |
| 禾生隴畝無東西라 | 벼가 밭두둑과 이랑에 자라 東西의 구분 없다오. |
| 況復秦兵耐苦戰하니 | 더구나 秦나라 병사들 괴로운 싸움 감내하니 |
| 被驅不異犬與鷄라 | 구박받음 닭이나 개와 다름없다오. |
| 長者雖有問[7)]이나 | 長者가 비록 고통을 물으나 |
| 役夫敢伸恨가 | 役夫가 어찌 감히 한을 말할까. |
| 且如今年冬에 | 또 금년 겨울에는 |
| 未休關西卒[8)]이라 | 關西의 병졸들 쉬지 못할 것이라네. |
| 縣官急索租나 | 고을 관원 급히 조세 징수하나 |
| 租稅從何出고 | 조세가 어느 곳으로부터 나오겠는가. |
| 信知生男惡이요 | 참으로 아들 낳는 것 나쁘고 |
| 反是生女好라 | 도리어 딸 낳는 것 좋은 줄 알겠노라. |
| 生女猶得嫁比隣이나 | 딸 낳으면 그래도 이웃고을에 시집보낼 수 있으나 |
| 生男埋沒隨百草라 | 아들 낳으면 매몰되어 온갖 풀 따라 썩는다오. |
| 君不見青海頭[9)]아 | 그대는 靑海의 머리 보지 못했는가 |
| 古來白骨無人收라 | 예로부터 白骨 거두는 사람 없다오. |
| 新鬼煩寃舊鬼哭하니 | 새로운 귀신 억울함에 번민하고 옛귀신 통곡하니 |
| 天陰雨濕聲啾啾라 | 날씨 흐리고 비 축축히 내리면 귀신소리 서글피 들려오네. |

1) 역주] 車轔轔馬蕭蕭 : 轔轔은 수레가 덜컹거리는 소리를 형용한 것이고, 蕭蕭는 말

이 우는 소리를 형용한 것이다.

2) 역주] 點行 : 《漢書》의 '更行'과 같은 말로, 丁夫를 기록한 軍籍에 근거하여 上丁과 下丁을 구별하여 순번을 정함을 이른다.

3) 防河 : 謂築堤하여 備河水泛決이라

방하는 堤防을 쌓아 하수가 범람하고 터질 것에 대비함을 이른다.

4) 營田 : 如漢趙充國獻營田之策이니 無事則耕하고 有事則戰이라

영전은 漢나라 조충국이 營田의 계책을 올린 것이니, 전쟁이 없을 때에는 농사를 짓고 전쟁이 있을 때에는 싸우는 것이다.

5) 역주] 與裹頭 : 裹頭는 남자아이의 머리를 싸매 주는 것으로, 약식 冠禮를 가리킨다. 남자가 20세가 되면 丁이라 하여 軍役을 책임지우는데 丁이 되면 머리를 싸맨다. 이때 15세의 소년을 출정시키면서 어린 모습을 감추기 위해 里長이 수건을 씌운 것이라 한다. 李德弘의 《艮齋集》 續集 4권에 "갈 때에 나이가 어렸으므로 里正이 그를 위해 머리를 싸매주고 壯丁으로 충원하여 출정하게 한 것이다." 하였고, 金隆의 《勿巖集》에는 " '里正은 1里의 우두머리이니, 里正이 그를 위해 冠帶를 채워주고 머리를 싸매줌을 이른 것이다.' 하였다. 군사가 없으므로 이정이 鄕里의 연소한 자들을 모아 그들을 위해서 冠을 씌우고 출정하게 한 것이다. 與는 爲한다는 뜻과 같다." 하였다.

6) 역주] 武皇開邊意未已 : 武皇은 본래 漢 武帝인데 여기서는 唐 玄宗을 비유한 것이다. 한 무제는 邊境을 개척하기 위해 많은 軍兵을 희생시켰는데, 唐 玄宗 역시 끊임없이 변방의 고을을 정벌하느라 군사들을 고생시킴을 비난한 것이다.

7) 역주] 長者雖有問 : 長者는 지위가 높은 사람을 가리킨다. 李德弘은 "長者는 長上이란 말과 같다. 問은 위로한다는 말이다." 하였다.

8) 且如今年冬 未休關西卒 : 前言山東하고 此言關西하니 則知無處不用兵也라

앞에서는 山東을 말하였고 여기에서는 關西를 말하였으니, 전쟁하지 않는 곳이 없음을 알 수 있다.

9) 君不見靑海頭 : 時有事于吐藩하니 乃靑海之地로 哥舒翰所立功處也라

이때 吐藩과 전쟁을 하였으니, 바로 靑海 땅으로 哥舒翰이 공을 세운 곳이다.

【賞析】 이 시는 《杜少陵集》 2권에 실려 있는 바, 兵車 소리를 듣고 감회를 서술한 시로 天寶 연간에 지은 것이다. 唐 玄宗이 吐蕃을 정벌하여 백성들을 고통스럽게 하였으므로 征夫의 하소연하는 말을 빌어 변방의 일에 종사하고 武力를 숭상하는 현실을 풍자하였다. 제목 밑의 주에 "내가 일찍이 살펴보니 《春秋》에 '兵車之會'라는 말이 있고, 《論語》에 '무력을 쓰지 않은 것은 관중의 힘이다.〔不以兵車 管仲之力也〕'란 말이 있다. 律詩는 聲律에 구애받고 古詩는 語句에 구애받아 내용을 제대로

전달하지 못한다. 그러나 行은 내용을 전달할 뿐이니, 古文과 같으면서 韻이 있는 것이다. 이 行을 지은 것은 아마도 唐 玄宗 말년에 변방의 일에 종사하여 전쟁이 그치지 않음을 서글퍼하였기 때문일 것이다." 하였는데, 지금 通行本에는 축약하여 끝부분만 실려 있다.

## 洗兵馬行* 세병마행

杜 甫

* 이 시의 마지막 구인 '淨洗甲兵長不用'의 洗兵 두 자를 따서 題目으로 삼은 것으로, 다른 本에는 〈洗兵行〉이라고 되어 있다. 세상이 평화로와 다시는 전쟁할 필요가 없으므로 갑옷과 병기를 씻어 두고 軍馬를 풀어 사용하지 않음을 읊은 노래로 중흥한 여러 장수들의 높은 공을 찬양하고 있다.

中興諸將[1)]收山東하니　　中興의 여러 장수들 山東 수복하니
捷書夜報淸晝同이라　　捷書가 밤에도 보고되어 대낮 같다오.
河廣傳聞一葦過[2)]하니　　黃河가 넓다지만 소문에 한 갈대로 지날 수 있다고 하니
胡危命在破竹中이라　　오랑캐의 위태로운 운명 破竹之勢에 있구나.
祇殘鄴城不日得이니　　다만 업성이 남아 있으나 하루도 못 되어 점령할 것이니
獨任朔方無限功[3)]이라　　홀로 朔方에게 맡겨 무한한 공 이루었다네.
京師皆騎汗血馬요　　京師 사람들 모두 汗血馬 타고
回紇餧肉葡萄宮[4)]이라　　回紇은 葡萄宮에서 고기 실컷 먹었다오.
已喜皇威淸海岱하나　　황제의 위엄으로 東海와 岱山 깨끗이 소탕함 기뻐하나
常思仙仗過崆峒[5)]이라　　항상 仙仗이 崆峒山 지나 파천했던 일 생각나네.
三年笛裏關山月이요　　삼년 동안 羌笛 소리에 關山의 달 바라보았고
萬國兵前草木風[6)]이라　　萬國의 군사 앞에 초목들 바람에 흩날리네.
成王[7)]功大心轉小하고　　成王은 공이 크나 마음이 더욱 겸손하고
郭相[8)]謀深古來少라　　郭相은 모략이 깊어 예로부터 드물었다오.
司徒[9)]淸鑑懸明鏡이요　　司徒 李光弼의 맑은 藻鑑은 밝은 거울 매단 듯하고
尙書氣與秋天杳라　　尙書 王思禮의 氣槪는 가을하늘처럼 아득하네.
二三豪俊爲時出하니　　두세 명의 豪俊들 세상 위하여 나오니
整頓乾坤濟時了라　　乾坤을 정돈하여 세상 구제하였네.

| | |
|---|---|
| 東走無復憶鱸魚[10)]요 | 다시는 동쪽으로 달려가며 농어 생각하는 이 없고 |
| 南飛各有安巢鳥[11)]라 | 남쪽으로 온 자들 둥지 편안히 여기는 새와 같다오. |
| 青春復隨冠冕入하니 | 푸른 봄이 다시 冠冕한 사람 따라 들어오니 |
| 紫禁正耐煙花繞라 | 紫禁에 煙花 둘러있음 참으로 볼 만하네. |
| 鶴駕[12)]通宵鳳輦備하여 | 鶴駕로 밤새도록 鳳輦 갖추어 |
| 鷄鳴問寢龍樓[13)]曉라 | 닭이 울면 침소에 문안하러 새벽에 龍樓門 나선다오. |
| 攀龍附鳳[14)]勢莫當하니 | 용을 부여잡고 봉황에 붙어 세력 당할 수 없으니 |
| 天下盡化爲侯王이라 | 천하사람들 모두 변하여 侯王이 되었구나. |
| 汝等豈知蒙帝力가 | 그대들 어찌 황제의 은혜 입음 알겠는가 |
| 時來不得誇身强[15)]이라 | 때가 왔다 하여 몸의 강함 자랑하지 마오. |
| 關中旣留蕭丞相이요 | 關中에는 이미 蕭丞相이 머물고 |
| 幕下復用張子房[16)]이라 | 幕下에는 다시 張子房을 등용하였네. |
| 張公[17)]一生江海客이니 | 張公은 일생 동안 江海의 나그네라 |
| 身長九尺鬚眉蒼이라 | 신장이 구척이요 수염과 눈썹 세었다오. |
| 徵起適遇風雲會요 | 부름받고 나오니 마침 風雲의 기회 만났고 |
| 扶顚始知籌策良이라 | 넘어지는 나라 붙드니 비로소 계책이 훌륭함 알겠노라. |
| 青袍白馬更何有[18)]오 | 푸른 도포에 백마 탄 자 다시 어찌 있겠는가 |
| 後漢今周喜再昌[19)]이라 | 後漢과 지금의 周나라 다시 창성함 기뻐하네. |
| 寸地尺天皆入貢하고 | 한 치의 땅과 한 자의 하늘도 모두 들어와 朝貢 바치고 |
| 奇祥異瑞爭來送이라 | 기이한 상서로움 다투어 보내오네. |
| 不知何國致白環[20)]고 | 알지 못하겠노라 어느 나라에서 흰 옥고리 바쳤는가 |
| 復道諸山得銀甕[21)]이라 | 다시 여러 산에서 은 항아리 얻었다고 말하누나. |
| 隱士休歌紫芝曲[22)]하고 | 隱士들은 紫芝曲 노래하지 않고 |
| 詞人解撰河清頌[23)]이라 | 文人들은 河淸頌 지을 줄 아네. |
| 田家望望惜雨乾이요 | 농가에서는 바라고 바라며 빗물이 마름 애석해하고 |
| 布穀[24)]處處催春種이라 | 뻐꾹새는 곳곳마다 봄에 파종함 재촉하네. |
| 淇上[25)]健兒歸莫懶하라 | 淇水 가에 건장한 병사들 돌아오기 게을리하지 말라 |
| 城南思婦愁多夢이라 | 城南에 그리워하는 부인들 시름에 겨워 꿈이 많다오. |
| 安得壯士挽天河하여 | 어이하면 壯士 얻어 하늘의 은하수 끌어다가 |

淨洗甲兵長不用고　　　　갑옷과 병기 깨끗이 씻어 영원히 쓰지 않을는지.

1) 역주] 中興諸將 : 郭子儀 등을 말한다. 乾元 元年(758) 10월 곽자의가 杏園에서 황하를 건너 동쪽으로 獲嘉에 이르러 安太淸을 쳐부셨다. 안태청이 衛州로 달아나자, 곽자의는 그를 포위하고 승전보를 올렸다. 魯炅(노경)은 陽武에서, 季光琛(계광침)과 崔光遠은 酸棗(산조)에서 渡河하여 李嗣業과 함께 위주에서 곽자의를 만났다. 安慶緖가 鄴中의 병력 7만을 이끌고 구원하러 오자, 곽자의가 그들을 크게 이기고 安慶緖의 아우인 慶和를 잡아 죽였으며, 마침내 衛州를 탈환하였다.

2) 역주] 河廣傳聞一葦過 : 一葦는 한 갈대란 뜻으로 작은 배를 이르는 바, 《詩經》〈衛風 河廣〉에 "누가 河水가 넓다고 이르는가. 한 갈대로 건널 수 있도다.〔誰謂河廣 一葦杭之〕" 라고 하였다. 여기서는 곽자의 등 여러 장수들이 황하를 건너가 安祿山을 공격하여 衛州를 신속하게 수복하였음을 말한 것이다.

3) 獨任朔方無限功 : 指言郭子儀爲朔方節度使하니 時方專任子儀也라

郭子儀가 삭방절도사가 되었음을 가리켜 말한 것이니, 이때 곽자의에게 전담하게 하였다.

4) 역주] 回紇餧肉葡萄宮 : 회흘은 위구르의 音譯이고 葡萄宮은 漢나라 宮殿의 이름인데, 이때 回紇이 곽자의를 도와 安史의 난을 평정하였기 때문에 이곳에서 잔치를 베푼 것이다.

5) 常思仙仗過崆峒 : 仙仗은 天子儀仗이요 崆峒은 山名이니 在西라 黃帝問道廣成子之所니 明皇西幸을 臣子不忍斥言이라 故托之崆峒이라

仙仗은 천자의 의장이요, 崆峒은 산 이름이니 서쪽에 있다. 황제가 廣成子에게 道를 물었던 곳이니, 명황이 서쪽으로 播遷한 것을 臣子들이 차마 指斥하여 말할 수 없으므로 공동산에 가탁한 것이다.

6) 역주] 三年笛裏關山月 萬國兵前草木風 : 笛은 羌笛 곧 羌族의 피리로, 길이가 2尺 4寸이며 구멍이 세 개 또는 네 개 뚫려 있다. 關山月은 漢나라 樂府의 曲名으로, 변방의 군사들이 오랫동안 고향에 돌아가지 못해 傷心하는 내용이 많다. 李德弘의 《艮齋集》 續集 4권에 "윗구는 외롭고 쓸쓸함을 말한 것이고 아랫구는 씩씩함을 말한 것이다." 하였다. 金隆의 《勿巖集》에도 같은 내용이 보인다.

7) 역주] 成王 : 唐나라 肅宗의 長子로 이름은 俶인데, 廣平王에 봉해져 郭子儀와 함께 東京을 收復한 공로로 楚王이 되었다가 다시 成王이 되었다.

8) 역주] 郭相 : 郭子儀를 가리킨다.

9) 역주] 司徒 : 李光弼을 가리킨 것으로, 肅宗 때 節度使가 되어 적은 군사로 많은 적을 쳐부수어 安史의 난을 평정함으로써 郭子儀와 이름이 나란하였다.

10) 역주] 東走無復憶鱸魚 : 鱸魚(농어)는 松江에서 나는 맛있는 물고기로, 가을 바람이 불어오자 吳中의 농어와 순채국이 생각나 벼슬을 버리고 고향으로 간 張翰의 고사를 인용하여 동쪽에서 항복해온 장수들이 다시는 張翰처럼 고향을 그리워하는 일이 없음을 비유한 것이다. 李德弘은 "세상이 태평하여 더 이상 張翰처럼 고향으로 돌아가려는 자가 없음을 말한 것이다." 하였다.

11) 역주] 南飛各有安巢鳥 : 古詩의 "남쪽인 越지방의 새는 남쪽가지에 둥지를 튼다.〔越鳥巢南枝〕"는 내용을 빌어 肅宗을 따라 從軍해 공을 세운 자들이 돌아와 각기 편안히 삶을 비유한 것이다. 李德弘은 "백성들이 모두 제 살 곳을 얻었다는 말이다. 曹操의 〈短歌行〉에 '달은 밝고 별은 드문데 가마귀와 까치 남쪽으로 날아가네. 나무를 세 바퀴 도니 어느 가지에 의지할까.〔月明星稀 烏鵲南飛 遶樹三匝 何枝可依〕' 하였는데, 杜甫의 이 시는 그 뜻을 뒤집어서 말한 것이다." 하였다. 金隆은 "백성들이 모두 제 살 곳을 얻은 것이 마치 새들이 각각 제 둥지를 편안히 여기는 것과 같음을 말한 것이다." 하였다.

12) 역주] 鶴駕 : 太子가 타는 수레로 太子를 가리키는 말로 쓰인다. 李德弘은 "代宗이 이때 太子였다." 하였다. 金隆의 《勿巖集》에도 같은 내용이 보인다.

13) 역주] 龍樓 : 漢나라 때 太子의 宮門 이름인데 후대에는 太子宮을 지칭하는 말로 쓰인다.

14) 역주] 攀龍附鳳 : 용을 부여잡고 봉황에 붙는다는 뜻으로 신하가 훌륭한 帝王을 만나 공을 이룸을 비유한 것이다.

15) 역주] 時來不得誇身强 : 李德弘은 "윗글을 이어서 '너희들이 공을 이룬 것은 모두 좋은 時運이 도래하여 훌륭한 군주를 만난 덕분이니, 제멋대로 자랑하여 자신이 굳세고 용감해서 성공했다고 과시하지 말라. 韓信과 彭越은 이러한 의리를 알지 못하였으므로 패망함에 이르렀다.'고 말한 것이다." 하였다. 金隆의 《勿巖集》에도 같은 내용이 보인다.

16) 역주] 關中旣留蕭丞相 幕下復用張子房 : 蕭丞相은 蕭何를 가리킨다. 本註에 漢나라 때 蕭何가 關中에서 군량을 끊임없이 조달하여 高祖를 도왔는 바, 이때 蕭華가 長安의 留守가 된 것을 비유한 것이라 하였으나 자세하지 않다. 子房은 張良의 字로, 本註에 당시 幕府의 參謀로 있던 張鎬를 漢 高祖의 참모 張良에 비유한 것이라 하였다.

17) 역주] 張公 : 張鎬를 가리킨 것이다.

18) 역주] 靑袍白馬更何有 : 安祿山의 난이 평정된 것을 이른다. 《南史》 〈賊臣傳〉에 "南朝의 梁武帝 大同 연간에 '푸른 실에 백마타고 수양에서 온다〔靑絲白馬壽陽來〕'는 童謠가 유행하였는데, 侯景이 渦陽(과양)에서 敗하자 군사들에게 모두 靑袍를 입게 하고, 자신은 白馬를 타고 푸른 실로 말고삐를 만들어 그 童謠에 맞추려 하였

다." 하였는 바, 安祿山을 侯景에 비유하여 말한 것이다.

19) 역주] 後漢今周喜再昌 : 肅宗이 唐나라 王室을 안정시킨 것을 後漢 光武帝가 王莽에게 簒奪당한 漢나라를 회복하고 周 宣王이 周나라를 復興시킨 것에 비유한 것이다.

20) 역주] 白環 : 흰 옥고리로, 《帝王世紀》에 西王母가 舜임금의 德을 사모하여 白環을 바쳤다는 故事가 있다.

21) 역주] 銀甕 : 銀으로 만든 酒器인데, 상서로운 물건으로 세상이 태평하면 나타난다고 한다.

22) 역주] 紫芝曲 : 樂府에 실려 있는 거문고 곡조의 가사로, 紫芝는 먹으면 장생불사한다는 자주색의 靈芝를 가리킨다. 秦나라의 폭정을 피해 商山에 은둔해 있던 四皓는 漢 高祖가 불렀으나 나가지 않고 이 〈紫芝曲〉을 지어 불렀다 한다.

23) 역주] 河淸頌 : 세상이 태평하여 黃河가 맑아지는 祥瑞가 나타남을 칭송한 글로, 南朝 宋나라의 鮑照가 지은 것이 유명하다. 이때 京師가 수복되자, 7월에 황하 30리가 우물물처럼 맑아졌으므로 이렇게 말한 것이라 한다.

24) 역주] 布穀 : 곡식의 씨앗을 파종한다는 뜻으로 뻐꾹새의 별칭인 바, 봄철에 뻐꾹새의 울음소리가 포곡과 비슷하므로 씨앗을 파종하라고 재촉한다 하여 붙인 이름이다.

25) 역주] 淇上 : 이때 安祿山의 잔당인 史思明의 잔당들이 鄴城 곧 相州의 淇水 가에 군사를 주둔하고 있었기 때문에 말한 것이다.

**【賞析】** 이 시는 《杜少陵集》 6권에 실려 있는 바, 제목 밑의 주에 "乾元 2년(759) 봄에 長安을 수복한 후 洛陽에서 지은 것이다." 하였다. 세상이 태평하여 하늘의 은하수에 무기를 씻어 두고 영원히 쓰지 않았으면 하는 바램을 담았으니, 國運에 대한 관심과 낙관적인 신념으로 충만한 감정을 표출하였다.

趙絅〈1586(선조 19)－1669(현종 10)〉의 《龍洲遺稿》 5권과 朴世堂〈1629(인조 7)－1703(숙종 29)〉의 《西溪集》 4권에 이 시를 본떠서 차운한 시가 있다.

## 入奏行　대궐에 들어가 계책을 上奏함에 대한 노래

杜 甫

| | |
|---|---|
| 竇侍御[1]는 | 竇侍御는 |
| 驥之子鳳之雛니 | 준마의 새끼요 봉황의 새끼와 같으니 |
| 年未三十忠義俱하여 | 나이 서른 되기도 전에 忠義 겸비하여 |
| 骨鯁絶代無라 | 骨鯁이 세상에 다시 없다오. |
| 炯如一段淸冰出萬壑하여 | 밝은 마음 한 덩어리 깨끗한 얼음이 골짜기에서 나와 |

置在迎風寒露[2]之玉壺라　迎風館과 寒露館의 옥병에 담겨져 있는 듯하다오.
蔗漿歸廚金盌凍하니　사탕물 부엌으로 가지고 가 금대접에 얼리니
洗滌煩熱足以寧君軀라　煩熱을 씻어내어 임금님 몸 편안히 할 수 있네.
政用疏通合典則이요　政事는 소통함을 쓰면서도 典則에 합하고
戚聯豪貴耽文儒[3]라　姻戚은 豪貴와 연하였으면서도 文章과 儒學 좋아한다오.
兵革未息人未蘇하니　전쟁이 그치지 않아 백성들 소생하지 못하니
天子亦念西南隅[4]라　天子께서도 서남쪽 귀퉁이 염려하시네.
吐蕃憑陵氣頗麤하니　吐藩이 침범하여 기운이 자못 거치니
竇氏檢察應時須라　竇氏가 檢察이 됨 시대의 쓰임에 응한 것이라오.
運粮繩橋[5]壯士喜요　繩橋에 군량 운반하니 壯士들 기뻐하고
斬木火井窮猿呼[6]라　火井에 나무 베니 갈곳 없는 원숭이 울부짖누나.
八州刺史思一戰하니　八州의 刺史들 한 번 결전할 것 생각하니
三城守邊却可圖[7]라　세 성의 변경수비 도모할 수 있다오.
此行入奏計未小하니　이번 걸음에 들어가 아뢴 계책이 작지 않으리니
密奉聖旨恩應殊라　은밀히 聖旨 받들어 은혜가 응당 특별하리라.
繡衣春當霄漢立[8]이요　수놓은 옷으로 봄에 霄漢을 당하여 서고
綵服日向庭闈趨[9]라　채색옷으로 날마다 庭闈를 향해 달리리라.
省郎京尹必俯拾[10]이요　省의 郎官과 京兆尹은 반드시 몸 구부려 줍듯이 하고
江花未落還成都라　강 꽃이 지기 전에 成都로 돌아오리라.
肯訪浣花老翁無아　浣花溪의 늙은이 즐겨 찾아주겠는가.
爲君酤酒滿眼酤[11]하고　그대 위해 술 사되 눈 앞에 가득히 사고
與奴白飯馬靑芻라　종에게는 흰쌀밥 주고 말에게는 푸른 꼴 주리라.

1) 역주] 竇侍御 : 竇는 姓이고 侍御는 관명인 侍御史인데, 이름은 전하지 않는다.
2) 역주] 迎風寒露 : 漢代에 있던 두 館의 이름이라 한다.
3) 역주] 戚聯豪貴耽文儒 : 李德弘의 《艮齋集》 續集 4권에 "豪貴한 사람과 인척이 되면 대부분 文章과 儒學 공부를 좋아하지 않기 마련인데 지금 곧 이와 같으니, 이것이 竇侍御가 훌륭한 이유이다." 하였다.
4) 역주] 西南隅 : 吐藩을 가리킨다.
5) 역주] 繩橋 : 成都에 있는 다리인데, 양쪽 언덕을 새끼줄로 연결하고 대나무로 바닥을 깔았다.

6) 역주〕 斬木火井窮猿呼 : 火井은 지명으로 천연 가스처럼 可燃性 물질이 뿜어 나온다 하여 붙인 이름인 바, 蜀郡 臨邛縣 서남쪽에 있다. 金隆의 《勿巖集》 4권에 "火井은 西極의 땅이니, 화정에서 나무를 베어 나무가 없어졌으므로 원숭이가 갈 곳이 없어 울부짖은 것이다." 하였다.

7) 八州刺史思一戰 三城守邊却可圖 : 按唐志에 劍南節度使 西抗吐藩하고 南撫蠻獠하고 統團結管及松維蓬恭雅黎姚悉八州兵馬하니라 三城은 是青海三城이라

《唐志》에 검남절도사는 서쪽으로 吐藩을 막고 남쪽으로 蠻獠를 어루만지고 團結과 松州·維州·蓬州·恭州·雅州·黎州·姚州·悉州의 여덟 주의 병마를 통솔하였다. 三城은 바로 青海의 세 성이다.

8) 역주〕 繡衣春當霄漢立 : 繡衣는 수놓은 옷으로 옛날 御史는 繡衣를 입고 暗行하였는 바 侍御가 곧 侍御史이므로 말한 것이며, 霄漢은 하늘의 은하수로 조정을 높여 칭한 것이다.

9) 역주〕 綵服日向庭闈趨 : 竇侍御의 부모가 長安에 있기 때문에 부모님에게 문안을 올리기 위해 달려간다는 뜻으로, 老萊子가 나이 70세에 부모님을 기쁘게 해 드리기 위해 색동옷을 입고 재롱을 떤 故事를 인용한 것이다.

10) 역주〕 必俯拾 : 《漢書》 〈夏侯勝列傳〉에 "夏侯勝이 항상 유생들에게 말하기를 '士는 經術에 밝지 못한 것이 병통이니, 經術에 만약 밝다면 公卿의 푸른 인끈을 얻는 것은 마치 몸을 구부려 땅의 지푸라기를 줍는 것과 같을 뿐이다.〔士病不明經術 經術苟明 其取青紫 如俛拾地芥耳〕' 했다." 하였는데, 顔師古의 注에 "몸을 구부려 줍는다는 것은 쉽사리 반드시 얻음을 말한 것이다.〔俛而拾之 言其易而必得也〕" 하였으니, 이는 이번 행차의 공훈으로 省郎이나 京尹이 되는 것은 땅 위의 물건을 주워올리는 것처럼 매우 쉽게 얻을 수 있음을 의미한다.

11) 역주〕 滿眼酤 : 蔡夢弼의 註에 "해설하는 자가 이르기를 '蜀지방 사람들은 술을 살 때 대나무통을 가지고 가는데 대나무통 위에 끈구멍이 뚫려 있어 술을 사가는 자가 滿眼酤라고 주문하면 끈구멍에 찰 정도로 술을 가득 채움을 말한다.〔說者謂蜀人酤酒 挈以竹筒 竹筒上有穿繩眼 其酤酒者曰 滿眼酤 言滿迫筒眼也〕' 했다." 하였다.

**【賞析】** 이 시는 《杜少陵集》 10권에 실려 있는 바, 제목이 '입주행을 지어 서산검찰사 두시어에게 올리다〔入奏行贈西山檢察使竇侍御〕'로 되어 있다. 寶應 元年(762) 봄에 쓰여진 작품으로, 당시 吐蕃이 세 길로 나누어 쳐들어와 노략질하고 成都를 취하여 東府로 삼으려 하였다. 이에 竇公이 御史로 나가 여러 州의 軍備와 武器를 점검하고 수시로 들어와 보고하였으므로, 두보가 이 시를 지어 바쳤다.

## 高都護驄馬行* 都護 高仙芝의 驄馬를 읊은 노래

杜 甫

史에 高仙芝開元末에 爲西域副都護라

역사책에 고선지가 開元 말년에 서역의 부도호가 되었다 한다.

* 高都護는 고구려 출신의 장수인 高仙芝로, 驄馬를 빌어 西域에서 큰 공을 세운 것을 칭송하는 한편, 총마의 재능이 쓰여지지 못함을 한탄하여 인재가 때를 만나지 못하는 현실을 풍자하였다.

| | |
|---|---|
| 安西都護胡靑驄이 | 安西都護의 西胡產 靑驄馬 |
| 聲價欻然來向東이라 | 높은 聲價 지닌 채 갑자기 동쪽 향해 왔네. |
| 此馬臨陣久無敵하니 | 이 말이 敵陣에 임하면 오랫동안 대적할 이 없으니 |
| 與人一心成大功이라 | 사람과 한 마음이 되어 큰 공 이루었네. |
| 功成惠養隨所致하니 | 공이 이루어지자 은혜롭게 기름 이르는 곳마다 따르니 |
| 飄飄遠自流沙[1]至라 | 표표히 멀리 流沙로부터 왔다오. |
| 雄姿未受伏櫪恩이요 | 웅자는 마판에서 길러지는 은혜 받으려 하지 않고 |
| 猛氣猶思戰場利라 | 맹렬한 기운은 아직도 전장에 빨리 달려감 생각하누나. |
| 腕促蹄高如踣鐵[2]하니 | 발목이 짧고 발굽이 높아 쇠를 밟은 듯하니 |
| 交河幾蹴層冰裂고 | 交河를 몇 번이나 밟아 층층으로 언 얼음 깨뜨렸나. |
| 五花散作雲滿身하고 | 다섯 꽃무늬 흩어져 구름이 온몸에 가득하고 |
| 萬里方看汗流血이라 | 만리를 달려야 비로소 피땀이 흐름 볼 수 있네. |
| 長安壯兒不敢騎하니 | 長安의 건장한 아이들도 감히 타지 못하니 |
| 走過掣電傾城知라 | 달려 번개처럼 지나감 온 성안이 안다오. |
| 靑絲絡頭爲君老러니 | 푸른 실로 머리 묶고 그대 위해 늙으니 |
| 何由却出橫(광)門道[3]오 | 어찌하면 橫門의 길 나가 달려보나. |

1) 역주] 流沙 : 沙漠으로, 모래가 물처럼 흐르기 때문에 일컫은 것인데, 서쪽의 아주 먼 곳을 가리킨다.

2) 역주] 踣鐵 : 金隆의 《勿巖集》 4권에 "踣는 아마도 覆字와 같은 듯하니, 말발굽이 견고하여 쇠를 밟고 서있는 듯함을 형상한 것이다." 하였다.

3) 역주] 靑絲絡頭爲君老 何由却出橫(광)門道 : 橫門은 漢代 長安城 북쪽에 있던 第一門으로 西域으로 통하는 큰 길이 나 있었다. 여기서는 驄馬의 재능을 쓰지 못함을 한탄하는 말이다. 《漢書 西域傳 上》

【賞析】 이 시는《杜少陵集》2권에 실려 있다. 高都護는 고구려 출신의 장수인 安西都護 高仙芝로, 唐나라 貞觀 17년(643)에 西州에 安西都護府를 설치하고 顯慶 3년(658)에 治所를 龜玆國城(지금의 新疆省)으로 옮겼는데, 于闐의 서쪽과 波斯의 동쪽에 있는 16개 도호부가 여기에 속하였다. 天寶 6년(747) 고선지가 少勃律을 격파하여 공을 세웠는데, 이해에 大食國 등 72국이 모두 항복하였으며, 8년에 고선지가 入朝하였다. 이 시에 '飄飄遠自流沙至'라 하고 '長安健兒不敢騎'라 한 것은 바로 이 시가 天寶 8년에 지어진 것임을 말해 준다. 이 시는 이전에 고선지가 長安에 머물러 있었는데 등용되지 못하자 杜甫가 이를 애석히 여겨 이 詩를 지었다 하기도 하고, 杜甫 자신을 비유한 것이라 하기도 한다.

李廷龜〈1564(명종 19)－1635(인조 13)〉의《月沙集》3권에〈驄馬行〉幷序에 "고인이 이르기를 '천리마는 항상 있지만 말을 알아보는 伯樂은 항상 있지 않다.' 하였으니, 말이 사람을 만나지 못한 것인가? 사람이 말을 만나지 못한 것인가? 이는 다만 말이 名馬를 알아보는 사람을 만나지 못했기 때문이다. 아! 어찌 다만 말만 그렇겠는가. 아! 어찌 다만 말만 그러하겠는가." 라 하고, 시에서는 "노룡현 위 대완의 총마가 종자가 특이해 멀리 流沙에서 동쪽으로 왔네. …… 백락이 이미 죽은 지 오래니 누가 노마와 천리마를 알겠는가.〔盧龍縣上大宛驄 異種遠自流沙東……伯樂死已久 誰知駑與驥〕"라고 하여, 훌륭한 재주를 지녔으나 세상에 쓰여지지 못하는 인재를, 백락을 만나지 못한 총마에 비유하였다.

## 李鄠縣丈人*胡馬行　　鄠縣 李丈人의 胡馬를 읊은 노래

杜　甫

* 鄠縣(호현)은 陝西省 西安府에 속하며 丈人은 尊長을 가리키는 말인데, 李丈人의 이름은 전하지 않는다.

| | |
|---|---|
| 丈人駿馬名胡騮하니 | 丈人의 준마는 이름이 호류인데 |
| 前年避胡過金牛[1]라 | 지난해 오랑캐 피하여 金牛를 지나왔네. |
| 回鞭却走見天子하니 | 채찍을 되돌려 달려 天子를 뵈었는데 |
| 朝飮漢水暮靈州라 | 아침에 漢水 마시고 저녁에 靈州에 이르렀다오. |
| 自矜胡騮奇絶代하니 | 스스로 자랑하기를 호류는 세상에 다시 없이 기이하니 |
| 乘出千人萬人愛라 | 타고 나가면 천만인 모두 사랑한다 하네. |
| 一聞說盡急難材하니 | 사람들 어려움 구제할 재주라고 말함 한번 들으니 |

轉益愁向駑駘輩라 노둔한 말들 향해 더욱 근심한다오.
頭上銳耳批秋竹이요 머리 위의 뾰족한 귀는 가을 대나무인 듯하고
脚下高蹄削寒玉이라 다리 아래 높은 굽은 차가운 玉 깎아놓은 듯하여라.
始知神龍別有種하니 비로소 신묘한 龍馬는 따로 종자가 있음 알겠으니
不比俗馬空多肉이라 세속의 말들 부질없이 살만 많이 찐 것과는 견줄 수 없네.
洛陽大道時再淸하니 洛陽의 큰 길에 세상이 다시 깨끗해지니
累日喜得俱東行이라 여러 날 함께 동쪽으로 가게 됨 기뻐하노라.
鳳臆龍鬐未易識하니 봉황의 가슴과 용의 갈기 쉽게 알아볼 수 없으니
側身注目長風生이라 몸을 기울여 주목함에 긴 바람 이누나.

1) 역주] 金牛 : 옛날 蜀道에 있던 棧道의 이름으로 陝西城 勉縣 서쪽에서부터 남쪽으로 四川省 劍閣縣의 劍閣關門까지를 金牛道라 하였다.

【賞析】 이 시는 《杜少陵集》 6권에 실려 있는 바, 鄠縣縣令 李某의 외국산 말을 노래한 것으로, 乾元 元年(758) 겨울 洛陽에서 지었다.

## 驄馬行 驄馬에 대한 노래

杜 甫

鄧公馬癖人共知하니 鄧公의 말 좋아하는 性癖 사람들 모두 아니
初得花驄[1]大宛種이라 처음으로 花驄인 大宛의 종자 얻었다오.
夙昔傳聞思一見터니 옛부터 전하여 듣고 한번 볼 것 생각하였는데
牽來左右神皆竦이라 끌고 오니 좌우의 사람들 정신이 모두 송연해지네.
雄姿逸態何崷崒고 웅장한 자태 어쩌면 그리도 드높은가
顧影驕嘶自矜寵이라 그림자 돌아보고 교만하게 울며 스스로 총애받음 자랑하네.
隅目[2]靑熒夾鏡懸이요 네모진 눈 푸른 빛이 나니 좌우에 거울이 매달린 듯하고
肉騣[3]碨礧連錢動이라 살갈기 울퉁불퉁하며 연이어진 돈무늬 움직이네.
朝來久試華軒下[4]하니 아침에 끌고 와서 빛나는 수레 아래 한동안 시험하니
未覺千金滿高價라 千金이 高價임 깨닫지 못하겠노라.
赤汗微生白雪毛하고 붉은 땀 백설 같은 털에 약간 배어 나오고
銀鞍却覆香羅帕라 은안장은 향기로운 비단 수건에 덮여 있네.

| | |
|---|---|
| 卿家舊物公能取[5]하니 | 公卿의 집안에 있던 옛물건 公이 취하니 |
| 天廏[6]眞龍[7]此其亞라 | 天廏의 진짜 龍馬에 이것이 그 다음이라오. |
| 晝洗須騰涇渭深하고 | 낮에 몸 씻으니 涇水와 渭水의 깊은 곳에서 뛰놀고 |
| 朝趨可刷幽幷夜라 | 아침에 달리니 幽州와 幷州의 밤에 털 빗질하리라. |
| 吾聞良驥老始成하니 | 내 들으니 좋은 驥馬는 늙어야 비로소 이루어진다 하니 |
| 此馬數年人更驚이라 | 이 말 몇 년만 지나면 사람들 더욱 놀라게 하리라. |
| 豈有四蹄疾如鳥하고 | 어찌 새처럼 빠른 네 발굽 지니고서 |
| 不與八駿俱先鳴[8]가 | 八駿馬와 달려 먼저 울지 않겠는가. |
| 時俗造次那得致오 | 세속에서 별안간 어찌 얻을 수 있겠는가 |
| 雲霧晦冥方降精이라 | 雲霧가 자욱하여야 비로소 精氣가 내려 탄생하네. |
| 近聞下詔喧都邑하니 | 근래에 들으니 말 구한다는 명 내려 도읍 떠들썩하니 |
| 肯使騏驎地上行고 | 어찌 기린을 지상에 다니게 내버려 두겠는가. |

1) 역주] 花驄 : 갈기를 잘라 다섯 갈래로 땋아 꽃잎 모양으로 장식한 말인데, 일명 五花馬라고도 하며 또한 連錢驄이라고도 한다.

2) 역주] 隅目 : 네모진 눈으로 총마의 특징이라 한다. 李德弘의《艮齋集》續集 4권에 "네모진 눈을 말한 것이다." 하였다.

3) 역주] 肉騣 : 李德弘은 "杜詩의 蘇註에 '내가 岐山 아래에 있을 때에 泰州에서 올린 驄馬 한 마리를 보았는데, 목덜미 아래에 겹겹의 살갈기가 옆으로 나있고 결과 반대로 난 털이 살갈기 끝에 나있었다.'라고 하였다. 지금 내가 蘇註를 살펴보니 글뜻을 이해하기 어려운 곳마다 번번히 故事를 지어 내기도 하고 혹은 근거없는 말을 해서 본의에 부합시키려 하여 거리낌이 없음이 이와 같으니, 매우 가소롭다. 蘇氏의 육종에 대한 설명은 또한 근거가 없으나 그 뜻은 대체로 이와 같다." 하였다. 蘇註는 東坡 蘇軾이 달았다는 주석으로, 지금은 僞註임이 밝혀졌으며 내용 또한 조잡하여 믿을 것이 못 된다. 蘇註에 대하여 金隆의《勿巖集》에도 다음과 같은 내용이 보인다. "내가 예전에 杜詩를 읽었는데, 蘇註가 잘못된 곳이 많으며 또 문자가 비속하여 절대로 소동파의 문자와 비슷하지 않으며 인용한 사람의 성명이 대부분 전시대에 없는 사람을 지어낸 것이 많았다. 이 때문에 마음속으로 僞書라고 의심하였는데, 뒤에 先儒들의 말을 보니, 이미 蘇註가 동파가 지은 것이 아님을 논하고 마침내 어떤 사람이 이 글을 위작하였는지 알 수 없으나 동파에게 가탁하여 세상을 속인 것이라고 하였다."

4) 역주] 朝來久試華軒下 : '久'字가 '小'字로 되어 있는 本도 있다.

5) 역주] 卿家舊物公能取 : 당시 太常卿으로 있던 梁氏가 鄧公에게 驄馬를 하사하였으므로 말한 것이다.

6) 역주] 天廄 : 皇室의 마굿간을 이른다.

7) 眞龍 : 周禮에 凡馬八尺以上爲龍이라
《周禮》에 "무릇 말이 8척 이상인 것을 龍이라 한다." 하였다.

8) 역주] 豈有四蹄疾如鳥 不與八駿俱先鳴 : 李德弘은 "不字는 윗구의 豈字와 뜻이 서로 연결되니, '어찌 이와 같이 훌륭한 말로서 八駿馬와 함께 달려 먼저 울지 않겠는가'라고 말한 것이다." 하였다.

【賞析】 이 시는 《杜少陵集》 4권에 실려 있다. 驄馬는 푸르고 흰 얼룩말로 천자가 太常인 梁卿에게 내린 말인데, 뒤에 李鄧公이 보고 좋아하여 많은 돈을 주어 사들이고는 두보에게 시를 짓게 하였다. 두보가 지은 千里馬에 대한 작품이 여러 편인데, 주로 飄逸한 기상을 읊었다.

古文眞寶 前集 제11권

# 行 類

## 草書歌行　草書歌를 읊은 노래

李白(太白)

按 陸羽撰懷素傳에 云 懷素疎放하여 不拘細行하여 飮酒以養性하고 草書以暢志라 酒酣興發이면 遇寺壁里墻에 靡不書之하며 貧無紙일새 乃種芭蕉萬餘株하여 以供揮洒하니라

살펴보건대 陸羽가 찬한《懷素傳》에 "회소는 소탈하고 방탕하여 자잘한 행실에 구애받지 않았다. 술을 마셔 성품을 기르고 草書로 뜻을 펼쳤다. 술이 거나하여 흥이 나면 사찰의 벽과 마을의 담장에 닥치는 대로 모두 글씨를 썼으며 가난하여 종이가 없으므로 마침내 파초 만여 주를 심어서 붓을 휘갈기는데 제공하였다." 하였다.

| | |
|---|---|
| 少年上人號懷素[1)]하니 | 少年 上人은 호를 懷素라 하는데 |
| 草書天下稱獨步라 | 草書가 천하에 독보라고 칭해지네. |
| 墨池飛出北溟魚요 | 먹물 못에서는 北溟의 물고기 날아 나오고 |
| 筆鋒殺盡中山兎[2)]라 | 필봉은 中山의 토끼 다 잡아 없앴다오. |
| 八月九月天氣凉하니 | 팔월과 구월에 天氣 서늘하니 |
| 酒徒詞客滿高堂이라 | 술꾼과 詩客들 高堂에 가득하네. |
| 牋麻素絹排數廂하니 | 삼베 종이와 흰 비단 여러 방에 늘어놓으니 |
| 宣州[3)]石硯墨色光이라 | 宣州의 벼루돌에는 묵빛 빛난다오. |
| 吾師醉後倚繩床하여 | 우리 스님 취한 뒤에 胡床에 기대어 |
| 須臾掃盡數千張이라 | 삽시간에 수천 장 휩쓸어버리누나. |
| 飄風驟雨驚颯颯이요 | 회오리 바람과 소낙비처럼 휙휙하는 소리에 놀라고 |
| 落花飛雪何茫茫고 | 지는 꽃 나는 눈과 같으니 어이 그리 아득한가. |
| 起來向壁不停手하니 | 일어나 벽을 향해 손 멈추지 않고 써내리니 |
| 一行數字大如斗라 | 한 줄에 너댓 字 크기 말 만하네. |

恍恍如聞神鬼驚이요　정신이 아득하여 鬼神의 놀라는 소리 듣는 듯하고
時時只見蛟龍走라　때때로 다만 蛟龍이 달리는 것만 보는 듯하다오.
左盤右蹙如飛電하니　왼쪽은 서리고 오른쪽은 끌어당겨 나는 번개 같으니
狀同楚漢相攻戰이라　모양이 흡사 楚漢이 서로 공격하고 싸우는 듯하누나.
湖南七郡凡幾家오　湖南의 일곱 郡 모두 몇 가호나 되는가
家家屛障書題徧이라　집집마다 屛風과 障子에 글 쓴 것 두루미쳤네.
王逸少張伯英[4]이　王逸少와 張伯英은
古來幾許浪得名고　예로부터 얼마나 헛되이 명성 얻었던가.
張顚[5]老死不足數하니　張顚은 늙어 죽어 굳이 꼽을 것 없으니
我師此義不師古라　우리 스님의 이 筆法 옛것을 본받은 것 아니라오.
古來萬事貴天生이니　예로부터 萬事는 天然 귀하게 여기니
何必要公孫大娘渾脫舞[6]오　하필 公孫大娘의 渾脫舞 배울 것 있겠는가.

1) 역주] 懷素 : 唐나라 僧으로 草書를 잘 써서 스스로 草聖의 三昧境에 들었다고 하였다. 글씨 쓸 종이가 없어 芭蕉 1만여 주를 심어 놓고 그 잎에다 글씨를 썼다고 하며, 또 다 쓴 몽당붓을 산 아래에다 묻고 筆塚이라 이름하였다.

2) 역주] 筆鋒殺盡中山兎 : 筆鋒은 붓끝, 또는 詩文이나 書畵 등에 표출되어 나온 氣勢를 이르며, 中山은 고대에 있었던 나라 이름으로 春秋時代 말기에 鮮虞人이 세웠다가 趙나라에게 멸망하였는데, 여기서는 이 나라가 있던 지금의 河北省 定縣과 唐縣 일대를 가리킨다. 여기에서 나는 토끼털은 길고 윤이 나 붓을 만들기에 적당하였는 바, 이 털로 맨 붓을 中山毫라 한다.

3) 역주] 宣州 : 지금의 安徽省 宣城縣으로 예로부터 종이와 붓의 명산지로 유명하다.

4) 역주] 王逸少張伯英 : 王逸少는 晉나라의 名筆家인 王羲之로 逸少는 그의 字이며, 張伯英은 後漢의 명필가인 張芝로 특히 草書를 잘 썼는 바, 伯英은 그의 字이다.

5) 역주] 張顚 : 唐의 名筆家인 張旭으로 字는 伯高이다. 그는 술을 좋아하였는데 취하면 머리에 먹물을 적셔 글씨를 쓰는가 하면 울부짖으며 달리는 등 미친 짓을 하여 사람들이 張顚이라 불렀다.

6) 역주] 何必要公孫大娘渾脫舞 : 公孫大娘은 唐나라 때 教坊의 妓女로 劍舞를 잘 추었는데, 그가 渾脫舞를 출 때에 張旭이 그의 춤을 보고 草書의 妙를 터득했다고 한다. 杜詩의 〈觀公孫大娘弟子舞劍器行〉 序에 "옛날에 吳나라 사람 장욱이 초서 서첩에 뛰어났는데, 자주 鄴縣에서 공손대랑이 西河劍器로 춤추는 것을 보고는 이로부터 초서가 크게 진전되어 호탕하고 생기가 있게 되었다." 하였다.

【賞析】 이 시는 《李太白集》 8권에 실려 있는 바, 懷素에게 준 것으로, 회소에 대해서는 《國史補》에 "長沙의 僧 회소는 초서를 잘하여 스스로 草聖三昧를 터득했다고 여겼다. 다 쓰고 버린 붓이 쌓이자 산 아래에 묻고 筆塚이라 했다." 하였고, 《宣和書譜》에는 "釋 회소의 字는 藏眞이며 俗姓은 錢으로 長沙 사람이다. 京兆로 옮겨와 玄奘三藏의 門人이 되었다. 처음에는 律法에 힘썼고 晩年에는 翰墨에 정진하여 다 쓰고 버린 붓이 무덤을 이루었다. 어느 날 저녁 여름 구름이 바람을 따르는 것을 보고 문득 筆意를 깨달아 草書三昧를 얻었다고 여겼다. 당시의 名流인 李白·戴叔倫·竇衆·錢起 등이 모두 시를 지어 찬미하였는데, 그의 필체를 형용하여 '驚蛇走虺' '驟雨狂風'과 같다."고 하였다. 회소는 筆札의 妙로써 張旭과 나란히 一世에 이름을 떨친 名人이다.

그런데 이 시의 작자에 대해서는 논란이 있다. 蘇東坡는 이 시를 평하여 "〈초서가〉는 결코 이백이 지은 것이 아니다. 唐末 五代의 禪月을 모방하였으나 그에 미치지 못한다."고 하였는 바, 禪月은 僧 貫休의 法號이다. 蕭士贇도 "초서가는 先儒 이백의 작품이 아니다." 하였고, 王琦는 "일개 연소한 上人을 위하여 王羲之와 張旭을 貶下함으로써 그를 推獎하였으니 毁譽의 실제를 크게 잃었다. 張旭은 이백이 이미 酒中八仙으로 함께 노닐었고 또 시를 지어 '胸藏風雲世莫知'라고 칭찬한 바 있는데, 이 시에서 갑자기 '老死不足數'라고 폄하하였으니, 이백이 결코 무분별하게 이처럼 말하지는 않았을 것이다. 그러므로 僞作임이 틀림없다." 하였다.

徐居正〈1420(세종 2)-1488(성종 19)〉의 《四佳集》 52권 金子固에게 준 〈草書行〉에 "굳이 顚長史가 술에 취해 머리에 먹물을 적셔 미친 짓 하는 것 배울 필요 없고, 굳이 公孫大娘이 劍器로 혼탈무 추는 것 볼 필요 없네.[不必學顚長史濡頭醉狂突 不必見公孫娘技劍舞混脫]"라고 한 내용이 보인다. 전장사는 張芝를 가리킨 것으로 장사는 그의 관명이다.

이외에도 成俔〈1439(세종 21)-1504(연산군 10)〉의 《虛白堂集》 詩集 1권에 〈草書歌〉가 보인다.

## 偪側行* 궁핍함을 읊은 노래

杜甫(子美)

* 偪側(핍측)은 궁핍함을 이른다. 李德弘의 《艮齋集》 續集 4권에 "偪側은 궁색하고 기구하다는 뜻이다. 시 가운데에 말한 '말이 없어서 가기 어렵고 나귀를 빌렸지만 진흙길이 미끄럽네. 徒步로 걷다가는 官長이 노여워하고 술을 사서 근심을 달래고자 하나 괴롭게도 돈이 없네.'라는 것 등이 핍측한 일이다." 하였다.

| | |
|---|---|
| 偪側何偪側고 | 펍측하고 어이 그리 펍측한가 |
| 我居巷南子巷北이라 | 나는 거리의 남쪽에 살고 그대는 거리의 북쪽에 산다오. |
| 可恨隣里間에 | 한스럽게도 이웃과 마을 사이에 |
| 十日一不見顏色이라 | 열흘에 한 번도 얼굴 보지 못하누나. |
| 自從官馬送還官[1]으로 | 官馬를 관청으로 돌려보낸 뒤로는 |
| 行路難行澀如棘이라 | 길가기 어려움 가시밭길 같다오. |
| 我貧無乘非無足이나 | 내 가난하여 탈것 없으나 발 없지 않건만 |
| 昔者相遇今不得이라 | 옛날에는 서로 방문하였는데 지금은 할 수 없네. |
| 實不是愛微軀요 | 실로 하찮은 몸 아껴서가 아니요 |
| 又非關足無力이라 | 또 발에 힘이 없어서가 아니라오. |
| 徒步翻愁官長怒하니 | 徒步로 걷다가는 도리어 官長의 노여움 살까 걱정되니 |
| 此心炯炯君應識이라 | 이 마음 밝고 밝아 그대 응당 알리라. |
| 曉來急雨春風顚하니 | 새벽에 소낙비 내리고 봄바람 미친 듯이 불어대니 |
| 睡美不聞鐘鼓傳이라 | 단잠들어 鐘鼓의 전하는 소리 듣지 못한다오. |
| 東家蹇驢許借我하나 | 동쪽집에서 저는 나귀 나에게 빌려 주기로 허락하였으나 |
| 泥滑不敢騎朝天이라 | 진흙길 미끄러워 감히 타고 朝天할 수 없다오. |
| 已令請急會通籍[2][3]하니 | 이미 말미를 청하여 마침 通籍을 하였으니 |
| 男兒性命絶可憐이라 | 男兒의 性命 참으로 아낄 만하네. |
| 焉能終日心拳拳고 | 어찌 하루 종일 마음에 잊지 못하고 걱정하겠는가 |
| 憶君誦詩神凜然이라 | 그대 생각하며 詩 외니 정신이 늠연해지누나. |
| 辛夷[4]始花亦已落하니 | 辛夷花 처음 피었다가 또한 이미 졌으니 |
| 況我與子非壯年가 | 더구나 나와 그대 壯年이 아니라네. |
| 街頭酒價常苦貴하니 | 길거리의 술값 항상 너무 비싸 괴로우니 |
| 方外酒徒稀醉眠이라 | 方外의 술꾼들 취하여 자는 이 적구나. |
| 速宜相就飮一斗니 | 빨리 서로 만나 한 말 술 마셔야 할 것이니 |
| 恰有三百靑銅錢[5]이라 | 마땅히 三百錢의 푸른 동전 있어야 하리. |

1) 역주〕自從官馬送還官：李德弘은 "杜子美가 일찍이 左拾遺로 있을 때에 官馬를 탔으니, 〈奉酬嚴公寄題野亭〉의 시에 이른바 '御駕를 인도하느라 참람하게 沙苑馬를 탔네.〔奉引濫騎沙苑馬〕'라는 것이 이것이다. 두자미는 좌습유에서 파직되자 더 이

상 이 말을 타지 못하였다. 그러므로 '관마를 관청으로 돌려보냈다'고 말한 것이다." 하였다.

2) 已令請急會通籍：元帝紀通籍註에 籍者는 爲二尺竹牒하여 記其年紀名字物色하여 懸之官門하고 省禁相應이라야 乃得入也라

《元帝記》의 通籍 註에 "籍이라는 것은 두 자 되는 竹牒을 만들어서 출생 연도와 名字와 物色(얼굴의 모습 등 특징)을 기록하여 관청의 문에 매달고 省禁에서 서로 대조하여 부합하여야 비로소 관청에 들어갈 수 있다." 하였다.

3) 역주] 請急會通籍：籍은 일종의 통행증으로 보인다. 李德弘은 "옛날에 벼슬아치들은 모두 궐 아래에 籍을 두고 출입할 때에 대조하였으니, 이것을 通籍이라고 한다. 請急은 급한 일이 있으면 通籍이 있는 곳에 요청하여 조회를 면제받는 것이다." 하였다. 金隆도 "請急은 오늘날 朝官들이 연고가 있어 入朝하지 않을 경우에는 병의 실상을 올려 조회를 면제받는 것과 같다." 하였다.

4) 역주] 辛夷：木蓮花의 별칭이다.

5) 역주] 恰有三百青銅錢：金隆의 《勿巖集》 4권에 "恰은 合當의 뜻이니, 正·須와 같은 따위이다." 하였다.

【賞析】 이 시는 《杜少陵集》 6권에 실려 있는 바, 乾元 元年(758) 봄에 두보가 左拾遺로 있을 때에 지은 것이다. 偪側은 궁핍하다는 뜻인 바, 이 시는 곤궁함을 노래한 것으로 제목 밑의 주에 "贈畢曜[필요에게 주다]"라는 세 글자가 덧붙여져 있다. 畢曜는 글을 좋아하는 杜甫의 친구로 몹시 곤궁하게 살았는데, 해학적인 필치로 그의 곤궁한 생활을 묘사하고 친구를 그리워하는 간절한 情을 읊은 것이다.

趙希逸〈1575(선조 8)－1638(인조 16)〉의 《竹陰集》 10권에 白善鳴에게 준 〈偪側行〉이 실려 있다.

## 去矣行* 떠나감을 읊은 노래

杜 甫

* 이 시는 杜甫가 嚴武의 막하에 있을 때에 지은 것으로, 이듬해에 과연 溪上으로 돌아갔다고 한다.

君不見鞲上鷹가 그대는 가죽 토시 위의 매 보지 못하였는가.
一飽則飛掣하니 한 번 배부르면 쏜살같이 날아가니
焉能作堂上燕하여 어찌 堂上의 제비 되어

| | |
|---|---|
| 銜泥附炎熱[1)]고 | 진흙 물고 와 권문세가에 집짓겠는가 |
| 野人曠蕩無靦顔하니 | 野人은 曠蕩하여 부끄러워하는 모습 없으니 |
| 豈可久在王侯間가 | 어찌 오랫동안 王侯의 사이에 있겠는가. |
| 未試囊中飡玉法[2)]이나 | 주머니 속의 옥 먹는 법 시험해보지는 못했으나 |
| 明朝且入藍田山[3)]이라 | 내일 아침에는 장차 藍田山에 들어가리라. |

1) 역주] 炎熱 : 뜨거운 불꽃으로 富貴 權勢의 위엄을 비유한 것이다.
2) 역주] 未試囊中飡玉法 : 道家에는 주머니 속에 玉가루를 넣어 가지고 다니면서 먹는 養生法이 있는데, 아직 시험해보지 못했으나 떠나가겠다는 뜻이다.
3) 역주] 藍田山 : 중국 陝西省 藍田縣 동쪽에 있는 산인데, 예로부터 아름다운 玉이 많이 산출되어 유명하다.

【賞析】 이 시는 《杜少陵集》 3권에 실려 있는 바, 天寶 14년(755)에 두보가 嚴武의 幕下에 右衛率府로 있으면서 사직할 것을 결심하고 지은 것으로, 자신과 같은 野人은 얽매임을 싫어하니, 매처럼 떠나가 隱居하겠다는 뜻을 나타낸 것이다.

## 苦熱行　괴로운 무더위를 읊은 노래

王　轂

| | |
|---|---|
| 祝融[1)]南來鞭火龍하니 | 祝融이 남쪽에서 와 불의 龍 채찍질하니 |
| 火旗[2)]焰焰燒天紅이라 | 불꽃 깃발 활활 하늘에 붉게 타오르네. |
| 日輪當午凝不去하니 | 해가 중천에 떠 있어 엉겨 붙고 떠나가지 않으니 |
| 萬國如在紅爐中이라 | 수많은 나라 붉은 화로 속에 있는 듯하여라. |
| 五嶽[3)]翠乾雲彩滅하니 | 五嶽의 푸른 초목들 마르고 구름의 채색도 없어지니 |
| 陽侯[4)]海底愁波竭이라 | 陽侯는 바다 밑에서 물이 마름 근심하네. |
| 何當一夕金風[5)]發하여 | 언제나 하루 저녁에 金風이 불어와 |
| 爲我掃除天下熱고 | 나를 위해 천하의 열기 씻어줄는지. |

1) 역주] 祝融 : 南方의 火神으로 불을 뜻한다.
2) 역주] 火旗 : 무더운 구름층으로 전설에 祝融氏가 火旗를 세우고 巡行한다고 한다.
3) 역주] 五嶽 : 五岳으로도 쓰는 바, 중국의 다섯 개의 큰 산으로 東岳인 泰山, 西岳인 華山, 南岳인 霍山, 北岳인 恒山, 中岳인 嵩山을 가리킨다.

4) 역주〕 陽侯 : 전설에 波濤의 神 이름이라 한다.

5) 역주〕 金風 : 五行上 金은 가을에 해당하고 또 서쪽에 해당하므로 시원한 西風을 가리킨다.

【賞析】《唐文粹》 13권에 실려 있는 바, 한여름의 찌는 듯한 무더위를 읊은 시이다. 王轂은 《新唐書》에 傳이 보이지 않으나 《藝文志》 50권의 《王轂詩集》 3권 주에 "王轂은 字가 虛中으로 乾寧 연간에 進士에 及第하여 郎官으로 致仕했다." 하였다.

李奎報〈1168(의종 22)－1241(고종 28)〉의 《東國李相國集》 17권에 무더위의 고충을 읊은 苦熱이라는 제목의 시가 있으므로 그 일부를 아래에 소개한다.

"혹독한 열기와 화기 가슴속에서 끓어오르네. 온몸에 붉은 반점 솟아 피곤하여 바람부는 난간에 누웠다오. 바람이 불어와도 더워 열기를 부채질하는 듯. 목말라 물 한 잔을 마시니 물도 끓는 물과 같구나.〔酷熱與愁火 相煎心腑中 渾身起赤纇 困臥一軒風 風來亦炎然 如扇火爔爔 渴飮一杯水 水亦與湯同〕"

權近〈1352(공민왕 1)－1409(태종 9)〉의 《陽村集》 4권 〈苦熱行〉에도 "음양은 숯이 되고 천지는 화로이니 하늘 가득 화기가 공중에 엉겨 있네.〔陰陽爲炭天地鑪 漫空火氣凝虛無〕"라고 한 내용의 시가 보인다.

## 琵琶行　　비파를 읊은 노래

白居易

按白樂天自序云 元和十年에 予左遷九江郡司馬하다 明年秋에 送客湓浦口할새 聞舟船中夜彈琵琶者하니 聽其音하니 錚錚然有京都聲이라 問其人하니 本長安娼女로 嘗學琵琶於穆曹二善才러니 年長色衰에 委身爲賈人婦라 遂命酒하여 使快彈數曲하다 曲罷에 憫然自敍少小時歡樂事와 今漂淪憔悴하여 轉徙於江湖間이라 予出官二年에 恬然自安이러니 感斯人言하여 是夕에 始覺有遷謫意라 因爲長句歌하여 以贈之하니 凡六百二十二言이라 命日琵琶行이라하다 其抑揚頓挫流離沈鬱之態가 雖千載之下라도 宛然琵琶哀怨之聲也라

白樂天의 自序에 이르기를 "元和 10년(815)에 내가 九江郡 司馬로 좌천되었다. 다음해 가을에 湓浦 어구에서 손님을 전송할 적에 한밤중에 배 안에서 비파 타는 소리를 들으니, 그 소리가 쟁쟁하여 京都의 音色이 있었다. 비파 타는 사람이 누구인가 물으니, 본래 長安의 娼女로 일찍이 穆氏와 曹氏 두 善才에게 비파를 배웠는데, 나이를 먹어 容色이 쇠하자 장사꾼에게 의탁하여 그의 아내가 되었다고 하였다. 마침내 술을 마시라고 명하고서 몇 곡을 흥을 다하여 타게 하였다. 곡이 끝나자 서글퍼 스스로 젊었을 적의 즐거웠던 일과 지금은 표류하여 초췌해서 강호간에 전전함을 서술하

였다. 나는 外官으로 나온 지 2년으로 그동안 편안하게 생활하였는데, 이 사람의 말에 감동하여 이날 밤 비로소 좌천되어 온 기분을 깨닫게 되었다. 인하여 長句를 지어 노래하여 주니, 모두 622字이다. 명명하기를 〈琵琶行〉이라 했다." 하였다.

소리의 높낮이와 曲折이 조화되고 리드미칼하며 유리하고 침울한 태도가 비록 천 년 뒤에도 완연히 비파의 애닯고 원망하는 소리인 듯하다.

潯陽江頭夜送客하니　　심양강 머리에서 밤에 객 전송하니
楓葉荻花秋瑟瑟이라　　단풍잎과 갈대꽃에 가을바람 쓸쓸하네.
主人下馬客在船하니　　주인은 말에서 내리고 객은 배에 있는데
擧酒欲飮無管絃이라　　술잔 들어 마시려 하나 관현악이 없다오.
醉不成歡慘將別하니　　취하여도 기쁨 이루지 못하고 슬피 작별하려 하니
別時茫茫江浸月이라　　작별할 때 아득히 강물에는 달빛 잠겨있네.
忽聞水上琵琶聲하니　　홀연히 물가에 비파소리 들려오니
主人忘歸客不發이라　　주인은 돌아감 잊고 객은 출발하지 않네.
尋聲暗問彈者誰하니　　비파 소리 찾아 은근히 타는 이 누구인가 물으니
琵琶聲停欲語遲라　　비파 소리 멈추고 말하려다 머뭇거리네.
移船相近邀相見하고　　배를 옮겨 가까이 가서 맞이하여 서로 만나고
添酒回燈重開宴이라　　술 더 따르고 등불 도로 켜 다시 잔치 열었다오.
千呼萬喚始出來하니　　천 번 부르고 만 번 부르자 비로소 나오는데
猶抱琵琶[1]半遮面이라　　아직도 비파를 안아 얼굴 반쯤 가렸네.
轉軸撥絃三兩聲하니　　軸을 돌리고 줄 튕겨 두세 소리 타니
未成曲調先有情이라　　곡조를 이루기 전에 먼저 情이 있다오.
絃絃掩抑聲聲思하니　　줄마다 누르자 소리마다 슬픈 생각 실려 있어
似訴平生不得志요　　평생의 불우한 뜻 하소연하는 듯하고
低眉信手續續彈하니　　눈길을 내리깔고 손가는 대로 연이어 타니
說盡心中無限事라　　심중의 무한한 일들 다 말하는 듯하누나.
輕攏慢撚撥復挑하니　　가볍게 대고 천천히 비비며 튕겼다 다시 뜯으니
初爲霓裳後六么[2]라　　처음에는 霓裳曲 타다 뒤에는 육요 연주하였네.
大絃嘈嘈如急雨하고　　굵은 줄은 쿵쿵 울려 소낙비 소리 같고
小絃切切如私語라　　가는 줄은 애절하여 속삭이는 말소리 같구나.
嘈嘈切切錯雜彈하니　　쿵쿵댐과 애절함 섞어서 타니

大珠小珠落玉盤이라　큰 구슬과 작은 구슬 옥쟁반에 떨어지는 듯.
間關鶯語花底滑이요　고운 소리는 꾀꼬리 꽃 아래에서 노래하듯 매끄럽고
幽咽泉流冰下灘이라　오열함은 시냇물 얼음 밑으로 여울져 흐르는 듯하여라.
冰泉冷澁絃凝絶하니　언 시냇물 차갑게 얼어붙듯 줄소리 잠시 끊기니
凝絶不通聲暫歇이라　끊어지고 통하지 않음에 소리가 잠시 멈추었네.
別有幽愁暗恨生하니　각별히 그윽한 시름 있어 속타는 恨 생기니
此時無聲勝有聲이라　이때에 소리 없음 소리 있는 것보다 낫다오.
銀甁乍破水漿迸이요　은병이 갑자기 깨져 담겼던 물 쏟아져 나오는 듯하고
鐵騎突出刀鎗鳴이라　鐵騎가 돌진함에 칼과 창 울리는 듯하네.
曲終抽撥[3]當心畫하니　곡이 끝나자 撥 꺼내어 한가운데 대고 그으니
四絃一聲如裂帛이라　네 줄이 한 소리 내어 비단을 찢는 듯하누나.
東船西舫悄無言하고　동쪽 배와 서쪽 배에 탄 사람들 서글퍼 아무말 없고
唯見江心秋月白이라　오직 강물 속에 가을달 밝은 것만 보이누나.
沈吟收撥揷絃中하고　생각에 잠겨 읊다가 撥 거두어 줄 가운데에 꽂고는
整頓衣裳起斂容이라　의상을 정돈하고 일어나 용모 거두네.
自言本是京城女로　스스로 말하기를 저는 본래 長安의 여자로
家在蝦蟆陵[4]下住라　집이 하마릉 아래에 있어 그곳에 살았는데
十三學得琵琶成하여　열세 살에 비파 배워 이루어서
名屬教坊[5]第一部라　이름이 教坊의 第一部에 올랐습니다.
曲罷常教善才[6]服이요　한 곡조 끝나면 항상 善才들 감복시키고
妝成每被秋娘[7]妒라　단장이 끝나면 언제나 秋娘의 질투 받았지요.
五陵[8]年少爭纏頭[9]하니　五陵의 소년들 다투어 내 머리에 비단 감아주니
一曲紅綃不知數라　한 곡조에 붉은 비단 수없이 받았습니다.
鈿頭銀篦擊節碎[10]요　자개 박은 은빗은 장단 맞추다가 부서졌고
血色羅裙翻酒汚라　피빛 비단 치마는 술 엎질러 더럽히기도 하였습니다.
今年歡笑復明年하니　금년에도 웃고 즐기며 다시 명년에도 그렇게 하여
秋月春風等閑度라　가을달과 봄바람 등한히 보내었습니다.
弟走從軍阿姨[11]死하며　그러다가 아우는 달려가 從軍하고 阿姨는 죽었으며
暮去朝來顔色故라　저녁 가고 아침 오자 얼굴빛 시들었지요.

門前冷落鞍馬稀하니
문앞이 쓸쓸해져 말 탄 분 찾아오지 않으니

老大嫁作商人婦라
나이 들어 시집가 장사꾼의 아내 되었습니다.

商人重利輕別離하여
장사꾼은 이익 소중히 여기고 이별 가벼이 여겨

前月浮梁[12]買茶去라
지난 달 浮梁縣으로 차 사러 갔습니다.

去來江口守空船하니
저는 강어귀 왔다갔다하며 빈 배 지키오니

遶船明月江水寒이라
배를 둘러싼 것은 밝은 달과 차가운 강물이었습니다.

夜深忽夢少年事하니
밤 깊자 홀연히 젊었을 적 일 꿈꾸니

夢啼粧淚紅闌干[13]이라
꿈에 우느라 화장한 얼굴에 눈물이 붉게 흐른답니다.

我聞琵琶已歎息[14]이요
나는 비파소리 듣고 이미 탄식하였고

又聞此語重唧唧이라
또 이 말 듣고 거듭 목이 메이네.

同是天涯淪落人이니
그대나 나나 똑같이 天涯에 떨어져 있는 사람이니

相逢何必曾相識고
서로 만남에 하필 옛부터 아는 사람이어야 하겠는가.

我從去年辭帝京하여
나는 지난 해에 서울 하직한 뒤로

謫居臥病潯陽城이라
귀양살이하며 심양성에 병들어 누워 있다오.

潯陽地僻無音樂하니
심양 땅은 궁벽하여 음악 없으니

終歲不聞絲竹聲이라
일 년 내내 관현악 소리 듣지 못하였다오.

住近湓江地低濕하니
사는 곳 분강에 가까워 땅이 저습하니

黃蘆苦竹遶宅生이라
누런 갈대와 苦竹만 집을 빙둘러 자란다오.

其間旦暮聞何物고
그 사이에서 아침 저녁으로 무슨 소리 듣는가

杜鵑啼血猿哀鳴[15]이라
두견새 피 토하며 울고 원숭이 슬피 우는 소리라오.

豈無山歌與村笛이리오마는
어찌 산중의 노래와 마을의 피리 소리 없겠는가마는

嘔啞嘲哳難爲聽이라
조잡하고 시끄러워 들어주기 어려웠소.

今夜聞君琵琶語하니
오늘 밤 그대의 비파 소리 들으니

如聽仙樂耳暫明이라
신선의 음악 들은 듯 귀가 잠시 밝아지오.

莫辭更坐彈一曲하라
사양하지 말고 고쳐 앉아 한 곡조 타주오

爲君翻作琵琶行하리라
그대 위해 글로 옮겨 琵琶行 지어주리라.

感我此言良久立터니
나의 이 말에 감동한 듯 한동안 서 있다가

却坐促絃絃轉急이라
다시 앉아 급히 줄 타니 줄소리 더욱 급하네.

淒淒不似向前聲하니
처량하기 전번의 소리와 같지 않으니

| | |
|---|---|
| 滿坐聞之皆掩泣이라 | 온 좌중 사람들 듣고 모두 얼굴 가리며 우네. |
| 就中泣下誰最多오 | 그중에 누가 가장 눈물 많이 흘리는가 |
| 江州司馬[16]青衫濕이라 | 江州司馬는 푸른 적삼 다 젖었다오. |

1) 琵琶 : 釋名에 琵琶는 本胡中馬上所鼓也니 推手前曰琵요 引手却曰琶라
《釋名》에 "비파는 본래 오랑캐들이 말 위에서 두드리는 것이니, 손을 밀쳐 앞으로 가는 것을 琵라 하고 손을 끌어 뒤로 가는 것을 琶라 한다." 하였다.

2) 後六幺 : 樂譜琵琶曲에 有轉圜六幺獲索梁州하니 皆曲名也라
樂譜의 琵琶曲에 "전환·육요·획색·양주가 있으니, 모두 곡조의 이름이다." 하였다.

3) 역주] 撥 : 絃樂器를 타는 줄채로 보인다.

4) 역주] 蝦蟆陵 : 陝西省 長安縣 남쪽에 있었던 지명으로, 唐代에 歌樓와 酒館이 모여 있었다. 원명은 下馬陵으로 漢나라의 大學者인 董仲舒를 여기에 장사 지냈으므로 武帝도 이곳을 지나게 되면 말에서 내렸다 하여 下馬陵이라 칭하던 것이 蝦蟆陵으로 달리 쓰게 되었다 한다.

5) 教坊 : 開元二年에 置左右教坊하여 以教器樂하니라
開元 2년(714)에 左右 教坊을 설치하여 악기 다루는 법을 가르쳤다.

6) 역주] 善才 : 唐나라 때 琵琶에 정통한 사람이라는 뜻으로, 元和 연간에 曹保의 아들 善才가 비파에 정통하여 이후로 비파를 가르치는 선생을 善才라 칭하였다.

7) 역주] 秋娘 : 唐代 妓女나 女子 광대의 통칭이다.

8) 五陵 : 漢高帝長陵, 惠帝安陵, 景帝陽陵, 武帝茂陵, 昭帝平陵으로 皆在京兆하니 多徙豪富居之하니라
五陵은 漢나라 고제의 장릉·혜제의 안릉·경제의 양릉·무제의 무릉·소제의 평릉으로 모두 경조(長安)에 있었는데, 富豪家들을 많이 이주시켜 거주하게 하였다.

9) 역주] 纏頭 : 樂工이나 기생에게 내려주던 行下로, 보통 비단을 머리에 감아 주었으므로 전두라 이름하였다.

10) 역주] 擊節碎 : 金隆의 《勿巖集》 4권에 "이는 器物을 두드려 박자를 맞추므로 擊節이라 한 것이다." 하였다.

11) 역주] 阿姨 : 어머니의 자매로 곧 姨母를 이른다.

12) 역주] 浮梁 : 饒州의 浮梁縣으로 茶의 명산지이다.

13) 夢啼粧淚紅闌干 : 已上은 係商人婦之所訴也라
이 句 이상은 장사꾼의 아내가 하소연하는 말이다.

14) 我聞琵琶已歎息 : 已下는 乃司馬答商婦라
이 句 이하는 바로 江州司馬가 장사꾼의 아내에게 답하는 말이다.

15) 역주] 杜鵑啼血猿哀鳴 : 《白香山集》과 《唐詩解》·《唐詩歸》에는 모두 이 句 다음에 "봄강의 꽃핀 아침과 가을 달밤에 왕왕 술 받아와 또 홀로 기울이네.〔春江花朝秋月夜 往往取酒還獨傾〕" 라는 두 句가 있다.

16) 역주] 江州司馬 : 江州는 九江郡으로 白居易가 이곳의 司馬로 좌천되었기 때문에 자신을 가리켜 말한 것이다.

【賞析】 이 시는 《白香山集》 12권과 《全唐詩》에 실려 있는 바, 모두 제목이 〈琵琶引〉으로 되어 있다. 그러나 自序와 詩에는 모두 〈琵琶行〉이라고 하였으니, 引과 行은 형식의 차이가 없으니, 원래는 〈琵琶行〉이라고 이름한 듯하다. 〈長恨歌〉와 함께 白居易 시를 대표하는 長詩이다. 《唐宋詩醇》에는 이 시를 평하여 "白公이 左遷된 감흥을 장사꾼의 아내를 빌어 표현한 것이니, 同病相憐의 뜻이 있다. 比와 興이 서로 섞여 있으며 寄託함이 요원하고 심오하다. 그 뜻이 은미하면서도 드러나고 그 소리가 애절하면서도 생각하며, 그 언어가 화려하면서도 법도에 맞는다." 하였다.

金萬重〈1637(인조 15)－1692(숙종 18)〉의 《西浦集》 2권에 〈琵琶行〉에 次韻한 시가 있는데, 비파 타는 여인의 신세와 자신의 불우한 신세를 결부시켜 "그대나 나나 똑같이 天涯에 떨어져 있는 사람〔同是天涯淪落人〕"이라고 읊은 백거이의 논조와 흡사하다.

## 內前行 皇宮 앞을 읊은 노래

唐庚(子西)

大觀四年에 張天覺이 拜相이러니 是夕에 彗星沒하고 久旱而雨하니라

大觀 4년(1110)에 張天覺이 정승에 임명되었는데, 이날 저녁 혜성이 없어지고 오래 가물다가 비가 내렸다.

內前車馬撥不開하니 大內 앞에 수레와 말 밀쳐 낼 수 없을 정도로 많더니
文德殿下宣麻[1]回라 文德殿 아래에는 麻紙에 쓴 詔勅 받들고 돌아가네.
紫微舍人拜右相[2]하니 紫微省의 舍人 右相에 임명되니
中使[3]押赴文昌臺[4]라 中使는 조칙 받들고 文昌臺로 달려가네.
旄頭[5]昨夜光照牖러니 旄頭가 어젯밤엔 빛나 창문에 비치더니
是夕鋒芒如禿箒라 오늘밤엔 칼끝 같은 별빛 어두워 몽당비처럼 되었네.
明朝化作甘雨來하니 다음날 아침에는 날씨 변하여 단비 내리니
官家[6]喜得調元手라 官家는 調元의 솜씨 얻음 기뻐하신다오.

| | |
|---|---|
| 周公禮樂未制作인댄 | 周公처럼 禮樂 제작하지 못할진댄 |
| 致身姚宋亦不惡[7]이라 | 姚崇과 宋璟처럼 몸 바치는 것도 나쁘지 않으리라. |
| 我聞二公拜相年에 | 내 들으니 두 공이 정승에 임명되던 해에 |
| 民間斗米三四錢[8]이라 | 민간에 쌀 한 말 三四錢이었다오. |

1) 역주] 宣麻：唐宋代에는 將相을 임명할 때에 흰 麻紙에 詔書를 써서 公布하였는데, 이를 선마라 한다.

2) 紫微舍人拜右相：唐開元中에 改中書省爲紫微省하니 張天覺이 自中書舍人爲相이라
唐나라 개원 연간에 中書省을 고쳐 紫微省이라 하였는데, 장천각이 중서사인으로 있다가 정승이 되었다.

3) 역주] 中使：궁중의 使者를 가리킨다.

4) 文昌臺：唐則天이 改尙書省爲文昌臺라
唐나라 則天武后가 상서성을 고쳐 문창대라 하였다.

5) 역주] 旄頭：彗星을 이른다. 《爾雅》에 "彗星을 欃槍이라 한다." 하였는데, 머리 부분이 들소꼬리〔旄〕 모양과 비슷하다 하여 彗星을 旄頭라 칭한다. 彗星은 兵亂을 상징하는 별로 이 별의 꼬리가 길게 나타나면 난리가 있을 조짐이라 한다.

6) 官家：五帝는 官天下하고 三王은 家天下하니 兼五三之德이라 故曰官家라
五帝는 천하를 관청으로 여기고 三王은 천하를 집으로 여겼으니, 오제와 삼왕의 德을 겸하였으므로 황제를 관가라 한 것이다.

7) 致身姚宋亦不惡：通鑑에 唐開元間에 姚宋이 相繼爲相하니 姚崇은 善應變成務하고 宋璟은 善守成持正이라 唐世賢相을 前稱房杜하고 後稱姚宋焉이라
《通鑑》에 "唐나라 開元年間에 姚崇과 宋璟이 서로 이어 정승이 되니, 요숭은 변화에 대응하여 일을 이루기를 잘하였고 송경은 守成하여 正道를 지키기를 잘하였다. 당나라의 어진 재상으로 앞에서는 房玄齡과 杜如晦를 칭하였고 뒤에서는 요숭과 송경을 칭하였다." 하였다.

8) 民間斗米三四錢：唐貞觀四年에 米斗三錢하고 外戶不閉하니라
唐나라 貞觀 4년(630)에 풍년이 들어 곡식이 흔해서 쌀 한 말 값이 3전이었고 바깥문을 닫지 않았다.

【賞析】 이 시는 張商英(字 天覺)이 정승이 된 것을 축하하여 지은 것이다. 첫구의 두 글자를 취하여 제목으로 삼았는데, 內는 大內로 大內의 전각 앞에서 大臣의 직책에 임명된 일을 서술한 것이다. 《通鑑》에 "宋 徽宗 大觀 4년(1110) 6월에 張商英을 尙書右僕射에 임명하였다. 당시 蔡京이 오랫동안 國權을 도둑질하여 안팎에서 원

망하고 미워하였다. 황제는 장상영이 반대의견을 내세울 수 있으며 또 어질다고 일컬어지는 것을 보고 人望에 따라 그를 정승으로 임명하였다. 그 무렵 오랫동안 가물고 혜성이 하늘 가운데 뻗쳤는데, 장상영이 기용되자 그날 저녁 혜성이 보이지 않고 다음날 비가 왔다. 황제가 기뻐한 나머지 商霖이란 두 글자를 크게 써서 하사했다." 하였다.

## 續麗人行 속여인행

蘇軾(子瞻)

李仲謀家에 有周昉畵背面欠伸內人하니 戱作此詩라

李仲謀의 집에 주방이 그린 얼굴을 등지고 하품하고 기지개 켜는 內人의 그림이 있었는데, 희롱하여 이 詩를 지은 것이다.

深宮無人春日長하니 깊은 궁궐에는 사람 없고 봄 해는 긴데
沈香亭北百花香[1]이라 沈香亭 북쪽에는 온갖 꽃들 향기롭네.
美人睡起薄梳洗하니 美人이 잠에서 일어나 잠깐 머리빗고 세수하니
燕舞鶯啼空斷腸이라 제비는 춤추고 꾀꼬리는 울어 부질없이 애간장 태우누나.
畵工欲畵無窮意하여 畵工은 무궁한 뜻 그려내고자 하여
背立春風初破睡[2]라 봄 바람 등지고 서서 갓 잠 깬 모습이라오.
若敎回首却嫣然이면 만약 머리 돌려 한 번 방긋 웃게 한다면
陽城下蔡[3][4]俱風靡라 陽城과 下蔡의 귀공자들 모두 정신 잃으리라.
杜陵飢客[5]眼長寒하니 杜陵의 굶주린 나그네 눈빛이 항상 추워보이니
蹇驢破帽隨金鞍이라 저는 당나귀에 떨어진 모자로 금안장 따라다녔네.
隔花臨水時一見하니 꽃 사이에 두고 물가에 임해 때로 한 번 보니
只許腰肢背後看이라 다만 허리와 팔다리 등 뒤에서 보게 할 뿐이라오.
心醉歸來茅屋裏하니 심취하여 초가집 속으로 돌아오니
方信人間有西子[6]라 비로소 세상에 西子 같은 미인 있음 믿게 되었네.
君不見孟光擧案與眉齊[7]아 그대 보지 못했는가 孟光이 밥상 들 때 눈썹에 맞춘 것
何曾背面傷春啼오 어찌 일찍이 얼굴 돌리고 봄을 서글퍼하여 울었겠나.

1) 沈香亭北百花香：李白進淸平詞云 名花傾國兩相歡하니 長得君王帶笑看이라 解釋春風無限恨하여 沈香亭北倚闌干이라하니라

李白이 지어 올린 〈淸平樂〉 詞에 "유명한 꽃과 傾國之色 두 가지 서로 즐거우니 언제나 군왕께서는 웃음을 머금고 보시네. 춘풍에게 무한한 한을 해설하려 沈香亭 북쪽에서 난간에 기대네." 하였다.

2) 역주〕 背立春風初破睡 : 金隆의 《勿巖集》 4권에 "정면을 그릴 수 없으므로 후면을 묘사해 그린 것이니, 무궁한 뜻을 엿볼 수 있다." 하였다.

3) 陽城下蔡 : 宋玉賦에 東家之子 嫣然一笑에 惑陽城迷下蔡라하니라

宋玉의 賦(好色賦)에 "동쪽 집의 아가씨가 예쁘게 한 번 웃음에 陽城을 혹하게 하고 下蔡를 혼미하게 하네." 하였다.

4) 陽城下蔡 : 양성과 하채는 두 고을의 이름으로 楚나라의 귀공자들이 봉해진 곳이라 한다.

5) 역주〕 杜陵飢客 : 杜甫를 가리킨다. 두릉은 원래 地名이었는데, 두보의 祖父 때부터 이곳에 살았으므로 두보가 자신을 지칭한 데서 연유한 것이다.

6) 역주〕 西子 : 春秋時代 越나라의 美人인 西施를 가리킨다. 越王 句踐이 會稽에서 敗하자, 范蠡가 西施를 吳王 夫差에게 바쳐 吳나라의 政事를 어지럽게 하였는데, 오나라가 망하자 범려는 서시와 함께 五湖에 배를 띄워 海島로 들어가 은둔하였다. 《吳越春秋 句踐陰謀外傳》

7) 孟光擧案與眉齊 : 梁鴻至貧하여 爲人賃舂이러니 每歸에 妻爲具食하여 擧案齊眉하니라

梁鴻은 지극히 가난하여 남을 위하여 방아품을 팔았는데 집에 돌아오면 언제나 아내가 음식을 장만하여 밥상을 들되 눈썹과 가지런하게 하였다.

【賞析】 이 시는 《蘇東坡集》 3책 9권에 실려 있는 바, 동파가 43세 때인 元豐 元年(1078) 3월에 지은 것이다. 〈續麗人行〉은 〈麗人行〉의 續作이라는 뜻으로, 蘇軾이 본서 9권에 실려 있는 杜甫의 〈麗人行〉을 근간으로 하여 지은 것이다. 두보의 〈麗人行〉이 楊國忠 가문의 형제 자매들의 호사스러운 모습을 묘사한 것에 반해 동파의 이 시는 오로지 楊貴妃만을 묘사한 것이 그 특징이라 하겠다.

## 莫相疑行 의심하지 말아달라고 읊은 노래

杜 甫

郭英(義)〔乂〕倅蜀하니 公與英乂不合하여 去成都時作이라

郭英乂가 蜀땅의 원이 되었는데, 공이 곽영예와 뜻이 맞지 않아 成都를 떠날 때에 지은 것이다.

男兒生無所成頭皓白하니 남아로 태어나 이룬 것 없이 머리만 희어지니

| | |
|---|---|
| 牙齒欲落眞可惜이라 | 치아가 빠지려 해 참으로 애석하네. |
| 憶獻三賦蓬萊宮[1]하니 | 저 옛날 蓬萊宮에 세 大禮賦 바쳤던 일 생각하니 |
| 自怪一日聲輝赫이라 | 하루 아침에 명성이 빛남 스스로 괴이하게 여겼노라. |
| 集賢學士如堵墻하여 | 集賢殿의 학사들 담처럼 둘러서서 |
| 觀我落筆中書堂이라 | 내가 中書堂에서 붓 들어 글 쓰는 것 구경하였네. |
| 往時文彩動人主러니 | 지난날에는 아름다운 文章 임금을 감동시켰는데 |
| 此日飢寒趨路傍이라 | 오늘날에는 굶주리고 헐벗으며 길가를 달리누나. |
| 晩將末契託年少[2]나 | 말년에 末契 가지고 少年에게 의탁하려 하나 |
| 當面輸心背面笑라 | 대면하면 마음 주다가도 얼굴 돌리면 비웃네. |
| 寄謝悠悠世上兒하노니 | 수많은 세상의 아이들에게 말하노니 |
| 不爭好惡莫相疑하라 | 좋아하고 싫어함 다투지 말아 의심하지 말아다오. |

1) 憶獻三賦蓬萊宮：明皇天寶中에 朝獻[*1)]太淸宮하고 享廟及郊하니 甫時獻三大禮賦[*2)]하니라

明皇 天寶年間에 太淸宮에 朝獻하고 종묘에 제향하고 郊祭를 올리니, 杜甫가 이 때에 三大禮賦를 지어 올렸다.

*1) 역주] 朝獻：祭禮 儀節의 하나이다.

*2) 역주] 三大禮賦：세 편의 賦로 〈朝獻太淸宮賦〉, 〈朝享太廟賦〉, 〈有事於南郊賦〉이다.

2) 역주] 晩將末契託年少：末契는 나이가 많거나 地位가 높은 사람이 아랫사람과 交分을 맺는 일을 이르며 年少는 郭英義를 가리킨다.

【賞析】 이 시는 《杜少陵集》 14권에 실려 있는 바, 마지막 구인 '不爭好惡莫相疑'의 세 글자를 따서 제목으로 삼은 것이다. 安祿山의 난을 겪은 후 두보는 成都에 와서 살면서 成都尹 嚴武의 도움을 많이 받았는데, 永泰 元年(765) 엄무가 죽자, 5월에 30여세의 郭英乂가 성도윤이 되었다. 공은 곽영예와 알던 사이였으나 뜻이 서로 맞지 않아 마침내 成都의 草堂을 떠났는데, 이 시는 이때 지은 것이다.

蔡彭胤〈1669(현종 10)－1731(영조 7)〉의 《希菴集》에 이 시에 차운한 시가 실려 있다.

## 虎圖行 호랑이 그림을 읊은 노래

王安石(介甫)

| | |
|---|---|
| 壯哉非熊亦非貙니 | 웅장하도다! 곰도 아니요 또 이리도 아닌데 |
| 目光夾鏡當坐隅라 | 눈빛 두 거울처럼 빛나며 모퉁이에 앉아 있네. |
| 橫行妥尾不畏逐하여 | 횡행하며 꼬리 늘어뜨리고 쫓는 것도 두려워하지 않아 |
| 顧眄欲去仍躊躇라 | 돌아보며 떠나려 하다가 그대로 머뭇거리누나. |
| 卒然一見心爲動터니 | 갑자기 처음 보고는 마음이 놀라더니 |
| 熟視稍稍摩其鬚라 | 오래 보고서야 차츰 그 수염 만진다오. |
| 固知畵者巧爲此하니 | 진실로 畵工이 공교롭게 이것 그린 줄 아노니 |
| 此物安肯來庭除오 | 그렇지 않다면 이 물건이 어찌 뜰의 섬돌에 오겠는가. |
| 想當盤礴欲畵時에 | 생각컨대 두 다리 뻗고 이 그림 그리려 할 적에 |
| 睥睨衆史如庸奴[1]라 | 여러 화공들 깔보아 용렬한 종처럼 여겼으리라. |
| 神閑意定始一掃하니 | 정신이 한가롭고 뜻이 안정되자 한번 붓 휘두르니 |
| 功與造化論錙銖[2]라 | 공이 造化와 錙銖 논할 정도이네. |
| 悲風颯颯吹黃蘆하니 | 슬픈 바람 쓸쓸히 누런 갈대에 부는데 |
| 上有寒雀驚相呼라 | 위에는 추운 참새들 놀라 서로 지저귀누나. |
| 槎牙死樹鳴老烏하니 | 앙상한 마른 나무에는 늙은 까마귀 우는데 |
| 向之俛啄如哺雛라 | 나무 향해 몸 굽혀 쪼는 것이 새끼에게 먹이 먹이는 듯. |
| 山墻野壁黃昏後면 | 산속의 담장과 들판 벽에 해저문 뒤 걸어 놓으면 |
| 馮婦遙看亦下車[3]라 | 馮婦가 멀리서 보고 또한 수레에서 내려오리라. |

1) 想當盤礴欲畵時 睥睨衆史如庸奴：莊子에 宋元君이 將畵圖할새 衆史皆至하여 受揖而立하다 有一史後至하여 受揖不立하고 因之舍어늘 公이 使人視之하니 解衣盤礴贏라 君曰 可矣라 是眞畵也라하니라

《莊子》〈田子方〉에 "宋나라 元君이 장차 그림을 그리려 할 적에 여러 畵史가 모두 이르러 命을 받고 자리로 가 있었는데, 한 화사가 뒤늦게 와서 명을 받고는 자리에 있지 않고는 인하여 곧바로 집으로 돌아갔다. 公이 사람을 시켜 살펴보게 하였더니, 그는 옷을 벗고 벌거벗은 채 책상다리를 하고 있었다. 公(元君)은 말하기를 '좋다. 이 사람이야말로 진정한 화사이다.' 했다." 하였다.

2) 錙銖：八絲爲銖요 八銖爲錙라

8絲를 銖라 하고 8銖를 錙라 한다.

3) 馮婦遙看亦下車：孟子에 晉人有馮婦者善搏虎하더니 有衆逐虎할새 望見馮婦하고 趨而迎之한대 馮婦攘臂下車라하니라

《孟子》〈盡心 下〉에 "晉나라 사람 중에 馮婦라는 자가 범을 잘 잡았는데, 여러 사람들이 범을 좇아가다가 풍부가 오는 것을 바라보고는 달려가 맞이하자 풍부는 팔뚝을 걷어붙이고 수레에서 내렸다." 하였다.

【賞析】 이 시는 《王臨川集》 5권에 실려 있는 바, 호랑이 그림에 용감한 기상이 잘 나타나 있음을 칭찬한 것이다. 《詩人玉屑》 17권에 《漫叟詩畵》를 인용하여 "荊公(왕안석)이 歐公(구양수)과 함께 앉은 자리에서 〈虎圖行〉을 지었는데, 다른 사람들이 아직 붓도 들기 전에 형공은 이미 완성하였다. 구공이 즉시 읽어보고는 무릎을 치며 칭찬하니, 좌중의 빈객들이 붓을 던지고 감히 글을 짓지 못했다." 하였다.

## 桃源行 　桃源을 읊은 노래

王安石

古今詠桃源者 多惑於神仙之說이어늘 荊公이 獨指爲避秦之人이라하니라

고금에 桃源을 읊은 자들은 神仙術에 혹한 자가 많은데, 荊公만은 홀로 秦나라를 피해온 사람이라고 가리켜 말하였다.

望夷宮中鹿爲馬[1)]하니 　望夷宮 가운데에서 사슴을 말이라 하니
秦人半死長城下라 　秦나라 사람들 절반은 長城 아래에서 죽어갔네.
避世不獨商山翁[2)]이요 　세상을 피하여 숨은 자들 商山의 노인뿐 아니요
亦有桃源[3)]種桃者라 　또한 桃源에 복숭아 심어 기른 자 있었네.
一來種桃不記春하니 　한번 와서 복숭아 심은 뒤로 햇수 기억하지 못하니
采花食實枝爲薪이라 　꽃 따고 열매 먹으며 나뭇가지로 섶 만들었네.
兒孫生長與世隔하니 　子孫들 생장하여 세상과 단절되었으니
知有父子無君臣[4)]이라 　父子가 있음만 알고 君臣은 없다오.
漁郎放舟迷遠近하니 　漁郎이 배 가는 대로 가다가 遠近을 잃었는데
花間忽見驚相問이라 　꽃 사이에서 갑자기 그를 보고 놀라 물었네.
世上空知古有秦이니 　세상에서는 부질없이 옛날 秦나라 있음만 알 뿐이니
山中豈料今爲晉가 　산중에서야 어찌 지금이 晉나라임 알겠는가.
聞道長安吹戰塵하고 　長安에 전쟁의 먼지 날려 漢나라 망했단 말 듣고

| | |
|---|---|
| 東風回首亦沾巾이라 | 東風에 머리 돌려 회상하며 눈물로 수건 적시네. |
| 重華[5]一去寧復得가 | 重華가 한번 가버리니 다시 어찌 얻을런가 |
| 天下紛紛經幾秦고 | 天下는 분분히 몇 번이나 秦나라의 폭정 만났는가. |

1) 역주] 望夷宮中鹿爲馬 : 望夷宮은 秦代의 宮殿 이름으로 지금의 陝西省 涇縣 동남쪽에 위치해 있었는데, 동북쪽으로 涇水에 臨하여 北夷를 바라볼 수 있으므로 붙여진 이름이다. 간신인 趙高는 重臣들이 얼마나 자신의 말을 따르는가를 시험하기 위해 한번은 二世皇帝에게 사슴을 바치면서 말이라고 아뢰었다. 二世皇帝가 신하들에게 이것이 "말이냐?"고 묻자, 신하들은 조고의 위세를 두려워하여 혹은 사슴이라 하고 혹은 말이라 하였는데, 조고는 사슴이라고 바른 말을 한 자들을 찾아내어 모두 해쳤다.《史記 秦始皇本紀》

2) 역주] 商山翁 : 秦나라의 폭정를 피하여 상산에 숨은 네 노인으로 東園公·綺里季·夏黃公·甪里先生을 가리키는 바, 수염과 눈썹이 하얗게 세었다 하여 商山 四皓라 칭하였다.

3) 역주] 桃源 : 어떤 어부가 桃花源을 거슬러 올라가 한 골짜기에 이르니, 仙境이 나왔는데, 그곳에는 秦의 폭정을 피하여 숨어 들어온 사람들의 후손들이 살고 있었다 한다.

4) 역주] 知有父子無君臣 : 난세를 피하여 桃花源에 은둔한 사람들은 父子間의 親愛만 알 뿐, 국가가 있음을 생각하지 않았다는 뜻이다.

5) 역주] 重華 : 舜임금의 美稱으로, 여기서는 舜임금과 같은 聖君을 말한 것이다.

【賞析】 이 시는《王臨川集》4권에 실려 있는 바, 武陵桃源을 읊은 것이다. 제목 밑의 주에 "고금에 도원을 노래한 자들이 神仙說에 현혹되어 도원을 長生不死하는 곳이라고 여긴 자가 많은데, 荊公의 〈도원행〉에 秦나라의 난리를 피하여 숨은 자들이라고 한 것을 보니, 신선설에 빠진 자가 아니고 사리를 아는 자이다." 하였다.

成俔의《虛白堂集》風雅錄 1권에 같은 제목의 시가 실려 있다.

"돌다리 동쪽으로 가로지르니 창해가 넓고 북쪽으로 장성 쌓으니 요갈을 감싸네. 아방궁 萬夫의 힘을 소진시키니 꼬리 붉은 방어 물을 찾아 구차하게 사누나. 함곡관 아득하니 얼마나 떨어져 있나. 진나라 사람 무릉의 백성으로 바뀌었네. 오직 복숭아나무 심을 줄 알아 언덕이 되니 온나무에 꽃이 만발함에 청춘이 돌아왔네. 무릉은 어느 곳인가 고깃배 늙은이 꽃사이에서 밭가는 사람을 만났다네. 진나라 망하고 진시황 죽은 것 한하지 않고 도리어 세속의 사람이 자신의 뜻 어지럽힐까 두려워하네. 당시의 진위를 알 수 없으나 도연명이 기문을 지어 윤색하였다오. 지금 천

년동안 들어갈 길이 없어 그림으로 그려 부질없이 신선 모습만 상상하네.〔石橋東跨滄海闊 北築長城抱遼碣 阿房殫盡萬夫力 䪷魴覓水偸生活 函關茫茫隔幾塵 秦人變作華胥民 惟知種桃作丘畛 花開萬樹回靑春 武陵何處漁舟叟 花間邂逅逢耕耦 不恨秦亡祖龍死 却恐凡人亂我趣 當時眞僞不可知 淵明作記潤色之 如今千載無路人 畫圖空想神仙姿〕"

이 외에 金昌翕〈1653(효종 4)－1722(경종 2)〉의 《三淵集》 拾遺 1권에도 〈桃源行〉이 있는데 내용의 전개가 이 시와 흡사하다.

## 今夕行* 오늘 저녁을 읊은 노래

杜 甫

* 첫구의 今夕 두 글자를 취하여 제목으로 삼은 것이다.

今夕何夕歲云徂하니　오늘 저녁 어떤 저녁인가 장차 한 해가 지나가니
更長[1]燭明不可孤라　시간은 더디고 촛불은 밝아 저버릴 수 없네.
咸陽客舍一事無하니　咸陽의 객사에는 한 가지 일도 없어
相與博塞[2]爲歡娛라　서로 博塞하며 즐기고 논다오.
憑陵大叫呼五白하여　사람을 능멸하며 큰소리로 五白 외쳐
袒跣不肯成梟盧[3]라　웃통 벗고 맨발로 뛰지만 梟盧는 이뤄지려 하지 않네.
英雄有時亦如此하니　영웅도 이와 같이 할 때 있으니
邂逅豈卽非良圖오　우연히 만나 즐김 어찌 좋은 계책 아닐런가.
君莫笑劉毅[4]從來布衣願하라　그대는 劉毅가 품었던 布衣시절의 소원 비웃지 말라
家無儋石輸百萬[5]이라　집에 몇 섬의 곡식 없었지만 도박에 백만전 걸었다네.

1) 역주〕 更長 : 1更은 보통 2시간으로 옛날 밤을 다섯으로 나누어 5경까지 있었다.

2) 역주〕 博塞 : 놀음의 한 가지로 雙六과 비슷한 놀이이다.

3) 역주〕 憑陵大叫呼五白 袒跣不肯成梟盧 : 憑陵은 意氣揚揚한 모습이며, 五白은 賭博놀음패의 하나로 五木의 제도인데, 위는 검고 아래는 희게 만든 주사위를 던져서 다섯 개가 모두 검은 쪽이 나오는 것을 盧라 하여 가장 좋은 패로 보고, 그 다음은 모두 흰 쪽이 나오는 패인데 이를 五白이라고 한다. 五白을 외친다는 것은 주사위를 던지면서 좋은 패가 나오라고 외치는 것이다. 梟盧는 옛날 樗蒲놀이에서 제일 높은 점수를 梟라 하고, 그 다음을 盧라 하였다. 李德弘의 《艮齋集》 續集 4권에

"골패 다섯 개가 모두 흰 색이면 이기므로 던지는 자들이 五白을 외치면서 이 패가 나오기를 기원하는 것이다. 梟와 盧는 반드시 五白의 하나일 터인데 梟가 더 우세한 패이다." 하였다. 金隆의 《勿巖集》에도 같은 내용이 보인다.

4) 역주] 劉毅：東晉의 沛땅 사람으로 樗蒲 놀이를 좋아하여 한 판에 백만 금을 걸기도 하였다. 젊어서부터 큰 뜻을 품었는데 桓玄이 簒位하자 劉裕와 함께 군사를 일으켜 討平하고 그 공로로 南平郡開國公에 봉해졌으나 劉裕와 不和하여 목을 매어 자살하였다.

5) 家無儋石輸百萬：南史에 劉毅家無儋石之儲로되 樗蒲一擲百萬이라하니라
《南史》에 "劉毅는 집에 몇 석의 저축이 없었으나 저포 노름 한 판에 백만 전을 걸었다." 하였다.

【賞析】 이 시는 《杜少陵集》 1권에 실려 있는 바, 天寶 5年(746) 長安으로 돌아온 뒤에 지은 것으로, 섣달 그믐날밤 咸陽의 어느 客舍에서 친구들과 함께 노름을 하며 즐기는 호방한 모습을 그렸다.

## 君子行　　군자를 읊은 노래

聶夷中

此詩는 言君子擧事를 當防閑於未然之先이니 不可以嫌疑自處也라

이 詩는 군자는 일을 행함에 마땅히 미연에 방지해야 하니, 혐의받을 곳에 자처해서는 안됨을 말하였다.

君子防未然하니　　君子는 미연에 방지하니
不處嫌疑間이라　　혐의받을 곳에는 처하지 않네.
瓜田不納履하고　　오이 밭에서는 신발 고쳐 신지 않고
李下不正冠이라　　오얏나무 아래에서는 관 바로잡지 않는다오.
嫂叔不親授하고　　형수와 시숙간에는 물건 직접 주지 않고
長幼不比肩이라　　어른과 아이는 어깨 나란히 하지 않네.
勞謙得其柄[1]이니　　겸손하기를 수고롭게 하면 權柄 얻게 되니
和光[2]甚獨難이라　　광채를 숨기기는 매우 어렵다오.
周公下白屋하여　　周公은 초가집의 선비에게 몸 낮추어
吐哺不及餐하고　　먹던 밥 뱉어 제때에 밥 먹지 못하고
一沐三握髮[3]하니　　한 번 머리 감으면서 세 번이나 머리 쥔 채 맞이하니

後世稱聖賢이라　　　　　　후세에서 聖賢이라 칭한다네.

1) 역주] 勞謙得其柄 : 勞謙은 원래 공로가 있으면서도 겸손함을 이르나 여기서는 겸손이 지극함을 말하였는 바, 《周易》 〈繫辭傳〉에 "겸손함은 德의 자루이다.〔謙德之柄〕"한 말을 인용한 것이다.
2) 역주] 和光 : 才華를 안으로 감추고 그러한 기색을 밖으로 드러내지 않음을 이른다.
3) 역주] 吐哺不及餐 一沐三握髮 : 周公이 成王을 보필하면서 賢者를 맞이하기 위해 밥을 한 번 먹으면서도 세 번씩이나 먹던 밥을 뱉고, 머리를 한 번 감으면서도 세 번씩이나 감던 머리를 쥔채 나와 손님을 맞이한 고사를 인용한 것이다. 《史記 魯周公世家》

【賞析】 이 시는 군자를 읊은 노래로 宋代 郭茂倩(곽무천)이 편찬한 《樂府詩集》 중에 들어 있는 相和歌辭·平調曲에 속한다. 군자는 힘써 도를 지켜 혐의를 피하고 시간을 아끼며 賢士를 애써 구해야 한다는 내용이다.

申欽〈1566(명종 21)－1628(인조 6)〉의 《象村稿》 4권에 〈君子行〉이 있으므로 소개한다.

"군자는 온축하는 바가 있으나 시운이 없으면 꾀할 수 없고, 군자는 하는 바가 있으나 시운이 없으면 이룰 수 없네. 伯夷는 도가 있었고 周公은 천명이 있었으니, 시운과 천명이 만일 따르지 않는다면 仲尼(孔子) 같은 훌륭한 聖人도 부질없었다네.〔君子有所蘊 無時不得營 君子有所爲 無時不得成 伯夷有其道 周公有其命 時命苟不諧 仲尼空獨聖〕"

李德弘〈1541(중종 36)－1596(선조 29)〉의 《艮齋集》 續集 4권에 "이 시는 君子의 道는 혐의받을 곳에 처하지 않고 勞謙을 귀하게 여김을 말한 것이니, 周公이 행한 바가 바로 노겸의 일이다. 제목 밑의 주에 혐의를 멀리한다는 한 조목만을 특별히 들고 노겸의 도에 대해서 언급하지 않은 것은 잘못이다." 하였고, 金隆〈1525(중종 20)－1594(선조 27)〉의 《勿巖集》에도 같은 내용이 보인다.

## 汾陰行* 　汾陰을 읊은 노래

李 嶠

唐李嶠借漢武帝汾陰之祠하여 以諷明皇幸蜀之事하니 盛衰固不同也라 明皇이 在蜀에 聞歌此詞하고 問之하여 知爲嶠所作하고 感之泣下하니라

唐나라 이교가 漢나라 武帝가 汾陰에 제사한 것을 빌어 明皇이 蜀땅으로 播遷한

일을 풍자하였으니, 성쇠가 진실로 똑같지 않다. 명황이 촉땅에 있을 적에 이 글을 노래로 부르는 것을 듣고서 사람들에게 물어 이교가 지은 것임을 알고는 감동하여 눈물을 흘렸다.

* 汾陰은 山西省 榮河縣 북쪽에 있던 현으로, 汾水가 흘러가기 때문에 붙여진 이름이다.

| | |
|---|---|
| 君不見昔日西京全盛時에 | 그대는 보지 못했는가 저 옛날 西京의 전성시대에 |
| 汾陰后土親祭祠아 | 汾陰에서 后土에게 친히 제사하던 것을. |
| 齋宮宿寢設齋供하니 | 齋宮에서 미리 자면서 齋供 올리니 |
| 撞鍾鳴鼓樹羽旗라 | 종 치고 북 울리며 깃털 깃발 꽂아 놓았네. |
| 漢家四葉[1]才且雄하니 | 漢나라는 四代에 재주 있고 또 영걸스러웠으니 |
| 賓延萬靈服九戎[2]이라 | 온갖 신령들 손님으로 맞이하고 九戎 복종시켰네. |
| 柏梁賦[3]詩高宴罷하고 | 柏梁臺에서 시 읊고 성대한 잔치 파하고는 |
| 詔書法駕[4]幸河東이라 | 조서 내려 法駕로 河東에 갔다오. |
| 河東太守親掃除하여 | 河東太守는 친히 길 소제하여 |
| 奉迎至尊導鑾輿라 | 至尊을 받들어 맞이하고 鑾輿 인도하였네. |
| 五營將校列容衛하니 | 五營의 장교들 儀仗과 侍衛 나열하니 |
| 三河[5]縱觀空里閭라 | 三河 지방에서는 구경 나와 마을이 텅 비었다네. |
| 回旌駐蹕降靈場하여 | 깃발 돌려 降靈場에 멈추어 |
| 焚香奠醑徼百祥이라 | 향 피우고 술잔 올려 온갖 복 빌었다오. |
| 金鼎發食正焜煌하니 | 금솥에서 음식 꺼내자 참으로 휘황하니 |
| 靈祇煒燁攄景光이라 | 신령들 번쩍번쩍 상서로운 빛 발하였네. |
| 埋玉陳牲禮神畢하고 | 옥 묻고 희생 진설해 神에게 제례 마치고는 |
| 擧麾上馬乘輿出이라 | 깃발 들고 말에 올라 乘輿 출발하였네. |
| 彼汾之曲嘉可遊하니 | 저 汾水의 굽이는 아름다워 놀 만하니 |
| 木蘭爲楫桂爲舟라 | 목란으로 노 만들고 계수나무로 배 만들었네. |
| 櫂歌微吟彩鷁浮하니 | 뱃노래 가늘게 읊조리며 채색 배 띄우니 |
| 簫鼓哀鳴白雲秋라 | 퉁소 소리와 북소리 白雲의 가을에 슬피 울렸네. |
| 歡娛宴洽賜群后하고 | 즐거운 잔치 무르익자 제후들에게 하사하고 |
| 家家復除[6]戶牛酒라 | 집집마다 부역 면제하고 가호마다 소와 술 내렸네. |
| 聲明[7]動天樂無有하니 | 聲敎와 文明 하늘을 감동시키고 즐거움이 더함 없으니 |

千秋萬歲南山壽[8]라　　천추만세토록 南山처럼 壽하기 빌었다오.
自從天子向秦關[9]으로　　天子가 秦關 향한 후로
玉輦金車[10]不復還이라　　玉輦과 金車 다시는 돌아오지 못하였네.
珠簾羽帳長寂寞하니　　주렴과 깃털 그린 장막 오랫동안 적막하니
鼎湖龍髯安可攀[11]고　　鼎湖의 용수염 어이 잡을 수 있겠는가.
千齡人事一朝空하니　　천년의 人間事 하루 아침에 허무해지니
四海爲家此路窮이라　　四海를 집안으로 삼던 이 길 곤궁해졌구나.
雄豪意氣今何在오　　雄豪하던 意氣 지금 어디에 있는가
壇場宮苑盡蒿蓬이라　　祭壇과 마당과 宮苑이 모두 쑥대밭 되었어라.
路逢古老長太息하니　　길에서 만난 나이 많은 노인들 길이 탄식하니
世事回環不可測이라　　세상 일 돌고돌아 예측할 수 없다네.
昔時靑樓對歌舞러니　　옛날에는 靑樓에서 마주하여 歌舞하였는데
今日黃埃聚荊棘이라　　오늘에는 누런 먼지 荊棘에 모여 있네.
山川滿目淚沾衣하니　　山川의 슬픈 광경 눈에 가득하여 눈물로 옷 적시니
富貴榮華能幾時오　　부귀와 영화 얼마나 가는가.
不見只今汾水上에　　보지 못했는가 지금 汾水 위에는
惟有年年秋雁飛아　　다만 해마다 가을 기러기만 나는 것을

1) 역주] 四葉 : 四代와 같은 말로 高祖와 文帝·景帝·武帝를 가리킨 것이다.

2) 역주] 九戎 : 고대 중국 동쪽의 아홉 異民族을 총칭하는 말로, 곧 九夷인 畎夷·于夷·方夷·黃夷·白夷·赤夷·玄夷·風夷·陽夷이다.《後漢書 東夷傳》

3) 역주] 柏梁賦 : 柏梁은 漢代의 누대 이름이다. 漢 武帝가 이 누대에서 신하들과 함께 七言詩를 읊었는데, 한 사람이 각기 한 句씩을 읊고 每句마다 韻을 달았는 바, 이후로 每句마다 韻을 단 詩賦를 柏梁體라 하였다.

4) 역주] 法駕 : 황제가 타는 수레의 미칭이다. 뒤의 鑾輿도 같은 뜻이다.

5) 역주] 三河 : 河內·河東·河南의 세 郡으로, 지금의 河南城 洛陽市 黃河 南北의 일대에 있었다.

6) 역주] 復除 : 復戶와 같은 말로 賦役을 면제함을 이른다.

7) 역주] 聲明 : 聲音과 光彩로 敎化와 文物制度를 뜻한다.

8) 역주] 南山壽 : 南山은 중국의 終南山을 가리킨다.《詩經》〈小雅 天保〉에 "남산과 같이 장수하라.〔如南山之壽〕" 하였는 바, 이는 군주가 신하의 노고를 위로하였으므

로 신하들이 이에 답하여 군주의 장수를 축원한 시이다.

9) 역주] 自從天子向秦關 : 이 句 이하는 唐나라 일을 말한 것이다. 그러나 李德弘의 《艮齋集》 續集 4권에는 "이 시는 시종일관 모두 漢 武帝의 일을 말한 것인데 그 일과 말이 왕왕 唐 明皇의 일과 흡사한 것이 있으므로 명황이 듣고서 감동하여 울었다. 註解한 자가 南山壽 이상은 漢나라의 일을 말한 것이고 向秦關 이하는 당나라의 일을 말한 것이라고 하였는데, 내용이 통하지 않는다." 하였다.

10) 역주] 玉輦金車 : 天子가 타는 金玉으로 장식한 수레를 이른다.

11) 鼎湖龍髯安可攀 : 昔에 黃帝於鼎湖에 跨龍升天하니 小臣持龍髯而上者皆墮하니라

옛날에 黃帝가 鼎湖에서 용을 타고 하늘에 오르니, 용의 수염을 잡고 하늘로 올라갔던 小臣들이 모두 땅으로 떨어졌다.

【賞析】 汾陰은 山西省 榮河縣 북쪽에 있던 현으로, 元鼎 4년(B.C. 113)에 분음에서 寶鼎이 발견된 뒤, 漢 武帝가 이곳에 后土의 사당을 세우고 직접 가서 后土神에게 제사하였다. 이 시의 전반부는 분음에 가서 후토신에 제사하며 영토확장에 진력하던 한 무제를 찬양하였고, 후반부는 안록산의 난으로 蜀에 피난간 唐나라의 쇠퇴한 현실을 슬퍼하였다.

柳成龍〈1542(중종 37) -1607(선조 40)〉의 《西厓集》 別集 4권에 이 詩에 대해서 다음과 같이 평하였다.

"옛사람들이 회고시를 많이 지었는데, 나는 이교의 〈분음행〉을 매우 좋아한다. 말구에 '山川의 슬픈 광경 눈에 가득하여 눈물로 옷 적시니 부귀와 영화 얼마나 가는가. 보지 못했는가 지금 汾水 위에는 다만 해마다 가을 기러기만 나는 것을. 〔山川滿目淚沾衣 富貴榮華能幾時 不見只今汾水上 惟有年年秋雁飛〕'이라는 내용은 읽을 때마다 사람으로 하여금 눈물을 흘리게 하니, 시가 사람을 감동시킴이 이처럼 깊도다."

古文眞寶 前集 제12권

## 吟 類*

* 《詩人玉屑》에 "법도에 맞는 것을 '詩'라 하고 始末을 갖춘 것을 引이라 하며, 감정대로 쓴 것을 '歌'라 하고 귀뚜라미 소리처럼 슬픈 것을 '吟'이라 한다.〔守法度曰詩 載始末曰引 放情曰歌 悲如蛩螿曰吟〕" 하였다.

### 古長城吟　　옛 만리장성을 읊음

王 翰

| | |
|---|---|
| 長安少年無遠圖하여 | 長安의 소년들 원대한 계책 없어 |
| 一生惟羨執金吾[1)]라 | 일생 동안 오직 執金吾 부러워하네. |
| 麒麟殿前拜天子하고 | 麒麟殿 앞에서 天子께 절하고 |
| 走馬爲君西擊胡라 | 말 달려 군주 위해 서쪽으로 오랑캐 친다오. |
| 胡沙獵獵吹人面하니 | 오랑캐 땅의 모래 펄펄 사람의 얼굴에 불어오니 |
| 漢虜相逢不相見이라 | 漢軍과 오랑캐 군사 서로 만나도 얼굴 보이지 않네. |
| 遙聞鍾鼓動地來하니 | 종소리와 북소리 땅을 울리며 오는 것 멀리 들리니 |
| 傳道單于夜猶戰이라 | 單于(선우)는 밤에도 싸운다고 말하누나. |
| 此時顧恩寧顧身가 | 이때에 군주의 은혜 생각하니 어찌 몸을 돌보겠는가 |
| 爲君一行摧萬人이라 | 군주 위해 한번 길을 떠나 적병 만 명 꺾는다오. |
| 壯士揮戈回白日[2)]하니 | 壯士가 창 휘두르면 밝은 해도 돌리니 |
| 單于濺血汙朱輪이라 | 單于가 피를 뿌려 붉은 수레바퀴 더럽히네. |
| 回來飮馬長城窟하니 | 돌아오다가 長城의 동굴에서 말에게 물 먹이니 |
| 長城道傍多白骨이라 | 長城의 길가에는 백골이 많았네. |
| 問之耆老何代人고 | 노인에게 어느 시대 사람인가 물었더니 |
| 云是秦王築城卒이라 | 秦始皇 때 장성 쌓던 병사라고 대답하네. |

| | |
|---|---|
| 黃昏塞北無人煙하고 | 황혼의 변방 북쪽에는 연기 피어오르는 人家 없고 |
| 鬼哭啾啾聲沸天이라 | 귀신들 구슬피 울어 곡소리만 하늘에 진동하네. |
| 無罪見誅功不賞하니 | 죄없이 죽임 당하고 공 있어도 상 받지 못하니 |
| 孤魂流落此城邊이라 | 외로운 魂 이 城 가에 떠도누나. |
| 當昔秦王按劍起하니 | 저 옛날 秦王이 칼 어루만지고 일어나니 |
| 諸侯膝行不敢視라 | 제후들 무릎으로 기며 감히 쳐다보지 못하였네. |
| 富國强兵二十年에 | 부국강병한 지 이십 년에 |
| 築怨興徭九千里라 | 원망 쌓으며 부역 일으키기를 구천 리에 하였다오. |
| 秦王築城何太愚오 | 秦王이 城을 쌓음 어쩌면 그리도 어리석었는가 |
| 天實亡秦非北胡[3]라 | 하늘이 실로 秦나라 망하게 한 것이지 北胡가 아니라오. |
| 一朝禍起蕭墻內[4]하니 | 하루 아침에 화가 蕭墻의 안에서 일어나니 |
| 渭水咸陽不復都라 | 渭水 가의 咸陽 다시 도읍 되지 못하였네. |

1) 執金吾 : 金吾는 漢官名이라 吾는 杖也니 以金飾其末이라
金吾는 漢나라의 관직명이다. 吾는 杖이니 金으로 杖의 끝을 장식하였다.

2) 壯士揮戈回白日 : 昔에 魯陽公이 與韓戰할새 日暮어늘 援戈而揮之한대 日爲反三舍*) 하니라
옛날에 魯나라 陽公이 韓나라와 싸울 적에 해가 저물자 창을 잡고 휘저으니, 해가 三舍(90리)를 돌아왔다.

*) 역주] 三舍 : 1舍는 30리로 곧 90리의 거리를 이른다. 舍는 원래 머물러 유숙하는 것인데, 옛날 군대는 하루에 30리를 가서 유숙하였으므로 30리를 나타내는 말로 쓰이게 되었다.

3) 天實亡秦非北胡 : 秦皇이 得讖書하니 曰亡秦者胡라 秦乃使蒙恬으로 北築長城하여 以防胡하니 不知亡秦者乃少子胡亥라
秦始皇이 圖讖書를 얻으니, 秦나라를 망치는 것은 胡라 하였다. 진나라가 마침내 蒙恬으로 하여금 북쪽에 장성을 쌓아 오랑캐들을 방비하게 하였으니, 진나라를 망치는 것은 바로 작은 아들인 胡亥임을 알지 못한 것이다.

4) 역주] 一朝禍起蕭墻內 : 蕭墻은 집안 또는 內部를 이른다. 내부에서 禍가 일어났다는 것은 丞相인 趙高가 二世皇帝를 협박하여 自殺하게 만든 것을 말한다.

【賞析】 이 시는 《唐文粹》 12권에 실려 있다. 《樂府詩集》에는 〈飮馬長城窟行〉이란 제목 아래 실려 있는 바, 만리장성을 쌓아 백성들을 도탄에 빠뜨렸던 秦始皇의 폭정

을 노래한 것이다. 제목 밑의 주에 "진시황은 흉노를 胡라 여기고 아들 胡亥가 胡임은 알지 못하였다. 그리하여 산을 파고 골짝을 메워 장성을 쌓아서 백성들의 원망이 모여 하루아침에 변란이 내부에서 일어났으니, 二世가 천하를 잃은 것이 당연하다. 왕한이 이 시를 지어 秦始皇의 어리석음을 비난하였는 바, 진실로 진나라의 병통을 잘 지적했다." 하였다. 진시황은 당시 '진나라를 멸망시킬 자는 胡이다.〔亡秦者胡也〕'라는 圖讖說을 믿고 흉노를 胡라 여겨 만리장성을 쌓아 흉노족을 멀리 쫓아냈으나 결국 둘째 아들인 胡亥가 즉위하여 나라를 멸망시켰으므로 그렇게 말한 것이다.

柳希春〈1513(중종 8)－1577(선조 10)〉의 《眉巖集》 1권에는 진시황이 만리장성을 쌓아 백성을 도탄에 빠뜨린 것을 비판한 〈長城懷古〉 시가 실려 있다. 이 시에 "성가퀴는 만리길에 이어졌고 흐린 날에 귀신 울음소리 들리네.〔雉堞連延萬里程 啾啾鬼哭天陰聲〕"라고 하여 만리장성의 축조에 동원되어 억울하게 죽어간 원혼들을 위로하고, 또 "함양의 궁궐들은 홀연히 잿더미가 되었고 변방 북쪽에는 적석만 부질없이 우뚝하네.〔咸陽宮廟忽焉灰 塞北積石徒崢嶸〕"라고 하여 역사의 허무함을 표현하였다.

이외에 成俔〈1439(세종 21)－1504(연산군 10)〉의 《虛白堂集》 風雅錄 1권과 申欽〈1566(명종 21)－1628(인조 6)〉의 《象村稿》 4권에도 〈飮馬長城窟行〉이라는 제목의 시가 실려 있다.

## 百舌吟　　百舌鳥를 읊음

劉禹錫

曉星寥落春雲低에　　새벽별 점점 사라지고 봄구름 낮게 깔렸을 제
初聞百舌間關啼라　　처음으로 百舌鳥 짹짹 우는 소리 들리네.
花枝滿空迷處所하니　　꽃가지 공중에 가득하여 새 있는 곳 모르는데
搖動繁英墜紅雨라　　많은 꽃 흔드니 붉은 비 떨어지네.
笙簧百囀音韻多하니　　笙簧이 온갖 소리 내듯 우는 소리 다양하니
黃鸝呑聲燕無語라　　누런 꾀꼬리도 소리 삼키고 제비도 말 못한다오.
東方朝日遲遲升하니　　東方에 아침 해 더디 떠오르니
迎風弄景如自矜이라　　바람 맞이해 그림자 희롱하여 스스로 뽐내는 듯하누나.
數聲不盡又飛去러니　　몇 번 울다가 다하지 않고 또다시 날아가더니
何許相逢綠楊路오　　어느 곳에서 서로 만났는가 푸른 버들의 길이라오.

| | |
|---|---|
| 綿蠻宛轉似娛人이나 | 綿蠻히 곱게 울어 사람을 즐겁게 하는 듯하나 |
| 一心百舌何紛紛고 | 한 마음에 백 개의 혀 어이 그리 분분한가. |
| 酡顔俠少停歌聽이요 | 술 취한 젊은 협객들 노래 그치고서 듣고 |
| 墮珥妖姬和睡聞이라 | 귀고리 떨어뜨린 아름다운 계집 잠결에 듣는다오. |
| 可憐光景何時盡고 | 사랑스러운 봄 광경 어느 때에 다하나 |
| 誰能低回避鷹隼[1]가 | 그 누가 낮게 날아 새매 피할까. |
| 廷尉張羅自不關[2]이요 | 廷尉가 그물 펼쳐도 스스로 상관하지 않고 |
| 潘郎挾彈無情損[3]이라 | 潘郎이 탄환 잡아도 손상시킬 마음 없다오. |
| 天生羽族爾何微오 | 하늘이 낸 날짐승 중에 너는 어이 그리 작은가 |
| 舌端萬變乘春輝라 | 혀끝을 만 가지로 변하며 봄빛 타고 있네. |
| 南方朱鳥一朝見[4]이면 | 南方의 朱鳥 하루 아침에 나타나면 |
| 索寞無言蒿下飛라 | 조용히 소리없이 쑥대 아래에서 날리라. |

1) 역주] 可憐光景何時盡 誰能低回避鷹隼 : 李德弘의 《艮齋集》 續集 4권에 "'때를 만나 총애를 뽐냄이 이와 같으니, 어찌 다시 낮게 날아 새매를 피할까.'라고 말한 것이니, 이는 때를 만난 자에게는 어떤 물건도 해가 될 수 없다는 뜻이다." 하였다.

2) 廷尉張羅自不關 : 漢翟公[*]이 爲廷尉에 賓客塡門이러니 及廢에 門外可設雀羅하다 後復爲廷尉에 客欲往이어늘 大書其門曰 一死一生에 乃知交情이요 一貧一富에 乃知交態요 一貴一賤에 交情乃見이라하니라

漢나라 翟公이 廷尉가 되자, 손님들이 문에 가득하였는데, 벼슬에서 쫓겨나자 사람들이 찾아오지 않아 문밖에 참새 그물을 칠 만하였다. 뒤에 다시 정위가 되자 손님들이 찾아가고자 하니, 적공은 문에 크게 써붙이기를 "한 번 죽고 한 번 삶에 비로소 사귀는 정을 알 수 있고, 한 번 가난해지고 한 번 부유해짐에 비로소 사귀는 태도를 알 수 있고, 한 번 귀해지고 한 번 천해짐에 사귀는 情이 비로소 나타난다." 하였다.

*) 역주] 翟公 : 前漢 때 인물로 下邽人이다. 위 내용은 《漢書》 〈鄭當時列傳〉에 보인다.

3) 역주] 潘郎挾彈無情損 : 潘郎은 晉나라의 文人인 潘岳으로 字는 安仁인데, 그가 지은 〈射雉賦〉에 새총을 끼고 꿩을 잡는 내용을 읊었으므로 이것을 빌어다 임금 옆에서 참소하는 간신들이 御史나 廷尉의 彈劾을 받지 않음을 비유한 것이다. 損은 害의 뜻이니, 죽이거나 해칠 마음이 없음을 말한 것으로 보인다. 李德弘과 金隆 역시 "아마도 또한 해를 입을 것을 근심함이 없다는 뜻인 듯하다." 하였다.

4) 南方朱鳥一朝見 : 南方七宿有鳥象하니 井鬼爲鶉首요 柳星張爲鶉火요 翼軫爲鶉尾라

夏는 火行이니 火色赤이라 故曰朱鳥라 記月令에 夏至節則反舌無聲이라하니라

남방의 일곱 별은 새 모양이 있으니, 井宿와 鬼宿는 새의 머리가 되고 柳宿와 星宿·張宿는 새의 순화가 되고 翼宿와 軫宿는 새의 꼬리가 된다. 여름은 五行 중에 火이니 불빛이 붉으므로 朱鳥라 한 것이다. 《禮記》〈月令〉에 "夏至의 시기가 되면 反舌鳥가 소리내어 울지 않는다." 하였다.

【賞析】 이 시는 《唐文粹》 17권과 《劉夢得文集》 2권에 실려 있다. 百舌은 일명 反舌鳥로 지빠귀·때까치·개똥지빠귀라고도 하는데, 모든 새의 울음소리를 흉내낼 수 있다 하여 붙여진 이름인 바, 여기서는 말만 잘하는 간신에 비유하여 읊은 것이다. 두보의 〈百舌〉 시에서도 百舌을 讒人에 비유하였다.

金安老〈1481(성종 12)－1537(중종 32)〉의 《希樂堂稿》 4권에도 百舌鳥를 읊은 시가 실려 있다.

"봄을 희롱하여 뾰쪽한 혀로 온갖 소리 흉내내니 꾀꼬리도 말을 못하고 제비도 소리를 삼키게 하네. 동산 숲에 한바탕 비가 오니 신록이 짙은데 어느 곳을 배회하길래 다시 말이 없는가.〔弄春尖舌百音翻 坐使鸎喑燕語呑 一雨園林新綠漲 低回何處更無言〕"

## 梁甫吟* 梁甫를 읊음

諸葛亮(孔明)

齊景公有勇士하니 陳開彊, 顧冶子, 公孫捷三人이라 晏嬰曰 大王은 摘三桃하여 自食其一하고 各令說功하여 高者賜一顆하소서 陳顧二人이 食之어늘 公孫自刎한대 而陳顧懷慙하여 亦從而刎焉하니라 諸葛孔明이 步齊城而見三墳하고 作是吟以嘆之하니라

齊나라 景公에게 勇士가 있었으니, 陳開彊과 顧冶子·公孫捷 세 사람이었다. 晏嬰이 말하기를 "대왕은 복숭아 세 개를 따서 그 중에 하나는 직접 드시고 나머지는 세 용사로 하여금 각각 功을 말하게 하여 높은 자에게 하나씩 주소서." 하였다. 이에 진개강과 고야자가 먹었는데 공손첩이 부끄러워 스스로 목을 찔러 죽자, 진개강과 고야자는 부끄러운 마음을 품고 또한 따라서 목을 찔러 죽었다. 諸葛孔明이 齊나라 성을 거닐다가 이들의 세 무덤을 보고 이 詩를 지어 한탄한 것이다.

* 제목의 뜻은 확실치 않다. 梁甫는 梁父와 통용되는데, 이는 泰山 밑의 작은 산 이름이다. 梁甫吟은 楚지방의 樂府曲名인데, 사람이 죽으면 梁父山에 매장한다고 해서 葬歌라 하기도 한다. 현재 전해지는 梁父吟辭로는 諸葛亮과 李白의 작품이 있다.

步出齊城門하여　　　걸어서 齊나라 도성문 나가

| | |
|---|---|
| 遙望蕩陰里라 | 멀리 蕩陰里 바라보니 |
| 里中有三墳하니 | 마을 가운데에 세 무덤 있는데 |
| 纍纍正相似라 | 연이어 있는 것 서로 똑같구나. |
| 問是誰家塚고 | 뉘집 무덤이냐고 물었더니 |
| 田疆古冶氏라 | 田開疆과 古冶氏라 말하네. |
| 力能排南山이요 | 힘은 南山 밀어낼 만하고 |
| 文能絶地理[1]라 | 文章은 땅의 이치 다할 수 있었네. |
| 一朝被讒言하여 | 하루아침 모함하는 말 받아 |
| 二桃殺三士[2]라 | 두 복숭아로 세 壯士 죽였다네. |
| 誰能爲此謀오 | 누가 이러한 계책 하였는가 |
| 相國齊晏子라 | 齊나라의 相國인 晏子라오. |

1) 역주] 文能絶地理 : 絶은 뛰어나다의 뜻으로 보인다. 金隆의 《勿巖集》 4권에 "絶地理는 經天緯地라는 말이니, 絶字는 截字의 뜻인 듯하다." 하였다.

2) 역주] 二桃殺三士 : 三士는 春秋時代 齊나라의 勇士인 公孫接·陳開疆·古冶子를 이른다. 이들이 각각 공을 세우고 권력 다툼을 하자, 晏嬰은 이들을 제거하기 위해 복숭아를 두 개만 내리고서 功을 따져 둘만 먹게 하였다. 그러자 세 사람은 복숭아를 다투다가 모두 自殺하고 말았다. 《晏子春秋 諫下 二》

【賞析】《藝文類聚》 19권 吟部에 실려 있다. 李德弘의 《艮齋集》 續集 4권에 "諸葛孔明이 南陽에서 몸소 농사지으며 읊은 시이다. 그 뜻이 세상을 서글퍼하는 데에 있었으니, 어진 선비가 시대를 만나지 못함을 안타까워하는 탄식이 그 가운데에 붙여 있다. 그러므로 뜻을 얻지 못한 자들이 양보를 읊기를 좋아하였다. 다만 〈梁甫吟〉이라고 이름한 뜻은 자세히 알 수 없다." 하였다. 그러나 李惟樟〈1624(인조 2)-1701(숙종 27)〉의 《孤山集》 1권에 실려 있는 〈梁甫吟〉에는 晏嬰과 세 勇士에 대한 고사를 서술하고 "晏子는 예로부터 賢達한 선비라 칭해오는데 교묘한 계책을 구사함이 이와 같았네.〔晏子古稱賢達士 設心行機有如此〕"라고 하여 안영을 비판한 내용이 보인다.

# 引 類*

* 明나라 徐師曾의 《文體明辨》에 "살펴보건대 唐나라 이전 문장에는 引이라고 명칭한 것이 없다. 漢나라 班固가 비록 典引을 지었으나 실은 符命의 글을 지은 것이니, 雜著처럼 命題에 따라 각기 자신의 뜻을 썼을 뿐이요, 引을 文體의 하나로 여긴 것은 아니다. 당나라 이후에 비로소 이 체가 생겼는 바, 대략 序처럼 짓되 약간 짧은 글로 하였으니, 아마도 序의 起源인 듯하다." 하였다.

## 丹青引　　단청인

杜甫(子美)

| | |
|---|---|
| 將軍魏武之子孫이러니 | 將軍은 魏武帝의 자손인데 |
| 於今爲庶爲淸門이라 | 지금에는 庶民이 되어 淸貧한 가문 되었네. |
| 英雄割據雖已矣나 | 英雄이 할거하던 시절 이미 끝났으나 |
| 文彩風流今尙存이라 | 문채와 풍류는 지금까지도 남아 있다오. |
| 學書初學衛夫人[1)]하니 | 글씨 배울 적에 처음 衛夫人에게 배웠으니 |
| 但恨無過王右軍[2)]이라 | 다만 王右軍보다 낫지 못함 한하였네. |
| 丹靑不知老將至하니 | 丹靑 좋아하여 늙음이 장차 이르는 줄도 모르니 |
| 富貴於我如浮雲이라 | 富貴는 나에게 뜬 구름과 같다오. |
| 開元之中常引見하니 | 開元 연간에 皇帝가 항상 인견하니 |
| 承恩數(삭)上南薰殿[3)]이라 | 은혜 받들어 여러 번 南薰殿에 올라갔네. |
| 凌煙功臣[4)]少顔色터니 | 凌煙閣에 있는 공신들의 畵像 빛이 바랬는데 |
| 將軍下筆開生面이라 | 장군이 붓 대어 생생한 얼굴 펼쳐 놓았다오. |
| 良相頭上進賢冠이요 | 훌륭한 정승의 머리 위에는 進賢冠 얹혀 있고 |
| 猛將腰間大羽箭이라 | 용맹한 장수의 허리 사이에는 大羽箭 끼여 있네. |
| 褒公鄂公[5)]毛髮動하니 | 포공과 악공 모발이 생동하는 듯하니 |
| 英姿颯爽來酣戰이라 | 영웅다운 모습 늠름하여 한참 싸우다 오는 듯하여라. |
| 先帝天馬玉花驄을 | 先帝의 天馬인 玉花驄을 |
| 畵工如山貌不同이라 | 畵工들 산처럼 많았으나 그린 모양 실물과 같지 않았네. |
| 是日牽來赤墀下하니 | 이날 붉은 뜰 아래로 끌고 오니 |
| 迥立閶闔生長風이라 | 멀리 궁문 앞에 서 있자 긴 바람 일어났네. |

| | |
|---|---|
| 詔謂將軍拂絹素하니 | 조서 내려 장군에게 흰 비단 털고 그리라 하니 |
| 意匠慘澹[6]經營中이라 | 마음속으로 고심하여 구상하였네. |
| 斯須九重眞龍出하니 | 잠깐 사이에 구중궁궐에 진짜 龍馬 나오니 |
| 一洗萬古凡馬空이라 | 萬古의 범상한 말 그림 깨끗이 씻어 없애었네. |
| 玉花却在御榻上하니 | 玉花驄 문득 御榻 위에 있으니 |
| 榻上庭前屹相向이라 | 御榻 위와 뜰 앞에 두 마리 우뚝히 서로 향했다오. |
| 至尊含笑催賜金하니 | 至尊은 웃음 머금고 금 하사하라 재촉하니 |
| 圉人太僕皆惆悵이라 | 玉花驄 기른 마부와 太僕官 모두 서글퍼하였네. |
| 弟子韓幹早入室[7]하니 | 제자인 韓幹도 일찍 入室의 경지에 들어 |
| 亦能畵馬窮殊相이라 | 말 그림에 특별한 모습 다하였네. |
| 幹惟畵肉不畵骨하니 | 韓幹은 오직 살만 그리고 뼈는 그리지 못하니 |
| 忍使驊騮氣凋喪가 | 차마 驊騮馬로 하여금 기운이 저상하게 하겠는가. |
| 將軍畵善蓋有神[8]하니 | 장군은 참으로 그림 잘 그려 神이 돕는 듯하니 |
| 必逢佳士亦寫眞이라 | 반드시 훌륭한 선비 만나면 또한 참모습 그렸다오. |
| 卽今漂泊干戈際하여 | 지금 전란 중에 표류하면서 |
| 屢貌(막)尋常行路人이라 | 길가는 보통사람들 자주 模寫하였네. |
| 途窮返遭俗眼白하니 | 길이 궁하자 도리어 俗人들에게 白眼視당하니 |
| 世上未有如公貧이라 | 세상에는 公처럼 가난한 이 없다오. |
| 但看古來盛名下에 | 다만 보건대 옛부터 훌륭한 명성 아래에는 |
| 終日坎壈纏其身이라 | 오랫동안 불우함이 그 몸 휘감는다네. |

1) 역주] 衛夫人 : 東晉의 女流 書法家로 姓은 衛이고 이름은 鑠인데, 汝陽太守 李矩의 처이므로 李夫人이라고도 한다. 隸書를 잘 썼으며 鍾繇(종요)에게 배워 그 법을 전수하였다. 李德弘의《艮齋集》續集 4권에 "杜詩의 註에 이르기를 '晉나라 李夫人은 이름이 衛로서 글씨를 잘 썼다.'라고 하였으니, 李氏의 이름이 衛이므로 그대로 衛夫人이라고 한 것일 뿐이다." 하였다.《艮齋集》에 또 다음과 같이 말하였다. "王右軍(王羲之)이 처음에 衛夫人에게 글씨를 배웠는데, 위부인이 그의 글씨를 보고 감탄하기를 '아! 이 사람의 글씨가 나를 능가한다.' 하였다. 그리하여 왕우군이 마침내 글씨로써 세상에 이름이 났다. 그러므로 두자미가 曹霸를 왕우군에게 견주어 말하기를 '처음에 위부인에게 배웠다.'고 하고 곧 이어 말하기를 '다만 왕우군보다 낫지 못함을 한한다.'고 한 것이다."

2) 역주] 王右軍 : 東晉의 명필가인 王羲之로 일찍이 右軍將軍을 지냈기 때문에 이렇게 칭한 것이다.
3) 역주] 南薰殿 : 唐나라 때에 있었던 대궐 이름으로 舜임금이 지은 〈南風歌〉의 '南風之薰'에서 따온 명칭이다.
4) 凌煙功臣 : 凌煙은 閣名이라 唐貞觀中에 畵長孫無忌等二十四人於凌煙閣上하니라
凌煙은 閣의 이름이다. 唐나라 貞觀 연간에 長孫無忌 등 24명의 공신을 능연각에 그렸다.
5) 褒公鄂公 : 鄂公은 尉遲敬德이요 褒公은 段志玄이라
鄂公은 尉遲敬德이고 褒公은 段志玄이다.
6) 역주] 意匠慘澹 : 李德弘은 "마음속에 구상하는 것을 일러 意匠이라고 한다. 慘澹은 신묘하여 변화무상함을 형용한 것이다." 하였다. 金隆의 《勿巖集》에도 같은 내용이 보인다.
7) 역주] 弟子韓幹早入室 : 韓幹은 大梁 사람으로 人物畵를 잘 그렸으며 鞍馬를 특히 잘 그렸다. 入室은 학문의 경지가 높음을 비유한 것으로, 공자는 일찍이 子路를 두고 말씀하기를 "由는 당에는 올라갔으나 아직 방에는 들어가지 못했다.〔由也 升堂矣 未入於室也〕" 하였는데, 由는 바로 자로의 이름이다. 《論語 先進》
8) 역주] 將軍盡善蓋有神 : '盡善'이 '畵善' 또는 '善畵'로 되어 있는 본도 있다.

【賞析】 이 시는 《杜少陵集》 13권에 실려 있는 바, 제목 아래에 "贈曹將軍霸"라 自註하였는데, 曹霸는 曹操의 후손으로 唐 玄宗 때 大將軍이었다가 죄를 받고 삭탈관직되었다. 단청은 붉은 물감과 푸른 물감으로 그림을 그리는 것을 이르는 바, 조패가 書畵에 뛰어남을 기린 것으로 그가 훌륭한 재주를 지녔으면서도 불우하게 지냄을 서글퍼한 내용이다. 廣德 2년(764)에 成都에서 지었다.

## 桃竹*杖引　　桃竹지팡이 引

杜 甫

* 桃竹은 桃枝竹이라고 한다. 《杜少陵集》에는 제목 아래에 "贈章留後"라고 自註하였는 바, 장유후는 章彝로 그가 桃竹杖을 보내 준 것에 대한 답례로 이 詩를 지은 것이다.

江心蟠石生桃竹하니　　강속의 蟠石에 桃竹 자라니
蒼波噴浸尺度足이라　　푸른 물결 뿜어내고 적셔 지팡이 칫수에 족하였네.

| | |
|---|---|
| 斬根削皮如紫玉하니 | 뿌리 베고 껍질 벗기자 붉은 옥과 같으니 |
| 江妃水仙惜不得이라 | 江妃와 水仙 못내 아까워하였네. |
| 梓潼使君[1]開一束하니 | 梓潼의 使君 桃竹 한 다발 풀어놓으니 |
| 滿堂賓客皆歎息이라 | 당에 가득한 손님들 모두 감탄하였네. |
| 憐我老病贈兩莖하니 | 나의 늙고 병듦 가엾게 여겨 두 개를 주니 |
| 出入爪甲鏗有聲이라 | 출입할 때에 발톱에서는 쟁그렁 소리 나누나. |
| 老夫復欲東南征하니 | 늙은 지아비 다시 동남쪽으로 가고자 하니 |
| 乘濤鼓枻白帝城이라 | 파도 타고 뱃전 두드리며 白帝城 향하리라. |
| 路幽必爲鬼神奪이니 | 길이 으슥하여 반드시 귀신들이 빼앗으려 할 것이니 |
| 杖劍或與蛟龍爭이라 | 칼 빼어들고 혹 蛟龍과 다투기도 하리라. |
| 重爲告曰杖兮杖兮여 | 다시 지팡이에게 고하기를 지팡이야! 지팡이야! |
| 爾之生也甚正直하니 | 너의 자람 매우 정직하니 |
| 愼勿見水踊躍學變化爲龍하라 | 부디 물 보고 뛰어올라 변화하여 용되는 것 배우지 말라. |
| 使我不得爾之扶持하여 | 나로 하여금 너의 부축받지 못하여 |
| 滅跡於君山湖上之青峰[2]이라 | 君山 洞庭湖 위 푸른 봉우리에서 실종되게 하지 말라. |
| 噫風塵澒洞兮豺虎咬人하니 | 아! 風塵 자욱하고 승냥이와 호랑이 사람 무니 |
| 忽失雙杖兮吾將曷從고 | 내 갑자기 두 지팡이 잃으면 장차 누구에게 부축받을까. |

1) 역주] 梓潼使君 : 두보에게 桃竹杖을 보내준 梓州刺史 章彝를 가리킨다. 梓州는 梓潼郡인데 동쪽에 梓林이 있고 서쪽에 潼水가 있기 때문에 이름한 것이다.

2) 역주] 使我不得爾之扶持 滅跡於君山湖上之青峰 : 金隆의 《勿巖集》 4권에 "지팡이가 龍으로 변화해 떠나가서 부지할 기력이 없으니, 이는 나로 하여금 君山 等地에서 종적을 잃게 만든 것이다." 하였다.

【賞析】 이 시는 《杜少陵集》 12권에 실려 있는 바, 廣德 元年(763)에 지은 것으로, 桃竹 지팡이를 읊은 것이다. 제목 밑의 주에 "杜工部가 난리를 만나 梓州에 오래 머물러 고향을 그리워하니, 使君인 章彝가 桃竹杖 두 개를 주었다. 桃竹은 巴州와 渝州에서 생산되는데 물건이 신령스럽고 기이하므로 公이 이 引을 지어 사례했다." 하였다.

金麟厚〈1510(중종 5)－1560(명종 15)〉의 《河西全集》 4권에 이 시의 韻을 사용하여 申丈이 漆杖을 보내준 것에 사례한 시가 있는데, 그 내용에 "다시 지팡이에게 고하기를 지팡이야! 지팡이야! 너의 자람 매우 정직하니 만약 물을 보고 뛰어올라 변화하여 용이 되거든 나로 하여금 너의 부축을 받아 君山에 있는 洞庭湖 위의 푸른 봉우리에 날아올라 거닐게 하여라. 아! 風塵이 일어나지 않고 승냥이와 호랑이가 사람을 멀리하니 태평한 때에 내 너와 함께 따르리라.〔重爲告曰杖兮杖兮 爾之生也甚正直 儻能見水踊躍學變化爲龍 使我須得爾之扶持 飛步於君山湖上之靑峰 噫風塵不起兮豺虎遠人 太平之辰兮吾與爾從〕"라고 하여 두보의 이 시를 그대로 원용한 흔적이 역력하다. 또 周世鵬〈1495(연산군 1)－1554(명종 9)〉의 《武陵雜稿》 原集 1권에도 申幼淸에게 烏竹杖을 보내주면서 두보의 이 시에 차운한 시가 있는데, 여기에도 "다시 지팡이에게 고하기를 지팡이야! 지팡이야! 천지가 너에게 가장 순수하고 굳센 기운을 부여하였네.〔重爲告曰杖兮杖兮 天地鍾汝最純剛〕" 라는 구절이 나오는 것으로 보아 이 시로부터 영향을 받았음을 알 수 있다.

이 밖에도 徐敬德〈1489(성종 20)－1546(명종 1)〉의 《花潭集》 1권에 桃竹杖을 주제로 한 賦가 실려 있다.

## 韋諷錄事宅觀曹將軍*畫馬圖引 　 錄事인 韋諷의 집에서 曹將軍이 그린 말 그림을 구경한 引

杜 甫

* 曹將軍은 앞의 〈丹靑引〉에 나왔던 曹霸로, 《明皇雜錄》에 "陳義·馮紹正·曹覇·鄭虔 등은 모두 회화를 잘하여 당시에 神妙하다 일컬어졌다." 하였다.

| | |
|---|---|
| 國初已來畫鞍馬는 | 國初 이래로 안장 얹은 말 그린 것 |
| 神妙獨數江都王[1]이라 | 신묘함에 있어 유독 江都王 꼽았네. |
| 將軍得名三十載에 | 장군이 명성 얻은 지 삼십 년에 |
| 人間又見眞乘黃[2]이라 | 人間에 또다시 참으로 乘黃 보게 되었네. |
| 曾貌(막)先帝照夜白[3]하니 | 일찍이 先帝가 타던 照夜白 그리니 |
| 龍池十日飛霹靂이라 | 용못에서는 열흘 동안 霹靂 날았다오. |
| 內府殷紅馬腦盤을 | 內府에 있는 검붉은 馬腦 쟁반 |
| 婕妤傳詔才人索이라 | 첩여에게 명하여 才人에게 찾아오게 하였네. |
| 盤賜將軍拜舞歸하니 | 쟁반을 장군에게 하사하자 절하여 받고 춤추고 돌아가니 |
| 輕紈細綺相追飛라 | 가벼운 깁과 고운 비단 서로 따라 날아갔네. |
| 貴戚權門得筆跡하니 | 貴戚의 권문세가들 그의 筆跡 얻으니 |
| 始覺屛障生光輝라 | 비로소 屛風과 障子에 빛남 깨달았다오. |

| | |
|---|---|
| 昔日太宗拳毛騧[4]요 | 옛날 太宗이 타던 拳毛騧와 |
| 近時郭家師子花[5]라 | 근래 郭子儀 집안에 師子花 있었는데 |
| 今之新圖有二馬하니 | 지금의 새 그림에 이들 두 말 있으니 |
| 復令識者久歎嗟라 | 다시 識者들 오랫동안 감탄하게 하였네. |
| 此皆騎戰一敵萬이니 | 이 말 모두 騎兵戰에 一騎가 萬騎 대적할 수 있었으니 |
| 縞素漠漠開風沙라 | 흰 비단에 막막히 바람과 모래 날리는 듯하여라. |
| 其餘七匹亦殊絶하니 | 그 나머지 일곱 필도 매우 뛰어나니 |
| 迥若寒空動煙雪이라 | 멀리 차가운 공중에 연기와 눈 움직이는 듯하네. |
| 霜蹄蹴踏長楸間하니 | 서리처럼 하얀 발굽 큰 추자나무 사이 달려가니 |
| 馬官厮養森成列이라 | 관리하는 관원과 말 먹이꾼 삼삼히 열을 이루었네. |
| 可憐九馬爭神駿하니 | 사랑스러운 아홉 말 神俊함 다투니 |
| 顧視淸高氣深穩이라 | 돌아보는 눈길 淸高하며 기상이 침착하고 평온하였네. |
| 借問苦心愛者誰오 | 한번 묻노니 고심하여 이것을 사랑한 자 누구인가 |
| 後有韋諷前支遁[6]이라 | 뒤에는 韋諷 전에는 支遁이 있었다오. |
| 憶昔巡幸新豐宮할새 | 저 옛날 巡幸하여 新豐宮에 행차할 적에 |
| 翠華拂天來向東이라 | 비취 깃발 하늘에 펄럭이며 동쪽 향해 왔었네. |
| 騰驤磊落三萬匹이 | 그때 뛰어오르며 우뚝히 솟았던 삼만 필 |
| 皆與此圖筋骨同[7]이라 | 모두 이 그림에 있는 말과 筋骨이 같다오. |
| 自從獻寶朝河宗[8]으로 | 보물 바쳐 河宗 뵈온 뒤로부터 |
| 無復射蛟江水中[9]이라 | 다시는 강물 속에서 蛟龍 쏘아 잡은 일 없었네. |
| 君不見金粟堆[10]前松柏裏에 | 그대는 보지 못했는가 金粟堆 앞의 소나무와 잣나무에 |
| 龍媒[11]去盡鳥呼風이라 | 龍媒는 다 가버리고 새들만 바람에 울부짖는 것을. |

1) 江都王 : 名畵記에 江都王緖는 霍王元軌之子라
《名畵記》에 "강도왕 緖는 곽왕 元軌의 아들이다." 하였다.

2) 역주] 乘黃 : 전설에 나오는 神馬의 이름으로 俊傑에 비유한 것이다.

3) 역주] 照夜白 : 西域에서 나는 駿馬의 이름으로 털빛이 눈처럼 희고 키가 크다.

4) 昔日太宗拳毛騧 : 太宗所乘이 名拳毛騧니 乃平劉黑闥時所乘이라
太宗이 타던 말의 이름이 권모왜이니, 바로 劉黑闥을 평정할 때에 타던 것이다.

5) 近時郭家師子花 : 郭子儀收復京師한대 代宗이 以花虯賜之하니 名師子驄이라
郭子儀가 경사를 수복하자, 代宗이 화규마를 하사하니 이름을 師子驄이라 하였다.

6) 역주] 後有韋諷前支遁：韋諷은 成都에 살며 당시 閬州錄事였다. 支遁은 晉나라의 僧으로 字는 道林이고 河南 林慮사람인데, 항상 말 몇 필을 기르자 어떤 사람이 "道人이 말을 기르는 것이 적합하지 않다." 하니, 그는 "나는 그 神駿함을 중히 여겨서이다."라고 하였다. 李德弘의《艮齋集》續集 4권에 "지둔은 晉나라의 神僧으로 謝安 등과 교유하였다." 하였다.

7) 騰驤磊落三萬匹 皆與此圖筋骨同：明皇이 幸驪山할새 王毛仲이 以廐馬數萬從하고 每色作一隊하여 相間若錦綉하니라

明皇이 驪山에 행차할 적에 王毛仲은 황실의 마굿간에 있는 말 수만 필을 따르게 하고 색깔마다 一隊를 만들어서 서로 끼워넣어 비단 무늬같게 하였다.

8) 역주] 自從獻寶朝河宗：河宗은 黃河의 水神인 河伯을 이른다.《穆天子傳》에 "天子가 西征할 때 燕然山에서 河宗이 天子를 맞이하자 天子가 璧을 주었다."라고 하였다. 여기서는 玄宗이 西蜀으로 行幸한 것을 穆天子의 西征과 漢 武帝의 巡幸에 비유한 것이다.

9) 無復射蛟江水中：元封五年에 漢武帝自潯陽浮江하여 親射蛟江中하여 獲之하니라

元封 5년(B.C. 106)에 漢 武帝가 심양에서 배를 타고 친히 강 가운데에서 교룡을 쏘아 잡았다.

10) 역주] 金粟堆：唐 玄宗의 陵이 있는 곳으로 陝西 蒲城 동북쪽 金粟山에 있다.

11) 역주] 龍媒：일명 天馬로 駿馬를 이른다.

【賞析】《杜少陵集》13권에 실려 있는 바, 廣德 2년(764) 杜甫가 成都에서 지은 것으로 제목 밑의 주에 "韋諷은 집이 成都에 있었고 당시 閬州錄事였다." 하였다. 이 시는 曹霸가 그린 九馬圖를 보고 읊은 것으로, 우선 조패의 화가로서의 훌륭한 자질을 찬미하고, 그 다음으로 구마도에 그려진 준마의 웅장한 자태를 묘사하였으며, 끝으로 말의 성쇠를 통해 국가의 성쇠를 생각하고 感慨한 것이다.

# 曲 類

## 明妃曲　　명비곡

王安石(介甫)

元帝後宮人既多하여 不得常見이라 乃使畫工毛延壽로 圖其形하고 按圖召幸하니 宮人이 皆賂畫工하여 多者는 十萬金이요 少者도 不減五萬이라 王嬙은 字昭君이니 自恃其貌하고 獨不與하다 及匈奴入朝에 選宮人配之할새 昭君이 以圖當行이라 人辭에 光彩動人하여 竦動左右하니

天子重信外國하여 悔恨不及하다 窮究其事하여 毛延壽竟棄市하니라 ○ 晉避司馬昭諱라 故改昭君爲明妃하니라

元帝는 후궁이 많아 항상 볼 수가 없었다. 마침내 화공인 毛延壽로 하여금 후궁들의 얼굴을 그리게 하고 그림을 보고서 불러 총애하니, 궁녀들이 모두 화공에게 뇌물을 주어 많게는 십만금이었고 적어도 오만금에 밑돌지 않았다. 王嬙은 字가 昭君인데 스스로 자신의 빼어난 용모를 믿고 홀로 화공에게 뇌물을 주지 않았다. 흉노가 입조하자 궁녀들을 뽑아 시집보내었는데 소군이 그림에 의거하여 시집가게 되었다. 들어가 황제에게 하직할 적에 용모가 아름다워 광채가 사람들에게 진동하여 좌우를 놀라게 하니, 天子는 외국과의 신의를 중하게 여겨 후회하고 한스러워하였으나 미칠 수가 없었다. 이 일을 끝까지 규명하여 모연수는 마침내 죽음을 당하고 시신이 버려졌다.

○ 晉나라는 司馬昭의 諱를 피하였으므로 昭君을 고쳐 明妃라 하였다.

| | |
|---|---|
| 明妃初出漢宮時에 | 明妃가 처음 漢나라 궁궐 나갈 때에 |
| 淚濕春風鬢脚垂라 | 봄바람에 눈물 젖은 귀밑머리 늘어져 있었네. |
| 低回顧影無顏色이나 | 배회하며 그림자 돌아보아 안색이 없었으나 |
| 尙得君王不自持라 | 오히려 君王은 스스로 心神 유지할 수 없었다오. |
| 歸來却怪丹靑手하니 | 돌아와서는 丹靑의 솜씨 괴이하게 여겼으니 |
| 入眼平生未曾有[1]라 | 눈에 들어온 것 평소 일찍이 없던 미인이었다오. |
| 意態由來畫不成하니 | 뜻과 태도는 예로부터 그릴 수 없으니 |
| 當年枉殺毛延壽라 | 당년에 헛되이 毛延壽 죽였네. |
| 一去心知更不歸하니 | 한번 가면 다시 돌아오지 못할 줄 알았으니 |
| 可憐著盡漢宮衣라 | 가련하게도 漢나라 궁중의 옷 모두 입고 갔다네. |
| 寄聲欲問塞南事나 | 소식 전하여 변방 남쪽의 일 묻고자 하나 |
| 只有年年鴻雁飛라 | 다만 해마다 기러기만 날 뿐이었다오. |
| 佳人萬里傳消息하니 | 佳人이 만리에서 소식 전해오니 |
| 好在氈城[2]莫相憶이라 | 氈城에서 잘 지내니 서로 생각하지 말라 하였네. |
| 君不見咫尺長門閉阿嬌[3]아 | 그대는 보지 못했나 지척의 長門宮에 阿嬌 유폐한 것 |
| 人生失意無南北[4]이라 | 人生의 失意는 남북의 구별 없다오. |

1) 역주] 歸來却怪丹靑手 入眼平生未曾有 : 金隆의 《勿巖集》 4권에 "이 구는 종전에는 怪字와 眼字를 모두 毛延壽에 해당하는 것으로 보아 '모연수가 그동안 그린 자신의 그림 솜씨를 괴이하게 여겼으니, 평소 자신의 눈에 들어온 여인 중에 일찍이 王

昭君처럼 아름다운 미인이 없었다. 그러므로 미인을 그리고자 하였으나 그릴 수가 없음을 이른 것'이라고 풀이하였다. 그러나 지금 내가 다시 자세히 살펴보니, 이 설명은 온당치 못하다. 군왕이 왕소군을 본 뒤에 화가인 모연수가 곱고 미운 것을 마음대로 조작한 것에 노하였다. 이에 임금의 마음이 놀라고 탄식하여 평소 눈에 들어온 미인이 많았지만 일찍이 이와 같은 사람은 없었음을 이른 것이다. 이 뜻이 자못 前者의 설보다 낫다. '歸來'는 실제로 여기에 왔다는 것이 아니라 이 뒤로부터의 뜻이다. '怪'는 성내고 책망한다는 뜻이다." 하였다.

2) 역주] 氈城：毛氈을 쳐서 城처럼 만든 것으로 곧 匈奴가 머무는 곳을 이른다.

3) 역주] 長門閉阿嬌：長門은 漢代의 宮殿 이름인데, 孝武皇帝의 陳皇后가 거처하였다. 진황후는 小字가 阿嬌인데 후에 총애를 잃고 쓸쓸하게 장문궁에 거처하다가 司馬相如를 통해 문장으로 武帝를 깨우쳐 다시 총애를 받았다. 이후로 총애를 잃고 쓸쓸하게 거처하는 여자를 비유하는 말로 쓰인다. 武帝가 어려서 누구에게 장가들고 싶느냐고 묻자, 阿嬌를 가리키며 "만약 阿嬌를 아내로 삼으면 金屋을 지어 살게 하겠다."고 하였다 한다.《漢武故事》

4) 역주] 人生失意無南北：失意를 得意로 인용한 곳이 여러 곳에 보인다. 이 경우 '인생은 뜻만 얻으면 남과 북이 상관 없다'는 의미로, 徐居正의《東人詩話》와 아래에 보이는 辛夢參의 〈明妃曲〉 詩序에는 모두 '得意'로 표기되었음을 밝혀둔다.

## 明妃曲　명비곡

王安石

| | |
|---|---|
| 明妃出嫁與胡兒하니 | 明妃가 오랑캐 아이에게 출가하니 |
| 氈車百兩皆胡姬라 | 털방석 수레 백량에는 모두 오랑캐 여인들 뿐이었네. |
| 含情欲語獨無處하여 | 情 머금고 말하려 하나 말할 곳 없어 |
| 傳與琵琶心自知라 | 비파에 전하여 마음 속으로 혼자만 알고 있었네. |
| 黃金捍撥春風手로 | 황금 채 잡고 봄바람처럼 온화한 손으로 |
| 彈看飛鴻勸胡酒라 | 비파타면서 나는 기러기 보며 오랑캐에게 술 권하니 |
| 漢宮侍女暗垂淚[1]하고 | 漢나라 궁전의 시녀들 속으로 눈물 떨구고 |
| 沙上行人却回首라 | 사막의 길 가는 사람들도 고개 돌렸다오. |
| 漢恩自淺胡自深하니 | 漢나라 은혜 얕고 오랑캐 은혜 깊으니 |
| 人生樂在相知心이라 | 人生의 즐거움 서로 마음을 알아줌에 있다오. |

可憐青冢[2)]已蕪沒이나　　가련하게도 青冢 이미 황폐하였으나
尙有哀絃留至今이라　　아직도 애처로운 거문고가락 지금까지 남아 있네.

1) 역주] 漢宮侍女暗垂淚：金隆의 《勿巖集》 4권에 "자신의 淪落함을 스스로 슬퍼하였으므로 음악을 듣고 눈물을 흘린 것이다." 하였다.

2) 青冢：單于死에 子達이 立이어늘 昭君이 謂達曰 將爲漢고 將爲胡오한대 曰爲胡니이다 昭君이 服毒而死하니 擧國葬之하다 胡中多白草어늘 而此冢草獨靑이라 故曰青冢이라

선우가 죽자 아들 達이 즉위하였는데, 昭君이 달에게 이르기를 "너는 장차 漢나라를 위할 것인가? 장차 오랑캐를 위할 것인가?" 하니, "오랑캐를 위하겠습니다." 하였다. 이에 소군이 독약을 먹고 죽으니, 온나라가 슬퍼하고 장례하였다. 오랑캐 지방에는 흰 풀이 많았는데 소군의 무덤의 풀만이 홀로 푸르렀으므로 청총이라 하였다.

【賞析】 이 시는 《王臨川集》 4권에 실려 있다. 제목 밑의 주에 "漢 元帝가 王昭君을 흉노에 시집보내니, 寧胡閼氏(영호연지)라 칭하였다. 왕소군이 漢나라의 은혜를 그리워하여 마침내 비파를 타 그 恨을 노래하니, 이것을 〈昭君怨〉이라 부른다. 이후로 시인들이 이를 소재로 시를 지어 애처로워했다." 하였다.

첫째수의 '人生失意無南北'과 둘째수의 '漢恩自淺胡自深'에 대하여 四佳 徐居正〈1420(세종 2)－1488(성종 19)〉은 일찍이 《東人詩話》에서 "논평하는 자들은 王安石의 이러한 思考는 반역할 마음이 있는 것이라고 비판한다." 하였다. 金隆〈1525(중종 20)－1594(선조 27)〉은 《勿巖集》 2권에서 "古人들은 왕안석의 이 시가 辭格이 超逸하여 歐陽修의 〈명비곡〉에 뒤지지 않는다고 높이 평가한다. 그러나 詩는 뜻을 표현하는 것이니, 마음에는 邪와 正이 있으므로 歌詠에 나타나는 것도 美와 惡이 있게 된다."라고 하면서 '佳人萬里傳消息 好在氈城莫相憶 咫尺長門閉阿嬌 人生失意無南北'와 '漢恩自淺胡自深 人生樂在相知心'은 왕안석의 마음의 邪를 드러낸 것이라고 하였다. 또 이어서 "왕소군은 죽어서도 한나라를 잊지 않았으니 왕소군의 원한은 오랑캐에 시집간 데에 있었던 것이 아니라 한나라로 돌아갈 수 없는 데에 있었다. 그러므로 고금에 왕소군의 일을 읊은 자들이 그를 위해 슬퍼하고 한나라와 오랑캐의 은혜의 경중을 언급한 자가 없었는데, 왕안석은 유독 이렇게 보았으니, 만약 그가 靖康의 變에 처하였다면 반드시 金나라에 항복하여 金나라의 은혜에 감복했을 것이다."라고 비판하였다.

鵝溪 李山海〈1538(중종 33)－1609(광해군 1)〉 역시 왕안석과 비슷한 내용의 시를 지었는데, 一菴 辛夢參이 이를 함께 비판하였으므로 참고로 소개한다.

"어느 날 우연히 《鵝溪集》을 보다가 王昭君에 대해 지은 시를 보았는데, 이 시에 '삼천의 궁녀들 궁궐에 갇혀 지척에 있으면서도 지존을 뵐 길 없었네. 당년에 이역 땅에 던져지지 않았다면 한나라 궁궐에 소군이 있음을 누가 알았으랴.〔三千粉黛鎖金門 咫尺無緣拜至尊 不是當年投異域 漢宮誰識有昭君〕' 하였고, 또 이르기를 '세간의 恩愛는 원래 정해진 것이 없으니 반드시 오랑캐 땅이 타향은 아니라오. 어찌 깊은 궁궐에서 외로이 달을 짝하여 일생토록 군왕을 가까이 모시기 어려운 것만 못할까.〔世間恩愛元無定 未必氈域是異鄕 何似深宮孤伴月 一生難得近君王〕'라고 하였다. 나는 여기에서 그 마음의 은미한 부분을 알았다. 소군이 입궁하던 날 평생토록 변치 않을 대의를 마음속에 두었으니, 어찌 군왕이 가까이하고 가까이하지 않는 것에 따라 지조를 바꾸겠는가. 선비가 산림에 처하여 깊이 숨고 세상에 나오지 않는 것은 처녀가 시집가기 전에 규방에서 몸을 삼가는 것과 같다. 그러므로 비록 혼란한 세상에 처하더라도 한 사람을 섬기고 두 사람을 섬기지 않는 절개를 굳게 지켜, 마치 伯夷와 叔齊가 殷나라를 위해 굶어 죽으면서 만고에 군신의 대의를 밝힌 것과 같이 하는 것이다. 만약 소군이 恩愛의 있고 없음에 따라 정조를 바꾸어 오랑캐의 배필이 됨을 다행으로 여겼다고 한다면 윤리강상을 해치는 데에 가깝지 않겠는가. 소군이 시집간 것은 비록 임금의 명령을 따른 것이었으나 오히려 한나라를 잊지 아니하여 죽어서도 靑塚에 이름을 남겼다. 그런데 지금 시를 지은 자는 배필을 얻은 것을 다행이라 하여 도리어 소군의 마음을 이해하지 못하였다. 王介甫(왕안석)의 시에 '漢恩自淺胡自深' '人生得意無南北'과 동일한 마음이니, 애석하다. 이에 시 한 수를 지어 의리를 저버리는 세상 사람들을 경계시키노라.

정녀의 지조 은일의 선비에게서 볼 수 있으니 오직 대의를 밝혀야 마음이 편안한 법. 만약 총애를 따라 일신의 계책을 꾀한다면 들개들이 인륜을 보는 것과 무엇이 다르겠는가.〔貞女志操逸士看 唯明大義是心安 若隨寵愛謀身計 人紀何殊視野犴〕"

이외에 權近〈1352(공민왕 1)－1409(태종 9)〉의 《陽村集》 4권에도 〈明妃曲〉이라는 제목으로 "꽃같은 얼굴 한 번 웃음 오랑캐를 위함 아니라, 오랑캐의 마음 기쁘게 하여 한나라의 적 제거하려 해서이네.〔花顔一笑非爲胡 務悅胡心除漢敵〕"라고 하여 왕소군의 충심을 찬미한 내용이 보이며, 成俔의 《虛白堂集》 風雅錄 1권 〈明妃曲〉에는 "미앙궁의 삼천궁녀 중에 유독 시름을 한 몸에 모았네. 평소 아리따운 자색 자부하였으니 어찌 화공이 잘못 그리리라 생각했겠나.〔未央宮裏三千人 獨將患苦叢妾身 平生自持嬋姸色 豈悟丹靑誤失眞〕" 하였다.

## 明妃曲 명비곡

歐陽修(永叔)

| | |
|---|---|
| 漢宮有佳人이나 | 漢나라 궁중에 미인 있었으나 |
| 天子初未識이라 | 天子가 처음에는 알지 못하였네. |
| 一朝隨漢使하여 | 하루 아침에 漢나라 사신 따라 |
| 遠嫁單于國이라 | 멀리 單于國에 시집갔다오. |
| 絶色天下無하니 | 絶色이 천하에 없으니 |
| 一失難再得이라 | 한 번 잃으면 다시 얻기 어려워라. |
| 雖能殺畵工이나 | 비록 畵工 죽였으나 |
| 於事竟何益고 | 일에 마침내 무슨 도움되겠는가. |
| 耳目所及尙如此하니 | 耳目이 미치는 곳도 이와 같으니 |
| 萬里安能制夷狄고 | 만리 먼 오랑캐 어찌 제압하겠는가 |
| 漢計誠已拙이요 | 漢나라 계책 진실로 졸렬하였고 |
| 女色難自誇라 | 여색은 스스로 과시하기 어려워라. |
| 明妃去時淚를 | 明妃 떠날 때 눈물을 |
| 洒向枝上花라 | 가지 위의 꽃 향해 뿌렸다오. |
| 狂風日暮起하니 | 사나운 바람 해 저물 때 일어나니 |
| 飄泊落誰家오 | 飄泊하여 뉘 집에 떨어질까. |
| 紅顔勝人多薄命하니 | 紅顔이 남보다 뛰어난 자 薄命한 이 많으니 |
| 莫怨春風當自嗟하라 | 봄바람 원망하지 말고 마땅히 자신의 운명 슬퍼하라. |

【賞析】 이 시는 歐陽修가 王安石의 〈明妃曲〉에 화답한 것으로 《歐陽文忠公集》 8권에 실려 있다. 왕안석의 〈명비곡〉이 王昭君 한 개인의 슬픔을 읊은 것임에 비해 이 시는 '漢計誠已拙'이라 하여 漢나라 왕조의 정치적인 실책을 비판하고 있다.

## 明妃曲和王介甫 明妃曲을 지어 王介甫에게 화답하다

歐陽修

| | |
|---|---|
| 胡人은 | 오랑캐들은 |
| 以鞍馬爲家射獵爲俗하니 | 안장한 말 집 삼고 활쏘기와 사냥을 풍속 삼으니 |

| | |
|---|---|
| 泉甘草美無常處하여 | 샘물 달고 풀 아름다운 곳 찾아 일정한 곳 없어 |
| 鳥驚獸駭爭馳逐이라 | 새 놀라고 짐승 놀라니 다투어 달려가 좇는다오. |
| 誰將漢女嫁胡兒오 | 누가 漢나라 여인 오랑캐에게 시집보냈는가 |
| 風沙無情面如玉이라 | 바람에 날리는 모래 무정하게 白玉같은 얼굴 때렸네. |
| 身行不遇中國人하니 | 이 몸이 가면 中國 사람 만나지 못하니 |
| 馬上自作思歸曲[1]이라 | 말 위에서 스스로 돌아가고픈 곡조 지었다오. |
| 推手爲琵却手琶하니 | 손을 밀면 琵가 되고 손을 당기면 琶가 되니 |
| 胡人共聽亦咨嗟라 | 오랑캐들도 함께 듣고 또한 한탄하였네. |
| 玉顔流落死天涯하나 | 白玉같은 얼굴로 天涯 멀리 流落하다 죽었으나 |
| 琵琶却傳來漢家라 | 비파곡 전하여 漢나라로 들어왔네. |
| 漢宮爭按新聲譜하니 | 漢나라 궁중에서는 다투어 樂譜 맞추어 연주하니 |
| 遺恨已深聲更苦라 | 遺恨 이미 깊어 소리가 더욱 애처로워라. |
| 纖纖女手生洞房하여 | 곱고 고운 여인의 손 깊은 골방에서 자라 |
| 學得琵琶不下堂이라 | 비파만 배우며 堂에서 내려오지 않았네. |
| 不識黃雲出塞路하니 | 黃雲 이는 변방길로 나갈 줄 몰랐으니 |
| 豈知此聲能斷腸고 | 이 비파 소리 애끊을 줄 어이 알았으랴. |

1) 역주] 思歸曲 : 고향으로 돌아가고픈 생각을 담은 곡으로 비파곡인 〈昭君怨〉을 가리킨다.

【賞析】 이 시는 왕안석의 명비곡 제2수에 화답한 것으로 《歐陽文忠公集》 8권에 실려 있는 바, 王昭君이 漢나라 궁궐을 그리워하여 지은 琵琶曲인 〈昭君怨〉을 중심으로 하여 왕소군의 비극을 노래하였다.

## 塞上曲 새상곡

黃庭堅(魯直)

| | |
|---|---|
| 十月北風燕草黃하니 | 시월이라 北風에 燕땅의 풀 누렇게 시드니 |
| 燕人馬肥弓力强이라 | 燕땅 사람들 말 살찌고 활의 힘 강하다오. |
| 虎皮裁鞍鵰羽箭으로 | 호랑이 가죽 잘라 안장 만들고 독수리깃 단 화살로 |
| 射殺山陰雙白狼[1]이라 | 山陰의 두 마리 흰 이리 쏘아 잡았네. |

| | |
|---|---|
| 靑氈帳高雪不濕하니 | 푸른 털방석 장막 높아 눈에 젖지 않으니 |
| 擊鼓傳觴令行急이라 | 북치며 술잔 돌려 酒令을 급하게 행한다오. |
| 戎王[2]半醉擁貂裘하니 | 오랑캐 임금 반쯤 취하여 초피 갖옷 끌어안으니 |
| 昭君猶抱琵琶泣이라 | 昭君은 아직도 비파 안고 울고 있네. |

1) 역주] 白狼：흰 이리로, 犬戎에서 貢物로 바쳤는데 祥瑞로운 짐승으로 여겼다.

2) 역주] 戎王：昭君의 남편인 匈奴의 單于(선우)를 이른다.

**【賞析】** 邊塞詩(변새시)는 주로 변방에 수자리간 征夫들의 괴로움, 고향과 처자에 대한 그리움을 읊은 것이 대부분인데, 이 시는 군사들의 사기를 북돋우는 내용으로 진취적인 것이 그 특징이다.

洪侃〈?－1304(충렬왕 30)〉의 《洪厓遺稿》에 같은 제목으로 지은 시에 "양 치던 소무의 십년 한이요 오랑캐에게 항복한 장군의 천리 먼 고국 그리는 마음이네.〔牧羊蘇武十年恨 降虜將軍千里思〕"라는 시구가 보이며, 成俔의 《虛白堂集》 風雅錄 1권에도 같은 제목의 시가 보인다.

## 烏棲曲 오서곡

李白(太白)

| | |
|---|---|
| 姑蘇臺[1]上烏棲時에 | 姑蘇臺 위로 까마귀 깃들려 할 제 |
| 吳王宮裡醉西施[2]라 | 吳王은 궁중에서 西施와 함께 취해 있었네. |
| 吳歌楚舞歡未畢하여 | 吳나라 노래와 楚나라 춤 즐거움이 아직 끝나지 않았는데 |
| 靑山欲銜半邊日이라 | 靑山은 어느덧 반쪽 해 머금었네. |
| 銀箭[3]金壺漏水多하니 | 은 바늘의 금 항아리에는 물시계 물 많이 떨어져 |
| 起看秋月墜江波라 | 일어나 보니 가을달 강물 속으로 떨어지네. |
| 東方漸高奈樂何오 | 東方에 해 점점 솟아 오르니 즐거움 어찌하나. |

1) 역주] 姑蘇臺：吳王 夫差가 쌓았다는 姑蘇山 위에 있는 臺로 姑胥臺라고도 한다.

2) 역주] 吳王宮裡醉西施：吳王은 夫差를 가리키며 西施는 춘추시대 越나라의 美人이다. 越王 句踐이 會稽에서 敗하자 范蠡는 西施를 吳王 夫差에게 바쳐 吳나라의 政事를 어지럽게 하여 마침내 吳나라를 멸망시켰다.

3) 역주] 銀箭：물시계의 바늘이다.

【賞析】《樂府詩集》에 실린 淸商曲辭 西曲歌로, 《李太白集》 3권에도 실려 있다. 이 시는 春秋時代 吳王 夫差의 故事를 빌어 즐거움이 지극하면 슬픔이 생긴다는 내용을 읊은 것이나 실제로는 玄宗이 궁정에서 온갖 淫行을 자행함을 풍자한 것으로 보아야 할 것이다. 두 구마다 韻을 바꾸고 마지막을 單句로 맺어 餘韻의 묘미가 있다.

崔鳴吉〈1586(선조 19)-1647(인조 25)〉의 《遲川集》 2권에 실려 있는 〈烏棲曲〉에 "西施가 취하여 졸음을 머금으니 옥비녀 반쯤 빠져 구름같은 머리 기울었네. 궁중의 행락 밤낮으로 이어지니 물시계 금 항아리에 다하고 서늘한 달도 기울었네. [西施欲醉含睡癡 玉釵半脫雲鬟攲 宮中行樂日復夜 漏盡金壺凉月墮]"라는 시구가 보인다.

# 辭

## 連昌宮辭* 연창궁사

元 稹

* 連昌宮은 唐나라 高宗 때 세운 行宮으로 지금의 河南省 宜陽縣에 있었는 바, 이 행궁 근처에 사는 노인의 말을 빌어 安祿山의 亂이 일어나기 전후의 정치 상황을 노래하고 다시 옛날의 평화를 되찾고자 하는 소망을 읊은 것이다.

| | |
|---|---|
| 連昌宮中滿宮竹이 | 連昌宮 안에 가득한 대나무 |
| 歲久無人森似束이라 | 오랫동안 돌보는 사람 없으니 다발로 묶어 놓은 듯하네. |
| 又有墻頭千葉桃하니 | 또 담장머리에는 千葉의 碧桃 있으니 |
| 風動落花紅蔌蔌이라 | 바람 불자 꽃 떨어져 붉은 꽃잎 나부끼네. |
| 宮邊老人爲余泣호되 | 궁궐 가의 노인 나를 보고 울며 말하되 |
| 少年選進因曾入이라 | 소년 시절 뽑혀 일찍이 궁중에 들어갔었는데 |
| 上皇正在望仙樓하니 | 上皇(玄宗)이 바로 望仙樓에 계시니 |
| 太眞同憑欄干立이라 | 太眞이 함께 난간에 기대어 섰습니다. |
| 樓上樓前盡珠翠하니 | 누 위와 누 앞 모두 진주와 비취로 장식하니 |
| 炫轉熒煌照天地라 | 현란하고 휘황하여 天地에 비추었습니다. |
| 歸來如夢復如癡하니 | 돌아오니 꿈인 듯 또 바보가 된 듯하였으니 |
| 何暇備言宮裡事오 | 어느 겨를에 궁중의 일 자세히 말하였겠습니까. |

初過寒食一百五[1]하니  처음으로 일백 오일 지나 寒食이 되니
店舍無煙宮樹綠이라  가게와 집에 연기 없어 궁중의 나무 더욱 푸르렀습니다.
夜半月高絃索鳴하니  한밤중 달이 높이 떴는데 거문고 소리 울리니
賀老琵琶定場屋[2]이라  樂工 賀懷知가 비파 타며 場屋을 정하였습니다.
力士傳呼覓念奴[3]하니  高力士가 전하여 고함쳐 念奴 찾으니
念奴潛伴諸郎宿이라  念奴는 몰래 樂工들과 짝하여 자고 있었습니다.
須臾覓得又連催하니  얼마 후 찾아내고 또 연달아 재촉하니
特勅街中許燃燭이라  特命으로 길거리에 촛불 밝히도록 허락하였습니다.
春嬌滿眼睡紅綃하니  아리따운 자태 눈 가득히 붉은 비단 이불에서 자다가
掠削雲鬟旋粧束이라  구름같은 머리 빗질하고 곧바로 단장하여 띠를 묶고는
飛上九天歌一聲하니  九天으로 날아올라 한 소리로 노래하니
二十五郎[4]吹管逐(篴)이라  二十五郎이 노래에 맞추어 피리 불었습니다.
逡巡大徧梁州徹[5]하니  어느덧 大徧 梁州曲 다 연주하니
色色龜玆[6]轟錄續이라  여러 가지 龜玆曲 연이어 울렸습니다.
李謨擪笛傍宮墻하여  李謨는 젓대 잡고 궁중의 담 옆에 있으면서
偸得新翻數般曲[7]이라  새로 작곡한 몇 개의 곡조 훔쳐 베꼈습니다.
平明大駕發行宮하니  平明에 大駕 行宮을 출발하니
萬人鼓舞途路中이라  수많은 사람들 길 가운데에서 북 치며 춤추었습니다.
百官隊仗避岐薛[8]하고  百官과 의장행렬 岐王과 薛王 피하였고
楊氏諸姨車鬪風이라  楊氏의 자매들 바람과 싸우며 수레 몰아 갔습니다.
明年十月東都破하니  明年 시월 洛陽이 격파되니
御路猶存祿山過라  임금 다니시던 길 남아 安祿山이 지나갔습니다.
驅令供頓不敢藏하니  백성들 몰아 宿食을 제공하게 하여 감히 감추지 못하니
萬姓無聲淚潛墮라  백성들 소리 없이 남몰래 눈물 떨구었습니다.
兩京定後六七年에  長安과 洛陽 평정된 후 육칠 년만에
却尋家舍行宮前이라  나는 다시 집 찾아 行宮 앞으로 왔습니다.
莊園燒盡有枯井하고  莊園은 불타 없어지고 마른 우물만 남았으며
行宮門闥樹宛然이라  行宮의 문에는 나무만 완연하였습니다.
爾後相傳六皇帝[9]하니  그후 서로 여섯 황제 전해오니

| | |
|---|---|
| 不到離宮門久閉라 | 離宮에는 이르지 아니하여 오랫동안 궁문 닫혀 있었지요. |
| 往來年少說長安하니 | 오가는 소년들 長安의 일 말하는데 |
| 玄武樓成花蕚廢[10]라 | 玄武樓는 이루어지고 花蕚樓는 폐지했다 하였습니다. |
| 去年勅使因斫竹하여 | 지난해 勅使가 대나무 베러 와서 |
| 偶値門開暫相逐이라 | 우연히 문 여는 날 만나 잠시 서로 따라갔답니다. |
| 荊榛櫛比塞池塘이요 | 가시나무와 개암나무 즐비하여 못 메웠고 |
| 狐兎驕癡緣樹木이라 | 여우와 토끼 교만한 듯 어리석은 듯 나무사이에 뛰놀았습니다. |
| 舞榭欹傾基尙存이요 | 춤추던 누대 기울었으나 터는 아직 남아 있고 |
| 文窓窈窕紗猶綠이라 | 꽃무늬 창 그윽하나 깁은 아직도 푸르렀습니다. |
| 塵埋粉壁舊花鈿이요 | 먼지는 분 바른 벽 덮었는데 옛 꽃비녀 보였고 |
| 烏啄風箏碎如玉이라 | 까마귀는 風磬 쪼아 옥 부서지는 소리 났답니다. |
| 上皇偏愛臨砌花하니 | 上皇은 섬돌 가의 꽃 특별히 사랑하였는데 |
| 依然御榻臨階斜라 | 옛모습 그대로 예전의 御榻 뜰에 임하여 비껴 있었습니다. |
| 蛇出燕巢盤鬪栱[11]이요 | 뱀은 제비집에서 나와 斗栱에 서려 있고 |
| 菌生香案正當衙라 | 버섯은 香案에 나 집무실 바로 앞에 있었습니다. |
| 寢殿相連端正樓하니 | 寢殿이 端正樓와 서로 연해 있는데 |
| 太眞梳洗樓上頭라 | 太眞이 누대 위에서 머리 빗고 씻던 곳이었습니다. |
| 晨光未出簾影黑하니 | 새벽빛 나오지 않아 발 그림자 침침하였는데 |
| 至今反掛珊瑚鉤라 | 지금까지 산호 갈고리 뒤집혀 걸려 있었습니다. |
| 指向傍人因慟哭하고 | 옆 사람 향해 가리키며 인하여 통곡하고 |
| 却出宮門淚相續이라 | 다시 궁문 나와서도 눈물이 서로 이어졌습니다. |
| 自從此後還閉門하니 | 이 뒤로 다시 궁문 닫히니 |
| 夜夜狐狸上門屋이라 | 밤마다 여우와 살쾡이들 문과 지붕에 올라갔습니다. |
| 我聞此語心骨悲하니 | 나는 이 말 듣고 마음과 뼛골 슬퍼지니 |
| 太平誰致亂者誰오 | 태평을 이룬 것 누구이며 나라를 어지럽힌 것 누구인가. |
| 翁言野父何分別고 | 노인 말하기를 촌늙은이가 무엇을 분별하겠습니까마는 |
| 耳聞眼見爲君說이라 | 귀로 듣고 눈으로 본 것 그대에게 말씀드리겠습니다. |
| 姚崇宋璟作相公[12]하여 | 姚崇과 宋璟이 相公이 되어서는 |

| | |
|---|---|
| 勸諫上皇言語切이라 | 上皇에게 권하고 간하는 말 간절하였습니다. |
| 燮理陰陽禾黍豐하고 | 陰陽을 조화롭게 다스려 벼와 기장 풍년 들고 |
| 調和中外無兵戎이라 | 中外를 조화시켜 병란이 없었습니다. |
| 長官清平太守好하니 | 장관들 청렴하고 공평하며 태수들 훌륭하니 |
| 揀選皆言由相公이라 | 인물을 선발함 모두 相公에게 말미암는다고 말했습니다. |
| 開元欲末姚宋死하니 | 開元 말엽에 姚崇과 宋璟이 죽으니 |
| 朝廷漸漸由妃子[13]라 | 조정은 점점 양귀비에게 말미암게 되었습니다. |
| 祿山宮裏養作兒[14]하고 | 安祿山이 궁중에 들어와 養子 되었고 |
| 虢國門前鬧如市[15]라 | 虢國夫人 문 앞은 시장처럼 시끄러웠습니다. |
| 弄權宰相不記名이나 | 권력을 농간한 재상 이름 기억할 수 없으나 |
| 依俙憶得楊與李[16]라 | 어렴풋이 楊氏와 李氏로 기억합니다. |
| 廟謨顚倒四海搖하니 | 조정의 계책 전도되어 四海가 흔들리니 |
| 五十年來作瘡痏라 | 오십 년 이래 큰 상처되었습니다. |
| 今皇[17]神聖丞相明하니 | 今皇께서 神聖하고 승상 현명하니 |
| 詔書纔下吳蜀[18]平이라 | 조서 내리자 吳와 蜀이 평정되었으며 |
| 官軍又取淮西賊[19]하니 | 官軍이 또 淮西의 역적 사로잡으니 |
| 此賊亦除天下寧이라 | 이 역적 또한 제거되자 천하가 평화로워졌습니다. |
| 年年耕種宮前道러니 | 해마다 連昌宮 앞의 길에 밭갈아 심었는데 |
| 今年不遣子孫耕[20]이라 | 금년에는 자손 보내어 밭갈지 않았습니다. |
| 老翁此意深望幸하니 | 이 늙은이의 뜻 皇帝가 오시기 깊이 바라서이니 |
| 努力廟謨休用兵하라 | 부디 조정의 계책 잘 세워 用兵하지 말았으면 합니다. |

1) 初過寒食一百五 : 冬至後過一百單五日하여 爲寒食이라
冬至 뒤에 105일이 지나면 한식이 된다.

2) 역주] 賀老琵琶定場屋 : 賀老는 악공인 賀懷知로 唐나라 때 비파를 잘 타기로 유명하였다. 場屋은 본래 廣場 가운데 막으로 둘러친 科擧試驗場을 뜻하는데, 광대나 樂工들의 놀이 舞臺도 이와 비슷하므로 場屋이라 칭한 것이다.

3) 念奴 : 天寶中名妓之善歌舞者라
念奴는 天寶 연간에 가무를 잘하던 유명한 기생이다.

4) 역주] 二十五郞 : 스물다섯번째 郞이라는 뜻으로 邠王 李承寧을 가리킨다. 玄宗의 아우인데 피리의 명수였다.

5) 역주] 逡巡大徧梁州徹 : 大徧은 大遍이라고도 하며 梁州는 唐나라 敎坊의 曲名으로 본래 西凉의 曲名인데 大徧과 小徧으로 나뉘었다. 金隆의 《勿巖集》 4권에 "逡巡은 잠시라는 뜻이니, 어느덧 이미 양주곡을 두루 연주했다는 것이다. 徹은 파한다(끝낸다)는 뜻이다." 하였다.

6) 역주] 龜玆 : 옛날의 樂曲 이름으로 본래 龜玆國의 악곡이었다. 구자국은 漢代에 西域에 있던 여러 나라 중의 하나이다. 《隋書 樂志 下》

7) 偸得新翻數般曲 : 明皇이 上元夜에 潛遊燈下러니 忽聞樓上吹笛에 奏前夕新翻之曲者하고 大駭하여 密捕笛者하다 詰問하니 云是夕에 竊於天津橋上玩月이라가 聞宮中奏曲하고 遂於橋柱에 以爪畫譜하여 記之라 問其誰氏하니 曰李謨라 明皇異之하여 賜物遣去하니라

明皇이 上元날 밤에 몰래 등불 아래에서 놀았는데, 홀연히 누대 위에서 피리 부는 소리를 들으니, 전날 저녁에 새로 지은 곡조를 연주하는 것이었다. 크게 놀라 은밀히 피리부는 자를 잡아다가 힐문하니, 말하기를 "어젯밤에 몰래 천진교 위에서 달을 구경하다가 궁중에서 연주하는 곡조를 듣고는 마침내 다리 기둥에다 손톱으로 악보를 그려 기억하였다." 하였다. 그의 성명을 물으니 李謨라 하였다. 명황은 기이하게 여겨 물건을 하사해 주고 가게 하였다.

8) 역주] 百官隊仗避岐薛 : 岐薛은 唐 玄宗의 아우인 岐王 李範과 薛王 李業을 가리킨다. 金隆의 《勿巖集》 4권에 "隊仗은 호위병과 의장행렬이다." 하였다.

9) 爾後相傳六皇帝 : 自明皇後로 又傳肅宗代宗德宗順宗憲宗六朝皇帝라

明皇 뒤로 또 肅宗·代宗·德宗·順宗·憲宗의 여섯 황제를 전하였다.

10) 玄武樓成花蕚廢 : 昔於宮西에 創花蕚相輝之樓러니 後又建玄武樓하고 遂廢花蕚之樓하니라

옛날 궁궐 서쪽에 化蕚相輝樓를 창건하였는데, 뒤에 또다시 玄武樓를 세우고 마침내 化蕚樓를 폐하였다.

11) 역주] 蛇出燕巢盤鬪栱 : 金隆의 《勿巖集》 4권에 "盤鬪栱은 斗栱의 위에 서려 있는 것이니, 두공은 동자 기둥이 몰려 있는 곳이다." 하였다.

12) 姚崇宋璟作相公 : 姚崇, 宋璟이 皆作明皇賢相하여 致太平하니라

姚崇과 宋璟은 모두 명황의 어진 재상이 되어 태평성대를 이룩하였다.

13) 朝廷漸漸由妃子 : 唐之亂階 自此始矣라

唐나라가 혼란해진 階梯가 이로부터 시작된 것이다.

14) 祿山宮裏養作兒 : 天寶十載에 召祿山入禁中이러니 貴妃使宮人으로 以彩輿舁之하다 上이 問後宮喧笑한대 左右以貴妃洗兒對하니 上喜하여 賜貴妃洗兒錢하니라

天寶 10년(751)에 安祿山을 불러 궁중에 들어오게 하였는데 楊貴妃가 궁녀들로

하여금 그를 채색 가마에 태우게 하였다. 임금이 후궁들이 떠들고 웃는 이유를 묻자, 좌우의 사람들은 양귀비가 아이를 씻겨 주어서라고 대답하니, 임금은 기뻐하여 양귀비에게 洗兒錢(아이를 씻기는 돈)을 하사하였다.

15) 虢國門前鬧如市 : 貴妃妹封虢國夫人하니 勢焰熏炙하여 人皆附之하여 其門如市하니라
楊貴妃의 언니가 虢國夫人에 봉해지니, 형세와 기염이 찌를 듯하여 사람들이 모두 아부해서 그 문이 시장과 같았다.

16) 역주] 楊與李 : 唐 玄宗 때의 權臣인 楊國忠과 李林甫를 가리킨다.

17) 역주] 今皇 : 여기서는 唐 憲宗을 가리킨 것이다.

18) 역주] 吳蜀 : 吳는 江南東道節度使 李錡를, 蜀은 劍南西川節度使 劉闢을 가리킨다.

19) 역주] 淮西賊 : 淮西節度使 吳元濟를 가리킨다.

20) 역주] 今年不遣子孫耕 : 李德弘의 《艮齋集》 續集 4권에 "도적들이 이미 제거되어 천하가 태평하기 때문에 더 이상 連昌宮 앞의 길에 밭갈고 씨뿌리지 않겠다고 말하였으니, 늙은이의 이 말은 皇帝가 오기를 깊이 바라서이다." 하였고, 金隆은 "전쟁이 일어나 자손들이 지난날처럼 궁궐의 앞길에 밭갈고 씨뿌릴 수 없다는 것이다." 하였다.

**【賞析】** 連昌宮은 唐나라 황제의 行宮 중의 하나로 高宗 顯慶 3년(658)에 지어졌는데, 지금의 河南省 宜陽縣 서쪽 19리 지점에 있었다. 元和 13년(818) 원진이 通州司馬였을 때에 이 유명한 장편 敍事詩를 지었는데, 연창궁의 흥망성쇠를 통하여 安史(安祿山과 史思明)의 亂을 전후로 한 唐나라 정치의 治亂의 원인을 탐색하였다.

崔演(?-?)의 《艮齋集》 1권 〈連昌宮〉에서는 안록산의 난이 빚어지게 된 시대적인 상황을 서술한 다음 "아 처음은 있으나 잘 끝마침이 드무니 임금의 마음이 현명한가의 여부에 달려있네.〔嗟有初而鮮終 在一心之聖狂〕"라 하고 "돌아보건대 시군과 세주는 어찌하여 이것을 거울삼아 징계하지 않는가.〔顧時君與世主 盍監此而懲創〕"라고 경계하였다.

# 作者諸家略傳

賈島(779-843)　唐나라 시인으로 字는 浪仙 또는 閬仙이며, 范陽 사람이다. 일찍이 출가하여 승려가 되었는데 법명은 無本이다. 뒤에 還俗하여 과거에 여러 번 응시하였으나 낙방하였으며 長江主簿를 지냈기 때문에 賈長江이라고도 불린다. 승려로 있을 때부터 시인으로 이름이 났으며 賈浪仙體라는 시체를 형성하였는 바, 그의 시를 보면 詩句 하나하나를 선택함에 있어 얼마나 고심하였는가를 알 수 있다. 韓愈 문하에 있던 孟郊와 함께 '郊寒島瘦'라 일컬어지는데, 이는 그의 시가 빈한하고 메마른 정서를 담고 있어서이나 俗氣 없는 枯淡한 맛은 宋代 시에 많은 영향을 주었다. 《長江集》이 있다.

江淹(444-505)　南朝의 문인으로 자는 文通이며 考城 사람이다. 宋·齊·梁 세 왕조를 섬겼으며 梁나라 때에는 金紫光祿大夫가 되어 醴陵侯에 봉해졌다. 어릴 때부터 文名을 날렸으나 부귀와 영화를 누리면서 문학적 재능이 현저히 감퇴하였다. 詩·文·賦에 모두 뛰어났는 바, 詩는 특히 古人의 風格을 모방한 擬古詩를 많이 썼으며, 賦는 〈恨賦〉·〈別賦〉 두 편이 있는데 서정성이 짙고 文辭가 화려하다. 《江文通集》이 있다.

高騈(?-887)　唐나라 幽州 사람으로 자는 千里이고 高崇文의 손자이다. 朱叔明을 섬겨 司馬가 되었는데, 젊어서부터 힘이 세고 무예가 뛰어나 화살 한 발로 수리 두 마리를 쏘아 맞췄으므로 '落鵰侍御'라 불렸다. 僖宗 때 天平·劍南·鎭海·淮南의 節度使를 역임하였다. 黃巢의 난을 진압하여 당시 위세가 대단하였으나 뒤에 실의하고 神仙術에 빠졌으며, 光啓 연간에 部將인 畢師鐸에게 살해되었다. 시를 좋아하여 기발한 표현으로 秀作을 남겼다. 문집이 있다.

高適(702-765)　唐나라의 시인으로 자는 達夫·仲武이며 渤海 사람이다. 젊었을 때 유람하기를 좋아하여 山東과 河北 지방을 방랑하며 李白·杜甫 등과 교유하였다. 40세가 넘어 벼슬하였으며 뒤에 哥舒翰의 書記가 되었는데, 이때 沙漠의 風光과 士卒들의 고통을 목격하였으므로 특히 변경에서의 외로움, 전쟁, 이별의 비참함을 읊은 邊塞詩에 뛰어나 岑參과 함께 '高岑'이라 병칭된다. 만년에 벼슬이 西川節度使·左散騎常侍에 이르렀다. 《高常侍集》이 있다.

歐陽修(1007-1072) 北宋의 문장가로 자는 永叔이고 자호는 醉翁·六一居士이며 廬陵 사람이다. 네살 때 아버지를 여의고 어머니 鄭氏에게 글을 배웠는데 집이 가난하여 갈대로 땅에 글씨 연습을 하였다. 仁宗 天聖 8년(1030)에 진사가 되었으며, 景曆 연간에 正言·知制誥 등을 역임하고 新政에 동참하였는데, 新政이 실패하자 范仲淹의 파직을 반대하다가 지방관으로 나가 滁州·揚州·潁州 등을 맡아 다스렸다. 嘉祐 2년(1057)에 知貢擧가 되어 曾鞏·蘇軾·蘇轍 등의 文士를 대거 발탁하였다. 嘉祐 5년(1060)에 樞密副使가 되고 이듬해에 參知政事가 되었으며, 神宗 때 王安石이 주도한 新法에 반대하다가 致仕하였다. 그는 詩·詞·文뿐만 아니라 史學에도 뛰어나 宋祁 등과 함께 《新唐書》를 편수하고 스스로 《新五代史》를 저술하기도 하였다. 《六一詩話》는 詩話라는 이름으로 시를 논한 최초의 저작이기도 하다. 韓愈를 매우 추앙하여, 소식은 그를 '宋나라의 韓愈'라고 평가한 바 있다. 그의 시는 한유처럼 난해한 글자를 쓰지 않아 평이하고 유창하였으며, 士大夫 문인으로서의 氣格과 豊潤이 있어 농염하고 화려한 俗氣가 적었다. 《歐陽文忠公集》·《集古錄》·《六一詞》 등이 있다.

盧仝(約 796-835) 唐나라의 시인으로 自號는 玉川子이며 濟源 사람으로 조상 대대로 范陽에 살았다. 河南의 少室山에 은거하며 조정의 부름에 나아가지 않고 학문과 詩作에 몰두하였으며 뒤에 洛陽에 거처하였다. 당시 河南令으로 있던 韓愈가 정치를 풍자한 그의 〈月蝕詩〉를 보고 극찬하였으며 자주 시문을 酬唱하였다. 그의 시는 청렴한 인격을 반영하여 신비한 풍격을 지녔으며, 茶에 조예가 깊어 茶歌가 많다. 甘露의 변란 때 재상 王涯의 집에 留宿하다가 被殺되었다. 《玉川子詩集》이 있다.

唐庚(1071-1121) 北宋의 문인으로 자는 子西이고 호는 魯國先生이며 眉州 사람이다. 哲宗 때 진사가 되었으며 徽宗 때 宗子博士가 되었다. 張商英이 그의 文才를 인정하여 提擧京畿常平이 되었으나 장상영이 재상직에서 물러나자 惠州로 좌천되었다. 뒤에 사면되어 承議郎에 復官되었으나 고향으로 돌아가던 도중에 죽었다. 문채와 풍류가 있어 사람들이 '小東坡'라고 칭하였다. 《唐子西集》이 있다.

陶潛(365 或 376－427)　東晉 말기의 處士로 자는 淵明이다. 혹은 淵明이 이름이고 자가 元亮이라 하기도 한다. 별호는 五柳先生이며 私諡가 靖節이므로 靖節先生이라고 칭한다. 長沙桓公 陶侃의 曾孫인데 동진 말기 彭澤令이 되었다가 80일 만에 벼슬을 버리고 돌아오면서 〈歸去來辭〉를 지었다. 劉裕가 진나라를 찬탈하자 마침내 벼슬하지 않고 이름을 潛이라 고치고 은둔하여 시와 술을 즐기며 일생을 마쳤다. 그의 시는 품격이 平淡하고 자연스러우며 간결하고 함축적인 언어를 사용하였으며, 意境이 渾厚하고 高遠하여 田園詩派를 開創하여 王維, 孟浩然 등 후세의 시인들에게 지대한 영향을 미쳤다. 《靖節先生集》이 있다.

杜甫(712－770)　唐나라의 대시인으로 자는 子美이고 자칭 杜陵布衣, 少陵野老라 하였으며 鞏縣 사람이다. 詩聖이라 불렸으며 李白과 함께 '李杜'라 병칭한다. 晉代의 魏人 杜預가 먼 조상이고 당나라 초기의 시인인 杜審言이 조부이다. 진사시에 응시하였다가 낙방하고는 각 지방을 유람하여 남으로는 吳·越, 북으로는 齊·趙에 이르렀다. 그후 십여년 동안 長安에서 불우하고 궁핍한 생활을 하였다. 安祿山의 난이 일어나자 포로가 되어 장안으로 끌려갔는데, 1년만에 탈출하여 肅宗의 行在所로 달려가 그 공으로 左拾遺가 되었다. 장안이 수복되자 돌아와 出仕하였으나 1년만에 華州의 지방관으로 좌천되었고, 다시 1년만에 대기근을 만나 관직을 버리고 처자와 함께 秦州·同谷을 거쳐 成都에 정착하여 浣花溪에 草堂을 세웠다. 劍南節度使로 있던 嚴武의 幕僚가 되어 檢校工部員外郞을 지냈으므로 杜工部라고 칭한다. 代宗 大曆 3년(768)에 성도를 떠나 岳陽·長沙 일대를 떠돌다가 대력 5년에 湖南 耒陽의 船上에서 病死하였다. 그의 시는 인생 특히 서민의 삶에 대한 깊은 애착이 담겨 있어 흔히 민중시인·애국시인으로 불리며 또한 사실적인 社會詩人이라 부르기도 한다. 장편의 古體詩는 주로 사회성을 띠었으므로 詩로 표현된 歷史라는 뜻으로 詩史라고 불린다. 특히 律詩에 뛰어나 엄격한 형식에 복잡한 감정을 세밀하게 묘사하였다. 中唐의 韓愈·白居易, 北宋의 王安石·蘇軾 등에게 숭앙되었으며 오늘날까지 중국 최고의 시인으로 꼽힌다. 1400여 편의 詩가 전해지며 《杜少陵集》이 있다.

馬存(?－1096)　北宋의 시인으로 자는 子才이며 樂平 사람이다. 元祐 연간에 진사가 되었다. 徐積의 문인이며 문장의 風格이 雄直하였다. 벼슬은 鎭南節度推官·越州觀察推官을 지냈으며 일찍 죽었다. 문집이 있다.

梅堯臣(1002－1060) 北宋의 시인으로 자는 聖兪이고 호는 宛陵先生이며 宣城 사람이다. 宣城을 宛陵이라고 칭했으므로 梅宛陵이라 부르기도 한다. 梅詢從의 아들로서 蔭職으로 桐城主簿가 되었고, 嘉祐 年間에 50세의 나이로 歐陽修 등의 추천에 의해 國子監 直講이 되었으며, 仁宗 때에 《新唐書》 편찬에 참여하였다. 그의 詩風은 平淡하고 함축적인 가운데 深遠한 뜻을 내포하였으며, 蘇舜欽과 함께 명성을 떨쳐 '蘇梅'로 병칭되었다. 詩文이 朴實하고 진지해야 함을 주장하여 화려하기만 하고 내용이 없는 西崑體의 文風을 반대했으며 詩友인 歐陽修와 함께 古文運動을 제창하였다. 《宛陵先生集》이 있다.

孟郊(751－814) 唐나라의 시인으로 자는 東野이며 武康 사람이다. 젊어서 嵩山에 은거하면서 韓愈와 文友를 맺었다. 45세에 벼슬하여 河南水陸轉運判官을 지내고 50세에 溧陽縣尉가 되었는데, 재임 중에도 詩作에 몰두하여 公務를 돌보지 않았다. 五言詩에 뛰어났으며 사회의 모순을 비판하고 백성의 疾苦를 탄식한 내용이 많다. 평이함을 피하고 刻苦呻吟하듯 시를 썼으므로 賈島와 함께 '郊寒島瘦'라 일컬어진다. 張籍이 貞曜先生이라 私謚하였다. 《孟東野集》이 있다.

文天祥(1236－1283) 南宋의 충신이며 시인으로 자는 宋瑞·履善이고 호는 文山이며, 시호는 忠烈이고 廬陵 사람이다. 寶祐 4년(1256)에 진사가 되었고 知瑞州를 지냈다. 元나라가 침입하여 환관 董宋臣이 遷都說을 주장하자 이에 반대하는 상소를 올렸으며, 후에 賈似道와 의견이 맞지 않아 탄핵을 받아 파직되었다. 1275년 元나라 군대가 남하하자 勤王軍을 조직, 臨安을 사수하였다. 그후 恭帝의 명을 받고 講和를 청하기 위해 원나라에 갔다가 억류된 사이에 송나라가 멸망하였다. 포로가 되어 北送되던 중 탈주하여 福州에서 항전하던 度宗의 장자 益王을 받들고 패잔병을 모아 싸우다가 廣東省 五坡嶺전투에서 다시 체포되었다. 독약을 먹고 자살을 기도했으나 실패하고 大都(北京)로 북송되어 3년간 감옥에 갇혔다. 元 世祖가 회유하였으나 끝내 거절하고 사형당하였다. 이때 지은 〈正氣歌〉가 유명하다. 《文山集》이 있다.

班婕妤(B.C. 7년 전후) 前漢의 여류 詞賦家로 婕妤는 女官名이다. 班況의 딸로 成帝 때 궁중에 들어가 총애를 받았으나 후에 趙飛燕에게 사랑을 빼앗겨 영락한 신세가 되었다. 太后의 長信宮에서 지내다가 성제가 죽은 뒤 園陵을 돌보았다. 작품으로 〈自悼賦〉·〈擣素賦〉·〈怨歌行〉 등이 있는 바, 궁중생활의 적막함과 괴로움을 풍부한 서정성을 담아 표현하였다.

白居易(772-846) 唐나라의 시인으로 자는 樂天이고 太原 사람이며, 晩年에 호를 醉吟先生·香山居士라고 하였다. 元和 연간에 翰林學士와 左贊善大夫를 역임하였으나 권문세가들의 반감으로 江州司馬로 좌천되었다. 이곳에서 〈琵琶行〉을 지었으며, 뒤에 杭州刺史와 蘇州刺史에 제수되고 형부상서의 관직을 역임하였다. 그의 散文은 精細하면서도 표현이 切實하였고, 시는 평이하여 '老嫗能解'라 일컬어진다. 李白, 杜甫, 韓愈와 더불어 '李杜韓白'으로 병칭되고, 元稹과 唱和하여 그의 詩體를 흔히 '元白體'라 부른다. 그는 문장은 현실을 반영해야 한다고 주장하여 수많은 諷喩詩를 지었다. 그의 敍事詩 중 대표작인 〈琵琶行〉과 〈長恨歌〉는 唐詩 예술의 절정이라고 이를 만하다. 《白氏長慶集》이 있다.

謝薖(?-1116) 北宋의 시인으로 자는 幼槃이고 호는 竹友이며 撫州 臨川 사람이다. 謝逸의 동생으로 兄과 함께 呂希哲에게 수학하였고 형제가 詩文을 잘하여 당시에 '二謝'라고 일컬어졌다. 일찍이 漕司에 천거되기도 하였으나 사양하고 거문고와 바둑, 시와 술로 自娛하였으며 布衣의 신분으로 평생을 마쳤다. 《竹友集》이 있다.

謝靈運(385-433) 南朝 宋나라의 시인으로 小名은 客兒이며 陽夏 사람이다. 東晉의 명재상인 謝玄의 손자로, 18세에 康樂公의 작위를 세습하였기 때문에 謝康樂이라 부르기도 한다. 송나라 정권에 불만을 품고 권력투쟁에 참여하였다가 실패하여 永嘉太守로 좌천된 뒤로는 정사에 관여하지 않았으며, 宋 文帝 때 臨川內史로 있다가 모반죄로 처형되었다. 그는 사치스런 생활을 하며 山水를 유람하기 좋아하였다. 그의 시는 自然景物의 묘사가 세밀하고 정교하여 독특한 경지를 이룩하였으며 중국 山水詩 발전에 큰 공헌을 하였다. 明代 사람이 편집한 《謝康樂集》이 있다.

司馬光(1019-1086) 北宋의 학자이며 정치가로 자는 君實이며 호는 迂夫·迂叟이고 시호는 文正이다. 涑水 사람인데 溫國公에 봉해졌으므로 司馬溫公이라고도 칭한다. 熙寧 연간에 神宗이 王安石을 등용하여 新法을 단행하자 이에 극구 반대하여 지방으로 나갔다. 哲宗이 즉위하자, 조정으로 들어와 재상이 되어 신법을 모두 개혁하고 舊法을 회복시켰으나 몇 달 안되어 죽었다. 저서로는 編年體 역사서인 《資治通鑑》 294권이 있으며, 이외에 《溫國文正公文集》·《稽古錄》 등이 있다.

**謝枋得**(1226－1289) 南宋의 학자이며 시인으로 자는 君直이고 호는 疊山이며 弋陽 사람이다. 理宗 때 文天祥과 함께 진사가 되었으나 建康의 考官으로 재직할 무렵 당시의 정치를 비판하다가 權臣 賈似道의 미움을 사 파직되었다. 恭帝 때 江東提刑으로 信州를 맡았는데 元나라가 침입하여 信州를 함락하자, 성명을 바꾸고 建寧의 唐石山에 숨어 살았다. 宋나라가 망하자 閩中에 은거하였는데, 魏天祐가 元 世祖에게 귀의할 것을 회유하였으나 음식을 끊고 굶어죽으니, 문인들이 文節이라 私謚하였다. 陸象山 계열의 학자로 經學에 밝았으며, 詩는 憂君愛國의 정이 넘치며 처연하고 비장하다. 《疊山集》이 있으며 그가 편찬한 《文章軌範》이 세상에 전해진다.

**謝朓**(464－499) 南朝 齊나라의 시인으로 자는 玄暉이며 陽夏 사람이다. 晉나라의 명재상이었던 謝安의 아우로 謝靈運과 대칭하여 '小謝'라 부르며 明帝 때 宣城太守를 지냈으므로 謝宣城이라 칭한다. 景陵八友의 한 사람이고 永明體 詩의 대표적인 시인이다. 五言의 景物詩를 즐겨 지었으며 淸新한 風格을 보인다. 唐나라 李白이 그의 시를 매우 흠모했다고 한다. 《謝宣城集》이 있다.

**釋 貫休**(832－912) 五代時代의 僧侶로 속성은 姜이고 자는 德隱이며 호는 禪月大師이다. 婺州 蘭溪縣 사람으로 7세 때 出家하였다. 절개가 굳고 행동이 엄격하였으며 《法華經》·《起信論》이 전하는데 그 뜻이 정밀하다. 草書를 잘하여 당시 사람들이 閻立本·懷素에 비겼으며 水墨羅漢을 잘 그렸으므로 세상에서 '梵相'이라 칭하였다. 詩로도 이름이 났는데 그가 지은 시에 "一甁一鉢垂垂老 萬水千山得得來"란 구절이 있어 사람들이 그를 '得得來和尙'이라고 불렀다. 《禪月集》이 있다.

**聶夷中**(837－?) 唐나라의 시인으로 자는 坦之이며 河東 사람이다. 진사가 된 뒤 華陰縣尉를 지냈다. 출신이 한미하였으므로 백성들의 疾苦를 잘 알아 〈傷田家〉·〈君子行〉 등 농민들의 고통과 귀족들의 사치를 읊은 내용의 시를 많이 썼다. 그의 시는 순박하고 진솔하며 내용이 신랄하였다. 晩唐의 뛰어난 시인 중의 한 사람이다.

**蘇過**(1072－1124) 北宋의 시인으로 자는 叔黨이며 東坡 蘇軾의 아들이다. 眉山 사람으로 성품이 효성스러워 소식이 유배되어 각지로 옮겨다닐 적에 홀로 따라다니며 모셨다. 소식이 죽은 뒤에는 潁昌에 살며 이곳을 小斜川이라 이름짓고 斜川居士라 自號하였다. 文章과 書畵에 뛰어나 당시 사람들이 小坡라 불렀다. 《斜川集》이 있다.

蘇庠(1100전후) 북송과 남송에 걸쳐 활약한 문인으로 자는 養直이고 호는 眚翁·後湖居士(後湖病民)인데 평생 동안 벼슬하지 않았다. 蘇軾이 그의 시를 李白에 견주면서부터 명성을 얻었으며 紹興 연간에 廬山에서 80세까지 살았다. 《後湖集》이 있다.

蘇軾(1037-1101) 北宋의 정치가이며 문학가로 자는 子瞻이고 호는 東坡居士이며 시호는 文忠이다. 眉山 사람으로 아버지 蘇洵, 아우 蘇轍과 함께 唐宋八大家에 들어 三蘇라 부르며 經史에 박학하였다. 王安石의 新法이 시행되자 舊法黨에 속했던 소식은 神宗에게 반대하는 상소를 올려 杭州通判으로 좌천되었고 이어 密州·徐州·湖州 등지의 지방관으로 전전하였다. 元豊 2년(1079)에 신법을 반대하는 詩를 썼다는 죄목으로 御史臺에 체포되어 문책을 받으니 이것이 바로 '烏臺詩案'인 바 이로 인해 黃州 團練副使로 좌천되었다. 哲宗이 즉위하자 舊法黨이 득세하여 禮部尙書 등의 고관을 역임하였으나, 宣仁太后의 죽음으로 新法黨이 다시 세력을 잡자 海南島로 유배되었다. 7년 동안 귀양살이를 하던 중 徽宗의 즉위와 함께 提擧玉局觀을 제수받아 돌아오던 도중에 常州에서 병사하였다. 소식은 詞와 詩, 散文을 비롯하여 書畵에도 뛰어났다. 그의 詩는 淸新雄放하고 題材가 광범위하며 議論을 중시하고 修辭를 잘하여 당시 詩壇에서 제자인 黃庭堅과 함께 '蘇黃'이라 불릴 만큼 영향력이 있었다. 그의 산문은 형식주의의 西崑體를 반대하였으며 자연스러운 가운데 豪放함을 드러내는 문장을 주장하여 북송의 詩文革新運動을 집대성하였다. 《蘇東坡集》과 《東坡樂府》가 있다.

邵雍(1011-1077) 北宋의 학자로 자는 堯夫이고 安樂先生이라 自號하였으며 시호는 康節이다. 李之才로부터 圖書·天文·易數를 배웠다. 仁宗 嘉祐 연간과 神宗 熙寧 연간에 관직에 제수되었으나 사양하고 일생을 洛陽에 숨어 살았다. 朱子는 周濂溪·程明道·程伊川·張橫渠와 함께 道學의 중심 인물로 간주하였다. 강절은 道家사상과 유교의 易學을 계승하여 數理철학을 발전시켰다. 《皇極經世》를 저술하여 천지간의 모든 현상을 수리로써 해석하고 그 장래를 예시하였으며, 《觀物編》 內·外 두 편에서 虛心·內省의 도덕수양법을 설명하였다. 시집으로 《伊川擊壤集》이 있다.

宋之問(?-712) 唐나라의 시인으로 자는 延淸·少連이며 汾州 사람이다. 上元 2년(675) 진사에 급제하고 20세 때 則天武后의 눈에 띄어 習藝館 尙文監丞을 지냈다. 그후 칙천무후의 총신인 張易之를 따랐다는 이유로 지방에 유배되었다. 그러나 그의 재주를 아낀 中宗이 修文館 學士로 기용하였다. 睿宗이 즉위한 후 간신 武三思에게 아첨하여 관직을 얻은 이유로 유배되었다가 玄宗 때 죽임을 당하였다. 비록 인품이 깨끗하지는 못하였으나 칙천무후와 중종의 宮廷詩人으로 沈佺期와 함께 文名을 날려 '沈宋'이라 병칭되었다. 특히 五言律詩에 재능이 있었으며 律詩體 정비에 진력하여 沈佺期·杜審言 등과 함께 近體詩의 완성에 큰 공헌을 하였다. 문집이 있다.

僧 淸順(?-1090)　北宋 西湖의 詩僧으로 자는 怡然이다. 僧 道潛과 함께 서호 北山에 살았고 蘇軾의 晩年의 詩友였다. 그의 詩句에는 佳句가 많아 王安石도 그의 시를 매우 좋아하였다고 한다. 소식이 이에 대해서 읊은 〈僧淸順新作垂雲亭詩〉가 유명하다.

沈約(441-513)　南朝 梁나라의 문학가이며 사학가로 자는 休文이고 시호는 隱侯이며 武康 사람이다. 어려서 밤늦도록 공부하여 이를 걱정한 모친이 항상 등잔에 기름을 조금만 채웠다고 한다. 宋·齊·梁 세 왕조를 섬겼으나 지나치게 재주를 믿고 영리에 어두워 말년에는 梁 武帝에게 견책을 받아 불우하게 일생을 마쳤다. 詩賦에 능했으며 당시 景陵八友의 한 사람이었다. 四聲論과 八病論을 주장하여 시문의 운율 등 형식미를 추구하여 詩體의 발전에 기여하였는 바, 謝朓·王融 등과 함께 永明體의 창시자라 불린다. 徐爰의 《宋書》에 기초하여 《宋書》를 편찬하였다. 明代 사람이 편집한 《沈隱侯集》이 있다.

楊賁(生卒未詳)　《唐書》에 傳이 없으며, 《文章正宗》의 註에 德宗(780-804) 때 사람이라 하였다.

吳融(850-901)　唐나라 山陰 사람으로 자는 子華이며 吳翥의 손자이다. 昭宗 龍紀(889) 때 진사에 급제하였고 韋昭度가 蜀을 토벌할 때 掌書記를 맡았으며 翰林學士·中書舍人을 지냈다. 《唐英歌詩》가 있다.

吳隱之(?-413)　東晉 때의 학자로 자는 處默이며 鄄城 사람이다. 經史를 두루 섭렵하였고 일찍부터 깨끗한 節操로 유명하였다. 輔國功曹로 桓溫의 인정을 받아 晉陵太守가 되었으며 善政으로 이름이 났다. 廣州刺史들이 私利를 취하자 조정에서 특별히 그를 廣州刺史에 임명하였는데, 그는 부임하여 郡의 石門에 있는 貪泉을 찾아가 술을 올리며 貪泉 詩를 읊어 자신의 절조를 나타내었다. 元興 3년(404) 盧循에게 포로가 되었으나 劉裕의 도움으로 석방되었으며, 벼슬이 光祿大夫에 이르렀다.

王轂(?－900?)　唐나라의 시인으로 자는 虛中, 자호는 臨沂子이며 袁州 宜春 사람이다. 사람됨이 節氣를 숭상하였으며 재물을 경시하고 의리를 중시하였다. 昭宗 建寧 연간에 진사가 되었고 郎官으로 致仕하였다. 시를 잘했는데 특히 樂府에 뛰어났다. 《王轂詩集》이 있다.

王安石(1021－1086)　北宋의 정치가이며 문학가로 자는 介甫이고 호는 半山이며 臨川 사람이다. 荊國公에 봉해졌으므로 王荊公이라고도 칭한다. 神宗에게 등용되어 개혁정책을 실시하였다. 그가 주도한 青苗·均輸·市易·免役·農田水利·保甲·保馬·方田 등을 골자로 하는 新法은 司馬光과 蘇軾 등 舊法黨의 격렬한 반대에 부딪혔다. 결국 신법이 실패하고 구법당의 압력으로 재상직을 그만둔 뒤 江寧에 머물며 저술과 학문을 계속하였다. 唐宋八大家의 한 사람으로 詩와 文이 모두 뛰어났는데, 품격이 웅건하고 간결하며 사회현실을 반영하고 정치적 포부를 드러낸 것이 많았다. 《臨川集》이 있다.

王禹偁(954－1001)　北宋 초의 문인으로 자는 元之이며 鉅野 사람이다. 太宗 太平興國 8년(983)에 진사가 되었고 左拾遺·直史館·知制誥·大理寺判官 등을 지냈다. 성품이 강직하여 《태조실록》을 편수할 적에 直筆을 하였다는 이유로 黃州로 좌천되었으며, 三黜賦는 몸은 굽힘을 당해도 道는 굽히지 않는 강직한 의지를 표출한 작품이다. 詩와 文에 능하였는데 시는 杜甫·白居易를 배우고 문은 韓愈·柳宗元 등을 배워야 한다고 제창하였다. 《小畜集》·《五代史闕文》이 있다.

王維(701－761)　唐나라의 대시인으로 자는 摩詰이며 詩書에 모두 뛰어났다. 開元 연간에 張九齡의 발탁으로 左拾遺와 監察御史에 이르렀다. 安祿山의 난에 반란군에게 포로가 되어 위협에 못이겨 給事中이 되었는데, 반란이 평정된 후 문책을 당하였으나 아우 縉의 도움과 반란군 陣中에서 천자를 그리는 시를 지은 점이 인정되어 사면받았다. 그후 太子中允을 거쳐 尙書右丞에 올랐으므로 王右丞이라 부르기도 한다. 孟浩然·韋應物·柳宗元과 함께 '王孟韋柳'로 병칭되어 당대 山水田園詩派의 대표로 일컬어졌다. 그의 초기시는 抒情性이 풍부하며 豪放하다는 평을 받았으나 후기에는 田園과 山水를 읊은 시가 주류를 이루었으며 불교적 색채도 깊이 배어 있다. 晉의 陶潛, 宋의 謝靈運의 계통을 이었다고 한다. 시뿐만 아니라 그림에도 조예가 깊어서 吳道子·李思訓과 함께 이름을 날렸는데 특히 산수화에서 부동의 위치를 확립하여 南宗文人畵의 始祖로 불린다. 송나라 蘇軾은 그의 시와 그림을 평하여 "詩中有畵 畵中有詩"라고 하였다. 문집으로 《王右丞集》이 있다.

王翰(生卒未詳) 唐나라의 시인으로 자는 子羽이며 幷州 晉陽 사람인데, 《舊唐書》에는 王澣으로 되어 있다. 睿宗 景雲 元年(710)에 진사에 급제하였다. 張說의 천거로 秘書正字·通事舍人·駕部員外郞 등의 관직을 역임하였으나, 玄宗 開元 9년(721) 장열의 실각과 동시에 汝州刺史로 좌천되었고 이어 仙州別駕가 되었다가 道州司馬로 밀려나 그곳에서 죽였다. 그의 歌行體의 시는 풍류가 넘치고 화려하며, 또한 絶句에도 뛰어났는데 風格이 雄放하여 호방하고 화려한 가사가 많다. "葡萄美酒夜光杯"로 시작하는 凉州詞는 七言絶句의 걸작으로 꼽힌다. 《王翰集》이 있다.

元稹(779-831) 唐나라의 시인으로 자는 微之이며 洛陽 사람이다. 貞元 9년(793)에 급제하였다. 元和 원년(806)에 左拾遺가 되었으나 집정자들의 비위를 거슬러 河南尉로 좌천되었다가 다시 監察御史가 되었다. 內官들의 정쟁에 휘말려 江陵士曹參軍으로 나갔다가 元和 말에 膳部員外郞이 되었다. 穆宗 때 환관인 崔潭峻이 그의 詩詞를 황제에게 올려 知制誥가 되면서부터 여러 要職을 역임하기도 했으나 裵度가 탄핵을 받아 재상에서 물러남으로 인해 그 역시 越州刺史·浙東觀察使로 좌천되었다. 文宗 大和 연간에 武昌節度使로 있다가 죽었다. 白居易와 함께 '新樂府' 운동을 제창하여 당시에 '元白'이라 竝稱되어 이들 시체를 '元白體'라 하였다. 詩風이 平易하며, 백성의 고통과 현실 정치를 반영하는 시를 쓸 것을 주장하여 많은 풍자시를 남겼다. 그가 지은 傳記 《會眞記》는 후일 《西廂記》의 底本이 되었다. 《元氏長慶集》이 있다.

魏野(960-1020) 北宋의 隱逸詩人으로 자는 仲先이고 호는 草堂居士이며 陝縣 사람이다. 벼슬하지 않고 陝州 東郊에 草堂을 지어 거문고를 타고 시를 읊으며 평생을 보냈다. 眞宗 大中祥符 연간에 조정의 부름을 받았으나 병을 핑계대고 나가지 않았는데, 死後에 秘書省 著作郞에 추증되었다. 시가 精苦하여 俗氣가 없고 唐人의 風格이 있으며 警策句가 많았다. 林和靖과 병칭되었다. 《東觀集》과 《草堂集》이 있다.

韋應物(737-791?) 唐나라 시인으로 長安 사람이다. 젊어서 任俠을 좋아하였고 호방하고 얽매이기를 싫어하였다. 뒤에 학문에 정진하여 官界에 진출 滁州·江州·蘇州 등지의 刺史를 지냈으므로 韋江州 또는 韋蘇州라고 부른다. 그의 詩는 山水自然을 위주로 노래하면서 부분적으로 사회현실에 대한 비판과 백성들의 疾苦를 묘사하였다. 五言

詩에 능하였으며 陶淵明을 좋아하여 擬作한 작품이 적지 않다. 王維·孟浩然·柳宗元 등과 함께 '王孟韋柳'라고 合稱하며 陶淵明과 竝稱하여 '陶韋'라고도 한다. 《韋蘇州集》이 있다.

**柳永**(990?-1050?) 北宋의 詞人으로 자는 耆卿이며 初名은 三變이다. 仁宗 景祐 元年(1034년) 진사에 급제하고 관직이 屯田員外郞에 이르렀으므로 柳屯田이라고도 불렀다. 歌詞를 잘 지어 敎坊의 樂工들이 新曲을 얻을 적마다 그에게 가사를 붙여 주기를 청하였다. 그의 작품은 대부분 羈旅와 行役의 심정을 서술하고 歌妓의 생활을 묘사하였으며, 장편의 慢詞가 유독 많았다. 통속적인 언어와 평이한 음률을 사용하여 당시에 크게 유행하였다. 《樂章集》이 있다.

**劉禹錫**(772-842) 唐나라의 시인으로 자는 夢得이며 洛陽 사람인데, 일설에는 彭城 사람이라고도 한다. 德宗 貞元 9년(793)에 진사가 되고 博學宏辭科에도 합격하여 太子校書·監察御史 등을 역임하였다. 永貞 元年(805) 王叔文이 주도한 정치개혁에 참가하였으나 개혁이 실패로 끝나자 朗州司馬로 좌천되었다. 元和 10년(815)에 다시 중앙으로 소환되었으나 그가 지은 詩가 권세가들을 비방했다는 이유로 다시 連州刺史로 좌천되었다. 뒤에 夔州刺史·和州刺史를 역임하였으며, 文宗 太和 元年(828)에 다시 소환되었으나 시의 풍자적인 내용으로 인해 重用되지 못하다가 만년에 太子 賓客을 최후로 일생을 마쳤다. 이 때문에 후세 사람들이 '劉賓客'이라고 부른다. 그는 당시의 정치를 비판한 諷刺詩, 懷古詩를 많이 지었으며, 民歌를 모방해서 竹枝詞·柳枝詞·插田歌 등의 연작시를 지었다. 그의 시는 청신하고 명쾌하며 유창하고 자연스러워서 明나라 사람 胡震亨은 그의 시를 '語語可歌'라고 평한 바 있으며, 白居易·柳宗元과 交遊하였는데, 백거이는 그를 '詩豪'라고 칭하였다. 《劉賓客文集》에 그의 시문이 모두 수록되어 있다.

**柳宗元**(773-819) 唐나라의 시인으로 자는 子厚이며 河東 사람이므로 柳河東이라고 칭한다. 일찍이 劉禹錫 등과 王叔文의 혁신정치에 참여하였으나 실패하여 永州司馬로 좌천되었다. 후에 柳州刺史를 지냈기 때문에 柳柳州라고도 칭한다. 韓愈와 함께 古文운동을 주도하여 駢儷文을 개혁하였으므로 '韓柳'라고 병칭된다. 寓言 형식을 취한 諷刺文과 山水를 묘사한 記文에 뛰어났는데 字句의 완숙미와 표현의 간결함이 특징이다. 山水詩를 잘하여 陶淵明, 王維, 孟浩然 등과 비교되었다. 送別詩와 寓言詩에도 뛰어나 憂憤哀怨의 심정을 표현하는 수법이 屈原의 영향을 받은 것으로 평가된다. 《柳河東

集》이 있다.

陸龜蒙(?－881?)　唐나라의 시인으로 자는 魯望이며 호는 江湖散人·天隨子·甫里先生이다. 어렸을 때 이미 六經에 능통하였으며 특히 《春秋》에 조예가 깊었다. 松江 甫里에 은거하며 농경을 장려하여 농지의 개간과 농업의 개량에 힘쓰는 한편 詩書를 즐기며 유유자적하였다. 얼마후 조정에서 左拾遺로 불렀으나 곧 죽었다. 차를 좋아하였으며 정원을 渚山 아래에 두고 流俗과 교류하지 않은 채 항상 배에 서적과 낚시도구·차를 가지고 江湖사이에서 노닐었다. 皮日休와 친하여 당시에 '皮陸'이라 竝稱하였으며 서로 唱和한 시를 모아 《松陵唱和詩集》이라 하였다. 散文은 당시의 모순을 폭로한 글이 많으며 시는 자연 풍경을 노래한 것이 많다. 農書인 《耒耜經》이 있고 문집으로 《甫里先生集》이 있다.

李嶠(645 或 646－714 或 715)　唐나라의 시인으로 자는 巨山이며 越州 贊皇 사람이다. 20세에 진사가 되어 벼슬이 給事中에 이르렀으나 則天武后 때에 狄仁傑 등의 옥사를 다루면서 그들의 무죄를 변호하다가 潤州司馬로 좌천되었다. 뒤에 다시 등용되어 鳳閣鸞臺平章事가 되었으며 平章事로 國史 편수에 참여하였다. 中宗 때 通州刺史로 좌천되었다가 소환되어 재상에 임명되었고, 睿宗 때 다시 좌천되었다가 후에 致仕하였으며, 玄宗 때 廬州別駕로 좌천되었다가 그 곳에서 죽었다. 詩文을 잘하여 蘇味道와 함께 文名을 날려 '蘇李'로 竝稱되었으며, 또 蘇味道·崔融·杜審言과 함께 '文章四友'로 일컬어졌다. 《李嶠雜詠》이 있다.

李白(701－762)　唐나라의 시인으로 자는 太白이고 호는 靑蓮居士이다. 杜甫와 함께 '李杜'로 竝稱되는 중국 최대의 시인으로 詩仙이라 불린다. 그의 생애는 분명하지 못한 점이 많아 생년을 비롯하여 상당한 부분이 추정에 의존하고 있다. 그의 집안은 西域의 胡商이라 하기도 하고 先代에 죄를 지어 서역으로 옮겼다고도 한다. 그는 유년 시절을 蜀에서 보낸 것으로 보이며 자칭 隴西布衣라 하였다. 奇書를 애독하고 劍術을 좋아하였으며 峨嵋山에 은거하면서 도를 닦기도 하였다. 이백은 자신을 謫仙人이라 부른 賀知章 등과 술에 빠져 '飮中八仙'이라 불렸으며 방약무인한 태도 때문에 현종의 寵臣 高力士에게 미움을 받아 쫓겨나 장안을 떠난 뒤 洛陽에서는 杜甫와, 開封에서는 高適과 교류하였다. 安祿山의 난이 일어나자 皇子 永王의 幕府에 있으면서 난을 평정하는 데에 참여하였으나 영왕의 군대가 패배하자 潯陽의 옥중에 갇혔다. 이듬해 夜郞으로 유배되던 도중에 郭子儀의 도움으로 사면되어 친척인 李陽冰에게 의지하였는데 얼마 안 되어 病死하였다. 전설에 의하면 술에 취하여 강물 속의 달을 잡으려다 溺死했다고도 한다. 그는 豪放한 기질을 지녀 항상 山水를 찾아다니며 자유로운 삶을 추구한 낭만파 시인이다. 그의 시는 俠氣와 神仙과 술을 근간으로 하였는데, 젊은 시절에는 俠氣가 많았고 만년에는 神仙術에 심취하였지만 술은 생애를 통틀어 문학의 원천이 되었다. 杜甫는 推敲를 거듭한 데 비해 李白은 즉흥적이었으며, 두보는 五言律詩에 뛰어난 반면 이백은 樂府·七言絶句에 뛰어났다. 《李太白集》이 있다.

李紳(772 ?－846) 唐나라의 시인으로 無錫 사람이다. 자는 公垂이며 시호는 文肅이다. 穆宗 때에 右拾遺, 翰林學士가 되고 李德裕·元稹과 교류하여 '三俊'이라 불렸으며, 白居易·元稹과 新樂府運動에 참여하였고 현실을 풍자하는 많은 작품을 남겼다. 문집이 있다.

李鄴(曹鄴 ? 約 816－約 875) 讀李斯傳은 《全唐詩》 第 9函 7冊에 실려 있는데 내용이 조금 다르다. 《唐文粹》나 《唐詩紀事》에는 이 시를 曹鄴의 작품이라 하였는 바, 曹鄴은 唐 중기의 시인으로 자는 業之이며, 桂林 사람이다. 咸通 初에 太常博士와 洋州刺史를 지냈다. 문집이 있다.

李賀(790 或 791－816 或 817) 唐나라의 시인으로 자는 長吉이며 昌谷 사람이다. 당나라 황실의 후예이며 杜甫의 먼 친척이기도 하다. 어려서부터 글을 잘 지어 韓愈·皇甫湜 등에게 인정을 받았고 沈亞之와 친하게 지냈다. 부친 李晉肅의 이름 글자인 '晉'과 進士의 '進'이 음이 같으므로 避諱하여 進士試를 보지 않았기 때문에 비교적 낮은 관직인 奉禮郎으로 있으면서 궁정의 악공들을 위해 樂府를 짓는 일을 하였다. 27세의 짧은 일생 동안 뜻을 얻지 못하고 곤궁한 생을 보냈다. 그의 시는 극히 낭만적이고 풍부한 상상력에 의해 화려한 환상적 세계를 창조하여 당시 사람들은 그를 '鬼才'라고 일컬었다. 《昌谷集》이 있다.

仁宗皇帝(1010－1063) 성명은 趙禎으로 처음 이름은 受益이다. 眞宗의 여섯째 아들로, 송의 네번째 임금이 되어 42년간 재위하였다.

岑參(715, 717－770) 唐나라의 시인으로 江陵 사람이다. 肅宗 때 杜甫의 천거로 右補闕이 되었으며, 嘉州刺史를 지낸 적이 있으므로 '岑嘉州'라고도 칭한다. 만년에 파직되어 成都에서 객사하였다. 天寶 8년(749)과 13년(754)에 安西節度使의 書記官이 되어 邊境의 요새에서 종군한 경험이 있으므로 邊境의 風光과 戰場의 情景, 少數民族의 風俗 등을 잘 묘사하였다. 그리하여 高適과 함께 당대 邊塞詩의 대표적 시인으로 꼽혀 흔히 '高岑'이라 병칭하였다. 《岑嘉州集》이 있다.

張轂(生卒未詳) 傳記 未詳이다. 〈行路難〉은 《古文大全》·《樂府詩集》·《唐文粹》·《張司業集》에 모두 張籍의 작품으로 되어 있다. 張籍(約 767－約 830)은 唐나라의 시인으로 자는 文昌이고 吳郡 사람이다. 韓愈의 추천을 받아 國子博士가 되었으며 이후 水部員外郞·國子司業 등을 지냈으므로 張水部, 張司業이라고도 칭한다. 古體詩에 뛰어났으며 특히 樂府에 능하여 王建과 함께 문명을 날려 '張王樂府'라고 일컬어졌다. 白居易에게 추앙받았다. 《張司業集》이 있다.

張耒(1054－1114) 北宋의 시인으로 자는 文潛이고 호는 柯山·宛丘先生이며 淮陰 사람이다. 蘇轍에게 배워 文才를 인정받았다. 熙寧 6년(1073)에 진사가 되고, 哲宗 때 起居舍人·龍圖閣學士를 지냈다. 元祐黨籍에 연좌되어 蘇軾과 함께 유배되었다가 徽宗 때 다시 太常少卿이 되었고 또 潁州와 汝州를 맡아 다스렸다. 崇寧 초에 다시 元祐黨籍에 연좌되어 房州別駕로 좌천되었으며 陳州에서 살다가 죽었다. 詩와 賦, 散文에 모두 뛰어났으며 '蘇門四學士' 중의 한 사람이다. 그의 시는 平淡하여 白居易體를 본받았고 樂府는 張籍을 배워 당시의 사회상을 나타내고자 노력하였다. 《宛丘集》·《明道雜志》·《詩說》 등이 있다.

張說(667－730) 唐나라의 시인으로 자는 道濟·說之이고 시호는 文貞이며 洛陽 사람이다. 玄宗 때에 中書令을 지내고 燕國公에 봉해졌는데, 당시 조정의 중요한 문서가 모두 그의 손을 거쳐 이루어졌으므로 세상 사람들이 許國公 蘇頲과 함께 '燕許大手筆'이라 병칭하였다. 그의 문장은 沈雄淸壯하고 東漢의 풍격이 있어 魏晉 이래 그에 필적할 자가 드물었으며 특히 碑誌에 뛰어났다. 寫景과 抒情을 표현한 시를 잘 읊었는데 岳州로 유배된 뒤에 갈수록 詩風이 悽惋하여 당시 사람들은 그가 江山의 도움을 받았다고 말하였다. 《張燕公集》이 있다.

張詠(946－1015)　北宋의 시인으로 자는 復之 호는 乖崖이고 시호는 忠定이며 甄城 사람이다. 太宗 때 진사가 되었고 樞密直學士·吏部尙書 등을 지냈으며 성격이 강직하고 엄격하였다. 《乖崖集》이 있다.

諸葛亮(181－234)　東漢 말 三國時代 蜀의 丞相으로 자는 孔明, 시호는 忠武이며 瑯琊 陽都 사람이다. 일찍이 난리를 피하여 鄧縣 隆中山에서 직접 농사지으면서 자신을 管仲·樂毅에 견주었는데, 이때 '臥龍'이라는 칭호가 있었다. 劉備의 三顧草廬로 세상에 나와 유비의 謀士가 되어서는 吳의 孫權과 연합, 魏의 曹操와 대결하여 赤壁大戰을 승리로 이끌었으며, 三國이 鼎立하는 형세를 구축하였다. 유비가 촉한을 건립한 후 승상에 임명되었고, 유비가 죽자 劉禪을 보좌하여 少數民族과 화목한 관계를 맺었고, 전후로 여러 차례 출정하여 魏를 공격하였다. 魏將 司馬懿와 渭南에서 대치하다가 끝내 五丈原의 軍中에서 病死하였다. 제갈량의 문장은 周密하면서도 暢達하여 劉勰이 '詳約'이라고 평한 바 있다. 《諸葛亮集》이 있다.

曹景宗(457－508)　南朝 梁나라의 장군으로 자는 子震이고 시호는 壯이다. 宋나라 말엽에 尙書左民郞의 벼슬을 하였다. 齊나라에서 軍功으로 遊擊將軍에 임명되었으며 明帝 때에는 騎兵 2천으로 魏나라의 4만 군사를 격파하였다. 뒤에 蕭衍에게 귀의하였는데, 소연이 起兵하자 군사를 모아 종군하였고 郢州刺史에 임명되었으며 梁武帝 天監 元年(502)에 竟陵縣侯에 봉해졌다. 魏나라 장수 楊大眼을 격파하고 개선했을 때 무제가 華光殿에서 잔치를 열었는데 이때 지은 〈競病韻〉 詩가 유명하다.

曹植(192－232)　三國시대 魏나라의 시인으로 자는 子建이고 시호는 思이다. 아버지인 曹操, 형인 曹丕와 함께 三曹라 일컬어진다. 문학적 재능이 뛰어나 조조의 총애를 받았으나 29세 때 아버지가 죽고 文帝 조비가 왕위에 오른 후 그를 시기하여 연금당하고 해마다 封地를 옮겨 엄격한 감시를 받으며 살았다. 일찍이 陳王에 봉해졌고 시호가 思이기 때문에 陳思王이라고 칭한다. 그는 孔融·陳琳 등 建安七子들과 교유하여 建安文學의 중심 인물로 '文學史上의 周公·孔子'라 일컬어진다. 五言詩를 抒情詩로 완성시켜 문학사에 끼친 영향이 크며 賦·頌·銘·表 등에도 능하였다. 《曹子建集》이 있다.

朱熹(1130－1200)　南宋의 유학자로 자는 元晦이고 호는 晦庵이며 별호는 紫陽이다. 福建省 尤溪 사람이다. 선조는 대대로 徽州 婺源의 호족으로 부친인 韋齋는 관직에 있다가 당시 재상인 秦檜와의 의견 충돌로 퇴직하고 尤溪에 寓居하였다. 14세 때 부친이 별세하자 遺命에 따라 胡籍溪·劉白水·劉屛山에게 사사하면서 불교와 노자에도 흥미를 가졌으나 24세 때 李延平을 만나 사숙하면서 유학에 복귀하여 그의 정통을 잇게 되었다. 그의 講友로는 張南軒·呂東萊가 있으며 또 論敵으로는 陸象山이 있어 이들과 상호 교류하면서 학문이 비약적으로 발전하였다. 中國思想史上 두드러진 思辨哲學과 實踐倫理를 확립하여 북송 이래의 性理學을 집대성하였다. 수많은 주석서와 저서를 남겼으며, 막내 아들 朱在가 편찬한 《朱文公文集》이 있고 문인과의 평생문답을 수록한 黎靖德 편찬의 《朱子語類》가 있다.

曾鞏(1019－1083)　北宋의 학자이며 문장가로 자는 子固이며 시호는 文定이다. 南豊 출신이므로 南豐先生이라 호하였다. 唐宋八大家의 한 사람으로 蘇軾과 같은 해에 39세의 나이로 과거에 급제하였다. 元豐 4년(1081) 史館에 들어가 《戰國策》《說苑》 등을 정리하고 《南齊書》《梁書》《陳書》 등을 교정하였다. 노력형의 문인으로 문장도 끈기 있는 議論이 특색이며 객관적인 서술에 뛰어났다. 그의 문장은 순박하고 자연스러우며 文彩가 적고 衛道의 색채가 농후하여 朱熹 등 많은 사람들이 좋아하였고, 詩는 산문만은 못하나 作風이 역시 성실하였다. 古今의 篆刻을 모은 《金石錄》과 시문집인 《元豐類稿》가 있다.

陳師道(1053－1101)　北宋의 문학가로 자는 無己·履常이고 호는 後山이며 彭城 사람이다. 어려서 曾鞏을 사사했으며 과거를 보지 않았다. 元祐 초에 蘇軾의 추천으로 徐州敎授에 임명되고 太學博士를 지냈다. 후에 新黨派의 배척을 받아 潁州敎授로 밀려났으며 그후 과거 출신이 아니라는 이유로 파직되었다가 元符 3년(1100)에 다시 秘書省 正字를 지냈다. 성격이 강직하고 절개가 있었으며 安貧樂道하였다. 江西詩派의 대표적인 인물로 黃庭堅의 영향을 받았으나 지나치게 기이함을 추구하는 황정견의 시에 불만을 품고 杜甫의 시를 본받고자 하였다. 簡古한 풍격을 추구하였고 일상생활을 주제로 한 작품이 많다. 《後山集》·《後山談叢》·《後山詩話》가 있다.

眞宗皇帝(968－1022)　성명은 趙元侃으로 뒤에 이름을 恒이라 고쳤다. 宋 太宗의 셋째 아들로, 송의 세 번째 임금이 되어 26년간 재위하였다.

崔顥(?-754)　唐나라 汴州 사람이다. 開元 연간에 진사가 되었으며 각지를 두루 유람하였다. 초기의 시는 매우 浮艶하고 輕薄하였으나 뒤에 邊境에 오래 있었으므로 詩風이 변화하여 氣風과 骨格이 있는 시를 지었다. 〈黃鶴樓〉 詩는 李白의 〈金陵鳳凰臺〉 詩와 함께 유명하다. 《崔顥詩集》이 있다.

漢 高祖(B.C. 256 或 247-B.C. 195)　西漢의 개국황제로 성명은 劉邦이고 자는 季이다. 沛縣 사람이므로 沛公이라고도 불렀다. 秦나라 말기에 泗水亭長으로 있다가 二世皇帝 元年에 蕭何와 曹參의 지지 아래 농민봉기를 일으켰다. 項羽가 이끄는 부대와 공조하고 咸陽에 입성한 후 約法三章을 공포하여 백성들의 지지를 받았으며, 漢王에 봉해졌다. 이후 楚覇王 項羽와 싸워 승리하고 長安에 도읍을 정하여 통일왕조를 이룩하였다. 〈大風歌〉 외에 〈鴻鵠歌〉가 전한다.

韓駒(?-1135)　北宋의 시인으로 자는 子蒼이고 호는 陵陽先生이며 仙井監 사람이다. 徽宗 때 부친의 친구인 賈祥의 추천을 받아 진사가 되었다. 著作郞이 되어 御前의 문서들을 교정하였으며 三館의 學士들과 함께 樂曲을 分撰하였다. 그의 詞는 簡重하여 당시의 추앙을 받았다. 고심하여 시를 지었으므로 呂本中이 江西詩派의 계보 속에 넣었으나 한구 자신은 黃庭堅과의 관련을 인정하지 않았다. 한때 蘇轍의 문하에서 배웠으며 詩法을 논한 陵陽正法眼이 있다. 《陵陽集》이 있다.

韓愈(768-824)　唐나라의 문장가로 자는 退之이고 시호는 文公이다. 宋代에 昌黎伯에 追封되었으므로 韓昌黎라고도 불린다. 어려서 부모를 여의어 형수에게 양육되었다. 792년에 진사가 되어 監察御史·國子博士 등을 지냈고 刑部侍郞으로 있을 때에 憲宗이 佛骨(舍利)을 모시는 것을 간하다가 潮州刺史로 좌천되었으며, 이듬해 헌종이 죽자 소환되어 吏部侍郞에 올랐다. 그는 종래의 對句를 중심으로 하는 騈儷文에 반대하고 古文運動을 전개하여 후세 산문 발전에 지대한 공헌을 하였다. 또한 그는 詩에서 知的인 흥미를 精練된 표현으로 나타낼 것을 시도하여 그 결과 때로는 난해하고 산문적이라는 비난도 받지만 題材의 확장과 아울러 송대의 시에 미친 영향이 매우 크다. 유가 사상을 존중하고 도교·불교를 배격하였으며, 특히 堯·舜에서 孔·孟으로 전해 내려오던 학문의 전통을 주장하여 송대 性理學 발전에 적지 않은 영향을 미쳤다. 《昌黎先生集》이 있다.

邢居實(1068－1087) 北宋의 시인으로 자는 惇夫이며 陽武 사람이다. 御史中丞을 지냈고 程顥의 제자였던 邢恕의 아들로 어려서부터 奇童이라 불렸으며, 8세 때 〈明妃引〉을 지어 세상에 이름이 알려졌다. 司馬光·呂公著를 師事하였고 蘇軾·黃庭堅·晁補之 등과 交遊하였다. 19세로 요절하였다. 《呻吟集》이 있다.

黃庭堅(1045－1105) 北宋의 시인으로 자는 魯直이고 호는 山谷道人·涪翁이며 分寧 사람이다. 詩文을 잘 하여 蘇軾 문하의 張耒·晁補之·秦觀 등과 함께 '蘇門四學士'로 일컬어진다. 哲宗 때 校書郞·神宗實錄檢討官이 되어 國史編纂에 참여하였다. 紹聖 2년(1095) 王安石의 新法黨이 부활하면서 《神宗實錄》이 사실과 다르다는 죄목으로 黔州에 유배되었다. 徽宗 때에 赦免되었으나 다시 誣告를 받아 宜州에 유배되었다가 그 곳에서 病死하였다. 杜甫의 시를 좋아하였으나 修辭와 造句를 강조하여 형식주의적인 면이 두드러지며, 신기함, 생소함, 난삽함을 특징으로 하는 江西詩派의 창시자로 일컬어진다. 특히 典故를 즐겨 썼으며 前人의 작품을 계승하는 '奪胎換骨'이라는 摹擬理論을 제창하였다. 스승인 소식과 함께 당시 詩壇을 풍미하였으므로 두 사람을 '蘇黃'이라 병칭하였다. 《豫章黃先生文集》이 있다.

# 古文眞寶 參考文獻*


## 韓國文獻

《善本大字諸儒古文眞寶》木版本, 奎章閣想白文庫所藏本.

《詳說古文眞寶大全》壬辰字本, 奎章閣一蓑文庫所藏本.

《詳說古文眞寶大全》甲寅字本, 奎章閣所藏本.

《詳說古文眞寶大全》木版本, 奎章閣가람文庫所藏本.

《詳說古文眞寶大全》戊申字本, 奎章閣所藏本.

《詳說古文眞寶大全諺解》, 高麗書林, 1986, 影印本.

《詳說古文眞寶大全諺解》, 大提閣, 1985, 影印本.

《詳說古文眞寶大全》, 寶景出版社, 1995, 影印本.

《原本備旨古文眞寶前集》, 明文堂, 1992.

《懸吐備旨古文眞寶後集》, 明文堂, 1998.

《懸吐註解古文眞寶前集》, 德興書林, 1947.

金學主註釋, 《新完譯古文眞寶》前集, 明文堂, 1996.

金學主註釋, 《新完譯古文眞寶》後集, 明文堂, 1998.

韓武熙譯, 《古文眞寶》, 惠園東洋古典13, 惠園出版社, 1999.

崔仁旭譯, 《古文眞寶》, 世界思想全書9, 乙酉文化社, 1994.

田祿生, 《埜隱逸稿》, 韓國文集叢刊 第3輯, 民族文化推進會 1989, 影印本.

金時習, 《梅月堂集》, 韓國文集叢刊 第13輯, 民族文化推進會, 1989, 影印本.

金隆, 《勿巖集》, 韓國文集叢刊 第38輯, 民族文化推進會, 1989, 影印本.

柳夢寅, 《於于集》, 韓國文集叢刊 第63輯, 民族文化推進會, 1989, 影印本.

許筠, 《惺所覆瓿藁》, 韓國文集叢刊 第74輯, 民族文化推進會, 1989, 影印本.

李植, 《澤堂別集》, 韓國文集叢刊 第88輯, 民族文化推進會, 1989, 影印本.


* 이는 연구자의 편의를 위하여 鄭惠京의 北京大學 碩士論文인 〈古文眞寶在東亞的傳播硏究〉의 참고문헌을 轉載한 것임을 밝혀둔다.

李玄錫, 《游齋集》, 韓國文集叢刊 第156輯, 民族文化推進會, 1989, 影印本.
李宜顯, 《陶谷集》, 韓國文集叢刊 第180輯, 民族文化推進會, 1989, 影印本.
李瀷, 《星湖僿說》, 한길 그레이트북스, 1999.
國史編纂委員會, 《朝鮮王朝實錄》, 國史編纂委員會, 影印本.
《弘齋全書》, 文化財管理局藏書閣, 1978, 影印本.
朴趾源, 《燕巖集》, 慶喜出版社, 1966, 影印本.
權斗經, 《退陶先生言行通錄》 朝鮮刻本, 奎章閣所藏本.
鄭士信, 《梅窓先生文集》 朝鮮刻本, 奎章閣所藏本.
車天輅, 《五山說林草藁》, 大東野乘 卷一, 서울대학, 1968.
李泰鎭著, 《史料로 본 韓國文化史》, 一志社, 1996.
李家源著, 《韓國漢文學史》, 普成文化社.
李家源著, 《燕巖小說硏究》, 乙酉文化社.
趙東一著, 《韓國文學通史》, 知識產業社.
奎章閣, 《奎章閣韓國本圖書解題》
奎章閣, 《奎章閣圖書韓國本綜合目錄》
韓國精神文化硏究院編, 《韓國民族文化大百科辭典》, 韓國精神文化硏究院, 1988.
鄭亨愚著, 《朝鮮朝書籍文化硏究》, 九美貿易(株)出版部, 1995.
文化財管理局編, 《韓國典籍綜合調查目錄》, 文化財管理局.
金學主, 〈朝鮮時代刊行中國文學關係書調查硏究〉, 東亞文化 第26輯, 서울대학교, 1988.
千惠鳳, 〈古文眞寶에 대하여〉, 歷史學報 第61輯, 韓國歷史學會, 1974.
金侖壽, 泰仁坊刻本 《詳說古文眞寶大全》과 《史要聚選》, 書誌學硏究 第5·6合輯, 書誌學會, 1990.
金侖壽, 〈詳說古文眞寶大全과 批點古文〉, 中國語文學 第15輯, 嶺南大學校, 1988.
沈隅俊, 《心要法門》과 《古文眞寶大全》, 圖書館 1974.
李弼龍, 《詳說古文眞寶大全》, 國會圖書館報 第29卷 4號, 1992.

### 中國文獻

黃堅編, 《魁本大字諸儒箋解古文眞寶》 元刻本.
黃堅編, 《諸儒箋解古文眞寶》 弘治本, 社會科學院所藏.
黃堅編, 《諸儒箋解古文眞寶》 經曆本, 北京大學所藏本.
黃堅編, 《諸儒箋解古文眞寶》 經曆本, 上海圖書館所藏本.

沈律編,《美國하버드大學하버드燕京圖書館中文善本書誌》, 上海辭書出版社, 1999.
嚴紹璗著,《漢籍在日本的流布研究》, 中國古文獻研究叢書, 江蘇古籍出版社, 2000.
韋旭升著,《中國文學在朝鮮》, 中國文學在國外叢書, 花城出版社, 1990.
王勇·陸堅主編,《中國典籍在日本的流傳與影響》, 日本文化研究叢書, 杭州大學, 1990.
王寶平主編,《中國館藏和刻本漢籍書目》, 杭州大學出版社, 1995.
黃建國·金初升主編,《中國所藏高麗古籍綜錄》, 漢語大詞典出版社, 1998.
王家驊著,《儒家思想與日本文化》, 浙江人民出版社, 1996.
徐中玉,《古文鑑賞大辭典》, 浙江教育出版社, 1998.
臧勵和,《中國古今地名大辭典》, 商務印刷館, 1931.
中國古籍善本目編委員會編,《中國古籍善本書目》, 上海古籍出版社.
譚其驤,《中國歷史地圖集》, 中國地圖出版社, 1996.
馮惠民等選編,《明代書目題跋叢書》, 書目文獻出版社, 1994.
李致忠,《古書版本鑑定》, 文物出版社, 1998.

## 日本文獻

黃堅編,《魁本大字諸儒箋解古文眞寶》 寬永本, 北京大學所藏本.
早稻田大學出版社,《先哲遺著漢籍字解全書》 제11권·12권, 1911.
星川淸孝,《古文眞寶》 前集上, 新釋漢文大系9, 明治書院.
星川淸孝,《古文眞寶》 前集下, 新釋漢文大系10, 明治書院.
星川淸孝,《古文眞寶》 前集·後集, 新釋漢文大系16, 明治書院.
久保天隨,《古文眞寶新釋》, 博文館, 1909.
九保天隨,《古文眞寶後集抄》, 校註漢文叢書 12卷, 博物館, 1914.
近藤正治,《古文眞寶後集新釋》, 弘道館, 1929.
佐藤保, 和泉新譯《古文眞寶》, 中國の古典26, 學習硏究社, 1928.
長澤規矩也,《箋解古文眞寶後集·增注三體詩·箋注唐詩選》, 漢文大系, 富山房, 1910.
久富哲雄,《影印錦繡段·三體詩·古文眞寶》
長澤規矩也編,《和刻本漢籍文集》 第20輯, 魁本大字諸儒箋解古文眞寶, 古典研究會.
高羽五郞,《庚午版古文眞寶鈔》 1－3, 抄物小系6, 1972·1973, 私家版.
大塚光信編,《續抄物資料集成》 第5卷, 淸文堂.
長澤規矩也,《和刻本漢籍分類目錄》, 汲古書院, 1986.
長澤規矩也,《和刻本漢籍分類目錄補正》, 汲古書院, 1980.

黑田亮,〈古文眞寶和韓本比較〉, 朝鮮舊書考, 巖波書店, 1940.
川瀨一馬,《古活字之硏究》, 1937.
長澤規矩也,《在于本邦流行的支那詩文的一斑》, 長澤規矩也著作集 第5卷.
長澤規矩也,《從支那學到的東西》, 長澤規矩也著作集 第5卷.
水田紀久, 賴惟勤《日本漢學》中國文化叢書9, 大修館書店, 1968.
岡田正之,《日本漢文學史》增訂版, 吉川弘文館, 1954.
芳賀幸四郞,《中世禪林の學問および文學に關する硏究》, 日本學術振興會, 1956.
森川許六,《風俗文選》
仁枝忠,《芭蕉に影響した漢詩文》, 教育出版センター, 1972.
大曾根章介外編,《漢詩·漢文·評論》, 硏究資料日本古典文學11, 1984.
村上哲見,《漢詩と日本人》, 講談社.
近藤春雄,《日本漢文學大詞典》
巖橋小彌太,〈古文眞寶講說－中世藝文においての博士家と禪僧－〉, 國學院大學紀要二, 1940.
仁枝忠,《芭蕉與三體詩·唐詩選·古文眞寶》, 解釋四－四, 1958.
鈴木博,〈長恨歌抄についてー宣賢の講解態度－〉載 國語國文, 1977.
永井一彰,〈蕪村の古文眞寶〉, 俳文學硏究 第12號, 1989.
林望,〈古文眞寶なる顔つき〉, 載 現代, 1993.
松尾勝郞,〈風狂文艸〉と《古文眞寶》, 載 國文學ノート, 成城大學短期大學部 國文硏究所, 1993.
村井章介,〈漢詩と外交〉載《アジアのなかの日本史Ⅵ》, 東京大學出版會, 1993.
山口謠司,〈寬永二十一年刊《古文眞寶》とその 覆刻本について〉, 東洋文化 81號, 1998.
三蒲曉子,〈長恨歌 宣賢注《古文眞寶》〉, 羽衣國文 12號, 1999.

東洋古典譯註叢書 12

譯註 古文眞寶 前集　　　　정가 30,000원

---

2001년 12월 31일 초판 발행
2024년 04월 30일 초판 18쇄

譯　註　成百曉
編　輯　古典國譯編輯委員會

發行人　郭成文

發行處　社團法人 傳統文化硏究會
서울시 종로구 삼일대로 428 낙원빌딩 411호
전화 : (02)762-8401　전송 : (02)747-0083
전자우편 : juntong@juntong.or.kr
홈페이지 : juntong.or.kr
사이버書堂 : cyberseodang.or.kr
온라인서점 : book.cyberseodang.or.kr
등록 : 1989. 7. 3.　제1-936호

인쇄처 : 한국법령정보주식회사(02-462-3860)
총　판 : 한국출판협동조합(070-7119-1750)

ISBN 978-89-85395-73-1 94820
978-89-85395-71-7(세트)

# 전통문화연구회 도서목록

## 新編 基礎漢文教材·漢文讀解捷徑

|  |  |  |
|---|---|---|
| 新編 四字小學·推句 | 고전교육연구실 編譯 | 11,000원 |
| 新編 啓蒙篇·童蒙先習 | 고전교육연구실 編譯 | 11,000원 |
| 新編 明心寶鑑 | 李祉坤·元周用 譯註 | 15,000원 |
| 新編 擊蒙要訣 | 咸賢贊 譯註 | 12,000원 |
| 新編 註解千字文 | 李忠九 譯註 | 13,000원 |
| 新編 原文으로 읽는 故事成語 | 元周用 編譯 | 15,000원 |
| 新編 唐音註解選 | 權卿相 譯註 | 22,000원 |
| 漢文독해 기본패턴 | 고전교육연구실 著 | 15,000원 |
| 四書독해첩경 | 고전교육연구실 著 | 20,000원 |
| 한문독해첩경 文學篇 | 朴相水 李和春 李祉坤 元周用 著 | 17,000원 |
| 한문독해첩경 史學篇 | 朴相水 李和春 李祉坤 元周用 著 | 17,000원 |
| 한문독해첩경 哲學篇 | 朴相水 李和春 李祉坤 元周用 著 | 17,000원 |

## 東洋古典國譯叢書

|  |  |  |
|---|---|---|
| 大學·中庸集註 - 개정증보판 | 成百曉 譯註 | 10,000원 |
| 論語集註 - 개정증보판 | 成百曉 譯註 | 27,000원 |
| 孟子集註 - 개정증보판 | 成百曉 譯註 | 30,000원 |
| 詩經集傳 上·下 | 成百曉 譯註 | 各 35,000원 |
| 書經集傳 上·下 | 成百曉 譯註 | 各 35,000원 |
| 周易傳義 上·下 | 成百曉 譯註 | 各 40,000원 |
| 小學集註 | 成百曉 譯註 | 30,000원 |
| 古文眞寶 後集 | 成百曉 譯註 | 32,000원 |

## 五書五經讀本

|  |  |  |
|---|---|---|
| 論語集註 上·下 | 鄭太鉉 譯註 | 各 25,000원 |
| 孟子集註 上·下 | 田炳秀·金東柱 譯註 | 各 30,000원 |
| 大學·中庸集註 | 李光虎·田炳秀 譯註 | 15,000원 |
| 小學集註 上·下 | 李忠九 外 譯註 | 各 25,000원 |
| 詩經集傳 上·中·下 | 朴小東 譯註 | 各 30,000원 |
| 書經集傳 上·中·下 | 金東柱 譯註 | 各 30,000원 |
| 周易傳義 元·亨·利·貞 | 崔英辰 外 譯註 | 各 30,000원 |
| 詳說古文眞寶大全後集 上·下 | 李相夏 外 譯註 | 各 32,000원 |
| 春秋左氏傳 上·中·下 | 許鎬九 外 譯註 | 各 36,000원~38,000원 |
| 禮記 上·中·下 | 成百曉 外 譯註 | 各 30,000원 |

## 東洋古典譯註叢書

### 〈經部〉

|  |  |  |
|---|---|---|
| 十三經注疏 | | |
| 周易正義 1~4 | 成百曉·申相厚 譯註 | 各 32,000원~44,000원 |
| 尙書正義 1~7 | 金東柱 譯註 | 各 25,000원~46,000원 |
| 毛詩正義 1~8 | 朴小東 外 譯註 | 各 32,000원~40,000원 |
| 禮記正義 1~3, 中庸·大學 | 李光虎 外 譯註 | 各 20,000원~30,000원 |
| 論語注疏 1~3 | 鄭太鉉·李聖敏 譯註 | 各 35,000원~44,000원 |
| 孟子注疏 1~4 | 崔彩基·梁基正 譯註 | 各 29,000원~33,000원 |
| 孝經注疏 | 鄭太鉉·姜珉廷 譯註 | 35,000원 |
| 周禮注疏 1~4 | 金容天·朴禮慶 譯註 | 各 27,000원~34,000원 |
| 春秋左傳正義 1~2 | 許鎬九 外 譯註 | 各 27,000원~32,000원 |
| 春秋公羊傳注疏 1 | 宋基采 外 譯註 | 37,000원 |
| 春秋左氏傳 1~8 | 鄭太鉉 譯註 | 各 28,000원~35,000원 |
| 禮記集說大全 1~6 | 辛承云 外 譯註 | 各 25,000원~40,000원 |
| 東萊博議 1~5 | 鄭太鉉·金炳愛 譯註 | 各 25,000원~38,000원 |
| 韓詩外傳 1~2 | 許敬震 外 譯註 | 各 29,000원~36,000원 |
| 說文解字注 1~5 | 李忠九 外 譯註 | 各 32,000원~38,000원 |

### 〈史部〉

|  |  |  |
|---|---|---|
| 思政殿訓義 資治通鑑綱目 1~23 | 辛承云 外 譯註 | 各 18,000원~37,000원 |
| 通鑑節要 1~9 | 成百曉 譯註 | 各 18,000원~44,000원 |
| 唐陸宣公奏議 1~2 | 沈慶昊·金愚政 譯註 | 各 35,000원~45,000원 |
| 貞觀政要集論 1~4 | 李忠九 外 譯註 | 各 25,000원~32,000원 |
| 列女傳補注 1~2 | 崔秉準·孔勤植 譯註 | 各 30,000원~38,000원 |
| 歷代君鑑 1~4 | 洪起殷·全百燦 譯註 | 各 30,000원~38,000원 |

### 〈子部〉

|  |  |  |
|---|---|---|
| 孔子家語 1~2 | 許敬震 外 譯註 | 各 39,000원/40,000원 |
| 管子 1~4 | 李錫明·金帝蘭 譯註 | 各 29,000원~33,000원 |
| 近思錄集解 1~3 | 成百曉 譯註 | 各 35,000원~36,000원 |
| 老子道德經注 | 金是天 譯註 | 30,000원 |
| 大學衍義 1~5 | 辛承云 外 譯註 | 各 26,000원~30,000원 |
| 墨子閒詁 1~6 | 李相夏 外 譯註 | 各 32,000원~53,000원 |
| 說苑 1~2 | 許鎬九 譯註 | 各 25,000원 |
| 世說新語補 1~5 | 金鎭玉 外 譯註 | 各 29,000원~42,000원 |
| 荀子集解 1~7 | 宋基采 譯註 | 各 30,000원~42,000원 |
| 心經附註 | 成百曉 譯註 | 35,000원 |
| 顔氏家訓 1~2 | 鄭在書·盧暻熙 譯註 | 各 22,000원/25,000원 |
| 揚子法言 1 | 朴勝珠 譯註 | 24,000원 |
| 列子鬳齋口義 | 崔秉準·孔勤植·權憲俊 共譯 | 34,000원 |
| 二程全書 1~6 | 崔錫起·姜導顯 譯註 | 各 32,000원~44,000원 |
| 莊子 1~4 | 安炳周·田好根 共譯 | 各 31,000원~39,000원 |
| 政經·牧民心鑑 | 洪起殷·全百燦 譯註 | 27,000원 |
| 韓非子集解 1~5 | 許鎬九 外 譯註 | 各 32,000원~40,000원 |
| 武經七書直解 | | |
| 孫武子直解·吳子直解 | 成百曉·李蘭洙 譯註 | 45,000원 |
| 六韜直解·三略直解 | 成百曉·李鍾德 譯註 | 45,000원 |
| 尉繚子直解·李衛公問對直解 | 成百曉·李蘭洙 譯註 | 45,000원 |
| 司馬法直解 | 成百曉·李蘭洙 譯註 | 45,000원 |

### 〈集部〉

|  |  |  |
|---|---|---|
| 古文眞寶 前集 | 成百曉 譯註 | 30,000원 |
| 唐詩三百首 1~3 | 宋載卲 外 譯註 | 各 33,000원~39,000원 |
| 唐宋八大家文抄 韓愈 1~3 | 鄭太鉉 譯註 | 各 22,000원/28,000원 |
| 〃 歐陽脩 1~7 | 李相夏 譯註 | 各 25,000원~35,000원 |
| 〃 王安石 1~2 | 申用浩·許鎬九 共譯 | 各 20,000원/25,000원 |
| 〃 蘇洵 | 李章佑 外 譯註 | 25,000원 |
| 〃 蘇軾 1~5 | 成百曉 譯註 | 各 22,000원 |
| 〃 蘇轍 1~3 | 金東柱 譯註 | 各 20,000원~22,000원 |
| 〃 曾鞏 | 宋基采 譯註 | 25,000원 |
| 〃 柳宗元 1~2 | 宋基采 譯註 | 各 22,000원 |
| 明淸八大家文鈔 1 歸有光·方苞 | 李相夏 外 譯註 | 35,000원 |
| 〃 2 劉大櫆·姚鼐 | 李相夏 外 譯註 | 35,000원 |
| 〃 3 梅曾亮·曾國藩 | 李相夏 外 譯註 | 38,000원 |
| 〃 4 張裕釗·吳汝綸 | 李相夏 外 譯註 | 50,000원 |

## 東洋古典新譯

|  |  |  |
|---|---|---|
| 당시선 | 송재소·최경렬·김영죽 편역 | 24,000원 |
| 손자병법 | 성백효 역주 | 14,000원 |
| 장자 | 안병주·전호근·김형석 역주 | 13,000원 |
| 고문진보 후집 | 신용호 번역 | 28,000원 |
| 노자도덕경 | 김시천 역주 | 15,000원 |
| 고문진보 전집 上·下 | 신용호 번역 | 각 22,000원 |
| 신식 비문척독 | 박상수 번역 | 25,000원 |
| 안씨가훈 | 김창진 편역 | 근간 |

## 동양문화총서

| | | |
|---|---|---|
| 동양사상 해설과 원전 | 정규훈 外 저 | 22,000원 |
| 화합의 길 《중용》 읽기 | 금장태 저 | 20,000원 |
| 호설과 시장 | 신용호 저 | 20,000원 |
| 어느 노학자의 젊은 시절 -《고문진보》選譯 | 심재기 저 | 22,000원 |

## 문화문고

| | | |
|---|---|---|
| 경전으로 본 세계종교 그리스도교 | 이정배 편저 | 10,000원 |
| 〃 도교 | 이강수 편역 | 10,000원 |
| 〃 천도교 | 윤석산·홍성엽 편저 | 10,000원 |
| 〃 힌두교 | 길희성 편역 | 10,000원 |
| 〃 유교 | 이기동 편저 | 10,000원 |
| 〃 불교 | 김용표 편저 | 10,000원 |
| 〃 이슬람 | 김영경 편역 | 10,000원 |
| 논어·대학·중용 / 맹자 | 조수익·박승주 공역 | 각 10,000원 |
| 소학 | 박승주·조수익 공역 | 10,000원 |
| 십구사략 1~2 | 정광호 저 | 각 12,000원 |
| 무경칠서 손자병법·오자병법 | 성백효 역 | 10,000원 |
| 〃 육도·삼략 | 성백효 역 | 10,000원 |
| 〃 사마법·울료자·이위공문대 | 성백효 역 | 10,000원 |
| 당시선 | 송재소·최경렬·김영죽 편역 | 10,000원 |
| 한문문법 | 이상진 저 | 13,000원 |
| 한자한문전통교재 | 조수익·이성민 공역 | 13,000원 |
| 士小節 선비 집안의 작은 예절 | 이동희 편역 | 12,000원 |
| 儒學이란 무엇인가 | 이동희 저 | 10,000원 |
| 동아시아의 유교와 전통문화 | 이동희 저 | 13,000원 |
| 현대인, 동양고전에서 길을 찾다 | 이동희 저 | 10,000원 |
| 100자에 담긴 한자문화 이야기 | 김경수 저 | 12,000원 |
| 우리 설화 1~2 | 김동주 편역 | 각 10,000원 |
| 대한민국 국무총리 | 이재원 저 | 10,000원 |
| 백운거사 이규보의 문학인생 | 신용호 저 | 14,000원 |